KB232815

목로주점

에밀 졸라

일신서적출판사

1

제르베즈는 새벽 2시까지 랑티에를 기다렸다. 짧은 속옷 바람으로 찬바람이 불어오는 창가에 있었기 때문에 오싹 한기를 느꼈다. 그러나 볼을 눈물로 적신 채 열기 있는 몸을 침대에 비스듬히 누이고 그만 선잠이 들어 버렸다. 일주일 전 그들이 〈보 아 되 테트〉에서 식사를 하고 나와서부터 랑티에는 일거리를 찾으러 나간답시고 그녀를 아이들과 함께 먼저 자라고 이르더니 새벽녘이 되어서야 돌아오곤 했다. 어젯밤에도 그가 돌아오는 것을 지켜보고 있노라니 그인 듯한 모습이 그랑발콩의 댄스 홀로 들어가는 것 같았다. 열 개나 되는 창문을 통해 홀 안의 불타는 듯한 밝은 불빛이 쏟아져 나와 변두리의 어두운 길거리를 환하게 비추고 있었다. 그의 뒤에는 같은 식당에서 늘 식사하는 금속 공장 여공인 몸집이 작은 아델르가 대여섯 걸음 처져서 따라가는 것이 보였다. 그녀는 입구의 강렬한 불빛 속을 남자와 함께 지나가기가 쑥스러워 그의 팔을 방금 놓았는지 두 손이 흔들거리고 있었다.

5시쯤 제르베즈는 몸이 뻣뻣하고 허리가 아파서 잠이 깼다. 그녀의 뺨에 눈물이 흘렀다. 랑티에가 돌아오지 않은 것이다. 그가 처음으로 외박을 한 것이다. 그녀는 천장에 끈으로 잡아맨 가로대에서 드리워진, 색이 바랜 페르시아 융단 조각 밑 침대 모서리에 묵묵히 앉아 있었다. 그리고 눈물이 그렁한 눈으로 초라한 가구가 놓인 방을 천천히 둘러보았다. 가구라고 해야 서랍 하나가 빠져 나간 호도나무 옷장이 하나, 밀짚의자가 셋, 찌들고 작은 탁자 하나, 그리고 그 위엔 이빠진 물병이 놓여 있다. 그 밖에 어린이용 철침대가 하나 있었지만 이것은 옷장을 여닫는데 방해가 될 뿐 아니라 방의 대부분을 차지하고 있었다. 제르베즈와 랑티에의 트렁크는 한쪽 구석에 입을 벌리고 있어 속이 텅 비어 있음을 보여 주고 있었는데 바닥에 남자용 헌 모자가 더러운 셔츠와 양말 밑에 처박혀 있었다. 한편 벽에는 구멍 뚫린 숄이 하나, 진흙투성이인 바지가 하나, 그리고 헌옷장수도 상대하지 않을 것 같은 너덜너덜한 옷들이 걸려 있다. 벽난로 중앙엔 짝이 맞지 않는, 두 개의 아연으로 된 촛대 사이에 공설 전당포의 분홍색 전당표 묶음이 놓여 있다. 이 방은 이 호텔에서는 그래도 깨끗한 편인, 2층의 한길 쪽을 면한 방이었다.

두 아이는 베개 하나를 같이 베고 나란히 자고 있었다. 8살 난 클로드는 귀여운 두 손을 이불 밖으로 내놓고 소록소록 숨을 쉬고 있다. 에티엔느는 이제 겨우 4살인데 한쪽 팔을 형의 목에다 얹고 미소를 짓고 있었다. 눈물 젖은 어머니의 시선이 아이들 위에 머물자 다시금 그녀는 흐느낌이 터져 나올 것 같아 복받치는 울음을 억누르기 위해 입에다 손수건을 갖다 대었다. 그리고 벗겨진 신발을 고쳐 신으려고 하지 않고 맨발로 창가로 되돌아가 팔꿈치를 괴고 멀리 길거리를 내려다보며 또다시 랑티에를 기다리기 시작했다.

호텔은 프와송니에르 시문(市門)의 왼쪽 샤펠 거리에 있었다. 다 쓰러져 가는 3층 건물이었으며 3층까지 포도주 찌꺼기 같은 검붉은 빛깔로 칠한 데다 덧문은 비를 맞아 썩어 있었기 때문에 금이 간 각등(角燈) 위 두 개의 창 사이에 씌어 있는 다음과 같은 글씨를 겨우 읽을 수 있을 뿐이었다.

〈봉쾨르 호텔, 마르슐리에 경영〉

이렇게 쓰인 노랗고 큰 글씨가 군데군데 곰팡이가 슬어 알아볼 수 없게 흐릿했다. 제르베즈는 각등이 시야를 가려 입에 손수건을 댄 채 몇 번이고 발돋움을 하였다. 오른쪽으로 눈을 돌리면 로슈슈아르 거리 쪽이다. 그곳에는 도살장이 있다. 도살장 앞에는 피투성이 앞치마를 두른 푸주꾼들이 서 있다. 때마침 그곳에서 불어오는 찬바람과 함께 도살당한 짐승의 악취와 피비린내가 물씬 풍겨 온다. 왼쪽으로 눈을 돌리면 기다란 가로수길이 있다. 이 가로수길은 거의 정면으로 바라다보이는, 지금 건축 중인 라리브와지에르 병원의 흰 건물이 있는 곳까지 뻗쳐 있다. 입시 세관(入市稅關)의 벽을 따라 오른쪽에서 왼쪽까지의 시야를 그녀는 구석구석까지 천천히 눈으로 좇고 있다. 때마침 입시 세관의 벽 쪽에서 사람이 죽어가는 듯한 비명이 들려온다. 그녀는 단도로 배를 찔린 랑티에의 시체가 눈에 띄지나 않나 하고 겁먹은 눈으로 인기척이 없는 으슥한 곳이나 습기와 먼지로 어둠 침침한 구석진 곳을 샅샅이 살폈다. 이윽고 눈을 들어 시가를 둘러싸고 있는 한 가닥 회색 띠가 길게 나부끼는 성벽 저쪽을 바라보니 그곳에는 이미 아침 햇살이 퍼지며 어느새 아침 소음으로 가득 찬 파리를 햇빛이 비치기 시작하였다. 그러나 별안간 그녀의 시선이 프와송니에르 시문 근처로 되돌아간다. 몽마르트와 샤펠 언덕에서 내려오는 사람과 짐수레의 끊임없는 흐름이 입시 세관의 작달막한 두 건물 사이를 누비고 지나가는 모양을 그녀는 목을 길게 빼고 얼빠진 듯 바라본다. 두 건물 근처에서 잠깐 그 흐름이 멈추었다가 갑자기 통행이 막힌 듯 군중이 노상으로 쫙 퍼진다. 연장을 등에 메고 도시락을 옆에 끼고 일터로 출근하는 노동자들의 끝없는 행렬, 이 소란한 군중들은 한없이 몰려들더니 꾸역꾸역 파리로 빠져들어갔다.

그 군중 속에서 랑티에와 같은 모습을 찾아낼 것만 같아서 제르베즈는 떨어질 정도로 아슬아슬하게 몸을 쑥 내밀었다. 그리곤 자기의 괴로움을 참는 듯 한층 세게 손수건을 입에 틀어막았다.

젊고 명랑한 목소리가 들렸다.

「랑티에 부인, 주인께선 안 계시군요!」

「네, 안 계세요. 쿠포씨.」 그녀는 억지로 미소를 지으며 대답하였다.

그는 호텔 제일 위층의 10프랑짜리 작은 방을 하나 빌려 쓰고 있는 함석장이였는데 어깨엔 늘 연장주머니를 메고 있었다. 문에 열쇠가 꽂혀 있는 것을 보고 스스럼없이 들어온 것이다.

「아시겠지만,」 그는 말을 계속하였다.

「지금 저는 저 병원에서 일한답니다. 어때요. 5월은 좋은 달인데! 오늘 아침은 꽤 쌀쌀하군요.」

그리고 그는 울어서 빨개진 제르베즈의 얼굴을 바라보았다. 잠자리가 정돈된 채로 있는 것을 보자, 가볍게 고개를 끄덕였다. 그리고는 천사처럼 불그레한 볼로 여태 잠자고 있는 아이들의 작은 침대로 다가서서 작은 목소리로 말했다.

「주인께선 제멋대로 행동하시나 보군요? 하지만 부인, 너무 상심 말아요. 그 사람은 정치에 미쳐 있더군요. 요전에 모두가 으젠느 쉬를 선출했을 때만 해도 그 호인 같은 사람이 마치 딴 사람처럼 굴더군요. 어젯밤도 아마 친구들과 어울려 보나파르트(나폴레옹 3세)를 욕하느라고 정신 없었을 것입니다.」

「아니에요, 아니에요. 당신이 생각하는 것과는 달라요. 랑티에가 어디 있는지 난 아는 걸요……. 우리에게도 우리 나름의 괴로움이 있는 법이에요.」 하고 그녀는 가까스로 중얼거렸다.

그런 거짓말에는 속지 않는다는 것을 알리기 위해 쿠포는 눈을 깜박거려 보였다. 그리고는 그녀가 밖에 나가고 싶지 않으면 자기가 우유를 갖다 주겠다고 하였고 부인은 아름답고 용기있는 여자라는 등, 곤란할 때는 언제나 도와주겠다는 말을 남기고 나가 버렸다. 그가 나가자마자 제르베즈는 또다시 창가에 달라붙었다.

시문 근처에서는 새벽 추위 속에 아직도 인파가 붐비고 있었다. 파란 작업복 차림은 열쇠 장수, 흰 바지 차림은 미장이, 속에 입은 긴 작업복이 옷자락 사이로 내다보이는 외투 차림은 침장이란 것을 각각 분별할 수 있었다. 그러나 먼 데서 보면 이 군중들은 희끄무레한 한 덩어리로 보인다. 뿌옇게 바랜 청색과 더러워진 회색이 뒤섞여서 무슨 색이라고 말할 수 없는 빛을 띠고 있다. 때마침 한 노동자가 파이프에 불을 붙이려고 멈추어 선다. 그러나 주위 사람들은 무표정하게 웃음소리도 없이 친구에게 말 한 마디 던지지도 않고 흙빛으로 물든 얼굴을 파리 쪽으로 향한 채 여전히 걸어가고만 있다. 파리는 커다랗게 입을 벌린 채 프와송니에르 지구에 뚫려 있는 거리를 통하여 이 노동자들을 한 사람씩 빨아들이고 있었다. 그러나 프와송니에르 네거리에 있는 덧문을 걷어올린 두 술집 입구에선 몇 사람인가 걸음을 멈추고, 빈둥거리고 싶은 마음에 사로잡혀 팔을 힘없이 내려뜨린 채 안에는 들어가려고도 하지 않고 길 옆에 우두커니 서서 움직이지도 않는다. 가게 안을 메우고 있는 여러 쌍의 손님들이 카운터 앞에 서서 침을 뱉고 기침을 하고 작은 잔으로 홀짝홀짝 목을 적시며 친구끼리 잔을 서로 권하면서 자신을 잊고 있었다.

제르베즈는 길 왼쪽에 있는 콜롱브 영감의 가게를 지켜보았다. 그곳에 랑티에가 있는 것 같았기 때문이다. 그때 앞치마 차림으로 모자도 쓰지 않은 뚱뚱한 여인이 길 가운데서 그녀를 불렀다.

「어머, 랑티에 부인, 꽤 일찍 일어나셨군요!」

제르베즈는 몸을 내밀었다.

「어머! 보슈 부인시군요! 나는 오늘 일이 많아서요!」

「그렇겠죠, 일들은 저절로 끝나 주지는 않으니까요.」

창문과 길 사이에서 대화가 시작되었다. 보슈 부인은 1층에 식당 〈보 아 되 테트〉가 있는 건물의 관리인이었다. 제르베즈는 남자들만 식사하고 있는 한편 구석에서 혼자 먹는 것이 싫어서 여러 번 보슈 부인이 있는 관리인 방에서 랑티에를 기다린 적이 있었다. 그녀는 남편이 외투 수선을 끝낼 수 없으므로 지금부터 가까운 샤르보니에르 거리에 가서 아직 잠자고 있을 어느 근무자를 깨우러 가는 길이라고 말했다. 그리고 나서 이번엔 그 집에 거주하는 사람의 얘기를 하였는데, 그 남자가 어젯밤 여자를 데리고 와서 밤 3시까지 사람들을 못 자게 굴었다고 말했다. 그렇게 지껄이면서 그녀는 몹시 호기심에 찬 눈빛으로 젊은 여자의 얼굴을 뚫어지게 쳐다보았다. 이 창 밑에 서 있는 것도 꼭 무슨 기밀을 알아 내려고 온 것만 같았다.

「랑티에 씨는 아직 주무시나요?」 그녀가 갑자기 물었다.

「네, 자고 있어요.」 하고 제르베즈는 대답하였다. 얼굴이 붉어지는 것을 감출 수는 없었다.

제르베즈의 눈에 눈물이 괴는 것을 보슈 부인은 보았다. 그녀는 그것을 보자 만족한 듯, 남자들이란 별 수 없는 건달들이라고 말한 다음 저쪽으로 가다가 갑자기 되돌아와서 외쳤다.

「오늘 아침에 세탁장에 갈 거죠? 나도 빨랫감이 있으니까 옆에 자릴 하나 잡아 놓을게요. 그때 얘기합시다.」

그리고는 별안간 가엾은 생각이 들었는지 다시 중얼거렸다.

「가엾기도 하지. 그곳에 그렇게 서 있지 말아요. 감기 들겠어요……. 당신 안색이 아주 나빠요!」

그래도 제르베즈는 8시까지 두 시간 동안을 창가에서 떠나지 않았다. 이미 가게 문은 다 열렸다. 몽마르트와 샤펠 언덕에서 내려오는 작업복의 물결은 멎은 지 오래다. 지각한 몇 사람만이 뛰다시피 시문을 지나가고 있을 따름이다. 술집에서는 아까부터 있던 사람들이 여전히 선 채로 계속 마시고, 기침하고, 침을 뱉고 있었다. 남자 노동자들 뒤를 이어 금속 연마공, 재봉사, 조화공(造花工)들이 얇은 여자 옷으로 몸을 감싸고 성 밖 큰 거리를 종종걸음으로 걸어가고 있다. 그리고 때론 창백한 얼굴빛의 심각한 모습을 한 삐쩍 마른 여자가 혼자서 쓰레기더미를 피하면서 입시 세관 벽을 따라 걸어가고 있었다. 잇따라서, 근로자들이 손에 입김을 불어 가며 싸구려 빵을 베어먹어 가면서 지나가고 있었다. 바싹 마른 몸에 짤막한 옷을 걸치고 피로한 듯 거슴츠레한 졸린 눈을 한 젊은 직장인들이 있는가 하면 작은 몸집의 노인들이 종종걸음으로 지나가기도 했다. 오랜 사무실 근무 때문에 피로에 지쳐 창백한 얼굴로 시간 안에 대어 가려고 발걸음을 재촉하면서 쉴새없이 시계를 들여다본다. 이윽고 큰 거리엔 다시 아침의 평화가 찾아왔다. 이 근처에 사는 연금 생활자들이 양지 쪽을 산책하고 있다. 더러운 치마에다 머리칼도 더러운 어머니들이 기저귀를 찬 아기를 안고 어르는가 하면 벤치 위에서 기저귀를 갈기도 한다. 엉성한 옷을 입은 코흘리개 아이들이 비명을 지르고 웃고 울면서 떠드는 속에서 밀치고 덮치고 땅바닥을 기며 돌아다니고 있다. 제르베즈는 이미 희망도 사라진데다 괴로움으로 현기증이 일어나 눈앞이 캄캄했다. 모든 것은 끝났다. 시간도 다 되었고 이제 결코 랑티에는 돌아오지 않을 것 같은 생각이 들었다.

그녀는 도살과 악취로 거무칙칙해진 오래된 도살장으로부터 새로 지은 새하얀 병원 쪽으로 멍한 시선을 옮겨 갔다. 아직 유리를 끼지 않은 창문이 여러 개 있어 마치 구멍이 뻥 뚫린 것 같아 머지않아 죽음이 기세를 떨칠 그 꾸밈새 없는 병실이 그 속으로 들여다보였다. 그녀가 있는 곳에서 정면으로 보이는 입시 세관의 벽 저쪽에는 파리를 크게 흔들어 깨우며 떠오르는 아침 태양이 눈부셨다.

젊은 여인은 이제 울음도 그치고 손을 축 늘어뜨린 채 의자 위에 멍청하게 앉아 있었다. 그러자 그때 랑티에가 살짝 들어왔다.

「어머, 당신! 당신이군요!」 그녀는 이렇게 외치면서 남편의 목에 매달리려고 하였다.

「그래, 나야. 그게 어쨌다는 거야? 바보 같은 짓은 이제 그만두란 말야!」

그는 그녀를 밀어냈다. 그리고 나선 기분 나쁜 듯이 검은 펠트 모자를 옷장 위로 아무렇게나 홱 집어던졌다. 이 26살 난 젊은 사나이는 작은 몸집에 머리는 갈색이며, 예쁘장한 얼굴을 하고 있었다. 그는 듬성듬성 난 수염을 기계적으로 계속해서 꼬아 올리는 버릇이 있으며 작업복 바지에다 허리 근처가 잘록하게 들어간 얼룩진 낡은 프록 코트를 입었다. 얘기할 땐 아주 심한 프로방스식 사투리가 튀어나오곤 했다.

의자에 다시 주저앉은 제르베즈는 띄엄띄엄 조용한 말투로 불평을 늘어놓았다.

「저는 한잠도 못 잤어요. 당신이 몹시 얻어맞지나 않았나 하고요……. 어디에 갔었죠? 어디서 잤죠? 부탁이에요! 다시는 그러지 말아요. 꼭 미칠 것만 같았어요……. 이봐요, 오귀스트, 어디 갔었죠?」

「제기랄, 볼일이 있는 곳에 갔었어!」 그는 어깨를 으쓱하며 말하였다. 「8시에는 글라씨에르의 친구 집에 있었어. 그 녀석은 모자 공장을 만들 계획을 세우고 있대. 늦어졌잖아. 그래서 거기서 자기로 한 거야…… 그런데 알고 있겠지? 나는 시시콜콜 따지고 묻는 것은 딱 질색이라는 걸 말이야. 제발 그만 둬!」

젊은 아내는 또 흐느끼기 시작하였다. 랑티에가 악을 쓰며 난폭하게 일어서는 바람에 의자가 쓰러져서 아이들이 잠을 깨고 말았다. 아이들은 반쯤 벌거벗은 채 일어나서 조그만 손으로 머리를 긁적거렸다. 그러나 엄마의 울음소리를 듣자 놀라 잠이 덜 깬 눈에 눈물을 가득히 담고는 덩달아 굉장한 소리로 울어 댔다.

「흥! 또 시작이군!」 랑티에는 격분해서 소리쳤다. 「말해 두겠는데, 난 또 나갈 테야! 그럼 이번에는 아주 가 버리는 거야……. 아직도 못 그쳐? 자, 잘 있어. 아까 그곳으로 되돌아갈 테니까.」

벌써 그는 옷장 위의 모자를 집어들었다. 그러자 제르베즈가 달려와 말을 더듬거리며 외쳤다.

「안 돼요, 안 돼.」

그러고 나서 그녀는 아이들을 달래어 울음을 그치게 하고는 이마에 입맞춤을 한 다음 다시 재울 양으로 두 아이를 자리에 눕혔다. 아이들은 단번에 조용해지더니 베개에 나란히 누워 웃어 가며 꼬집기 장난을 하고 놀았다. 그러자 랑티에는 잠을 못 잔 푸석한 얼굴에 몹시 피곤한 모습으로 구두도 벗지 않은 채 침대에 벌렁 몸을 던졌다. 그러나 잠이 들지는 않았다. 그는 눈을 크게 뜨고는 온 방 안을 찬찬히 휘둘러보고 있었다.

「여긴 깨끗하군!」 하고 중얼거렸다.

그리고 제르베즈를 잠시 보고 나선 짓궂게 덧붙였다.

「너는 세수도 안하기로 했냐?」

제르베즈는 겨우 22살이었다. 좀 마르고 훤칠한 키에 섬세한 윤곽의 얼굴을 가졌음에도 벌써 살림에 찌든 흔적이 역력히 드러났다. 가구의 먼지와 기름때 묻은 더부룩한 머리며 흰 속옷 차림으로 슬리퍼만 신고 추위에 떨고 있는 그녀는 조금 전까지만 해도 불안과 눈물로 여러 시간을 보냈으므로 10년은 더 나이가 들어 보였다. 그러나 랑티에의 말을 듣자 그녀는 그때까지 무서움에 질려 체념해 버렸던 태도를 버리고 힘을 내어 말했다.

「당신도 너무해요. 제가 할 수 있는 일은 다 하고 있다는 걸 당신은 알잖아요. 우리가 이곳으로 오게 된 게 제 탓만은 아니니까요……. 아이를 둘씩이나 데리고 물을 끓일 솥도 없는 방에서 당신이라면 어떻게 할 것인가 보고 싶군요……. 파리에 오자마자 당신은 돈을 축내지 말고 당신이 약속한 대로 곧 일자리를 잡았어야 했는데.」

「이것 봐! 너도 같이 놀고 먹었잖아. 재미는 재미대로 보고 이제 와서 이러쿵저러쿵 후회하는 건 좋지 않아!」 하고 그가 소리쳤다.

그러나 그런 말은 들은 체도 않고 그녀는 계속하였다.

「하여간 용기를 내기만 하면 이 지경에서 빠져 나올 수 있을 거예요. 어제 저녁, 뇌브 구트도르 거리에서 세탁소를 하는 포코니에 부인을 만났어요. 월요일에 저를 쓰겠대요. 당신도 글라씨에르의 친구하고 함께 일을 하면 반 년도 안 되어 우리는 좀 형편이 나아질 거예요. 그러노라면 몸에 걸칠 것도 생기고, 보잘것은 없어도 내 집이라고 빌려 들 수도 있을 거구요……. 일을 해야 해요, 일을 해야 된단 말이에요.」

랑티에는 귀찮다는 듯 벽 쪽으로 돌아눕는다. 그러자 제르베즈는 화를 벌컥 내었다.

「그래요, 당신이 일하기 좋아하지 않는 사람이라는 것은 잘 알아요. 당신은 언제나 야심에만 눈이 어두워 시시한 일은 하기 싫은 거죠. 신사 차림을 하고 비단 스커트를 입은 창녀나 데리고 돌아다니고 싶은 거죠, 그렇죠? 내 옷을 전부 저당잡히고 나니까 당신은 이제 제가 싫어진 거죠……. 이봐요! 오귀스트, 이런 건 말하고 싶지도 않았고 좀더 뒤에 말하려고 했지만 난 당신이 간밤에 자고 온 데를 알고 있어요. 그 창녀 아델르와 함께 그랑발콩으로 들어가는 걸 봤단 말이에요. 참 당신은 여자들을 잘 고르더군요. 그 계집, 퍽 예쁘던데요. 마치 공주나 되는 듯이, 그럴 만도 하죠……. 식당에 드나드는 자들과는 누구하고나 어울려 잤으니까요.」

후다닥 랑티에가 침대에서 아래로 뛰어내렸다. 창백한 얼굴에 눈만 잉크처럼 검게 보였다. 이 자그마한 몸집의 사나이 속에선 폭풍우와 같은 분노가 일고 있었다.

「그래요, 식당에 드나드는 사람과는 모두 잤단 말이에요.」 그녀는 되풀이했다. 「보슈 부인은 그 여자와 언니인 키다리를 쫓아낼 작정이래요, 계단에 남자의 행렬이 끊이질 않아서 창피하대요.」

랑티에는 두 주먹을 치켜들었다. 그러나 감정을 억누르는듯 그녀의 양팔을 움켜잡아 사정없이 흔들다 아이들 침대 위로 쓰러뜨렸다. 아이들은 다시 울기 시작하였다. 랑티에는 다시 침대에 몸을 내던지고 주저주저하더니 단연코 결단을 내린 남자와 같은 냉엄한 표정으로 중얼거렸다.

「네가 지금 무어라고 지껄였는지 모를 거야. 제르베즈……, 넌 엉뚱한 소릴 한 거야, 이제 두고 보란 말이야.」

잠시 동안 아이들이 훌쩍이고 있었다. 제르베즈는 침대 가에 쭈그리고 앉아 두 아이를 함께 껴안았다. 그리고 다음과 같은 말을 스무 번이나 되풀이해서 중얼댔다.

「불쌍한 것들! 너희들만 없다면……! 너희들만 없다면……! 너희들만 없다면!」

조용히 누워 머리 위에 드리운 바랜 페르시아 융단 누더기를 올려다보고 있던 랑티에로부터 이미 아무 소리도 들리지 않았으며 어떤 한 가지 생각에만 골똘해 있었다. 눈까풀에 피로가 덮쳐 옴에도 불구하고 한 시간 가까이나 그런 상태로 잠잠히 있었다. 랑티에가 팔로 몸을 괴고 결심을 나타낸 냉혹한 얼굴로 돌아보았을 때 제르베즈는 방의 정돈을 끝내려는 참이었다. 그녀는 아이들을 일으켜서 옷을 입히고 그 침대를 정리하고 있었다. 그녀가 비질을 하고 침구를 닦는 것을 그는 바라보고만 있었다. 천장은 그을고 벽지는 습기로 벗겨져 방은 여전히 검고 초라했다. 세 개의 의자와 옷장이 다 기우뚱거리며 아무리 걸레질을 하여도 때가 찌들어 닦여지지 않았다. 이윽고 그가 면도할 때 사용하는, 창문고리에 매단 조그마한 둥근 거울 앞에서 그녀가 머리를 빗은 다음 물을 흠뻑 적시며 몸을 씻고 있는 동안 그는 그녀의 노출된 팔이나 목, 맨살로 드러난 눈에 띄는 모든 부분을 무엇과 비교라도 하는 듯이 흘끔흘끔 곁눈으로 바라보고 있었다. 그리고는 못 견디겠다는 듯이 입술을 삐죽이 내밀었다. 제르베즈는 오른쪽 다리를 약간 절고 있었다. 그러나 허리가 아파서 몸을 지탱할 수 없을 때라야 눈치챌 수 있을 정도였는데, 오늘 아침은 전날 밤의 피로로 말미암아 너무 지쳐 있어서 발을 절기도 하고 기대기도 하였다.

침묵이 흘렀다. 이제 두 사람은 한 마디도 입을 열지 않았다. 사나이는 상대편에서 뭐라고 해 주기를 기다리고 있는 것 같았다. 여인은 괴로움을 참아가며 억지로 태연한 체하고 부지런히 일만 하고 있었다. 그녀가 구석에 있는 트렁크 뒤에 던져 놓았던 더러운 내의들을 모으고 있으려니까 마침내 그가 입을 열고 물었다.

「뭘 하는 거야? 어디 가?」

그녀는 처음엔 대답하지 않았다. 그러자 몹시 화가 난 그가 다시 한번 같은 말로 묻자 그녀는 결심한듯 단호히 말했다.

「보면 몰라요? 이걸 빨러 가는 거예요……. 진흙구덩이 속에서 아이들을 키울 수는 없으니까요.」

그녀가 손수건을 두세 장 모으고 있는 것을 그는 잠자코 보고 있었다. 그러나 잠깐 망설이다가 말하였다.

「돈 좀 있어?」

갑자기 그녀는 몸을 일으켜 아이들의 더러운 옷을 손에 쥔 채로 남편 얼굴을 빤히 쳐다보았다.

「돈이요? 날 보고 도둑질이라도 하란 말이에요? 잘 알잖아요, 당신도. 그저께 내 검은 스커트에 3프랑 있었다는 걸. 그 3프랑으로 우리가 두 번이나 점심을 먹지 않았어요? 그리고 돼지고기 집에 가기도 하고……. 그래요, 나 같은 게 무슨 돈이 있겠어요. 세탁장에 갈 4수(프랑스의 화폐 단위)밖에 없어요. 난 어떤 여자들처럼 그렇게 돈을 벌지는 않으니까요.」

이런 빈정거림쯤이야 그에게는 아무렇지도 않았다. 침대에서 내려와 방 주위에 걸려 있는 누더기 몇 개를 살피고 다녔다. 결국 바지와 숄을 벗기고 옷장을 열어 여자용 블라우스 한 벌과 속옷 두 벌을 더 얹어서 꾸린 다음 그 보따리를 제르베즈의 팔에다 던지면서 「자, 이것을 전당포에 잡히고 와.」 하고 말하였다.

「아이들도 잡히고 오라곤 안하나요?」 그녀가 대꾸했다. 「어때요! 아이들을 잡히고 돈을 빌릴 수 있다면 정말 십상이지 않겠어요?」

그렇지만 그녀는 전당포엘 갔다. 반 시간쯤 있다 돌아오더니 난로 위에 5프랑짜리 은화 한 닢을 놓고 전당표는 두 개의 촛대 사이에 있는 전당표 묶음 속에 함께 넣었다.

「이것밖에 안 주었어요.」 그녀는 말하였다. 「6프랑을 받고 싶었는데 별 수 없었어요. 정말 전당포는 망할래야 망할 수 없겠어요……. 언제든지 북적북적 붐비는 걸요!」

랑티에는 그 5프랑 은화를 곧 집지는 않았다. 그녀가 잔돈으로 바꾸어 그중에서 얼마만을 줬으면 좋겠다고 생각했던 모양이다. 그러다 옷장 위의 종이봉지 속에 햄 조각과 빵 조각이 있는 것을 보자 될 대로 되라는 식으로 5프랑 은화를 조끼 주머니 속에 집어 넣었다.

「일주일 분이나 외상을 먹어서 우유 가게엔 못 갔어요.」 제르베즈는 말하였다. 「저 나갔다 곧 돌아올게요. 저 없는 동안 당신이 빵하고 돼지뼈를 좀 사다 주세요. 그것으로 점심을 먹어야 하니까요. 그리고 포도주도 한 병 사가지고 오고요.」

그는 싫다고는 하지 않았다. 화해가 이루어진 것 같았다. 젊은 여인은 빨랫감을 뭉텅이로 챙겼다. 그러나 트렁크 속에서 랑티에의 셔츠와 양말을 꺼내려고 하자 그가 그냥 놔 두라고 소리쳤다.

「내 속옷은 내버려 둬. 알았어? 싫다니까!」

「뭐가 싫다는 거죠?」 쪼그리고 있던 몸을 일으키며 그녀는 물었다. 「설마 이렇게 더러운 것을 또 입으려는 것은 아니겠죠? 꼭 빨아야 해요.」

그러나 불안스러워 사나이의 얼굴을 말끄러미 쳐다보았다. 잘생긴 사나이의 얼굴엔 결코 조금도 누그러진 듯한 기색이 없는 무정한 표정이 나타나 있었다. 그는 화를 내며 그녀의 손에서 속옷을 빼앗아 트렁크 속에 도로 던져 버렸다.

「빌어먹을, 한 번쯤은 내 말을 좀 들으란 말이야! 내가 싫다잖아!」

「도대체 왜 그러죠?」

그녀는 갑자기 무서운 의혹에 사로잡혀 창백해진 낯으로 말했다. 「이젠 당신 속옷이 필요 없잖아요, 나갈 것도 아니니까……. 그렇다면 제가 속옷을 가지고 간다고 해서 나쁠 것이 무엇이죠?」

말끄러미 쳐다보는 타오르는 듯한 시선에 눌려 그는 잠깐 주저하였다. 「왜냐고? 왜냐고?」 그는 중얼거렸다. 「알고 있단 말이야! 넌 가는 곳마다 나팔을 불어 대는 거지? 네가 먹여 살리고 있다고, 네가 빨래하고 수선 일을 해서 벌어 먹인다고 말이야! 바로 그거란 말이야! 나는 그게 싫단 말이야! 넌 네 일이나 해. 내 일은 내가 할 테니까……. 빨래로 품을 파는 것은 나 같은 개새끼를 위해서 하는 일이 아닐 테니까.」

그녀는 사나이에게 애원하였다. 그런 말을 하고 다닌 일은 없다고 변명하였다. 그러나 사나이는 트렁크를 난폭하게 닫고 그 위에 앉아서 그녀의 얼굴을 노려보며 「싫단 말이야!」라고 소리질렀다. 「내 일은 내가 좋은 대로 할 테니까!」

그러나 집요하게 따라오는 상대편의 시선을 피하여 「졸립단 말이야, 난 더 이상 징징 짜는 소리는 참을 수 없어.」 그렇게 말하곤 침대 위에 쓰러져 누웠다. 그러더니 이번엔 정말로 잠이 들어 버린 모양이다.

제르베즈는 한참 동안 마음의 갈피를 잡을 수가 없었다. 속옷 보따리를 발로 밀어 놓고 여기서 이대로 바느질이라도 했으면 싶었다. 그러나 이윽고 랑티에의 규칙적인 숨소리가 기분을 가라앉게 하였다. 그녀는 지난번에 빨래하다 남은 푸른 물감과 비눗조각을 집어들었다. 그러고 나서 창가에서 조용히 헌 코르크를 가지고 놀고 있는 아이들 쪽으로 가서 키스를 해 준 다음 목소리를 죽여 가며 속삭였다.

「조용히 해요. 떠들면 안 돼요. 아빠가 주무시니까.」

그녀가 방을 나왔을 때 컴컴한 천장 아래는 침묵이 흘렀으며 다만 목소리를 죽인 클로드와 에티엔느의 나직한 웃음소리가 간간이 들려올 뿐이었다. 10시였다. 반쯤 열린 창에서 햇살이 비쳐들고 있었다.

큰 거리로 나오자 제르베즈는 왼쪽으로 꺾어져서 새로운 뇌브 구트도르 거리로 걸어갔다. 포코니에 부인의 가게 앞에 오자 가볍게 머리를 숙여 목례를 했다. 세탁장은 이 거리의 중간쯤 되는, 마침 오르막길이 시작되는 곳에 있었다. 평평한 건물 위에 커다란 물탱크가 세 개 있는데 볼트로 꽉 고정시킨 회색 함석 원통이 둥글게 보였다. 그 뒤쪽엔 대단히 높은 3층의 건조장이 있다. 이곳은 사방이 얇은 판자의 덧문으로 둘러싸여 있어 공기가 잘 통하였고 그 덧문 틈으로 사슬에 널려 있는 옷가지들이 보였다. 물탱크의 오른편에서는 가느다란 증기 파이프가 규칙적으로 거칠게 흰 연기를 뿜어 대고 있다. 제르베즈는 물구덩이 같은 덴 아주 익숙해진 여자처럼 스커트를 걷어올리지도 않고 표백액 병이 늘어서 있는 입구로 들어갔다. 세탁장의 여주인과는 잘 아는 사이였다. 자그마하고 화사한 여자로 눈병을 앓아 눈이 짓물러 있었다. 선반 위에는 비누덩어리와 푸른 물감이 담긴 입이 넓은 병, 여러 파운드의 소다를 넣은 봉지 등이 놓여 있는데, 창이 달린 작은 방에 여주인이 장부를 앞에 놓고 앉아 있었다. 제르베즈는 지나가면서 이 여주인에게 지난번 빨래할 때에 맡겨 두었던 빨랫방망이와 솔을 되돌려받았다. 그리고는 번호표를 받아 들고 안으로 들어갔다.

그곳은 그냥 널따란 헛간 같은 곳이다. 평평한 천장 밑으로 대들보가 드러나 보인다. 주철(鑄鐵)로 된 기둥이 건물을 받치고 있고 밝고 커다란 창이 여기저기 열려 있으며 우유빛 안개처럼 김이 서린 속을 푸른 햇살이 한껏 스며들고 있다. 여기저기서 김이 솟아올라 흐르듯 퍼져선 푸른색을 띤 베일이 되어 건물의 안쪽을 감싸고 있다. 비누 냄새 탓인지, 답답하고 후텁지근한 공기가 짓눌릴 것 같은 습기와 함께 내리쏟아지고 있었다. 가끔 표백액의 독한 냄새가 풍겨 나온다. 중앙 통로의 양편에 있는 빨래판에는 여인들이 열을 지어 팔에서부터 어깨, 목까지 드러내 놓고 있었고 걷어올린 스커트 아래로는 색깔 있는 양말과 투박한 편상화(編上靴)가 내다보였다. 그녀들은 성난 것처럼 빨래를 두드리기도 하고 웃기도 하며 주위의 소음 따위는 아랑곳없이 몸을 뒤로 젖히면서 큰소리를 지르거나 빨래통 속을 들여다보곤 하였다. 어딘지 모르게 더러운, 야만스럽고 볼썽 사나운 그녀들은 마치 소나기를 만난 듯이 흠뻑 젖은 채 살결엔 김이 무럭무럭 오르며 홍조가 돌고 이리저리 물통을 들고 와서는 한꺼번에 붓기도 한다. 열린 수도꼭지에서 찬물이 똑똑 떨어지는 가운데 빨랫방망이가 물을 튀기고 헹군 속옷에 구정물이 튀기도 하고, 발 밑을 질퍽질퍽하게 만드는 물구덩이가 여러 가닥의 작은 흐름이 되어 비스듬히 깔려 있는 돌 위로 흘러간다. 외치는 소리, 장단을 맞춰 두드리는 빨랫방망이 소리, 빗방울소리 같은 물소리, 축축히 젖은 천장에 막혀 밖으로 나가지 못하는 폭풍과 같은 소음, 이런 속에서 오른쪽에 있는 뽀얀 이슬처럼 김이 서린 증기기관은 걷잡을 수 없는 소란함에 규제를 가하기라도 하듯, 춤추듯 움직이며 계속 헐떡거렸다.

제르베즈는 좌우로 시선을 던지면서 종종걸음으로 통로를 걸어갔다. 빨래 보따리를 팔에 낀 채 왕래하는 여인들과 부딪쳐서 엉거주춤 섰다가 걸어가는 그녀는 평상시보다 곱시 심하게 다리를 절었다.

「잠깐! 이봐요, 여기에요!」 보슈 부인이 굵직한 음성으로 외쳤다.

그녀가 왼편 끝머리로 가서 함께 자리를 잡자 짧은 양말을 썩썩 비벼 빨고 있던 관리인 여자는 일손을 멈추지도 않고 한마디 한마디 끊어가며 지껄이기 시작하였다.

「여기 앉아요, 자리를 잡아 놓았으니까……. 아, 나는 그리 오래 걸리지 않아요. 보슈는 속옷을 별로 더럽히지 않으니까요……. 당신은 어때요? 역시 그리 오래 걸리지는 않겠죠? 정말 작군요, 당신 보따리는. 12시 전에 다 해치워 버립시다. 그럼 같이 식사하러 갈 수 있지…… 나는 속옷을 데 프레 거리의 세탁집에 맡겼었죠. 그런데 그 가게에선 염소와 솔을 써서 천을 아주 못쓰게 만들잖아요. 그래서 내가 빨고 있는 거죠. 이게 훨씬 경제적이에요. 비누 값만 있으면 되니까……. 아니, 그 셔츠는 잿물에 담가 놔야 되겠군. 정말이지, 장난꾸러기들이라 엉덩이에 검정 묻힌 걸 좀 봐요.」

제르베즈는 보따리를 풀고 아이들의 속옷을 펼쳤다. 보슈 부인이 한 양동이의 양잿물을 받으라고 권하자 그녀는 대답하였다.

「아니에요! 필요 없어요, 더러운 물로 충분해요……. 하는 법을 알고 있으니까요.」

그녀는 속옷을 골라서 색깔 있는 것을 몇 개 따로 제쳐놓았다. 그러고 나서 뒤에 있는 수도에서 네 양동이의 물을 길어 빨래통을 가득히 채운 다음 흰 속옷 뭉치를 던져 넣었다. 그리고 스커트를 걷어올려 사타구니 사이에 끼운 다음 나무통 속으로 들어갔다. 통은 세워 놓았으므로 그녀의 배에까지 올라왔다.

「하는 법을 알아요?」 보슈 부인은 되풀이 물었다. 「그럼, 고향에서도 세탁 일을 해 봤었군요.」

제르베즈는 소매를 걷어붙이고 금빛나는 아름다운 팔을 드러낸 채 속옷을 빨기 시작하였다. 발꿈치께는 분홍색이 가시기는 하였으나 아직 젊음이 흐르는 팔이었다. 그녀는 물 때문에 닳아 하얗게 된 좁다란 빨래판 위에 속옷을 펼쳐 놓았다. 비누질을 하고는 비비고 뒤집어선 또 비벼 댔다.

대답을 하기 전에 빨랫방망이를 들어 두들기기 시작하더니 거기에 맞도록 거칠게 장단을 붙여 짤막하게 끊어 가면서 말하였다.

「그래요, 그래요, 세탁 일을 했어요. 10살 때부터……. 십여 년 전에요. 모두 냇가로 갔었죠. 여기처럼 이상한 냄새는 안 났는데. 보여 드리고 싶군요. 나무 그늘진 곳이 있었고 그곳엔 맑은 물이 흐르고……. 플라쌍이란 곳 있잖아요? 어머, 플라쌍, 모르세요? 마르세이유 근처인데?」

「아유, 대단하군요!」 보슈 부인은 힘찬 빨랫방망이질에 감탄하여 소리쳤다. 「잘 하는데요! 아가씨 같은 예쁜 손으로……. 그렇게 하면 쇠라도 납작해지겠네!」

커다란 음성으로 얘기는 계속되었다. 관리인 여자는 잘 알아들을 수 없어서 때때로 몸을 구부려야만 했다. 흰 속옷은 남김없이 두들겨져서 한 뭉텅이로 다져졌다. 제르베즈는 그것을 다시 한번 통 속에 넣고 하나씩 꺼내서는 또 비누질을 해서 비비고 솔질을 하였다. 한 손으로 빨래판 옷을 누르고 또 한 손으로 털이 짧은 세탁 솔로 속옷의 더러운 거품을 훑어내렸다. 그것이 기다랗게 검은 줄을 지으며 떨어져 내려갔다. 솔 소리를 삭삭 내며 두 사람은 한층 다가앉아서 아주 친밀하게 지껄여 댔다.

「아니에요, 우리는 결혼은 하지 않았어요.」 제르베즈는 계속하였다. 「전 숨기거나 하진 않아요. 그 사람의 처가 되고 싶을 만큼 랑티에는 점잖치 않아요. 아이들만 없다면, 정말……. 첫아이를 낳았을 때 전 14살이었고, 그이는 18살이었죠. 둘째 애는 그로부터 4년이 지나 태어났고……. 어디에나 흔히 있는 얘기죠. 전 집에서 행복하지 못했거든요. 아버지 마카르는 걸핏하면 공연히 트집을 잡아서 나에게 발길질을 했으니, 밖에서 재미볼 생각만 가질 수밖에요. 두 사람의 결혼 말도 당연히 있어야 했었죠. 그러나 어쩐지 부모들은 그럴 마음이 없었나 봐요.」

그녀는 두 손을 흔들었다. 손이 흰 거품 속에서 빨갛게 보였다.

「정말 파리의 물은 비누가 잘 일지 않네요.」 그녀는 말을 계속했다.

보슈 부인은 이제 천천히 빨고 있었다. 가끔 손을 멈추었다가 서서히 비누질을 하곤 했다. 요 2주일 동안 궁금하기 짝이 없는 제르베즈의 얘기를 호기심에 가득 차서 듣고 싶어했기 때문이다. 우둥퉁한 얼굴에 입은 반쯤 열려 있고 튀어나온 그녀의 두 눈은 반짝반짝 빛나고 있었다. 그녀는 예상했던 대로인 것에 대해 만족스러워하며 마음 속으론 『정말 이 젊은 여자는 수다스럽군,

한바탕 싸운 모양이지?』 이렇게 생각하고 있었다.

그러고 나서는 소리를 내어 물었다.

「그래, 그 사람이 점잖지 않다고?」

「그 얘기는 하지도 마세요!」 제르베즈가 대답하였다. 「고향에선 저한테 참 잘해 줬어요. 그런데 파리에 온 뒤론 태도가 달라져 버렸어요. 실은 그이 어머니가 작년에 돌아가셨는데 그이에게 거의 천7백 프랑 가량의 돈을 남겨 주었어요. 그인 파리로 올라오고 싶어했죠. 그런데다 나도 여전히 아버지 마카르에게 이유도 없이 맞고만 있었으므로 그이와 함께 오기로 한 거예요. 우리는 두 아이를 데리고 함께 이곳으로 왔지요. 나는 세탁 일을 하고 그이는 모자 만드는 일을 하기로 했죠. 그렇게만 되었더라면 참 행복하게 살 수 있었을 텐데……. 그런데 랑티에는 큰일만을 찾아다니고 낭비만 하는데다가 자기 재미만 생각하는 남자예요. 결국 대수롭잖은 사람인 셈이죠……. 하여간에 우리는 몽마르트 거리에 있는 몽마르트 호텔에 숙소를 정했어요. 그런데 이후가 문제였어요. 저녁식사다, 마차다, 극장이다, 그이는 회중시계다, 나는 비단 드레스다, 이런 식이었으니……. 왜냐 하면 그인 돈이 있을 때는 마음이 좋거든요. 그 밖엔 아시다시피 제멋대로죠. 두 달이 지났을 때에는 빈털터리가 되어서 봉쾨르 호텔로 이사를 왔고 그 뒤로 한심한 생활이 시작된 거죠.」

그녀는 갑자기 목이 메어 눈물을 되삼키느라고 말을 끊었다. 벌써 속옷 솔질이 다 끝나 있었다.

「더운 물을 가지러 가야겠네요.」 그녀는 중얼거렸다.

그러나 얘기가 중단된 데 대하여 조급해진 보슈 부인이 지나가는 세탁장 종업원을 불렀다.

「이봐요, 샤를르. 부탁인데 이 부인에게 더운 물 한 양동이만 받아다 줘요. 바빠서 그러니까.」

종업원은 양동이를 들고 가 가득히 담아 왔다. 제르베즈는 돈을 주었다. 한 양동이에 1수였다. 그녀는 빨래통에 더운 물을 쏟은 다음 빨래판 위에 몸을 구부리고 두 손으로 비누질을 하여 마지막으로 헹구어냈다. 온 사방에 김이 서려 그녀의 금빛머리가 회색 망을 쓴 듯했다.

「자, 이 소다 좀 넣어요. 여기 내 것이 있으니까.」 친절하게 관리인 여자가 말하였다.

그리고 가지고 온 탄산소다의 봉지를 제르베즈의 통에 다 털어 넣어 버렸다. 표백액도 권하였다. 그러나 젊은 여인은 거절하였다. 그것은 기름 얼룩이나 포도주 얼룩을 빼기 위한 것이기 때문이다.

「그 사람 좀 난봉기가 있는 것 같더군요.」 보슈 부인이 누구라고 이름을 밝히진 않고 랑티에의 화제로 바꾸어 말했다.

허리를 굽힌 채 두 손을 속옷 속에 넣어 세게 붙잡고 있던 제르베즈는 고개를 끄덕일 뿐 입을 열지 않았다.

부인은 말을 계속했다.

「그래요, 그 사람……. 별일은 아니지만 두세 번 나도 눈치챈 일도 있을 정도니까…….」

그런데 갑자기 제르베즈가 벌떡 일어나더니 창백한 얼굴로 노려보았으므로 부인은 소리를 질렀다.

「어머! 아니에요. 난 아무것도 몰라요! 농담을 좋아하는 것 같다는 것뿐이에요……. 우리 집에 하숙하고 있는 두 처녀, 당신도 알고 있잖아요. 아델르와 비르지니라는 그 처녀들과도 댁의 그분은 늘 장난쳤어요. 하지만 이렇다 할 일은 절대로 없었어요.」

땀투성이 얼굴을 한 젊은 여자는 양팔에서 물방울을 떨어뜨리며 보슈 부인의 정면에서 강한 시선으로 깜박거리지도 않고 뚫어져라 바라보고 있었다. 그래서 마음이 상한 관리인 여자는 가슴을 주먹으로 두드리며 맹세코 거짓말을 안한다고 말했다. 그리고 외쳤다.

「아무것도 몰라요, 난. 모른다니까, 모른단 말이에요!」

그러다가는 진정하여 사실을 알려 주어도 이미 아무 소용이 없는 사람에게 말을 건네듯 부드러운 목소리로 덧붙였다.

「그 사람은 솔직한 눈을 갖고 있는 것 같아요……. 그 사람은 당신과 꼭 결혼할 거예요, 하고말고요!」

제르베즈는 젖은 손으로 이마를 닦았다. 그리고는 다시 머리를 끄덕이며 물속에서 다음 속옷을 하나 집어들었다. 잠시 동안 두 사람은 말이 없었다. 세탁장 주위는 조용해졌다. 11시가 울렸다. 빨래하던 여인들의 반 수 가량은 빨래통의 가장자리에 한쪽 다리를 걸치고 마개를 뺀 포도주 병을 발 밑에 놓고서 소시지를 빵에 끼워서 먹고 있었다. 작은 빨래 보따리를 갖고 빨래하러 온 주부들만 사무실 위에 걸려 있는 원형시계를 바라보고는 부지런히 손을 놀리고 있었다. 허겁지겁 씹어 대는 소리 때문에 끈질긴 얘기 소리와 부드러운 웃음소리도 똑똑히 알아들을 수 없었다. 이런 가운데에서도 몇 개의 방망이 소리가 간격을 두고 간간이 들려 온다. 증기 기관은 멈출 줄을 모르고 끊임없이 으르렁거리거나 소리 높이 울리면서 이 넓은 방 안을 꽉 채우고 있었다. 그러나 여인들은 누구 하나 그 소리가 귀에 들어오지 않았다. 그것은 마치 이 세탁장 자체의 숨소리와도 같았으며 서려 오르는 영원한 김을 천장 대들보 밑으로 빨아올리는 격한 숨소리와도 같은 것이었다. 참기 어렵게 점점 더 더워졌다. 여러 갈래의 햇살이 왼쪽 높은 창으로 스며들어 무럭무럭 피어오르는 우유빛 수증기의 띠를 부드러운 회홍색과 회청색으로 물들여 반짝이게 하고 있었다. 더워서 못 견디겠다는 소리가 사방에서 들려 왔다. 그러자 샤를르가 창에서 창으로 걸어다니며 두꺼운 발을 내렸다. 또 반대쪽의 응달진 쪽으로 가서 회전창을 열어젖혔다. 사람들이 그에게 박수 갈채를 보냈다. 모두들 기분이 좋아서 활기가 넘쳐흘렀다. 이윽고 마지막까지 들려 오던 방망이 소리도 멈췄다. 빨래하던 여인들은 과일칼을 들고 먹을 것을 입 가득히 쑤셔넣은 채 이젠 손짓으로만 의사를 전하고 있었다. 그래서인지 석탄을 퍼서 스팀 엔진 속에 던져넣는 화부의 삽소리만 규칙적으로 들려 왔다.

제르베즈는 앞서 받아 놓았던 진한 비눗물로 색깔 있는 속옷을 빨고 있었다. 그것이 끝나자 빨래를 너는 대를 잡아당기어 빨래를 모조리 거기에 널었다. 그러자 바닥에 떨어지는 물방울로 푸른 물구덩이가 생겼다. 그런 다음 그녀는 헹구기 시작하였다. 그녀 뒤에는 바닥에 고정시킨 커다란 빨래통 위쪽에서 수도물이 계속 흘러내리고 있고 그곳에 속옷을 올려 놓을 수 있도록 가로대를 두 개 걸쳐 놓았다. 또 위쪽에는 별도로 가로대가 두 개 공중으로 가로놓여 있어 여기서 빨래의 물기를 완전히 빼게 되어 있었다.

「이제 끝나가는군요. 다행이네요. 난 기다렸다가 당신 빨래 짜는 걸 도와줄게요.」 보슈 부인이 말했다.

「그래요? 고맙군요. 하지만 괜찮아요.」 젊은 여인은 이렇게 대답하고 색깔 있는 속옷을 깨끗한 물 속에서 손으로 비벼서 헹구었다. 「홑이불 같은 거라면 부탁드리겠지만.」

그렇게 말했지만 역시 관리인 여자의 도움을 받아야 했다. 스커트며, 잘못하여 물이 든 밤색의 작은 모직 천을 각각 붙잡고 둘이서 짰다. 노르끄레한 물이 흘러나왔다. 그때 보슈 부인이 외쳤다.

「어머나! 키다리 비르지니가! 저 애가 여기 뭘 빨러 왔을까, 수건에다 누더기를 조금 싸들고?」

제르베즈는 얼굴을 확 돌렸다. 비르지니의 나이는 제르베즈 또래이고 키는 더 큰데다 조금 갸름한 얼굴이었으나 아름다운 아가씨였다. 옷단을 장식한 낡은 검은 옷을 입고 목에는 붉은 리본을 달고 있었다. 정성껏 빗어 틀어 올린 머리엔 푸른 비단실로 된 망을 쓰고 있었다. 중앙 통로의 가운데에 서서 무엇을 찾고 있는 것처럼 한동안 눈을 가늘게 뜨고 훑어보더니 제르베즈의 모습을 보자 아주 건방진 태도로 허리를 흔들어가며 다가왔다. 그리곤 곁을 지나쳐 다섯 개의 통을 사이에 두고 같은 줄에 자리잡았다.

「또 변덕이 시작되었군!」 보슈 부인이 한층 소리를 낮추어 계속 말했다. 「소매 한 짝도 빨아 본 적이 없는 주제에……. 아유! 정말 진짜 게으름뱅이에요! 양재사라면서 자기 양말 하나 꿰매지 못하니! 사흘에 이틀은 공장을 쉴 걸요. 그 동생 아델르라는 말괄량이도 마찬가지예요. 부모가 누군지도 모르고 무엇을 하고 먹고 사는지 아무도 몰라요……. 게다가 얘기를 붙여 보려고 해도……. 아니, 도대체 걔가, 저기서 무엇을 비비고 있을까? 어머! 페티코트가 아냐? 참 질색이군. 저 페티코트라면 아마 틀림없이 뭐 재미있는 일이 있었을 거야!」

보슈 부인은 분명히 제르베즈의 비위를 맞추려고 했던 것이다. 그러나 아델르나 비르지니에게 돈이 있을 때에는 두 처녀한테서 커피를 얻어마시기도 하는 부인인 것이다. 제르베즈는 대답도 않고 손이 후끈 달아서 일을 서둘렀다. 삼각대 위에 놓인 빨래통 속에 파란 물감을 풀었다. 흰 속옷들을 그것에 적셔서 희미한 회칠과 같은 빛이 나는 파란 물 속에서 잠깐 흔들어 댔다. 그러고 나서 가볍게 짠 다음 높은 쪽의 가로대에 가지런히 걸쳤다. 이 일을 하고 있는 동안 줄곧 제르베즈는 일부러 비르지니에게 등을 돌리고 있었다. 그래도 비르지니의 비웃는 소리가 들려 왔다. 비르지니가 곁눈길로 흘겨보는 시선을 느낄 수가 있었다. 그녀가 온 것은 싸움을 하려고 온 것이 틀림없었다. 갑자기 제르베즈는 뒤돌아보았다. 눈이 마주친 두 사람은 서로 노려보고 있었다.

「내버려 둬요.」 보슈 부인이 속삭였다. 「머리를 움켜쥐거나 하면 안 돼요……. 아무 일도 없었다고 했잖아요! 걔가 아니란 말이에요!」

이때 젊은 여인은 마지막으로 빨래 하나를 널려 하고 있었다. 그런데 갑자기 세탁장 입구 쪽에서 웃음소리가 들렸다.

「두 꼬마가 엄마를 찾고 있어요!」 샤를르가 외쳤다.

여자들은 모두 돌아보았다. 제르베즈는 클로드와 에티엔느임을 알아차렸다. 아이들은 어머니의 모습을 찾아내자 끈이 풀린 신발 뒤축으로 돌 위를 내달으며, 헐떡이면서 물구덩이 속에 있는 어머니 쪽으로 달려왔다. 형인 클로드가 동생의 손을 잡고 있었다. 이 꼬마 형제들이 약간 겁을 집어먹었으면서도 웃음을 띠고 뛰어가는 것을 보자 통로에 있던 여인들은 진정으로 가벼운 탄성을 올렸다. 그들은 어머니 앞에 와서도 손을 쥔 채 우두커니 서서 금발의 머리를 가지런히 하고 어머니를 올려다보았다.

「아빠가 갔다 오라고 하던?」 제르베즈는 물었다.

에티엔느의 신발 끈을 매 주려고 몸을 구부렸을 때 클로드의 손가락 끝에 방 번호가 새겨진 구리 열쇠가 건들거리고 있는 것이 눈에 띄었다.

「어머나! 열쇠를 갖고 왔니!」 놀라서 그녀가 말하였다.

「웬일이지?」

손가락에 매달려 있는 열쇠를 잊고 있던 아이들은 그제야 생각난 듯 또렷하게 말했다.

「아빠, 가 버렸어.」

「아빠는 점심거리를 사러 간 거야. 그래서 너희들 보고 엄마를 불러 오라고 했지?」

클로드는 동생을 쳐다보며 머뭇거렸다. 영문을 모르는 모양이었다. 그러더니 단숨에 이렇게 말하였다.

「아빠는 갔어요……. 침대에서 일어나더니 트렁크 속에 아빠 것을 몽땅 넣고 트렁크를 마차에 싣고……. 아빠는 갔어요.」

쪼그리고 있던 제르베즈는 서서히 일어섰다. 얼굴에서 핏기가 가시기 시작하였다. 양손을 볼과 관자놀이에 대 본다. 골이 빠개지는 소리가 들리는 것 같았다. 무엇을 말하려고 해도 단지 한 마디만 나올 뿐이다. 그녀는 그 한 마디를 같은 어조로 스무 번이나 되풀이하였다.

「아, 어쩌나! 아! 어쩌나! 아! 어쩌나…….」

그러자 이번엔 보슈 부인이 그 사건에 한몫 끼게 된 것에 몹시 으쓱해져 아이들에게 물었다.

「얘들아, 이유를 말해 줘야지……. 아빠가 문을 닫고, 그리고 너희들 보고 열쇠를 가져 가라고 그랬지, 그렇지?」

그러고 나서 목소리를 낮춰 클로드의 귀에다, 「마차 속에 어떤 부인이 타고 있지 않던?」 하고 물었다.

또 아이는 머뭇거렸다. 그러고 나서는 의기 양양하게 다시 한번 되풀이해서 말했다.

「아빠는 침대에서 일어나더니 아빠 것을 몽땅 트렁크 속에 넣고 가 버렸어요.」

그 말이 끝나자, 보슈 부인이 내버려 두었으므로 클로드는 수도 앞으로 동생을 끌고 갔다. 둘은 함께 물장난을 하고 놀기 시작하였다.

제르베즈는 울 수도 없었다. 빨래통에 허리를 기대고 두 손으로 얼굴을 감싼 채 숨을 죽이고 있었다. 몸을 가늘게 떨고 있었다. 마치 망각의 어둠 속으로 사라져 버리려는 듯 양쪽 주먹 위로 점점 강하게 시선을 틀어박았다. 때때로 긴 한숨이 새어나왔다. 캄캄한 어둠 속으로 깊이 빠져들어가는 것 같은 느낌이었다.

「이봐요, 기운을 내요. 불쌍한 사람 같으니！」 보슈 부인이 중얼거렸다.

「당신은 모르실 거예요！ 모른단 말이에요！」

극히 나지막한 소리로 겨우 말하였다. 「그이가 오늘 아침에 내 숄하고 속옷을 저당잡혀 오라더니, 마차 삯으로 쓰기 위해서였어요.」

그녀는 울었다. 전당포에까지 달려갔던 일을 생각해 보니 오늘 아침에 일어난 일이 정확하게 되살아나 지금까지 목에 걸려 있던 오열이 단숨에 터져 나왔다.

전당포에 달려갔던 일, 그것이 너무도 분하여 절망 속에서 고통이 무겁게 짓눌러 왔다. 두 손을 대고 있었기 때문에 아까부터 젖어 있던 볼 위에는 눈물이 쏟아져 흘러내렸다. 그러나 그녀는 손수건을 찾을 생각조차 없었다.

「정신 좀 차려요. 울지 말아요. 모두들 보고 있잖아요.」 그녀의 주위를 서성대고 있던 보슈 부인이 되풀이하여 말하였다. 「겨우 그까짓 남자 하나 때문에 그렇게 괴로워할 것 없어요！ 그렇담 당신은 아직도 그 사람을 사랑했나보군요？ 그래요？ 좀 전까지만 해도 심하게 그 사람에 대하여 화를 냈었잖아요. 그런데 지금은 울고불고……. 우리 여자들이란 참 바보라니깐！」

그러고 나서 그녀는 어머니 같은 말투로 계속하였다.

「참, 당신 같은 아름다운 여자가 이렇게 되다니！ 이제 이렇게 된 바에야 깡그리 다 말해 버려도 좋겠죠？ 기억나죠？ 오늘 아침에 당신 방의 창 밑을 지나갈 때 난 금방 짐작되는 게 있었다오……. 간밤에 아델르가 돌아왔을 때 그 발소리와 함께 남자 발소리가 들리지 않겠어요？ 어떤 남자인지 알고 싶어서 계단을 내다봤죠. 남자는 이미 3층으로 올라갔는데, 꼭 랑티에 씨 외투 같더란 말이에요. 오늘 아침 우리 주인 보슈가 망을 보니, 살그머니 그이가 내려오더래요……. 알겠지요？ 상대는 아델르예요. 비르지니는 요즘 남자가 한 사람 생겨서 일주일에 두 번씩 그 사람 집에 가거든요. 하여간 그리 좋은 애기는 아니죠. 하지만 그 여자들이 있는 곳은 방 하나에 침대가 하나밖에 없는

데, 도대체 비르지니는 어디서 잤을까요?」

잠시 그녀는 말을 끊고 뒤돌아보더니, 다시 그 큰 목소리를 죽여 가며 계속하였다.

「인정머리 없는 비르지니 좀 봐요. 당신이 우는 걸 보고 웃고 있어요, 저기서. 난 장담해도 좋아요. 저 빨래는 구실에 지나지 않을 거예요……. 저게 둘을 마차에 실려 보내고 이리로 온 거예요. 당신이 이떤 얼굴을 하고 있는지를 알려 주기 위해서 말이에요.」

제르베즈는 얼굴에서 손을 떼고 눈을 들었다. 서너 명의 여자에게 둘러싸여 있는 비르지니가 자기 눈앞에서 이쪽을 흘끔거리며 낮은 소리로 뭔가 지껄이고 있다. 그걸 보자 갑자기 분노가 솟구쳐 올라왔다. 몸이 와들와들 떨려 오고 눈이 핑핑 돌았다. 팔을 내밀어 땅바닥을 짚으려고 하다가 뜻하지 않게 몇 발짝 걸어가서는 물이 가득 찬 양동이에 부딪치자 그것을 두 손으로 들어 단숨에 확 퍼부었다.

「빌어먹을 년!」 키다리 비르지니가 외쳤다.

재빨리 뒤로 물러났기 때문에 그녀는 신발만 젖었다. 그러나 아까부터 젊은 여인이 흘리는 눈물에 기분이 언짢아졌던 세탁장의 여인들이 그 싸움을 보고 떠들기 시작하였다. 빵을 다 먹어 가던 여인들은 손에 비누칠을 한 채로 달려와서 두 사람을 사이에 두고 삥 둘러섰다.

「이 빌어먹을 년!」 키다리 비르지니가 또 외쳤다. 「뭣 때문에 이 지랄일까? 미쳤나!」

제르베즈는 딱 버티고 서서 턱을 내민 채 얼굴에 씰룩씰룩 경련을 일으키며 한 마디도 대꾸하지 않았다. 아직 파리 식으로 퍼붓지 못하는 것이다. 상대방은 계속 퍼부어 댔다.

「자, 해 보려면 해 봐! 떠돌이 시골 딴다라 짓에도 싫증이 났지! 12살도 채 안 돼서 군인을 상대한 갈보년 같으니. 쳇, 시골에서 한쪽 다리밖에 빼 오지 못한 주제에……. 남은 한쪽 다리는 썩어 문드러졌나보지?」

웃음이 일었다. 자기 말이 성공한 것을 확인한 비르지니는 두어 발짝 앞으로 나아가서 커다란 몸을 활짝 뒤로 젖혀 가며 한층 큰소리로 외쳤다.

「야! 이리 좀 와 봐. 내 단단히 상대해 주마! 알겠어? 파리의 우리를 우습게 봤다간 용서치 않을 테니까……. 이런 갈보년쯤이야 어떻게 되든 내가 알 게 뭐야! 만약 저년이 덤벼들기만 하면 그 보기 좋은 속치마를 번쩍 쳐들어 주는 건데. 참 볼만할 거다. 도대체 내가 어쨌다는 거냐. 말할 테면 해

봐. 이 갈보야, 내가 너한테 어쨌다는 거냐?」

「그렇게 게걸대지 마.」 제르베즈는 더듬거리며 말했다. 「넌 다 알고 있잖아? 똑똑히 봤었지, 우리 그이가 어젯밤에……. 그러니 닥치고 있어. 그렇잖으면 정말 네 목을 죄어 버릴 테니까.」

「우리 그이라고! 참, 이년의 뱃속도 뻔뻔스럽군! 남편이라! 그런 우스꽝스러운 꼴로 어떻게 남편 섬기는 아내 행세를 할 수 있을까! 그 사람이 너를 차 버렸다 해도 내 탓은 아니야. 난 가로챈 일도 없어. 뒤져 보려면 뒤져 봐……. 사실을 말해 줄까? 그 사람을 그렇게 만든 것도 너란 말이야! 그 사람은 너 같은 것한테는 너무 과분하단 말이야……. 어때, 그 사람을 잡아매 놓기라도 했다는 거야? 누구 이 부인의 남편되는 분을 모신 분은 안 계신가요? 반드시 사례금이 있을 거예요.」

또 와 웃어 댔다. 제르베즈는 역시 낮은 목소리로 이렇게 중얼댈 뿐이었다.

「잘 알면서, 잘 알면서……. 상대는 네 동생이야. 죽여 버릴 테야, 네 동생을…….」

「좋아, 동생하고 가 싸우시지.」 비르지니는 코방귀를 뀌며 계속해서 말했다. 「그래, 상대는 내 동생이라고! 그럴는지도 모르지, 걔는 너와는 달리 세련되어 있으니까……. 그렇다 한들 그게 나하고 무슨 상관이야! 그렇다고 마음놓고 빨래도 하지 말라는 법이 어디 있지? 제발 조용히 하면 어때! 이제 그만 해두시지!」

그러나 자기가 스스로 퍼부어 댄 욕에 취하여 흥분한 비르지니는 대여섯 번 방망이를 두들기더니 자기 쪽에서 또 제르베즈가 있는 곳으로 되쫓아갔다. 처음엔 잠자코 있었다. 그러나 이윽고 세 번째로 다시 입을 열기 시작하였다.

「그래! 상대는 내 동생이다. 이제 속이 시원하냐? 둘은 열렬하더라. 서로 껴안고 있는 건 볼 만하던데……. 그래서 그 사람은 애비 없는 새끼들과 널 버리고 간 거야. 온 얼굴에 부스럼투성이인 어여쁜 아귀(餓鬼)들까지 말이야! 하나는 시골 순경의 자식이라지? 그리고 짐이 될까 봐 따로 셋은 버리고 왔다지……. 너의 랑티에가 말해 주더라. 그래 참, 그 사람이 근사한 말도 하던데. 너 같은 말라깽이는 진저리가 난다고!」

「이 잡년이! 잡년이! 잡년이!」

제르베즈는 몸을 와들와들 떨면서 정신없이 퍼부었다.

그녀는 이번에도 또 몸을 한 바퀴 돌려 땅 위를 살폈다. 조그만 빨래통이 보일 뿐이다. 그 빨래통 아래쪽을 잡아 그녀는 파란 물감물을 비르지니 얼굴을 향하여 집어던졌다.

「이년이! 남의 옷을 버려 놨네.」 비르지니가 외쳤다. 한쪽 어깨가 다 젖고 왼손이 파랗게 물들었다. 「거기 기다려, 이 더러운 년아!」

이번엔 그녀가 양동이를 들고 와 젊은 여인을 향하여 퍼부었다. 이리하여 무시무시한 싸움이 시작되었다. 둘 다 빨래통에서 빨래통으로 달려가서는 양동이에 물을 가득 채워 가지고 돌아와 상대방의 머리를 향하여 끼얹었다. 그럴 때마다 와 하는 소리가 구경꾼들 사이에서 일어났다. 이제는 제르베즈도 지지 않고 말대꾸를 하였다.

「자, 간다, 받아라! 이 화냥년아! 꼴 좋다. 엉덩이도 시원할 거다.」

「뭐라고! 이 잡년아! 이것으로 때나 닦아라. 때로는 세수도 하는 법이야.」

「그래, 그래. 이번엔 네 때 좀 벗겨 주마, 이 키다리 화냥년아!」

「자, 또 간다! 이빨이나 닦고 화장해라, 벨롬므 거리 골목에서 오늘밤 손님을 끌려면.」

결국은 둘 다 수도를 틀어놓고 양동이에 물을 받아야 했다. 물이 가득 찰 동안에도 욕을 퍼부어 댔다. 처음 몇 번은 끼얹는 방법이 서툴어 상대편은 거의 물을 맞지 않았다. 그러나 점점 둘 다 익숙해졌다. 처음으로 얼굴에 사정없이 뒤집어쓴 것은 비르지니 쪽이었다. 물은 목으로 들어가서 등과 가슴으로 흘러내려 옷 밑으로 떨어졌다. 이 타격으로 아직 멍해 있는 사이에 두 번째 물이 비스듬히 옆에서 덮쳐 들어와 왼쪽 눈을 후려치면서 틀어 올린 머리를 적셔 버렸다. 틀었던 머리는 끄나풀처럼 풀려 내렸다. 제르베즈는 먼저 양 발에 맞았다. 처음엔 신발을 다 적시고 넓적다리까지 튀어 올랐다. 두 번째는 허리를 흠씬 적셨다. 그러나 얼마 안 가서 어디를 맞았는지도 분간할 수 없게 되었다. 둘 다 머리끝부터 발끝까지 물에 빠진 새앙쥐 꼴이 되었고 웃저고리는 어깨에 달라붙고 치마는 허리에 들러붙어서 덜덜 떨렸다. 마치 소나기를 만난 우산처럼 전신에서 물방울이 떨어졌다.

「정말 개판이로군!」 빨래하던 한 여인이 쉰 목소리로 말하였다.

세탁장은 한참 소란해졌다. 물이 튈까 봐 모두 뒤로 물러나 있었다. 단숨에 양동이 물을 콸콸 끼얹는 소리 사이로 박수와 농담하는 소리가 여러 번 일어났다. 바닥은 물이 흥건하여 발목까지 차서 두 여인은 첨벙대며 걸어야 했다. 그런데 음흉스럽게도 비르지니는 이웃 여자가 갖다 놓았던 펄펄 끓는 양잿물 양동이를 잡아 갑자기 그것을 내던졌다.

찢어지는 듯한 비명이 일어났다. 모두 틀림없이 제르베즈가 끓는 물을 뒤집어쓴 줄 알았었다. 그러나 그녀는 왼발에 가벼운 화상을 입었을 따름이었다. 하지만 너무 아픈데다 격분한 제르베즈는 빈 양동이를 비르지니의 발을 향하여 내던졌다. 비르지니는 쓰러졌다.

여인들이 모두 한꺼번에 지껄여 댔다.

「다리가 부러졌어?」

「하지만 상대편에게 화상을 입히려고 했잖아!」

「어쨌든 금발 여자가 옳아요. 남편을 빼앗겼으니까.」

보슈 부인은 무엇인가를 외치면서 두 팔을 하늘을 향하여 몇 번이고 올렸다. 그녀는 그때까지 얌전하게 두 빨래통 사이로 몸을 피하고 있었던 것이다. 두 아이, 클로드와 에티엔느는 겁에 질려 부인의 옷에 매달려서「엄마! 엄마!」하고 소리소리 질렀지만 그 외침 소리도 울음소리 때문에 잘 들리지가 않았다. 부인은 비르지니가 땅바닥에 쓰러진 것을 보자 제르베즈가 있는 곳으로 달려가서 스커트를 잡아당기며 되풀이해서 말했다.

「이봐요, 가 버려요! 이성을 잃으면 안 돼요……. 정말, 난 오싹해서 온몸의 피가 얼어붙는 것 같아요! 이렇게 심한 싸움은 본 일이 없어요.」

그녀는 뒤로 물러나더니 아이들을 데리고 또 두 통 사이로 피난해 버렸다. 비르지니가 제르베즈의 가슴을 향하여 덤벼들었기 때문이다. 비르지니는 제르베즈의 목을 두 손으로 붙잡고 죄어 죽이려고 하였다. 그러자 상대편도 몹시 흔들어 떨쳐 버리고 머리채를 잡고 늘어졌다. 목이라도 뽑아 버릴 듯한 기세다. 격투가 다시 시작되었다. 이번엔 비명 하나, 욕 한 마디 들리지 않는다. 둘은 몸을 껴안고 싸우는 것이 아니라 손을 펴거나 손가락을 갈퀴 모양으로 구부려 상대편의 얼굴을 향하여 덤비고 되는 대로 따귀를 치거나, 꼬집거나 할퀴거나 하였다. 갈색머리를 한 큰 여자의 빨간 리본과 파란 비단실의 망은 가리가리 찢어졌다. 블라우스는 목 언저리에서 찢어져 어깨 살이 드러났다. 한편 금발 쪽은 모르는 사이에 흰 블라우스의 소매가 찢겨 나가서 벗은 거나 다름없었고 속옷은 갈가리 찢기어 허리의 굴곡이 드러나 보였다. 옷 조각이 찢기어 날아다녔다. 먼저 피를 흘린 것은 제르베즈였다. 입가에서 턱 밑으로 세 줄기의 할퀸 상처가 피를 뿜었다. 그녀는 눈을 다칠까 봐 눈 언저리를 맞을 때마다 눈을 감았다. 비르지니는 아직 피를 흘리고 있지 않았다. 제르베즈는 상대방의 귀를 노렸으나 그것이 잡히지 않아 화가 날 대로 났다. 그러나 이윽고 노란 유리 제품의 배 모양을 한 귀걸이의 한쪽을 붙잡자 그것을 잡아당겼다. 귀가 찢어지면서 피가 흘렀다.

「이거 사람 잡겠구먼! 저것들을 떼어 놔요!」 몇 사람이 소리쳤다.

세탁하는 여자들은 두 사람이 있는 곳으로 모여들었다. 그녀들도 두 패로 나뉘어져 있었다. 한 패는 서로 물어뜯는 암캐 같은 두 여자를 부추기듯 하였고, 또 한패는 아주 마음이 약해서 외면을 한 채 떨면서 둘이 싸우는 것을 차마 볼 수 없다며, 그대로 내버려 두면 두 여자의 생명이 위태롭다고 중얼댔다. 이번에는 이 두 패가 싸움을 벌일 것 같았다. 두 패가 서로 사람 같지 않은 것, 되지못한 것들이라고 욕을 하면서 맨살을 드러낸 팔을 내민다. 뺨치는 소리가 세 번 울렸다.

보슈 부인은 세탁장의 종업원을 찾아다녔다.

그는 제일 앞줄에서 팔짱을 끼고 구경하고 있었다. 키가 크고 목이 몹시 굵은 젊은이다. 히죽히죽 웃으며 두 여인이 살을 드러내 놓는 것을 보고 좋아하고 있다.

『조그마한 금발의 여자는 메추라기처럼 토실토실하군. 속치마가 찢어지면 볼 만하겠군.』

「아니! 저 여자 겨드랑이 밑엔 점이 있군.」 눈을 동그랗게 뜨고 샤를르는 중얼거렸다.

「어머나! 저기 있었구나. 참 너도!」 그를 찾아낸 보슈 부인이 외쳤다. 「이봐, 좀 말려 봐요……. 너는 할 수 있을 거야!」

「천만에요! 전 못해요! 나 혼자선 여간해선!」 그는 태연하게 말하였다. 「요전처럼 눈을 할퀴면 어쩌려고요……. 뭐 그런 일을 하라고 고용된 건 아니잖아요. 그게 아니라도 할 일이 많아요……. 뭘 무서워해요! 피를 좀 흘리는 편이 두 사람에겐 약이 될 걸요. 기분이 후련해질 테니까.」

보슈 부인은 할 수 없이 그럼 경찰에 알려 달라고 하였다. 그러나 눈을 앓고 있는 젊고 화사한 세탁장 여주인은 단호히 그것을 거절하였다. 그리고 몇 번이고 이렇게 되풀이해서 말했다.

「안 돼요, 안 돼, 그럴 순 없어요. 우리가 관련되니까요.」

땅바닥에선 격투가 계속되고 있었다. 갑자기 비르지니가 무릎을 꿇고 일어나더니 방망이를 잡고 휘둘러 댔다. 그리고 완전히 쉰 목소리로 헐떡이며 소리쳤다.

「자. 맛좀 봐라! 빨래 대신 네 더러운 몸을 두들겨 줄 테니!」

제르베즈는 재빨리 손을 내밀어 마찬가지로 방망이를 잡아 몽둥이처럼 휘둘렀다. 그녀의 목소리도 쉬었다.

「좋아! 몸뚱이를 빨래하고 싶댔지……. 어서 그 몸뚱이를 이리 갖고 와, 이것으로 걸레를 만들어 줄테니!」

둘은 무릎을 꿇고 서로 위협만 할 뿐 잠시 동안 움직이지 않고 있었다. 둘 다 머리를 산발하여 연방 헐떡거리며 흙투성이의 부은 얼굴로 한숨 돌리면서 태세를 갖추고 기회를 노리는 것이었다. 제르베즈가 최초의 일격을 가하였다. 그 방망이는 비르지니의 어깨를 살짝 스쳤다. 갑자기 비르지니의 방망이가 제르베즈에게 덮쳐 왔으나 제르베즈가 그를 피하여 옆으로 비켜 섰기 때문에 아슬아슬하게 허리를 스쳤다. 이리하여 마치 세탁부가 방망이로 빨랫감을 두드리듯이 박자를 맞추어 사람을 상대로 하는 심한 두들겨패기가 시작되었다. 서로의 방망이가 상대편 몸에 닿으면 빨래를 물 속에서 두들기는 것처럼 둔탁한 소리가 났다.

주위의 세탁부들은 이제 웃지도 않았다. 어떤 사람들은 화가 치밀어서 못 견디겠다고 그 자리를 떠나고 말았다. 남은 사람들은 이 두 여인의 설치는 모습에 정신을 잃고 눈에는 잔인한 빛을 번득이며 목을 앞으로 내민 채 그곳에서 떠나지를 않았다. 보슈 부인은 클로드와 에티엔느를 데리고 그 자리를 피했다. 두 방망이가 부딪치는 소리에 섞여 세탁장의 저쪽 끝에 있는 두 아이가 엉엉 울어 대는 소리가 들려 왔다.

갑자기 제르베즈가 큰소리로 울부짖었다. 드러낸 팔꿈치 위를 비르지니의 방망이가 사정없이 내리친 것이다. 붉은 점이 생겼고 금방 살이 부풀어올랐다. 그러자 즉각 제르베즈도 덤벼들었다. 때려 죽일 것만 같은 표정이다.

「그만! 그만!」 누군가가 외쳤다.

그러나 아무도 말리려 드는 사람은 없었다. 제르베즈가 너무도 무서운 형상을 하고 있었기 때문이다. 그녀는 있는 힘을 다하여 비르지니의 몸통을 잡아 꺾더니 허리를 공중으로 들어올려 얼굴을 돌바닥에 처박았다. 그리고 상대방이 빠져 나가려고 발광하는 것을 개의치 않고 스커트를 위까지 걷어올렸다. 밑에는 팬티가 있다. 잽싸게 손을 집어 넣어 팬티를 벗겨 버렸다. 넓적다리도 엉덩이도 모두 노출되었다. 그렇게 해 놓곤 방망이를 치켜올려 두드리기 시작하였다. 지난날 플라쌍 마을의 비오른느 강가에서 마치 고용주인 여주인이 주둔 부대의 세탁물을 빨 때와 같은 요령으로 두들기기 시작하였다. 방망이는 살에 닿으면 둔한 소리를 내고 철썩대었다. 내리칠 때마다 붉은 줄이 솟아올라 흰 살을 얼룩지게 하였다.

「야! 지독한데!」 종업원 샤를르가 놀라움에 눈이 둥그래져서 중얼거렸다.

그래서 또 웃음이 일었다. 그러나 곧 또 「그만! 그만하라니까!」 이렇게 외치는 소리가 들렸다. 그러나 제르베즈의 귀에는 들리지 않았다. 두드리는 손은 멈출 줄 모른다. 한 군데라도 남기지 않으려는 듯 빨랫감인 비르지니 몸 위에 상체를 구부린 채 잠시도 눈을 떼지 않는다. 이 살을 구석구석 남김 없이 골고루 두들겨서 창피를 줘야겠다고 생각하고 있는 것이다. 그녀는 잔인한 쾌감에 사로잡혀 빨래할 때 부르는 노래를 생각나는 대로 불러 댔다.

「철썩! 철썩! 마르고는 빨래터로……. 철썩! 철썩! 방망이로 장단을 맞춰서……. 철썩! 고통으로 검게 된……, 철썩! 철썩! 마음을 씻으리.」

더욱 계속했다.

「옛다, 이것은 네 몫. 옛다, 이번엔 네 동생 몫. 옛다 다음엔 랑티에 몫…… 그것들을 만나거든 전해 주렴……. 이봐, 정신차려! 다시 한번 한다. 옛다, 이것은 랑티에 몫. 옛다, 이번엔 네 동생 몫. 옛다, 다음엔 네 몫……. 철썩! 철썩! 마르고는 빨래터로……. 철썩! 방망이로 장단 맞춰서…….」

모두가 그녀의 손을 비르지니의 몸에서 떼어내야만 했다. 얼굴은 눈물로 범벅이 되어 빨개지고 어쩔 줄 몰라 쩔쩔매던 갈색머리의 큰 여자는 옷을 입자 도망쳐 버렸다. 그녀가 진 것이다. 제르베즈는 다시 블라우스의 소매에 팔을 끼우고 스커트를 고쳐 입었다. 팔이 아팠으므로 보슈 부인에게 부탁하여 빨래 보따리를 어깨에 올려 달라고 하였다. 관리인 여자는 지금 금방 있었던 일을 다시 한번 뇌까린 다음 얼마나 조마조마했던가를 말하며 그녀의 몸을 살펴봐 주겠다고 하였다.

「당신, 어딘가 꼭 다쳤을 거예요. 아까 이상한 소리가 들렸으니까…….」

그러나 젊은 여인은 가려고 하였다. 아직 앞치마 모습으로 서 있는 주위의 세탁부들이 동정적으로 성가시게 치켜 세우는 말에도 그녀는 대답을 하지 않았다. 빨래 보따리를 어깨에 얹자 입구로 향하였다. 그곳에는 아이들이 기다리고 있었다.

이어 안으로 되돌아온 세탁장의 안주인은 그녀를 잡고 말하였다. 「두 시간이니까 2수예요.」

왜 2수인지, 왜 자리값을 받는지 제르베즈는 알 수 없었다. 그래도 2수를 지불했다. 몸은 물에 빠진 새앙쥐가 되었고 팔꿈치는 파랗게 멍이 들고 볼은 피투성이가 된 꼴로 어깨에 멘 젖은 빨래의 무게 때문에 한층 심하게 다리를 절면서 다 드러낸 팔로 클로드와 에티엔느를 끌고 입구로 나갔다. 아이들은 아직도 훌쩍이고 있었으며 울어서 더러워진 얼굴을 한 채 어머니 양쪽에 매달려 되뚝되뚝 걸었다.

그녀가 나가자 세탁장은 다시 둑이 무너진 듯한 심한 소음의 소용돌이가 되었다. 세탁부들은 이미 빵을 다 먹고 포도주도 다 마셔 버렸다. 그리고 제르베즈와 비르지니가 싸우는 바람에 덩달아 신이 나서 한층 세게 빨래를 두드리고 있었다. 늘어놓은 빨래통 앞에 줄을 이룬 그녀들은 허리가 빠지고 둥그러진 꼭두각시처럼 모가 난 꼴을 하고서 경첩으로 연결시킨 꼭두각시인 양 난폭하게 몸을 구부리며 팔을 미친 듯이 심하게 휘두르고 있었다. 통로의 이쪽 끝에서부터 저쪽 끝까지 천박스러운 잡담이 계속되고 있었다. 목소리며 웃음소리나 천한 말들이, 콸콸 들리는 물소리 사이로 갈라져 들어갔다. 수도물이 쏟아져 양동이에서는 물이 튀고 빨래판 밑으로는 물이 시냇물처럼 흐르고 있었다. 지루한 오후가 되었다. 방망이질은 아직도 계속되고 있었다. 오로지 넓기만 한 세탁장 건물 안에서는 커튼 틈으로 스며드는 황금 구슬 같은 둥근 햇빛 때문에 김이 그곳만 붉은 자색으로 보였다. 비누 냄새가 배인 후텁지근한 공기가 몹시 답답했다. 갑자기 세탁장 건물에 흰 김이 자욱해졌다. 잿물이 끓고 있는 통의 큰 뚜껑이 톱니바퀴 달린 피스톤의 중앙봉을 따라 기계적으로 올라가고 벽돌 바닥에 뚫려 있는 둥그런 구멍에서 가성칼리의 달콤한 증기가 회오리바람처럼 밀려 올라왔기 때문이었다. 곁에서는 건조기가 돌아가고 있다. 주물 원통에 들어 있는 여러 뭉치의 빨래가 기계 바퀴의 회전에 따라 물을 뿜어 대고 있다. 그리고 이 건조기는 헐떡이며 김을 뿜어 대고 강철로 된 실린더를 계속 움직여 세탁장을 한층 심하게 뒤흔들어 놓기 시작한 것이다.

제르베즈는 봉퀘르 호텔 골목으로 들어서자 다시 눈물이 나왔다. 이곳은 어둡고 좁은 곳으로 벽을 따라 구정물이 흐르는 도랑이 있었다. 이 시궁창 냄새를 맡으니 여기서 랑티에와 같이 산 2주일 동안의 일이 떠올랐다. 가난과 싸움으로 지새운 2주일이었다. 그러나 지금에 와서 그 일을 생각하면 가슴을 도려내는 듯한 회한밖에 없었다. 남자에게 버림받은 여자 혼자만의 고독 속에 발을 들여놓는 것 같은 느낌이 드는 것이었다.

위로 올라가니 방은 텅 빈 채 열려 있는 창문으로 햇빛이 가득 들어와 있었다. 춤추는 금가루와도 같은 햇빛은 그을은 천장과 벽지가 벗겨진 벽을 비참하게 보이게 했다. 벽난로의 못에는 끈처럼 비비 꼬인 여자용 작은 목도리 하나가 걸려 있을 따름이었다. 아이들 침대를 방 가운데로 끌어내 놓아 그 뒤에 있는 옷장이 드러나 있다. 열려진 서랍은 텅 비어 있다. 랑티에는 몸을 씻고 포마드를, 그것도 트럼프 갑에 약간 남아 있던 포마드를 다 쓰고 나간 모양이다. 그의 손에 묻었던 기름을 씻은 물이 세면기에 가득 담겨 있었다. 잊은 물건은 하나도 없었다. 조금 전까지만 해도 가방이 놓여 있던 한편 구석이 제르베즈의 눈에는 흡사 커다란 구멍처럼 보였다. 창문 고리에 걸려 있던 작고 둥근 거울도 보이지 않는다. 갑자기 그녀는 어떤 예감에 사로잡혔다. 난로 위를 보았다. 역시 랑티에는 전당표를 가지고 간 것이다. 이제 그 분홍색 종이 뭉치는 짝짝이가 된 두 개의 아연 촛대 사이에서 모습을 감춰 버린 것이다.

그녀는 세탁물을 의자 뒤에 건 뒤, 버티고 선 채로 가구들을 한 바퀴 휘둘러 보았다. 너무 기가 막혀서 이젠 눈물도 나오질 않았다. 그녀의 수중에는 세탁 값으로 갖고 있던 4수 중 1수만이 남아 있을 뿐이다. 벌써 기분이 좋아진 에티엔느와 클로드가 창문이 있는 곳에서 웃고 있는 것을 보자 그녀는 다가가 두 아이의 머리를 두 팔로 안고는 회색 거리를 바라보며 한동안 멍하니 서 있었다. 그녀는 바로 오늘 아침에 그 거리 위에서 노동자의 무리, 즉 파리의 거대한 영위가 깨어남을 보았는데, 지금 이 시각엔 그 거리에 햇빛이 내리쬐어 입시 세관의 벽 저쪽 파리의 시가 위에 뜨거운 반사열을 타오르게 하고 있었다. 이 거리 위에, 이 열기 속에 아이들과 함께 자기는 혼자 버림을 받은 것이다. 문득 그녀는 막막하고 무서운 예감에 사로잡혀 큰 거리 좌우로 눈을 돌려 거리의 양쪽 끝에서 눈을 멈췄다. 도살장과 병원을 양쪽에 두고 그 사이에 자기 생활이 묶인 채로 벗어나지 못할 것 같은 예감이 들었던 것이다.

2

그로부터 3주일 뒤의 어느 맑은 날 오전 11시 반경 제르베즈와 함석장이 쿠포는 콜롱브 영감의 목로 주점에서 함께 브랜디에 담근 자두를 먹고 있었다. 세탁물을 갖다 주고 돌아오는 길인 제르베즈가 길을 막 건너가려고 하는데, 그녀를 만나려고 그때까지 길거리에 서서 담배를 피우고 있던 쿠포가 그녀를 발견하고 억지로 데리고 들어온 것이다. 네모진 커다란 빨래 바구니는 그녀의 발치에서 좀 떨어져 있는 조그마한 아연 탁자 뒤의 땅바닥에 놓여 있다.

콜롱브 영감의 목로 주점은 프와송니에르 거리와 로슈슈아르 거리의 모퉁이에 있었다. 간판에는 끝에서 끝까지 파랗고 길다란 글씨로 〈증류주(蒸溜

酒〉〉라고만 써 있을 뿐이다. 입구 좌우에 놓여 있는 술통을 반으로 잘라 만든 두 개의 화분 속엔 먼지투성이의 협죽도(夾竹桃)가 심어져 있었고 들어서면 왼쪽으로 줄지은 컵과 급수기, 주석으로 된 되가 놓여 있는 커다란 카운터가 구석까지 뻗쳐 있다. 홀 주위에는 환하게 노란색 니스를 칠하여 번쩍번쩍하는 여러 개의 큰 들통이 정연하게 놓여 있는데 그 구리로 된 테와 마개가 빛을 발하고 있었다. 위쪽의 선반에는 술병, 주스병 따위의 여러 가지 작은 병들이 가지런히 놓여 벽을 가리고 있고 카운터의 뒤쪽 거울에는 푸른 사과빛 같은 녹색과 연한 금빛, 그리고 부드러운 분홍색을 띠는 등불의 선명한 그림자가 비치고 있다. 그러나 이 가게의 명물은 그 움직이고 있는 모양이 손님이 있는 곳에서도 보이는, 안쪽 떡갈나무 칸막이 저편 유리 너머의 안뜰에 놓인 증류기였다. 목이 긴 증류기나 지하에 묻혀 있는 나선관은 가히 악마의 부엌이라고 할 만한 형상을 하고 있는데 술 취한 노동자들이 이 앞에 와서는 멍하니 몽상을 하는 것이다.

주점은 점심 시간이라 텅 비어 있다. 소매 달린 조끼를 입은 살찐 40대의 콜롱브 영감은 술을 조금 사러 온 10살 가량된 소녀에게 찻잔에 술을 되어서 팔고 있다. 햇빛이 길게 문으로 비쳐들어 담배를 피우는 패들이 내뱉는 침으로 축축해진 마룻바닥을 쬐고 있었다. 카운터에서 술통에서, 그리고 방 전체에서 술 냄새가 알콜의 증기로 피어올라 그것이 햇빛 속에 뒤섞여 유동하는 먼지를 진득거리게 하면서 취하게 하는 것같이 보였다.

쿠포는 또 새 담배를 말았다. 그는 작업복에다 푸른 천으로 만든 작은 모자를 쓴 아주 산뜻한 차림으로 흰 이를 보이며 웃고 있었다. 아래턱이 튀어나오고 코가 좀 납작하기는 하였지만 아름다운 밤색의 눈을 가진 그의 얼굴은 까불어 대는 귀여운 개를 연상케 하였다. 곱슬곱슬한 억센 머리털은 곤두서 있었고 피부는 아직 26살 때의 부드러움을 잃지 않았다. 그의 맞은쪽에선 검은 오를레앙 지의 웃옷을 입고 모자를 쓰지 않은 제르베즈가 자두 꼭지를 손가락 끝으로 집어들고 막 먹어 버린 참이었다. 두 사람은 카운터 앞의 술통을 따라 줄지어 있는 네 개의 테이블 중 가장 거리 쪽에 가까운 테이블을 차지하고 있었다.

함석장이 쿠포는 담배에 불을 붙여 물자, 테이블에 팔꿈치를 괴고 얼굴을 앞으로 내민 다음 한동안 아무 말 없이 제르베즈를 바라보았다. 금발을 한 그녀의 아름다운 얼굴이 오늘은 매끈한 도자기처럼 우유빛으로 투명해 보인다.

이윽고 그는 이미 논의된 바 있는 둘만이 알고 있는 용건으로 화제를 이끌어가려고 작은 소리로 물었다.

「그래, 안 되겠소? 안 된다는 거요?」

「어머, 물론 안 되죠. 쿠포 씨.」 제르베즈는 웃으면서 대답하였다. 「여기서 그런 얘기 하지 말아요. 약속하지 않았어요. 무리한 말은 안하기로요…… 이럴 줄 알았으면 대접을 받지 않는 건데.」

그는 이미 입을 다문 채 대담하게 애정에 넘친 눈빛으로 그녀를 말끄러미 바라보았다. 그는 특히 그녀의 입매에 매혹되어 열중해 있었다. 웃으면 선명하게 드러나는 촉촉하고 엷은 장미빛의 입매였다. 그녀는 그래도 몸을 일으킬 생각은 하지 않고 조용하고 차분한 태도를 견지하고 있었다. 그리고 잠시 묵묵히 앉아 있더니 이렇게 말하였다.

「정말이지 당신을 생각해 본 적은 없어요. 전, 이제 할머니예요. 8살 난 커다란 아들이 있어요. 그런데 우리가 함께 되어 무엇을 하겠다는 거예요?」

쿠포는 눈을 꿈벅거리며 말했다.

「그야, 다른 사람들이 하는 대로 하는 거죠!」

그녀는 그런 건 이제 질렸다는 듯한 태도였다.

「어머! 아직도 그런 것을 재미있다고 생각하세요? 가장 노릇하는 괴로움을 모르는 증거예요……. 안 돼요, 쿠포 씨. 전 심각하게 생각해야 할 일이 많거든요. 장난해 봐야 아무 이득도 없어요 아시겠어요? 저에겐 한창 먹어대는 아이들이 둘이나 있어요! 제가 바람이 나서 들떠 돌아다니면 우리 집 꼬마들은 어떻게 커 나가죠? 게다가 제 이 불행이야말로 좋은 본보기죠. 남자들이란 지금의 저에겐 필요 없어요. 이젠 당분간 남자들과는 상대하지 않을 거예요.」

그녀는 자기 인생이 이젠 한물 갔다는 이유를 분별을 잃지 않고 화내는 기색도 없이, 마치 한 사건에 대한 얘기를 하듯 차분하게 설명하였다. 충분히 심사 숙고한 끝에 이런 결론을 내렸음이 뚜렷했다.

감명을 받은 쿠포는, 「그렇게 되면 내가 괴롭소, 정말 괴롭소.」 하고 되풀이하였다.

「그래요, 그건 저도 알아요.」 그녀는 말을 이었다. 「그 일에 대해서 미안하게 생각해요, 쿠포 씨……. 하지만 나쁘게 생각진 마세요. 만일 제가 터무니없는 생각이 들 때는 다른 사람이 아닌 당신을 생각하겠어요. 당신은 마음이 좋은 사람같고 사실 친절한 분인 걸요. 우린 함께 이끌어 나갈 수 있을 거예요. 그렇게 되면 그 나름대로 또 어떻게 되겠지만요. 그렇다고 제가 뭐 잘

난 체하는 건 아니에요. 절대로 같이 어울릴 수 없다는 것도 아니고요……. 다만 제가 그렇게 하고 싶은 마음이 없으니 별 수 없잖아요. 저 두 주일 전부터 포코니에 부인 가게에 나가고 있어요. 아이들은 학교에 가고요. 저는 일하고 있고요. 만족해요. 전……, 그러니까 지금 이대로가 제일 좋아요.」

그녀는 몸을 구부려 바구니를 집었다.

「너무 지껄였군요. 가게 사람이 기다릴 텐데……. 아무나 다른 여자를 구해 보세요, 쿠포 씨. 저보다 예쁘고 아이가 딸리지 않은 여자 말이에요.」

그는 거울 속에 비치는 둥근 괘종시계로 눈을 돌렸다. 그리고 큰소리로 그녀를 다시 한번 앉게 하였다.

「잠깐만! 이제 11시 35분인데……. 아직 25분 남았어요. 난 뭐 바보 같은 짓은 안할 테니까. 걱정하지 말아요. 우리 사이엔 테이블이 있잖아요. 당신은 나와 잠깐 말하는 것조차 꺼릴 정도로 내가 싫은가 보죠?」

기분을 거스르지 않으려고 그녀는 또 바구니를 놓았다. 그리고 두 사람은 사이좋은 친구처럼 이야기를 하였다. 앞서 세탁물을 전하러 가기 전에 그녀는 식사를 마쳤었다. 그는 오늘 그녀를 만나러 가느라고 허겁지겁 수프와 고기를 먹고 나왔었다. 제르베즈는 애교있게 받아넘기면서도 유리창 너머로 마침 점심때라 들뜬 군중이 유난히 붐비고 있는 거리의 모습을 바라보고 있었다. 집들이 앞으로 튀어나와 좁아진 양쪽 길에는 팔을 흔들고 팔꿈치를 부딪치며 바삐 걷고 있는 사람들이 언제 끊일는지 몰랐다. 일 때문에 늦어진 노동자들은 배가 고파 못 견디겠다는 표정으로 차도를 성큼성큼 건너가 빵집으로 들어간다. 그리고 옆구리에 1파운드의 빵을 끼고 나와선 세 집 더 올라가 〈보 아되 테트〉에 6수짜리 정식을 먹으러 간다. 빵집 옆에는 감자 튀김과 파슬리를 곁들인 섭조개를 파는 가게도 있다. 긴 앞치마를 걸친 여공들이 줄지어 튀긴 감자를 담은 종이 봉지와 섭조개를 담은 질그릇을 사 들고 간다. 또 모자를 쓰진 않았으나 얌전한 아름다운 처녀들이 작은 무 다발을 사 가지고 간다. 제르베즈가 몸을 조금만 굽히면 많은 손님이 들어선 반찬 가게도 보인다. 기름 밴 종이에 살이 붙은 뼈다귀나 소시지 아니면 순대 조각을 싸서 두 손에 든 아이들이 그 가게에서 나온다. 또 번잡한 왕래 때문에 날씨가 좋은 날에도 검은 진흙으로 더럽혀져 있는 길 위엔 벌써 여러 명의 노동자들이 싸구려 식당을 나와서 몇몇씩 짝이 되어 배를 채워 느긋한 표정으로 손바닥으로 엉덩이를 투덕거리면서 군중에 휩쓸려 천천히 어정어정 거리를 내려오고 있다.

목로 주점 입구에도 한떼의 사람들이 모여 있었다.

「이봐, 비비 라 그리야드(구운고기).」 쉰 목소리가 물었다. 「싸구려 브랜디 한잔 안 사?」

다섯 명의 노동자들이 들어와서 섰다. 좀전의 그 목소리가 말했다. 「야! 이 도둑놈의 콜롱브 영감! 우리에겐 오래된 거라야만 되네. 호도 껍질 같은 건 말고 컵에다 따라 주게나.」 콜롱브 영감은 조용히 술을 내놓았다. 또 세 사람의 노동자들이 한패가 되어 들어왔다. 차차로 직공 차림의 사람들이 길 모퉁이에 모여들었다간 잠시 머문 다음 가게로 들어와 먼지를 뒤집어쓴 두 그루 협죽도나무 사이에 자리를 잡았다.

「쿠포 씬 어리석어요! 당신은 시시한 생각만 하는군요!」 제르베즈가 쿠포에게 말했다. 「그야, 전 그 사람을 사랑했었죠……. 하지만 그렇게 심한 방법으로 버림을 받고 보니…….」

랑티에의 이야기를 하고 있었다. 제르베즈는 그 뒤 그를 만나 보지 못했다. 그는 글라씨에르에서 모자 공장을 차리기로 되어 있는 그 친구와 한패가 되어 비르지니의 동생과 함께 살고 있으리라 믿고 있었다. 그러나 그 사나이의 뒤를 쫓아가 볼 생각은 없었다. 처음 얼마 동안은 그 일을 생각하면 너무 괴로웠다. 물에 빠져 죽어 버릴까 싶을 정도였으니까. 하지만 이젠 마음의 정리도 되었고 정신차려서 잘 해 나갈 것 같았다. 랑티에와 살면서 아이들을 키운다는 것은 생각도 할 수 없었다. 그만큼 그는 돈을 잡아먹는 돈벌레였으니까. 그가 클로드와 에티엔느에게 키스를 하러 오는 것은 말리지 않겠고 문밖으로 내쫓거나 하지도 않을 생각이다. 그러나 자기 문제에 있어선, 만일 그녀가 여덟 조각으로 찢기운다 해도, 몸에 손가락 하나 닿지 않도록 할 것이다. 제르베즈는 미리 생활 목표를 세운 확고한 여자처럼 그런 이야기를 하였다. 그러나 쿠포는 제르베즈를 차지하려는 욕망을 버리지 않고 사사 건건 농담을 하고 이야기를 난잡한 방향으로 이끌어 랑티에의 일에 대해 아주 노골적인 질문을 퍼부었다. 그러나 새하얀 이를 내보이며 말하는 폼이 참으로 명랑한 태도였으므로 제르베즈도 화를 낼래야 낼 수가 없었다.

「당신이 그 사람을 때렸었다죠.」 이윽고 그가 말하였다. 「그러고 보니, 당신도 사람이 좋은 편은 아니네요! 아무에게나 매질을 하다니.」

그녀는 상대방의 말을 가로막고 한참 웃어 댔다.

「그건 사실이에요. 그 큰 몸집의 비르지니를 두들겨 준 걸요. 그날은 정말 아무라도 목을 비틀어 죽일 수 있을 것만 같았어요.」

비르지니는 벗은 몸을 보였던 일이 부끄러워 마침내 그 근처에서 모습을 감춰 버렸다고 쿠포가 말하자, 제르베즈는 한층 크게 웃었다. 그러나 그 얼굴에는 어린애다운 귀염성이 사라지지 않고 있었다. 그녀는 통통한 두 손을 내밀며 파리 한 마리도 때려잡지 못한다고 몇 번이나 되풀이해서 말하였다. 사람을 때릴 수 있게 된 것은 지금까지 맞기만 했기 때문이라고 말하고 플라쌍에서의 처녀 시절의 이야기를 하기 시작하였다.

「저는 남자 뒤를 쫓아다니는 그런 처녀는 아니었어요. 남자들을 싫어했어요. 14살에 랑티에와 어울렸을 때는 그 사람이 결혼하겠다고 하였고 전 저대로 소꿉놀이를 하는 기분이어서 근사하다고 생각했어요. 저의 단 한가지 결점은 너무 정에 무르고 아무나 좋아져서, 나중에 괴로움을 주고 마는 그런 남자들에게 금방 빠져 버리는 거죠. 그러니까 어떤 남자가 좋아지면 좋지 않은 일에 대해선 머리가 돌지 않고 다만 함께 행복하게 살고 싶은 그 생각뿐이죠.」

그러자 쿠포가 놀려 대는 투로 두 아이의 일을 끄집어냈다. 「당신은 설마 베개 밑에서 알을 까듯 아이들을 깐 것은 아닐 테고…….」

그러자 그녀는 쿠포의 손가락을 가볍게 치고 말을 이었다. 「그야 저도 다른 여자들과 똑같은 식으로 만들었지요. 그러나 여자들이 언제나 그것만 하고 싶어한다고 생각하면 잘못이에요. 여자란 집안 살림을 꾸려 나가야 한다는 일념에서 바득바득 일을 하므로 피로하여 밤에 잠자리에 들면 곧 잠이 들기 쉬워요. 게다가 저는 일만 알던 어머니를 닮았어요. 어머니는 20년 이상이나 아버지인 마카르가 소처럼 부려먹었으므로 고통에 부대껴 죽은 거예요. 그 무렵 저는 아직 말라깽이였지만 어머니는 건장해서 지나가다 문에라도 부딪치면 문이 부서질 것 같은 어깨를 지니고 있었죠. 그러나 좋아하는 남자에게 미친 듯이 빠져 버리는 점에 있어선 역시 전 어머니를 닮았어요. 제가 약간 다리를 저는 것도 어머니로부터 물려받았다고 할 수 있어요. 어머니는 늘 아버지한테 맞고 차이고 했으니까요. 어머니가 여러 번 얘기해 주었었죠. 아버지가 취하여 돌아온 날 밤에는 얼마나 왁살스럽게 어머니를 귀여워해 주었는지 손발을 꺾어 놓을 정도였대요. 아마 그런 날 밤이었겠죠, 내가 생겨난 것은. 태어날 때 저는 한쪽 다리가 더디 나왔대요.」

「뭐, 아무렇지도 않아요. 거의 눈에 띄지 않아서.」 아첨하듯 쿠포가 말하였다.

그녀는 고개를 저었다. 「남의 눈에 띈다는 것을 잘 알고 있어요. 40살쯤 되면 허리가 꼬부라지듯이 다리도 상해질 거예요.」 그렇게 말하곤 가볍게 웃음지으며 조용히 말했다.

「절름발이를 좋아하다니 당신도 별난 취미군요.」

그러나 그는 여전히 팔꿈치를 테이블에 괸 채 속삭였다. 그러나 그녀는 달콤한 말로 유혹받으면서도 상대방의 손아귀엔 빠져들지 않고 그렇지 않다는 말 대신에 또 머리를 흔들어 보였다. 사나이의 말에 귀를 기울이면서 그녀는 차차로 많아지는 인파에 흥미를 느꼈는지 밖으로 시선을 돌렸다. 벌써 가게에는 인적이 사라졌고 가게 사람들이 뒷처리를 하고 있었다. 야채 가세에선 감자 튀긴 냄비를 치우려 하고 반찬 가게에서는 계산대에 흐트러진 접시를 정돈하려 하고 있었다. 근처의 싸구려 식당이란 식당에선 여러 패의 노동자들이 밀려나오고 있었다. 수염이 난 거나하게 취한 사내들이 신에 박은 징을 요란하게 울리며 서로 밀치며 길에 깔린 돌 위를 미끄러지기도 하고 아이들처럼 장난을 치기도 하며 지나가고 있었다. 그런가 하면 주머니에 두 손을 찌른 채, 해를 쳐다보고 눈을 깜박거리며 명상하는 듯한 모습으로 담배를 피우고 있는 사람들도 있었다. 열어젖힌 가게의 문에서는 사람들의 물결이 흘러나와 왕래하는 마차 사이에 멈추어 서서는 거리에 늘어서 있는데, 금빛 햇살로 희게 바랜 덧옷과 작업복과 낡은 웃옷의 행렬을 이루어 길에도 차도에도 도랑에도 넘쳐흘렀다. 멀리서 공장의 종소리가 울려 왔다. 그러나 노동자들은 별로 서둘지도 않고 파이프에 다시 불을 붙였다. 이윽고 술집 주인들에게 한바탕 잔소리를 듣고는 거우 결심하고 발을 질질 끌며 공장 쪽으로 간다. 제르베즈는 키가 큰 사나이와 작은 두 사나이가 한패가 되어 열 발짝마다 뒤돌아보는 것이 재미있어서 바라보고 있었다. 세 사람은 마침내 길을 다 내려오더니 곧장 콜롱브 영감의 목로 주점으로 들어왔다.

「어머나! 저 세 사람들, 무척 게으름뱅이군요!」 그녀는 중얼거렸다.

「아! 저 큰 사나이를 알아요. 메보트(장화)라는 별명의 친구죠.」

목로 주점은 만원이었다. 저마다 지껄여 댔다. 떠들썩한 소리가 일어나 쉰 목소리의 끈질긴 속삭임을 갈라 놓았다. 가끔 주먹으로 카운터를 쾅 쳐서 컵이 울렸다. 술꾼들은 모두 선 채 두 손을 앞으로 모아 잡거나 뒷짐을 지거나 하여 서로 꽉 끼었으며 몇 사람씩 패를 이루고 있었다. 술통 근처에도 여러 패가 몰려 있었는데 이 사람들은 15분이나 기다려야 콜롱브 영감에게 겨우 한 잔 주문할 수 있었다.

「야! 카데 카시스 녀석이구나!」라고 메보트는 쿠포의 어깨를 왁살스럽게 치면서 외쳤다. 「궐련을 태우고 셔츠를 입으니 일류 신사 같은데……! 그렇게 해서 친구를 놀라게 할 참이면 맛있는 거라도 한턱 내야지!」

「야! 까불지마!」 쿠포는 아주 불쾌하게 대답하였다.

그러나 상대방은 코웃음쳤다.

「홍! 아주 기고만장이군……. 촌놈인 줄 다 알고 있는데.」

그는 제르베즈를 흘끔 쳐다본 다음 등을 돌렸다. 제르베즈는 어쩐지 기분이 언짢아서 몸을 움츠렸다. 파이프의 연기, 남자들의 강한 체취가 알콜 냄새가 배어 있는 공기 속으로 뒤섞여 퍼져 오고 있었다. 그녀는 숨이 막혀 밭은 기침을 하였다.

「아이! 술마시기도 괴로워!」

그녀는 나직히 말했다.

그리고 지난날 플라쌍에 있을 때, 어머니와 함께 아니스 주를 마셨던 일을 말했다. 그날 죽을 뻔하게 혼난 이후로는 아주 진절머리가 나서 이젠 술이라면 보기도 싫어졌다고 말했다.

「이것 보세요.」 그녀는 컵을 가리키면서 덧붙였다. 「전 자두를 다 먹었어요. 소스는 남겨 놓겠어요. 먹는 게 좋지 않을 것 같아서요.」

쿠포 역시, 모든 사람들이 브랜디를 가득히 따라 여러 잔 마셔 대는 이유를 알 수 없었다. 「가끔 매실주 한 잔쯤이라면 나쁘지 않겠지만. 그러나 소주, 압상트, 그 밖의 알 수 없는 싸구려 술 따위는 전혀 못 하오! 친구들로부터 바보 취급을 받아도 상관없어요. 술친구들이 술집에 들어갈 때에도 나는 문 앞에 남아 있지. 아버지도 나 같은 함석장이였는데, 어느 날 술에 취해 코크나르 거리의 25번 배수구에 떨어져 돌에 부딪쳐 머리가 깨졌지. 이 일이 가족에게 경각을 준 거죠. 코크나르 거리를 지나 아버지가 떨어진 장소를 보면 술집에서 공짜 술을 마시는 것보다 차라리 시궁창 물을 마시는 편이 낫다고 늘 생각하오.」 그렇게 말하고 결론으로 그는 다음과 같이 덧붙였다.

「우리가 하는 일은 다리가 튼튼해야 하니까.」

제르베즈는 바구니를 집어들었다. 그러나 일어나지는 않고 그것을 무릎 위에 올려 놓은 채 공허한 눈초리로 이 젊은 노동자의 말이 이제까지 마음 속에만 품어 왔던 살림에 대한 약간의 희망이라도 일깨워 주었다는 듯 골똘히 생각에 잠겨 있었다. 그래서 그녀는 단번에 생각을 간추려 천천히 말을 꺼냈다.

「저는 말이에요, 큰 걸 바라는 여자가 아니에요. 그렇게 욕심쟁이가 아니란 말이에요……. 제가 바라는 것이라면, 착실하게 일하고 세 끼의 빵을 거르지 않고 잠잘 수 있는 따뜻한 거처를 지니고, 다시 말하면 침대가 하나, 테이블이 하나, 의자가 두 개, 그렇게만 있으면 돼요. 그 이상은 필요하지 않아요…

…. 그래 참! 그리고 아이들을 키워서 될 수 있으면 훌륭한 사람으로 만들고 싶어요……. 또 한 가지 소원이 있죠. 이번에 살림을 차린다면 매를 맞지 않을 것, 정말 맞는다는 것은 싫어요. 그게 전부예요. 정말 그게 전부예요.」

그녀는 자기 소원이 무엇일까 하고 이것저것 생각해 보았으나 그럴 만한 것은 아무것도 발견할 수 없었다. 그러나 잠깐 머뭇거리다가 계속하였다.

「글쎄요, 누구나 마지막으론 자기 침대에서 죽고 싶다는 소원을 가져도 되겠죠……. 전 일생 동안 열심히 일하고 내집, 내 잠자리에서 죽고 싶어요.」

마침내 그녀는 일어섰다. 쿠포는 그녀의 소원이 모두 지당하다고 생각하였다. 그러나 시간이 걱정되어 벌써 먼저 일어서 있었다. 하지만 두 사람은 곧 밖으로 나가진 않았다. 그녀가 구석 쪽 떡갈나무 칸막이 뒤쪽 안뜰에 있는 유리로 끼운 지붕 밑에서 움직이고 있는 불그스레한 커다란 증류기를 보고 싶어했기 때문이다. 함석장이는 그녀를 따라가서 장치된 곳의 여기저기 가리키며 거대한 레토르트에서 투명한 알콜이 실처럼 떨어지는 것을 보여 주며, 어떠한 장치로 움직이고 있나를 설명하였다. 증류기에는 묘한 모양의 유리 그릇과 빙빙 수없이 감긴 관이 붙어 있어, 우중충한 모양을 하고 있었다. 연기 하나 새어 나오지 않았다. 내부에서 공기가 움직이는 소리와 지하의 웅웅대는 소리가 들릴 듯 말 듯 하였다. 마치 음침하고 힘센 말없는 노동자가 야밤의 일을 대낮에 하고 있는 느낌이었다. 그곳에 메보트가 친구 두 사람과 함께 와서 칸막이에 기대어 선 채 카운터 한구석이 비기를 기다리고 있었다. 그는 목을 흔들며 기름을 잘못 친 도르래 같은 웃음소리를 내며 가느다란 실눈을 뜨고 이 주정뱅이 기계를 바라보고 있었다.

「빌어먹을! 참 귀여운 놈이군! 이 커다란 구리 뱃속에는 목을 축일 수 있는 것이 일주일 분이나 차 있단 말이야. 야, 누가 내 이빨에 저 나선관의 끝을 이어 용접해 주지 않을래. 그렇게만 하면 뜨거운 소주가 내 오장 육부에 스며들어 뒤꿈치까지 흘러내려, 언제까지나 언제까지나 냇물처럼 흘러내려서 정말 근사한 기분일 게다. 무슨 일이 있어도 나는 주저앉은 채 움직이지 않을 거야, 말상을 한 콜롱브 영감의 골무 같은 조그만 잔으로 홀짝대는 것과는 아주 이야기가 다르지!」

친구들이 웃어 대며 메보트 녀석은 역시 별난 놈이라고 말했다. 구리의 둔한 광택이 나는 증류기는 불꽃 하나 보여 주지 않고 티 하나 보이지 않으면서 다만 묵묵히 움직여서 알콜의 땀을 완만하고 집요한 샘물처럼 뿜어내고 있었다. 이 알콜의 땀은 이 방을 적신 다음 넘쳐흘러 밖의 큰 거리로 퍼져 나가 파리라는 거대한 굴 전체를 가득히 채워 나가는 것이었다. 제르베즈는 전율을 느끼고 뒷걸음질쳤지만, 그래도 미소를 지으면서 중얼거렸다.

「이상해요. 이 기계를 보고 있으니까 오한을 느껴요……. 술이라면 전 오한을 느껴요.」

그녀는 언제나 마음에 품고 있는 완전한 행복이란 것에 대한 생각으로 다시 되돌아와서 지껄였다.

「사실, 안 그래요? 근사하잖아요. 일하고, 빵을 먹고, 자기 집을 갖고, 아이들을 키우고, 자기 침실에서 죽는…….」

그 말에 쿠포는 즐거운 낯으로 덧붙였다.

「또 한 가지, 매를 맞지 않는 것도. 하지만 제르베즈 부인, 나는 당신이 부탁을 해도 당신을 때리거나 하지는 않을 거요……. 염려 말아요. 난 술은 한 방울도 못하는 데다 당신을 너무 사랑하니까……. 어때요, 오늘밤쯤 서로 발을 좀 녹여 본다면.」

그는 목소리를 낮춰 그녀의 목덜미에 대고 속삭였다. 그녀는 바구니를 앞으로 내밀고 사람들을 헤쳐 나가면서 몇 번이고 도리질을 해 싫다는 표시를 하였다. 그렇지만 몇 차례고 뒤돌아보고는 남자에게 미소를 던졌다. 마치 그가 술꾼이 아니라는 것을 알고 기뻐하는 것 같았다. 남자하고는 절대로 어울리지 않겠다는 말을 하지 않았더라면 아마 그녀는 그 남자의 말에 승낙을 하였을 것이다. 두 사람은 간신히 문간까지 밀려 밖으로 나왔다. 두 사람이 뒤로 한 목로 주점은 아직도 만원이었다. 사람들의 탁한 소리와 싸구려 술의 달고도 새콤한 냄새가 거리로 흘러나왔다. 콜롱브 영감이 잔을 반밖에 채워 주지 않았다고 메보트가 영감을 사기꾼이라고 몰아세우는 소리가 들려왔다. 「난 사람좋고 멋이 있는 사람이야, 이 개새끼야! 이렇게 되면 두목이 뭐라고 달래도 난 일터로 돌아갈 수 없단 말이야. 일할 기분이 날 것 같애?」 그렇게 말하고 그는 생드니 문(門)쪽에 있는 프티 보놈므 키투스(기침하는 사내 아이)라는 술집으로 가자고 친구 두 사람을 재촉하였다. 거기 가면 아주 순수한 걸 마실 수 있다는 것이었다.

「아! 밖에 나오니 살 것 같네요. 자, 그럼 안녕히 가세요. 고마워요, 쿠포 씨. 빨리 가야 해요.」 하고 제르베즈가 말하였다.

그녀는 큰 거리로 걸어갔다. 그래도 남자는 잡고 있던 손을 놓지 않고 되풀이해서 이렇게 말하였다.

「그럼 나하고 같이 한 바퀴 돌아서 구트도르 거리를 지나서 가면 되잖소.

그리 많이 도는 것도 아니니까……. 일터로 돌아가기 전에 누이 집에 갈 일이 있어서……. 같이 갑시다.」

결국 남자의 말대로 하였다. 두 사람은 나란히 서서 프와송니에르 거리를 천천히 걸어 올라갔으나 팔짱은 끼지 않았다. 사나이는 자기 가족 이야기를 하였다. 어머니는 옛날에는 조끼를 만드는 여자였으나 눈이 나빠져서 잡역부 일을 하고 있다. 지난달 3일이 62살 되던 날이었다. 지미가 막내고 큰누이 르라는 36살의 미망인으로 조화를 만들고 있으며 바티뇰르의 므완느 거리에 살고 있다. 30살이 되는 또다른 누이는 로리외라는 사슬 만드는 직공과 결혼하였는데, 그 자는 근성이 나쁘기로 이름나 있다. 지금 가는 곳은 구트도르 거리에 사는 이 누이 집으로, 누이는 왼쪽에 보이는 저 커다란 아파트에 방을 빌려서 살고 있고 자기는 언제나 저녁식사는 이 로리외 집에서 먹기로 되어 있다고 했다. 그러는 편이 세 사람이 다 절약이 되니까. 그러나 오늘은 친구에게 초대되었으니까 자기를 기다리지 말라고 일러 주러 간다고 했다.

그가 말하는 것을 듣고 있다가 제르베즈는 갑자기 말을 가로막고 웃으면서 물었다.

「쿠포 씨? 당신 별명이 〈카데 카시스〉인가요?」

「아, 그것?」 그는 대답하였다. 「친구들이 붙인 별명이죠. 강제로 술집에 끌려가면 난 대개 카시스를 마시니까……. 〈카시스〉라고 하는 거나 메보트라고 부르는 거나 같은 애기지…….」

「글쎄요, 그래도 〈카시스〉 쪽이 그리 친하지 않게 들리네요.」 젊은 여인은 말하였다.

그리고 그녀는 그의 일에 대해서도 물어 보았다. 그는 여전히 세관 뒤에 있는 새로 지은 병원에서 일하고 있었다. 「뭐 일은 얼마든지 있소. 올 1년은 우선 그 일터에서 떠나지 않을 거요. 홈통 일이 계속 많으니까! 저 높은 일터에 있으면 봉쾨르 호텔이 보이지……. 어제 당신이 있기에 손을 흔들었는데 못 알아보더군.」 그는 말하였다.

두 사람은 벌써 구트도르 거리로 한 백여 발짝쯤 걸어 들어가고 있었다. 그는 멈춰선 다음 올려다보면서 이렇게 말하였다.

「이 집이오. 나는 여기서 조금 더 높은 22번지에서 태어났지만……, 뭐라 해도 이 집은 근사한 벽돌집이라오! 안은 병사(兵舍)처럼 넓고.」

제르베즈는 얼굴을 들어 건물의 정문을 자세히 바라보았다. 거리를 향한 6층 건물로, 각 층마다 15개의 창이 일렬로 늘어서 있다. 검은 덧문은 얇은 판자가 부서져서 끝없이 넓은 벽을 폐허처럼 느끼게 했다. 아래층엔 네 채의 가게가 차지하고 있었고 입구 오른쪽은 기름으로 더럽혀진 싸구려 식당인 넓은 홀, 왼쪽엔 석탄 가게, 잡화 가게, 우산 가게가 있었다. 이 아파트는 양쪽으로 나지막하고 빈약한 건물이 꽉 붙어 있으므로 가운데가 우뚝 솟은 듯하여 한층 크게 보였다. 마치 거칠게 반죽한 몰타르 덩어리처럼 네모 반듯한 이 아파트는 비 때문에 썩어서 힘없이 부서져 떨어지면서도 이웃집 지붕을 내려다보며 엉성하게 이루어진 거대한 입방체와 애벌칠도 하지 않은 측면을 맑은 하늘에 뚜렷이 드러내놓고 있었다. 꼭 형무소의 벽처럼 한없이 거친 흙빛 측면에는 여러 줄의 대치석(待齒石)이, 허공 속에서 하품을 하고 있는 노인네의 아래턱처럼 줄지어 있었다. 제르베즈는 특히 입구를 바라보았다. 커다란 원형으로 된 입구는 3층까지 닿을 만한 높이로 현관이 깊숙히 구멍처럼 파였고 맞은쪽 끝에는 넓은 안뜰에 쏟아지는 푸르스름한 햇살이 보였다. 이 현관의 중앙은 도로처럼 포장되어 있고, 그 한가운데로 흐릿한 분홍색 물이 흐르는 도랑이 있었다.

「들어가죠.」 쿠포가 말했다. 「잡아먹지는 않을 테니까.」

제르베즈는 길에서 기다리고 싶었다. 하지만 현관의 오른쪽에 있는 관리인 방까지는 들어가지 않을 수가 없었다. 그곳 문턱에서 그녀는 다시 눈을 들었다. 안에서 보니까 건물의 벽은 7층까지 있고 건물 안에 네모 반듯한 마당이 있었다. 벽은 회색이었으나 지붕에서 떨어지는 빗물 때문에 노란 반점으로 침식된 여러 가닥의 줄이 생겼고 바닥에서부터 지붕 위까지 쇠시리도 하나 없이 밋밋한 모습으로 버티고 서 있다. 다만 낙수통만 층마다 팔꿈치를 굽힌 것처럼 구부러졌고 납으로 된 통은 입을 벌린 채 녹이 슬어 얼룩져 있었다. 창문에는 덧문이 없고 흐린 물과 같은 청록색 유리가 가까이 보였다. 몇 개의 창은 열려 있고, 그곳에 누군가가 파란 체크 무늬의 이불을 바람을 쐬려고 걸쳐 놓았다. 또 줄을 매고 속옷 종류, 즉 남자 셔츠, 여자 블라우스, 아이들 반바지 등 아파트 전체의 빨래를 널어 놓은 듯한 창도 있었다. 4층 어떤 창문에는 오줌이 배어 있는 아이들 요가 널려 있었다. 너무도 작은 여러 개의 방이 건물 위에서 아래에 이르기까지 밖으로 비어져 나왔고 어느 창구에서나 살림의 빈한한 단편을 엿볼 수 있었다. 아래에는 정면 벽을 뚫고서 높고 좁은 입구가 판자를 대지도 않은 채 회칠만 하여서 금이 간 현관을 이루고 있었다. 그 현관 속으로 쇠난간이 달린 진흙투성이의 계단이 나선형으로 되어 있다. 이 건물에는 네 개의 계단이 있는데 알파벳의 첫 넉 자인 A B C D를 각각 벽에 써서 표시하고 있었다. 1층은 먼지가 까맣게 덮인 창들이 죽 달린 넓은 작업장이었다. 그곳에는 열쇠 제조업자의 화덕이 이글거리고 있었다. 저쪽에서는 목수의 대패 소리가 들려왔다. 관리인 방에서 가까운 염색 가게 작업장에서는 콸콸 물이 넘쳐서 현관 밑은 분홍색 도랑을 이루고 있었다. 안뜰은 흐릿한 물구덩이와 대팻밥, 석탄재로 더럽혀졌고 구석진 곳과 틈이 생긴 포석(鋪石) 사이에 잡초가 나 있다. 이 뜰은 눈부신 햇빛이 밝게 비추어 음지와 양지가 뚜렷이 양단되고 있다.

음지쪽 수도꼭지에서 떨어지는 물 때문에 언제나 질펵대는 급수장 둘레에는 세 마리의 작은 암탉이 땅을 쪼면서 진흙투성이의 발로 벌레를 찾고 있다. 제르베즈는 이 건물의 크기에 놀라 커다란 생물체의 한가운데나 도시의 심장 그 자체 속에 서 있는 느낌이었다. 그녀는 마치 거인과 마주 보고 있는 듯한 흥미로움에 이끌리어 시선을 이리저리 돌려 층에서 포석까지 훑어내려보는가 하면 또한 치올려보기도 하였다.

「부인은 누굴 찾아오신 겁니까?」 호기심에 찬 관리인 여자가 수위실 문 밖에 나타나면서 큰소리로 말하였다.

젊은 여인은 사람을 기다리고 있다고 대답하였다. 그리고 거리 쪽으로 되돌아갔다. 그러나 쿠포가 나오지 않으므로 마음이 끌리는 대로 다시 한번 아파트를 보러 갔다. 그녀는 아파트가 흉하다고는 생각지 않았다. 창문에는 비록 누더기가 걸쳐 있지만 이곳저곳에 밝은 웃음이 넘쳐흐르고 화분 속에는 대왕풀 꽃이 피었고, 카나리아 새장에서는 새소리가 들리며, 어두컴컴한 속에서 별처럼 빛나는 둥근 면도용 거울이 보인다. 그 아래에선 목수가 썩썩 밀리는 규칙적인 대패 소리에 맞추어 콧노래를 부르고 있고 열쇠 작업장에서는 박자를 맞춰 두드리는 망치가 시끄러운 쇳소리를 내고 있었다. 창문이 열린 곳마다 빈한함이 엿보였지만 그 속에선 아이들이 꾀죄죄하긴 해도 웃는 얼굴을 보이고 있었으며 아낙네들은 조용한 옆 얼굴을 보인 채 다소곳이 바느질을 하고 있었다. 마침 점심식사를 마치고 또 일을 시작한 모양이다. 남자들은 밖으로 일을 하러 나가 보이지 않았으며 아파트 전체가 평상시의 조용함을 되찾고 있었다. 다만 때때로 작업장의 소음이 조용함을 흔들어 놓으며 몇 시간이고 되풀이되는 같은 노래의 가사만이 조용히 들려 올 뿐이다. 안뜰만은 좀 질척거렸다. 제르베즈는 만일 그곳에 살게 된다면 구석 쪽에 있는 양지바른 방이 좋을 것 같다고 생각하였다. 그녀는 대여섯 걸음 거닐어 보았다. 빈궁한 삶으로 하여 김이 빠진 듯한 냄새와 오래된 먼지 냄새, 오물이 썩는 것 같은 냄새가 코를 찔렀다. 그러나 물감이 풀린 물 냄새가 더 강했으므로 봉쾌르 호텔의 냄새보다는 훨씬 낫다고 생각하였다. 그녀는 마음 속에서 벌써 자기 창문을 골라내고 있었다. 왼쪽 구석의 창문이다. 그곳에는 스페인 콩을 심은 작은 화분이 있었고 가느다란 줄기가 끈으로 엮어 만든 선반 위를 감기 시작하고 있었다.

「많이 기다렸지요.」 갑자기 가까이서 쿠포의 말소리가 들려 왔다. 「누이 집에서 저녁을 안 먹을 때는 야단이 나죠. 오늘은 누이가 송아지고기를 사 놓았으니 더 야단이 날 수밖에요.」

갑작스러운 말에 놀란 그녀의 모습을 보고 이번엔 남자 쪽이 여기저기 쳐다보며 말하였다.

「아파트를 보고 있었군요. 위에서 아래까지 언제나 꽉 차 있죠. 입주자들은 3백 명이라던가……, 나도 가구류가 갖추어졌더라면 독신자 방을 얻었을 텐데……. 어때요, 이곳 살 만해 보이나요?」

「글쎄요, 괜찮아 보이네요.」 제르베즈는 작은 소리로 말하였다. 「플라쌍의 거리에는 이렇게 사람이 많지 않았어요. 보세요, 예쁘죠, 저 6층의 창. 콩을 다 심어 놓고…….」

그러자 그는 또 집요하게 승낙 여부를 물었다. 둘이서 침대를 하나 사서 빌리면 될 거라고 했다. 그러나 그녀는 현관으로 재빨리 달아나며 두번 다시 그런 바보 같은 말은 하지 말아 달라고 부탁하였다. 만일 이 집이 뒤집힌다 해도 절대로 한 이불에서 자지는 않을 거라고 했다. 그러나 쿠포는 포코니에 부인 일터 앞에서 제르베즈와 헤어질 무렵에 불과 잠깐 동안이었지만 상대방의 손을 잡을 수가 있었다. 그녀는 친근하게 손을 그에게 내맡기고 있었다.

이 젊은 여인과 함석장이와의 이러한 관계는 한 달 동안 계속되었다. 사나이는 그녀가 힘껏 일을 하고 아이들을 돌보고 밤엔 밤대로 또 누더기를 모아서 꿰매는 것을 보고 대단히 부지런한 여자라고 생각하였다.

「세상에는 단정치 못한 논다니 여자도 많은데, 당신은 그런 여자와는 너무도 다르오. 인생을 너무 심각하게만 생각하는 사람이군!」

그 소리를 듣자 그녀는 웃으며 얌전하게 이유를 말했다.

「저는 언제나 현명한 여자는 아니었어요.」 그렇게 말하고는 14살이 될까말까했을 때의 초산(初産) 얘기를 꺼냈다. 그러고 나서 지난달 어머니와 함께 아니스 술을 여러 되 먹었던 얘기로 되돌아갔다. 「고생한 보람으로 조금 나아졌다 할 정도예요. 저를 의지가 강한 여자로 생각해서는 안 돼요. 반대로 아주 약한 여자예요. 누구를 괴롭히는 것이 싫어서 남이 말하는 대로 따라왔어요. 저의 꿈은 떳떳한 세상에서 사는 거예요. 나쁜 세상이란 소를 잡는 도끼와 같은 것으로, 일단 내리치기만 하면 머리가 빠개지거나, 또 삽시간에 여자쯤이야 망쳐 버리고 마는 거죠. 장래에 대한 생각을 하면 전 식은땀이 나요. 동전을 공중으로 던지면 땅바닥에 떨어지는 순간 운에 따라 젖혀지거나 뒤집혀지거나 하지요. 전 뭐라고 할까, 그런 기분이에요. 지금까지 제 눈으로 보아 온 여러 가지 일, 어렸을 때 눈앞에서 일어난 여러 가지 나쁜 예들이 엄한 가르침이 된 거예요.」

그러나 쿠포는 그녀의 그와 같은 우울한 생각을 유쾌하게 웃어 넘기고 용기를 북돋아 주면서 마침내 여자의 허리를 껴안으려 하였다. 그녀는 사나이를 떼밀며 손을 찰싹 때렸다. 사나이는 웃으면서 약한 여자이기는커녕 아무래도 빈틈없는 사람이라고 받아넘겼다.

「나는 태평한 사람이라오. 내일 일로 걱정을 하지 않아요. 내일은 내일의 바람이 불겠지. 잠자리나 밥은 언제나 따라다니게 마련이오. 이 근처도 뭐 그리 나쁘기까지 하겠소, 술주정꾼을 싹 쫓아내기만 한다면.」 그는 성질이 나쁜 사나이는 아니었다. 때로는 꽤 재치있는 말을 하기도 하고 게다가 약간 멋쟁이이기도 하다. 머리는 옆 가리마를 정성들여 탔고 일요일의 외출 차림을 위한 근사한 넥타이나 에나멜 구두도 갖고 있다. 게다가 원숭이처럼 빈틈없고 뻔뻔스러운 데도 있었다. 파리 노동자 특유의 그 익살맞고 소탈하고 수다스러운 태도며 젊은 그 얼굴에는 애교까지 있었다.

그러는 동안 두 사람은 봉쾨르 호텔에서 서로 많은 일을 돕게 되었다. 쿠포는 우유를 찾아 주기도 하고, 심부름을 해 주기도 하고, 빨래 보따리를 들어다 주기도 하였다. 저녁에 일터에서 먼저 돌아오면 큰 거리로 나가 아이들과 산책하는 일도 흔히 있었다. 제르베즈는 그에 대한 답례로 사나이가 기거하는 지붕 밑의 좁은 방으로 올라가서 옷을 챙기기도 하고 작업 바지의 단추를 달거나 삼베 조끼를 꿰매 주었다. 둘 사이에는 깊고 친밀한 정이 솟았다. 그가 옆에 있으면 그녀도 지루하지 않았다. 그가 불러 주는 노래에 귀를 기울이기도 하고 아직 그녀에겐 생소한 파리의 서민층에 떠도는 허풍스런 언어들을 듣는 것이 재미있었다. 사나이는 언제나 그녀의 꽁무니만 따라다녔으므로 몸이 달아올랐다. 그는 사로잡힌 것이다. 더구나 아주 꼼짝 못 하게! 그는 그 일로 몹시 괴로웠다. 여전히 웃고는 있었지만 속이 몹시 탔고 꽉 죄어 있는 것 같아서 이미 재미있거나 우스울 단계가 아니었다. 그래도 장난치는 것은 그만두지 않았다. 그녀를 만나기만 하면 으레, 「도대체 언제요?」 이렇게 외쳤다. 그녀는 그 뜻을 알고 있었으므로 목요일이 나흘 있는 주일이 돌아오면 허락하마고 약속하였다. 그러면 그는 그녀를 놀려 대며 신발을 들고 장가들어 오는 것처럼 그녀의 방으로 오곤 하였다. 그녀는 웃어 넘기고 사나이가 계속 음담을 하여 마음을 끌어 보려고 하여도 얼굴을 붉히지도 않고 결국 하루를 즐겁게 보내는 것이었다. 거칠게 굴지만 않으면 그녀는 대개 관대하게 대했다. 다만 그가 강제로 키스하려고 그녀의 머리를 잡아당겼을 때만은 화를 냈다.

6월 말경, 쿠포는 평상시의 명랑함을 잃게 되었다. 기운도 없어 보였다. 제르베즈는 그의 눈초리에 불안함을 느끼고 밤이 되면 문단속을 하였다. 그러자 그는 일요일부터 화요일까지 불만으로 자포 자기해 있더니 갑자기 화요일 밤 11시경에 찾아와서 방문을 두드렸다. 그녀는 열어 주고 싶지 않았다. 그러나 사나이의 목소리가 너무도 애처로운데다 떨리고 있었으므로 결국 문을 막아 놓았던 옷장을 치우고 말았다.

그가 들어오는 것을 보고 그녀는 꼭 그가 아픈 줄 알았다. 그는 눈엔 핏발이 선데다 얼굴은 흙색으로 얼룩져 있었다. 그는 버티고 선 채로 중얼대기도 하고 머리를 흔들기도 하였다. 「아니오, 나는 아픈 게 아니오. 저 윗방에서 두 시간 전부터 울고 있었소. 벌써 사흘 밤이나 못 잤소. 남이 들을까 봐 베개를 물고 아이들처럼 울었소. 이대로 더 계속된다면 이젠 못 참겠오. 이봐요, 제르베즈 부인.」 그는 목이 메어 또다시 울음을 터뜨릴 것처럼 되어 말하였다. 「이젠 끝장을 내 줘요……. 우리 결혼합시다. 난 결혼하고 싶소. 결심했소.」

제르베즈가 몹시 놀란 표정을 지었다. 그리고는 신중한 얼굴이 되어 작은 소리로 말했다. 「어머! 쿠포 씨, 도대체 당신은 어쩌자는 거죠! 전 단 한 번도 그런 일 부탁한 기억이 없는데요. 안 그래요? 결혼이란 저한텐 어울리지 않아요. 다만 그뿐이에요……. 무슨 일이 있어도 안 돼요. 안 되고말고요. 정말이에요. 잘 생각해 보세요. 부탁이니…….」

그러나 그는 단호히 결심을 한 듯 부인한다는 뜻으로 계속 고개를 흔들고 있었다. 「만사를 다 생각한 다음이오. 이렇게 이곳에 온 것도 즐거운 하룻밤을 보내기 위해서요. 설마 당신이 나를 다시 내 방으로 올라가 울게 하지는 않겠지! 한 마디 승낙만 해 준다면 다시 당신을 괴롭히지 않겠소. 당신도 조용히 잘 수 있지 않겠소. 나는 다만 당신으로부터 좋다는 말 한 마디만 듣고 싶을 따름이오. 얘기는 내일 하면 될 테니까.」

「물론 저는 그렇게 한 마디로 좋다곤 말할 수 없어요.」 제르베즈는 대답하였다. 「나중에 저 때문에 이렇게 바보 같은 짓을 했다고 원망 듣고 싶지 않으니까요……. 이봐요, 쿠포 씨. 그렇게 함부로 억지를 쓰면 안 돼요. 저에 대한 진실한 마음을 당신은 알지 못하고 있어요. 한 주일 동안만 저하고 만나지 않으면 그런 기분은 다 잊어버릴 거예요. 남자들이란 하룻밤 때문에, 그것도 최초의 하룻밤 때문에 결혼하는 일이 흔히 있으니까요. 하지만 결혼 생활은 그로부터 일생 동안 밤이나 낮이나 계속되는 거예요. 그리고는 완전히 진저리가 나는 거죠. 거기 앉으세요. 지금부터 차분히 얘기하고 싶으니까요.」

그래서 밤 1시까지 두 아이가 깨지 않도록 목소리를 죽여 가며 두 사람은 결혼에 대하여 의논하였다. 촛불의 심지를 자르는 것도 잊어버리고 있었으므로 그을음 때문에 방은 어두웠다. 클로드와 에티엔느는 베개 하나를 베고 쌔근쌔근 숨소리를 내며 자고 있었다. 제르베즈는 그 아이들에 대하여 이야기를 하면서 쿠포에게 손가락질하였다. 「당신한테 이런 짐을 짊어지고 가게 하다니, 시집갈 때 가지고 가는 짐 치고는 꽤 이상 야릇한 짐이지요. 두 꼬마로 당신을 난처하게 하다니, 저로선 도저히 어찌할 수 없는 짐이에요. 그리고 당신에게도 부끄러운 일이고요. 이웃 사람들이 뭐라고 하겠어요? 제가 먼저 사람과 같이 살았다는 것은 다들 알고 있는 사실이고, 저의 신상에 대해서도 너무나 알려졌고, 그로부터 아직 두 달밖에 안 되었는데 둘이 벌써 결혼하다니, 그리 보기 좋은 꼴은 아니잖아요.」

이러한 너무나 지당한 이유에 대해 쿠포는 어깨를 으쓱대며 대답할 수밖에 없었다. 「이웃 사람들은 문제가 아니오! 나는 남의 일에 말참견은 하지 않소. 쓸데없이 끌려들어가는 일은 질색이니까. 당신에게 나보다 앞서 랑티에라는 사나이가 있었다 한들 뭐가 나쁘단 말이오? 당신이 방탕한 것도 아니고 다른 여자들이나 돈 있는 여자들처럼 남자를 집으로 끌어들이는 것도 아니잖소. 입버릇처럼 아이들, 아이들 하는데 애들 역시 차차로 자랄 것이고 물론 어버이로서 내가 키울 것이오! 당신처럼 야무지고 마음이 좋고, 게다가 후한 기질이 있는 여자란 그리 흔하지 않소. 그러나 실은 그런 게 문제가 아니오. 당신이 추하고 더럽고 게으르게 해 가지고 흙투성이 아이를 줄줄 이끌고 거리를 헤매다닌다해도, 그래도 난 상관없소. 내가 보기엔 그런 것은 아무래도 좋소. 나는 당신을 갖고 싶으니까. 그렇소, 나는 당신을 갖고 싶으니까.」 그는 되풀이 말하고 무릎을 주먹으로 계속 세게 두드렸다.

「알겠소? 나는 당신을 갖고 싶은 거요……. 이런 말을 하면 안 되나?」

제르베즈는 점점 정에 약해졌다. 자기 체내에서 솟구치는 거친 욕정의 포로가 되어 긴장이 풀리고 분별도 흐려졌다. 손을 스커트 위로 힘없이 떨군 채 얼굴은 달콤한 표정에 젖어들어 이제 그녀는 조심조심 반대하는 것이 고작이었다. 반쯤 열린 창으로 6월의 아름다운 밤이 밖으로부터 따뜻한 바람을 불어넣어 촛불이 펄럭이고 빨개진 기다란 심지가 여전히 그을음을 내고 있었다. 고요히 잠든 부근 일대의 깊은 침묵 속에서 큰 거리의 한가운데 쓰러진 주정뱅이의 어린애 같은 고함소리가 들려 올 뿐이었다. 그런가 하면 아주 멀리 어떤 레스토랑 안에서 늦은 결혼 연회가 있는지 바이올린 소리가 마치 하모니카의 한 음절처럼 가냘프고 맑게, 그러나 별 품위 없는 무도곡이 들려 오고 있었다. 쿠포는 젊은 여인이 말하고 싶은 대로 실컷 지껄이고 나서 묵묵히 미소짓는 것을 보자 손을 잡아 옆으로 끌어당기었다. 그녀는 이제 견딜 힘이 없었다. 격정에 눌리어 더 이상 거절할 수도 없고 물리칠 힘도 없었으며 그렇게 경계하고 있던 달콤한 도취의 기분 속으로 빠져들어가고 있었던 것이다. 그러나 함석장이는 여인이 몸을 맡겨 버리려는 것을 모르고 있었다. 여인의 팔목을 으스러져라 하고 쥘 뿐이었다. 그렇게 하면 여인을 자기 소유로 할 수 있으리라 생각했던 것이다. 이리하여 둘이 다 팔목이 아파서 한숨을 쉬었다. 이 아픔 속에서 두 사람의 애정은 어느 정도 만족을 느낄 수가 있었다.

「승낙하는 거죠?」 그는 물었다.

그녀는 작은 목소리로 말했다.

「저를 얼마나 괴롭히실 작정이세요? 꼭 말을 해야 하나요? 그렇담 말하죠. 좋아요……. 그런데 큰일났군요. 이런 바보 같은 짓을 해도 괜찮을까요?」

그는 일어서서 그녀의 상체를 힘있게 껴안고는 되는 대로 마구 키스를 그 얼굴에 퍼부어 댔다. 그 애무의 소리가 커지자 남자 쪽이 그 일에 신경이 쓰여서 클로드와 에티엔느를 바라보고 조용히 걸어가 작은 목소리로 말하였다.

「쉬! 조용히 합시다. 꼬마들이 깨면 안 되니까……. 그럼 내일 또 봐요.」

그러고 나서 자기 방으로 올라갔다. 제르베즈는 덜덜 떨면서 옷 벗는 것도 잊고 거의 한 시간 가까이 침대 모서리에 앉아 있었다. 그녀는 감동하고 있었다. 쿠포는 참으로 성실한 사나이라고 생각하였다. 이젠 끝장이로구나, 이 사람은 여기서 잘 작정이구나 하고 한순간 생각했던 것이다. 아래층 창밑에서 주정꾼이 쫓기는 야수처럼 쉰 울음소리를 한층 크게 내고 있었다. 멀리서 품위 없는 원무곡을 켜던 바이올린 소리도 이제는 들리지 않았다.

그 뒤 며칠 동안 쿠포는 제르베즈에게 밤에라도 한번 구트도르 거리에 있는 누이 집에 꼭 가 줬으면 하였다. 그러나 그녀는 미리 겁을 집어먹고는, 로리외 부부를 방문하는 일에 어려움을 느끼고 있었다. 함석장이가 이 누이네에 대하여 은근히 두려워하고 있음을 그녀는 역력히 알 수 있었기 때문이다. 물론 그는 큰누이도 아닌 이 누이를 그렇게 대단하게 생각하는 것은 아니었다. 쿠포 어머니는 쌍수를 들어 결혼을 찬성해 줄 것이다. 지금까지도 아들에게 반대한 일은 없었으니까. 다만 친척 사이에선 로리외 부부가 하루에 10프랑의 수입이 있는 것으로 알려졌기 때문에 사실상 실력자였다. 쿠포는 우선 무엇보다도 이 부부가 그의 처를 인정해 주어야 결혼할 수 있는 것이다.

「그 사람들에겐 당신 얘기를 해 놓았소. 그러니까 우리들의 계획을 이미 다 알고 있소.」 그는 제르베즈에게 설명하였다. 「정말 당신은 어린애 같군! 오늘 밤에 와요……. 미리 말해 뒀지 않소? 당신이 보기엔 누이는 좀 고집쟁이로 보일 게고 로리외도 늘 상냥하다고는 할 수 없지. 속으로야 둘 다 곤란할 거요. 내가 결혼하면 이제 거기서 식사도 안하게 될 테니, 그만큼 절약이 덜 될 거란 말이오. 그러나 그까짓 일이야 상관있소? 설마 당신을 문에서 내쫓지는 않을 테니까……. 나를 위하는 일이라 생각하고 가 줘요. 아무래도 필요한 일이니까.」

이런 말은 제르베즈를 더 한층 겁먹게 하였다. 그러나 어느 토요일 밤에, 그녀는 마침내 승낙을 해 버렸다. 쿠포가 8시 반에 데리러 왔다. 그녀는 미리 준비를 하고 있었다. 검은 드레스에 노란 종려 무늬를 날염한 모슬린의 숄을 두르고 레이스로 장식된 작은 흰 모자를 쓰고 있었다. 요 6주일 동안 일하면서, 숄 값으로 7프랑, 모자 값으로 2프랑 50상팀을 저축했던 것이다. 드레스는 헌옷을 빨아서 새로 꿰맨 것이었다.

「누이 내외가 당신을 기다리고 있어요.」 쿠포는 프와송니에르 거리를 돌아가면서 말하였다. 「이젠 그들도 우리가 결혼한다는 것을 이상하게 생각지 않게 되었소. 오늘밤은 대접이 좋을 거요……. 참, 금줄 만드는 걸 볼 일이 있을 거요. 마침 월요일까지 해야 할 급한 주문이 있는 모양이니까.」

「누이 집에 금이 있나요?」 제르베즈가 물었다.

「그럴 거요. 벽에도 있고 마루에도 있고 도처에 있어요.」

어느새 두 사람은 원형으로 된 입구로 들어가 안마당을 가로 건너고 있었다. 로리외 부부는 7층에 살고 있었다. 쿠포는 웃으면서 그녀에게 난간을 꼭 잡고 놓치지 말라고 외쳤다. 그녀는 위를 올려다보고 눈을 깜박거렸다. ——계단은 속이 텅 빈 높은 탑처럼 위까지 통하게 되어 있고 두 층마다 하나씩 도합 세 개의 가스등이 비치고 있다. 제일 꼭대기에 있는 가스등은 캄캄한 하늘에 반짝이는 별같이 보였다. 나머지 두 개는 나선형으로 끝없이 계속되는 계단에 따라 빛을 던지고 있는데, 그 빛은 이상하게도 마디가 진 것처럼 느껴졌다.

「이건 뭐지?」 함석장이는 2층 층계참에 이르자 이렇게 말하였다. 「양파 수프 냄새가 나는데. 틀림없이 양파 수프를 먹었구나.」

사실상 B층계에선 아직도 음식 냄새가 물씬 풍기고 있었다. 이 계단은 회색이었고 어딘지 모르게 더러우며 난간과 계단도 찌들었고, 흠집이 난 벽은 회칠을 드러내 보이고 있었다. 어느 층계의 층계참에서나 소음이 새어나오는 복도가 안쪽으로 통하고 있다. 그 복도를 향한 노란 페인트 칠을 한 문은 열려 있는 채로, 자물쇠 있는 데는 손때가 묻어 거무스름하였다. 창에 닿을 듯 말 듯한 하수반(下水盤)에선 악취나는 습기가 스며나와 그 악취가 양파의 짙은 냄새와 섞여서 주의에 꽉 차 있다. 1층에서 2층까지는 접시나 냄비를 달그락대며 씻는 소리와 스튜 냄비를 닦기 위해 숟가락으로 긁는 소리투성이었다. 2층에서 제르베즈는 굵고 큰 글씨로 〈도안사〉라고 써 붙인 문이 반쯤 열린 방에 두 사나이가, 이미 식사가 끝난 방수용 식탁보가 덮인 식탁 앞에 앉아서 자욱한 담배 연기 속에 맹렬히 토론하고 있는 것을 보았다. 3층, 4층은 훨씬 조용했다. 판자로 둘러친 틈으로 요람을 흔드는 규칙적인 소리나 아이들의 칭얼대는 소리가 새어나올 뿐이었고 졸졸 흐르는 물소리에 섞여 무슨 말인지 알아들을 수 없는 여인의 굵은 목소리가 들려 왔다. 제르베즈는 못을 친 게시판에 〈고드롱 부인 솔질 가공〉이라든가, 더 나아가서 〈마디니에 씨 종이상자 제작소〉라든가 하는 이름이 씌어 있는 것을 읽을 수가 있었다. 5층에선 싸움을 하고 있었다. 쾅쾅대는 바람에 마루가 울리며 가구가 넘어지고 욕하는 소리와 후려치는 소리가 주위에 울리는 등 무서운 소동이다. 그러나 이웃들은 그런 일엔 아랑곳없이 문을 열어 놓은 채로 트럼프놀이를 하고 있었다. 6층까지 오니, 제르베즈는 숨을 몰아쉬지 않을 수 없었다. 계단을 올라다니는 데에 습관이 되어 있지 않았던 것이다. 벽은 계속 빙빙 돌아가고 방은 연달아 그 속을 보이곤 사라진다. 그 때문에 그녀의 머리는 어지러워 돌 지경이었다. 게다가 어느 가족이 층계참을 막고 있었다. 아버지는 하수반 옆 아궁이 위에서 접시를 씻고 어머니는 난간에 기대어 꼬마에게 목욕을 시키고 있었다. 그러나 쿠포는 젊은 여자에게 다 왔다며 용기를 북돋아 주었다.

마침내 7층에 올라오자 쿠포는 격려하듯 되돌아보고 웃어 주었다. 그녀는 얼굴을 들고 이 계단에 한 발을 딛자마자, 다른 소리보다 뚜렷하게 들려 오는 맑고 낭랑한 가냘픈 소리가 어디서 들려 오나를 살폈다. 실은 지붕 밑에 있는 방에서 조그만 노처녀가 싸구려 인형에게 옷을 입히면서 노래하는 소리였다. 제르베즈는 또 커다란 치녀가 양동이를 들고 이웃 방으로 들어가는 순간에 흐트러진 침대에선 셔츠만 입은 사나이가 누워서 멍하니 허공을 바라보며 기다리고 있는 모습을 보았다. 닫힌 문 위에는 손으로 쓴 명함이 붙어 있는데, 〈마드모아젤 클레망스 다리미질 전문〉이라 씌어 있었다. 이렇게 하여 제일 위층까지 올라오니 다리가 뻣뻣해지고 숨이 찼다. 그러나 호기심으로 난간 위로 몸을 내밀었다. 그러니까 밑에 있는 가스등이 7층이나 되는 깊이의 좁은 우물 속에 있는 별처럼 보였다. 그리고 이 아파트의 여러 가지 냄새와 거대하게 울려 움직이는 생명이 단숨에 밀려들어 마치 깊은 연못가에 위태롭게 서 있는 것처럼 불안한 그녀의 얼굴에 한 무더기의 열기를 불어 대는 것이었다.

「아직 도착한 게 아니라오. 이건 하나의 여행이오!」

그는 왼쪽 긴 복도를 돌아갔다. 그리고 두 번, 처음엔 우선 왼쪽으로 그리고 이어서 오른쪽으로 돌았다. 좁은 복도는 계속 뻗쳐 있다가 둘로 갈라졌는데, 그 벽은 금이 가 있는 회칠이 벗겨진 채 군데군데에 외롭고 쓸쓸한 가스등의 불빛이 비치고 있었다. 같은 모양의 문이 형무소나 수도원의 방문처럼 늘어서 있다. 그 대부분이 활짝 열려 있어서 빈곤과 노동으로 가득 찬 실내가 보였고 6월의 뜨거운 초저녁 공기가 다갈색의 증기로 그 안을 메우고 있었다. 마침내 두 사람은 캄캄한 복도 끝에 도달했다.

「여기요.」 함석장이는 말했다. 「조심해요. 벽을 잡아요. 계단이 셋 있으니까.」 제르베즈는 다시 열 발짝 정도 어둠 속을 조심조심 걸어갔다. 발이 걸려 넘어질 뻔했다. 세 개의 계단을 세었다. 복도 안쪽에서 쿠포가 노크도 하지 않고 문 하나를 밀었다. 강한 불빛이 포석 위로 퍼졌다. 두 사람은 들어갔다. 그것은 뱀장어를 연상케 하는 좁다란 복도로 질식할 것 같은 방이었다. 바랜 모직 커튼이 가는 끈으로 걷어올려져 있었는데 평상시에는 이 길다란 방을 둘로 가르고 있었다. 이 칸막이로 된 첫째 부분에는 지붕 밑인 듯한 경사진 천장 밑 쪽으로 구석에 침대 하나가 처박혀 있었고 저녁 때 사용한 듯한 아직도 미지근한 쇠난로가 하나, 의자가 둘, 테이블이 하나, 그리고 머릿장이 하나 놓여 있었다. 이 머릿장은 침대와 문 사이에 꼭 맞도록 하기 위해 위쪽 둘레를 톱으로 잘라낸 것 같았다. 칸막이로 된 방의 둘째 부분은 작업장으로 되어 있다. 안쪽에는 풀무가 달린 좁은 화덕이 있고 오른쪽에는 고철이 즐비한 선반 밑으로 벽 쪽을 향하여 바이스가 고정되어 있다. 왼쪽 창 옆, 극히 작은 작업대에는 핀셋 집게, 아주 조그만 톱, 그 밖에 기름에 찌든 몹시 더러운 연장들이 좁은 장소에 즐비하게 놓여 있다.

「제가 왔어요 !」 쿠포가 모직 커튼이 있는 곳까지 가서 외쳤다.

대답은 이내 없었다. 제르베즈는 금이 가득 찬 곳에 마침내 들어간다는 생각 때문에 흥분하여 쿠포 뒤에 서서 인사 대신에 입 속으로 중얼대기도 하고 억지로 머리를 흔들기도 하였다. 강렬한 빛, 작업대 위에서 휘황하게 빛나고 있는 램프, 화덕 속에서 타고 있는 새빨간 석탄, 이러한 것들이 한층 그녀를 당황하게 하였다. 이윽고 붉은 머리에 자그만한 몸집의 단단해 보이는 로리외 부인을 보았다. 그녀는 바이스에 고정된 철사 제조기 구멍에다 검은 금속 줄을 꼬아서 큰 집게로 집어 그 짧은 팔에다 온 힘을 다하여 잡아당기고 있었다. 작업대 앞에는 로리외가 있었다. 키는 부인과 비슷하였으나 어깨는 오히려 연약했다. 그는 원숭이와 같이 잽싸게 핀셋 끝으로, 너무 잘아서 그의 굵은 손가락 마디 사이로 빠져 나가 버릴 것 같은 세밀한 일을 하고 있었다. 먼저 머리를 든 것은 남편이었다. 머리털이 성기고 오래된 밀랍처럼 누렇게 뜬 핏기가 없는 기다란 얼굴은 병색이 드러나 있었다.

「아, 당신들이군, 어서 와요 !」 그는 중얼거렸다. 「보다시피 우리는 바빠서……. 작업장엔 들어오지 말아요, 방해가 되니까. 그쪽 방에 있어요.」

그렇게 말하곤 다시 세밀한 일을 하기 시작하였다. 그러자 얼굴은 다시 물병에 반사된 푸르스름한 광선의 반사를 받았다. 램프가 물병을 통해 그의 작품 위에 강한 빛의 동그라미를 던지고 있었다.

「의자에 앉으렴 !」 이번엔 부인 쪽이 외쳤다. 「이분이군, 좋아요. 아주 좋은데 !」

그녀는 철사를 다 감았다. 그것을 화덕으로 가지고 가서 큰 나무 부채로 불을 부쳐 대더니 또 그 철사를 굽기 시작했다. 그렇게 해 놓고는 철사 제조기의 마지막 구멍에 집어넣는 것이었다.

쿠포는 의자를 앞으로 내놓고 제르베즈를 커튼 옆에 앉게 하였다. 방이 몹시 좁으므로 그녀의 옆엔 헤치고 들어갈 틈이 없었다. 그는 뒤에 앉아서 몸을 앞으로 구부려 그녀의 목 언저리께로 얼굴을 내밀고 자초지종을 설명하기 시작했다. 젊은 여인은 로리외 부부의 이상한 접대 방법에 당황한데다 곁눈질로 흘끔흘끔 보는 게 기분 나쁘고 귀가 윙윙거려 사나이의 말이 통 귀에 들어오지 않았다. 그녀는 이 부인이 30 살 치고는 너무 늙어 보인다고 생각하였다. 풀어 헤친 블라우스에 암소꼬리 같은 머리가 흩어져 내려와 아주 불결하고 천한 느낌이 들었다. 불과 한 살 위라는 남편도 마치 노인같이 보였다. 심술궂은 얄팍한 입술에 셔츠 하나만을 걸치고 맨발에 뒤꿈치가 찌그러진 슬리퍼를 꿰고 있었다. 좁은 작업장, 더러운 벽, 광택이 없는 고철 같은 연장들, 그리고 고물상을 능가하는 더러운 잡동사니들이 더욱 그녀를 놀라게 하였다. 대단한 더위였다. 구슬 같은 땀방울이 로리외의 푸르스름한 얼굴에 맺혀 있었다. 부인은 드디어 블라우스를 벗어 버렸다. 팔이 드러났고 속치마는 늘어진 젖가슴에 달라붙어 있었다.

쿠포는 웃으며, 「금?」 하고 말하였다. 「봐요, 거기도 있고 여기도 있잖아. 당신 발 밑에도, 자, 봐요!」

그는 누이가 만들고 있는 가는 금속 줄이나 철사 다발같아 보이는 바이스 옆, 벽에 걸려 있는 다른 금사슬 다발을 차례차례 가리켰다. 그리고 엎드려서 작업장 포석에 깔려 있는 나무 발을 쳐들고 바닥에 떨어져 있는 녹슨 바늘 끝만한 부스러기를 주웠다. 제르베즈는 날카롭게 반박했다.

「이것은 금이 아닌데요. 검고 더러운 쇠 같은 금속이잖아요!」

그는 그 부스러기를 깨물어서 번쩍거리는 이빨 자국을 보여 줘야만 했다. 그리고 설명을 하였다.

「주인들은 합금이 된 금 철사를 보내 온다오. 그래서 일꾼들은 그것을 필요한 굵기로 하기 위해 우선 철사 제조기에 집어넣는데 그때 선이 끊어지지 않도록 도중에서 대여섯 번은 구워내야 하는 시간이 필요하단 말이오. 참으로 힘이 들고 숙련이 필요하지. 누이는 매부가 기침을 하기 때문에 그에게 제조기를 만지지 못하게 하고 있소. 누이는 대단한 솜씨지. 머리카락만한 가는 금줄도 잡아당기는 것을 본 일이 있었소.」

그러는 동안에도 로리외는 기침이 나와 의자 위에 쪼그리고 있었다. 기침을 하면서도 그는 여전히 제르베즈 쪽은 쳐다보지도 않고 마치 자신에게 말하는 듯한 투로 숨이 막히는 소리를 내며 말하였다.

「난 콜론느(기둥)를 만들고 있소.」

쿠포는 억지로 제르베즈를 일으키며 말했다. 「더 가까이 가 보면 잘 보일 거요.」 사슬을 만드는 사람은 마땅찮으면서도 승낙하였다. 그는 중심이 되는 축인, 극히 가는 강철 막대에 부인이 마련한 금줄을 감고 있었다. 그리고 가볍게 톱질을 하여 강철 막대를 따라 살짝 금줄을 잘랐다. 그러면 철사를 한 바퀴 감은 곳마다 고리가 하나씩 생긴다. 그런 다음 그것을 땜질하는 것이다. 이 고리들을 커다란 숯덩이 위에 놓는다. 다음에 옆에 있는 깨진 컵에서 붕사탄 물을 한 방울 따라서 적신다. 이것을 땜질 램프의 관에서 수평으로 내뿜는 불꽃에 재빨리 빨갛게 달군다. 이리하여 고리가 백 개 가량 되면 그는 쐐기, 즉 닳아서 반질반질한 돌기판 가에 기대어 또다시 세공일에 착수하는 것이다. 핀셋으로 고리를 구부려서 끝을 오므린 다음 이미 꿰 놓은 위의 고리에 꿰어서 핀셋 끝으로 그 고리를 다시 한번 벌린다. 이 작업은 연달아 규칙적으로 행하여져 고리는 차례차례 연결되었다. 이 솜씨가 하도 뛰어났기 때문에 제르베즈가 순서대로 충분히 납득하기도 전에 눈앞에서 사슬은 조금씩 길어져 갔다.

「이것이 콜론느라는 고리요.」 하고 쿠포가 말했다.

「갑옷 고리라든가, 도형수 고리, 재갈 고리 등 여러 가지가 있소. 하지만 이것은 콜론느 고리라고 하오. 로리외는 콜론느밖에 안 만들어요.」

로리외는 자못 만족스럽게 코웃음쳤다. 그리고 시커먼 손톱 사이에서 없어질 것 같은 고리를 핀셋으로 계속 집으며 외쳤다.

「이봐, 오늘 아침에 세어 봤는데 난 12살 때부터 이 짓을 했잖은가? 그렇게 되면 오늘날까지 만든 콜론느의 길이는 얼마나 되리라고 생각하나?」

그는 창백한 얼굴을 들고 빨개진 눈두덩이를 깜박거렸다.

「자그마치 8천 미터야! 20리나 된단 말이야! 어때! 20리까지 뻗치는 기둥 고리란 말일세! 이 근처의 모든 여자들 목에 감아 줘도 남아 돌 것 같네……. 게다가 이 길이는 어디까지 갈는지 모르지. 파리에서 베르사이유까지 닿게 하고 싶군.」

제르베즈는 모든 것이 시큰둥하고 시시해서 의자로 되돌아왔다. 다만 로리외 부부를 기쁘게 하기 위해 웃어 보였다. 그녀를 더욱 초조하게 한 것은 결혼에 대하여 아무도 일언 반구도 없는 것이었다. 결혼은 그녀에게 있어서 중대사이다. 이런 이야기가 없다면 결코 이런 데는 오지 않았을 것이다. 로리외 부부는 언제까지나 그녀를 쿠포가 데리고 온 성가시고 호기심 가는 여인으로밖에 대해 주지를 않았다. 마침내 이야기의 실마리가 풀려 왔다. 그러나 그것도 이 아파트 입주자의 이야기에 불과하였다. 로리외 부인은 동생에게 올라올 때 5층 사람들이 싸우는 소리를 듣지 못했냐고 물었다. 그 베르나르 부부는 매일같이 싸움만 한다고 했다. 남편은 돼지처럼 취해 돌아오고 마누라는 마누라대로 질세라 덤비는 여자로, 차마 입에 못 담을 말들만 마구 떠들어 댄단다. 다음엔 2층의 도안사 이야기가 나왔다.

「보드캥이란 이 으쓱대는 키 큰 남자는 빚투성이인 주제에 늘 있는 체하며 담배만 피우고 친구들하고 시비만 한단다. 마디니에 씨의 종이상자 제작소는 이제 꼼짝달싹도 못 한다는구나. 쫄딱 망하여 아이들에게 입힐 것도 제대로 입히지 못한다니끼. 고드롱 부인은 잠자리 손질을 잘도 하나 봐. 또 배가 볼록해졌죠. 그 나이에 아무리 봐도 그리 좋은 얘기는 아니지만. 요전에도 집주인은 6층의 코케 부부를 쫓아냈어요. 3기분 집세가 밀렸다나 봐. 그랬더니 층계참에서 밥을 끓여 먹겠다고 때를 쓴대요. 지난주의 금요일에는 2층에 사는 노처녀 르망로가 화상을 입을 뻔한 것을 구해 주었대요. 다리미질 전문인 클레망스 양은 마음 내키는 대로 살고 있고. 그래도 이러쿵저러쿵 말도 없지. 그 여자는 동물을 좋아하니까. 성질은 좋거든요. 어때요! 그런 미인 아가씨가 아무 남자하고나 사귀다니 아깝지 뭐유! 언제든지 밤거리에 나가면 반드시 그 애를 만날 수 있을 거요.」

「자요, 또 하나.」 로리외는 점심을 먹은 뒤 계속 매달려 만들고 있던 한 개의 사슬을 부인에게 건네 주며 말하였다.

「마지막 손질을 해요.」

그렇게 말하고 나서 농담은 쉽게 얘기할 수 없는 사나이처럼 집요하게 덧붙였다.

「또 4피트 반 길어졌구나……. 그만큼 베르사이유에 더 가까워진 거야.」

로리외 부인은 콜론느 고리를 다시 한번 구워낸 다음 조정기에 넣어 반듯하게 하였다. 그 다음 그것을 희초산이 가득 찬, 긴 자루가 달린 작은 구리 냄비에 넣고 화덕 불 위에 올려 놓았다. 쿠포가 또 권하므로 제르베즈는 이 마지막 작업을 보지 않을 수 없었다. 이 일이 끝나니 사슬은 검붉은 색이 되었다. 이것으로 완성, 이제 넘겨 주기만 하면 된다.

「이대로 넘겨 주는 거요.」 함석장이는 또 설명하였다. 「헝겊으로 닦아서 윤을 내는 것은 여직공들이 할 일이니까.」

제르베즈는 더 이상 견딜 수가 없었다. 더위가 점점 더 심해져서 숨이 막힐 것만 같았다. 로리외가 조금이라도 바람을 쐬면 감기가 들므로, 문은 꽉 닫힌 채였다. 게다가 아무리 기다려도 두 사람의 결혼 얘기는 나오지 않으므로 그녀는 나가고 싶어서 쿠포의 웃옷을 살짝 잡아당겼다. 그도 알아차렸다. 그 누이 내외가 일부러 결혼 얘기를 꺼내지 않는 데 대해 조바심을 내고 있었던 것이다.

「그럼 우린 가지요. 일들 하십시오.」 그는 말했다.

그는 일어서서 잠깐 기다렸다. 뭔가 한 마디 해 주지 않나 싶어서였다. 그러나 결국 자기가 말을 꺼내기로 하였다.

「로리외, 우린 당신을 믿습니다. 내 처의 보증인이 되어 주구려.」

사슬 직공은 얼굴을 들고 자못 놀랐다는 듯 냉소를 지었다. 부인 쪽은 철사 제조기에서 손을 떼더니 작업장 한가운데에 우뚝 섰다.

「그럼 정말이냐?」 로리외는 작은 소리로 말하였다. 「이 카데 카시스란 놈은 농담을 하는 건지 뭔지, 영 알 수가 있어야지!」

「과연, 그렇군요! 부인이 당사자시군.」

이번엔 부인이 제르베즈를 흘끔 쳐다보며 말하였다. 「사실 말이지, 우리가 너희들에게 말할 처지도 못 된다……. 하지만 결혼을 하겠다니 이상한 일도 다 있군. 그야 너희들 개개인의 마음갖기 나름이지. 잘 살지 못하게 되면 자신을 탓해야 해. 그것뿐이야. 여간해서 순조롭게 되긴 힘들거든. 여간해서 말이야.」

이 마지막 말을 천천히 뇌까리며 부인은 젊은 여인을 얼굴에서부터 손발에 이르기까지 마치 벗겨 놓고 살결이 어떤가 조사라도 하듯이 훑어보고서는 끄덕였다. 생각했던 것보다 괜찮은 여자라고 생각한 모양이다.

「내 동생은 아주 자유롭죠.」 그녀는 자못 진지한 투로 말을 이어나갔다. 「글쎄, 가족으로서의 요구도 있겠지만……. 사람이란 항상 모든 면에 다 계획이 있으니까요. 하지만 살아가다 보면 일이 하도 이상하게 되어 버리는 수가 많아서……. 첫째 나는 왈가왈부 헐뜯어 대는 것이 싫어요. 동생이 아무리 신통찮은 여자를 끌고 왔더라도 이렇게 말했을 거예요. 『결혼하렴, 그러나 나는 모른다.』라고……. 그러나 동생은 우리와 마음이 안 맞거나 한 일은 없었어요. 살도 찌고 식사를 거르지 않고 한다는 것을 보아도 알 거예요. 게다가 수프는 늘 뜨거운 것을 시간 맞춰 먹게 했으니까……. 이봐요, 로리외. 당신은 이 부인이 테레즈와 비슷한 것 같지 않아요? 왜, 요앞에 살던 폐가 나빠서 죽은 여자 말이에요.」

「그래, 비슷하군.」 하고 사슬 직공은 말하였다.

「그런데 부인, 당신은 아이가 둘 있다죠. 그래요, 그 점에 대하여 난 동생에게 이렇게 말했어요. 네가 왜 아이가 둘씩이나 있는 여자하고 결혼할 생각인지 모르겠다고……. 내가 동생만을 생각해서 말한다고 화내지 말아요. 이건 극히 당연한 일이니까……. 게다가 당신은 건강해 보이지 않는군요. 이봐요 로리외, 건강해 보이지 않죠?」

「그래, 그래. 건강하지 않군.」

내외는 다리에 대해선 말하지 않았다. 그러나 제르베즈는 그들이 곁눈질을 하고 입을 삐죽거리는 것을 보고 빈정대고 있다는 것을 알았다. 두 사람 앞에 선 그녀는 노란 종려 무늬의 얇은 숄에 폭 싸여서 재판관 앞에라도 선 것처럼 몇 마디로 짧게 대답하였다. 쿠포는 그녀가 괴로워하는 것을 보고 마침내 이렇게 외쳤다.

「그런거야 아무러면 어때요? 누가 뭐라고 하든 얘기는 다 끝난 건데. 결혼식은 7월 29일 토요일에 거행할 겁니다. 일력도 조사했어요. 괜찮겠죠? 어때요?」

「그래! 우리는 아무 때라도 괜찮다. 넌 우리와 상의할 필요도 없었던 거 아니냐……. 난 로리외가 보증인이 되는 것도 말리지는 않는다. 사이좋게 지내고 싶으니까.」 누이는 말하였다.

제르베즈는 따분한 나머지 고개를 숙이고 작업장의 포석 위에 씌운 나무 발의 마름모꼴 속에 손톱 끝을 쑤셔넣고 있었다. 발을 움츠릴 때 어딘가가 부서진 것 같아 쪼그리고 앉아서 손으로 만져 보았다. 로리외가 램프를 갖다 비췄다. 그러고 나서 수상한 듯 그녀의 손가락을 조사하면서 말하였다.

「조심해야지요, 작은 금속 조각들이 구두 밑에 붙기 때문에 모르는 사이에 가지고 나가게 되거든요.」

그건 정말 큰일이었다. 주인은 1밀리그램의 손실도 용서하지 않으니까. 그러면서 그는 쐐기 위에 남은 조그만 조각을 쓸어 내리는 솔과 그 조각을 받기 위해 무릎 위에 펴는 가죽을 보여 주었다. 「일주일에 두 번은 작업장을 정성껏 비질을 하지요. 그 먼지를 모아 두었다 불에 태워 재를 체로 치면 한 달에 25프랑에서부터 30프랑의 금을 얻을 수 있다오.」

로리외 부인은 제르베즈의 신발에서 눈을 떼지 않았다. 그러더니 친절하게 웃어 가며 중얼거렸다.

「정말 말하기 곤란한 얘깁니다만……, 부인의 신발 바닥을 보여 줬으면 좋겠는데.」

제르베즈는 얼굴이 빨개져서 다시 한번 앉은 채, 발을 들어 아무것도 붙어 있지 않다는 것을 보여 주었다. 쿠포는 문을 열고 뻣뻣하게 「잘 있어요!」라고 외쳤다. 그는 복도에서 그녀를 불렀다. 그녀도 작은 소리로 인사를 한 뒤

다시 한번 뵙고 차분히 얘기하고 싶다고 말한 다음 밖으로 나왔다. 그때 이미 로리외 내외는 작업장의 캄캄한 굴 속에서 다시 일을 시작한 후였다. 작업장은 높은 열 속에서 활활 타오르는 석탄의 마지막 불처럼 작은 화덕이 번쩍번쩍 빛을 내고 있었다. 부인은 속치마의 끈이 어깨끝까지 흘러내려 화덕의 불기로 살갗이 새빨개졌는데도 아무렇지도 않은 듯 새로운 철사를 끌어당겼다. 힘을 줄 때마다 목이 불룩해지고 근육이 끈처럼 꿈틀꿈틀 움직였다. 남편은 쭈그리고 앉아 물병의 녹색 빛을 받아 가며 다시 사슬을 만들기 시작하였고 핀셋으로 고리를 구부리고 그 끝을 오므려선 그것을 위의 고리에 꿴 다음 핀셋 끝으로 고리를 다시 한번 벌리는 작업을 차례차례 해치우며 얼굴의 땀을 씻는 시간도 아까워했다.

제르베즈는 복도에서 7층의 층계로 나와서는 눈물을 머금고 이렇게 말할 수 밖에 없었다.

「저래서야 어디 행복해질 것 같아요?」

쿠포는 화가 나서 머리를 내저었다. 「로리외에겐 오늘밤의 앙갚음을 꼭 해줄 거요. 그렇게 인색한 놈은 처음 봤소! 우리가 금가루를 훔쳐 간다고 생각하다니! 아무려면 그런 말을 할 수 있는 것도 모두 그놈의 욕심 때문이라오. 누이는 내가 결혼을 안할 줄 알았던 모양이지? 그래야만 저의 집 밥값이 조금이라도 절약될 테니까. 상관없어, 7월 29일에 식을 올립시다. 저런 사람들한텐 조금도 신경 쓸 필요가 없어요!」

그러나 제르베즈는 여전히 계단을 더듬더듬 내려오면서 알 수 없는 두려움에 사로잡혀 마음이 무거웠다. 이 시간이 되면 계단은 인적도 없이 조용해져, 3층의 가스등만이 비칠 따름이다. 심지를 낮춘 가스등의 불꽃은 캄캄한 그 종야등처럼 심연 속으로 흐릿한 빛을 던지고 있었다. 닫힌 문 맞은편 쪽이 잠잠하여 대충 저녁식사를 끝내고 곧 쓰러져 잠든 피로한 노동자들의 숨소리를 들을 수가 있었다. 그러나 다리미질을 하는 처녀 방에서는 부드러운 웃음소리가 들려 왔고, 가느다란 가위 소리를 내며 이렇게 늦게까지 13수의 싸구려 인형의 얇은 드레스를 재단하고 있는 노처녀 르망주 양의 열쇠 구멍에서는 한 줄기의 빛이 흘러나오고 있었다. 아래로 내려오니 고드롱 부인의 방에서는 어린 아이가 계속 울어 대고 있었다. 그리고 어둠침침한 적막 속에선 하수반의 지독한 냄새가 더욱 심하게 풍겨 나오고 있었다.

마당에 나와서 쿠포가 노래부르듯 문을 열어 달라고 부탁하고 있는 동안 제르베즈는 돌아서서 마지막으로 다시 한번 아파트를 올려다보았다. 달도 없는 하늘 아래서 아파트는 한층 더 크게 보였다. 회색 벽의 얼룩은 어둠으로 깨끗이 씻기고 그림자로 가리워져 다시 칠한 것 같았으며 발돋움한 양 높아 보였다. 낮에는 누더기들이 너절하게 널려 있었으나 지금은 그것도 없어져서 벽은 한층 드러나 보여 실로 매끈한 모습이었다. 창문은 잠든 듯 닫혀 있었다. 그러나 여기저기 불 켜진 휘황한 창문이 몇 개 반짝 눈을 뜨고 그 근처의 구석구석을 몰래 엿보는 듯하였다. 네 개의 현관 어느 곳에든 아래서부터 위까지 여섯 개의 층계참의 유리가 일렬로 높이 솟았으며 푸르스름한 빛을 받아서 마치 길고 높은 탑처럼 하얗게 빛을 발하고 서 있었다. 3층의 종이상자 제작소에서 나오는 한 줄기의 램프 불빛이 1층의 작업장을 감싼 어둠을 도려내듯 비치고 있었다. 안마당의 포석 위 습기찬 구석에는 잘 잠기지 않는 수도꼭지에서 물이 한 방울씩 적막 속에 소리를 내며 떨어지고 있었다. 제르베즈는 이 아파트가 자기 어깨 위로 차갑게 덮쳐오는 것같이 느껴졌다. 그러나 이것 역시 어이없는 두려움의 소치에 불과함을 알았다. 그녀는 곧 자기의 그 어린애 같은 생각에 웃음이 나왔다.

「위험해!」 쿠포가 외쳤다.

밖으로 나올 때 염색 집에서 흘러나오는 큰 물구덩이를 그녀는 뛰어넘지 않으면 안 되었다. 그날 밤 그 물빛은 여름밤의 하늘처럼 푸른색을 띠고 있었다. 관리인 숙소의 조그만 야등이 그곳에서 초저녁 별처럼 빛나고 있었다.

3

제르베즈는 결혼식을 올리고 싶지 않았다. 돈을 낭비할 필요가 어디 있담?

게다가 아직도 좀 부끄러웠고 이웃에 결혼을 알리는 것도 공연한 짓이라고 생각되었다. 그러나 쿠포는 반대했다. 함께 식사쯤은 해야 결혼했다고 할 수 있다고 말하였다.

「나는 이웃 사람들에겐 전혀 신경을 쓰지 않아요! 사실 말이지 극히 간단한 일이야. 점심때가 지난 후 잠깐 산책을 하고 나서 되는 대로 가까운 요리점에나 들어가서 토끼 모가지나 비틀면 되는 거지. 디저트의 음악은 필요 없고 개똥 같은 계집들의 속치마를 뒤흔드는 클라리넷 따위도 물론 필요 없다. 오직 건배만을 들자. 그러고 나선 각자 집으로 자러 가면 되지 않는가.」

함석장이는 농담도 하고 장난도 치다가 결국은 바보 같은 짓은 안하겠다고 약속하고 젊은 여인에게 결심을 시켰다. 사람들이 너무 취하지 않도록 신경을 써야 한다. 그리고는 샤펠 거리에 있는 오귀스트의 가게 〈물랭 다르장〉에서 1인당 백 수짜리 피크닉 식의 저녁을 하지. 가게는 조그만 술집인데 값도 어지간하고 가게 안마당에 있는 세 그루의 아카시아 나무 밑에서는 춤도 출 수 있다. 2층이면 말할 것도 없이 더 좋고. 그는 열흘 동안이나 회식에 참석할 사람들을 구트도르 거리에 있는 누이 아파트에서 이사람 저사람 손꼽아 보았다. 마디니에 씨, 르망주 양, 고드롱 부인과 그의 남편. 또 비비 라 그리야드와 메보트 두 친구를 부르기로 제르베즈에게 승낙받았다. 물론 메보트는 술을 많이 마시지만 익살스러울 정도로 식욕도 왕성하므로 소풍에는 언제나 초대되었다. 터무니없이 빵을 12파운드나 먹는 것을 보고 식당 주인이 놀라는 얼굴이 재미있다는 거다.

제르베즈도 여주인 포코니에 부인과 마음 좋은 보슈 부부를 데리고 갈 약속을 하였다. 그렇게 하면 합계 열다섯 사람이 테이블에 앉게 되는 것이다. 이것으로 충분하다. 사람이 많으면 반드시 마지막에 가선 입씨름이 생기니까.

그런데 쿠포는 돈이 한 푼도 없었다. 그래서 허례는 버리고 검소하게 하기로 하였다. 그는 주인에게서 50프랑을 빌렸다. 그것으로 우선 결혼 반지를 샀다. 이 12프랑짜리 금반지는 로리외가 만들어 9프랑으로 손에 넣을 수 있었다. 다음에 미라 거리의 양복점에 프록 코트와 바지와 조끼를 주문하고 계약금으로 25프랑을 지불하였다. 에나멜 구두와 보리바르 모자는 아직 쓸 수 있다. 아이들의 비용은 무료로 해줄 테니까 그와 제르베즈의 연회비를 10프랑씩 제외하면 꼭 6프랑이 남는다. 이것은 가난한 사람들의 제단에서 올리는 미사의 값이 된다. 물론 그는 사제들을 싫어했다. 그런 쓸모 없는 자들에게 6프랑을 바쳐야 한다고 생각하면 가슴이 쓰렸다. 그 사람들이야 그 돈 없어도 잘 살아갈 텐데……. 그러나 미사가 없는 결혼이란 아무리 생각해도 결혼이라 할 수 없다. 그는 스스로 성당으로 교섭을 하러 갔다. 더러운 법의를 입은, 교활하기로는 과일장수도 따를 수 없는 나이먹은 조그마한 신부와 한 시간이나 값을 놓고 다투었다. 자칫하면 두세 대쯤 두들겨 줄까도 생각하였을 정도였다. 그는 장난삼아, 「당신네 가게에선 지나치게 가슴 아픈 돈을 긁어내지 않는 외상 미사는 없는지요. 선량한 부부가 그것으로 우선 버터를 만들 수 있도록 말이오.」라고 물었다. 나이먹은 조그만한 신부는 하나님은 이 결혼을 절대로 축복하시지 않을 거라고 투덜대었지만 결국 5프랑으로 깎아 주었다. 어찌되었든 간에 20수의 절약이 된 것이다. 수중에 20수가 남게 되었다.

제르베즈는 어떻게 해서라도 절약하려고 고심하였다. 결혼이 결정되자 곧 준비하기 시작하였고 저녁에 일을 더해서 30프랑이란 돈을 별도로 마련하였다. 포부르 프와송니에르 거리에서 본 13프랑의 정찰이 붙은 조그마한 비단 반코트가 아주 탐이 났었다. 그것을 사고 난 다음은 포코니에 부인 집에서 죽은 세탁부의 남편에게서 하늘색의 모직 드레스를 10프랑에 사서 몸에 꼭 맞도록 고쳤다. 남은 7프랑으론 목장갑과 모자에 꽂을 장미꽃과 장남 클로드의 구두 따위를 샀다. 다행히 아이들에게는 아직 입을 수 있는 옷이 있었다. 그녀는 나흘 밤에 걸쳐 그러한 옷들을 다 빨고 양말과 셔츠의 아주 작은 구멍까지 다 꿰맸다. 마침내 금요일 밤, 결혼 전날 밤이 되었다. 제르베즈와 쿠포는 일터에서 돌아오자 다시 11시까지 부지런히 일해야만 하였다. 일이 끝나자 각자 자기 방으로 가기 전에 젊은 여인의 방에서 한 시간쯤 함께 보냈다. 둘이 다 어려운 고비를 넘긴 기쁨에 젖어 있었다. 이웃 사람들에 대해서 신경을 쓰지 말자고 했음에도 불구하고 역시 여러 가지 신경이 쓰여 그들은 지칠 대로 지쳐 있었다. 잘 쉬라고 인사를 나누었을 때 두 사람은 선 채로 졸고 있을 정도였다. 그러나 졸고 있으면서도 안도의 한숨을 크게 내쉬었다. 이제야말로 준비는 끝난 것이다. 쿠포는 마디니에 씨와 비비 라 그리야드를 입회인으로 하였고 제르베즈는 로리외와 보슈에게 부탁하기로 했다. 일행 여섯이서 시청과 성당에 조용히 갈 예정이었다. 뒤에는 아무도 따라가지 않도록 하였다. 신랑의 두 누이는 참석할 필요가 없으니까 집에 남는다고 말하였다. 다만 쿠포 어머니만은 다른 사람들보다 먼저 가서 거리 어딘가에 숨어 있겠노라고 하면서 울기 시작했으므로 함께 데리고 가겠다고 약속을 했다. 참석자 전부가 〈물랭 다르장〉에서 1시에 모이기로 하였다. 거기서 생 드니 들판으로 가서 배를 채울 판이었다. 갈 때에는 기차로 가고 돌아올 때에는 거리를 따라 걸어올 것이다. 이 소풍은 꽤 재미있을 것 같다. 배불리 먹고 마실 수는 없어도 조금은 떠들어 댈 수도 있다. 반드시 점잖고 품위 있는 모임이 될 것이다.

토요일 아침 쿠포는 20수짜리 동전을 앞에 놓고 양복을 입으면서 불안해 했다. 저녁이 나올 때까지 예의상 입회인들에게 술 한 잔과 햄 정도는 대접해야 하지 않을까 하는 데에 생각이 미쳤기 때문이다. 또 생각지 않았던 별도의 지출이 있을지도 모른다. 아무리 해도 20수로는 모자란다. 그래서 저녁때 만찬 석상에 클로드와 에티엔느를 데리고 가기로 되어 있는 보슈 부인 집에 아이들을 데리고 갔다가 구트도르 거리로 달려가 눈 딱 감고 로리외한테 10프랑만 꾸어 달라고 하였다. 정말 목줄이 타 들어가는 느낌이었다. 매부가 필연코 오만상을 찌푸릴 것이다. 그만한 것은 각오했다. 로리외는 투덜투덜대며 짐승처럼 보기 흉하게 조소를 띠었으나 결국 백 수짜리 동전을 두 개 빌려 주었다. 그런데 쿠포의 귀에 누이가 입 속으로「잘 시작하는군.」이라고 중얼거리는 소리가 들려 왔다.

시청에서의 결혼식은 10시 반이었다. 날씨는 개이고 타는 듯한 태양이 이글이글 거리를 태우고 있었다. 남들이 쳐다보는 것이 싫어 신랑 신부와 어머니 및 네 사람의 입회인은 두 패로 갈라졌다. 제르베즈가 로리외의 팔을 끼고 앞장서 가고 마디니에 씨가 쿠포 어머니를 부축하고 있었다. 반대쪽 길에서 20보쯤 떨어져 쿠포, 보슈, 비비 라 그리야드가 뒤따라왔다. 이 세 사람은 검은 프록 코트 차림으로 등을 구부린 채 팔을 흔들어 대고 있었다. 보슈는 노란 바지를 입고 있었다. 비비 라 그리야드는 조끼를 입지 않은 채 목까지 단추를 채우고 있어 새끼줄처럼 꼬인 넥타이만이 조금 보일 뿐이었다. 다만 마디니에 씨만이 연미복인, 꼬리가 네모 반듯한 정식 예복을 입고 있었다. 그래서 지나가는 사람들이 발을 멈추고 이 신사가 녹색 숄을 걸치고 검은 모자에 빨간 리본을 단 뚱뚱한 쿠포 어머니를 부축하고 있는 모습을 바라보곤 하였다. 제르베즈는 바탕 천이 뻣뻣한 파란 드레스에 양어깨가 꽉 끼어 거북해 보이는 반코트를 입고 있었는데 기분은 몹시 부드럽고 즐거워 보였다. 이 더위에 자루와 같은 훌렁훌렁한 외투에 푹 파묻힌 채 로리외가 이죽거리는 것도 오히려 재미있게 듣고 있었다. 긴 모퉁이를 돌 때마다 그녀는 얼굴을 약간 돌려 쿠포에게 우아한 미소를 던졌다. 쿠포는 새옷이 햇빛을 받아 번쩍거렸으므로 쑥스러웠다. 아주 천천히 걸어왔는데도 일행은 꼭 30분이나 일찍 시청에 도착하였다. 그러나 시장이 아직 나타나지 않았으므로 11시나 되어야 차례가 올 것 같았다. 일행은 그곳 한구석에 있는 의자에 앉아 기다리면서 높은 천장과 위엄 있는 벽을 바라보기도 하고, 소곤소곤 속삭이기도 하였다. 그러나 말단 사무원이 지나갈 때마다 시치미를 뚝 떼고 의자를 뒤로 물렸다. 그러면서도 일행은 목소리를 죽여서 시장이 게으름뱅이라고 비난하였다. 「그 자는 아마 금발의 여인 집에서 통풍으로 아픈 허리를 쓰다듬기라도 하는 모양이로군. 아냐, 어쩌면 예장용의 띠를 팔아서 술을 마셔 버린 게 아닐까.」 그러나 마침내 그 시장이 모습을 나타내자 일행은 공손히 일어섰다. 그가 그들에게 다시 앉으라고 했다.

갑자기 사람들이 밀어닥쳐 일행은 세 쌍의 중산층 시민의 결혼식에 입회하지 않을 수도 없었는데, 흰 옷을 입은 신부, 곱슬머리의 계집애들, 장미꽃 벨트를 맨 아가씨, 성장을 하고 거드럭대는 신사 숙녀, 이런 사람들의 행렬이 끝없이 붐볐다. 겨우 그들의 이름이 불리었을 땐 비비 라 그리야드가 보이지 않아 하마터면 결혼식을 못 올릴 뻔하였다. 보슈가 아래 광장에서 파이프를 피우고 있는 비비 라 그리야드를 겨우 찾아서 데리고 왔다. 「정말 관공서 놈들은 못쓰겠단 말이야. 우리가 놈들 코 앞에서 계란색 장갑을 끼지 않았다고 바보 취급을 하다니.」 형식적인 수속·법전 낭독·질문·서류 서명, 이러한 것들이 후다닥 끝났으므로 모처럼의 의식을 반은 사기당한 것 같아 일행은 멍하니 서로의 얼굴을 쳐다보았다. 제르베즈는 마음이 들뜨고 가슴이 뿌듯해서 입술에 손수건을 대고 있었다. 쿠포 어머니는 눈물을 뚝뚝 떨어뜨렸다. 모두 대장에 매달려 서명했는데 글씨들이 제멋대로 일그러지고 굵다란 모양이었다. 신랑만은 글씨를 쓸 줄 몰랐으므로 십자가를 하나 그렸다. 일행은 각각 4수씩 가난한 사람들에게 베풀어 주었다. 말단 사무원에게 결혼 증명서를 건네 주었을 때 쿠포는 제르베즈가 팔꿈치를 쿡쿡 찌르는 바람에 가까스로 5수를 꺼냈다.

시청에서 성당까지는 꽤 멀었다. 도중에서 남자들은 맥주를, 쿠포 어머니와 제르베즈는 물을 탄 카시스 술을 마셨다. 그리고 나서 또 먼 길을 걸어가야 했다. 햇빛은 쨍쨍 내리쬐고 한 점의 그늘도 없었다. 텅 빈 성당 한가운데에서 성당지기가 그들을 기다리고 있었다. 그는 일행을 작은 성당 쪽으로 데리고 가며 이렇게 지각하는 것은 종교를 모독하는 것이 아니냐고 격분해서 투덜댔다. 복사(服事)가 더러운 흰 제복을 입고 종종걸음으로 달려오는 뒤를 따라 신부는 공복으로 창백해진 음침한 모습으로 성큼성큼 걸어왔다.

신부는 빨리 미사를 해치우려고 라틴 어 문구를 입 속으로 중얼대며 방향을 바꾸기도 하고 쪼그리고 앉기도 하고 팔을 펴기도 하는 등 끊임없이 몸을 움직이면서 신랑 신부와 입회인들을 흘끔흘끔 곁눈질했다. 신랑 신부는 제단 앞에 서기는 했으나 언제 무릎을 꿇고, 일어서고, 앉아야 하는지 알 수 없어서 몹시 당황하여 복사의 신호를 기다리고 있었다. 입회인들은 시종 꼿꼿이 서 있었다. 그러나 쿠포 어머니는 또 눈물이 솟구쳐 옆자리에 있는 부인으로부터 빌린 미사 책에 얼굴을 묻고 울고 있었다. 그러는 사이에 정오의 종이 울렸고 마지막 미사가 올려졌다. 성당은 성당지기의 발소리와 의자를 정동하는 소음으로 가득 찼다. 무슨 대 미사를 하기 위해 제단을 준비하는 모양이었다. 도배장이가 벽포에다 못을 박는 망치 소리가 들렸다. 성당지기가 쓸어내는 먼지에 가려 보이지 않는 작은 성당 안에서는 음침한 사제가 제르베즈와 쿠포의 수그린 머리 위에서 바싹 마른 손을 분주히 놀리고 있었다. 왔다갔다하는 소란 속에 중요한 미사의 사이, 즉 신이 안 계시는 동안에 두 사람을 부부로 결합시키려는 것 같았다. 참석자 전부가 성기소(聖器所)의 대장에 다시 한번 서명을 한 다음 현관의 양지 쪽으로 나왔을 때, 일행은 급하게 끌려 다니느라고 정신이 없고 숨이 차서 잠시 동안 그곳에 멍청하게 서 있었다.

「이제 끝났소!」 쿠포는 쓴웃음을 지으며 말했다.

그는 몸을 흔들었으나 농담은 한 마디도 나오질 않았다. 그래도 말을 계속하였다.

「정말 빠른데. 너무 빨리 끝나 버렸어……. 마치 치과 의사한테 간 것 같아. 아프다고 할 틈도 없이 결혼을 시켜 버리는군.」

「그러게 말야, 훌륭히 해치웠어.」 비웃음을 띠며 로리외가 중얼거렸다.

「5분 만에 끝장이 나고, 그 다음이 일생 동안 계속되는 거지……. 자! 불쌍한 것은 〈카데 카시스〉로군.」

4사람의 입회인들은 시무룩하게 고개를 움츠린 함석장이의 어깨를 두드리며 위로하였다. 이러는 동안 제르베즈는 미소를 지으면서도 눈에는 눈물이 괴었고 쿠포 어머니에게 키스하였다. 그녀는 노파의 더듬거리는 말에 대답하였다.

「걱정하지 마세요, 제가 힘껏 일할 테니까요. 만일 잘 안 되어 간다 해도 내 탓이 안 되도록 해 보겠어요. 정말 자신 있어요. 전 정말 행복해지고 싶어요. 이제 이렇게 된 바에야 그이나 저나 사이좋게 마음을 합쳐서 살아갈 테니까요.」

그리고 일행은 곧장 〈물랭 다르장〉으로 갔다. 쿠포는 신부의 팔을 꼈다. 두 사람은 마음도 하늘에 떴고, 집도 행인도 마차도 눈에 보이지 않는지 싱글벙글 웃으면서 다른 사람들보다 조금 앞서서 부지런히 걸었다. 요란한 거리의 소음도 두 사람 귀에는 종소리처럼 울려 퍼졌다. 모든 사람이 술집에 도착하자 쿠포는 1등의 유리로 된 작은 방에서 곧 술과 빵, 햄 등을 주문하였다. 그곳은 극히 간단히 식사할 수 있게 접시도 식탁보도 없는 방이었다. 그러나 보슈와 비비 라 그리야드의 식욕이 보통이 아니라는 것을 알자 그는 세 병째의 술과 한 조각의 치즈를 가져오게 하였다. 쿠포의 어머니는 식욕이 없었다. 가슴이 벅차서 먹을 수 없었다. 제르베즈는 목이 탔으므로 포도주를 약간 떨어뜨린 물을 커다란 컵으로 여러 잔 마셨다.

「이건 내가 계산하겠소.」 쿠포는 이렇게 말하고 곧 카운터로 가서 4프랑 5수를 지불하였다.

그러다 보니 1시가 되어 초대 손님들이 왔다. 뚱뚱하지만 아직 아름다움이 가시지 않은 포코니에 부인이 첫번째로 도착하였다. 꽃무늬의 마포 드레스에 장미빛 넥타이, 꽃으로 잔뜩 장식한 모자를 쓰고 있었다. 다음에는 노처녀 르망주 양이 호리호리한 몸집으로 잘 때도 벗지 않을 것 같은 여전한 검은 옷을 입고 고드롱 부부와 같이 왔다. 이 부부의 남편은 짐승처럼 둔한데다 조금만 몸을 움직이면 갈색 웃옷이 어석어석 소리를 낸다. 부인은 원래도 큰 몸집인데다 임신을 하여 화려한 보라색 스커트 위로 뚱뚱한 배를 내밀고 있어서 한층 허리의 불룩함을 드러내 보이고 있었다. 메보트를 기다릴 필요는 없다고 쿠포는 말하였다. 「그놈은 생 드니로 가는 길에서 우리 일행과 만나기로 했던 것이니까.」

「야단났군. 소나기가 올 것 같아요. 크게 퍼부을 것 같은데.」이렇게 소리치면서 르라 부인이 들어왔다.

르라 부인의 말을 듣고 사람들이 술집 문 앞으로 몰려나가자 과연 파리의 남쪽 하늘에는 검은 먹장 구름이 뭉게뭉게 사방에 피어오르고 있었다.

쿠포의 큰누이인 르라 부인은 키가 크고 말라서 남자처럼 생겼는데 콧소리로 지껄여 대고 있었다. 다갈색의 헐렁헐렁한 드레스를 아무렇게나 입고 있는데 기다란 술 때문에 방금 물에서 나온 말라빠진 강아지 같았다. 그녀는 조그만 양산을 지팡이처럼 놀리고 있었다. 그 르라 부인은 제르베즈를 얼싸안으며 말하였다.

「느끼지 못하는 모양이지만, 밖엔 마치 얼굴에 불덩이라도 끼얹는 것 같은 바람이 불어와요.」

그러나 다른 사람들도 아까부터 소나기가 내릴 것 같다고 생각했던 참이라고 말하였다. 마디니에 씨는 교회를 나왔을 때 예측했었다. 로리외는 티눈이 아파서 새벽 3시부터 잠을 못 잤다고 했다. 「하여간에 한바탕 퍼붓지 않으면 안 될 거다. 정말이지, 요 사흘 동안 너무 더웠으니까.」

「정말! 곧 쏟아질 것 같군.」쿠포는 문 앞에 서서 걱정스러운 듯 하늘을 쳐다보며 말하였다. 「이젠 누이만 남았는데. 누이가 도착하면 곧 출발하죠.」

사실 로리외 부인의 도착은 늦었다. 르라 부인이 오는 길에 같이 가자고 들렀다. 그러나 그때도 아직 코르셋을 하고 있었으므로 두 사람은 입씨름을 하였다. 키다리 미망인은 남동생 귀에다 대고 말하였다.

「난 그 애를 내버려 두고 왔단다. 걔는 기분이 나쁘더라! 어떤 얼굴을 하고 올는지 볼 만할 거다!」

일행은 또 15분 동안 초조하게 기다려야 했다. 그 동안 그들은 술집 가게 안에서 주위를 서성대면서 카운터에 술을 마시러 오는 손님의 팔꿈치에 채이기도 하고 떼밀리기도 하였다. 때때로 보슈나 포코니에 부인, 혹은 비비 라 그리야드가 가게 밖 길가로 나와 하늘을 쳐다보았다. 비는 한 방울도 오지 않았다. 햇빛이 약해지며 바람이 땅을 휩쓸고 흰 먼지를 일으키는 작은 회오리바람이 여러 번 불어 댔다. 그러다가 마침내 천둥소리가 들렸다. 그러자 노처녀 르망주 양이 십자를 그었다. 모든 사람의 시선이 불안스럽게 거울 위에 있는 둥근 벽시계로 쏠리었다. 벌써 시간은 2시 20분 전이었다.

「자, 이제부터 천사들이 울기 시작하는군.」 쿠포가 외쳤다.

소나기가 쫙 차도를 지나갔다. 여인들이 스커트를 두 손으로 붙잡고 달려갔다. 그러자 이 소나기를 맞으며 로리외 부인이 겨우 도착하였다. 노기가 등등해서 숨을 헐떡거리며 잘 접히지 않는 우산을 문턱에 툭툭 치고 있었다.

「이럴 수가 있담!」 그녀가 짜증스럽게 말했다. 「막 나오려고 하는데 오잖아. 다시 방으로 들어가 옷을 벗어 버릴까 했었지. 그렇게 했더라면 좋았을 걸……. 참! 꼴 좋은 결혼식이군! 그래서 먼저 말을 했잖아. 다음 토요일까지 연장하자고. 내 말을 안 들으니까 비가 오는 거야! 젠장, 펑펑 쏟아져라. 하늘이 무너질 때까지 퍼부어라!」

쿠포는 그녀의 마음을 달래려고 했으나 그녀는 그를 톡 쏘아붙여 쫓아 버리고 말았다. 드레스를 버려도 쿠포가 변상해 주지도 않을 것이다. 그녀는 검은 비단 드레스를 입고 여전히 헐떡거리고 있었다. 허리를 너무 졸라매 단추 구멍이 땡겨져 어깨가 다 드러나 보인다. 스커트도 좁아서 넓적다리가 자유로이 움직여지질 않아 종종걸음으로밖에 걸을 수 없었다. 모인 여자들은 그녀의 옷차림에 놀라 입을 다문 채 눈만 크게 뜨고 있었다. 그녀는 쿠포 어머니 곁에 앉아 있는 제르베즈에겐 눈도 돌리지 않았다. 로리외를 부르더니 손수건을 내놓으라고 했다. 그리고 가게 한쪽에서 비단옷에 묻은 빗방울을 한 방울씩 정성껏 닦아냈다.

그러는 동안에 소나기는 멎었다. 태양은 더 어두워져 마치 밤 같았다. 납빛으로 물든 어두운 하늘 위로 이따금 번개가 스쳐 갔다. 비비 라 그리야드는 한바탕 세게 퍼붓겠다고 웃어 가며 말하였다. 그러자 맹렬하게 소나기가 쏟아지기 시작하였다. 반 시간에 걸쳐 비는 억수같이 쏟아지고 천둥도 끊임없이 울렸다. 남자들은 입구에 서서 회색 베일 같은 소나기와 물이 불어난 도랑, 찰랑거리는 물구덩이에서 튀어오르는 물보라 등을 우두커니 바라보고 있었다. 여자들은 주저앉은 채로 겁이 나서 손으로 눈을 가리고 있었다. 목이 메는 것 같은 느낌에 누구도 말을 하려 들지 않았다. 그러나 천둥소리가 점점 멀리 사라지자 일행은 또 초조해져서 소나기에 대해 화를 내고 구름을 향하여 저주를 퍼붓기도 하고 주먹을 휘두르기도 하였다. 이제는 잿빛 하늘에서 가는 비가 그칠 줄 모르고 내리고 있었다.

「벌써 두 시가 넘었어요! 이런 데서 잘 수는 없잖아요!」하고 로리외 부인이 소리쳤다.

르망주 양이 요새의 웅덩이 속에서 머물더라도 하여간 교외로 나가자고 말하자 주위 사람이 외쳤다. 길이 험할 것이고 풀 위에 앉을 수도 없을 것이다. 게다가 소나기가 다 왔다고 할 수도 없다. 또 한 번 올 것 같다. 쿠포는 물에 빠진 새앙쥐같이 젖은 노동자가 빗속을 천천히 걸어가는 것을 보면서 중얼거렸다.

「메보트 녀석이 생 드니 길가에서 우릴 기다리다 일사병에 걸릴 염려는 없겠군.」

이 말에 모두 웃었다. 그러나 기분은 점점 나빠져 마침내 폭발할 것 같았다. 어떡하든 결정을 지어야 했다. 식사 때까지 이렇게 서로 쳐다보고만 있을 수 없는 것이었다. 그래서 끈질기게 내리는 비를 앞에 놓고 15분 동안 머리를 짰다. 비비 라 그리아드는 트럼프놀이를 하자고 제안하였다. 호색적이고 엉큼한 근성을 지닌 보슈는 고해 신부놀이라는 좀 이상한 놀이를 알고 있었다. 고드롱 부인은 클리냥쿠르로 가서 양파를 넣은 파이를 먹자고 했고, 르라 부인은 얘기나 나누고 싶은 눈치였다. 고드롱은 지루해 하지도 않고 아주 기분 좋은 듯 곧 식사나 하자고 말할 뿐이었다. 이처럼 제각기 다른 제안에 대해 모든 사람은 자기 의견을 내세우며 법석을 떨었다. 그런 건 바보 같은 짓이라는 둥, 다 졸게 될 거라는 둥, 코흘리개 아이로 오인하게 될 거라는 둥 떠들어 댔다. 그러자 로리외도 한 마디 말하고 싶어져서 아주 간단한 제안을 꺼냈다. 큰 거리로 해서 페르 라세즈 묘지까지 산책을 하고 시간이 남으면 그곳에서 엘르이즈와 아벨라르의 묘를 참배하자고 말했다. 이 말을 듣자 로리외 부인은 참다 못해 화를 발칵 내었다. 「난 가 버릴 테야! 얼마나 바보 같은 짓이에요. 사람들을 바보 취급하는 거예요? 외출복을 입고 비를 맞고, 결국엔 술집에 갇히게 되다니! 이런 결혼식은 이제 그만둬요, 집에 있는 편이 차라리 나을 걸.」쿠포와 로리외가 문을 막았다. 그녀는 되풀이해서 말하였다.

「비켜요! 난 가겠다고 했잖아요!」

남편이 간신히 그녀를 잘 달랬으므로 쿠포는 제르베즈 곁으로 갔다. 그녀는 여전히 한편 구석에서 조용히 시어머니와 포코니에 부인을 상대로 얘기하고 있었다.

「그런데 당신은 아무 의견도 말하지 않고!」 그는 아직도 반말을 쓰지 못하였다.

「전, 여러분이 좋다고 하면 그것으로 돼요.」 그녀는 웃으면서 대답하였다. 「전 군말을 않겠어요. 밖에 나가도 좋고, 아무래도 좋아요. 이대로도 좋기 때문에 더 이상 아무 요구도 필요 없어요.」

과연 그녀의 얼굴은 평화로운 환희에 빛나고 있었다. 초대 손님이 다 모인 다음부터는 그녀는 아주 분별 있는 태도로 토론에는 끼여들지 않고 약간 낮기는 하나 감동어린 목소리로 손님 하나하나에 말을 걸었다. 소나기가 쏟아지는 동안에도 갑자기 번쩍이는 불빛 속에서 아주 먼 미래의 중대한 일을 보기라도 하듯 잠자코 바라보며 꼼짝 않고 앉아 있었다.

그런데 마디니에 씨만 아직 아무 제안도 하지 않았다. 그는 신사다운 위엄을 계속 유지하며 연미복의 늘어진 뒷자락을 벌린 채 카운터에 기대어 있었다. 먼 곳을 향해 침을 뱉곤 동그란 눈을 굴리더니, 「사곤데! 미술관에라도 갈까…….」라고 말하였다. 그는 턱을 쓰다듬으며 눈으로 일행의 의견을 물었다. 「거기엔 골동품·판화·유화, 여러 가지가 산더미처럼 있지. 공부도 상당히 되죠……. 그래요, 여러분들은 아마 잘 모르시겠지만 한 번쯤은 봐 둬야 해요.」

여러 사람들은 서로 쳐다보고 눈치를 살폈다. 제르베즈는 그곳을 알지 못하였다. 포코니에 부인도 마찬가지였다. 보슈도 다른 사람들도 모두 그러하였다. 쿠포는 언젠가 일요일에 간 일이 있는 것 같았다. 그러나 기억은 잘 나지 않는다. 그러나 모두 주저하고 있었다. 그때 마디니에 씨의 위엄 있는 태도에 대단히 감명을 받은 로리외 부인이 이야말로 더할 나위 없는 좋은 제안이라고 말하였다. 일부러 하루를 허비해 가며 외출복을 입고 나왔으니 공부가 되는 것을 견학하러 가는 것은 좋지 않은가. 전원이 찬성하였다. 그때 다시 가랑비가 내리기 시작했으므로 술집에 손님들이 잊어버리고 간 파랑·녹색·밤색 등의 헌 우산을 빌려 들고 일행은 미술관을 향하여 출발하기로 하였다.

일행은 오른쪽으로 구부러져 생 드니 거리를 지나 파리로 내려갔다. 쿠포와 제르베즈는 다른 사람들보다 먼저 뛰어나가 또 앞장을 서서 걸었다. 쿠포 어머니는 다리가 약해서 술집에 남아 있었으므로 마디니에 씨는 이번엔 로리외 부인에게 팔짱을 꼈다. 이어서 로리외와 르라 부인, 보슈와 포코니에 부인, 비비 라 그리아드와 르망주 양, 마지막에 고드롱 부부가 따랐다. 모두 열두 사람이다. 그래도 길에 나서니 그럴싸한 행렬이 되었다. 「정말! 우리는 이 결혼하곤 아무 관계도 없어요. 사실이에요.」 로리외의 아내가 마디니에 씨에게 설명했다. 「내 동생이 어디서 저런 여자를 알게 되었는지 모르겠어요. 아니 사실은 너무 잘 알고 있는지도 모르죠. 하지만 그런 얘기 할 필요도 없어요! 우리 그이는 결혼 반질 사 줬죠. 오늘도 눈을 뜨자마자 10프랑을 꾸어줘야만 했어요. 그게 없었으면 어떻게 해낼 수도 없었을 거예요……. 결혼식에 친척이라고는 한 사람도 안 오는 신부라니! 파리에 반찬 가게를 하는 언니가 있다고 하던데 어째서 초대하지 않았는지 모르겠어요.」

그녀는 말을 중단하고 제르베즈를 가리켰다. 길이 경사가 져 제르베즈는 몹시 다리를 절고 있었다.

「저걸 좀 보세요! 저럴 수가! 저 절름발이 여자.」

이 〈절름발이 여자〉라는 말이 모든 사람의 입에서 입으로 금방 퍼졌다. 로리외는 킬킬 웃어대며 그 말이야말로 꼭 어울리는 말이라고 하였다. 그러자 포코니에 부인이 제르베즈의 변호에 나섰다. 그 사람을 바보 취급하는 것은 잘못이다. 1수의 동전처럼 틀림없고 몸가짐도 좋으며 필요할 땐 몸을 아끼지 않고 일을 한다고 했다. 르라 부인은 언제나 외설스러운 말을 하기 좋아하는 사람이어서 그녀의 다리를 〈사랑의 다리〉라고 불렀고 또한 남자들은 대개 저런 걸 좋아한다고 덧붙였으나 그 다음을 설명하려 들지는 않았다.

일행은 생 드니 거리를 나와 큰 거리를 건넜다. 그들은 마차의 행렬 앞에서 잠시 기다렸다. 그리고는 소나기 때문에 진흙탕이 되어 있는 차도로 접어들었다. 비가 또 내리기 시작하였으므로 모두 우산을 폈다. 남자들의 손 안에서 흔들리는 초라한 우산 밑에서 여자들은 옷자락을 걷어올렸다. 행렬은 진창 속에서 간격이 벌어지고 인도에서 인도로 줄이 이어졌다. 두 명의 건달이 가장 행렬이라고 외쳤다. 산책하던 사람들이 몇 사람 달려왔고 가게 사람들이 재미있다는 듯 진열장 뒤에서 발돋움을 하고 보았다. 많은 사람들이 들끓는 한가운데서 회색으로 축축히 젖어 있는 큰 거리를 배경으로 한둘씩 짝을 지어 이어지는 행렬이 산뜻하게 돋보였다. 제르베즈의 진한 청색 드레스, 포코니에 부인의 꽃무늬가 찍힌 마포 드레스, 보슈의 카나리아빛 바지……. 외출복 차림이 주는 특유한 어색함과 쿠포의 번쩍번쩍 빛나는 프록 코트, 그리고 마디니에 씨의 뒤꼬리가 늘어진 네모 반듯한 연미복은 사육제를 빰칠 정도로 우스꽝스런 꼴이었다. 한편 로리외 부인의 아름다운 옷차림, 르라 부인의 옷장식, 술, 르망주 양의 꾸깃꾸깃 구겨진 치마, 이런 것들은 여러 가지 유행이 뒤범벅이 되어 마치 가난한 사람들이 입을 만한 사치품의 고물 전시장과도 같았다. 그러나 특히 재미있는 것은 신사들의 모자였다. 어두 컴컴한 벽장 속에 넣어 두어서 윤기가 없어진 낡은 것들뿐으로, 높이가 높은 것, 끝이 벌어진 것, 뾰족한 것 등 가지각색의 모양을 하고 있었고, 어느 것이나 우스꽝스럽고 모자 테가 위로 젖혀졌거나 납작하거나 너무 넓거나 또는 좁거나 하여 제대로 된 것이라고는 하나도 없었다. 그런데다 한층 못 견디게 웃음을 자아낸 것은 이 구경거리의 끝장면으로서, 맨 뒤에 고드롱 부인이 야한 보라색의 드레스 차림에 임신한 거대한 배를 한껏 내밀고 다가온 것이었다. 그러나 일행은 모두 천진 난만 그대로였고 사람들이 구경을 해도 기분 상함이 없이, 농담조로 놀려 대도 재미있다는 듯 조금도 걸음을 빨리 하려고도 하지 않았다.

「저봐라! 새색시다!」 건달 중 하나가 고드롱 부인을 가리키며 외쳤다.

「가엾게도 큼직한 종자를 삼켰나 봐!」

모든 사람들은 와 웃어 댔다. 비비 라 그리야드는 뒤돌아보며 근사한 말을 한다고 했다. 제일 많이 웃은 것은 고드롱 부인 본인이었고 일부러 배를 보라는 듯이 더 내밀었다. 「이것이 뭐 부끄럽단 말이냐. 지나가면서 이쪽을 곁눈질하는 부인들이 여러 사람 있잖은가. 나처럼 되고 싶어서 못 견디겠나 봐.」

클레리 거리에 들어섰다. 이어서 마이유 거리를 지났다. 빅트와르 광장에서 쉬었다. 신부의 왼편 구두끈이 풀어진 것이다. 루이 14세의 동상 밑에서 그녀가 끈을 다시 매는 동안 각각 둘씩 다가와서는 그녀의 뒤로 바싹 붙어서서 드러난 그녀의 장딴지에 대해서 농담을 하며 기다리고 있었다. 가까스로 일행은 크르와 데 프티 샹 거리를 내려와서 루브르 박물관에 도착하였다.

마디니에 씨가 정중하게 앞장을 서겠다고 말하였다.

「박물관은 너무 커서 길을 잃어버릴지 몰라요. 게다가 저는 좋은 장소를 알고 있어요. 어떤 큰 종이상자 제작소에서 상자에 붙일 데생을 그리고 있는 아주 똑똑한 청년 화가와 같이 여러 번 온 일이 있으니까요.」 1층의 앗시리아관에 들어서자 일행은 오싹 한기를 느꼈다. 이 방은 필시 그 유명한 동굴로 되어 있는 모양이다. 쌍쌍을 이룬 한떼는 얼굴을 들고 눈을 깜박거리며 커다란 돌기둥과 위엄 있게 도사리고 앉아 있는 검은 대리석의 신들, 코의 살이 떨어져 나가고 입술이 부풀어오른 죽은 여자 얼굴의 한 반묘 반녀의 괴물들 사이를 천천히 지나갔다. 그 조상(彫像)들은 어느 것이나 다 몹시 더러워 보였다. 돌에 세공을 하려면 오늘날의 사람이 훨씬 잘할 거다. 그러나 페니키아 문자로 씌어진 비문에는 모두 놀랐다. 이런 얼빠진 짓도 있다니. 이 수수께끼 같은 글씨를 읽었던 사람이 있었을라구. 로리외 부인과 2층 층계참에 올라가 있던 마디니에 씨가 둥근 천장 밑에서 일행을 향하여 소리쳤다.

「이봐요, 이리 와요. 그런 건 아무것도 아니에요……. 볼 만한 것은 2층이라오.」

아무 장식도 없는 계단의 엄숙함이 그들을 숙연하게 만들었다. 마치 일행을 기다리고 있는 것처럼 빨간 조끼에 금줄이 쳐진 제복을 입고 층계참에 대기하고 있는 수위의 당당한 모습이 모든 사람들을 한층 더 감동케 하였다. 일행은 공손하게 될 수 있는 한 조용히 걸어서 프랑스 관으로 들어갔다.

일행은 황금으로 된 액자 테에 눈이 휘둥그래져서 계속되는 작은 진열실을 멈춰 서지도 않고 지나쳤다. 그림을 쳐다봐 가면서 가는 건데 워낙 수가 많아서 자세히 볼 수가 없었다. 이해하려고 들면 그림 하나에 한 시간은 걸릴 것이다. 그림이 많기도 하지, 정말 끝이 없었다. 돈으로 친다면 상당한 액수가 될 것이다. 마침내 화랑의 끝에 이르자 갑자기 마디니에 씨가 일행의 발걸음을 〈메듀스의 뗏목〉 앞에서 멈추게 하였다. 그리고 그림의 주제를 설명하였다. 그들은 감동하여 똑바로 선 채 잠자코 움직이지 못하고 있었다. 재차 걷기 시작하자 보슈가 일행의 기분을 요약해서 말하였다.

「이건 두 손을 다 들었는데.」

아폴로 관에선 무엇보다도 마루가 그들을 놀라게 했다. 거울처럼 반짝반짝 빛나는 투명한 마루로 의자 다리까지 비쳤다. 노처녀 르망주 양은 마치 물 위를 걷는 것 같아 눈을 감았다. 모두가 고드롱 부인에게 몸이 무거우니 발바닥을 꼭 붙여서 걸으라고 큰소리로 주의시켰다. 마디니에 씨는 일행에게 천장의 금칠과 그림을 보여 주려고 하였다. 그러나 그들은 그저 목만 아팠을 뿐이지 뭐가 뭔지 도무지 알 수 없었다. 이윽고 방형(方型)의 진열실로 들어가려고 하자 마디니에 씨는 몸짓으로 창 하나를 가리키며 말하였다.

「샤를르 9세가 저 난간에서 백성들에게 총을 쏘았다오.」

그 동안도 그는 행렬의 제일 뒤를 감시하고 있었다. 네모 반듯한 방 한가운데서 몸짓으로 그는 정지하라고 하였다. 이곳에 있는 것은 걸작들뿐이라고 마치 교회에라도 와 있는 것처럼 조그맣게 중얼거렸다. 모든 사람은 방을 한 바퀴 빙 돌아보았다. 제르베즈는 〈가나의 결혼식〉이라는 화제(畫題)에 대하여 물었다.

「액자 앞에 화제를 써 넣지 않은 것이 이상하군요.」 쿠포는 모나리자 앞에 서 있었는데 자기 숙모 하나와 많이 닮았다고 생각하였다. 보슈와 비비 라 그리아드는 나부(裸婦)를 곁눈질로 흘끔흘끔 보며 히죽히죽 웃고 있었다. 특히 앙티오프의 넓적다리는 두 사람을 오싹하게 하였다. 저쪽 끝에서는 고드롱 부부가 뮤릴로의 성모상 앞에 서 있었는데 남편은 입을 헤벌리고 부인은 허리에 두 손을 댄 채 감동한 나머지 멍청해져 있었다.

홀을 한 바퀴 돌고 오자 마디니에 씨는 한 번 더 돌아보고 오라고 말하였다. 그만한 가치가 있다는 것이었다. 그는 로리외 부인이 비단옷을 입고 있었으므로 친절하게 이것저것 돌봐 주느라 애를 썼다. 그녀가 질문할 때마다 그는 태연하게 점잔을 빼며 대답해 주었다. 티티안의 정부(情婦)가 자기와 같은 노랑머리를 하고 있는 것을 보고 그녀가 흥미 있어 하자, 그는 그녀가 앙리 4세의 애인이며 앙비귀 극장에서 상연된 비극의 주인공이었던 미녀 페르니에르라고 가르쳐 주었다.

이어서 일행은 이탈리아 파와 플랑드르 파의 그림이 있는 기다란 화랑으로 들어갔다. 누군지 잘 알 수 없는 성자들과 남녀의 초상, 암울한 풍경, 노랗게 된 동물들을 그린 유화가 늘어서 있었고, 차례차례로 나타나는 인물들과 사물이 뒤섞여 범벅이 된 색채의 다양성 때문에 모든 사람들은 몹시 머리가 아팠다. 마디니에 씨는 말없이 일행을 천천히 인도하고 있었다. 모두 고개를 옆으로 꼬고 눈은 허공을 향한 채 질서 정연하게 따라갔다. 정신을 잃고 만 이 일행의 무지 앞을 수 세기에 이르는 예술, 원시인들의 무뚝무뚝한 아름다움, 베니스 파의 화려함, 네덜란드 파의 풍요한 광선의 아름다운 생명 등이 지나갔다. 그러나 이들 일행의 흥미를 끈 것은 사람들 사이에 캔버스를 세워 놓고 태평스럽게 그리고 있는 모사(模寫) 화가들이었다. 한 노부인이 커다란 사다리에 올라가 아주 큰 캔버스에 엷은 하늘을 그리느라고 화필을 움직이고 있는 것이 일행을 특히 놀라게 했다. 그러자 결혼 행렬이 루브르를 구경하러 왔다는 소문이 차차로 퍼진 모양이다. 여러 명의 화가들이 껄껄 웃어 대며 달려왔다. 호기심 많은 이 사람들은 그 행렬을 편안하게 보려고 미리 의자를 앞으로 내놓고 앉아 있었다. 한편 수위들은 야유의 말이 나오려는 것을 입을 다물고 꾹 참고 있었다. 결혼 행렬은 이제 지칠 대로 지쳐 조심성도 잊은 채 울리는 마루 위를 징박은 구두를 끌기도 하고 뒤꿈치로 툭툭 차기도 해 가며 걸어갔다. 마치 짐승떼가 장식 하나 없는 정숙하고 청결한 방 한가운데에 풀어 주자 퉁탕퉁탕 발소리를 내고 있는 것 같았다.

마디니에 씨는 침묵을 지킴으로써 어떤 효과를 얻고 있었다. 그리고 곧장 루벤스의 〈축제〉가 있는 곳으로 갔다. 여기서도 여전히 입을 다문 채 장난기 어린 눈초리로 화포를 가리킬 뿐이었다. 아낙네들은 이 그림에 얼굴을 가까이 대고 작은 소리로 지껄였다. 그리곤 얼굴이 빨개져서 외면을 하였다. 남자들은 그런 부인들을 붙잡고 농담을 하고는 외설스러운 세부(細部)를 눈으로 찾았다.

「자, 봐요!」 보슈는 몇 번이고 말하였다. 「이건 돈을 치를 만한 가치가 있는데. 저긴 토하고 있는 놈이 하나 있군. 이놈은 민들레에 물을 주고 있군. 그리고 이놈은, 아! 이놈……. 정말 이놈은 기가 막히군요.」

「갑시다. 이쪽엔 이제 볼 만한 게 없어요.」 마디니에 씨는 뜻대로 되어 기뻐하면서 말하였다.

일행은 온 길을 되돌아가서 네모 반듯한 진열실과 아폴로 관을 다시 한번 지나갔다. 르라 부인과 노처녀 르망주 양은 다리가 아프다고 투덜거렸다. 그러나 종이상자 제작업자는 로리외에게 옛날 보석 종류를 보여 주고 싶어하였다. 그것은 바로 옆 작은 방에 있는데 눈을 감고도 찾아갈 수 있다고 하였다. 그러나 그도 길을 잘못 들어 결혼 행렬을 끌고 사람도 없고 차디찬 방을, 깨진 항아리와 보기에도 더러운 인형이 수도 없이 즐비하게 진열된 방을 일곱 개인가 여덟 개 쏘다녔다. 모두가 오싹해지고 몹시 기분이 언짢아졌다. 모두가 문을 찾고 있던 중 잘못하여 데생실로 들어가 버렸다. 이곳은 가도가도 끝이 없는 길이었다. 데생실은 끝없이 계속되는 데생뿐이라 재미있는 것이라고는 아무것도 없었다. 아무렇게나 끄적거린 종이가 벽에 유리로 가리워져 장식되어 있을 뿐이었다. 마디니에 씨는 낭패했으나 길을 잃었다고 고백하기가 싫어서 계단을 올라가 일행을 한층 위로 올라가게 하였다. 이번에는 해군 박물관 구경이었다. 무기와 대포의 모형, 설계도, 장난감 같은 작은 배, 일행은 그런 것 사이를 돌아다녔다. 다음 계단은 15분이나 걸어간 다음에야 저 멀리서 나타났다. 그런데 거기를 내려가니 다시 데생실의 한가운데에 서게 되었다. 그러자 일행은 절망에 빠져서 닥치는 대로 이 방에서 저 방으로 헤매고 다녔다. 여전히 둘씩 한 쌍이 되어 줄을 지은 채, 마디니에 씨가 선두에 서 있었는데 그는 자신도 모르는 사이에 연방 이마의 땀을 닦아 가며 관리소가 출입구의 위치를 바꿔 놓았다고 몹시 화를 내며 비난하였다. 문지기와 구경꾼들은 깜짝 놀라 일행이 지나가는 것을 바라보고 있었다. 20분도 되기 전에 일행은 또 네모진 진열실과 동양의 작은 신들이 자고 있는 프랑스 관의 유리 진열장이 있는 곳으로 들어왔다. 이러다간 밖으로는 영 나갈 수 없을 것이다. 일행은 다리가 뻣뻣해 오고 낙심이 된데다 커다란 배를 안은 고드롱 부인을 도중에 놓아 두고 온 것을 알게 되자 한바탕 큰소리로 떠들어 댔다.

「문닫습니다! 문닫습니다!」 하고 문지기들이 큰소리로 외쳤다.

일행은 갇혀 버릴 뻔했다. 문지기 한 사람이 인솔하여 문까지 그들을 데려다 주어야만 했다. 루브르의 뜰로 나와 휴대품을 두는 데서 우산을 찾아 들고서야 일행은 겨우 한숨을 내쉬었다. 마디니에 씨는 이제 정신을 되찾았다. 왼쪽으로 돌아가지 않은 것이 잘못이었다. 이제 와서야 겨우 그는 보석이 왼쪽에 있었다는 것을 생각해 냈다. 그러나 일행은 모두 좋은 구경을 해서 만족스럽다는 표정을 짓고 있었다.

4시가 울렸다. 저녁 먹기까지 아직 두 시간을 보내야 했으므로 한 바퀴 산책을 하기로 했다. 부인들은 지쳐서 앉아 있고 싶었을 것이다. 그러나 아무도 돈을 내려고 하지 않았으므로 모두 다시 걷기 시작하였고 강가를 어정거렸다. 여기서 다시 소나기가 심하게 쏟아졌기 때문에 우산은 쓰고 있었지만 부인들의 외출복은 엉망이 되었다. 로리외 부인은 옷에 물방울이 튈 때마다 조마조마해 하며 르와이얄 다리 밑에서 비를 좀 피하자고 제의했다. 만일 다른 사람들이 쫓아오지 않는다면 자기 혼자서라도 그곳으로 내려갈 거라고 엄포를 놓았다. 그래서 그 일행은 르와이얄 다리 밑으로 갔다. 그곳은 기분이 참 좋았다. 이 얼마나 근사한 생각이냐 말이다! 부인들은 평평한 돌 위에 손수건을 깔고 편하게 다리를 펴고 앉아서 돌과 돌 사이에 난 잡초를 쥐어뜯거나 검은 흙탕물이 흘러가는 것을 바라보기도 하였다. 마치 시골에라도 온 기분이었다. 남자들은 정면에 보이는 아치에 메아리를 울리게 하기 위해 큰소리로 외치면서 좋아했다. 보슈와 비비 라 그리야드는 교대로 허공에 대고 욕을 하며「돼지새끼!」라고 고래고래 외쳤고 메아리가 그 말을 되돌려 주자 낄낄 웃어 댔다. 그러다 보니 목이 쉴 것 같아 이제는 납작한 돌을 주워 물수제비 뜨기 놀이를 하였다. 소나기는 멈췄지만 일행은 기분이 좋아져 갈 생각도 하지 않았다. 세느 강은 기름에 찌든 식탁보, 낡은 병마개, 야채 찌꺼기 등의 쓰레기를 산더미처럼 나르고 있었는데 그 쓰레기는 다리의 아치 그림자로 어두컴컴해진 기분 나쁜 흐름에 휩싸이면서 잠시 동안 멈췄다가 다시 흘러갔다. 한편 다리 위에선 합승마차와 역마차가 덜컹대고 지나가며 파리다운 혼잡함을 느끼게 하였으나 여기서 보니 마치 구멍 속에서 보는 것처럼 겨우 마차의 지붕이 오른쪽이나 왼쪽으로 보일 뿐이었다. 르망주 양은 한숨을 쉬고 만일 이곳에 나무 그늘이라도 있다면 마른느 강에 갔던 때 일이 생각났었을 거라고 말하였다. 1817년경, 어떤 청년과 곧잘 그곳에 갔었는데 아직도 그 사람 일로 울곤 한다고 말하였다.

이윽고 마디니에 씨가 출발의 신호를 했다. 튀일르리 궁전의 정원을 가로질러 아이들이 몰려 있는 한복판을 헤치고 지나가니, 아이들이 가진 굴렁쇠와 공에 방해되어 둘씩 한 쌍을 이룬 볼 만한 이 행렬의 질서가 흐트러지고 말았다. 일행이 방돔므 광장에 이르러 원추형의 기념탑을 바라보고 있을 때, 마디니에 씨는 부인들에게 멋진 것을 보여 줘야겠다고 생각하였다. 탑에 올라가 파리 시를 구경하자고 제의하였다. 이 제안은 참 재미있을 것 같았다. 「그래 그래, 올라가야지. 그렇게 하면 오랜 뒤까지도 웃을 수 있는 얘깃거리가 될 거요. 게다가 한 번도 땅을 떠나 보지 않은 사람에게는 흥미가 없지도 않을 거야.」

「설마 저 절름발이가 저런 다리로 저곳에 오를 생각은 않겠지요?」 로리외 부인이 작은 소리로 말하였다.

「난 기꺼이 올라가겠어요. 하지만 남자분이 뒤에서 따라오면 싫어요.」 르라 부인이 말하였다.

그래서 모두 올라갔다. 좁다란 나선형의 낡은 계단에 기대어 열두 사람은 벽 쪽으로 붙어 한 줄로 기어올라갔다. 주위가 완전히 어두워져서 아무것도 보이지 않게 되자 웃음이 와 터져 나왔다. 부인들은 연방 조그만 소리를 질렀다. 남자들이 겨드랑 밑을 간지럽히고 다리를 꼬집었던 것이다. 그래도 그것을 내놓고 말하는 여자는 정말 바보로 취급된다. 생쥐 짓이라는 태도를 보이는 법이지! 아무튼 대단한 일은 아니니까. 적당한 예의상의 한계는 모두가 알고 있었다. 보슈가 농담을 생각해 냈다. 그러나 모두 그것을 되풀이했다. 고드롱 부인이 도중에 남아 있기나 한 듯이 모두 그녀의 이름을 부르며 배가 걸려서 못 오는 게 아니냐고 물었다. 생각해 보면 만일 그 사람이 그곳에 걸려서 올라오지도 내려가지도 못한다면 구멍이 막힌다는 얘긴데, 그렇담 여기서 나갈 수도 없지 않은가. 모든 사람들은 기념탑을 뒤흔들 것처럼 법석을 떨고 임신부의 배를 두고 웃어 댔다. 보슈는 아주 신이 나서 「여러분을 이 굴뚝 속에서 늙게 해 버릴 거요.」라고 말하였다. 올라가도 올라가도 끝이 없어 보였다. 이러다간 천당에까지 가는 게 아닐까? 그는 부인들을 놀라게 하려고 탑이 흔들리고 있다고 소리쳤다. 그런데 쿠포는 한 마디도 지껄이지 않았다. 그는 제르베즈의 뒤를 따라가 그녀의 상체를 받쳐 주었으며 그녀가 자기에게 몸을 기대고 있음을 느끼자 걸어 가면서 그녀의 목에 키스를 하였다. 그때 갑자기 밝은 곳이 나왔다.

「어머나! 잘들 노는군. 두 분은 사양할 것까진 없지!」 로리외 부인은 기분 나쁘다는 듯이 말하였다.

비비 라 그리야드는 화가 난 것 같았다.

「당신들은 무척 시끄럽군! 계단의 수도 셀 수 없으니 말이야.」 하고 입 속으로 중얼거렸다.

그러나 마디니에 씨는 이미 관망대에 올라가 이것저것 기념건물을 가리키고 있었다. 그러나 포코니에 부인과 르망주 양은 계단이 있는 곳에서 더 나가려 하지 않았다. 아래로 보이는 포도(鋪道)를 생각만 해도 피가 거꾸로 흐르는 듯했다. 그래서 작은 문으로 조심스레 흘긋 들여다볼 뿐이었다. 르라 부인은 담력이 세었으므로 둥근 지붕의 청동에 달라붙듯하면서 좁은 노대를 한 바퀴 돌았다. 그러나 한 발만 미끄러지면 마지막이라고 생각하니 소름이 쪽 끼쳤다.

「아유, 얼마나 무섭게 곤두박질을 치게 될까.」 남자들은 좀 질린 창백한 낯으로 광장을 내려다보았다. 모든 것에서 떨어져 나와 공중에 떠 있는 것 같았다. 정말 사지가 얼어붙는 것 같았다. 그러나 마디니에 씨는 눈을 들어 멀리 자기 앞을 바라보라고 말했다. 그렇게 하면 현기증이 안 난다고 했다. 그는 손가락으로 앵발리드 기념관, 팡테옹 사원, 노트르담 사원, 생 자크 종탑, 몽마르트 언덕을 차례차례 가리켰다. 그러자 로리외 부인이 생각난 듯, 샤펠거리 근처의, 그들이 지금부터 식사하러 갈 술집 〈물랭 다르장〉이 보이느냐고 물었다. 그러자 모두 10분쯤 찾아본 다음 결국은 말다툼까지 하였다. 저마다 마음대로 술집이 이거다 저거다 하고 지적하였던 것이다. 파리는 그들 주위의 푸르스름한 먼 풍경에 널따란 회색의 세계와 물결치고 있는 지붕의 깊은 골짜기를 전개하며 오른편 기슭 전체는 커다란 누더기와 같은 구리빛 구름 속 어둠에 묻혀 있었다. 금빛 테를 두른 그 구름 둘레에서 폭넓은 커다란 띠처럼 한 줄기의 햇빛이 흘러나와 왼편 기슭에 있는 수천 장의 유리란 유리를 모두 불꽃처럼 빛나게 하고 소나기에 씻긴 맑게 갠 하늘 속에 그 일대를 환하게 돋보여 주고 있었다.

「싸우려고들 여기까지 올라왔나.」 보슈는 화가 나서 계단을 내려갔다.

말없이 뿌루퉁해진 일행은 퉁탕퉁탕 계단에 구두소리를 내면서 내려갔다. 아래로 내려가니 마디니에 씨가 요금을 지불하려고 서 있었다. 그러나 쿠포가 그것을 만류하고 한 사람 앞에 2수씩 도합 24수를 서둘러 문지기의 손에 쥐어 주었다. 5시 반이 다 되었다. 돌아가면 꼭 제시간이 될 것이다. 그래서 큰 거리로 해서 포부르 프와송니에르 거리를 지나 되돌아왔다. 그러나 쿠포는 일행의 산책이 이렇게 끝나서야 예의가 아니라고 생각하였다. 그래서 일행을 어떤 술집으로 데리고 가서 모두 베르뭇 주를 마셨다.

식사는 6시에 할 수 있도록 주문해 두었었다. 〈물랭 다르장〉에선 20분 전부터 일행을 기다리고 있었다. 아파트의 한 부인에게 자기 집을 부탁하여 놓고 온 보슈 부인이 2층 살롱 연회 준비가 다 된 테이블 앞에 앉아 쿠포 어머니와 담소하고 있었다. 그녀가 데리고 온 두 꼬마 클로드와 에티엔느는 난잡하게 놓인 의자 사이를 누비고 테이블 밑을 빠져 다니며 뛰어놀고 있었다. 제르베즈는 방에 들어와 오늘 하루 종일 보지 못한 아이들을 보자 두 아이를 무릎 위에 앉히고 애정어린 키스를 몇 번이고 해 주었다.

그 부인이 오늘 오후에 꼬마들이 지껄인 요절할 만한 얘기를 들려 주자 제르베즈는 갑자기 격렬한 애정에 못 이겨 또 아이들을 들어올려 자기 가슴에 꼭 껴안고 키스를 퍼부었다.

「여하간 쿠포에겐 우스은 노릇이야.」 홀 안쪽에서 로리외 부인이 다른 여자들에게 말하였다.

제르베즈는 오전 중엔 상냥하고 침착하였다. 그러나 산책을 할 때부터 가끔 못 견디게 서글픈 기분에 사로잡혀 남편과 로리외 부부를 사려 깊고 분별 있는 시선으로 우두커니 바라보곤 하였다. 누이 앞에서는 쿠포가 정말 기를 못 펴는 것 같아 보았다. 어젯밤에도 그는 그 입이 험한 내외가 좀 이상하게 굴면 그냥 있지 않겠다고 힘을 주어 분명히 말했었다. 그런데 막상 그들 앞에 나서면 강아지처럼 굽실거리고 일일이 명령이 내리기를 기다리고 상대편의 기분이 좋지 않으면 당황하고 갈팡질팡한다. 남편의 이런 태도는 젊은 여자에게 장래에 대한 불안감을 안겨 주었다.

이제 메보트만 기다리면 되었다. 아직도 그가 나타나지를 않았던 것이다.

「젠장!」 쿠포가 소리쳤다. 「식사를 시작합시다. 곧 오겠죠. 그 녀석 코는 비상해서 먼 데서도 음식 냄새를 곧잘 맡거든……. 그놈이 생 드니 거리에서 아직도 기다리고 있다면 이야말로 대단한 웃음거리지!」

그러자 모두들 흥겨워져서 의자 소리를 요란하게 내며 식탁에 앉았다. 제르베즈는 로리외와 마다니에 씨 사이에, 쿠포는 포코니에 부인과 로리외 부인 사이에 앉았다. 다른 손님은 각자 자기가 앉고 싶은 자리에 앉았다. 자리를 지정하면 언제나 질투와 말다툼이 되기 일쑤이기 때문이었다. 보슈는 르라 부인 곁으로 들어왔다. 비비 라 그리야드의 양 옆엔 르망주 양과 고드롱 부인이 앉았다. 보슈 부인과 쿠포 어머니는 제일 끝자리에 앉았다. 그녀들은 아이들에게 고기를 잘라 주기도 하고 마실 것을 따라 주는 일을 해야 했다. 특히 술을 아이들에게 많이 마시게 해서는 안 되니까.

부인들이 스커트에 얼룩이 질까 봐 냅킨을 펴고 있을 때, 「아무도 식사 전에 기도를 안 하나.」 하고 보슈가 물었다.

로리외 부인은 보슈의 이러한 농담이 싫었다. 거의 식어 버린 국수가 든 수프를 숟갈로 쭉쭉 소리내며 눈깜짝할 사이에 먹어 치웠다. 기름투성이인 작은 조끼를 입은 두 종업원이 희끄무레한 낡은 앞치마 차림으로 시중을 들고 있었다. 안뜰 아카시아 나무를 향하여 열린 네 개의 창문에서는 비에 씻겨도 열기가 가시지 않는 소나기 뒤의 햇빛이 잔뜩 쏟아져 들어오고 있었다. 한쪽 구석에 있는 축축히 습기를 품은 나무들의 푸르름이 그을은 홀에 비치어 약간 곰팡내 나는 식탁보 위에 나뭇잎 그림자를 너울거리고 있었다. 파리 똥이 잔뜩 들러붙은 거울 두 개가 방 양쪽에 하나씩 걸려 있어 홀이 그 속에 비치어 테이블이 무한히 뻗쳐 있는 것 같았다. 노랗게 색이 변해 가고 있는 테이블에는 두터운 접시가 줄지어 놓여 있었고 칼로 긁은 자국에는 물때가 까맣게 끼여 있었다. 안에서는 주방에서 종업원이 올라올 때마다 문이 요란하게 열리고 닫혀 코를 찌르는 고기 굽는 냄새가 풍겨 왔다.

「모두가 한꺼번에 떠들지 맙시다.」

모두가 접시에 코를 박고 먹느라고 말이 없었으므로 보슈가 말하였다.

일행은 수프를 먹고 난 다음 비로소 포도주를 한 잔 마시면서 종업원이 두 개씩 나누어 주는 고기 파이를 눈으로 좇고 있었다. 그때 메보트가 들어와 소리를 질렀다.

「야! 당신네들 정말 지독하군! 세 시간이나 길거리에서 발바닥을 닳게 했단 말이야. 거기에다 순경이란 녀석이 증명서를 보자고 하잖아……. 친구를 이렇게 고생시켜도 괜찮단 말인가! 하다 못해 심부름꾼을 시켜 마차라도 한 대쯤 보내 주면 어떤가. 정말이지 이건 너무하잖아. 게다가 비는 퍼붓지, 주머니는 물구덩이고……. 보게, 아직도 물고기를 낚을 수 있다니까.」

모두 배를 안고 웃었다. 『메보트란 놈, 술이 취했군. 벌써 2리터는 마셨나 본데. 소나기로 손발이 푹 젖어서, 얼빠진 개구리 신세를 면하려고 한잔한 거겠지.』

「야! 〈지고 팽(양의 넓적다리 살)〉 백작! 저쪽 고드롱 부인 옆에 가서 앉게나. 보란 말이야. 모두 자네를 기다리고 있잖나.」 쿠포가 말하였다.

「괜찮아! 늦어진 것쯤이야. 곧 다른 사람들을 따라잡을 수 있을 거야.」 과연 그는 연달아 세 번이나 수프와 국수 접시를 부탁하고는 그 속에 빵을 크게 뜯어 집어 넣었다. 이어서 고기 파이를 먹어 치우려고 덤벼들었을 때는 벌써 여러 사람의 경탄의 대상이 되었다. 지독하게 먹어 대는군! 기가 질린 종업원들이 연달아 빵을 갖다 주었지만 예쁘게 자른 빵 조각을 한입에 널름 집어 삼킨다. 나중에는 화를 내는 형편이었다. 「옆에 빵을 통째로 갖다 놓으면 되잖아.」 몹시 걱정이 된 술집 주인이 문 앞에 잠시 얼굴을 내밀었다. 기다리기라도 한 듯 모두 배를 안고 웃었다. 「주인이 두 손 든 모양인데. 메보트란 녀석 엉뚱한 놈이라니까! 언젠가는 점심때 시계가 12시를 치는 동안에 삶은 달걀 12개와 포도주 열두 잔을 해치웠으니까! 이런 대식가는 그리 흔하게 볼 수 없지.」 르망주 양은 메보트가 우물우물 입을 움직이는 것을 멍청히 바라보고 있었다. 한편 마디니에 씨는 경의에 가까운 놀라움을 표현하는 말을 이것저것 생각하던 끝에 드디어 골라냈다. 이런 능력은 정말 비범하다고 했다.

잠시 동안 침묵이 흘렀다. 종업원이 샐러드 접시처럼 가운데가 오목한 큰 접시에 삶은 토끼고기를 수북히 담아다 식탁에 갖다 놓았다.

농담을 좋아하는 쿠포가 멋있는 농담을 한 마디 했다.

「이봐 종업원, 이건 토끼는 토끼로되 시궁창의 토끼로군……. 아직 야옹야옹 울고 있는데.」

그렇게 말하고 보니 사실 진짜 고양이의 울음소리가 그 접시에서 들려 오는 것 같았다. 쿠포가 입술을 움직이지도 않고 목으로 그런 소리를 내고 있었던 것이다. 이것은 확실히 박수 갈채를 받을 만한 큰 자랑거리인 숨은 재주였다. 그렇기 때문에 밖에서 식사를 할 때에는 반드시 토끼고기 요리를 주문하였다. 그는 가르랑거리며 목을 울리기까지 하였다. 부인들은 웃음을 못 참아 냅킨으로 얼굴을 가렸다.

포코니에 부인은 토끼 머리 쪽을 원했다. 그녀는 머리만 좋아했다. 르망주 양은 비계를 좋아했다. 보슈가 그보다는 작은 양파를 기름에 노릇노릇하게 구운 것이 좋다고 하니까 르라 부인은 입술을 오므리며 작은 소리로 「알겠어요!」라고 하였다.

받침대같이 바짝 마른 르라 부인은 여가도 없이 가난하게 그날그날을 여공 생활로 보내다가 과부가 된 후로는 집에서는 남자 코빼기도 보지 못했으므로 언제나 음란한 일에 집착하여 자기만이 아는 의미심장한 은어나 좋지 않게 둘러대는 말을 이상하게 좋아했다. 보슈가 몸을 구부려 그녀의 귀에 대고 무슨 뜻이냐고 묻자 그녀는 「반드시 조그만 양파는……. 이제 여기까지 얘기하면 알겠죠?」 하고 대답하였다.

그러나 대화는 점점 심각해져 갔다. 저마다 자기 직업에 대해 이야기하였다. 마디니에 씨는 종이상자 제작을 찬양했다. 이 방면에는 참다운 예술가들이 많다는 것이다. 그는 선물용 상자에 대해 얘길 했으며 놀랄 만한 호화로운 작품을 알고 있다고 말하였다. 그러나 로리외는 입가에 비웃음을 띠고 있었다. 그는 금 세공하는 일이 자랑스러운 듯 자기 손가락이나 온몸에도 금빛의 후광이 비치고 있는 것처럼 생각하고 있는 것이다. 즉 보석 세공인은 옛날엔 칼을 차고 있었다고 되풀이해서 말하더니 잘 알지도 못하면서 베르나르 팔리 씨를 예로 들었다. 쿠포도 질세라, 친구 중 하나가 만든 걸작 풍향계에 대해 말하였다. 그것은 한 개의 기둥과 보리 다발, 과일 바구니와 깃발로 되어 있으며 함석 조각을 땜질해서 만든 것인데, 정말 근사하다고 했다. 르라 부인은 뼈마디가 두드러진 손가락 사이에서 칼 자루를 돌리면서 조화로 장미 가지를 만드는 법을 비비 라 그리야드에게 가르쳐 주고 있었다. 그러는 동안에 그들의 말소리는 점점 커졌고 서로 뒤범벅이 되어 있었다. 이 떠들썩한 말소리 가운에서 포코니에 부인의 날카로운 음성이 한층 더 높게 울렸다. 자기 가게의 세탁부 이야기며, 어제도 또 홑이불을 하나 태워 버린 견습공 소녀의 얘기를 떠들어 댔다.

「당신들이 뭐라 해도 소용없소.」 로리외가 테이블을 한 번 꽝 치고는 「금은 금이오.」 하고 외쳤다.

이 진리는 좌중을 조용하게 만들었다. 다만 르망주 양의 가냘픈 소리만이 들려 왔다.

「그리고 스커트를 치켜들고, 안을 꿰매고……. 인형 머리에 모자를 고정시키기 위해 핀을 꽂고……. 이것으로 완성되지요. 13수에 팔려요.」

메보트에게 인형에 대하여 설명하고 있었던 것이다. 메보트의 턱이 서서히 맷돌처럼 움직이고 있었다. 듣고 있지도 않으면서도 고개를 끄덕였다. 그러면서도 종업원들의 동태를 살피며 핥은 듯이 깨끗하게 먹어 치운 다음에야 접시를 가져가게 하였다. 모두 고기 국물에 찐 송아지 스튜와 푸른 완두콩을 먹었다. 군고기가 나왔다. 두 마리의 앙상한 병아리다. 솥에서 타서 말라붙은 물냉이 위에 놓여 있다. 창 밖에서는 햇빛이 아카시아 나무의 높은 가지 위로 기울어가고 있었다. 실내에선 푸른빛을 띤 그 반사가 식탁에서 오르는 김으로 더욱 짙게 보였다. 식탁은 술이나 소스로 얼룩졌고 식기가 여기저기 흩어져 있었다. 종업원이 창가에 놓아 둔 더러운 접시와 빈 병들은 식탁보 위에서 쓸어낸 쓰레기같이 보였다. 무서운 더위였다. 남자들은 프록 코트를 벗고 셔츠 바람으로 식사를 계속했다.

「보슈 부인, 아이들에게 너무 많이 먹이지 마세요. 부탁합니다.」 제르베즈가 말하였다. 그녀는 다른 사람과는 거의 한 마디 말도 하지 않고 먼 발치로 클로드와 에티엔느를 줄곧 바라보고 있었다.

그녀는 일어나서, 아이들의 의자 뒤로 가서 잠시 얘기를 했다.

「아이들은 분별도 없이 먹을 거라면 아무거나 하루 종일 먹으니까요.」 그녀는 아이들에게 닭고기 찢은 것과 백포도주를 조금 따라서 주었다. 그러자 쿠포 어머니가 아이들에게도 한 번쯤 듬뿍 먹여 주라고 말했다. 보슈 부인은 남편이 르라 부인의 무릎을 꼬집은 것을 보고 작은 소리로 꾸짖었다. 「어머! 음탕해라. 닥치는 대로 마시는구려. 당신이 손을 떼는 것을 봤단 말이에요. 다시 한번 그래 봐요, 가만 있지 않을 테니까.」 물그릇을 머리에 덮어씌워 버리겠다고 을렀다.

자리는 조용해졌다. 마디니에 씨는 정치를 논하고 있었다.

「그들의 5월 30일의 법률에는 구역질이 나요. 이젠 2년 동안 한곳에서 정주해야 하게 되었다오. 3백만의 시민이 명부에서 이름이 삭제되다니……. 소문에 의하면 보나파르트는 내심 굉장히 당황한 모양입니다. 그 사람은 인민을 사랑하니까요. 그 증거도 여러 번 보여 주었잖아요.」

그는 공화주의자였으나 두번 다시 나타나지 않을 영웅 나폴레옹의 조카인 나폴레옹 3세를 존경하고 있었다. 비비 라 그리야드가 화를 냈다. 자기는 엘리제 궁에서 일한 적이 있는데 한번은 보나파르트를 지금 자기가 메보트를 보고 있듯이 아주 가까이서 본 일이 있다고 했다. 「뭐 그래요! 그 대통령이란 녀석은 경찰과 같은 낯짝을 하고 있더군! 소문으론 리용 지방을 순회하시는 모양이던데. 수채에 빠져서 목이라도 부러지면 후련할 텐데.」 토론이 험악해지자 쿠포가 할 수 없이 개입을 했다.

「이봐요! 당신네들 순진스럽게 정치를 놓고 다투다니! 그런 게 우리에게 무슨 소용이 있나! 국왕이든 황제든 좋을 대로 하라지. 누가 오든 내가 5프랑을 벌어 먹고 자고 하는 데에 그게 무슨 상관있겠나. 안 그래! 정말 어리석은 짓이야!」

로리외가 연방 고개를 끄덕였다. 그는 샹보르 백작과 같은 날, 1820년 9월 29일에 태어났다. 그 일치 때문에 그는 강한 감명을 받아 막연한 꿈에 빠지곤 하였다. 그는 국왕의 프랑스 복귀를 자기 개인적 운명과 무슨 관계라도 있는 것처럼 생각했다. 자기 기대를 밖으로는 나타내지 않았으나 때가 되면 생각지도 않은 경사가 자기 신상에 닥쳐 올 것이라는 말을 늘 비쳤다. 그러므로 너무 커서 이루어질 수 없는 욕망이 일어날 때마다 그것을 훨씬 뒤로, 즉 〈국왕이 돌아오시는 날〉까지 미뤄 두기로 했었다.

「하기야.」 그는 말하였다. 「어느 날 밤 나는 샹보르 백작을 뵌 일이 있었다오.……」

모든 사람이 일제히 그를 쳐다보았다.

「외투를 입었는데 아주 뚱뚱한 마음좋아 보이는 분이더군……. 난 샤펠 큰거리에서 가구상을 하던 페키뇨라는 친구 집에 있었는데 샹보르 백작은 그 전날 밤에 우산을 그곳에 두고 갔었대요. 그래서 가게에 들어오자마자 아주 시원스럽게 이렇게 말합디다. 『내 우산을 돌려 줬으면 하는데요!』 그래요! 틀림없이 그분이었소. 페키뇨가 그렇다고 다짐했으니까요.」

회식을 하던 사람들은 누구 하나 의심하지 않았다. 이제 디저트가 나오게 되었다. 종업원이 그릇을 달그락대며 식탁 위를 치우고 있었다. 로리외 부인은 그때까지 마치 귀부인처럼 예의바르게 앉아 있었는데 무의식중에 「개새끼!」라고 소리쳤다. 종업원이 접시를 집을 때 그녀의 목덜미에 물 같은 걸 찔끔 엎질렀던 것이다. 비단 드레스가 더러워졌을 거라고 했다. 마디니에 씨가 그녀의 등을 살펴보고는 아무 이상도 없다고 단언했다. 이번에는 식탁보 한가운데에, 샐러드 그릇에 담긴 외프 아 라 내쥬(달걀 흰자위로 만든 과자)가 놓이고 옆에는 치즈와 과일이 각각 두 접시씩 곁들여 놓였다. 너무 구워진 외프 아 라 내쥬는 달걀 흰자위가 노란 크림에 떠 있어 돋보였다. 그것을 보고 모두 깜짝 놀랐다. 이런 것까지 나오리라고는 생각지 않았던 것이다. 그래서 아주 멋있게 보였다. 메보트는 여전히 먹어 대고 있었다. 빵을 또 주문했다. 치즈를 두 개나 먹어 치웠다. 크림이 남아 있었으므로 샐러드 그릇을 끌어당겨서 수프에 넣은 것처럼 빵을 크게 잘라서 띄웠다.

「정말 대단하시군요.」 마디니에 씨가 새삼 감탄했다.

이윽고 남자들은 일어나서 파이프를 피워 물었다. 그들은 잠깐 메보트 뒤에 서서 어깨를 두드리며 기분이 좋으냐고 물었다. 비비 라 그리야드는 의자째 그를 들어올렸다. 이게 웬일인가! 이 사람은 무게가 두 배로 늘었구나! 쿠포는 이건 아직 시작에 불과해서 지금부터 밤새도록 이 모양으로 빵을 먹어 댈 거라고 장난삼아 말했다. 종업원들은 깜짝 놀라 자취를 감추었다.

얼마 전에 아래층으로 내려갔던 보슈가 올라와서 아래층에 있는 술집 주인이 당황하는 꼴을 얘기해 주었다. 주인은 카운터에서 창백한 얼굴을 하고 있었고 놀란 부인이 빵 가게가 아직 열려 있나 알아보러 사람을 보냈다는 것이다. 「가게의 고양이까지 망했다는 듯 낙심해 있더군. 정말 웃음이 터져 나올 것 같다니까.」 저녁 값도 아깝지 않다. 이 대식가 메보트가 없으면 연회가 될 수 없다고 껄껄댔다. 남자들은 파이프에 불을 붙여 물곤 그를 선망의 눈초리로 쳐다봤다. 요컨대 저만큼 먹는다는 것도 몸이 굉장히 튼튼해야 할 걸!

「난 당신을 먹여 살리는 책임은 안 맡겠어요. 정말 사절이에요!」 고드롱 부인이 말했다.

「이봐요, 아줌마 농담 마세요.」 메보트는 그녀의 배를 곁눈질하며 말했다. 「나보다 당신이 더 잡수신 것 같은데 뭘 그래요.」

모두 박수를 치며 한꺼번에 웃음을 터뜨렸다. 이야말로 급소를 찌르는 말이었다. 벌써 캄캄해졌다. 홀에서는 세 개의 가스등이 타올라 자욱한 파이프의 연기 속에서 흐릿한 빛을 발하고 있었다. 커피와 코냑을 갖다 준 종업원들은 마지막 남은 산더미처럼 쌓인 접시를 운반하였다. 아래층 세 그루의 아카시아 나무 밑에서는 음악이 시작되었고 코넷과 두 개의 바이올린이 좀 쉰 듯한 여자의 웃음소리와 뒤섞이어 무더운 밤공기를 타고 기세 있게 울려 왔다.

「화주(火酒)를 만들자!」 메보트가 외쳤다. 「강주(强酒)를 2리터, 설탕은 조금만 하고 레몬을 많이 넣어야 해!」

그러나 쿠포는 제르베즈가 바로 앞에서 불안해 하는 것을 보았으므로 일어서서 더 이상 마시지 말자고 사람들에게 말했다.

「25리터나 마셨단 말이야. 아이들을 어른으로 쳐도 한 사람 앞에 1리터 반이나 되오. 모두가 서로 존경하는 친한 사람끼리 축하를 하자는 것이었으니까 겉치레보다도 함께 사이좋게 먹고 마신 거요. 모든 것이 기분좋게 이루어졌고 유쾌하게 보낼 수 있었으니, 만일 부인들에게 실례를 하지 않으려면 이제 와서 분수 없이 취해서야 되겠소?」 즉 이 모임은 결혼 축하를 위해서이지 취하기 위한 것은 아니라고 덧붙였다. 함석장이가 가슴에 손을 얹고 말 끝마다 확신에 찬 목소리로 말한 이 짧은 연설은 로리외와 마디니에 씨로부터 대찬성을 받았다. 그러나 다른 사람들, 보슈, 고드롱, 비비 라 그리야드, 특히 메보트

등 얼굴이 빨개진 이 네 사람은 비웃음을 던지며 혀꼬부라진 소리로 말했다.

「목구멍에서 어서 들어오라고 야단이니 하여간에 마시고 봐야 될 게 아니야.」

「마시고 싶은 놈은 마시고, 마시기 싫은 놈은 마시지 않는 거야.」

메보트가 끈질기게 말했다. 「자, 화주를 주문합시다……. 그렇다고 무리하게 하라는 건 아니잖소. 점잖은 분들은 설탕물이라도 시키면 되잖아.」

그러자 함석장이가 또 설교를 시작하였으므로 일어섰던 메보트는 자기 엉덩이를 철썩 두드리고 외쳤다.

「옛다! 이거라도 먹어라! 이 젊은 놈아! 종업원, 오래된 것으로 2리터 갖고 와!」

그러자 쿠포는 말했다. 「그럼 그렇게 하게. 그러나 식사의 계산은 곧 끝낼 걸세. 군말 없게 말이야. 교양인이 주정꾼 술 값까지 떠맡을 순 없으니까.」 그러자 메보트는 오랫동안 주머니 속을 뒤지더니 겨우 3프랑 7수를 찾아냈다.

「그럼, 왜 나를 생 드니 거리에서 기다리게 했지? 비를 맞고 헐떡일 수 없어 백 수짜리를 헐었지 뭔가. 당신들이 나빠. 그뿐이야!」 결국 그는 다음날의 담배 값으로 7수를 남기고 3프랑을 내놓았다. 쿠포가 화가 나서 상대방을 때릴 것 같았다. 그러나 겁이 난 제르베즈가 애원하듯 그의 옷을 잡아당겼다. 그는 로리외에게 2프랑을 꿀 작정을 했다.

처음에 로리외는 거절하였으나 몰래 꿔 주었다. 부인이 물론 좋아하지 않을 것을 알고 있었기 때문이다.

벌써 마디니에 씨가 접시를 하나 손에 들고 서 있었다. 예의바른 부인들, 즉 르라 부인, 포코니에 부인, 르망주 양만이 먼저 얌전하게 백 수짜리를 냈다. 이어서 신사들도 방 저쪽 구석에서 계산을 하였다. 모두 15명이었다. 그러니까 총계 75프랑이 된다. 접시에 75프랑이 모이자 저마다 종업원에게 팁으로 5수를 더 내놨다. 각자가 납득이 가도록 계산이 끝날 때까지 15분간은 열띤 계산을 하여야 했다.

그러나 마디니에 씨가 주인과 계산을 하려고 그를 불러 왔을 때 이 주인이 웃어가며 이것으론 도저히 계산이 맞지 않는다고 했다. 일행은 이 말에 놀랐다. 추가가 있다는 것이다. 이 추가란 말에 그들이 화가 나서 소리를 지르자 주인은 자세히 설명을 했다. 미리 결정해 놓은 것은 20리터였는데, 실제로 든 것은 25리터. 디저트가 너무 초라해서 추가하여 내놓은 〈외프 아 라 내쥬〉, 최후로 럼 주가 하나, 이것은 누군가가 럼 주를 청할 시의 준비용으로 커피와 함께 내놓았던 것이었다. 여기서 무섭게 싸움이 벌어졌다. 쿠포는 앞장서서 싸웠다. 20리터라고 한 번도 말한 적이 없다. 외프 아 라 내쥬는 영감이 자기 혼자서 추가한 거라면, 그것은 분명 디저트에 포함되는 것이다. 럼주 병은 아무래도 겉치레로 갖다 놓고는 계산을 올리려는 수작이 아닌가. 남이 알지도 못하는 술을 슬그머니 식탁에 갖다 놓다니.

「그건 커피 쟁반 위에 놓았소.」 주인이 외쳤다.

「그럼 커피 값에 포함되어야 하지 않소……. 제발 왈가왈부하지 말아요. 돈은 가져가요. 이런 술집에 두번 다시 오나 봐라!」

「6프랑을 더 주시오.」 술집 주인이 끈덕지게 졸라 댔다. 「6프랑을 계산해 주세요……. 저분이 잡순 빵 세 개 값은 계산하지 않은 겁니다!」

주위에 몰려들었던 사람들이 화가 나서 주먹을 흔들어 대며 신경질적인 날카로운 소리를 지르며 주인을 둘러쌌다. 특히 여인들은 체면도 다 팽개치고 1상팀의 추가도 안된다고 말했다.

「정말로 꼴 좋군! 이런 결혼식이 어딨어! 이런 연회엔 두번 다시 나오지 않겠어.」 그렇게 말한 것은 르망주 양이었다. 포코니에 부인에게는 매우 뒷맛이 쓴 식사였다. 집에서라면 40수라도 맛있는 음식을 먹을 수 있었을 것이다. 고드롱 부인은 식탁의 구석자리에 앉은 것에 심한 불평을 하였다. 옆에 앉은 메보트가 돌아다보지도 않았기 때문이다. 이러한 모임이란 언제나 뒤끝이 나쁘기 마련이다. 결혼식에 사람을 초대할 때는 많은 사람을 부르면 좋을 텐데! 제르베즈는 창가의 쿠포 어머니 옆으로 피하여, 이런 불평이 모두 자기에게 하는 말 같아 미안해서 잠자코 있었다.

결국 마디니에 씨가 주인과 함께 내려갔다. 아래층에서 떠드는 소리가 들렸던 것이다. 반 시간쯤 지나 종이상자 직공이 올라왔다. 3프랑 주고 해결을 봤다고 한다. 그러나 일행은 또 추가 문제를 꺼내어, 노함과 흥분이 여간해서 가라앉지를 않았다. 더구나 소동은 보슈 부인의 난동으로 더욱 커졌다. 그녀는 보슈에게서 줄곧 눈을 떼지 않고 있었는데 그가 구석에서 르라 부인의 몸을 꼬집는 것을 보았다는 것이다. 보슈 부인은 대번에 물병을 집어던졌다. 그것은 벽에 부딪혀 깨졌다.

「당신 주인은 아무리 봐도 재단사인가 봐요.」 키다리 과부는 자못 무슨 의미라도 있는 듯이 입술을 삐죽하며 말했다. 「여자를 낚는 데는 일류군요. 하지만 난 테이블 밑에서 호되게 발길질을 했어요.」

연회는 엉망이 되었다. 모두들 점점 기분이 나빠졌다. 마디니에 씨가 노래를 부르자고 했으나 목청이 좋은 비비 라 그리야드의 모습은 사라져 버렸다. 그러자 창에 기대어 있던 르망주 양의 눈에 모자를 쓰지 않은 뚱뚱한 처녀를 상대로 아카시아 나무 밑에서 춤추고 있는 비비 라 그리야드가 보였다. 코넷과 두 개의 바이올린이 〈겨자 상인〉이란 원무곡을 연주하고 있었는데 사람들은 손뼉을 치며 콩트르당스를 추고 있었다. 그리고 일행은 흩어졌다. 메보트는 고드롱 부부와 내려갔고 보슈도 사라졌다. 창에서 보니 나뭇잎 사이로 여러 쌍이 돌면서 추고 있었다. 그들은 잎이 우거진 가지에 매달린 등불의 빛을 받아 연극의 무대 배경처럼 짙은 녹색으로 보였다. 밤은 혹독한 더위에 지쳐 숨소리 하나 없이 잠들어 있었다. 방에서는 로리외와 마디니에 씨 사이에 진지한 얘기가 오가고 있었다. 한편 부인들은 폭발할 것 같은 분노를 가라앉히지 못하고 일어서서 얼룩이라도 묻지 않았나 하고 옷을 살피고 있었다.

르라 부인의 옷에 달린 술이 커피에 적셔진 모양이다. 포코니에 부인의 생마포 드레스는 온통 소스투성이다. 쿠포 어머니의 녹색 숄은 의자에서 떨어져 꾸깃꾸깃 밟힌 것이 한편 구석에서 발견되었다. 아무래도 기분이 좋아지지 않는 것은 특히 로리외 부인이었다. 등에 뭐가 묻었다고 고집을 부렸다. 묻지 않았다고 다들 말해도 소용이 없었다. 느낌으로 알 수 있다는 것이다. 결국은 거울 앞에서 몸을 뒤틀어 보고야 말았다.

「내가 뭐랬어요.」 그녀는 외쳤다. 「닭 국물이야. 종업원 녀석에게 옷을 변상시켜야지. 그보다도 소송을 걸어야겠어……. 아이 참! 재수 없는 날이군. 집에서 잠이라도 자는 편이 나았을 걸……. 자, 난 가겠어요. 이런 어처구니없는 결혼식엔 이젠 질렸어요!」

그녀는 화가 나서 계단을 뒤꿈치로 쿵쿵 울리면서 나가 버렸다. 로리외가 뒤를 따랐다. 「당신들이 함께 가겠다면 난 5분 동안만 길거리를 거닐다가 가겠어요. 난 내 생각대로 소나기가 그친 다음 곧 돌아갈 걸 그랬어요.」 오늘의 보상은 쿠포에게 꼭 받고 말겠다고 을러 댔다. 쿠포는 누이가 그렇게 화를 내고 있는 걸 알자 쩔쩔매며 어쩔 줄 몰라했다. 제르베즈는 그가 언짢은 생각을 갖지 않도록 곧 가자고 제의하였다. 그러자 모두들 재빨리 작별 인사를 했다. 마디니에 씨는 쿠포 어머니를 바래다 주기로 하고 나갔다. 신혼 초야이므로 보슈 부인이 클로드와 에티엔느를 자기 집에 데려가 재우기로 되어 있었다. 아이들은 외프 아 라 내쥬를 너무 먹어 의자에 곯아떨어진 채 잠들어 있어서 어머니는 걱정하지 않아도 되었다. 신랑 신부는 남은 손님을 술자리에 놓아둔 채로 로리외와 함께 몰래 빠져 나갔다. 이때 아래 무도장에서는 그들 패들과 다른 패들 사이에 싸움이 벌어졌다. 보슈와 메보트는 교대로 어떤 부인을 껴안고 춤을 추었는데 그녀의 동반자인 두 군인에게 되돌려 주지 않으려고 했다. 코넷과 두 개의 바이올린이 요란스러운 소리를 내면서 폴카 곡의 〈진주〉를 연주하는 가운데서, 웬만하면 깨끗이 결판을 내 줄까 하고 군인들을 위협하고 있었다.

아직 11시가 될까말까했다. 샤펠 거리나 구트도르 거리 일대에선 마침 반달 치의 봉급날인 토요일이 오늘이었으므로 여기저기 술주정꾼의 난동이 벌어지고 있었다. 로리외 부인은 〈물랭 다르장〉에서 스무 발짝쯤 떨어진 가스등 밑에 서서 기다리고 있었다. 그녀는 로리외의 팔을 잡더니 뒤도 돌아보지 않고 앞장서서 걸어갔다. 그래서 제르베즈와 쿠포가 숨을 헐떡거리며 두 사람을 쫓아갔다. 벌렁 길바닥에 드러누운 주정꾼을 피하여 가느라고 두 사람은 몇 번이고 보도에서 내려섰다. 로리외는 화해를 시키려고 뒤를 돌아다보았다.

「입구까지 바래다 주지.」라고 그는 말했다.

그러나 부인은 앙칼진 목소리로 봉쾨르 호텔 방의 구멍만한 더러운 방에서 첫날밤을 보내다니 어리석은 짓이라고 했다. 조금도 주저 않고 가구도 사서 첫날밤엔 제대로 자기 집으로 돌아갈 수 있게 될 때까지 결혼을 연기할 일이지. 정말이지 바람도 통하지 않는 10프랑짜리 다락방 구석에 나란히 기어들다니, 꽤 그럴 듯하다고 빈정거렸다.

「그 방은 돌려 주었으니까 이젠 나는 그 지붕 밑에서 살지 않아요.」 쿠포는 머뭇거리며 말했다. 「제르베즈의 방을 쓸 거예요. 그게 더 넓거든요.」

로리외 부인이 발끈 화를 내면서 갑자기 돌아보았다. 「흥, 그건 더 그럴듯하구나! 그래 절름발이네 방으로 자러 가다니!」

제르베즈의 얼굴에서 핏기가 싹 가셨다. 난생 처음 면전에 퍼부어진 이 험담은 따귀를 맞은 거나 다름없는 모욕이었다. 게다가 시누이가 소리친 뜻을 잘 알았다. 절름발이네 방. 그것은 랑티에와 한 달 동안 지낸 방이다. 과거의 누더기가 아직도 흐트러져 있는 곳이다. 쿠포는 뜻도 모르고 다만 별명을 부른 데 대해 화를 내고 있었다.

「남에게 별명을 붙이는 건 좋지 않아요. 누나는 모르겠지만 누나의 머리 모양을 보고 이 동네에선 뭐라고 부르는지 아우! 〈쇠꼬랑지〉라고 부른단 말예요. 누난 그렇게 불려도 좋수! 왜 우리가 이층 방을 쓰면 안 되죠? 오늘밤은 아이들이 자지 않아서 안성맞춤인데.」

로리외 부인은 쇠꼬랑지란 말에 약이 올랐지만 체면상 겉으론 아무렇지도 않은 체하고 그 이상은 한 마디도 하지 않았다. 쿠포는 제르베즈를 위로하기 위해 팔을 친절하게 잡아 주었다. 그리고 그녀의 귀에 대고 둘이서 우수리 없는 딱 7수, 즉 그가 바지 주머니에 손을 넣고 잘그락대는 2수짜리 동전 세 닢과 1수짜리 한 닢만으로 새 살림을 시작하는 것이라고 말을 해서 그녀의 마음을 잘 가라앉혀 주었다.

봉쾨르 호텔에 도착하자 그들은 시무룩한 표정으로 작별 인사를 나누었다. 쿠포가 둘 다 바보라면서 두 여자에게 사이좋게 작별의 키스를 하도록 재촉하고 있으려니까 오른쪽으로 지나가는 줄 알았던 한 주정꾼이 갑자기 왼쪽으로 꼬부라지며 두 여자 사이로 뛰어들었다.

「아니! 바주우주 영감이 아닌가! 오늘 월급을 받은 모양이군.」로리외가 말했다.

제르베즈는 무서워 호텔 입구에 몸을 바싹 붙이고 서 있었다. 바주우주 영감은 50살쯤 된 장의사 일꾼으로 진흙이 묻은 검은 바지에 어깨에 쇠고리가 달린 검은 망토를 입고 있었는데 넘어졌을 때 찌그러졌는지 납짝해진 검은 가죽 모자를 쓰고 있었다.

「겁내지 말아요. 나쁜 사람은 아니에요.」로리외는 계속 말하였다. 「우리 이웃이라오. 우리 방에 오기 전 복도의 세 번째 방에서 살았죠. 같은 직장에 있는 사람이 이 꼴을 본다면 재미있겠는 걸!」

그러나 바주우주 영감은 젊은 여인이 무서워하는 것을 보자 벌컥 화를 냈다.

「뭐야, 어쨌다는 거야!」그는 떠듬거리며 말했다. 「우리 친구 중에는 사람을 잡아먹거나 하는 사람은 없어. 세상 사람들과 조금도 다름이 없단 말이야, 아가씨. 그래 난 한잔 했어! 일하고 돈을 받으면 차 바퀴에 기름을 쳐야지. 육백 파운드나 되는 사람을 다치지 않게 운반한 사람은 당신도 아니고 그 옆 분도 아니란 말이야. 우리는 그 사람을 둘이서 5층에서 한길까지 떠메고 내려왔어도 상처 하나 내지 않았지……. 나는 재미있는 사람이 좋단 말이야.」

그러나 제르베즈는 입구 구석으로 점점 몸을 숨겼다. 울고 싶은 심정에 사로잡혔다. 오늘 하루 종일 그럭저럭 지탱해 온 기쁨은 엉망이 되어 버렸다. 그녀는 이미 시누이를 포옹할 것도 잊어버리고 주정꾼을 쫓아 달라고 쿠포에게 부탁하였다. 그러자 바주우주는 비틀대며 철학적인 멸시를 몸짓으로 보이면서 이렇게 말했다.

「저승길은 아무리 해도 면할 수 없다오, 아가씨. 언젠가는 당신도 빨리 가 버리고 싶다고 생각할 터이니……. 그래요, 내가 운반해 주면 고맙다고 하는 여자들을 난 지금도 여러 사람 알고 있으니까.」

로리외 부부가 그를 데려가려고 작정하자 바주우주는 뒤돌아보고 딸꾹질을 해 가며 마지막으로 내뱉듯이 말하였다.

「사람이 죽으면 말이오……. 내 말 들어요……, 죽으면 그만이라니까.」

4

가혹한 노동으로 지낸 4년이었다. 그 동네에서 제르베즈와 쿠포는 사이좋은 부부였다. 자기네끼리 조용히 살고 싸움도 하지 않고 일요일에는 반드시 생투앙 쪽으로 한 바퀴 산책을 한다. 아내는 포코니에 부인 가게에서 매일 12시간씩 일하고 깨끗이 치우고 아침 저녁 집안 식구의 식사 준비를 하는 굳건한 성품의 소유자였다. 남편은 취하는 일도 없고 반 달 치 봉급을 그대로 집으로 가져왔고 자기 전에 바람을 쐬기 위해 창가에서 파이프를 피우곤 하였다. 그들 부부의 두터운 의리는 곧잘 금실 좋은 부부의 예로서 화제에 오르고는 했다. 게다가 둘이 합하여 하루에 거의 9프랑을 벌었으므로 상당한 돈을 저축했으리라는 계산들이었다.

그러나 결혼 초에는 이것저것 살림을 꾸려 나가느라고 심한 고생을 하였다. 결혼 때문에 2백 프랑의 빚을 졌던 것이다. 그러는 동안 봉쾨르 호텔에 사는 것이 아무래도 참기 힘들게 되었다. 질이 나쁜 패들이 시끄럽게 드나드는 것이 싫어진 것이다. 두 사람은 가구가 있는 자기들의 집에서 그 가구를 소중하게 다루면서 살 꿈을 꾸었다. 그들은 거기에 필요한 돈을 몇 번이고 계산하였다. 우선 신변을 깨끗이 치우고, 필요할 때에 스튜 냄비나 작은 냄비를 마음대로 사용할 수 있도록 하려면 그 금액은 줄잡아 3백50프랑쯤 되었다. 2년 내로 그런 큰 돈을 모아야하는 데에 절망을 느끼고 있던 두 사람에게 행운이 찾아왔다. 플라쌍의 한 노신사가 장남인 클로드를 그곳 중학에 넣어 준다고 달라는 것이었다. 그림을 좋아하는 이 괴짜 노인이 인심좋게 열성을 보인 것은, 전에 그 아이가 아무렇게나 그린 인형에 몹시 감동했기 때문이었다. 클로드에게는 벌써 부부가 놀랄 정도로 비용이 많이 들었다. 동생인 에티엔느만을 돌보게 되자 두 사람은 3백50프랑을 7개월 반 만에 모았다. 벨롬므 거리의 고물 가구점에서 가구를 사던 날, 그들은 너무나 기쁜 나머지 가슴이 부풀어 곧장 돌아가지 않고 교외 큰 거리를 산책하였다. 침대, 침대에 붙은 작은 테이블, 위가 대리석인 옷장, 찬장, 방수용 테이블보가 곁들인 둥근 테이블, 의자 여섯 개, 이것은 전부 오래된 마호가니 제품이었다. 그 밖에도 침구와 속옷, 신품에 가까운 부엌 살림 도구가 있었다. 그것은 그들의 인생에 있어서 진지하고도 결정적인 출발이었고 이러한 것을 갖춰 가진다는 것은 이웃에 있는 건실한 사람들 사이에 낄 수 있게 된 것이었다.

집을 물색하는 일은 2개월을 두고 생각할 만큼 그들에겐 큰 문제였다. 우선 그들은 구트도르 거리의 큰 건물에서 아파트 하나를 빌리려고 생각하였다. 그러나 빈 방이 하나도 없어 오랫동안 지녔던 꿈을 버려야만 했다. 사실을 말하자면, 제르베즈는 마음 속으론 그것을 그리 섭섭하게 여기지는 않았다. 로리외 부부와 문을 맞대고 이웃이 된다는 것은 소름이 끼칠 정도로 싫었었다. 그래서 다른 곳을 찾았다. 극히 당연한 일이지만 쿠포는 포코니에 부인의 가게에서 멀지 않은 곳을 물색하려고 하였다. 제르베즈가 하루 중에서 언제라도 금방 돌아올 수 있도록 하기 위해서였다. 이리하여 드디어 한 채를 찾아냈다. 구트도르 거리의 세탁소 거의 맞은편에 작은 방과 부엌이 딸린 넓은 방을 찾아낸 것이다. 작은 2층 집으로 대단히 가파른 계단이 있고 위에는 좌우에 하나씩 두 개의 방이 있을 뿐이었다. 아래층엔 마차를 빌려 주는 사람이 살고, 길에 연한 넓은 뜰에 있는 창고에는 그 도구들이 차 있었다. 젊은 아내는 기뻐서 마치 시골에 돌아온 기분이었다. 근처에는 여자들도 없고 험담에 신경을 쓸 필요가 없는 한적한 구석이어서 성벽 뒤에 있는 플라쌍의 좁은 거리를 상기시켜 주었다. 더구나 잘된 것은 그녀가 일터에서 다리미를 든 채로 발돋움하여 자기네 방의 창문을 볼 수 있었던 것이다.

4월 말에 이사를 하였다. 제르베즈는 마침 임신 8개월이었다. 그러나 일하는 솜씨는 여전하여, 일을 하면 뱃속의 아이가 도와 준다고 말하며 웃었다. 어린애의 조그만 손이 뱃속에서 움직여 자기에게 힘을 돋우어 주는 것 같았다. 좀 누워서 몸을 쉬면 어떠냐고 쿠포가 권하여도 괜찮다고 하면서 열심히 일만 했다. 「고통이 심해지면 눕죠. 하지만 언제까지라도 눕지 않아도 될 것 같아요. 이제 입이 또 하나 늘어나니 더욱 노력을 해야 하니까요.」

이리하여 그녀는 혼자서 방 소제를 하고, 그리고 나서 남편을 도와 가재 도구를 정돈하였다. 이 가구들에 대해 그녀는 일종의 종교적인 감정을 품었고 모성애가 깃든 조심성을 가지고 닦았으며 극히 조그만 흠집에도 가슴 아파했다. 비질을 하다 가구에 닿으면 자기 몸을 두들겨 맞는 것같이 깜짝 놀라 멈춰 서곤 하였다. 옷장은 특히 중요시 했다. 아름답고 단단한 것이 보기에도 좋아 보였다. 그녀가 아무래도 입에 담을 수 없었던 하나의 꿈은, 그 위 대리석 한가운데에 놓을 추시계를 사는 일이었다. 그것이 있다면 훨씬 돋보일 것이다. 애만 낳지 않는다면 그녀는 눈 딱 감고 추시계를 샀을는지도 모른다. 결국 그녀는 한숨을 쉬고 조금 더 기다리기로 하였다.

부부는 새 집에서 기쁨으로 정신없이 지냈다. 에티엔느의 침대는 작은 방에 놓았는데, 그곳엔 또 하나의 어린이용 침대를 넣을 수 있었다. 부엌은 손바닥만한 넓이고 더구나 캄캄하였다. 그래도 문을 열어 놓으면 꽤 밝다. 게다가 제르베즈는 30명 분의 식사를 마련하는 것도 아니고 스튜냄비를 놓을 장소만 있으면 되었다. 큰 방으로 말하면 이것은 두 사람의 자랑거리였다. 아침이 되면 알코브 (벽면을 움푹 파서 침대를 넣어 두는 곳)를 가리는 커튼을 닫는다. 흰 옥양목 커튼이다. 그러면 방은 식탁을 가운데 두고 찬장과 옷장이 마주 놓인 식당으로 변한다. 난로는 매일 15수 어치의 석탄을 소비하므로 두 사람은 아궁이를 막아 버렸다. 대리석 판 위에 놓는 조그만 쇠난로를 사용하면 강추위에도 7수면 되었다. 쿠포는 그 다음에 방의 장식에 착안하여 전심 전력으로 벽을 치장하였다. 손에 지팡이를 짚고 대포와 산더미 같은 탄환 사이를 유유히 걸어다니는 프랑스의 어떤 원수(元帥)를 그린 비싼 판화를 거울 대신 걸었다. 옷장 위에는 가족 사진을 금빛 도기로 만든 오래된 성수반 좌우에 두 줄로 늘어놓았다. 그 성수반에는 성냥을 넣어 놓았다. 찬장 위에는 파스칼과 베랑제의 상반신 상이 비둘기 시계 위에서 한쪽은 심각한 표정으로, 한쪽은 웃는 얼굴로 짝을 이루어, 똑딱거리는 시계 소리에 귀를 기울이고 있는 것처럼 보였다. 참으로 아름다운 방이었다.

「여기 집세가 얼마라고 생각합니까?」 제르베즈는 찾아오는 사람마다 물어보았다.

그리고 방값을 실제보다 비싸게 보아 주면, 얼마 안 되는 돈으로 정말 근사한 생활을 하고 있다는 기쁨으로 의기 양양해서 소리치곤 하였다.

「백5십 프랑, 그보다 단 한푼도 더 주지 않아요! 어때요! 거저죠?」

구트도르 거리, 그 자체가 그들에게 상당한 만족감을 채워 주고 있었다. 제르베즈는 그곳에 살면서 집에서 포코니에 부인의 가게에 계속 드나들었다. 쿠포도 이젠 저녁때가 되면 아래층에 내려와서 문 앞에서 파이프를 피워 물었다. 포장이 부서진 인도가 없는 길은 언덕배기로 되어 있었다. 언덕 위의 구트도르 거리 쪽에는 유리창이 더러운, 어두컴컴한 가게가 있다. 구두 가게, 통 가게, 수상한 식료품 가게, 가게 문을 닫은 술집 등으로, 몇 주일 전부터 닫아 버린 술집 덧문은 종이가 더덕더덕 붙은 채다. 반대편은 파리에 가까운 쪽인데, 5층 건물이 하늘을 막고 있었다. 그 1층에는 세탁소를 마주 보며 무더기로 모여 살고 있었다. 단 한 집, 시골 이발소 같은 이발소만 벽을 녹색 페인트로 칠하고 연한 색의 작은 병을 잔뜩 늘어놓은 데다, 손질을 잘한 비누 녹이는 구리 접시가 번쩍번쩍 빛나서 음산한 거리의 구석을 밝게 보이게 했다. 그러나 이 거리의 번잡함은, 이 거리의 한가운데쯤으로, 다시 말하면 건물이 드문드문 서 있는 데다 건물 높이도 낮아서 공기와 태양이 훨씬 아래까지 처져 내려오는 데에 연유하고 있었다. 마차 집의 창고와 이웃한 탄산수 공장 건물의 맞은쪽에 있는 세탁장, 이 집들은 막히는 데 없이 조용한 넓은 공간을 차지하고 있었고 그 속에서 세탁부들 수군대는 얘깃소리와 증기 기관의 규칙적인 숨소리가 한층 고요함을 더해 주고 있었다. 안쪽으로 깊이 들어간 땅과 검은 벽 사이의 좁다란 길이 그곳을 시골처럼 보이게 하였다. 쿠포는 가끔 비눗물의 끊임없는 흐름을 뛰어넘어가는 통행인을 보면 5살 때 아저씨를 따라갔던 시골 생각이 나서, 재미있다고 말하였다. 제르베즈가 좋아하는 것은 뜰에 서 있는 아카시아 나무이다. 창문 왼쪽에 있는데 가지 하나가 쭉 뻗어 있다. 그리 변변찮은 녹색이었으나 그래도 이 거리 전체에 매력을 주기엔 충분하였다.

제르베즈가 해산을 한 것은 4월 마지막 날이었다. 오후 4시경 포코니에 부인 집에서 커튼 다리미질을 하고 있는데 진통이 왔다. 곧 돌아갈 생각은 없었다. 의자 위에서 고통에 몸을 비틀면서도 그곳에서 그대로 견디다 좀 가라앉으면 또 다리미질을 하였다. 커튼은 급한 것이었으므로 끝내 버티려고 애를 썼다.

「아마 그냥 보통 아픈 배일 거야, 배가 아프다고 멋대로 할 수야 없지.」 그러나 남자 셔츠를 다리겠다고 말하다 말고는 고통으로 핏기가 싹 가셨다. 할 수 없이 그녀는 일터를 떠나 배를 움켜쥐고 벽을 더듬어가며 길을 건넜다. 동료 세탁부 한 사람이 따라가 주겠다고 하였다. 그녀는 그것을 거절하고 그 대신 가까운 샤르보니에르 거리의 산파 집에 가 달라고 부탁하였다. 물론 집에는 불이 없다.

『아마 밤새도록 불 신세를 져야 할 텐데. 그래도 돌아가서 쿠포의 저녁 준비쯤은 어떻게 해 보자. 그게 끝나거든 입은 채로 잠깐 잠자리에 누우면 되겠지.』

그러나 계단까지 오니까 너무 심한 진통으로 제르베즈는 할 수 없이 계단에 걸터앉고 말았다. 그녀는 두 주먹을 입에 대고 소리를 내지 않으려고 하였다. 만일 누군가가 올라오면 이런 데서 구경거리가 되는 것이 부끄러웠기 때문이다. 고통이 사라졌다. 그녀는 한숨을 돌리며 반드시 잘못 안 것이라 생각하면서 문을 열었다. 저녁에는 양고기 갈비로 스튜를 만들 예정이었다. 감자 껍질을 벗기고 있는 동안은 만사가 순조로웠다. 갈비 고기가 냄비 속에서 누르스름하게 눋기 시작하였을 때 또다시 진땀이 나면서 진통이 몰아쳤다. 그녀는 눈물방울로 앞이 보이지 않는데도 아궁이 앞에서 발을 구르며 갈색 소스를 저었다. 아이를 낳는다고 쿠포를 굶길 수야 없지 않은가? 드디어 스튜가 재를 덮은 약한 불 위에서 보글보글 끓었다. 그녀는 방으로 되돌아왔다. 식탁 끝에 한 사람 몫의 식기를 늘어놓을 만한 시간은 있다고 생각하였다. 그러나 포도주 병을 급히 서둘러 아래에 놓아야만 했다. 그러자 잠자리까지 갈 힘이 없어져 그대로 쓰러져 마루 위의 매트에서 아이를 낳아 버렸다. 15분쯤 지나 산파가 도착하여 마지막 후산을 한 것도 역시 그 자리였다.

함석장이는 여전히 일하고 있었다. 제르베즈는 남편의 일을 방해하지 말라고 하였다. 7시에 그가 돌아오자 아내는 완전히 이불에 파묻혀 베개에 창백한 얼굴을 묻은 채 자고 있었다. 갓난아기가 어머니 발치에서 숄에 싸여 울고 있었다.

「가여워라.」 쿠포는 제르베즈를 껴안으며 말했다. 「한 시간도 채 되기 전, 당신이 진통으로 고생하고 있을 때 난 농담을 하고 있었어! 그래, 고생하지 않았어? 눈깜짝할 사이에 낳지 않았나!」

그녀는 힘없이 웃으면서 작은 소리로 중얼거렸다.

「계집애예요.」

「그야 바라던 바지!」 함석장이는 아내를 안심시키려고 농담을 하였다. 「난 딸을 주문했었으니까! 주문대로야! 당신은 내가 좋아하는 것이면 무엇이든지 만들어 주는 셈이군?」

아이를 안고 다시 계속하였다.

「귀여운 아가씨! 좀 보자구요……. 네 조그만 얼굴은 꽤 검구나. 그러나 이제 하얘질 거야. 걱정 안해도 돼요. 착해야지. 품행도 좋아야 하고. 아빠와 엄마처럼 성실한 사람이 되어야 해.」

제르베즈는 심각한 얼굴로 딸을 바라보고 있었으나 그 크게 뜬 두 눈은 차차로 슬픔으로 흐려졌다. 그녀는 고개를 끄덕거렸다. 아마 그녀는 남자아이를 바랐으리라. 파리라는 도시에서 남자아이라면 어떠한 어려운 경우라도 헤쳐

나갈 수 있고 그리 위험한 일을 당하지 않기 때문이었다. 산파는 쿠포에게서 갓난아기를 빼앗으며 제르베즈에게 얘기를 시키지 말라고 그에게 주의시켰다. 산모 주위에서 이렇게 떠들어서 벌써 몸에 해로웠다는 것이다. 함석장이는 어머니와 로리외 부부에게 알려야겠다고 생각했다. 그러나 배가 고프므로 먼저 저녁을 먹어야 했다. 그가 손수 준비를 하느라 부엌으로 스튜를 가지러 가고 빵을 찾지 못해 서성거리는 것을 본 산모는 몹시 조바심을 했다. 산파가 아무리 말려도 그녀는 이불 속에서 몸부림치며 괴로워하였다. 상을 차리지 못한 것이 정말 바보스럽게 생각되었다. 한 대 얻어맞은 것처럼 그녀는 진통으로 마루에 주저앉아 버린 것이었다.

「가엾게도 남편이 맛없는 밥을 먹고 있는데 나는 이렇게 팔자 좋게 누워 있다니. 틀림없이 너무하다고 원망하고 있을 거야. 하지만 감자만은 익었겠죠? 간을 맞췄는지는 잘 모르겠지만.」

「떠들지 말아요!」 산파가 소리를 질렀다.

「아무리 산파 선생이라도 집사람의 안달을 말리지는 못할 거요! 정말이지 …….」 쿠포는 입 안에 잔뜩 문 채로 우물거렸다. 「당신이 여기 없었다면 필연코 일어나서 나에게 빵을 잘라 줬을 거요……. 가만히 누워 있어, 이 바보야! 몸을 버리면 안 돼. 그렇게 되면 2주일이나 지나야 일어날 수 있단 말이야……. 당신이 만든 스튜는 굉장히 맛있는데. 부인, 저와 같이 드시지 않겠어요. 어떻습니까?」

산파는 거절하였다. 그러나 포도주 한 잔은 마시고 싶노라고 하며, 가엾게도 부인이 아기와 함께 매트 위에 누워 있어서 굉장히 놀랐다고 말했다. 이윽고 쿠포는 친척에게 알리려고 나갔다. 30분 후에 사람들을 데리고 돌아왔다. 쿠포 어머니, 로리외 부부, 그리고 로리외의 집에 마침 와 있던 르라 부인이었다. 로리외 부부는 쿠포가 곧잘 사는 것을 보고 퍽 기특하게 여겼으며 제르베즈를 침이 마르도록 칭찬하였다. 그러나 지금도 진정한 판단은 아직 내릴 수 없다는 듯이 고개를 끄덕거리거나 눈을 깜박거리면서 판단 보류라는 태도를 은근히 보여 주곤 했다. 자기들은 그들 나름대로 제르베즈를 알고 있긴 하지만 이웃의 의견에 반대하고 싶지 않다는 것뿐이었다.

「모두들 모시고 왔소!」 쿠포는 외쳤다. 「할 수 없잖소! 모두들 당신을 보고 싶어하니 말이오……. 입은 열지 말아요. 얘기해서는 안 된다니까. 모두들 기분 상하는 일 없이 조용히 당신을 지켜보고만 있을 테니까. 알겠지? 난 커피를 대접할 테니, 맛있게 말이야!」

그는 부엌으로 모습을 감췄다. 쿠포 어머니는 제르베즈에게 키스를 한 후 갓난애가 큰 것을 보고 눈을 둥그렇게 떴다. 다른 두 여자도 마찬가지로 산모의 뺨에 키스를 해 주었다. 그리고 이 세 여자는 침대 앞에 서서 감탄한 듯 큰소리로 분만할 때의 여러 가지 일에 대해서 소리를 질러 가며 설명을 하였는데, 그것은 마치 이빨을 하나 빼는 정도와 같은 거라고 했다. 르라 부인은 갓난아기의 몸을 여기저기 조사하고는 꽤 잘생겼다고 말하더니, 의미 심장하게 앞으로 훌륭한 여자가 되겠다고 덧붙였다. 그리고는 아이의 머리가 삐죽한 것 같다고 하며 아기가 울어 대는 것도 개의치 않고 둥글게 한다면서 가볍게 머리를 눌렀다. 그것을 보고 로리외 부인이 화를 내며 어린애를 빼앗았다. 아직 연한 머리를 그렇게 만지작거리면 오만가지 나쁜 병균이 다 들어간다고 했다. 로리외 부인은 갓난아기가 누구를 닮았나 살폈다. 그것이 원인이 되어 자칫하면 싸움이 될 뻔하였다. 여자들 뒤에서 목을 내밀고 있던 로리외가 몇 번이고 되풀이해서 말하기를, 아이는 쿠포를 조금도 닮지 않았다는 것이었다.

「코가 좀 닮았을 뿐이군. 꼭 엄마를 닮았군. 특히 눈이 그래. 확실히 이런 눈은 아빠 집안에는 없어.」

한편 쿠포는 아직도 나타나지 않았다. 그가 부엌에서 난로의 커피 포트와 씨름을 하고 있는 소리가 들려 왔다. 제르베즈는 몹시 초조해졌다. 커피를 끓이다니……. 남자가 할 노릇이 아닌데. 그래서 그녀는 커피 끓이는 법을 큰소리로 외쳤다. 산파가 조용히 하라고 말려도 듣지 않았다.

「그 꾸러미 좀 치워 줘!」 쿠포가 손에 커피 포트를 들고 들어왔다. 「흠! 저 여편네 어지간히 귀찮게 구는군. 아마 악몽에 시달린 모양이야……. 우리 술잔에다 마십시다. 커피잔은 찻잔 가게에 있잖소.」

모두 식탁 주위에 둘러앉았다. 함석장이는 자기가 직접 커피를 따르고 싶어 했다. 아주 진한 향기가 풍겼다. 맹물 같은 커피는 아니었다. 산파는 찔끔찔끔 마시곤 잔을 비운 다음 돌아가 버렸다.

「만사가 순조로우니 이제 내가 있을 필요가 없어요. 밤에 혹시 경과가 좋지 않거든 내일 부르러 오시면 됩니다.」 산파가 채 계단도 내려가기 전에 로리외 부인은 그녀가 술꾼이고 아무짝에도 못쓰는 여자라고 헐뜯었다. 커피에는 설탕을 네 개나 넣었고 산모에게 혼자 분만을 하게 해 놓고도 15프랑이나 달란다고 했다. 하지만 쿠포는 산파를 변호했다.

「난 15프랑을 기쁜 마음으로 지불할 거요. 여하튼 저런 사람들은 젊었을 때 공부하느라 애를 썼을 테니까 비싸게 받는 것도 당연하지요.」

이어서 로리외와 르라 부인의 입씨름이 시작되었다. 로리외는 남자아이를 낳으려면 침대의 머리 방향을 북쪽으로 놓아야 한다고 역설했다. 르라 부인은 어깨를 으쓱하며 다른 비결을 말해 주었다. 양지쪽에서 뜯은 생생한 쐐기풀 한 줌을 부인 몰래 침대 밑에 감춰 두면 된다는 것이다. 그들은 식탁을 침대 밑에 밀어붙여 놓았다. 제르베즈는 점점 심한 피로에 휩싸이면서도 자리에 누워서 10시가 되도록, 얼굴을 사람들 모인 곳으로 돌리고 정신나간 듯이 미소를 짓고 있었다. 눈도 보이고 귀도 들렸지만 몸은 꼼짝할 수 없었고 말 한 마디 할 기력도 없었다. 몹시 조용한 죽음의 평화로움을 누리고 있는 것 같은 느낌이었다. 그러한 죽음의 경지에서 사람들이 살고 있는 것을 바라보는 것은 즐거웠다. 때때로 갓난아기의 울음소리가 큰 목소리 사이로 들려 왔다. 전날 샤펠 거리 저편 끝 봉퀴 거리에서 일어났던 살인 사건을 화제로 하여 끝없는 토론을 벌이고 있는 어른들의 큰 목소리 사이로.

드디어 일행이 자리를 뜰 생각을 하고 있을 때 세례 얘기가 나왔다. 로리외 부부는 대부와 대모가 되어 주겠노라고 승낙은 하였지만 뒤로는 얼굴을 찡그렸다. 그러나 만일 그들에게 부탁하지 않았더라면, 그야말로 정말 얼굴을 찡그렸을 것이다. 쿠포는 딸에게 세례를 받게 할 필요를 거의 느끼지 않았다. 그런 일을 한다고 해서 이 아이가 10만 파운드의 연금을 받게 될 것도 아니고 오히려 감기들 염려만 있을 뿐이었다. 「신부란 작자들과는 가까이 상대하면 할수록 손해를 보는 법이야.」 쿠포 어머니는 그를 이교도로 취급해 버렸다. 로리외 부부는 성당에서 성체 배수 한 번 한 적도 없는 주제에 신앙심을 가지고 있노라고 자랑했다.

「괜찮다면 일요일에 합시다.」 사슬 직공의 말이었다.

그리하여 제르베즈가 끄덕여 승낙을 하자 모두 부디 몸조리 잘하라고 하면서 그녀에게 키스를 했다. 그들은 갓난아기한테도 인사를 했다. 몸을 떨고 있는 이 가엾은 작은 살덩이에 저마다 가까이 다가가 들여다보면서 마치 아기가 알아듣기라도 하듯 웃기도 하고 다정한 말들을 지껄이기도 했다. 대모의 안나라는 애칭을 따라 그들은 모두 이 아기를 〈나나〉라고 불렀다.

「잘 자거라, 나나야. 자, 나나야, 아름다운 처녀가 되어라…….」

드디어 그들이 떠나가자 쿠포는 금방 의자를 침대 옆에 붙여 놓고 파이프를 마저 피우면서 제르베즈의 손을 꼭 쥐었다. 그는 몹시 감동하여 한 모금 빨 때마다 한 마디씩 지껄이면서 천천히 담배를 피웠다.

「어때? 여보. 그 사람들 때문에 골이 아프지? 오겠다는 걸 말릴 수가 있어야지. 결국 그게 그들의 우애 표시야……. 하지만 아무도 안 오는게 좋았을 걸. 나도 이렇게 당신하고 단둘이만 있고 싶었는데. 오늘밤엔 유난히 시간이 길게 느껴졌다니까! 가엾은 당신. 얼마나 아팠을까! 애기들은 저희들이 세상에 나올 때 엄마가 얼마나 고생을 하는지 통 모른단 말이야. 정말 허리가 끊어지는 것 같았겠지……. 어디가 아프지? 내 거기에다 키스해 줄게.」

그는 두툼한 손을 아내의 등 밑으로 조심스럽게 집어 넣더니 몸을 끌어당겨 시트 위로 그녀의 배에 키스를 했다. 그는 아직도 해산의 고통에서 벗어나지 못한 이 분만에 마음이 아파 남자다운 감동을 느꼈던 것이다. 아프다는 곳에 입김을 불어 넣어서라도 고쳐 주고 싶었다. 제르베즈는 몹시 행복하였다. 이제는 조금도 아프지 않다고 남편에게 말했다. 될 수 있는 한 빨리 일어나야겠다는 생각만을 하고 있었다. 이제는 팔짱을 끼고 멍하니 있을 수만은 없으니까 말이다. 그러나 남편은 걱정하지 말라고 그녀를 안심시켰다. 「내가 애기 먹일 것도 못 벌어 올까 봐? 만일 이 꼬마가 먹을 것까지 아내에게 밀어붙인다면 난 쓸개빠진 놈이지. 아이를 만드는 일도 별로 나쁜 것은 아냐. 그 녀석을 먹여 살리는 걸 배우게 되니까. 안 그래?」

그날 밤 쿠포는 거의 한잠도 자지 않았다. 그는 난로의 불을 피웠다. 그는 시간마다 일어나서 미지근한 설탕물을 몇 숟갈씩 애기에게 먹여야 했다. 그래도 아침에는 평상시처럼 일을 하러 나갔다. 게다가 점심 시간을 이용하여 시청에 출생 신고까지 하러 갔다. 그 사이에 보슈 부인이 소식을 듣고 달려와 제르베즈 옆에서 한나절을 보냈다. 그런데 산모는 10시간 가량 깊은 잠을 자고 나더니 불평을 늘어놓았다. 너무 꼼짝없이 자리에만 누워 있어서 이제 몸이 피로해지는 것 같다며 일어나지 못하게 하면 병이 날 것 같다고 했다. 저녁에 쿠포가 돌아오자 그녀는 자기의 고통을 호소하였다. 물론 보슈 부인은 믿을 수 있지만, 다른 모르는 여자가 자기 방에 앉아서 서랍을 열고 가구를 만지고 하는 것을 보면 속이 상해서 미칠 것만 같다고 했다. 다음날 관리인 여자가 볼일을 보고 돌아오니 제르베즈가 일어나 옷을 갈아입고서 청소를 하고 남편의 저녁 준비를 하는 것이었다. 그리고는 다시는 자리에 누우려고 하지 않았다. 「아마 모두가 나를 놀리고 있을 거예요! 몸이 허약해진 체하는 것은 귀부인들에게나 어울리는 일이죠. 하지만 나는 가난뱅이인데다 또 바쁜 사람이니까요.」

해산 후 사흘이 지나자 그녀는 포코니에 부인 가게에서 화덕의 뜨거운 열로 땀을 뻘뻘 흘리며 다리미를 탁탁 치면서 속치마들을 다리고 있었다.

토요일 밤이 되자 로리외 부인이 대모로서의 선물을 가지고 왔다. 35수짜리 애기 모자와 세례복이었는데 옷은 조그만 레이스가 달린 주름이 잡힌 재고품이었으므로 6프랑에 산 것이었다. 다음날 로리외는 대부로서 산모에게 설탕 6파운드를 보내 왔다. 그들은 자기 할 일을 다한 것이다. 또 저녁에 쿠포 집에서 연 연회에도 둘은 빈손으로 오지 않았다. 남편은 봉인이 찍힌 1리터짜리 술병을 양팔에 하나씩 끼고 들어왔고 부인은 클리냥쿠르 거리에 있는 유명한 과자점에서 커다란 플랑 과자를 사 가지고 왔다. 로리외 부부는 그러고는, 자기네가 마음이 좋다는 것을 온 동네에 광고를 하고 다녔다. 제르베즈는 두 사람의 수다를 엇어듣고는 한심해져서 그들의 살뜰한 친절을 조금도 고맙게 여기지 않았다.

쿠포 부부가 같은 층계참의 이웃과 사이가 가까워진 것은 세례의 저녁식사 때였다. 이 조그마한 집의 또 한 방에는 구제라고 불리는 모자가 단둘이 살고 있었다. 그때까지는 계단이나 길거리에서 인사를 나눌 정도였지, 그 이상의 접촉은 없었다. 이 이웃은 거의 사람들과 사귀기를 싫어하는 사람들 같았다. 그런데 해산한 다음날에 그 어머니가 물을 한 양동이 날라다 주었다. 제르베즈는 그들의 인품이 퍽 좋아보였기 때문에, 두 사람을 저녁식사에 초대하는 것이 예의라고 판단하였다. 이리하여 자연스럽게 서로 알게 된 것이다.

구제 모자는 노르 지방 출신이었다. 어머니는 레이스 수선을 하고 아들은 대장장이가 본직으로, 볼트 공장에서 일하고 있었다. 두 사람은 5년 전부터 층계참 맞은쪽의 방에 살고 있었다. 그들 생활은 겉으로 보기엔 참으로 평온하였으나 그 이면에는 과거의 슬픔이 숨겨져 있었다. 구제 아버지는 릴르에서, 어느 날 몹시 취하여 친구를 쇠막대기로 때려 죽이고 이어서 감옥 속에서 손수건으로 목을 매어 죽었다. 이러한 불행이 있은 뒤에 과부와 아들은 파리로 왔으나 언제나 이 비극이 머리에서 떠나지 않아 엄격한 성실과 꾸준한 친절과 용기로써 그 보상을 하고 있었다. 이 두 사람의 태도에는 어느 정도 자존심마저 섞여 있었는데, 그건 자기들이 다른 사람들보다 뛰어나다고 생각했기 때문이다. 언제나 검은 옷에 수녀가 쓰는 모자로 이마를 가리고 있는 구제 부인은 귀부인 같은 조용하고 흰 얼굴이었다. 흰 레이스나 손끝으로 하는 세밀한 일이 그녀에게 평정함을 주지 않았나 생각될 정도였다. 구제는 불그스름한 장미빛 얼굴에 푸른 눈, 헤라클레스와 같은 힘을 지닌 23살의 잘생긴 대장부였다. 그의 아름다운 노란 수염 때문에 공장의 동료간에서 괼그 도르(노란 입)라는 별명으로 불리어졌다.

제르베즈는 곧 이 모자에 대하여 깊은 우정을 느꼈다. 처음에 그들 방에 들어갔을 때 집 안이 깨끗한 데 놀랐다. 더 말할 나위도 없이 어디를 불어도 먼지 하나 날지 않았다. 유리창도 거울처럼 환하게 반짝이고 있다. 구제 부인은 아들 방을 보여 주었다. 마치 여자아이들 방처럼 아담하고 깨끗하였다. 모슬린 커튼을 장식한 작은 쇠침대 벽에 매단 작은 책장 벽에는 위에서 아래까지 그림이 꽉 차 있었다. 아들은 커다란 어린애라고, 구세 부인은 웃으며 말하였다. 밤에 독서를 하다 피로하면 이런 그림을 보고 즐긴다고 했다. 창가에서 그녀는 다시 수틀을 들고 있었는데, 제르베즈는 그 옆에서 자기 자신도 잊은 채 한 시간을 보냈다. 레이스를 잡아맨 수백 개의 바늘에 그녀는 흥미를 느꼈고, 이 세밀한 작업이 자아내는 차분한 조용함으로 가득 찬 이 집 안의 싱그러운 냄새를 호흡하면서 가만히 앉아 있는 것이 즐거웠다.

구제 가족은 접촉하면 할수록 참맛이 우러나오는 사람들이었다. 그들은 매일 많은 액수의 수입이 있었고, 2주일 분의 수입 중 대부분을 은행에 예금하고 있었다. 동네에서는 사람들로부터 인사를 받았고 그 저금에 대한 칭찬이 입에서 입으로 오르내렸다. 구제는 한번도 뚫어진 옷을 입은 일이 없고, 외출할 때는 얼룩 하나 없는 깨끗한 작업복을 입고 나갔으며 대단히 예의바르고 보기에는 어깨가 당당해 보였지만 약간 겁이 많기까지 했다. 거리의 세탁부들은 그가 지나갈 때마다 얼굴을 숙이는 것을 보고 재미있어 했다. 그는 여자들이 하는 상스런 말을 싫어했고 아낙네들이 언제나 음란한 말을 지껄이는 것을 좋지 않게 생각했다. 그런 어느 날 그가 취해서 돌아온 일이 있었다. 그러자 구제 부인은 잔소리를 하는 대신 아버지의 초상화 앞에 그를 앉게 하였다. 그것은 보잘것없는 그림이었지만 옷장 속에 소중히 간직해 두었던 것이다. 그러한 훈계가 있은 뒤 구제는 주량에 맞는 만큼만 마시게 되었으나, 그렇다고 술을 싫어하게 된 것은 아니었다. 술은 노동자에겐 필요한 것이니까. 일요일엔 어머니와 함께 팔짱을 끼고 외출하였다. 벵센느 쪽으로 가는 일이 제일 많았다. 또 다른 때는 극장 구경을 시켜 드리는 일도 있었다. 어머니는 아직까지는 그의 정열의 대상이었다. 그는 어린애와 같은 말투로 어머니에게 말했다. 머리에는 분별심이 생기고 몸은 망치를 휘두르는 거친 노동으로 무거워졌지만, 그는 정말 바보 같았다. 둔하기는 했지만 선량한 아이였다.

처음엔 제르베즈를 만나면 그는 몹시 허둥댔다. 그러나 몇 주일이 지나는 동안에 익숙해졌다. 그는 그녀를 지키고 있다가 빨래 보따리를 방에까지 들어다 주기도 하고 갑자기 친근한 태도로 누나 취급하면서, 그녀의 말대로 그림을 오려 주기도 했다. 그런데 어느 날 아침, 구제는 노크도 하지 않고 문을 열었으므로, 제르베즈가 반나체로 목덜미를 씻고 있는 것을 보게 되었다. 그래서 일주일간이나 그는 그녀의 얼굴을 똑바로 쳐다보지 못했다. 그녀도 그 때문에 그를 만나면 얼굴을 붉히게 되었다.

카데 카시스는 파리 사람 특유의 그 입심으로 굍르 도르를 바보처럼 취급하고 있었다. 술에 취하지 않고 길가에서 갈보들 꽁무니를 따라다니지 않는 것은 좋다. 하지만 남자는 남자다워야지, 그렇지 않으면 치마를 두르는 편이 나을 것이다. 그는 구제가 그 동네 여자란 여자에겐 다 추파를 던지더라고 말하며, 제르베즈 앞에서 그를 놀려 댔다. 그러면 고수장(鼓手長) 구제도 열심히 변명을 했다. 이런 일이 있었다고 두 노동자의 사이가 나빠지는 것은 아니었다. 아침엔 서로 불러서 함께 일터에 나갔고 때로는 귀가하기 전에 맥주도 한잔 했다. 세례식의 저녁식사 이후 그들은 서로 너나들이 했다. 언제까지나 존대를 하자니 말이 길어져 불편했기 때문이었다. 그들의 사이가 아직 이 정도로 가까워질 무렵, 굍르 도르가 카데 카시스를 위해 평생 잊을 수 없는 훌륭한 봉사를 했던 것이다.

12월 2일의 일이었다. 함석장이는 장난삼아 시내로 내려가서 폭동 구경을 해야겠다는 생각을 하였다. 그는 공화국이니, 보나파르트니, 기타 모든 소동엔 통 관심을 두지 않고 있었다. 단지 그는 화약을 매우 좋아했고 총질하는 것이 참으로 재미있어 보였던 것이다. 만일 대장장이가 와서 때마침 커다란 몸집으로 그를 막아 도망하는 걸 도와 주지 않았더라면 틀림없이 그는 바리케이트 뒤에서 체포되었을 것이다. 포부르 프와송니에르 거리를 올라가 서둘러 돌아오면서 구제는 심각한 얼굴을 하고 있었다. 그는 정치에 관심이 있었다. 기특하게도 정의를 위해, 만인의 행복을 위해 그는 현명하게도 공화파였다. 그러나 총질을 하거나 하지는 않았다. 그 이유를 그는 이렇게 말했다.

「민중이 화상을 입어 가면서까지 불 속에서 밤(栗)을 주워 부르주아에게 바치는 것에 이제 진저리가 난단 말이야. 2월과 6월이 좋은 교훈이었지.」 앞으론 우리들 변두리의 노동자는 시내의 부르주아들에게 하고 싶은 대로 하게 내버려 두면 된다고 했다. 그렇게 말하며 프와송니에르 거리의 높은 곳에 도착하자 그는 돌아서서 파리 시를 내려다보았다. 하지만 저기선 궂은 일을 꽤 신속하게 해치우고 있으며, 민중은 수수 방관만 한 탓으로 언젠가는 후회하게 될른지도 모른다고 했다. 그러나 쿠포는 비웃음을 띠며 의회의 건달 같은 작자들에게 25프랑의 일당을 계속 타 먹이기 위해 목숨을 바치는 미련하기 짝이 없는 당나귀들이라고 말했다. 그날 밤 쿠포 부부는 구제 모자를 저녁식사에 초대했다. 디저트가 나올 때 카데 카시스와 필르 도르는 서로 볼에 키스를 야단스럽게 두 번이나 했다. 이제 두 사람은 영원히 변치 않을 친구가 된 것이었다.

3년간 이 두 가족의 생활은 층계참 양쪽에서 무사히 지나갔다. 제르베즈는 겨우 일주일에 이틀 정도 쉴 수 있도록 궁리를 하면서 딸을 길렀다. 그녀는 뛰어난 세탁부로서 3프랑까지 벌었다. 그래서 8살이 다 된 에티엔느를 샤르트르 거리의 조그마한 기숙사에 넣을 결심을 하고 그곳에 백 수를 지불했다. 두 아이의 양육에도 불구하고 부부는 매달 20프랑 내지 30프랑을 저축은행에 예금했다. 그 저축이 6백 프랑이 되자 젊은 아내는 야심에 찬 몽상에 사로잡혀 밤에도 잠을 이룰 수가 없었다. 그녀는 조그마한 가게를 빌려 독립하여, 이번엔 자기가 세탁부를 고용해 보고 싶었다. 그녀는 모든 걸 계산해 보았다. 만일 일이 잘 되면 20년 후에는 연금을 생활비조로 하여 어디든지 시골에 가서 살 수 있을 것이다. 그러나 그녀는 위험한 짓은 하지 않으려 하였다. 입으론 가게를 물색하고 있다고 했으나 시간을 두고 심사 숙고하고 있었던 것이다. 돈은 은행에 넣어 두고 있으니 아무 걱정이 없다. 오히려 이자가 늘어났다. 3년째에 그녀는 여러 가지 소원 중 하나를 성취시켰다. 추시계를 사들인 것이다. 그 추시계는 나선형의 지주와 도금을 한 구리 추가 달려 있는 자단시계(紫檀時計)였는데 월요일마다 20수씩 지불해서 1년이 걸리는 것이었다. 쿠포가 그 시계 태엽을 감겠다고 했을 때 그녀는 화를 냈다. 그녀만이 유리 뚜껑을 열고 옷장 위의 대리석 판이 마치 성당이라도 된 것처럼 정중하게 그 기둥을 닦는 것이었다. 유리 뚜껑 안쪽 시계 뒤에 저축은행의 통장을 감춰 두었다. 그녀가 자기 가게를 꿈꿀 때에는 곧장 시계 문자판 앞에서 시간 가는 줄도 모르고 우두커니 서서 바늘이 움직이는 것을 바라보며, 결단을 내리기 위해 뭔가 특별하고 장엄한 순간을 기다리고 있는 것처럼 보였다.

쿠포 부부는 일요일이면 대개 구제 모자와 함께 외출하였다. 예의를 갖춘 소풍이었다. 가게의 숲 밑에서 생 투앙의 튀김이라든가 벵센느의 토끼 요리를 차분한 기분으로 먹었다. 남자들은 마음껏 마신 후, 부인의 팔을 끼고 가슴이 터질 듯한 기분으로 돌아오곤 했다. 밤에는 잠들기 전에 두 집이 계산을 해서 비용을 절반씩 분담하였다.

1수가 더 많으니 적으니 하고 떠들어 본 일은 단 한번도 없었다. 로리외 부부는 구제 모자를 질투하고 있었다. 카데 카시스와 절름발이는 어엿하게 친척이 있는데도 언제나 남하고만 돌아다니는 걸 보면 역시 좋은 기분이 안 난다고 했다.

「그래! 그것들이 우리 친척들을 가난뱅이로 취급하며 멀리하고 있단 말이야! 저금이라도 조금 할 형편이 되면 벌써 잘난 체한다니까.」 로리외 부인은 동생이 자기를 멀리하는 데에 몹시 화가 나서 또다시 제르베즈의 욕을 마구 퍼부었다. 르라 부인은 반대로 젊은 아내의 편을 들어 이상야릇한 얘기를 해서 그녀를 변호했는데, 밤거리에서 치한에게 희롱당한 제르베즈가 그 작자의 뺨을 두세 대 후려갈기고는 연극의 주인공처럼 빠져 나갔다는 것이었다. 쿠포 어머니는 모두를 감싸서 이들 모두의 비위를 맞추려고 애를 쓰고 있었다. 그녀의 시력은 점점 약해져서 일자리도 한 집뿐이었고 여기저기서 백수씩 얻는 것으로 만족할 수밖에 없었다.

나나가 만 3살이 되던 날, 저녁 무렵 돌아온 쿠포는 제르베즈가 이상한 모습을 하고 있음을 알았다. 그녀는 얘기하려 하지 않고 아무것도 아니라고만 했다. 하지만 식사 준비도 아무렇게나 해 놓고 우두커니 접시를 든 채 깊은 생각에 잠겨 있으므로 남편은 이유를 말하라고 다그쳤다.

「그럼 말하죠. 구트도르 거리의 조그만 잡화상이 세를 내놨어요. 한 시간쯤 전에 실을 사러 갔다 가 봤어요. 그런데 놀랐다니까요.」 하고 털어 놓았다.

그것은 아주 깨끗한 가게였는데, 그게 바로 그들이 전에 살고 싶어했던 그 큰 집에 있었다는 것이다. 가게와 그 좌우에 방이 두 개 있고 즉 그들에겐 안성맞춤의 셋집이었다. 방은 좀 작았지만 방의 배치가 좋았다. 다만 집 값이 너무 비싸다고 생각했다. 집주인은 5백 프랑을 부르고 있었다.

「그래, 당신이 들어가서 집 값을 물어 봤소?」 하고 쿠포가 물었다.

「그래요! 그냥 호기심에서 그런 거죠!」 그녀는 일부러 무관심한 태도로 대답했다. 「집을 얻으러 다니는 길에 셋집이란 팻말이 붙어 있으면 그냥 들어가 보는 거죠. 뭐 따로 돈이 드는 것도 아니니까……. 하지만 그 집은 정말 너무 비싸요. 그보다도 가게를 얻어 독립해 보겠다는 것 자체가 바보 같은 짓인지도 모르죠.」

말은 그렇게 했지만 그녀는 저녁을 마친 다음 또 잡화상 가게 얘기로 되돌아갔다. 신문지 조각에 도면을 그렸다. 그리고는 조금씩 그것을 화제로 삼았고, 내일부터라도 가구를 배치할 필요가 있는 것처럼 구석구석의 길이를 생각만으로 재기도 하고 방을 어떻게 꾸밀 것인가 궁리를 하기도 했다. 쿠포는 그녀가 몹시 마음에 들어하는 눈치를 보이자 빌려 보라고 권하였다.

「5백 프랑 이하로는 아무래도 적당한 것을 얻을 수는 없을 거요. 그리고 값을 깎을 수 있을지도 모르고.」 다만 한 가지 꺼림칙한 것은 제르베즈가 꺼려하는 로리외 부부와 같은 집에 살게 된다는 거라고 했다. 그러자 그녀는 발칵 화를 내며 자기는 아무도 싫어하지 않는다고 말했다. 그 집에 살고 싶은 일념에서 로리외 부부까지 옹호하고 나섰다. 그 부부도 본래 마음이 나쁜 사람들은 아니니까 사이좋게 지낼 수 있을 것이라고 말했다. 이윽고 두 사람은 잠자리에 들어가 쿠포는 곧 잠이 들었으나, 그녀는 방을 꾸밀 일을 이리저리 궁리했다. 그렇다고 해서 빌리기로 확실히 결정한 것은 아니지만.

다음날 그녀는 집에 혼자 남게 되자 조급함을 못 견뎌 시계의 유리 뚜껑을 열고 저축은행의 통장을 들여다보았다. 나의 가게가 이 형편 없는 글씨로 더럽혀진 통장 속에 들어 있단 말인가! 일을 하러 나가기 전에 그녀는 구제 부인에게 의논을 했더니, 부인은 그녀의 독립 계획에 대찬성하였다. 그녀의 남편처럼 술도 안 마시는 선량한 사람하고라면 반드시 장사도 잘될 것이고 망할 염려도 없다는 것이었다. 점심 시간에 그녀는 로리외의 의견을 듣기 위해 그들 집으로 올라갔다. 그녀는 가족 몰래 일을 추진하는 것처럼 느껴지는 것이 싫었다. 로리외 부인은 깜짝 놀랐다. 뭐라고! 절름발이가 이젠 곧 가게를 갖는다고! 그녀는 가슴이 뒤집힐 것만 같아서 더듬거리면서도, 일부러 매우 기쁘다는 표정을 지어 보였다. 가게는 적당하니까 제르베즈가 탐내는 것도 무리는 아니라고 하고는 약간 마음이 가라앉자 남편과 둘이서 입을 모아, 안뜰이 질퍽댄다는 둥, 1층 방은 햇볕이 잘 안든다는 등의 말을 꺼냈다. 류머티즘 걸리기에 꼭 알맞은 곳이라고 하며, 그래도 이미 그 가게를 빌리기로 마음먹었다면 우리야 무슨 말을 하든 관여치 말고 빌리라고 했다.

저녁에 제르베즈는 웃는 얼굴로 싹싹하게 털어 놓으면서 만일 누군가 가게를 얻지 못하게 한다면 병이라도 날 것 같다고 솔직히 말했다. 하지만 결정했다고 말하기 전에 쿠포와 함께 그곳을 보러 가서 집세를 깎아 보리라고 마음먹었다.

「그럼 형편이 되면 내일 나시옹 거리에 있는 내 일터로 6시경에 데리러 오구려. 돌아오는 길에 구트도르 거리에 들러 봅시다.」 하고 남편이 말했다. 그 무렵 쿠포는 신축한 4층 집의 지붕 일을 마무리짓고 있었다. 그날은 마침 마지막 함석판을 여러 장 깔게 되어 있었다. 지붕이 거의 평평하였으므로 그곳에 작업대, 즉 두 개의 발판 위로 놓인 넓은 판자를 세워 놓았다. 찬란한 5월의 태양이 서쪽으로 기울어 가면서 여기저기 우뚝 선 굴뚝을 금빛으로 물들이고 있었다. 그는 마치 재단사가 자기 가게에서 반바지 차림으로 재단을 하듯이 맑은 하늘 높은 곳 작업대 위에 몸을 구부리고 큰 가위로 함석판을 조용히 자르고 있었다. 옆집 벽에 몸을 붙인 17살 난 금발의 호리호리한 심부름꾼 소년이 커다란 풀무를 사용하여 풍로의 불을 피우고 있었다. 한 번씩 밀어 넣을 때마다 불꽃이 튀었다.

「이봐！ 지도르, 인두를 넣어！」 하고 쿠포가 외쳤다.

심부름꾼 소년은 한낮의 밝은 빛 속에서 연한 장미빛으로 빛나는 숯불 한가운데에 용접 인두를 파묻었다. 그러고 나서 또 풀무질을 하기 시작했다. 쿠포는 지붕 끝 홈통 옆을 대기 위하여 남겨 놓은 함석의 마지막 한 장을 손에 들고 있었다. 지붕 끝은 급경사가 져서 도로가 빠끔히 구멍처럼 파인 것 같았다. 함석장이는 자기 집에라도 있는 것처럼 천으로 된 슬리퍼를 신고 발을 질질 끌며 〈어이, 조그만 새끼 양이여！〉란 노래를 조그맣게 휘파람으로 불면서 앞으로 나아갔다. 구멍 앞에 이르자 그는 몸을 슬쩍 날려 한쪽 무릎을 굴뚝 벽돌에 단단히 버티고 포도와의 사이에 몸을 내밀었다. 한쪽 발은 밑으로 늘어져 있었다. 느려빠진 지도르 녀석을 부르기 위해 몸을 돌렸을 때는 눈 아래가 길이었으므로 벽돌 한 모서리를 잡았다.

「이 느려빠진 녀석 봐라. 빨리 해！ 어서 인두 좀 줘！ 이 말라깽이 놈아, 네가 아무리 하늘을 쳐다본들 종달새가 알맞게 구워진 채 하늘에서 너에게 떨어져 줄 줄 아니！」

그래도 지도르는 서두르지 않았다. 그는 이웃 지붕과 그르넬르 방면의 파리 쪽에 솟아오르는 굵은 연기에 넋을 잃고 있었다. 저건 불이 난 게 틀림없다고 생각했다. 그래도 그는 배를 깔고 엎드려 구멍 위로 머리를 내밀어 쿠포에게 인두를 보냈다. 그러자 쿠포는 함석판을 용접하기 시작했다. 한쪽 엉덩이로 깔고 앉기도 하고, 발가락 한 끝으로 누르기도 하고, 손가락으로 몸을 지탱하기도 하며, 언제나 균형을 유지하면서 쪼그리기도 하고 몸을 펴기도 했다. 이 사나이는 뱃심이 좋고 담력이 세다. 일에 숙달되어 위험 따위는 생각지도 않는다. 그런 것쯤이야 식은 죽 먹기다. 오히려 길이 나를 무서워하고 있다. 그는 파이프를 계속 피우고 있었으므로 가끔 길 위로 몸을 돌려 태평스럽게 침을 뱉기도 한다.

「저기！ 보슈 부인이 아닌가！」 그는 갑자기 소리쳤다. 「이봐요, 보슈 부인.」

그는 관리인 여자가 차도를 건너는 것을 본 것이다. 그녀도 고개를 쳐들고 그를 보았다. 그래서 지붕과 길 사이에서 대화가 벌어졌다. 부인은 코를 하늘로 향하고 두 손은 앞치마 밑에 감추고 있었다. 쿠포는 이제 일어서서 왼팔로 굴뚝을 감싸 안고 아래를 내려다보았다.

「우리 집사람 못 봤소?」 하고 물었다.

「못 봤는데, 여기 오기로 했나요?」 하고 관리인 여자가 대꾸했다.

「나를 부르러 온다고 했는데……. 댁엔 모두 별고 없지요?」

「네, 덕분에. 아시다시피 제일 약골은 나예요……. 난 양의 넓적다리를 좀 사러 클리냥쿠르 거리로 가는 길이에요. 물랭 루즈 근방의 고깃간에선 10수나 해서요.」

한 대의 마차가 넓고 한적한 나시옹 거리를 지나갔기 때문에 두 사람은 목소리를 높여야 했다. 한껏 큰소리로 주고받는 두 사람의 얘기를 듣고 자그마한 노파 하나가 창가에 모습을 나타냈다. 그 노파는 거기서 우두커니 팔을 괸 채 건너편 지붕에 있는 남자를 바라보며 그 사람이 곧 떨어지기를 기다리기라도 하듯 흥미있는 표정으로 바라보고 있었다.

「그럼, 가겠어요. 일을 방해하고 싶지 않아요.」 보슈 부인은 다시 한번 외쳤다.

쿠포는 몸을 돌려 지도르가 내미는 인두를 받아 들었다. 그런데 관리인 여자가 그곳을 막 떠나려고 할 때, 맞은쪽 길에서 나나의 손을 잡은 제르베즈가 나타났다. 그녀는 함석장이에게 온 것을 알려 주려고 재빨리 위를 쳐다보았다. 그러자 제르베즈가 갑작스럽게 부인의 입을 막았다. 그리고 위까지 들리지 않도록 조그만 소리로 자기의 불안함을 말했다.

「별안간 내가 나타나 그 사람의 마음이 설레서 떨어지기나 하면 어떡해요. 4년 동안에 꼭 한 번 그의 일터로 부르러 갔을 뿐이에요. 이번이 두 번째죠. 난 그 사람이 일하는 모습을 쳐다보고 있을 수 없어요. 하늘과 땅 사이, 참새도 벌벌 떨고 날아가지 않는 곳에 그분이 있는 것을 보면 난 피가 끓어올라 어지러워져요.」

「사실, 기분이 좋진 않겠죠.」 보슈 부인은 중얼거렸다. 「난 남편이 재단사이기 때문에 그런 마음을 알 수도 없지만.」

제르베즈는 말을 이었다.

「처음엔 아침부터 밤까지 내내 겁만 먹었어요. 그분이 머리가 깨져 들것에 실려 오는 모습이 늘 눈앞에 떠올라서 말이에요……. 지금은 이제 그렇게 골똘히 생각하진 않지만. 무슨 일이든 익숙해지는 법인가 봐요. 아무래도 밥벌이는 해야 하니까요. 할 수 없죠. 하여간 꽤 비싼 빵을 먹는 셈이죠. 차례를 기다릴 수 없어 빨리 죽기를 바라기라도 하듯 늘 목숨을 위험 속에 내놓고 있으니까요.」

그녀는 입을 다물고 나나가 소리를 지를까 두려워 치마 속으로 꼬마를 숨겼다. 그리고 자기도 모르게 새파랗게 질려 가지고 쿠포를 바라보았다. 마침 쿠포는 홈통 옆에서 함석판 끝을 용접하고 있었다. 될 수 있는 한 몸을 살짝 폈으나 끝까지 닿지를 않는다. 그러자 그는 몸은 가벼울지라도 무게있게 보이는 노동자 특유의 여유있는 몸짓으로 과감한 모험을 했다. 한동안 포도로 몸을 내밀고 침착하고 민첩한 솜씨로 일을 하였다. 아래에서는 조심스럽게 다루어지는 인두 밑으로 용접으로 튀는 흰 불꽃이 보였다. 제르베즈는 불안에 목이 죄어드는 것 같아 잠자코 두 손을 움켜쥐고 있다가 저도 모르게 애원하듯 손을 올렸다. 그러나 쿠포가 마지막으로 다시 한번 거리에 침을 뱉는 여유를 보이곤 당황하지도 않고 조용히 지붕으로 올라가는 것을 보자 그녀는 소리나게 큰 한숨을 쉬었다.

「뭐야, 염탐을 하는 거야!」 쿠포는 그녀를 보자 즐겁게 외쳤다. 「저 사람은 또 쓸데없는 걱정을 한 게지. 그렇죠, 보슈 부인? 일부러 나를 부르지 않았죠? 잠깐 기다려, 10분이면 다 되니까.」

남은 일은 굴뚝 삿갓을 씌우는 일이었다. 아주 쉬운 일이었다. 세탁부와 관리인 여자는 길에 선 채로 이웃 얘기를 했고 나나가 조그만 고기를 잡으려고 도랑으로 들어가지 않도록 감시하고 있었다. 그리고 계속 지붕을 올려다보곤 기다리는 것이 지루하지 않다는 것을 알리기라도 하듯 웃기도 하고, 끄덕여 보이기도 하였다. 마주 보이는 그 노파는 여전히 창가에서 떠나지 않고 계속 바라보며 기다리고 있었다.

「뭘 살피고 있지, 저 할멈은?」 보슈 부인이 말했다. 「그 흉측한 얼굴로!」

저 위에서 〈아, 즐거운 딸기 따기!〉를 노래하는 힘찬 목소리가 들려 왔다. 그는 이제 작업대에 구부려서 솜씨있게 함석을 자르고 있다. 컴퍼스를 한 바퀴 돌려 선을 그리고 아치형으로 휜 큰 가위로 커다란 부채꼴을 끝이 뾰족한 버섯 모양으로 구부린다. 지도르는 다시 풍로불에 풀무질을 하기 시작했다. 태양은 장미빛으로 물든 그 집 맞은쪽으로 지고 있었다. 그 빛은 서서히 엷어지면서 연한 보랏빛이 됐다. 하루를 보낸 조용한 이 시간에 하늘에는 두 노동자의 엄청나게 큰 그림자가 작업대의 찌든 횡목과 풀무의 괴상한 옆 모습과 어울려 투명한 대기를 배경으로 뚜렷이 돋보이고 있었다.

뚜껑을 도려내자 쿠포가 명령을 내렸다.

「지도르! 인두!」

그러나 지도르는 보이지 않았다. 함석장이는 욕을 퍼부으며 다락방의 열려 있는 천장 쪽을 보며 불렀다. 마침내 그는 지도르가 두 집 건너 지붕 위에 있는 것을 찾아냈다. 그 개구쟁이는 숱 적은 금발을 바람에 나부끼며 거창한 파리를 앞에 놓고 눈을 꿈벅거리면서 그 근처를 돌아다니며 살펴보고 있었다.

「이 게으름뱅이 놈아! 들에 나온 줄 아니?」 쿠포는 화가 나서 소리쳤다. 「베랑제 씨처럼 시라도 읊을 작정이냐? 인두 좀 다오! 지붕 위에서 산책하는 놈은 처음 보겠다! 빨리 애인이라도 끌고 와서 사랑의 노래라도 불러 주려무나……. 어서 인두를 달라니까, 이 얼빠진 놈아!」

용접을 하자 그는 제르베즈에게 외쳤다.

「이제 끝났어……. 내려갈게.」

뚜껑을 씌워야 할 굴뚝은 지붕 한가운데에 있었다. 제르베즈는 마음을 가라앉히고 남편의 동작을 지켜보면서 계속 미소를 지었다. 나나는 아버지의 모습이 보이자 마음이 놓이는지 예쁜 손을 두드렸다. 그 애는 위쪽을 좀더 잘 보려고 인도에 주저앉았다.

「아빠! 아빠!」 나나는 힘껏 외쳤다. 「아빠! 여기야!」

함석장이는 몸을 굽히려고 했다. 그러나 발이 미끄러졌다. 갑자기 다리가 얽힌 고양이처럼 바보스럽게 지붕의 완만한 경사를 잡을 사이도 없이 굴러 떨어졌다.

「빌어먹을!」 그는 숨막힌 소리로 부르짖었다.

그리고 그는 떨어졌다. 그의 몸은 느슨한 곡선을 그리며 두 번을 회전하더니 높은 데서 내던져진 빨래 보따리처럼 둔한 소리를 내며 길 한복판에 곤두박혔다.

제르베즈는 목이 찢어질 정도로 소리를 지르며 너무 놀라서 팔을 공중으로 쳐든 채로 서 있었다. 행인들이 달려와서 빙 둘러섰다. 보슈 부인은 정신이 나가 허리를 굽힌 채로 나나를 감싸 안으며 얼굴을 가려 이 아이가 보지 못하도록 하였다. 맞은편에 있던 조그마한 노파는 그제야 만족했는지 조용히 창문을 닫았다.

네 사람의 남자가 드디어 쿠포를 프와송니에르 거리 구석에 있는 약국으로 데려갔다. 사람들이 라리브와지에르 병원으로 들것을 가지러 간 동안, 그는 한 시간 가까이나 그 약방 한가운데 담요 위에 누워 있었다. 아직 숨은 쉬고 있었으나 약제사는 머리를 조용히 저었다. 그러자 제르베즈는 땅바닥에 주저앉아, 얼굴은 눈물로 범벅이 되어 보이지 않은 채로 넋을 잃고 흐느껴 울고 있었다. 기계적으로 손을 내밀어서는 남편의 손발을 더듬어 본다. 그러고 나서 약제사의 눈치를 살피며 손을 빼곤 했다. 만지지 말라고 하였는데도, 몇 초도 안 되어 그녀는 남편의 몸이 아직도 따뜻한가를 확인하지 않고는 못 견디었다. 또 그렇게 하는 것이 그에게도 좋은 일이라고 생각됐다. 이윽고 들것을 가져와 병원으로 데려가자고 말하니까, 그녀는 일어서서 아주 격렬하게 소리치며 말했다.

「아니에요. 병원에는 안 가겠어요! 집은 구트도르 거리예요.」

남편을 집으로 데리고 가면 치료비가 상당히 들 거라고 설명해도 막무가내였다. 그녀는 완강히 되풀이했다.

「구트도르로 가요. 출입구는 일러 드릴게요……. 당신들이 무슨 상관이죠? 돈은 내게 있어요……. 그인 내 남편이잖아요? 내 마음대로 하겠어요.」

그래서 쿠포를 집으로 데려갈 수밖에 없었다. 들것이 약국 앞에 모여든 사람들 사이를 지나갈 때 이웃 여자들은 흥분해서 제르베즈 얘기를 하였다.

「저년은 절름발이긴 하지만 실은 빈틈없는 여자야. 주인의 목숨을 구할 거요. 병원엘 가면 의사들이란 너무 크게 다친 건 고치지도 못하고 정성껏 고쳐 주려고 하지도 않거든.」 보슈 부인은 나나를 자기 집에 데려다 놓고 돌아와서 아직도 흥분이 가라앉지 않아 몸을 부들부들 떨면서 계속 사건의 전말을 얘기했다.

「양고기를 사러 가던 중이었죠. 난 그곳에서 떨어지는 걸 봤어요.」 보슈 부인은 같은 말을 몇 번이고 되풀이해서 말했다. 「꼬마 때문이었어요. 아이를 보려던 순간에 줄줄 미끄러져 〈꽝!〉한 거죠. 하나님, 정말 이제 두번 다시 사람이 떨어지는 건 차마 못 보겠어요……. 하여간 난 양고기를 사러 가야겠어.」

일주일 동안을 쿠포는 인사 불성 상태였다. 집안 가족들도 이웃 사람들도 모두 머지않아 숨이 끊어질 것으로 알고 있었다. 치료하는 의사는 왕진료를 백 수나 받는 비싼 의사였는데 내부 장해를 걱정하고 있었다. 이 때문에 모두들 겁을 먹고 함석장이는 떨어질 때의 충격으로 심장이 떨어졌다는 소문을 퍼뜨렸다. 오로지 한 사람, 여러 날 밤을 새워 핼쑥해진 제르베즈만은 심각하고 단호한 마음으로 딱 버티고 앉아서 해낼 각오를 보이고 있었다. 남편은 오른쪽 다리가 부러졌다. 이건 누구나 다 알고 있다.

『다리는 고칠 수 있으니까 그것은 상관없다. 그 밖에 심장이 떨어졌다는 것도 아무것도 아니다. 내가 그 심장을 제자리에 걸어 놓고 말 테니까. 나는 심장을 고치는 방법을 알고 있다. 정성스런 마음씨와 청결함과 변하지 않는 애정만 있으면 되는 거다. 무슨 일이 있어도 남편을 고치고야 말 것이다. 남편에게 열이 있을 때도 곁에서 쓰다듬어 주기만 하면 나았으니까.』

제르베즈는 이와 같이 확고한 신념을 품고 있었다. 한시도 그 신념을 의심치 않았다. 꼬박 일주일 동안 그녀는 선 채로 거의 입도 떼지 않고 남편을 구하고자 하는 일념에서 아이들이나 거리, 또한 파리 전 도시에 대한 것 등의 모든 것을 깡그리 잊고 있었다. 9일째 되던 날 저녁때, 의사가 이윽고 환자의 목숨을 건질 수 있다는 보증을 하자 그녀는 다리의 힘이 빠지고 등뼈가 부러진 듯 의자에 쓰러지더니 하염없이 눈물을 흘렸다. 그날 밤 그녀는 침대 다리에 머리를 기대고 두 시간 동안이나 자기도 했다.

쿠포의 재난으로 집안은 발칵 뒤집혔다. 쿠포 어머니는 여러 날 밤 제르베즈와 함께 지냈다. 그러나 9시만 되면 의자에서 잤다. 르라 부인은 매일 밤 일을 끝내고 돌아오는 길에 먼 길을 돌아와서 경과를 알려 왔다. 로리외 부부는 처음엔 하루에 두세 번씩이나 와서 밤을 새우겠다고 하기도 하고 제르베즈에게는 안락의자까지 갖다 주곤 했다. 그러다가 환자를 간호하는 방법에 대하여 싸움이 일어났다. 로리외 부인은 지금까지 여러 사람을 살린 일이 있어서 필요한 간호법을 알고 있다고 주장했다. 그녀는 제르베즈가 자기를 동생의 침대에서 멀리 밀어낸다고 잔소리를 했다.

「절름발이가 어떻게 해서든지 쿠포를 고쳐야겠다고 생각하는 것은 당연한 얘기죠. 결국 그녀가 나시옹 거리에 가서 일을 방해하지 않았더라면 떨어질 리도 없잖아요. 하지만 저런 식으로 간호하다간 그 아이를 죽이기 십상이에요.」

쿠포가 위험한 고비를 넘어선 것을 보자 제르베즈는 전처럼 심한 질투심으로 병상을 독점하는 일은 삼가했다. 이젠 남편이 죽을 염려는 없었으므로 안심하고 사람들과 가까이 했다. 친척들이 방에서 떠들어 댔다. 틀림없이 회복 기간이 오래 걸릴 거다. 의사는 4개월이 걸린다고 했다. 함석장이가 자고 있는 동안 로리외 부부는 제르베즈를 호되게 몰아세웠다. 남편을 집으로 데려온 것이 회복을 훨씬 더 더디게 했다며, 병원에서라면 두 배는 빨리 일어날 수 있었을 거라고 했다. 로리외는 자기 같으면 1초라도 지체할 것 없이 라리브와지에르 병원에 입원시킬 것이며, 어디 아무 데라도 좀 아파서 환자가 돼 볼 필요가 있다고 말했다.

로리외 부인이 말했다. 「난 거기서 퇴원한 부인을 알고 있어요. 그런데 어떻겠어요! 그 여자는 아침 저녁으로 닭고기만 먹었대요.」 그러고는 둘이서 4개월 동안의 회복 기간에 필요한 비용을 몇 번이고 계산하곤 하였다. 「우선 일을 못 하는 날짜 수, 그리고 의사 왕진비와 약 값, 좀 있으면 고급 술에다 생고기 값, 만일 쿠포 부부가 저축한 얼마 안되는 돈으로 해결되면 더없는 다행으로 생각해야겠죠. 하지만 빚을 얻을지도 모르죠. 이건 충분히 생각해 볼 문제야. 큰일인데! 하지만 두 내외가 생각할 문제니까. 하여간에 친척을 믿고 있다면 곤란한 얘기죠. 우리는 집에서 환자를 돌볼 만큼 부자는 아니니까. 절름발이는 할 수 없어. 그렇잖아요? 다른 사람들처럼 남편을 병원에 입원시킬 걸 그랬지. 괜히 건방져서 그러는 거지.」

어느 날 밤 로리외 부인은 심술궂게도, 「그래, 자네는 가게를 언제 벌이나?」 하고 갑자기 제르베즈에게 물었다.

「그래, 관리인은 아직도 기다리는 것 같던데.」 하고 로리외도 냉소를 던졌다.

제르베즈는 숨이 탁 막혔다. 가게 일은 완전히 잊고 있었던 것이다. 그런데 이 사람들은, 그 뒤로 가게 얘기가 아무래도 가망성 없게 되자 심술궂게 좋아하고 있었던 것을 이제야 그녀는 알게 되었다.

사실 그날 밤 이후로 그들은 그녀의 꿈이 수포로 사라진 것을 놀려 주기 위해 기회를 노리고 있었던 것이다. 그리고 뭔가 실현될 수 없는 희망이 화제에 오르면 그녀가 거리의 훌륭한 가게 여주인이 되는 날까지 미뤄 두자고 빈정거리곤 하였다. 그러면서 뒤로는 제르베즈에게 터놓고 모욕을 주었다. 그녀는 이런 야비한 추측은 하기 싫었으나, 사실 말해서 로리외 부부는 쿠포의 재난을 아주 기뻐하고 있는 것 같았다. 이 사건으로 구트도르 거리에 세탁소를 낸다는 얘기는 수포로 돌아갔기 때문이었다.

그러자 그녀도 오기가 나서 남편 치료에 얼마만큼이나 아낌없이 돈을 쓰는가를 보여 주고 싶어졌다. 그래서 사람들이 보는 앞에서 추시계의 유리 뚜껑 밑에서 저축은행의 통장을 꺼낼 때마다 들뜬 목소리로 말했다.

「나가서 가게를 빌릴래요.」

그녀는 한꺼번에 돈을 찾으려고 하지는 않았다. 옷장 속에 많은 돈을 넣어 두지 않기 위해 백 프랑씩 찾았다. 그리고 어떤 기적이 일어나서 예금을 찾지 않아도 될 수 있도록 갑자기 나을 수는 없을까 하고 멍하니 기대를 걸어 보기도 하였다. 저축은행에 갔다가 돌아올 때마다 그녀는 아직도 은행에 남아 있는 금액을 종이쪽지에 계산해 보곤 했다. 그것은 오직 정확히 정리해 두기 위해서였다. 돈은 눈에 띄게 줄어 갔으나 그녀는 침착하게 조용히 웃으면서 자기네 예금이 허물어져 가는 것을 계산하였다. 돈을 이렇게 활용하고 불행한 일을 당했을 때 돈을 수중에 지니고 있었다는 그 자체만도 얼마나 큰 위로가 되는지 몰랐다.

그녀는 조금도 후회하지 않고 조심스럽게 통장을 유리 뚜껑 밑 추시계 뒤에 넣어 두었다.

구제 모자는 쿠포가 앓는 동안 제르베즈를 아주 친절하게 도와 주었다. 구제 부인은 언제나 그녀의 일을 거들어 주었다. 외출할 때는 반드시 설탕이나 버터나 소금이 필요치 않은가 물었다. 스튜를 만든 날 밤엔 언제나, 제일 먼저 푼 수프를 가지고 왔다. 그녀가 바쁜 것 같으면 부엌일도 해 주고 접시도 닦아 주었다. 구제는 매일 아침 이 젊은 여자의 양동이를 들고 프와송니에르 거리에 있는 공동수도로 물을 길러 갔다. 이것은 2수를 절약하게 되는 것이다. 그리고 저녁식사 후 친척들이 몰려오지 않을 때는 쿠포 부부의 말벗이 되어 주러 오기도 했다. 10시까지 두 시간 동안 대장장이는 담배를 피우면서 제르베즈가 환자의 시중을 드는 걸 바라보았다. 그는 하룻밤에 열 마디 말도 하지 않았다. 커다란 금발의 머리를 거인 같은 양어깨 사이에 묻고, 그녀가 찻잔에 탕약을 부어서는 설탕을 넣어 살짝 젓는 모습에 눈시울이 뜨거워지기도 하고, 이불을 침대가에 말아 넣거나 부드러운 목소리로 쿠포를 격려해 주는 모습을 보고는 크게 감동했다. 지금까지 이렇게 부지런한 여자를 본 적이 없었으며 다리를 저는 것까지도 이상하게 보이지 않았다. 오히려 남편 곁에서 하루 종일 부지런히 일하고 있는 것을 돋보이게 하는 효과를 낼 정도이다. 뭐라 흠잡을 곳이 없었다. 그녀는 식사 중에도 15분을 내리 앉아 있지 않았다. 늘 약국에까지 뛰어가고 지저분한 것에도 코를 박고 온갖 잡동사니투성이인 그 방을 치우기에 갖은 애를 썼다. 게다가 선 채로 눈을 뜨고 잘 정도로 피로한 밤에도 한 마디의 불평도 없이 여전히 상냥하게 대했다. 대장장이는 가구 위에 흩어진 약병 사이로 제르베즈가 한결같이 정성껏 쿠포를 사랑하며 간호하는 것을 보고 그녀에게 깊은 애정을 느끼게 되었다.

「이봐! 형. 이제 나았군요. 난 걱정하지도 않았어요. 아주머니는 하나님 같은 분인 걸요!」 하고 그가 어느 날 회복기에 있는 환자에게 말했다.

구제는 결혼을 해야만 했다. 어찌 됐든 어머니가 적당한 처녀를 봐 뒀는데,

자기와 마찬가지로 레이스짜기를 하는 처녀였다. 어머니는 그 처녀와 아들을 어떻게 해서든지 결혼시키려고 서두르고 있었다. 아들은 어머니를 낙심시키지 않으려고 승낙을 하고, 식을 올릴 날짜도 9월 상순으로 예정하고 있었다. 새 가정을 꾸미는 비용은 오래 전부터 저축은행에서 잠자고 있었다. 그런데 제르베즈가 이 혼담 얘기를 꺼낼 때면 그는 고개를 저으며 그 특유의 느릿한 말투로 중얼대곤 했다.

「여자란 누구나가 다 아주머니 같진 않아요. 모두가 쿠포 부인 같다면 상대가 열 명이라도 장가들지요.」

그리고 그럭저럭 두 달이 지나자 쿠포는 일어날 수 있게 되었다. 먼 곳까지는 갈 수 없었으나 침대에서 창문까지 제르베즈의 도움을 받아 가며 걸을 수 있었다. 창가에선 로리외 부부의 안락의자에 앉아 걸상 위로 오른발을 뻗었다. 얼음이 얼었을 때 누가 미끄러져 다리가 부러졌다는 말을 들으면 놀려주기 위해 일부러 찾아 갈 정도로 장난을 좋아하던 쿠포도 자기의 사고에 대해선 매우 자존심이 상해 있었다. 그는 깨달을 줄 모르는 무식한 남자였다. 자리에 누워 있는 2개월 동안 신을 저주하고 주위 사람들의 화를 돋우며 지내왔다. 소시지처럼 끈으로 다리를 칭칭 동여매고 누워 지내자니 도무지 살아 있는 것 같지 않았다. 이렇게 하고 있다간 정말 천장을 전공하는 학자가 될 것 같다. 둥근 천장 구석에 있는 갈라진 틈 같은 건 눈을 감고도 그릴 수 있을 것 같았다. 안락의자에 앉으면 그것대로 또 한바탕 군소리가 나왔다.

「이런 데서 언제까지나 미이라처럼 못박혀 있으란 말인가! 거리를 내려다봐도 재미있는 게 뭐 있어야지. 지나가는 사람 하나 없고 하루 종일 표백액 냄새만 나니 말이야. 정말 지독히 늙어 버렸군. 요새(要塞)가 어떻게 되었는지 그것만이라도 보러 갈 수 있다면, 목숨이 10년쯤 감수되어도 좋겠어. 이런 사고는 부당해. 이런 일이 생겨서는 안 되었단 말이야. 나는 건달도 아니고 술꾼도 아니잖아. 난 선량한 노동자란 말이야. 이런 일이 다른 녀석들에게 일어났다면 또 모르겠지만. 우리 아버진 너무 많이 취해서 목을 부러뜨렸지. 그랬어야 한다고까지는 말할 수 없으나 이치는 들어맞았지……. 그런데 나는 취하지도 않았고 바보스러울 정도로 착하고 한 방울의 술도 몸에는 들어가지 않았는데……. 나나에게 웃어 보이려고 돌아다보는 순간 떨어진 거야! 그렇다면 너무하다고 생각지 않나? 만일 하나님이 계신다면 괴상망측하게 일을 처리한다고 볼 수밖에 없어. 난 절대로 이대로 받아들일 수가 없어.」

다리가 나아감에 따라 그는 웬일인지 노동을 증오하게 되었다. 매일매일 고양이처럼 홈통을 타고 날을 보내다니 지겨운 직업이다. 바보 같은 부르주아 녀석들, 그 녀석들은 겁쟁이들뿐이라서 위험한 사다리타기 같은 목숨에 관계되는 일은 남에게 시키고 자기는 난로 옆에서 버티고 앉아 가난한 사람들을 바보 취급한단다. 이리하여 그는 자기 집 함석은 자기 손으로 이어야 한다는 결론에 다다른다. 「그렇고말고. 당연히 그렇게 되어야 해. 젖는 게 싫으면 아무 거나 뒤집어쓰면 되잖아.」 그리고 그는 좀더 깨끗하고 위험성이 적은, 예를 들어 고급 가구 세공일 같은 것을 배우지 않은 것을 후회했다. 이것도 역시 아버지의 잘못이다. 애비들이란 바보 같은 버릇이 있어서 자기 새끼를 자기 직업에 처박아 두려 한다고 투덜댔다.

쿠포는 두 달 동안 목발을 짚고 걸었다. 처음엔 거리로 내려가 입구에서 파이프를 피워 물 수 있을 정도였다. 그러다가 큰 거리에까지 살살 걸어나가 벤치에 앉아 햇볕을 쬐며 여러 시간을 보내게 되었다. 그는 전처럼 다시 명랑해졌다. 빈둥거리는 생활로 한층 잔소리만 늘었다. 놀고 있는 동안, 그는 산다는 즐거움과 아무것도 하지 않고 편안히 달콤한 잠에 빠지는 기쁨도 알게 되었다. 마치 게으른 버릇이 회복기를 이용하여 쳐들어오듯 살 속에 파고들어가 간지럽히면서 그를 마비시켰다. 그는 건강을 회복하자 다시 농담을 즐기게 되었고, 또 인생의 아름다움을 깨닫게 되었는데 그 아름다움이 왜 언제까지나 계속되지 않는지 거기까지는 알 수 없었다. 목발이 필요 없게 되자 그는 산책하는 거리를 더 늘려 친구를 만나기 위해 일터에서 일터로 돌아다녔다. 건축 중인 건물 앞에 멈춰 서선 팔짱을 낀 채 냉소를 띠며 머리를 흔들었다. 그리고 땀을 흘리며 일하고 있는 노동자들을 놀려 댔고 뼈빠지는 줄 모르고 일한 결과가 이 꼴이라고 다리를 펴 보였다. 남들이 일하고 있는 앞에 버티고 서서 놀려 주면 노동에 대한 한이 좀 풀렸다.

「물론 나도 다시 일할 게다. 안할 수 없지. 그러나 될 수 있는 한 늦게 할 거다. 그렇고말고! 난 무서운 꼴을 당했으니 일에 대한 열이 식는 것도 무리는 아니지. 게다가 암소 노릇을 약간 하는 것도 그리 나쁘지는 않단 말이야!」

오후에 쿠포는 심심해서 로리외 부부 집에 놀러 갔다. 내외는 그를 몹시 동정하고 친절히 대해 주어 그의 마음을 끌었다. 결혼하고 몇 년 동안은 제르베즈의 영향으로 이 집에 오지 않았었다. 그러던 것이 지금은 마누라가 무서우냐고 놀려 대며 다시 끌어들였다. 젠장, 나는 남자가 아니란 말인가! 그래도 로리외 부부는 대단히 신중한 태도로 세탁부를 지나칠 정도로 칭찬했다. 쿠포는 부인과 싸움을 할 정도는 아니었지만, 누이가 그녀를 칭찬하더라고 하며 좀더 누이에게 호의를 가져 보라고 부탁했다. 최초의 부부 싸움은 어느 날 밤 에티엔느 때문에 일어났다. 함석장이는 그날 오후를 로리외 부부 집에서 지냈다. 집에 돌아와 보니 식사 준비는 되어 있지 않았고 아이들은 수프를 달라고 울어 대는 판이라, 그는 돌연 에티엔느를 나무라며 손찌검을 했다. 그리고 한 시간 가까이나 투덜투덜 잔소리를 늘어놓았다. 이놈은 자기 아이가 아닌데 왜 집에 있게 했는지 모르겠다며 나중엔 내쫓아 버릴는지도 모른다고 했다. 그는 지금까지 별 군소리 없이 아이를 키워 온 것이다. 다음날이 되자 그는 아버지로서의 위엄을 내세웠다. 사흘 후부터는 아침 저녁으로 아이의 엉덩이를 걷어차게 되었다. 그래서 아이는 그가 올라오는 소리가 나면 구제 집으로 도망갔다. 그곳에선 레이스를 짜는 나이먹은 부인이 테이블 한구석을 비워 주며 숙제를 할 수 있도록 해 주었다.

제르베즈는 오래 전부터 다시 일터에 나가고 있었다. 이제 추시계 뚜껑을 열었다 닫았다 할 필요가 없게 되었다. 예금을 죄다 써 버린 것이다. 이젠 몸이 으스러지도록 일을 해야만 했다. 넓죽 벌린 네 사람의 입을 먹여야 했기 때문이다. 그것을 오직 그녀 한 몸으로 벌어 먹이고 있었다. 그녀가 불쌍하다고 동정하는 소리를 들으면 그 자리에서 쿠포를 위해 변명했다.

「생각해 봐요! 그분은 그렇게 고생을 한 걸요, 성질이 까다로워졌다곤 해도 놀랄 만한 일은 아니예요! 몸이 좋아지면 기분도 나아질 거에요.」 그런데 누가, 쿠포는 이제 건강해졌으니 일터로 나가야 한다고 말하면 그녀는 이렇게 외쳤다. 「안 돼요, 아직 안 돼요, 그분이 다시 눕게 되면 큰일이에요. 의사도 나와 같은 말을 할 거예요!」 쿠포에게 일을 시키지 않는 것은 그녀였고 매일 아침 그녀는 남편에게 마음 푹 놓고 조급하게 서둘지 말라고 몇 번이고 말했다. 게다가 그의 조끼주머니에 20수 짜리를 몇 개 넣어 주면 쿠포는 그것을 당연한 것처럼 받았다. 그리고는 응석을 부리느라고 여기가 아프다, 저기가 아프다 하고 엄살을 떨었다. 6개월이 지나도 여전히 회복기가 계속되고 있었다.. 이젠 다른 사람들이 일하고 있는 델 찾아가는 날이면 친구들과 한 잔씩 나누기 위해 자진해서 술집에 들어가기도 했다. 『하여간 술집에 가는 기분도 나쁘지 않군. 잡담도 늘어놓고 잠깐 쉴 수도 있고 말이야. 이 정도라면 별로 나쁠 것도 없지 않은가. 점잖은 체하는 놈만 이 문간에서 목이 말라 죽을 것 같은 시늉을 하는 거야. 포도주 한 잔으로 사람이 죽고 사는 것도 아닌데. 전에 모두 날 놀려 대던 것도 무리는 아니었군.』 그러나 그는 포도주가 아니면 마시지 않는다는 것을 자랑 삼으면서 가슴을 두드려 보였다.

「언제나 포도주야. 브랜디 같은 건 마시질 않지. 포도주는 수명을 연장하고 건강에도 좋은데다 뒤도 깨끗하단 말이야.」

그렇게 말은 했지만 일터에서 일터로, 술집에서 술집으로 돌아다니며 하루를 빈둥거리다가 거나하게 취해 가지고 돌아올 때도 몇 번인가 있었다. 그런 날은 제르베즈는 머리가 몹시 아프다고 핑계대고, 쿠포의 추태를 구제 모자기 듣지 못하도록 문을 닫았다.

그러는 동안에 제르베즈는 점점 기분이 우울해져 갔다. 아침, 저녁으로 그녀는 구트도르 거리로 가게를 보러 갔다. 가게는 아직도 비어 있었다. 그녀는 나쁜 짓이라도 하는 것처럼 남의 눈을 피했다. 가게 일이 또 그녀의 머리를 뒤흔들어 놓았다. 밤에 불을 끄면 눈을 뜬 채로 가게 일을 생각하면서 금지된 쾌락이 주는 매력을 맛보았다. 계산을 다시 한번 해 보았다. 집세가 2백50프랑, 도구와 설비에 백50프랑, 2주일간의 생활비 준비에 백 프랑, 합계 5백 프랑. 이것이 최저액이다. 그녀가 계속 이 말을 입밖에 내지 않았던 것은 쿠포의 병으로 다 써 버린 예금을 아까워하는 것처럼 보일까 봐 그것이 싫었기 때문이다. 그녀는 자기 소망을 무의식중에 지껄이는 게 천한 일 같은 생각이 들어서 말을 삼키고는 창백해질 때가 많았다. 이제는 그만한 큰돈을 저축하려면 4, 5년은 일해야 될 것이다. 이제 금방 가게를 얻지 못한다는 것이 그녀에겐 큰 슬픔이었다. 그러나 쿠포를 의지하지 않고 그가 일할 마음이 생길 때까지 몇 달이고 내버려 둬도 생활비쯤은 어떻게 꾸려 나갔다. 그가 기분이 좋아서 돌아와, 술 한 되를 받아 주더라는 메보트 녀석에 대해 우스운 얘기를 한바탕 늘어놓거나 노래를 부르거나 할 때에는, 가끔 느끼는 남 모르는 공포에서 벗어나 그녀도 미래에 대해 확신을 가질 수 있었고 기분도 안정되었다.

어느 날 밤 제르베즈가 혼자 있을 때 구제가 찾아와선 평상시처럼 곧 돌아가려고 하질 않았다. 그는 주저앉은 채 그녀를 바라보면서 담배를 피우고 있었다. 뭔가 중요한 말을 할 것같이 보였는데 적당한 말이 생각나지 않는지, 이것저것 궁리를 하고 있는 것 같았다.

이윽고 무거운 침묵을 깨고 결심한 듯 파이프를 빼더니 그는 단숨에 모든 것을 말해 버렸다.

「제르베즈 부인, 내 돈을 빌려 드릴까요?」

그녀는 옷장 서랍에 엎드려서 행주를 찾고 있었다. 그녀는 순간 얼굴이 홍당무가 되어 몸을 일으켰다. 『그럼, 이 사람은 아침마다 내가 10분 이상이나 그 가게 앞에서 우두커니 서 있는 것을 보았단 말인가?』 그도 상대방의 기분을 상하게 한 게 아닌가 싶어 어색하게 웃었다. 그러나 그녀는 딱 잘라서 거절했다.

「언제 갚을 수 있을는지 가망도 없는 돈을 빌릴 수는 없는 일이에요. 게다가 사실은 너무 큰돈이에요.」 그가 아연 실색해 가지고 강조를 하자 결국 그녀는 큰소리로 이렇게 말했다.

「하지만 당신 결혼은요? 난 당신 결혼 비용을 쓸 수는 없단 말이에요!」

「아, 그건 걱정 마세요.」 이번엔 남자 쪽이 얼굴을 붉히며 대답했다. 「난 결혼은 그만두기로 했어요. 그보다도 좀 생각하는 바가 있어서……. 그보다도 부인이 그 돈을 써 줬으면 좋겠어요.」

그러자 둘 다 고개를 숙이고 말았다. 두 사람 사이에는 입밖으로 내진 않았지만 뭔가, 말할 수 없이 감미로운 무엇이 있었다. 제르베즈는 승낙을 했다. 구제는 어머니에겐 미리 말해 놓았었다. 두 사람은 곧 층계참을 건너서 구제 어머니를 만나러갔다. 레이스 여공은 그 조용한 얼굴로 수틀을 들여다보고 있었는데 그 표정은 심각했으며 약간 슬퍼 보였다. 그녀는 아들의 말에 반대하지도 않았고 제르베즈의 계획에 찬성하지도 않았다. 그녀는 그 이유를 똑똑히 말했다. 쿠포가 사람이 변했기 때문에 머지않아 가게를 들어먹을 것이라고 하였다. 특히 쿠포가 회복기에 글을 배우지 않겠다고 거절한 것에 대해 분개하고 있었다. 대장장이는 자기가 가르쳐 주겠노라고 자청해 나섰는데도, 학문이란 사람을 좀스럽게 만들 뿐이라는 트집을 걸며 거절했기 때문이다. 이 때문에 두사람 사이는 굉장히 서먹해져서 서로들 상대방의 일에 참견하지 않게 되었다. 그러나 아들의 애원하는 듯한 눈길을 본 구제 부인은 제르베즈를 친절히 대해 주었다. 그녀는 이웃집 부부에게 5백 프랑을 빌려 주기로 하되 매달 20프랑씩 나눠서 갚으라고 선심을 썼으며 기한도 정하지를 않았다.

「거봐! 대장장이 녀석이 당신한테 눈독을 들이고 있는 거야.」 쿠포는 돈 이야기를 듣자 웃으며 소리쳤다. 「그래도 나는 안심이라고. 그 녀석은 원래 미련하니까……. 돈쯤이야 갚아 주지. 하지만 깡패에게 걸린다면 깨끗이 당할 거야.」

이튿날 당장 쿠포 부부는 상점을 빌렸다. 제르베즈는 새 거리에서 구트도르 거리까지 온종일 뛰어다녔다. 근방에서는 그녀가 그렇게 절룩거리지도 않을 정도로 날렵하게 오가는 것을 보고서 그녀가 수술을 받은 게 아니냐고 수군거렸다.

5

때마침 보슈 부부는 4월부터 프와송니에르 거리를 떠나서 구트도르 거리의 그 아파트 관리실에 살고 있었다. 이건 참 얼마나 잘된 일이냐! 지금까지 관리인 없이 자유스럽게 편하게 살아오던 제르베즈로선 고민거리라면 물을 엎질렀다느니, 저녁때 문을 너무 거세게 닫았다느니 하고 일일이 잔소리를 퍼부을 심술쟁이들의 지배 밑으로 들어간다는 사실 정도였다. 사실 관리인이란 귀찮은 존재다. 하지만 보슈 부부라면 사이좋게 잘 해 나갈 수 있을 거다. 서로 잘 아는 사이니까. 언제까지나 사이좋게 지낼 수 있다. 요컨대 한 집안처럼 지낼 수 있을 것이다.

집을 얻는 날, 부부가 같이 임대 계약서에 서명을 하러 높다란 문을 지나갈 때 제르베즈의 가슴은 벅차올라 뿌듯하기만 했다. 계단이나 복도가 한길처럼 한없이 계속되기도 하고 교차하기도 한다. 조그만 도시와 같은 이 광대한 아파트에서 이제부터 살게 되는 것이다. 누더기를 햇볕에 내건 창이 죽 늘어선 회색 외벽, 시내의 광장인 양 포장이 닳은 컴컴한 안마당 벽에서 새어나오는 일하는 소리, 이런 것들이 그녀를 심히 긴장시켰다. 마침내 오랜 희망이 이루어진다는 기쁨도 있고, 또한 실패하여 굶주림과 죽도록 싸우게 되는 것은 아닌가 하는 두려움도 있었다. 바로 지금 들리는 것은 굶주림이 내뱉는 숨소리와도 같이 공포를 느끼게 했다. 1층의 작업장 안에서 열쇠장이의 쇠망치와 가구 세공사의 대패소리가 들려 오자, 자기가 아주 분별 없는 짓을 하고 있는 것 같은, 또는 진동하고 있는 기계 속에 뛰어드는 것 같은 기분이 들었다. 그날 현관을 흐르는 염색집의 물은 아주 연한 연두색이었다. 그녀는 미소지으며 물을 건너섰다. 그 빛깔에서 그녀는 길조를 읽었다.

집주인과 대면한 곳은 바로 보슈의 관리실이었다. 마레스코 씨는 라 페 거리의 큰 철물상 주인으로서 옛날엔 거리를 돌며 회전 숫돌로 칼을 갈고 다녔었다. 이제는 몇 백만의 재산이 있다고 한다. 55살의 건장한 남자로 훈장을 달고 있었다. 노동자 출신다운 큰 손을 일부러 자랑삼아 내밀고 있는 것 같았다. 그의 취미는 세든 사람들의 식칼이나 가위를 갖고 가 재미삼아 그것을 자신이 가는 일이었다. 그는 거만하지 않다는 평을 듣고 있었다. 집세 계산은 관리실 한구석에 쪼그리고 앉아 몇 시간이고 해내는 사람이다. 하긴 다른 사무 역시 그는 그곳에서 했다. 쿠포 부부가 그곳에 들어섰을 때, 그는 보슈 부인의 윤기 흐르는 테이블 앞에서 A계단 3층의 재봉집 여자가 심한 말투로 집세를 못 내겠다고 하더라는 말을 관리인에게서 듣고 있었다. 이윽고 계약서에 서명이 끝나자 그는 함석장이에게 악수를 청하였다.

「나는 노동자가 좋소. 일만 하면 모든 것이 해결된다오.」 그리고 처음의 1기분 2백50프랑을 세어서 큰 주머니 속에 집어 넣고는 자기가 어떻게 살아왔나를 애기하며 훈장을 내보였다.

그 동안 제르베즈는 보슈 부부의 태도를 보고 약간 어색해졌다. 그들 부부는 그녀를 아예 무시하고 있었다. 그저 집주인 앞에서 굽실거리며 애기가 떨어지기 무섭게 끄덕일 뿐이었다. 보슈 부인은 문득 부리나케 나가더니 수돗가에서 꼭지를 힘껏 틀어 놓은 채 흙탕물을 휘젓고 있는 애들을 쫓아 버렸다. 물은 포도에까지 넘치고 있었다. 그리고 몸을 꼿꼿하게 세운 채 엄격한 표정으로 이 집의 질서가 바로잡혀 있나 없나를 확인하듯이, 창이란 창을 죽 둘러보며 안마당을 가로질러 돌아왔다. 이제 3백명이나 되는 입주자들을 지배하게 된 자기에게 어떠한 권위가 부여되었는가를 말하고 싶은 양 입술을 딱 오므리고 새침을 떨었다. 보슈는 3층의 재봉집 여자 애기를 다시 꺼냈다. 그는 그 여자를 내쫓자는 것이었다. 그리고 직무를 침해당하고 있는 관리인답게 거드름을 피우며 체납된 집세를 계산하였다. 마레스코는 내쫓자는 의견에 찬성은 했지만 그래도 이번 기간만은 기다려 보자는 의견이었다. 그 사람들을 거리로 내쫓는 것은 가혹하다. 더구나 그것이 집주인인 내 주머니에 한 푼도 보탬이 안되는 거라면 더욱 그렇다. 이런 애기를 들으며 제르베즈는 가볍게 몸을 떨었다. 자기도 언제인가 불행하게도 집세를 밀리는 일이 있다면 한길로 내쫓기려니 생각하고. 검게 그을은 관리실은 컴컴한 가구들로 어수선하고 습기가 많은 데다 굴 속 같은 납덩이 빛으로 우중충하였다. 창으로 흘러드는 빛은 전부 바로 앞의 재단판 위에 떨어졌다. 거기엔 뒤집기를 할 헌 외투가 펼쳐져 있었다. 한편 보슈 부부의 막내딸인 폴린느라는 네 살박이 붉은 머리의 아이는 마루에 앉아서 쇠고기 졸이는 것을 얌전히 바라보면서 냄비에서 풍기는 강렬한 요리 냄새에 젖어 황홀해 하고 있었다.

마레스코는 다시 한번 함석장이에게 손을 내밀었다. 그때 쿠포는 수리 애기를 꺼내며, 그것에 대해서는 나중에 애기하자고 한 집주인의 언약을 되새겼다. 그러자 집주인은 화를 내며 약속 같은 것은 한 적이 없으며 또 가게를 빌려 주면서 수리까지 해 주는 사람은 없다고 했다. 그러나 쿠포 부부와 보슈를 데리고 현장을 둘러보기로 했다. 그 작은 잡화상인은 선반과 카운터 일체를 갖고 나가 버렸다. 가게는 텅 비어 있었다. 시커먼 천장과 틈이 간 담벽이 두드러져 낡아빠진 누런 벽지 조각이 너덜거리고 있었다. 소리가 울리는 그 텅 빈 방 안에서 맹렬한 말다툼이 벌어졌다. 마레스코는 상점을 장식하는 일은 장사꾼이 할 일이라는 것이다. 그 이유인즉 장사꾼이란 어디나 할 것 없이 번쩍거리게 하고 싶은 법이지만 집주인 쪽이야 그럴 필요가 없노라고 떠들어댔다. 그리고 2만 프랑 이상이나 든 라 페 거리의 자기 가게 설비를 얘기했다. 제르베스는 여자들 특유의 끈기로, 절대로 반박할 여지가 없다고 생각한 이견을 늘어놓았다.

「이것이 주택이라면 집주인이 벽지를 발라 줄 게 아니겠어요? 그런데 가게는 어째서 주택이라고 생각해 주시지 않습니까? 대단한 것을 부탁드리는 것이 아닙니다. 다만 천장을 하얗게 하는 것과 벽지를 다시 바르는 일 정도예요.」

그 동안 보슈는 시치미를 딱 떼고 천연스럽게 천장을 바라보고 있었다. 쿠포가 아무리 눈짓을 해도 보는 체도 안했다. 집주인을 움직일 만한 상당한 영향력이 있으면서도 그것을 함부로 쓰지 않겠다는 태도였다. 그러나 무의식중에 보이락말락한 웃음을 지으며 고개를 끄덕였다. 바로 그때 마레스코는 골이 났지만 하는 수 없다는 듯이 돈을 빼앗기는 수전노처럼 떨리는 열 손가락을 편 채 제르베즈에게 양보해 천장과 벽지를 약속했다. 그러나 벽지 비용은 그녀가 반 부담한다는 조건부였다. 그리고 더 이상은 어떤 소리도 듣지 않으려고 바쁘게 도망쳤다.

그리하여 쿠포 부부만 남게 되자 보슈는 아주 허물없이 그들의 어깨를 툭툭 쳤다. 「어때, 잘 낚아 주었지? 내가 없었으면 당신네들이 벽지나 천장을 얻을 수 있었을 것 같은가? 집주인이 아까 눈짓으로 물어 보기에 내가 미소로 응했었지. 그래서 결정된 거요, 알겠소?」

그러고는 비밀 얘기나 하듯 조용조용 이 집의 진짜 지배자는 자기라고 털어놓았다. 누구를 내쫓을 수도 있고 마음에 들면 방도 빌려 주며, 집세는 으레 받아서 보름 정도 장롱 속에 넣어 둔다고 뽐냈다.

그날 밤 쿠포 부부는 감사하다는 표시로 보슈 부부에게 술을 2리터쯤 주는 것이 예의라고 생각했다. 선물할 만한 값어치가 있기 때문이다.

다음 월요일부터 일꾼들이 가게를 꾸미기 시작했다. 벽지를 사들이는 것이 제일 큰일이었다. 제르베즈는 벽을 밝고 화사하게 꾸미기 위하여 푸른 꽃무늬를 놓은 회색 벽지를 원했다. 보슈가 같이 가 주겠다고 하였다. 그는 집주인에게 한 개에 15수가 넘지 않도록 하라는 엄명을 사전에 받고 있었다. 종이

가게에서 한 시간도 넘게 버텼다. 세탁부는 다른 벽지들은 형편 없다며 낙담하다가, 18수짜리 아주 점잖은 페르시아천 모양의 종이를 쓰겠다고 우겼다. 결국 관리인이 양보하여 자기가 어떻게 꾸며 보고 정할 수 없으면 한 개를 더 달아 놓으면 된다고 하였다. 그래서 제르베즈는 돌아오는 길에 폴린느에게 주라고 과자를 사서 선물했다. 그녀는 자존심이 강해 친절을 받으면 꼭 답례를 했다.

나흘 동안 가게의 준비를 끝낼 예정이었다. 그러나 3주일이나 끌게 되었다. 처음에는 페인트 칠이 된 곳을 잿물로 닦아내려고만 했었다. 그런데 전에 칠한 빛깔이 붉은 보랏빛이어서 아주 지저분하고 볼품 없었다. 제르베즈는 결국 가게 앞머리 전부를 노란 줄이 간 밝은 청색으로 칠하기로 했다. 그래서 수리가 오래 걸린 것이다. 여전히 일을 나가지 않는 쿠포는 아침부터 나와서 작업 진전을 보고 있었다. 보슈도 단추 구멍을 만지던 프록 코트인지 바지인지를 내던진 채 일꾼들을 감독하러 같이 나섰다. 그래서 두 사람은 일꾼들 뒤에 뒷짐을 지고 선 채 담배를 피우기도 하고 침을 퉤퉤 뱉기도 하면서 매번 칠할 때마다 잔소리를 하며 하루를 보냈다. 못 하나 뽑는 데도 한없이 생각하고 궁리를 거듭했다. 칠장이는 두 사람 다 마음씨 좋은 덩치 큰 사나이였다. 그들 또한 쉴새없이 사다리를 내려와서 쿠포 등과 함께 서서 몇 시간씩 의논에 가담했으며 머리를 끄덕이면서 자기네 일을 바라보기도 했다. 천장의 회칠은 쉽게 끝났다. 그러나 페인트 칠은 도무지 끝날 것 같지 않았다. 칠도 마르지가 않았다. 칠장이들은 9시쯤 페인트 통을 들고 나타나서는 그것을 한 귀퉁이에 내려 놓고 잠깐 가게 안을 둘러보다간 어디론가 사라져 버린다. 그리고는 두 번 다시 모습을 나타내지 않는다. 그들은 점심을 먹으러 갔거나 아니면 근처의 미라 거리로 하다 만 일을 하러 갔음이 분명했다. 때론 또 쿠포가 대낮부터 그들을 데리고 나가 한잔 하는 수도 있었다. 그래저래 오후를 공치는 것이다. 제르베즈는 입 안이 바싹바싹 탔다. 그런데 갑자기 이틀 사이에 모든 것이 완성되었다. 페인트 칠을 하고 벽지를 바르고 쓰레기를 치웠다. 일꾼들은 사다리 위에서 휘파람을 부는가 하면 이웃들이 놀랄 정도로 노래를 해대며 장난하듯 후다닥 일을 해치웠다.

이사는 곧바로 이루어졌다. 처음에 제르베즈는 볼일을 보고 돌아오다 집 앞의 길에 이를 때면 어린애 같은 기쁨에 사로잡혔다. 멀리서 보면 남의 집 가게가 침침하게 늘어선 속에 자기 가게만이 유난히 새롭고 화려하니 한층 밝게 보였다. 연푸른빛 간판에는 〈고급 세탁소〉라는 노랗고 큰 글자가 씌어 있었다. 진열장 안은 모슬린의 조그만 커튼으로 두르고 세탁물의 흰빛을 돋보이게 하기 위해 파란 종이를 발랐다. 그 안에는 남자들 속옷이 견본으로 놓여 있고 부인용 보닛 모자의 턱걸이 줄이 철사에 매달려 있었다. 그녀는 하늘빛 자기 상점을 퍽 아름답다고 생각했다. 가게 안도 푸른빛 일색이었다. 퐁파두르(나뭇잎과 꽃다발이 장식된 무늬) 식 페르시아 천을 본뜬 벽지는 나팔꽃이 덩굴진 등나무 시렁 모양이었다. 작업대는 방의 대부분을 차지하는 큼직한 탁자로 그 위에는 두툼한 다리미 방석을 깔고 파릇하고 커다란 가지 잎 모양의 마직보를 덮어 탁자 아래를 가려 놓았다. 제르베즈는 걸상에 앉아 새로운 도구를 둘러보고 그 아름다운 재산에 행복을 느끼며 얼마간 기쁜 한숨을 내쉬었다. 그러나 그녀가 언제나 맨 먼저 시선을 던지던 것은 주물로 된 스토브였다. 그 경사진 철판은 위에 열 개의 다리미를 동시에 올려 놓고 달굴 수가 있었다. 그녀는 또 바보 같은 견습공 계집애가 코크스를 너무 넣어 스토브가 터지지 않나 조심해, 늘 무릎을 꿇고 그 안을 살펴보았다.

가게 뒤는 거처로 사용하기에 아주 편리했다. 쿠포 부부는 첫번째 방에서 잤는데, 거기서 요리도 하고 식사도 하였다. 그 안쪽 문은 건물 안마당으로 통했다. 나나의 침대는 오른쪽 방에 있었다. 천장 쪽으로 있는 둥근 창에서 햇빛이 비쳐드는 약간 넓은 골방이었다. 에티엔느는 왼쪽 방에서 더러운 세탁물과 함께 살았다. 이 방바닥에는 언제나 커다란 세탁물 뭉치가 즐비했다. 그러나 한 가지 불편한 점이 있었다. 쿠포 부부는 처음엔 그것에 신경쓰지 않으려 했지만 벽의 여기저기에서 습기가 스며나오고 오후 3시만 되면 방 안이 어두워지는 사실이었다.

새 가게는 동네에서 대단한 평판을 얻었다. 쿠포 부부가 너무 일을 척척 해내며 잘난 체한다는 비난이 일 정도였다. 사실 그들은 구제의 5백 프랑을 가게 꾸미는 데 다 써버리고 예정했던 반 달 치 생활비는 한 푼도 남지 않았다. 제르베즈가 문을 열고 개점한 날 아침, 지갑 속에는 꼭 6프랑밖에 남아 있지 않았었다. 그러나 그녀는 걱정하지 않았다. 손님들은 밀려오고 사업은 될 듯 하였다. 일주일 후의 토요일, 그녀는 자기 전에 두 시간이나 걸려서 종이 조각 위에다 계산을 하였다. 그리고 얼굴을 환히 밝히며 쿠포를 깨워 무리한 짓만 안한다면 몇 천, 몇 백이고 벌 수 있다고 말했다.

「아참, 정말이지 말이야!」 로리외 부인은 온 동네에 떠들고 돌아다녔다. 「바보 같은 우리 동생 녀석은 병신 취급을 받는다니까! 절름발이 년, 결국은 서방질까지 해 갖고 말이야. 그년답다니까, 안 그래?」

로리외 부부는 제르베즈와 굉장히 틀려 버렸다. 우선 상점의 개조 때부터 로리외 부부는 심통이 나 죽을 지경이었다. 멀리서 칠장이 모습만 보아도, 맞은쪽 보도로 건너서서 이를 악물고 집으로 들어갔다. 한 푼도 없는 년이 저런 가게를 갖다니, 착실하게 사는 사람은 기가 막힐 지경이지! 그런데 이튿날 견습공 계집애가 잘못하여 물을 한 공기 내버렸는데 마침 로리외 부인이 나오다 맞았다. 그녀는 올케가 계집애를 시켜서 자기를 모욕하려 했다고 온 동네 사람을 불러모았다. 그래서 그들의 관계는 끊어지고 서로 마주쳐도 무섭게 흘겨볼 따름이었다.

「그래 그래, 잘해 먹어라!」하고 로리외 부인은 되뇌었다. 「그 가게 얻은 돈의 출처쯤 내가 다 알고 있지! 그년이 대장장이한테서 빨아낸 거란 말이야……. 한데 그 사람네 또한 굉장한 내력을 지녔다고! 애비가 기요틴에 죽기가 싫어서 단도로 자기 목을 찔렀었다고! 흥, 사연이 많지, 많아!」

그녀는 제르베즈가 구제와 동침했다는 거짓말을 정말인 양 떠들어 댔다. 그리고 또 어느 날 밤인가엔 두 사람이 교외의 벤치에 함께 앉아 있는 것을 보았노라고 퍼뜨렸다. 그러면서 그녀는 올케가 맛보는 기쁨이며 남녀 관계 등을 떠올리고는 정말인 양 착각하고 한층 더 치를 떠는 것이었다. 마치 혼자서 착실하게 사는 추녀처럼. 그처럼 매일매일 할 말이 가슴 속에서 마구 튀어나오곤 했다.

「도대체 남자들은 그 병신 년의 어디가 좋다는 걸까? 나 같으면 거들떠보지도 않을 텐데……..」그리고 이웃 여자들과 어울려 있는 일 없는 일을 모두 끌어내어 끝없이 수다를 떨었다. 「글쎄 말이야, 혼인날에 난 벌써 다 꿰뚫었다고. 이래 보아도 난 냄새를 맡는데 귀신이라 환히 짐작할 수 있었지. 기가 막힐 일이야. 그랬더니 절름발이 년, 고양이처럼 아양을 막 떨지 않겠어? 그래 나와 남편은 의리상 쿠포를 보아서라도 나나의 대부, 대모를 승낙한 거지. 그런 세례식엔 또 돈이 얼마나 많이 든다고. 하나 이젠 절름발이가 아무리 죽어 가며 물 한 모금만 달라고 해도 어림없어요. 보라구요. 난 뻔뻔스러운 년이나 화냥년, 버릇없는 년 따윈 딱 질색이라고. 그야 나나가 우리를 만나러 온다면 언제든지 반갑게 만나 줘야지. 어미나 죄가 있지 자식이야 무슨 죄가 있겠수. 쿠포란 녀석은 지겹게도 남의 말을 안 듣는단 말이에요. 그 녀석 입장이라면 누구라도 계집년 궁둥일 발길로 걷어차서 양동이 물 속에 처넣을 텐데. 동생 일이니까 우리와는 관계가 없지만 일가붙이들을 알아볼 줄은 알아야죠. 사실 로리외였다면 여편네의 부정한 현장을 보자마자 가위로 배를 푹 쑤셨을 거예요.」

이 건물에서 일어나는 모든 옥신 각신에 엄격한 판정을 내리는 보슈 부부는 이 일에 있어 로리외 부부 쪽이 나쁘다고 판결했다. 로리외 부부가 하루 종일 조용하게 일하고 집세도 또박또박 내는 것만은 사실이지만 이번만은 너무 시샘을 한다는 것이었다. 또 그들은 지독한 구두쇠였다. 한잔 술도 주기 싫어서 남의 눈에 띌까 몰래 술병을 감춰 갖고 방으로 가는 사람들, 요컨대 노랭이다. 어느 날 제르베즈가 보슈 부부에게 탄산수에 탄 카시스 주를 한턱 내어 관리실에서 함께 마실 때였다. 때마침 그곳을 지나가던 로리외 부인은 화가 나서 어깨를 으쓱해 보이더니 침을 퉤 뱉는 시늉을 하며 지나갔다. 그때부터 보슈 부인은 토요일의 청소 때마다 계단과 복도 쓰레기를 쓸어 로리외 부부의 방 앞에 밀어붙여 놓았다.

「이런 빌어먹을!」로리외 부인은 길길이 외쳐 댔다.

「그 절름발이 년이 저 식충이들을 진탕 먹여 줬지! 당하고만 있지는 않을 걸……. 나를 깔보다니……, 집주인한테 따질거야. 어제만 해도 속이 검은 보슈란 놈, 고드롱 부인의 치맛자락을 붙드는 걸 봤단 말이야. 자식새끼가 반다스나 되는 여편네를 건드리다니 정말 더러운 자식이야. 한번만 더 눈에 띄면 보슈 부인한테 일러바쳐 치도곤을 맞게 할 거야. 웃음거리가 되고 말겠지! 헹!」

쿠포의 어머니는 여전히 이 두 집에 드나들고 있었다. 어디서나 거슬리지 않는 얘기를 하며 하룻밤씩 교대로 며느리와 딸의 이야기를 들어 주었다. 그녀가 찾아오는 시간은 대개 저녁식사때였다. 이 무렵에 르라 부인은 쿠포네 집에 발을 끊고 있었다. 알제리아 보병이 면도칼로 정부의 코를 자른 사건이 최근에 일어났는데, 그 때문에 제르베즈와 말다툼을 했기 때문이다. 그녀는 그 괴짜 알제리아 보병 편을 들었는데 별다른 이유는 없겠지만 면도칼을 휘두른 것은 정열이 있기 때문이라는 것이다. 르라 부인은 그 때문에 절름발이가 사람이 열댓 명인가 스무 명쯤 있는 앞에서 거침없이 로리외 부인을 쇠꼬리라 불렀다면서 로리외 부인의 화를 북돋았다.

「세상에 이럴 수가 있담. 보슈 부부는 물론 다른 이웃들도 다 너를 쇠꼬리라고 부른단다.」

이와 같은 험담 속에서도 제르베즈는 가게 문간에서 조용한 미소를 지으며 아는 사람들에겐 친숙한 인사로 가볍게 머리를 숙였다. 다리미질하는 틈틈이 문간에 나와서 도로변에서 장사를 하고 있는 여자다운 허영에 가슴을 부풀리며 한길을 향하여 즐겁게 웃음지었다. 구트도르 거리도, 그리고 이웃 거리와 그녀의 눈에 들어오는 구역 전부가 그녀의 것이었다. 하얀 블라우스 차림에 양팔을 걷어붙이고 일에 묻혀 금발을 헤뜨린 채 목을 길게 늘이고 그녀는 좌우 양쪽의 끝에서 끝까지 시선을 던졌다. 통행인들과 집들과 보도와 하늘을 한꺼번에 바라보았다. 왼쪽으로 구트도르 거리가 조용하니 인기척 없이 교외까지 멀리 뻗쳐 있었는데, 여자들이 여기저기 문간에서 지껄이고 있었다. 오른쪽의 프와송니에르 거리에선 마차들이 요란스레 소리를 울리며 쉴새없는 군중들의 발소리에 섞여 밀려오고 밀려가고, 이 일대를 서민들이 들끓는 거리로 만들고 있었다. 제르베즈는 큰 한길을 좋아했다. 몹시 울퉁불퉁한 보도 때문에 털털대는 운송마차와 여기저기에 높이 쌓아올린 자갈 더미로 막혀진 좁다란 보도에 밀어닥치고 있는 인파 등을 보는 것을 좋아했다. 그녀의 가게 앞을 흐르는 시궁의 폭 3미터 몫이 그녀에겐 굉장히 중요하게 생각되었다. 그녀는 이 거대한 개울이 늘 깨끗했으면 하고 생각했다. 이 건물 안에 있는 변덕스런 염색장이가 아주 친절하게도 시커먼 진흙 속에다 채색된 물을 버리는 이 큰 개울은 마치 살아 있는 것처럼 기묘하게 보였다. 눈금이 가느다란 망을 걸친 건과를 늘어놓은 커다란 식료품 가게, 다리와 팔을 활짝 편 채 매달린 바지와 푸른 작업복이 가벼운 바람에 하늘거리는 노동자용 의류 잡화상 등이 그녀의 흥미를 끌었다. 카운터 모퉁이가 건너다보이는 청과물과 내장 장사를 하는 집엔 아름다운 털을 가진 순한 고양이가 야옹거리고 있었다.

이웃집 연탄 가게의 비구루 부인이 인사를 받았다. 얼굴이 거무스름하고 눈이 반짝반짝 빛나는 조그맣고 살찐 여자였다. 그녀는 장작더미를 검붉은 천에 그려 간판으로 달았기 때문에 그 모양이 오두막집처럼 보이는 가게 앞에 기대서서 남자들과 낄낄거리며 소일하고 있었다. 또 반대편 가까이에 고도르주 부인이라는 여자가 딸을 데리고 우산 가게를 하고 있으나 얼굴은 보지 못했으며 진열장은 더럽고 문은 닫힌 채였다. 거기에 새빨갛고 두툼하게 칠을 한 함석 제품의 조그만 우산이 두 개 장식되어 있었다. 그러나 제르베즈는 안으로 들어가기 전에 언제나 정면의 하얀 큰 담을 힐끗 보곤 하였다. 창 하나 없이 커다란 마차 출입문이 뚫려 있어서 그곳으로부터 짐차와 이륜마차가 끌채를 공중으로 뻗치고 어수선하게 널브러진 안마당엔 화덕불이 활활 타고 있는 것이 보였다. 담에는 〈제철 공장〉이란 글자가 부채꼴의 말발굽 모양을 본따서 커다랗게 씌어 있었다. 쇠망치 소리가 아침부터 밤까지 모루 위에서 울리고 불꽃이 안마당의 침침한 그늘을 비치며 튀었다. 그리고 담벽 끝 고철상과 감자 튀김집 사이에는 찬장만한 조그만 시계포가 끼여 있었다. 그 집주인은 프록 코트를 입은 단정한 차림의 신사로 앙증스러운 도구를 사용하여 부지런히 시계를 만지작거리고 있다. 그 작업판 속 유리상자에는 자질구레한 물건들이 질서 정연하게 정돈되어 있었다. 그의 뒤쪽에선 두서너 다스나 되는 조그만 비둘기시계의 추가 한길의 어두운 궁색과 제철 공장에서 울리는 율동적인 음향 사이에서 일제히 똑딱 소리를 맞추며 움직이고 있었다.

동네에선 제르베즈를 아주 마음 좋은 여자로 생각하고 있었다. 그녀에 대하여 좋지 않게 말하는 사람도 있었지만 그래도 그녀가 커다란 눈과 그에 어울리는 크기의 입, 새하얀 이빨을 가지고 있다는 것은 모두 다 인정했다. 요컨대 금발의 멋쟁이이며 발만 괜찮았다면 일류 미인에 낄 수도 있었으리라. 그녀는 28살로 벌써 살이 붙기 시작하고 있었다. 화사한 얼굴 생김에 통통하니 살이 붙고 동작엔 보기 좋은 완만성이 있었다. 이제 의자에 단정히 앉아 있는 그녀는 다리미가 더워지기를 기다리는 동안 양껏 식사를 한 뒤의 기쁨을 얼굴 가득히 띤 채 잔잔한 미소를 지으며 우두커니 정신을 놓고 있었다. 그녀는 식도락가가 되어 가고 있었다. 그것은 누구나가 다 하는 말이었다. 그러나 그것은 천한 결점은 아니잖은가. 맛있는 것을 살 만한 돈이 들어오는데 감자 껍질을 먹는 따위는 어리석은 짓이 아니겠는가? 일이 많을 때면 덧문을 닫고 혼자서 며칠씩 밤을 새우고 고객을 위해서는 몸이 가루가 되도록 일했고 그렇게 힘껏 일하다 보니 그만큼 많이 먹게 되었다. 이웃 사람들이 말하듯이 그녀는 운이 좋았다. 매사가 순조로웠다. 그녀는 마디니에 씨, 노처녀 르망주 양, 보슈 부부 등, 이 건물에 사는 사람들의 빨래를 도맡아 하였다. 뿐만 아니라 옛날 주인인 포코니에 부인에게서 포부르 프와송니에르 거리에 사는 귀부인 단골들을 빼앗았다. 그래서 반 달이 지나자 벌써 두 사람의 여공을 고용하게 되었다. 퓌트와 부인과 전에 이 건물 7층에 살던 클레망스라는 키다리 처녀였다. 그리고 계집애 견습공을 더 보탰다. 그리하여 가게는 세 사람이 일을 해 나갔는데, 오귀스틴느라는 이름의 견습공 계집애는 굉장히 못생긴 얼굴인데다 사팔뜨기였다. 이것이 다른 여자라면 틀림없이 생각지 않은 행운에 정신을 잃었으리라. 그러니까 한 주일 내내 일한 뒤 월요일에 조금쯤 잘 먹는 것도 당연한 일이다. 그녀에겐 그것이 필요하기도 하였다.

「내가 만약에 비로드의 냅킨을 걸치지 않는다면, 다시 말해서 밥통이 좀이 쑤시도록 먹고 싶어하는 것을 못 먹는다면 계속되는 셔츠 다리미질을 하다가 허리가 휘어서 꼿꼿이 서지도 못할 거예요.」

제르베즈는 지금까지 이처럼 상냥했던 일은 없었다. 양과 같이 부드럽고 빵과 같이 선량했다. 보복심에서 쇠꼬리라고 부른 로리외 부인을 제외하곤 아무도 미워하지 않았고 누구나 용서했다. 제대로 점심을 먹고 커피를 마셨을 땐 배부른 기분에서 얼마간 자포 자기적인 기분이 되어 누구누구할 것 없이 관대해지는 법이다. 짐승처럼 살지 않으려면 서로 용서해야 한다는 것이 그녀의 입버릇이었다. 당신은 좋은 사람이라고 하면, 웃으며 이보다 더 내가 심술궂은 사람이었다간 큰일이라고 대꾸했다. 그리곤 남들이 하는 얘기를 부정하며 자기 같은 것은 좋은 사람이 될 자격이 아무것도 없다고 하였다. 나의 꿈은 모두 이루어진 셈이 아닌가? 이 이상 또 무슨 야심이 남아 있단 말인가? 보도에 서 있노라면 그녀는 자신이 그 옛날 그토록이나 갖고 싶어하던 꿈을 생각하는 것이었다. 일을 하여 빵을 먹고, 자기 집을 갖고, 아이들을 기르고, 매를 안 맞고, 자기 침대에서 죽는다고 하던 소망을. 이제 와선 그런 소망은 넘어섰다. 그녀는 무엇이든지 갖고 있다. 그런 소망 이상으로 성공한 셈이다. 자기 침대에서 죽는다는 것, 그것을 예정은 하고 있지만 물론 되도록 뒤로 미룰 작정이라며 그녀는 곧잘 농담으로 덧붙였다.

제르베즈는 특히 쿠포에 대하여 부드러운 태도를 보였다. 남편 모르게 험담이나 불평 따위는 한 마디도 하지 않았다. 함석장이도 결국은 일을 다시 시작하였다. 그즈음의 일터는 파리 반대쪽에 있었기 때문에 그녀는 매일 아침 점심 값과 대포 값, 담배 값으로 40수를 그에게 주었다. 다만 쿠포는 엿새 중 이틀은 도중에서 거르고 친구들과 어울려 40수를 마셔 버리고는 거짓말을 꾸며 점심때쯤 돌아오곤 했다. 언제인가는 멀리도 안 가고 샤펠 거리의 토끼 요리집에서 달팽이와 불고기, 그리고 봉인 딱지 붙은 병포도주 따위의 고급 요리를 메보트와 그 밖의 서너 명 친구들에게 사주었다. 그러다 40수로는 부족하자 계산서를 심부름꾼 아이에게 들려서 아내한테 보내고 자기가 인질로 잡혀 있다고 말하였다. 그녀는 웃으면서 어깨를 으쓱하였다.

「남편이 조금쯤 재미를 본들 나쁠 것도 없지. 집안이 화평하게 되려면 남자의 고삐를 길게 해 둘 일이야. 항간에는 걸핏하면 한두 마디로 툭탁거리는 판이니. 그 사람 입장이 돼 보기도 해야지 뭐. 쿠포는 아직도 다리가 아픈데다 유혹을 받을 때면 형편 없는 작자란 소리를 안 듣기 위하여 같이 어울리는 것일 게야. 취하여 돌아오면 잠을 자고 두 시간만 지나면 깨끗이 깨는데 뭐.」

그러는 중 무더위가 왔다. 6월 어느 날 오후, 일이 바쁜 토요일이었는데 제르베즈는 손수 코크스를 다리미 스토브에 넣었다. 그 둘레에는 다리미가 열 개나 달구어져 있었고 굴뚝이 요란한 소리를 냈다. 햇볕은 이 시각엔 가게 앞에 수직으로 내리비치고 보도는 강렬한 반사를 일으키며 그 큼직한 반사가 상점 천장에까지 뻗쳐 춤추고 있었다. 이 광선은 선반과 진열장 벽지의 반사로 푸른빛을 띠고 비단을 통하여 비쳐진 햇빛인 양 눈부신 빛을 작업대 위로 내쏟고 있었다. 방 안의 온도는 숨이 막힐 지경이었다. 한길로 향한 문은 열어젖힌 채였는데 바람 한 점 안 들어왔다. 철사줄에 매달아 공중에 널어 놓은 세탁물은 김이 겨우 4,5십분도 안 가서 대패밥처럼 바싹바싹 말랐다. 큰 가마솥에라도 들어간 것 같은 이 무더위 속에서 조금 전부터 견딜 수 없는 침묵이 계속되었다. 그 속에선 다리미를 밀어붙이는 소리만이 들렸지만 옥양목으로 만든 두툼한 다리미 방석에 그 소리가 흡수되어 둔탁했다.

「아아, 참!」하고 제르베즈가 말하였다. 「오늘 같은 더위에 몸이 녹아 버리질 않다니! 슈미즈 같은 건 벗어버리고 싶군!」

그녀는 세탁물에 풀을 먹이느라고 마루의 양푼에 엎드려 있었다. 흰 페티코트를 입고 블라우스의 소매는 걷어올린 채 어깨 부분을 쑥 내밀었기 때문에 팔과 목덜미가 드러나 있었다. 몸은 온통 장미빛으로 물들어 땀에 젖었고 헝클어진 금발의 조그만 다발이 살갗에 찰싹 들러붙어 있었다. 그녀는 뽀얀 풀물 속에 보닛 모자와 남자 와이셔츠 앞자락, 페티코트, 여자 바지의 장식 등을 조심성 있게 담갔다. 그리곤 손을 양동이에 담갔다가 아직 풀을 안 먹인 셔츠와 여자 바지 위에다 물을 뿌리고선 세탁물을 둘둘 말아 네모진 바구니 속에 넣었다. 「퓌트와 아주머니, 이 바구니는 아주머니 몫이에요.」하고 그녀는 말을 이었다. 「서둘러 주셔요, 금방 말라 버리니까. 한 시간만 지나면 다시 해야 된다고요.」

퓌트와 부인은 45살된 마르고 자그마한 여자로 낡아빠진 밤색 상의의 단추를 다 끼고서도 땀 한 방울 안 흘리고 다리미질을 하고 있었다. 보닛 모자도 쓴 채였다. 그 검은 보닛에는 낡아빠져서 누렇게 된 초록빛 리본이 달려 있었다. 그녀에게 좀 높은 듯한 작업대 앞에 어색하게 엎드려 팔꿈치를 허공에 띄우고 꼭두각시 같은 동작으로 다림질을 하고 있었다. 갑자기 그녀가 큰소리로 외쳤다.

「어머! 안 돼요. 클레망스 양, 블라우스를 바로 입어요. 난 난잡한 것이 질색이란 말이에요. 가게 안이 훤히 들여다보이는데 그런 차림을 하다니요. 봐요, 벌써 남자가 세 사람이나 앞에 서 있잖아요.」

키다리 클레망스는 입 속으로 「빌어먹을 할멈.」이라고 중얼거렸다. 「숨이 막힐 것 같아 편한 대로 하겠다는데 어쨌단 말이야. 나는 유난히 더위를 타지 뭐야. 그리고 보이다니 무엇이 보인단 말이야?」 그리고 그녀는 두 팔을 올렸다. 아름다운 처녀의 탐스러운 가슴은 슈미즈가 터질 것같이 팽팽하게 부풀었으며 어깨는 짧다란 소매를 당겨 올렸을 뿐이었다. 클레망스는 30살도 안 됐는데 뼛속이 텅 빌 정도로 방탕에 젖어 사내에게 몸을 맡겼다. 사내와 깊은 향락에 빠졌던 다음날이면 머리와 배에 넝마가 가득 찬 듯 깔개돌을 밟아도 발에 감각이 없는지, 일을 하면서도 꾸벅꾸벅 졸았다. 그래도 그녀는 내쫓기지 않았다. 어느 누구도 그녀만큼 말쑥하게 남자 셔츠를 다리미질해 내는 기술자가 없었기 때문이다. 그는 남자 셔츠 전문의 기술을 갖고 있었다.

「내 마음대로 하는데 무슨 참견이에요?」 하고 가슴을 두드리며 마침내 입을 열었다. 「물어뜯을까 봐 걱정인가, 아무도 아프게 하지 않을 테니 걱정 말아요.」

「클레망스, 웃옷을 바로 입어요.」 하고 제르베즈가 말하였다. 「퓌트와 아주머니 말이 옳아요. 보기 좋지 않으니까. 우리 가게를 이상하게 생각할 염려가 있으니까 말이야.」

키다리 클레망스는 투덜거리며 옷을 바로 입었다. 그야말로 얼토당토 않은 소리지! 그래 한길을 지나가는 행인들은 한 번도 여자의 젖가슴을 못 보았다는 말인가! 그래서 그녀는 홧김에, 분풀이를 그녀 곁에서 양말과 손수건 따위의 손쉬운 천들에 다리미질을 하고 있던 견습공인 사팔뜨기 오귀스틴느에게 퍼부었다. 그녀는 오귀스틴느를 냅다 부르더니 팔꿈치로 쿡 쳤다. 그러나 오귀스틴느도 평소에 무시당해 온 분함을 참아 온 사람 특유의 비틀린 심술로 슬그머니 뒤에서 그녀의 등에다 침을 뱉었다.

그때 제르베즈는 보슈 부인의 보닛을 만지고 있었는데 정성들여 할 작정이었다. 새 것이나 다름없게 하기 위하여 끓인 물도 준비해 두었다. 폴란드 다리미라고 하는 양끝이 동그란 조그만 다리미를 모자 속에서 조심스레 움직이고 있었다. 바로 그때 얼굴에 붉은 기미가 끼고 광대뼈가 나온 여자가 스커트를 푹 적신 채 들어왔다. 구트도르 거리 세탁장에서 세 사람의 여자를 쓰고 있는 세탁집 마누라였다.

「너무 일찍 왔네요, 비자르 부인!」 하고 제르베즈가 외쳤다. 「오늘밤이라고 하잖았어요? 이럴 때 오면 일하는데 방해가 되어서 안 되겠는데!」

그러나 그 세탁부가 오늘 일거리가 모자란다고 울상을 하므로 그녀는 곧바로 더러운 빨랫감을 내주려고 생각하였다. 그녀는 에티엔느가 쓰는 왼쪽 방으로 가서 쌓아 놓은 빨래 뭉치 가운데서 커다란 보따리를 몇 아름씩 안고 나와 가게 안쪽 깔개돌 위에 쌓아올렸다. 가려내는 데 반 시간은 더 걸렸다. 제르베즈는 손수 남자의 셔츠니 여자 슈미즈·손수건·양말·행주 등을 각기 한 뭉치씩 꾸려 자기 둘레에 여러 개씩 더미를 만들었다. 새 손님의 물건에는 표시를 하느라고 빨간 끈으로 십자표를 하였다. 무더운 공기속에서 이처럼 추스르니 그 더러운 것들로부터 말할 수 없는 악취가 풍겼다.

「아유! 냄새!」 하고 클레망스가 코를 쥐고 외쳤다.

「그야 당연하지! 깨끗한 것 같으면 우리 집에 가져오겠어?」 하고 제르베즈는 천연스레 대꾸하였다. 「정말 냄새로 보따리 내용물을 알겠는 걸! 슈미즈 열넉 장까지 세었지요, 비자르 부인? 열다섯, 열일곱…….」

그녀는 큰소리로 계속해 세었다. 더러운 것에는 익숙했기 때문에 조금도 싫은 얼굴을 안했다. 그리고 때에 누렇게 찌든 슈미즈와 접시 닦는 물기름에 딱딱해진 행주와 땀에 절어 미어져 가고 있는 양말 속으로 발그레하니 물든 팔을 들이밀었다. 그러면서도 산처럼 쌓인 빨랫감을 들여다보며 강한 악취에 얻어맞기라도 한 듯 걸상 끝에 앉아 몸을 척 구부린 채 느린 동작으로 손을 좌우로 내밀었다. 그녀는 마치 사람 냄새에 취한 것처럼 혼곤히 미소지으며 눈을 내리감고 있었다. 이와 같이 귀찮아하는 듯한 태도는 이번이 처음이었는데 아마도 주변의 공기를 흐리게 하는 헌 속옷들 냄새에 질식된 까닭인 듯하였다.

마침 그녀가 찡그리며 무엇인지 분간할 수 없는 어린애 배내옷을 보고 흔들고 있자니 쿠포가 들어왔다.

「빌어먹을!」 하고 그는 중얼거렸다. 「지독한 뙤약볕인걸……! 머리 꼭대기까지 태울 작정인가!」

함석장이는 쓰러질 듯 휘청거리며 작업대를 잡았다. 그가 이렇게 취한 것은 처음이었다. 지금까지는 기분 좋을 정도로만 취해 가지고 돌아왔었다. 게다가 이번엔 눈두덩이 위를 얻어맞고 돌아왔는데, 친구들끼리 밀치닥거리다가 잘못하여 한 대 얻어맞은 것이라 했다. 벌써 흰 머리털이 보이기 시작한 고수머리엔 어느 술집의 수상쩍은 창고라도 총채질하고 돌아왔는지 거미줄이 목덜미 쪽 머리카락 끝에 엉겨 있었다. 그래도 그는 여전히 익살쟁이였다. 얼굴은 얼마간 빠지고 늙은데다 턱도 뾰족해졌지만, 그 자신의 말에 따르면 여전히 마음좋은 사람으로 피부 같은 것은 아직도 공작 부인이 녹아날 정도로 부드럽다고 하였다.

「이유를 설명하지.」 하고 그는 제르베즈를 향하여 얘기를 계속하였다. 「상대는 피에 드 셀르리(셀르리다리)라고 당신도 잘 아는 목발잡이 녀석이야……. 그 녀석이 말이야, 고향에 돌아간다고 우리들에게 한턱을 낸다는 거야. 빌어먹을 것! 이놈의 뙤약볕만 아니어도 우리들은 꼿꼿할 텐데……. 밖에 나가 보라고, 모두 병자같이 축 늘어져 가지고 누구나 할 것 없이 비틀거리고 있다니까…….」

그러자 키다리 클레망스가 거리의 사람들이 모두 취하여 있는 것을 보았다는 그 말을 재미있어 하며 함께 시시덕거렸다. 그래서 쿠포도 더욱 신이 나서 좋아라고 지껄여 대며 목이 멜 지경이 되었다. 그리고 큰소리로 떠들었다.

「어때, 저 주정뱅이들! 저것들 희극 배우지! 하지만 그건 녀석들의 죄가 아니라고, 해님 탓이지…….」

가게 안에 있는 사람들은 모두 웃었다. 주정뱅이를 싫어하는 퓌트와 부인까지 웃었다. 사팔뜨기 오귀스틴느는 숨이 막혀 가지고 입을 벌린 채 암탉처럼 킬킬거렸다. 그러나 제르베즈는 쿠포가 곧장 집으로 돌아오지 않고 로리외네 집에 들러 한 시간 가량 머물면서 좋지 않은 훈수라도 받은 것이 아닌가 하고 걱정하였다. 그런 일은 없다고 그가 맹세하자 그녀도 기분이 누그러져, 또 하루 품을 까먹은 것을 책망하지 않았다.

「어리석은 소리를 하는군요! 그런 어리석은 소리는 작작하세요!」 하고 그녀는 중얼거렸다.

그리고 어머니 같은 말투로 말을 이었다.

「가서 주무세요. 보다시피 우리는 이렇게 바쁘지 않아요. 방해가 되니까요……. 손수건이 서른두 장이죠, 비자르 부인. 다시 두 장을 보태어서 서른넷…….」

그러나 쿠포는 졸립지 않았다. 여전히 가게에서 떠나지 않고 시계추처럼 몸을 좌우로 흔들며 끈덕진 장난질로 사람들을 놀렸다. 제르베즈는 비자르 부인을 계속 상대하고 싶지 않아 클레망스를 불러 속옷을 세게 하고 자기는 장부에 기입했다. 그러자 이 망나니 키다리 계집은 한 장마다 노골적으로 불결한 소리를 내뱉었다. 한 장 손에 잡힐 때마다 손님들의 가난한 살림과 잠자리의 비밀을 지껄이고 억측을 늘어놓고, 세탁물의 구멍이나 얼룩진 세탁물을 잡을 때마다 세탁소 특유의 농담을 퍼부었다. 오귀스틴느는 모르는 체하고 있었지만 불량소녀처럼 솔깃해서 얼굴을 숙이고 듣고 있었다. 퓌트와 부인은 입술을 오므린 채 쿠포 앞에서 그런 소릴 하다니 멍청이라고 생각하고 있었다. 남자들은 세탁물 같은 건 보고 싶어하지 않는다. 제대로 된 집에선 이렇게 미주알 고주알 드러내는 것을 꺼린다. 제르베즈 쪽은 자기 일에 열중해 있어 그런 것들은 들리지 않는 모양이었다. 그녀는 장부를 기입하며 조심성 있는 눈초리로 넘기는 세탁물을 정확히 보고 있었다. 그러고도 하나도 헛갈리질 않는다. 빛깔이나 냄새로도 세탁물의 임자를 정확하게 말할 수가 있었다. 그 냅킨은 구세 모자 것이다. 냄비 바닥을 문지르지 않기 때문에 단번에 알아본다. 그것은 보슈 부부가 가져온 베갯잇이 틀림없다. 그 아주머니가 모든 내복에 묻히는 포마드가 묻어 있으니까. 또 마디니에의 플란넬 조끼는 코를 바싹 대 보지 않아도 그의 것임을 금방 알 수 있다.

그 사람은 굉장한 지방질이어서 모직물까지도 빛깔이 변해 있다. 그 밖에 그녀는 단골들의 여러 가지 특성, 저마다의 정결성의 비밀과 비단 치마를 입고 한길을 가로지르는 이웃 여자들의 내막과 일주일 동안에 더럽히는 양말, 손수건, 슈미즈의 개수 또는 사람들이 내복에 따라선 언제나 같은 장소를 찢는, 그 찢는 방법까지도 알았다. 따라서 그녀는 그에 따른 일화까지 숱하게 알고 있었다. 이를 테면 노처녀 르망주 양의 블라우스엔 수많은 주석이 붙여졌다. 그리고 그것은 위쪽이 먼저 해졌다. 이 노처녀는 틀림없이 어깨뼈가 뾰족한 것이다. 또한 슈미즈는 2주일이나 입고 있는데도 도무지 더럽질 않다. 그것은 그만한 나이 또래가 되면 나무토막이나 마찬가지로 한 방울의 물기라도 짜내려면 여간 어렵지가 않다는 것이다. 가게에선 세탁물을 가려낼 때마다 이와 같이 구트도르 일대를 샅샅이 벗겨 놓은 셈이 되는 것이다.

「이건 기막힌 별식이로군!」 하고 클레망스는 새 보따리를 펴면서 외쳤다.

제르베즈는 갑자기 지독한 구역질이 나서 얼굴을 돌렸다.

「고드롱 부인의 보따리군.」 하고 그녀가 말하였다. 「이 세탁물은 정말 반갑지 않다니까. 무슨 구실을 만들어서……, 아니 내가 남보다 까다로운 것도 아니라고. 지금까지도 꽤 더러운 것을 취급해 왔지만 정말이지 이것만은 못 견디겠어. 구역질이 나서 죽을 지경이야. 아무렴 속옷을 이렇게까지 더럽히다니 도대체 무엇을 하길래 이런가 말이야!」

그러면서 제르베즈는 클레망스에게 부탁했다. 그래도 클레망스는 강의를 계속하며 속옷 구멍에 손가락을 들이밀곤 의미 있게 빗대어 설명하며, 그 속옷이 무슨 명예로운 오물의 기폭인 양 흔들었다. 그러는 사이에 제르베즈 둘레에 세탁물의 산더미가 이루어졌다. 여전히 걸상 끝에 앉아 있던 그녀는 이젠 셔츠와 슈미즈 사이에 가려지고 말았다. 눈앞엔 홑이불과 바지, 식탁보 등

더러운 것들이 널브러져 있었는데, 이 지저분한 것들 속에서 그녀는 금발의 솜털을 관자놀이에 철썩 들러붙이고 팔과 목덜미를 드러낸 채 상기되어 한층 더 표정이 노곤하게 보였다. 그러나 그녀는 이미 침착한 태도와 주의 깊고 조심성 있는 여주인다운 미소를 되찾아 고드롱 부인의 속옷이란 것도 잊고 그 냄새도 느끼지 못하는지 그 진부를 확인키 위하여 세탁물의 산더미를 손으로 휘젓고 있었다. 사팔뜨기 오귀스틴느는 다리미 스토브에 코크스 퍼 넣는 것을 좋아했는데 지금 막 주물의 철판이 빨갛게 달도록 코크스를 넣고 난 뒤다. 석양이 가게 앞을 이글이글 비치자 가게 안은 마치 불타는 듯하였다. 그러자 쿠포는 심한 더위에 한결 더 취기가 돌아 갑자기 애정을 느꼈다. 그는 완전히 흥분하여 팔을 벌린 채 제르베즈 쪽으로 걸어왔다.

「너는 좋은 마누라야.」 하고 떠듬떠듬 말하였다. 「키스를 해 주어야지.」 그러나 그는 길을 막고 있는 페티코트에 걸려 하마터면 쓰러질 뻔했다.

「귀찮게 굴지 말아요 !」하고 제르베즈는 말하였지만 골을 내지는 않았다. 「조용하라고요. 다 끝나 가고 있으니까.」

「안 돼. 마누라하고 키스하고 싶단 말이야. 꼭 하고 싶다니까. 네가 귀여워서 못 견디겠단 말이야.」 어쩌고저쩌고 중얼거리며 페티코트의 산더미를 피하였으나 셔츠 더미에 또 걸렸다. 그래도 무작정 앞으로 나오려고 하다가 발이 걸려 넘어지며 냅킨 한가운데에 코를 들이박았다. 은근히 화가 난 제르베즈는 모두가 다 엉망이 된다고 고함을 치면서 그를 밀어젖혔다. 그러나 클레망스도 퀴트와 부인도 그녀가 나쁘다고 하였다. 어떻게 되었든 서방님은 친절한 사람이다. 키스하고 싶어하니까 하면 되지 않느냐는 것이었다.

「정말이지, 당신은 행복해요 ! 쿠포 부인.」 하고 비자르 부인이 말했다. 그녀 남편은 술망나니 자물쇠장이로 매일 밤 돌아오기만 하면 그녀를 죽도록 두들겼다. 「우리 집 영감이 취해서 이런 식이라면 난 오히려 즐겁겠어요 !」

기분이 가라앉자 제르베즈는 조금 전의 자기 행동을 후회했다. 그래서 쿠포를 부축하여 바로 일으켜 세웠다. 그리고 살짝 웃으며 볼을 내밀었다. 그런데 함석장이는 사람들이 있는데도 서슴지 않고 다짜고짜 그녀의 유방을 잡으며 중얼댔다.

「할 말은 아니지만 네 속옷은 굉장히 냄새가 난단 말이야. 하지만 난 네가 좋아 !」

「놔요, 간지러워요 !」하고 제르베즈는 깔깔대고 웃으면서 외쳤다. 「망측해라. 이런 망측한 사람이 어디 있담 !」

그는 그녀를 잡고서 놓지 않았다. 그녀는 세탁물더미 때문에 가벼운 현기증을 일으켰는지, 쿠포의 술 냄새 나는 숨결도 싫은 줄 모르고 멍하니 하는 대로 내맡기고 있었다. 이처럼 그들이 영업상의 오물에 둘러싸인 채, 입 가득히 교환하는 격렬한 키스야말로 서서히 무너져 가기 시작한 그들 생활에 있어서 최초의 추락과도 같은 것이었다.

그 시이에 비자르 부인은 세탁물을 꾸렸다. 그리고 두 살 난 딸의 얘기를 하였다. 라리라고 하는 그 애는 벌써 똑똑해서 혼자만 놔 둘 수도 있고 절대로 울지도 않으며 성냥 같은 것은 가지고 놀지도 않는다고 했다. 그러면서 그녀는 커다란 몸을 꾸부정하게 굽혀 세탁물 보따리를 하나씩 운반해 갔는데 그 얼굴에는 보랏빛 기미가 떠올랐다.

「더 이상 못 견디겠네. 마구 삶는 것 같은 걸.」 하고 제르베즈는 얼굴을 문지르며 다시 보슈 부인의 모자를 만졌다.

그러다 다리미 스토브가 새빨갛게 달아 있는 것을 보고 모두들 오귀스틴느를 때려 줘야 한다고 했다. 다리미도 시뻘겋다. 「아무래도 저 계집애 몸뚱이 속엔 악마가 들었나 봐! 사람이 돌아서기만 하면 꼭 무엇이고 심술궂은 일을 저지르고 마니. 이제 다리미를 쓰려면 15분은 기다려야겠어.」 제르베즈는 재 두 삽을 불 위에 부었다. 그리고 햇볕을 가리기 위하여 두 장의 홑이불을 발처럼 천장 철사줄에 걸쳤다. 그래서 가게 안이 한결 기분 좋게 되었다. 더위도 전보다 훨씬 누그러졌다. 홑이불 저편으로 행인들이 빠른 걸음으로 보도를 걸어가는 소리가 들렸지만 모두들 세상에서 유리된 채 자기 집 안에 틀어박혀 대낮의 밝은 침실에 있는 듯한 느낌이었다. 그리고 마음대로 편안한 자세를 취할 수 있는 자유가 있었다. 클레망스는 블라우스를 벗었다. 쿠포는 여전히 자러 가기를 마다했기 때문에 가게에 있기로 했는데, 단 한구석에 조용히 있겠다고 약속해야만 하였다. 이러한 시간에 우물거리며 게으름을 피울 수가 없었기 때문이다.

「저 독벌레 같은 것이 또 폴란드 다리미를 어쨌을까?」 하고 제르베즈는 오귀스틴느를 가리키며 중얼거렸다.

모두들 늘상 이 조그만 다리미를 찾다가는 당치 않는 곳에서 발견하곤 했다. 아무래도 저 견습공 계집애가 일부러 감추었으려니 생각했다. 제르베즈는 간신히 보슈 부인의 보닛 모자 안을 다렸다. 보닛의 레이스는 손으로 늘려서 살짝 다리미로 모양을 갖추어 손질을 해 놓았다. 그것은 좁다란 단과 자수 장식이 엇갈려 있는 아주 요란한 차양이 달린 보닛이었다. 그래서 그녀는 단과 수탉 모양의 자수 장식에 다리미질을 하는데, 나무 끝에 대를 꽂은 계란 모양의 다리미를 사용하여 묵묵히 정성스레 다렸다.

그래서 가게 안은 고요하였다. 잠시 동안은 다리미 방석위에서 들리는 둔한 다리미 소리밖에는 안 들렸다. 넓은 사각의 테이블 양편에 여주인과 두 사람의 고용인과 견습공이 어깨를 둥글게 하고 버티고 서서, 서로 저마다의 일에 엎드려 쉴새없이 팔을 움직이고 있었다. 모두들 저마다의 오른편에는 과열된 다리미로 눌은 듯한 자국이 있는 편편한 받침 벽돌이 놓여 있었다. 테이블 중앙에는 깨끗한 물이 가득 든 안이 깊은 접시가 놓여 있고 가장자리에 헝겊 조각과 솔이 잠겨 있었다. 브랜디를 담갔던 빈 항아리에 꽂은 커다란 백합 꽃다발은 활짝 피어서 그 눈같이 흰 커다란 꽃송이들은 대궐 안 한 모퉁이를 연상시켰다. 퓌트와 부인은 제르베즈가 정리한 세탁물 바구니에서 집어낸 냅킨, 바지, 블라우스 소매 등을 차례로 다려 댔다. 오귀스틴느는 날고 있는 큰 왕파리에 정신이 팔려 허공을 바라보며 자기 몫인 양말과 행주들을 어지러뜨리고 있었다. 키다리 클레망스는 아침부터 서른다섯 장째 와이셔츠를 다리고 있는 중이었다.

「언제든 포도주란 말이야. 브랜디 같은 것은 절대 안 마신단 말이야.」하고 갑자기 함석장이가 말하였다. 그렇게 단언할 필요를 느낀 것이다. 「브랜디는 몸에 해롭단 말이야. 마시면 안 돼!」

클레망스는 함석이 달린 가죽 자루를 잡고 난로에서 다리미를 집어들어 달구어진 정도가 충분한가를 조사하기 위해 뭍에 가까이 대 보았다. 그리고 받침돌에 그것을 문질러 허리에 찬 헝겊으로 닦아 가지고 서른다섯 장째의 와이셔츠에 대들었다. 우선 어깻죽지와 양소매에 다리미질을 하였다.

「어머, 쿠포씨!」하고 그녀는 잠깐 사이를 두고서 말했다. 「브랜디를 가볍게 한잔 하는 것도 나쁘지 않다고요. 나는 그것으로 충분히 기분이 좋아진다니까요…… 그리고 말이에요, 순식간에 곤드레만드레가 되는 것도 기분 좋지 뭐예요. 난 말이죠. 흥분해서 하는 소리가 아니라 오래 살지 못하리란 것쯤 알고 있단 말이에요.」

「시시하게시리 죽는 일을 얘기하다니!」하고 우울한 얘기를 좋아하지 않는 퓌트와 부인이 가로막았다.

쿠포는 일어섰으나 브랜디를 마신 것에 대하여 모두들 비난하고 있는 것으로 생각하고 노여워했다. 그는 자기의 목, 여편네의 목, 어린애의 목을 걸고 맹세하건대 브랜디는 단 한 방울도 몸뚱이 속에 들어가 있지 않다고 했다. 그리고는 클레망스 곁으로 가서 그 얼굴에다 대고 숨을 불어 주며 냄새를 맡도록 하였다. 그리고 그녀의 드러낸 어깨를 보자 싱글싱글 웃으며 그녀의 살을 보려고 하였다. 클레망스는 와이셔츠 등을 접어 양쪽에 살짝 다리미를 대고서 소매와 칼라를 집어들었다. 그러나 그가 자꾸 달려드는 바람에 그녀는 금을 잘못 댔다. 그 때문에 풀칠을 다시 하기 위해 접시의 솔을 집어야 했다.

「아주머니, 이 양반이 이렇게 치근거리지 못하게 좀 해 주세요!」

「그애를 좀 놔 둬요. 어째 그리 말귀를 못 알아들우!」 하고 제르베즈는 조용하게 타이르듯 말했다. 「우리들은 바쁘단 말이에요. 모르시겠수!」

「바쁘다고, 좋아! 그래서 어쨌다는 거야? 그것이 내 잘못이란 말이야? 나는 아무런 나쁜 짓도 하지 않아, 만지진 않았으니까 말이야. 보기만 하지 않았나. 친절하신 하나님께서 창조하신 아름다운 물건을 보는 것도 허용되지 않는단 말인가? 그런데 말이야, 이 멋쟁이 클레망스 말이야, 날씬한 팔인데! 2수씩 받고 몸을 보게 하고 쓰다듬게 하면 어때? 아무도 비싸다고 생각지 않을 거야.」

한편 여자 쪽도 대들려 하지 않고 주정뱅이 사내의 노골적인 찬사에 웃고만 있었다. 아니 오히려 그를 상대하여 농담을 주고받고 하는 형편이었다. 그는 남자 와이셔츠를 가지고 그녀를 놀렸다. 「그러니까 자네는 항상 남자 셔츠 속에 있는 셈이지, 틀림없지? 남자 셔츠 속에서 사는 것이지. 아! 구석구석을 알고 있겠지. 만등새로부터 모두 다 알겠지. 벌써 수백 개가 자네 손을 거쳤단 말이야. 동네 금발의 남자도, 갈색머리의 남자도 모두 자네 손으로 만져진 것을 몸에 걸치고 있단 말이야!」 그러나 그녀는 어깨를 으쓱하고 웃으며 일을 계속했다. 앞자락이 벌어진 곳으로 다리미를 들이밀면서 등에다 커다란 주름을 다섯 줄 곧게 냈다. 그리고 앞자락에도 다리미질을 하고 거기에도 큼직한 주름을 냈다.

「이건 셔츠 앞자락이지요!」 하면서 그녀는 한층 더 크게 웃었다.

사팔뜨기 오귀스틴느가 웃어 댔다. 그만큼 이 한 마디가 우스웠던 것이다. 그녀가 내뱉었다. 「이 코훌쩍이 계집애, 뜻도 모를 텐데 웃어 대네!」 하며 클레망스가 그녀에게 다리미를 건네 주었다. 다리미가 식어서 풀먹인 세탁물에 사용할 수 없게 되면 이 견습공 계집애가 행주나 양말을 다려 열을 최후까지 이용하는 것이다. 그런데 계집애가 그것을 잡으려다 잘못하여 손등에 큰 화상을 입었다. 계집애는 훌쩍거리며 클레망스가 일부러 화상을 입혔다고 중얼거렸다. 셔츠 앞쪽을 다리기 위하여 뜨거워진 다리미를 집으러 갔던 클레망스가, 언제까지나 투덜거리면 양쪽 귀를 다려 주겠다고 위협하여 곧 그녀를 가라앉혔다. 그 사이에도 클레망스는 와이셔츠 가슴 밑에 모직 헝겊을 구겨 넣고 다리미를 서서히 눌러 대며 풀이 먹어들어 마를 시간을 주었다. 그리하여 셔츠 앞은 빳빳해지며 종이와 같이 윤기가 났다.

「잡놈의 것!」 하며 큰소리로 주정뱅이 특유의 습성으로 쿠포는 그녀 뒤에서 발을 굴러 대며 외쳤다.

그는 발돋움을 하고는 기름 떨어진 도르래 같은 소리를 내며 웃었다. 클레망스는 소매를 걷어붙인 채 팔꿈치로 허공을 휘저으며 목을 구부리고 작업대에 넙죽 엎드려 있었다. 그래서 그녀의 노출된 육체가 부풀어오르고 어깨는 매끈한 피부 밑에서 맥박치고 있는 근육의 완만한 움직임으로 돋아 오르고 가슴은 늘어진 셔츠의 장미빛 그늘에서 땀에 젖은 채 불룩하게 솟아 있었다. 그러자 쿠포가 손을 내밀어 만져 보려고 하였다.

「아주머니, 아주머니! 아저씨를 얌전하게 해 줘요. 정말이지! 자꾸 이러면 난 가고 말 테예요. 난 함부로 취급당하고 싶지 않다고요.」 하고 클레망스가 고함을 쳤다.

제르베즈는 헝겊 씌운 모자걸이에 보슈 부인의 모자를 막 걸고서 조그만 다리미로 레이스에다 자디잘게 둥근 단을 만들고 있었다. 그녀가 눈을 들고 보니 마침 함석장이가 또다시 손을 내밀어 슈미즈 속을 더듬으려 하고 있었다.

「정말이지, 쿠포 당신은 분수를 모르는구려.」 하고 제르베즈는 못 당하겠다는 표정으로 말했다. 마치 빵없이 잼만 먹겠다고 조르는 어린애를 나무라는 듯했다. 「가서 자라고요.」

「그래요, 주무세요. 쿠포 씨, 그 편이 좋을 거예요.」하고 퓌트와 부인도 말했다.

「암, 좋고말고!」 싱글거리는 웃음을 멈추지 않고 쿠포가 중얼거렸다. 「당신은 정말이지 까다롭군! 그럼 장난도 못 한단 말이오! 여자 일이라면 안심하오. 거친 짓이라고는 조금도 안했다고. 잠깐 꼬집었을 정도지, 그 이상은 아무 짓도 안한다고. 다만 여성에게 경의를 표할 뿐이지……. 그리고 말이야, 물건을 늘어놓는 것은 골라 달라는 게 아니오? 그렇다면 이 금발머리의 키다리 아가씨가 어째서 자기 물건을 드러내 놓겠소? 안 되지, 이건 안 될 일이야…….」

그리곤 클레망스를 향하여 이렇게 말하였다.

「이봐, 암사슴 씨, 자네가 새침을 떠는 것은 잘못이라고……. 사람들이 보고 있어서 그러는 것이라면…….」

그러나 그는 계속할 수가 없었다. 제르베즈가 거칠게는 아니었지만 한쪽 손으로 그를 잡고 다른 손으로 입을 틀어막았다. 그녀가 그를 가게 안쪽 거실로 밀고 가는 동안 그는 장난스레 몸을 비틀었다. 그리고 입을 비틀며 자기는 물론 자러 가고 싶지만 금발의 키다리 아가씨가 와서 녹여 주지 않으면 싫다고 소리쳤다. 그러고 나서 제르베즈가 구두를 벗겨 주는 소리가 들렸다. 그녀는 엄마처럼 조그만 소리로 타이르며 옷을 벗겼다. 그녀가 반바지를 잡아당기자 그는 몸을 내맡긴 채 침대 한가운데 나자빠져서 웃어 댔다. 그리고 발버둥을 치며 그녀가 간지럽힌다고 투덜거렸다. 간신히 그녀가 어린애처럼 모포로 그를 감싸 안았다. 「자아 이제 편안해요?」 그러나 그 말에는 대답하지 않고 그는 클레망스에게 외쳤다.

「오오, 암사슴 씨. 난 다 됐어, 기다릴게…….」

제르베즈가 가게 안으로 돌아오니 사팔뜨기 오귀스틴느가 클레망스한테 따귀를 맞고 있는 판이었다. 스토브에 올려 놓은 다리미 한 개가 더러운 채 있는 걸 퓌트와 부인에게 들켰기 때문이었다. 퓌트와 부인은 그것도 모르고 블라우스를 한 장 더럽혔던 것이다. 클레망스는 자기가 다리미를 닦지 않은 것을 속이기 위해 오귀스틴느를 나무라며 다리미 바닥에 풀이 눌어붙어 있는데도 불구하고 신에 맹세코 자기가 그 다리미를 쓴 것이 아니라고 우겨 댔으므로 견습공 계집애는 그와 같은 터무니없는 소리에 분개하여 이번엔 당당히 정면에서 클레망스의 옷에다 침을 뱉었다. 그래서 호되게 따귀를 맞은 것이다. 사팔뜨기 계집애는 울음을 억누르며 초토막으로 다리미를 문질러 손질했다. 그러면서 클레망스 뒤를 지나갈 때면 언제나 침을 모아 두었다가 살그머니 뱉어서 그것이 스커트에 묻어 흘러 떨어지는 것을 보면, 마음 속으로 고소하게 여겼다.

제르베즈는 다시 보닛 모자 레이스에 둥근 단을 달기 시작하였다. 그래서 갑자기 가게 안이 조용해지자 안에서 쿠포의 퉁명스러운 소리가 다시 들렸다. 그는 여전히 어린애 같은 소리로 혼자서 웃어 대며 띄엄띄엄 중얼거렸다.

「멍텅구리야, 우리 마누란! 멍텅구리니까, 나를 재우다니……! 그건 멍텅구리에 멍텅구리니까, 게다가 대낮에 자장자장할 시간도 아닌데.」

그러나 갑자기 코를 골기 시작하였다. 그래서 제르베즈는 겨우 안도의 한숨을 내쉬었다. 그제야 그가 잠들어 기분 좋게 두 장의 메트리스 위에서 취기를 깨우고 있음을 알고는 즐거워했다. 그래서 그녀는 둥근 단에 쓰는 작은 다리미에서 눈을 들지 않은 채 그것을 재빠르게 움직이면서 이 침묵 속에서 서서히 말을 이어갔다.

「별수 없지 뭐야. 그이는 분별이 없으니 골을 낼 수도 없잖아. 밀어젖혀 봐야 별수도 없고 말이야. 그이가 하자는 대로 비위를 맞추면서 재우는 편이 낫다니까. 그나마 그것으로 처리가 되어 안심이지 뭐야……. 그리고 말이야, 그이는 나쁜 사람도 아니고 무척 나를 사랑하고 있단 말이야. 좀전에 봤겠지만 나하고 키스를 하기 위해서라면 갈가리 찢기어도 상관치 않을 거야. 그래도 아직 다정한 편이지 뭐. 마시기만 하면 으레 여자를 보러 다니는 남자들이 흔하니까 말이야……. 그이는 여기로 곧장 돌아오고, 하긴 여러분한테 장난을 치긴 했지만 그 이상 별짓을 하는 것은 아니라고, 이해해요. 클레망스, 기분 나쁘게 생각지 말아요. 주정뱅이 남자가 어떤 것인지 알고 있지. 어미 아비를 죽이는 수도 있는데 뭐. 그러고도 자기 한 일을 모르니까 말이야……. 오! 난 진심으로 그이를 용서하고 있어. 그도 세상 남자들과 매한가지니까 말이야. 보통 남자인 걸.」

이런 소리를 아무런 정열도 없이 얘기하는 그녀는 이미 쿠포의 마시고 놀러다니는 일에도 만성이 되었으며 그러면서도 그에 대한 애정을 이것저것 늘어놓았지만 이제 와선 쿠포가 여직공의 허리를 꼬집는 정도쯤 나쁜 일이라고는 생각지 않게 된 것이다. 그녀가 입을 다물자 가게 안은 다시 조용해졌고 그 침묵을 깨뜨리는 것은 아무것도 없었다. 퓌트와 부인은 세탁물을 한 장 꺼낼 때마다 작업대를 뒤집어씌운 마포 밑에 밀어 넣은 바구니를 끌어냈다. 그리고 다리미질이 끝나면 조그만 팔을 들어 그것들을 선반에 올려 놓았다. 클레망스는 서른다섯 장째의 남자 셔츠에 줄을 내고 난 참이었다. 일거리는 넘칠 정도였다. 서둘러 해도 11시까지는 밤일을 해야만 될 참이었다. 그야말로 작업장 전체가 한눈 하나 안 팔고 열심히 거세게 다리미질을 해 댔다. 드러낸 팔이 왔다갔다하며 새하얀 세탁물을 장미빛 그림자로 물들였다. 다리미 난로엔 또다시 코크스를 퍼 넣었다. 홑이불 사이로 비쳐드는 태양이 난로 위에 가득 내리쬐기 때문에 강한 열기가 광선 속에 서리어 보이지 않는 불길이 흔들거리며 공기를 진동시키고 있음을 알 수 있었다. 천장엔 스커트와 식탁보가 널려 있어 숨이 막힐 지경으로 답답했다. 이 때문에 사팔뜨기 오귀스틴느는 침이 마르는지 혀끝을 입술 끝에 내밀고 있었다. 과열한 스토브와 쉰내 나는 풀, 다리미의 녹내가 목욕탕같이 후덥지근하게 무미한 냄새를 만들어내는 한편 열심히 일에 취해 있는 네 여자의 머리와 땀에 밴 목덜미에서 한결 더 강한 냄새가 섞여 나왔다. 그러나 또 한편에선 빈 항아리를 이용한 화병의 파르스름한 물에 꽂은 큼직한 백합 꽃다발이 시들면서도 순수하고 강렬한 냄새를 풍기고 있었다. 그리고 간간이 다리미 소리와 부젓가락으로 다리미 스토브를 휘젓는 소리에 섞여 쿠포의 코고는 소리도 들려 왔다. 마치 큰 시계의 규칙적인 똑딱거리는 소리와 같아서 작업장의 격렬한 노동에 리듬을 가해 주는 것 같았다.

과음한 이튿날이면 함석장이는 언제나 숙취에 빠져 버렸다. 심할 때면 온종일 머리가 아프고 입에선 냄새가 나고 턱은 부어서 일그러졌다. 그는 늦게 간신히 일어나 8시쯤이나 되어서야 잠자리를 떠났다. 그리고 침을 뱉기도 하고 가게 안에서 우물거리며 일터로 나갈 결심을 하지 못했다. 그날도 또 쉬고 말았다. 아침에 그는 다리가 솜방망이 같다고 하면서 그렇게 과음을 하면 결국 몸을 망칠 텐데, 자기도 참 미련하다고 투덜댔다. 그러면서도 술꾼들과 마주치면 팔을 잡고 놓아 주질 않기 때문에 마음에도 없이 마시러 간다는 것이었다. 그래서 주변에서 마셔라 부어라 하고 떠들어 대는 바람에 결국은 빠져나오질 못하고 만다는 것이다. 아! 안 되겠다! 두번 다시 그런 짓은 하지 말아야 할 텐데. 한창 나이에 술집에서 쓰러져서야 쓰겠냐고 했다. 그러나 점심밥을 먹고서 원기를 되찾자 목소리가 잘 나오나 확인하느라고 〈으흠으흠〉 목청을 다듬어 보았다. 그리고는 어제는 좀 많이 마시긴 했지만 기름을 친 데 불과하다며 방탕을 부정하였다. 자기는 좀 사람이 다르다고 했다. 일에도 끄떡없고 힘도 악마 팔이라도 부러뜨릴 정도이며 술 같은 건 아무리 마셔도 눈 하나 까딱 않는다고 했다. 그래서 그는 오후 내내 동네 근처를 어슬렁거렸다. 여공들을 놀려 대자 마누라가 20수를 주어 내쫓았다. 그는 도망치듯 프와송니에르 거리의 〈작은 사향묘〉로 담배를 사러 갔다. 거기서 친구들을 만나 브랜디에 절인 살구를 먹었다. 이어 구트도르 거리의 모퉁이에 있는 프랑스와네 가게에는 방금 거른 목을 간지럽히는 새 포도주가 비치되어 있는데, 그 가게에서 20수짜릴 홀랑 써 버리고 마는 것이다. 그곳은 예전에 도박장이던 술집으로, 가게 안 천장이 얕고 지저분하게 그을은 방에선 수프를 팔고 있었다. 그래서 저녁때까지 이곳에 앉아 룰레트 판에 술을 걸고 놀았다. 그는 절대로 마누라한테 계산서를 보내지 않는다고 약속하는 이 술집을 믿고 있다며 말했다.

「안 그래? 어저께 묻은 때를 씻어내리기 위해선 조금만 마셔야지, 응. 한데 술이란 결코 한 잔으로 끝나는 게 아니란 말이야. 그러나 나란 사람은 언제나 좋은 놈이야. 그야 장난이야 좋아하지만 결코 여자를 못살게 굴진 않으니까. 취하긴 하지만 깨끗하다고. 항상 알콜에 빠져서 맑은 정신이 든 날이 없는 형편 없는 놈들하고 똑같이 취급하면 곤란하다고!」

그리고 그는 쾌활하고 상냥하게, 마치 되새(鳥)처럼 되어 가지고 돌아왔다.

「네 애인은 왔냐?」하고 종종 그는 농담조로 제르베즈에게 물었다. 「이즈음 도무지 볼 수가 없는데 내가 부르러 가야겠군!」

애인이란 구제 얘기다. 사실 그는 쓸데없는 얘기로 일에 방해가 될까 봐 그리 자주 오지 않았다. 그러나 적당한 구실을 만들어 세탁물을 가져오기도 하고 보도를 여러 차례씩 지나기도 했다. 그는 이 가게 안쪽 한구석에서 짧은 파이프를 피우며 몇 시간씩 가만히 앉아 있는 것을 좋아했다. 열흘에 한 번은 늦은 저녁식사 후에 놀러오곤 하였다. 그리고 거의 말을 안했다. 입을 다물고 제르베즈를 바라본 채 그녀가 무슨 소리를 할 때마다 입에서 파이프를 떼고 웃을 뿐이었다. 토요일에 작업장이 밤일을 할 때면 우두커니 넋을 잃고 앉아 연극 구경을 하는 것보다 이편이 낫다는 표정을 지었다. 여자들은 아침 3시까지 다리미질을 하는 때가 종종 있었다. 전등이 한 개 천장에서 철사에 매달려 있었고, 그 갓이 환한 불빛의 커다란 불 무늬를 만들고 그 불빛 속에서 세탁물이 눈처럼 보드라운 흰빛으로 빛났다. 견습공 계집애가 가게 덧문을 닫았다. 그러나 7월 밤은 찌는 듯이 더웠으므로 한길로 향한 문만은 열어 놓았다. 그래서 밤이 깊어짐에 따라 여자들은 호크를 풀고 편안한 자세를 취했다. 그녀들의 매끄러운 피부는 전등의 불빛을 받아 황금빛으로 빛났다. 통통하니 살찐 제르베즈는 특히 황금빛 어깨가 비단처럼 윤기를 지녔으며 목에는 갓난아기와 같은 붉은 주름이 져 있었다.

구제는 그 겹쳐진 주름을 머릿속으로 그려낼 수 있을 만큼 잘 알고 있었다. 그럴 때 그는 다리미 난로의 심한 열기와 다리미 아래서 김을 올리는 세탁물 냄새에 사로잡혔다. 그리고는 가벼운 현기증에 빠져 머리조차 둔하여지고 말았다. 그리고 이웃 사람들에게 일요일의 외출복을 입히기 위하여 정신없이 일에 묻힌 채 드러낸 팔을 휘두르며 밤일을 서두르고 있는 여자들을 우두커니 바라볼 뿐이었다. 이웃집들이 잠들어 버리고 수면의 깊은 정적이 서서히 덮여왔다. 12시가 울렸다. 이어서 1시, 그리고 2시. 마차도 사람도 끊어졌다. 이제 인기척도 없이 어두워진 한길엔 이 가게의 문간에서 흘러나오는 노란 천을 땅에 깐 것 같은 한 줄기 불빛이 있을 뿐이었다. 간간이 발소리가 멀리서 들리는가 하면 남자가 한 사람 가까이 온다. 그리고 그 불빛 줄기를 가로지르며 다리미소리에 놀라서 목을 늘이고는 뿌연 김 속에서 여자들의 가슴이 노출돼 있는 것을 힐끔 재빨리 훔쳐 보는 것이었다.

구제는 제르베즈가 에티엔느 때문에 곤란해 하는 것을 보고, 그 아이가 쿠포에게 발길질 당하지 않게 하려고 자기가 다니는 볼트 공장 풀무공으로 데리고 갔다. 못 제조공이란 직업은 공장도 더럽고 늘 똑같은 쇠붙이만 싫증나도록 두들기기 때문에 빈소리라도 재미나는 일이라곤 할 수 없지만 하루에 10프랑에서 12프랑이나 벌 수 있는 수입 좋은 직업이긴 하였다. 소년은 그때 12살이었으니까 만약에 일만 마음에 들어 한다면 마침내는 이 일에 취업할 수 있으리라. 이리하여 에티엔느는 세탁소 여주인과 대장장이를 잇는 한가닥의 연줄이 되었다. 대장장이는 그를 데리고 돌아와서 이 애는 품행이 단정하다고 보고하였다. 모두들 웃으며 제르베즈에게 구제는 당신한테 반한 것이라고 하였다. 그런 것쯤 그녀도 알고 있었다. 그녀는 처녀처럼 발그스름해지며 부끄러움으로 볼을 물들였는데 그 빛깔은 사과처럼 붉었다. 「아아! 가엾은 착한 총각, 그이는 귀찮은 사람이 아니에요! 한 번도 그런 소릴 한 적도 없고요. 추잡한 행동 하나 없고 천박한 소리 한 번 입에 담은 일도 없어요. 그렇게 점잖은 사람도 별로 없을 거예요.」

그녀도 털어 놓고 말하려고는 안했지만 이와 같이 성처녀처럼 사랑을 받는 것에 대하여 큰 기쁨을 느끼고 있었다. 무엇이고 심각한 근심이 생기면 대장장이를 생각했다. 그러면 마음이 가라앉았다. 둘이서만 같이 있어도 어색한 기분 같은 것은 전혀 없었다. 마주 바라다보고 미소 지으며 얼굴만 건너다 볼 뿐이었다. 마음 속은 얘기할 필요도 없었다. 그것은 천한 짓을 생각지 않는 분별 있는 애정이었다. 가만히 있어도 행복해진다면 가만히 있는 편이 훨씬 더 좋으니까.

그런데 여름이 다 갈 무렵 나나가 집안을 뒤엎어 놓았다. 나나는 6살이 되었는데도 장난꾸러기 계집애로서의 소질을 보이기 시작했다. 엄마는 그가 거치적거리지 않도록 하기 위해 조스 양이 하고 있는 폴롱소 거리의 조그만 기숙 학교에 매일 아침 데리고 갔다. 그녀는 거기서 친구들의 옷을 뒤로 맞잡아매 놓기도 하고 여선생 담배쌈지에 재를 펴 넣기도 하고 그 밖에 말도 못할 못된 장난만을 생각해 냈다. 조스 양은 이 아이를 두 번이나 내쫓았지만 월 6프랑의 수입이 줄어드는 것이 아까워서 다시 데려갔다. 학교가 끝나 돌아오면 당장에 나나는 지금까지 갇혀 있던 분풀이로 현관 아래나 안마당에서 마음껏 장난을 쳤다. 하도 시끄럽게 굴기 때문에 다림질하는 여공들이 그곳에서 놀라고 일러 준 것이다. 나나는 그곳에 가서 보슈의 딸 폴린느와 제르베즈의 옛날 여주인 아들인 빅토르와 함께 어울렸다. 빅토르는 10살 난 몸집이 큰 멍청이로 계집애들하고 노는 것을 대단히 좋아했다. 포코니에 부인은 쿠포 부부와 사이가 나쁘지 않기 때문에 자기 아들을 놀러 보냈다. 하여간 이 아파트에는 짜증이 날 정도로 어린애들이 우글댔으며 낮에는 아이들이 무리를 지어 네 개의 계단을 덜컥거리고 달려 내려와서 마치 먹을 것을 찾아다니는 참새떼처럼 와자지껄하니 깔개돌 위를 날으듯이 뛰어다녔다. 고드롱 부인만 해도 아이들을 벌써 아홉이나 낳았다. 금발도 있고 갈색머리도 있었다. 그러나 머리는 헝클어지고 코를 흘리며 바지는 가슴까지 추어올린데다 양말은 구두 위에 흘러내렸고, 윗도리는 찢어져서 때묻은 하얀 살이 드러나 보이는 형편이었다. 또한 6층에 사는 빵 배달하는 여자는 아이를 일곱이나 만들었다. 그래서 어느 방에서나 아이들이 쏟아져 나왔다.

비가 오는 날에나 겨우 땟국이 지워지는 빨간 코빼기의 이 아이들 속엔 빈틈없어 보이는 큰놈에, 벌써 어른처럼 배가 나온 뚱뚱보가 있는가 하면 요람에서 굴러 떨어져 아직 꿋꿋하게 서지도 못하고 뛰려 해도 네 발로 기어야만 하는 짐승 같은 꼬마에 이르기까지 갖가지 애들이 있었다. 나나는 이 개구쟁이들 위에 군림했다. 자기 곱이나 되는 큰 계집애들을 상대로 여왕 노릇을 하며 자기 의향을 거스르지 않고 편을 드는 폴린느와 빅토르에게만 권력을 나누어 주었다. 이 처치 곤란한 말괄량이 계집애는 노상 엄마놀이를 하자고 해 놓고는 제일 작은 것들의 옷을 벗기기도 하고 아무 집에나 드나들며 그 집 어린애를 주물러 대어 행실 나쁜 어른과 같은 변덕스러운 횡포를 도맡아 저질렀다. 나중에 매를 맞을 짓은 모두 나나가 시켜 한 일이었다. 이들은 염색집에서 흐르는 물감속을 첨벙대고 걸어 무릎까지 푸른빛, 붉은빛으로 물들였다. 그리고 자물쇠장이네로 달려가서 못과 쇠줄을 훔쳐내고, 그 집을 나와선 목공소집의 대팻밥 속으로 뛰어든다. 대팻밥의 산더미 속에서 궁둥이를 다 내놓고 데굴데굴 구르는 것이다. 안마당은 그들 세상으로, 마구 뛰어다니는 조그만 구둣발 소리들과 떼를 지어 달음질칠 때마다 울려 퍼지는 드높은 고함소리가 안마당에 메아리쳤다. 때론 안마당 가지곤 부족한 때도 있었다. 그런 때는 지하실로 뛰어들어 계단을 기어오르고 복도를 통과하여 다시 내려오는가 하면 다른 쪽 계단을 올라가 남의 복도를 달음질쳤다. 이렇게 몇 시간씩 지칠 줄 모르고 계속 법석을 떠는 통에 제아무리 큰 건물이지만 그 구석구석에서 솟아나온 맹수들의 달음질로 착각될 정도였다.

「저것들 정말 골칫거린데, 고약한 것들!」하고 보슈 부인이 큰소리로 말했다. 「정말이지 이렇게 많이 어린애를 만들다니, 꽤도 할 일이 없었군……. 그러면서도 먹을 것이 없다고 하소연하다니!」

보슈 얘기로는 퇴비더미 위에 버섯이 나듯이 어린애는 가난 위에 생긴다고 하였다. 관리인 마누라는 온종일 고함을 치며 빗자루로 어린애를 위협하였다. 마지막엔 지하실 입구를 닫아 버렸다. 폴린느를 두서너 대 매질하였는데 실은 나나가 그 어둠 속에서 의사놀이를 한 것을 알았기 때문이었다. 게다가 이 장난꾸러기 계집애는 막대기로 다른 애들을 치료하였던 것이다.

그러던 어느 날 오후 무서운 정경이 벌어졌다. 그것은 마땅히 일어날 수 있는 일이었다. 나나가 굉장히 기묘한 장난을 생각해 낸 것이다. 그녀는 관리실 앞에서 보슈 부인의 나막신을 한 짝 훔쳐 왔다. 그것에 끈을 잡아매 놓고 마차처럼 잡아끌었다. 그러자 빅토르가 그 나막신에 감자 껍질을 채우는 일을 생각해 냈다. 그리하여 행렬이 이루어졌다. 나나가 나막신을 끌고 선두에 섰다. 폴린느와 빅토르가 그 좌우에 따랐다. 그리곤 많은 꼬마들이 큰 아이는 앞에 서고 작은 아이는 뒤에서 밀치락거리며 나란히 걸었다. 스커트를 입은 장화만한 길이의 조그만 아이가 밑빠진 벙거지를 귀까지 내려 쓰고 꽁무니에 따랐다. 그리고 행렬은「오오!」니「아아!」니 하며 슬픈 소리를 뇌었다. 나나의 설명에 의하면 장례놀이를 흉내낸 것으로 감자 껍질이 시체였다. 안마당을 한 바퀴 돌고는 다시 또 시작했다. 아이들은 그것이 굉장히 재미있었다.

「저것들이 무엇을 하고 있을까?」언제나 수상쩍게 여기고 감시하고 있던 보슈 부인은 그것을 보려고 관리실에서 나오며 중얼거렸다.

그리고 사태를 판단하자 그녀는, 「어머, 저건 내 나막신 아냐!」하고 골이 나 가지고 외쳤다. 「아! 저 못된 것들!」

그녀는 어린애들 머리를 모조리 후려갈기며 나나의 양볼에 따귀를 올려붙이고 어머니의 나막신을 가져가게 한 천치 같은 폴린느를 발로 걷어찼다. 마침 제르베즈는 수도에서 양동이에 물을 받고 있었다. 나나가 코피를 흘리며 목이 메어 훌쩍거리는 것을 보고 그만 관리인 여자의 머리채를 휘어잡을 듯한 기세로 달려왔다. 황소를 몰아세우듯이 어린애를 두들기는 사람이 어디 있담? 그 따위 피도 눈물도 없는 인간은 찌꺼기 중의 찌꺼기라고 하였다. 물론 보슈 부인도 대꾸하였다. 그 따위 장난꾸러기 계집애를 가졌으면 자물쇠로 잠가 둬야 한다고 했다. 마침내 보슈까지 관리실 문간에 나와서 마누라를 향해 그 따위 더러운 것하고 이러쿵저러쿵할 것 없이 속히 들어오라고 외쳤다. 그래서 완전히 사이가 갈라지고 말았다.

사실상, 한 달 전부터 보슈 부부와 쿠포 부부 사이는 완전히 서먹서먹해 있었다. 본래가 남주기 좋아하는 제르베즈는 포도주·수프·오렌지·과자 등을 무슨 일이 있을 때마다 주었다. 관리인 부인이 샐러드를 무척 좋아하는 것을 아는 그녀는 어느 날 밤 샐러드 그릇 바닥에 꽃상추와 사탕무의 먹다 남은 것을 담아 갖고 갔다. 그런데 이튿날 보슈 부인이 「미안하지만 말이에요! 나는 남이 먹다 남은 것으로 배를 채울 만큼 몰락해 있지는 않다고요.」 하면서 사람들이 보는 앞에서 아주 불만스레 꽃상추와 사탕무를 버리더라는 얘기를 르망주 양한테 듣고서 제르베즈는 파랗게 질려 버렸다. 그래서 그 후로는 물건 주는 것을 딱 끊어 버렸다. 「술·수프·오렌지·과자 등 일체를 갖다 주나 봐라. 보슈 부부의 상판을 보고 싶군!」 그러나 보슈 부부 편에서 보면 쿠포 부부가 자기들 것을 훔쳐 가기나 한 것같이 생각되었다. 제르베즈는 실수를 깨달았다. 즉, 그녀가 그와 같이 마구 물건을 주는 따위의 어리석은 짓을 안 했으면 상대방도 나쁜 습관에 물들지 않았을 것이고 계속 친절히 해 주었을 것이라는 것을. 이제 와서 관리인 부인은 제르베즈의 이러한 행동은 죽여도 시원치 않다는 식으로 욕설을 퍼부었다. 10월분 집세 지불기가 되어 제르베즈가 집세를 하루 체납하자 세탁부가 식도락으로, 있는 대로 다 먹어 치워 그렇다며 집주인 마레스코에게 이것저것 나쁜 소문을 늘어놓았다. 그런데 마레스코 역시 별로 예절 바른 사람이 아니었기 때문에 모자를 쓴 채로 가게 안에 들어와서 집세를 청구하였다. 그러나 그 돈은 즉시 지불되었다. 보슈 부부는 두말할 여지 없이 로리외 부부에게 손을 뻗쳤다. 그리고 관리실 안에서 로리외 부부를 상대하여 화해한 것을 즐기며 그들과 먹고 마시고 하게 된 것이다. 「그 절름발이가 없었으면 우리는 결코 으르렁거리지도 않았을 걸세.」 아무려면 산과 산끼리라도 싸움을 붙일 여자라고 하며, 정말이지 보슈 부부는 이제야 비로소 그 여자의 정체를 알았다는 식으로 로리외 부부가 얼마나 애를 먹었겠느냐는 투로 지껄였다. 그리하여 그녀가 지나가노라면 모두들 현관 옆에서서 비웃는 것이다.

그러던 어느 날 제르베즈는 로리외 부부네 집에 올라갔다. 67살이 된 쿠포 어머니에 관한 일로였다. 어머니의 시력은 이제 완전히 어두워졌다. 다리도 도무지 못쓰게 되었다. 그래서 가정부로 가 있던 마지막 집에서도 할 수 없이 나오고 말았는데 누구도 돌봐 주지 않으면 굶어 죽을지 모른다. 셋씩이나 자식을 둔 어머니가 이 나이에 하늘에서도 땅에서도 버림받고 있다는 것은 부끄러운 일이라고 제르베즈는 생각하였다. 그런데 쿠포가 로리외 부부에게 얘기하러 가기를 싫어하여, 제르베즈에게만 시켰으므로 그녀는 화를 내고 내친 김에 올라온 것이었다.

단번에 계단을 올라온 그녀는 노크도 않고 질풍처럼 들어섰다. 처음 만난 로리외 부부가 그녀를 굉장히 붙임성 없이 대접하던 그날 밤 이래, 아무것도 변한 것이라곤 없었다. 여전히 색바랜 모직물 누더기로 작업장과 거실을 가로질러 놓은 뱀장어 모양의 기다란 방이었다. 안쪽에선 로리외가 작업대에 몸을 구부리고 코론느 사슬의 고리를 하나하나 집고 있었고 마누라는 바이스 앞에 서서 철사 제조기에 낀 금 철사를 당기고 있었다. 조그만 화덕이 대낮의 햇빛 아래 발그레하게 되비치고 있었다.

「네, 나예요!」하고 제르베즈가 말하였다. 「놀랐죠? 대단한 적수니까 말이에요. 하지만 내가 온 것은 나 자신이나 댁의 일로 온 것이 아니에요. 그런 줄 알아 주세요……. 내가 온 것은 쿠포 어머님 때문이라고요. 그래요, 나는 그분이 남의 신세를 지며 빵 조각을 얻어먹게 내버려 두어도 좋은가 물어 보려고 왔어요.」

「어머나! 나타나셨군! 뻔뻔스럽기도 하지.」하고 로리외 부인이 중얼거렸다.

그녀는 등을 돌리고 올케의 존재 따위는 무시하듯이 또다시 금 철사를 당기기 시작하였다. 그러나 로리외는 창백하게 질린 얼굴을 들고서 외쳤다.

「뭐라고요?」

그리고 얘기 내용을 알아듣고는 계속해서 이와 같이 내뱉었다.

「또 복잡한 얘기로군, 응? 쿠포 어머님도 성실하군, 어딜 가나 하소연만 하고 다니다니……. 그렇지만 그저께는 여기서 밥을 먹고 갔단 말이오. 우리는 할 수 있는 데까진 하고 있단 말이오. 돈 나오는 화수분이 있는 것도 아니겠고……. 단지 말이오, 만약에 어머님이 남의 집에 수다를 떨러 다닌다면 그 집에 있으면 될 것 아니오. 우리는 스파이가 질색이니까 말이오.」

그는 또다시 사슬을 잡고 자기도 등을 돌려 대고 귀찮다는 듯이 말하였다.

「모두들 매달 백 수씩 낸다면 우리도 내겠소.」

제르베즈는 로리외 부부의 날카로운 얼굴을 보자 흥분이 가시고 침착해졌다. 이 방에 발을 들여놓을 때마다 불쾌하지 않은 적은 한 번도 없었다. 그녀는 금가루가 떨어져 있는 마름모꼴의 나무 깔개발에 시선을 떨어뜨린 채 겨우 분별을 잃지 않은 태도로 설명하였다.

쿠포 어머님한텐 자식이 셋이니까 한 사람이 백 수씩 낸다 하더라도 겨우 15프랑밖에 안되지 뭐예요. 사실이지 그것으론 모자라요. 그 정도 돈으론 살아 갈 수 없잖아요. 줄잡아도 그 세 배는 있어야죠. 안 그래요?」

그러나 로리외가 또다시 고함쳤다. 「한 달에 15프랑씩이나 어디서 긁어 오란 말이오? 우리 집에 금이 있기로서니 우리를 부자로 아는 건 가소로운 일이오.」

이렇게 말하며 쿠포 어머님을 다시 깎아내렸다. 「그이는 아침엔 커피 없이는 안 되고 술도 간간이 마신답니다. 마치 재산가처럼 행세한단 말이에요. 젠장! 누구나 호강이야 하고 싶지. 하지만 말이야, 어때? 1수라도 저축할 수가 없다면 남들처럼 허리띨 졸라매는 도리밖에. 그리고 말이오. 쿠포 어머니는 아직 일을 못할 나이도 아니잖소. 접시에서 맛있는 것을 집어 갈 때 보면, 웬걸 눈만 밝습디다. 그러니까 그 능청스런 할멈은 놀고 먹으려는 거예요. 설령 내게 돈이 있다손 치더라도 사람을 놀려 두고 먹인다는 것은 좋지 않다고 생각해요.」

그러나 제르베즈는 계속 타협적인 태도로 나오며 이같은 잘못된 이치를 온건히 반박하였다. 그리고 로리외 부부의 마음을 움직이려고 애썼다. 그러나 주인은 이미 대꾸도 안했다. 마누라는 화덕 앞에서 긴 손잡이가 달린 구리 냄비에 가득 든 묽은 초산으로 한 개의 사슬 끝을 닦기 시작했다. 마치 백 리나 떨어져 있는 것처럼 일부러 아까부터 등을 돌려 댄 채였다. 그래도 제르베즈는 이야기를 계속하며 작업장의 더러운 먼지를 뒤집어쓰고 누덕누덕 기운 기름때 묻은 옷을 휘감은 몸을 구부리면서 일에 매달려 있는 그들을 물끄러미 바라보고 있었다. 그들은 거북한 기계 일을 하고 있는 사이에 마치 낡은 연장처럼 어리석고 메마른 인간으로 굳어 버린 것이다. 그러나 그때 갑자기 분노가 가슴에 복받쳐 올라와 제르베즈는 고함을 쳤다.

「그만두시구려, 나도 그편이 좋겠으니. 당신들의 돈은 간수해 두시구려! 쿠포 어머님은 내가 맡을 테니까요. 좋지요. 일전엔 고양이를 주웠는데 당신 어머니도 거두어 드릴래요. 그분한테 부족한 게 없게 할 테니까요. 커피도 술도 다 드리겠어요……. 하나님 맙소사! 별 못된 집도 다 있지!」

그 순간 로리외 부인이 돌아다보며 묽은 초산을 올케의 얼굴로 내던질 것 같은 기세로 냄비를 휘둘렀다. 그리고 빠른 소리로 뇌까렸다.

「나가, 그러지 않으면 혼내 줄 테다! 백 수도 기대하지 말아라. 한푼인들 줄 줄 아니! 안 준다, 동전 한푼도……!. 아무렴! 백 수는 뭘하려고 줘!

어머니가 너희 집 식모 노릇이나 하고 너희들은 우리가 준 백 수로 실컷 처먹으라고! 어머니가 너희 집엘 가시거든 일러 드려. 죽게 되어도 물 한 모금 안 준다 하더라고. 자! 어서 여기서 꺼져.」

「별 미친년 다 보겠군!」 하고 제르베즈는 사납게 문을 닫으며 말했다.

그 이튿날 그녀는 쿠포 어머님을 맡았다. 그리고 나나가 자는 천장 쪽의 둥근 채광창에서 광선이 들어오는 널찍한 골방에 어머님의 침대를 놔 주었다. 이사는 당장에 끝났다. 쿠포 어머님의 가재 도구래야 이 침대와 더러운 세탁물을 넣어 두는, 방에 들여놓은 낡은 호도나무 장롱, 그리고 탁자 하나와 의자 둘이었다. 탁자는 팔아 치우고 의자는 둘 다 짚속을 갈아 넣었다. 노파는 이사한 날 저녁 비질도 하고 접시도 씻는 등 제법 도움을 주었다. 한때 막연하다가 그런 대로 결말을 보아 굉장히 좋아했다. 로리외 부부는 르라 부인이 쿠포들과 화해를 하였기 때문에 더 골이 났다. 어느 날 이 조화공과 사슬장이 자매는 제르베즈 일로 주먹다짐을 하였다. 언니는 어머니에 대한 제르베즈의 태도를 대담하게 칭찬하였다. 그리고 동생이 바짝 약이 오른 것을 보고 놀려 주려고 세탁부의 눈이 멋있다며, 종이쪽지를 대면 불도 붙을 눈이라고 하였다. 두 사람은 그 일로 주먹다짐을 하고서 다시는 서로 안 본다고 맹세했다. 이제는 르라 부인은 밤이면 가게로 와서 키다리 클레망스의 음탕한 농담을 은근히 즐기며 시간을 보내었다.

3년이 흘렀다. 그 후에도 여러 차례 그들은 싸우고 화해하곤 하였다. 제르베즈는 로리외 부부나 보슈 부부, 또는 그 밖의 자기 의견과 상반되는 자들을 모두 상당히 멸시했다. 「설사 내 생각이 그들의 비위에 안 맞아도 할 수 없는 일이에요. 안 그래요? 내게 아쉬운 물건은 내가 일을 해서 얻는다는 것이 제일 중요하니까요.」 마침내 이웃에선 그녀를 크게 존경하였다. 계산은 틀림없이 했고 인색하지도 않았고 물건 값을 깎지도 않았다. 이와 같이 훌륭한 단골은 그리 흔하지 않은 법이다. 그녀는 빵은 프와송니에르 거리의 쿠드르 부인네 가게에서, 고기는 폴롱소 거리의 뚱뚱보 샤를르네 푸주에서, 그리고 식료 잡화류는 구트도르 거리에 있는 그녀 가게의 바로 건너편 르옹그르네 가게에서 샀다. 길모퉁이 술집 프랑스와는 포도주를 50병들이 바구니로 배달하였다. 여편네가 남자들한테 늘 꼬집혀서 허리께에 멍이 들어 있을 것이 뻔한 이웃집의 비구루는 가스 회사의 도매값으로 코크스를 팔아 주었다. 요컨대 상인들은 여자와 거래하여 친절하게 하면 이익이 그만큼 많은 것을 알았기 때문에 아주 양심적인 거래를 하였다. 그래서 그녀는 헌 신을 끌고 모자도 안 쓰고 거리 근방에 나가도 사방에서 인사를 받았다. 자기 집 가게에 있는 기분이었다. 보도로 향한 근방의 거리는 그 보도와 같은 평면에 입구가 달린 그녀 집의 자연적인 부속물 같았다. 따라서 볼일로 밖에 나가 아는 사람들에게 둘러싸이는 날이면 즐거워서 자연 시간이 지체되는 수도 있었다. 불땔 시간이 없어서, 만들어진 음식을 사러 나갔을 때도 이 건물의 반대편에 있는 음식점 영감과 얘기에 열중하였다. 그것은 먼지투성이의 유리문이 달린 넓은 가게로 지저분한 유리 너머로 안쪽 마당의 흐린 불빛이 보였다. 또 그런가 하면 접시나 사발을 양손에 들고 아래층 창 앞에 선 채로 얘기를 하였다.

그곳에선 헌 구두 수선집 안이 보이고, 지저분한 침대며, 마루에는 널브러진 누더기, 다리가 짝짝이로 된 요람과 검은 물이 가득 든 송진 그릇 등이 있었다. 그러나 그녀가 가장 존경하고 있는 이웃 사람으론 역시 건너편에 있는 시계포 주인인데, 단정하게 외투를 입고 있는 이 사람은 항상 자디잔 도구로 시계를 조사하고 있는 신사풍의 남자였다. 그녀가 종종 그에게 인사를 하기 위해 한길을 가로질러 가 보면 찬장같이 좁다란 가게 안에는 조그만 비둘기시계가 수없이 시계추를 흔들며, 엉뚱한 시간에 일제히 시간을 치곤 했으므로 그녀는 이 쾌활하고 밝은 모양을 바라보곤 기분좋게 웃어 대는 것이었다.

6

어느 가을날 오후 제르베즈는 포르트 블랑슈 거리에 있는 한 단골집으로 세탁물을 갖다 주고서 프와송니에르 거리 끝을 돌아오고 있었다. 해질 무렵이었다. 아침나절에 비가 왔을 뿐 날씨는 아주 화창하였다. 다만 진창길에서 냄새가 났다. 세탁부는 커다란 바구니를 주체스럽게 들고 몸을 축 늘어뜨린 채 긴장이 풀린 걸음걸이로 걷고 있었다. 약간 숨도 차 왔다. 피곤한 중에도 식욕이 일어났다. 정말 뭘 좀 먹고 싶은 참에 마침 눈을 드니 마르카데 거리의 표지판이 눈에 들어왔다. 그러자 갑자기 그녀는 구제를 만나자는 생각을 했다. 언제든지 일하는 걸 보고 싶거든 한 번 철공장으로 들르라는 소리를 그녀는 귀에 못이 박히도록 들어왔다. 아무튼 거기 가서 에티엔느를 불러달라면 다른 일꾼들은 그 꼬마 때문에 자기가 찾아왔으리라 여길 게 아닌가.

그러나 그녀는 그 공장에서 볼트와 대갈못을 만든다는 정도만 알 뿐, 어디 붙어 있는지조차 확실히 모르고 있었다. 마르카데 거리 끝 어디쯤이리라. 띄엄띄엄 낡은 집들이 서 있었으나 거의 전부 문패를 붙이지 않아 공장을 찾기란 꽤 힘이 들었다. 난생 처음 걷는 길이고 넓고 더러운 길 부근 공장의 매연이 여기저기 자국을 남긴데다 포장길이랬자 울퉁불퉁, 마차바퀴 자국에는 물이 괴어 썩어 있었다. 그 길 양편엔 창고며 큰 유리창을 끼운 공장, 그리고 벽돌과 뼈대를 드러낸 우중충한 건물들이 끝없이 늘어서 있었다. 그리고 들판으로 뻗는 샛길이 나타난 데 이어 수상쩍은 여인숙이며 이상야릇한 싸구려 식당이 불쑥 튀어나왔다. 그녀는 공장이 구제 말대로라면 몇 10만 프랑 어치의 넝마며 고철 등을 파는 가게 곁에 있다는 것을 생각해 냈다. 가지가지 공장의 왁자한 소음에 둘러싸인 채 그녀는 방향을 잡으려고 애썼다. 여기저기 지붕 위의 가느다란 굴뚝에서 솟아오르는 연기, 제재소에서 규칙적으로 흘러나오는 옥양목 천을 찢는 것 같은 날카로운 소리, 지면을 울릴 정도로 윙윙거리는 단추 공장의 기계 소리와 함께 덜컹거리는 박자 소리에 그녀는 더 가야 할지 몰라 망설이며 몽마르트쪽을 바라보는 순간, 한 줄기 바람이 높은 굴뚝의 연기를 그녀가 서 있는 쪽으로 몰아붙이는 통에 숨이 막힐 듯 답답해 눈을 감아버렸다. 그러자 규칙적인 쇠망치 소리가 들려 왔다. 어느 사이엔지 공장 바로 앞에 와 있었던 것이다. 그 곁에는 과연 창고가 있었다. 여기서 그녀는 다시 어디에 공장 문이 있는지 몰라 당황했다.

허물어진 목책의 사이로 길이 하나 나 있었지만 그것은 쓰레기터로 가는 진탕길인 모양이었다. 흙탕물이 길을 가로막았고 그 위에 널빤지 두 개가 놓여져 있었다. 그녀는 널빤지를 건너서서 왼쪽으로 돌았다. 그러자 이상한 숲속으로 빠져들고 말았다. 고물이 다 된 짐수레가 몇 대 뒤집혀 있는 곳에 뼈대만 앙상한 건물 몇 채가 서 있었다. 그러나 그 안쪽에는 해질 무렵의 어둠을 꿰뚫는 듯한 빨간 불빛이 번쩍이고 있었다. 망치 소리도 끝이 났다. 그녀는 불빛 쪽으로 조심조심 다가갔다. 그때 얼굴에 검댕이 칠을 한 직공 한 사람이 힐끔 곁눈질을 하며 그녀 곁을 지나치려 했다. 염소 수염이 나고 눈빛이 창백한 사람이었다.

「여보세요. 여기에 에티엔느라는 아이가 일하고 있죠? 제 아인데요.」

「에티엔느? 에티엔느라.」 하고 직공은 몸을 흔들면서 목쉰 소리로 되뇌었다.

「에티엔느라? 모르겠는데요.」

그 남자의 말소리와 함께 마개가 터진 헌 브랜디 통의 알콜 냄새가 확 풍겨왔다.

컴컴한 곳에서 여자와 마주친 남자는 이윽고 놀리려는 기색을 보였다. 제르베즈는 물러서면서 낮은 소리로 말하였다.

「하지만 구제 씨가 일하고 있는 곳은 틀림없이 여기죠?」

「아! 구제라면 있지요!」 직공이 말하였다. 「구제라면야 알죠! 구제를 만나러 왔다면야……. 안쪽으로 들어가 보시오.」 그러고는 돌아서면서 금이 간 동판을 울리는 것 같은 목소리로 외쳤다.

「여보게, 필르 도르. 자네한테 부인이 오셨네!」

그러나 고철 두드리는 소리가 이 고함소리를 지워 버렸다. 제르베즈는 안쪽으로 들어가 입구에 이르자 목을 디밀었다. 그곳은 널따란 방인데도 처음에 그녀는 도무지 분간하지 못했다. 화덕은 죽은 사람처럼 단지 한쪽 구석에 별같이 약한 빛을 비치며 그럭저럭 어둠의 침입을 막아 주고 있었는데, 커다란 그림자 몇 개가 가물거리고 있었다. 불 앞으로 간간이 검은 덩어리가 불빛의 마지막 한 점을 가로막으며 지나갔다. 손발이 유난히도 커 보이는 남자들의 확대될 대로 확대된 그림자였다. 제르베즈는 무작정 들어갈 수도 없었으므로 입구에 서서 낮은 목소리로 불렀다.

「구제 씨, 구제 씨…….」

갑자기 환해졌다. 풀무가 덜컹거리고는 하얀 불꽃이 한 줄기 튀어나왔다. 송판 칸막이로 아무렇게나 빈틈을 막고 구석을 벽돌담으로 보강한 창고가 나타났다. 석탄가루가 날아 이 넓은 방을 회색 검정 매연으로 칠해 놓고 있었다. 거미줄이 몇 년씩 쌓이고 쌓인 먼지 때문에 무겁게 늘어져서 마치 누더기를 걸어 놓은 것처럼 들보에 매달려 있었다. 벽 가장자리와 선반 위에는 고철과 부서진 기구, 그리고 큼직한 도구들이 못에 걸리기도 하고 컴컴한 한구석에 내던져지기도 하고 함부로 널브러져 있어 그 부서진 둔중한 빛깔의 딱딱한 모습을 드러내고 있었다. 하얀 불꽃은 여전히 빛나며 서려 있어, 밟아 굳어진 지면을 햇빛처럼 비치고 있었다. 그곳엔 틀에 끼워 놓은 네 개의 매끄러운 강철 철침이 금을 뿌린 듯이 은빛으로 반짝이고 있었다.

그때 제르베즈는 화덕 앞에 서 있는 아름다운 노랑수염의 구제를 발견했다. 에티엔느가 풀무질을 하고 있었다. 또 두 사람의 직공이 있었다. 그녀는 구제밖엔 보이지 않았다. 걸어가서 구제 앞에 섰다.

「오! 제르베즈 부인!」 하고 그는 얼굴을 빛내며 부르짖었다. 「이거 웬일이십니까?」

그러나 동료들이 이상한 표정을 짓고 있었기 때문에 에티엔느를 모친에게 밀어 대며 계속했다.

「이 애를 보러 오셨죠……. 이 애는 착해요. 힘도 붙기 시작하고요.」

「정말이지 여기까지 오는 것은 쉬운 일이 아니었어요……. 세상 끝에까지 온 것 같은 느낌이에요.」

그리고는 도중의 얘기를 하였다. 그리고 이 일터에서 어째 사람들이 에티엔느의 이름을 모르느냐고 물었다. 구제는 웃었다. 그의 설명에 의하면 에티엔느가 알제리아 보병처럼 머리를 짧게 깎고 있기 때문에 모두들 〈꼬마 주주〉라고 부른다는 것이다. 두 사람이 얘기하는 동안 에티엔느는 풀무질을 중단하였다. 화덕의 불은 약해지고 장미빛 불꽃은 꺼져 가 공장 안은 본디처럼 어두워졌다. 그 어스름 속에서 말할 수 없이 싱싱하게 보이는 이 젊은 여자의 웃음 띤 얼굴을 대장장이는 감동한 얼굴로 물끄러미 바라보고 있었다. 그리고 둘이 다 어둠 속에 묻혀 아무 소리도 안했다. 그는 생각난 듯이 침묵을 깨뜨렸다.

「미안합니다만 제르베즈 부인, 난 끝마쳐야 할 일이 있어서요. 거기 좀 계셔 주겠어요? 아무에게도 방해는 되지 않을 테니까요.」

그녀는 그곳에 머물렀다. 에티엔느는 다시 풀무에 매달렸다. 화덕은 불꽃을 튀기며 타올랐다. 모친에게 자기의 힘을 보여 주려고 소년이 태풍 같은 바람을 불어넣었기 때문에 그것은 한결 더 세차게 타올랐다. 구제는 선 채로 뜨거워지는 철봉을 주시하며 손에 집게를 들고 기다리고 있었다. 눈이 부실 정도의 광채가 한 점의 그늘도 없이 번득이며 그를 비쳤다. 셔츠 소매를 걷어붙이고 깃을 열어젖히고 있었기 때문에 그의 팔도 가슴도 노출되어 처녀같이 불그레한 피부에 곱슬한 금빛 털이 보였다. 근육이 불룩한 억센 어깨 사이로 약간 고개를 숙이고 긴장된 얼굴에 파릇한 눈으로 불꽃을 바라보며 눈 하나 깜짝 안했다. 그것은 마치 자기 힘에 안심하고 편안히 쉬고 있는 거인과 같은 표정이었다. 철봉이 백열하자 그는 집게로 그것을 물려서 철침 위에 놓고 유리 토막을 가볍게 두드려 꺾듯이 일정한 길이로 잘라 갔다. 그리고 다시 한번 그 자른 토막을 불에 넣고 하나씩 꺼내 가지고 매만졌다. 여섯 각의 리벳 못을 만들고 있었다. 그는 쇠붙이를 못 제조기틀 속에 넣고 머리 부분을 뭉개고 육면을 평평히 하고서 시뻘건 대로 완성된 리벳 못을 내던졌다. 그러자 붉은 반점은 검은 땅 위에서 차차 빛을 잃어 갔다. 이와 같이 오른손으로 5파운드의 망치를 휘두르면서, 한 대씩 두드릴 때마다 세부를 매만지며 쇳조각을 뒤집고 다듬었다. 그는 얘기도 하고 한눈도 팔면서 아주 솜씨 있게 이 일을 해냈다. 철침은 은이 울리는 소리를 냈다. 그는 땀 한 방울 안흘리며 아주 쉽게 장난하듯이 밤에 매일 집에서 그림을 오려낼 때처럼 쉽게 두드렸다.

「이것이 말이죠! 이것은 20밀리 소형의 리벳 못입니다.」하고 구제는 제르베즈의 질문에 대답하였다. 「하루에 3백 개까진 만듭니다만……. 익숙해지지 않으면 안 됩니다. 당장에 팔이 아프니까요…….」

그녀는 하루치 일이 끝나면 손목이 저리지 않느냐고 물었다. 그는 활짝 웃으며 말했다.

「나를 아가씨 취급하십니까? 이 손목은 15년간이나 고생해 온 쇠 같은 겁니다. 수많은 연장을 만져 왔으니까요. 하나 당신 말씀도 일리는 있습니다. 리벳 못이나 볼트를 한 번도 만들어보지 못한 주제에, 쇠망치를 장난감 다루듯이 쓰고 싶은 나리님네라면 두 시간만 하여도 헐떡거릴 겁니다. 얼른 보기엔 아무것도 아닌 것 같지만 튼튼하고 젊은 놈도 4,5년 만에 나자빠지는 일이 많습니다.」

이런 소리를 하고 있는 사이에 다른 직공들도 모두 일제히 쇠를 두드렸다. 그들의 큼직한 그림자가 불빛 속에 춤추며 쇠붙이의 시뻘건 광채가 숯불 속에서 끄집어 내어져서, 안쪽의 어둠을 가로지르고 쇠망치 밑에서 불꽃이 일며 햇빛처럼 번쩍였다. 제르베즈는 이글대는 화덕의 불기운에 홀린 듯이 마음까지 흐뭇하여 비켜 서려고도 안했다. 그녀가 손을 데지 않으려고 우회하여 에티엔느 곁으로 가고 있자니 좀전에 안마당에서 그녀가 말을 붙인 지저분한 염소 수염의 노동자가 들어오는 것이 보였다.

「아, 찾으셨군, 부인.」하고 그는 주정뱅이다운 장난기로 말하였다. 「이봐, 뀔르 도르, 이 부인에게 자네가 있는 것을 일러 준 것은 바로 나야…….」

베크 살레(더러운 주둥이)라 불리고, 또 브와 상 스와프(목마르지 않아도 마시는 사람)라는 별명이 붙은 이 남자는 희한한 솜씨를 가진 볼트 제조공으로서 날마다 싸구려 술 1리터씩을 자기 몸에 부어 넣고 있었다. 기름이 말라서 6시까지 갈 것 같지 않아 한잔 빨러 갔다 온 길이었다. 주주의 이름이 에티엔느임을 알자 아주 재미있어 하며 시꺼먼 이를 드러내고 웃어 댔다. 그리고는 제르베즈가 누구라는 것을 알았다.

「바로 쿠포와 같이 한잔 먹었단 말이오. 베크 살레, 일명 브와 상 스와프 얘기를 쿠포한테 해 보슈. 녀석, 당장에 『그치 괴짜야!』할 테니. 정말이지 쿠포란 놈은 굉장히 인심 좋은 놈이라니까. 얻어먹는 일보다 사주는 편이 더 많다고. 그 녀석의 부인을 알게 된 것은 기쁜 일인데.」하고 되풀이하였다. 「그놈이라면 아름다운 부인을 가질 만하지. 안 그래? 뀔르 도르, 참 예쁜 분이로군.」

그가 능청을 떨면서 그녀 곁으로 다가갔기 때문에 그녀는 바구니를 집어서 앞으로 안고 달려들지 못하게 하였다. 구제는 친구가 장난을 치려고 하는 것을 눈치채고 제르베즈에 대한 우정에서 벌컥 소리를 질렀다.

「이봐, 땡땡이야! 40밀리짜리는 언제 할 작정인가? 뱃속이 찼으니까 기운도 날 만한데 말이야? 이 모주야!」

대장장이는 모루에서 마주 때려야 하는 대형 볼트의 주문 얘기를 하는 것이었다.

「당장에라도 하련다, 너만 좋다면. 야, 큰 아가야!」 하고 베크 살레, 일명 브와 상 스와프가 대답했다. 「손가락을 빨고 있는 주제에 어른인 체하는구나! 덩치만 커 봐야 소용없어, 나는 덩치 큰 놈을 몇 놈씩 녹여 버렸으니까!」

「좋다, 당장이다. 덤벼라, 우리 둘이 해 보자고.」

「좋아, 시건방진 놈!」

제르베즈가 보고 있기 때문에 둘이 다 우쭐하여 대들었다. 구제는 미리 잘라 놓았던 쇠붙이를 불에 넣었다. 그리고 구경(口徑)이 큰 못 제조틀을 철침위에 장치했다. 동료는 벽에 걸려 있던 20파운드짜리 큰 망치를 두 개 가져왔다. 그것은 이 공장에서 제일 큰 한 쌍의 쇠망치로 직공들은 그것에 피핀느와 데델르라는 별명을 붙이고 있었다. 그는 여전히 자랑을 늘어놓으며 던커크의 등대용으로 만든 반 다스의 리벳 못 얘기를 지껄였다. 「그것은 보석이란 말이야. 미술관에 진열해 놓을 수도 있는 거라고. 하여간 공을 들여 만들었으니까 말이야. 새끼, 까불지 마! 난 누가 상대해도 겁나지 않는다고! 너 같은 풋내기하고 겨루기보단 파리 장안의 공장을 모조리 뒤져 보는 편이 좋을 거다. 재미있는 결과가 될 테니 보라고. 어떻게 될 것인지 보면 알 노릇이지.」

「부인이 판단할 게야.」 하고 그 젊은 아낙네를 보며 말하였다.

「그만 지껄여라!」 하고 구제가 외쳤다. 「주주야, 힘껏 해 줘. 그래 가지곤 달구어지질 않는단 말이야, 아가야.」

그러나 베크 살레, 일명 브와 상 스와프는 되물었다.

「그럼 같이 때리는 거냐?」

「천만에, 각기 자기 볼트를 때리는 거지!」

이 제안에 좌중이 섬뜩해졌다. 상대방은 그 순간 그 수다에도 불구하고 한 마디의 말도 안했다. 40밀리 볼트를 혼자서 만들다니, 그런 볼트는 본 일이 없다. 더구나 볼트의 머리께는 둥글게 해야 하기 때문에 굉장히 힘드는 일이다. 완성된다면야 그야말로 걸작이지만, 일터에 있던 다른 세 사람의 직공들이 일을 내던지고 구경하기 시작했다. 키가 크고 홀쭉한 자가 구제의 패배에 1리터의 술을 걸었다. 그러는 동안에 두 사람의 대장장이는 눈을 감고 각자 큰 쇠망치를 들었다. 피핀느 편이 데델르보다 반 파운드 더 무거웠기 때문이다. 베크 살레, 일명 브와 상 스와프가 재수좋게 데델르를 집었다. 괼르 도르가 피핀느에 걸렸다. 쇠붙이가 백열하는 동안 베크 살레는 또다시 우물대며 세탁부에게 힐끔힐끔 곁눈질을 하며 모루 앞에 자리를 잡았다. 그는 딱 버티고 서서 격투를 할 때의 신사처럼 공격 신호로 발을 구르며 어느새 데델르를 힘껏 휘두르는 시늉을 하였다. 「자! 기겁을 할 걸. 이건 따놓은 당상이지. 나야 방 므의 기념탑으로 동전을 만들래도 해낼 테다!」

「자, 시작하자!」하고 구제는 계집애 손바닥만큼이나 굵은 쇠망치를 못틀에 꽂고서 말했다.

브와 상 스와프로 통하는 베크 살레는 몸을 젖히고 두 손으로 데델르를 휘둘렀다. 염소 수염에 빗질도 아니한 헝클어진 머리 밑에서 늑대 같은 눈이 번득이고 있는 이 까칠하고 자그마한 남자는 쇠망치를 휘두를 때마다 허리가 흔들리고 망치 힘에 끌리는 것같이 지면에서 몸이 떴다. 골을 잘 내는 그는 쇠가 너무나 단단한 데 짜증을 내면서 싸웠다. 그는 내리친 것이 잘 맞았다고 생각하면 도리어 불평하듯 중얼거렸다. 「다른 놈 같으면 브랜디가 팔을 망쳐 놓았겠지만 나는 혈관 속에 술이 필요하다고, 피 대신에 말이야. 좀 전에 들이킨 한잔으로 몸 안이 가마솥처럼 뜨겁다고. 증기 기관처럼 무럭무럭 힘이 치솟는다고. 그러니까 오늘 저녁엔 쇠붙이 편이 나를 무서워하고 있단 말이야. 이 따위는 씹는 담배보다도 보드랍게 해치울 테니 두고 보라고! 데델르가 왈츠를 추고 있잖아. 껑충거리고 허공으로 뛰면서 속옷을 너풀거리는 엘리제 몽마르트의 어슬렁꾼 여자 같지 뭐야. 어쨌든 우물쭈물할 수 없지. 쇠붙이란 놈은 금방 식어 버리는 망나니라 쇠망치 같은 건 우습게 안단 말이야.」 베크 살레는 서른 번 가량 때리는 동안에 볼트의 머리를 만들었다. 그러나 그는 눈이 튀어나오고 숨을 헐떡이며 팔이 우두둑거리는 소리를 듣고 굉장히 골을 냈다. 그래서 울컥해 가지고 날뛰며 고함치며 고통스런 분풀이로 다시 또 두 대를 두들겨 댔다. 그리고 못 제조기틀에서 집어내 보니 그 못 대가리가 일그러져 곱사등처럼 모양이 없었다.

「어떻소! 잘 안 됐소?」 하고 그는 제르베즈에게 물건을 내보이며 여전히 자신이 가득 차서 말하였다.

「저는 모르겠어요.」 하고 세탁부는 조심스레 대답하였다.

그러나 그녀는 볼트 위에 데델르의 마지막 두 차례 타격의 흔적을 분명히 보고는 아주 즐거워서 웃음을 참느라고 입술을 오므렸다. 이렇게 되면 구제의 승산은 확실해졌기 때문이다.

이번엔 굍르 도르 차례였다. 시작하기 전에 그는 세탁부에게 깊은 애정어린 시선을 보냈다. 그리곤 서두르지 않고 덤비지 않고 거리를 정하고 전력을 다하여 규칙적으로 쇠망치를 내리쳤다. 그의 작업 태도는 틀에 박히면서도 정확하고 균형잡힌 부드러운 자세였다. 피핀느는 그의 손에선 선술집의 몽둥이춤식으로 발을 스커트 위로 번쩍거리는 일이 없었다. 단정한 모습으로 무슨 옛날 미뉴에트 춤을 추는 귀부인과 같이 박자를 맞추어 올라갔다내려왔다하였다. 피핀느의 발뒤꿈치는 침착한 태도로 박자를 맞추었다. 우선 금속의 중앙을 망그러뜨린 채 이어 리듬이 잡힌 정확한 일련의 타격으로 백열한 쇠붙이 볼트의 머리를 내리쳤다. 물론 굍르 도르의 혈관을 흐르는 것은 브랜디가 아닌 피였고, 이 피는 그의 쇠망치에까지 힘차게 맥박치며 일을 조정하는 청순한 것이었다. 작업 중인 젊은이의 멋진 자세는 화덕의 커다란 불꽃을 전신에 받고 있었는데, 나지막한 이마는 짧은 고수머리와 고리를 이루고 늘어진 아름다운 노란수염이 불붙듯 하여 얼굴 전체를 황금실로 빛나게 해 주는, 그야말로 에누리 없는 황금의 얼굴을 이루고 있었다. 거기에 원기둥 비슷한 어린애 같은 하얀 목줄기, 여자 하나를 잠재울 만한 넓은 가슴, 미술관의 거인을 모사하였다 싶을 정도로 근골이 늠름한 어깨와 팔, 그가 펄쩍 뛰는 것 같은 자세를 취하면 근육은 부풀어올라 피부 밑에서 살이 꿈틀거리며 산같이 굳어지는 것이었다. 따라서 어깨도 가슴도 머리도 부풀어 그는 주변을 밝히며, 신과 같이 훌륭한 전능의 존재로 화했다. 벌써 스무 번이나 피핀느를 휘두르고 있었다. 그리고 눈은 쇠를 응시하며 한 번 때릴 때마다 숨을 쉬면서도 이마에는 다만 커다란 땀방울이 두 줄기 흐르고 있을 뿐이었다. 그는 세었다. 스물하나, 스물둘, 스물셋, 피핀느는 침착하게 귀부인다운 상하 운동으로 인사를 계속했다. 「되게 잰다!」 하고 베크 살레는 비웃으며 중얼거렸다.

제르베즈는 굍르 도르의 맞은편에서 정에 넘치는 미소를 띠며 지켜보고 있었다. 『정말이지 남자들이란 얼마나 어리석은가! 이 두 사람은 내 마음을 사려고 볼트를 만들고 있다. 아! 나는 다 알고 있다! 쇠망치로 나를 서로 빼앗으려고 하고 있다. 한 마리의 작은 흰 암탉 앞에서 위세를 보이는 두 마리의 커다란 붉은 수탉과 같다. 여러 가지로 수단을 부려야만 될 일이 아닌가? 하여간 마음이란 것은 생각하고 있는 것을 표현하는 데 때론 묘한 방법을 쓰는 법이다. 그렇고말고, 모두 위에서 데델르와 피핀느가 쾅쾅 울리고 있는 것은 나 때문이다. 이 쇠붙이가 망그러지는 것도 나 때문이고 화덕이 마구 진동하며 불이 난 양 타오르고 요란하게 불똥을 튀겨 대는 것도 나 때문이다. 이 남자들은 이렇게 나에게 보내는 사랑을 단련하고 있는 것이다. 어느 편이 쇠를 잘 단련하느냐를 가지고 나를 쟁탈하려 하는 것이다.』 사실 마음 속으론 싫지 않았다. 여자란 달콤한 소리를 듣는 것을 좋아하기 때문에, 특히 괼르 도르가 내리치는 쇠망치 소리는 가슴을 울렸다. 모루 위에서와 마찬가지로 그녀의 마음 속에서도 크나큰 피의 고동을 반주삼아 밝은 음악이 울리고 있었다. 그것은 어리석은 짓 같았다. 하나 그것은 무엇인가 볼트의 쇠와 같이 단단한 것을 몸 속으로 못박아 놓는 것 같은 느낌이었다. 해질 무렵 여기 들어오기 전에 그녀는 습한 보도를 따라 걸어오면서 걷잡을 수 없는 욕망을, 무엇인가 맛있는 것을 먹고 싶다는 욕망을 느꼈다. 그런데 괼르 도르가 내리치는 쇠망치가 먹을 것을 준 것처럼 그녀는 완전히 충족된 기분이었다. 아! 그녀는 그의 승리를 의심치 않았다. 그녀를 소유하는 것은 그 사람이다. 베크 살레, 일명 브와 상 스와프가 지저분한 바지와 작업복을 입고 도망치는 원숭이처럼 날뛰던 꼴이란 가관이었다. 그녀는 지독한 더위로 시뻘겋게 되면서도 마음이 즐겁고 피핀느의 마지막 타격으로 머리끝에서부터 발끝까지 흔들리는 데 쾌감을 느끼며 기다리고 있었다.

구제는 여전히 세고 있었다.

「스물여덟!」 하고 마침내 그는 소리치며 쇠망치를 땅에 놓았다. 「됐습니다. 봐 주쇼.」

볼트의 머리는 반지르르하니 깨끗하고 상처 하나 없이 틀림없는 보석 세공 작품으로서 주물틀에 넣어 만든 공과 같이 동그랗게 돼 있었다. 직공들이 고개를 끄덕이면서 바라보았다. 따질 것도 없었다. 무릎을 꿇고 우러러보아야 할 정도였다. 베크 살레는 이죽거리려고 하였다. 그러나 우물우물하며 시무룩해져 자기 철침 쪽으로 돌아갔다. 제르베즈는 볼트를 자세히 보고 싶다는 시늉을 하며 구제 곁으로 다가섰다. 에티엔느가 풀무질을 그만두었기 때문에 화덕은 갑자기 어둠 속으로 가라앉은 새빨간 석양과 같이 또다시 어두운 그늘로 가득하여 갔다. 대장장이와 세탁부는 고철 냄새가 서리고 그을음과 쇳가루로 검게 된 이 공장에서 밤의 장막이 그들을 감싸 주는 것을 느끼며 감미로움에 잠겨 갔다. 설혹 벵센느 숲속 풀덤불 속에서 밀회를 했다손 치더라도 이 이상으로 두 사람만이라는 느낌을 주지는 못하였을 것이다. 그는 마치 그녀를 쟁취한 것처럼 그 손을 잡았다. 그리고 밖으로 나왔으나 두 사람은 한 마디도 말하지 않았다. 그에게는 할 말이 없었던 것이다. 나머지 30분의 일이 없었던 들 에티엔느를 데리고 가도 좋았을 거라고 하였을 뿐이었다. 마침내 그녀는 돌아가려고 하였다. 그러자 좀더 붙잡으려고 불러 세웠다.

「이리 오십시오. 아직 다 보시지 않았습니다……. 정말이지, 재미있지요.」

그는 오른쪽의 다른 방으로 그녀를 데리고 갔다. 그곳에는 공장주가 제조 기계 일습을 설비해 놓았다. 그녀는 문간에서 본능적인 공포에 사로잡혀 주저하였다. 그 넓은 방은 기계에 흔들리어 진동하고 있었다. 커다란 어둠이 감돌았고 여기저기 불그레한 불이 얼룩처럼 켜 있었다. 그러나 그는 웃으면서 여자를 안심시키며 아무것도 무서운 것은 없다고 말했다. 다만 스커트만 기어에 가까이 대지 않으면 된다고 했다. 귀가 먹을 것 같은 소음 속을 그가 앞서고 그녀가 뒤따라갔다. 거기에선 일일이 분간할 수 없는 바쁜 듯한 검은 사람의 그림자와 팔을 작동하는 기계류, 정확히 형체를 분간할 수 없는 것들이 엉겨 있는 연기 속에서 갖가지 소리들이 쉭쉭거리기도 하고 우르렁거리기도 했다. 통로가 굉장히 좁았기 때문에 장애물을 넘어서기도 하고 구멍을 비키기도 하고, 짐수레를 피해서 한옆으로 비켜 서야만 하였다. 서로 주고 받는 얘기도 안 들렸다. 그녀에겐 아직 아무것도 잘 안 보이고 모든 것들이 춤추고 있었다. 그런데 머리 위에서 커다란 날개짓 같은 움직임을 느끼고 눈을 들어 벨트를 보려고 멈춰 섰는데, 기다란 리본 같은 그 벨트는 거대한 천장에 쳐 놓은, 떨고 있는 거미줄 하나하나를 무한히 당겨가고 있는 것처럼 보였다. 증기 발동기는 한 모퉁이 조그만 벽돌담 뒤에 가려져 있었다. 벨트는 저절로 풀려 어둠 속에서 진동을 운반해 오는 양 쉴새없이 규칙적으로 마치 밤의 새가 나는 듯이 조용히 미끄러져 갔다. 하나 그녀는 송풍관에 걸려 하마터면 넘어질 뻔하였다. 그것은 다져진 지면 위에 가지를 뻗고 여기저기 있는 기계 곁의 조그만 화덕으로 강한 바람을 보냈다. 큼직한 불길이 사방에서 부채 모양으로 퍼졌다. 그것은 톱니 모양의 눈부신 락크색을 지닌 불꽃의 레이스 장식이었다. 그 불빛이 굉장히 강하였기 때문에 직공들의 조그만 등불은 양지 쪽의 조그만 그림자같이 보였다. 그는 소리를 질러 가며 설명을 하고 기계 이야기를 하였다.

쇠몽둥이를 물어뜯어 한 입씩 저며내고 그것을 뒤로 토해내는 금속 절단기, 강력한 나선을 잠깐만 누르며 두부(頭部)를 만들어 가는 키가 큰 복잡한 볼트·리벳 못 제조기. 구형의 주물 제동기가 달린 재단기, 그것은 제품 끝의 걷어 말린 곳을 잘라낼 때마다 맹렬한 바람을 일으켰다. 기름으로 번쩍이는 강철의 기어가 소리를 내며 여직공의 조작으로 볼트와 너트의 나선을 깎아 가는 나사 제조기. 그래서 그녀는 벽에 세워 놓은 철봉으로부터 상자 가득히 담아 구석구석에 쌓아올린 완성품 볼트와 리벳 못까지 그 전공정을 볼 수 있었다. 그래서 납득이 가자 끄덕이며 웃었다. 이와 같은 거센 금속 노동자들에 비하면 자기는 아주 조그맣고 연약한 것이 불안하여 어쩐지 약간 가슴이 죄는 것 같고 재단기의 둔한 소리가 울릴 때마다 섬뜩하여져서 돌아보는 수가 있었다. 어둠에 익숙해지자 깊숙한 안쪽에서 남자들이 꼼짝을 않고 제동기의 성급한 춤을 조정하고 있는 것이 보였다. 그러자 갑자기 화덕 하나가 레이스 장식과 같은 불꽃을 확 하고 뿜어냈다. 그리고 그녀가 자기도 모르는 사이에 시선을 던진 곳은 천장이었다. 기계의 생명이며 혈맥 바로 그것인 벨트가 그곳을 부드럽게 비상하고 있었다. 그 거대하니 묵묵한 공장 골격이 어슴푸레한 어둠 속으로 오가고 하는 것을 그녀는 눈을 들어 물끄러미 바라보고 있었다.

그 동안 구제는 리벳 못 제조기 앞에 서 있었다. 머리를 숙이고 한군데를 응시한 채 생각에 잠겨 있는 표정이었다. 기계는 거인과 같이 편안히 힘 안들이고 40밀리짜리 리벳 못을 다지고 있었다. 사실 이보다 더 간단한 일은 없었다. 화부가 화덕 안에서 쇠토막을 집어낸다. 강철의 연화(軟化)를 막기 위해 끊임없이 한 줄기 물로 적시고 있는 못 제조기틀 속으로 철공이 그것을 밀어 넣는다. 그것으로 끝나는 것이다. 나선이 내려오고 주물틀에 부어 넣은 것 같이 머리의 볼트가 지면으로 튀어나왔다. 이 엄청난 기계는 12시간에 몇 백 킬로그램이라는 볼트를 만들었다. 구제는 심술궂은 사람이 아니었다. 그러나 어떤 순간 고철이 자기보다 늠름한 팔을 가지고 있는 것에 대한 화풀이로 피핀느를 집어들고 이 기계부를 때려 부수고 싶어지는 때도 있었다. 육체하고 쇠하고 싸울 수 없는 법이라며 마음에 타일러 체념을 하였을 때도 여전히 이것은 그에게 커다란 슬픔을 주었다. 기어 등의 기계가 언젠가는 노동자를 죽이리라. 이미 그들의 일급은 12프랑에서 9프랑으로 떨어졌다. 그러고도 더 내린다는 것이다. 요컨대 소시지라도 만들 듯이 리벳 못과 볼트를 제조한는 이 들 거대한 짐승들에게는 유쾌한 구석이라곤 전혀 없었다. 그는 거의 3분간이나 한 마디도 않고 기계를 응시하고 있었다. 눈살을 찌푸리고 아름다운 노랑

수염이 위협하듯이 곤두섰다. 그러나 곧 잔잔한 체념의 모습이 차차 얼굴빛을 부드럽게 하였다. 자기에게 착 붙어 선 제르베즈를 돌아다보고 쓸쓸한 미소를 지으며 말하였다.

「글쎄 말입니다! 이놈이 우리들을 깨끗이 해치우는 것입니다! 하지만 좀 더 나중엔 아마도 인간 전체의 행복에 소용되겠지요.」

제르베즈는 인간 전체의 행복을 비웃었다. 기계가 만든 볼트는 좋지 않다고 생각했다.

「내 기분 이해하시죠? 하고 그녀는 흥분하여 외쳤다. 「그것은 너무나 잘 돼 있었어요……. 나는 당신이 만든 것이 더 좋아요. 적으나마 예술가의 솜씨를 느낄 수 있으니까요.」

그녀의 이 말은 그에게 대단한 기쁨을 주었다. 기계를 보고 나서는 그녀로부터 경멸당하지 않을까 근심하였기 때문이다. 「정말이야! 내가 아무리 브와 상 스와프인 베크 살레보다 강하다고 해 봤자 기계는 그보다도 위니까.」 마감때 안마당에서 헤어질 무렵 그는 너무나 기쁜 나머지 그녀의 손목을 으스러지도록 쥐었다.

세탁부는 세탁물을 배달하기 위하여 매주 토요일마다 구제의 집을 방문하였다. 그들은 여전히 뇌브 거리의 조그만 집에 살고 있었다. 첫해에는 5백 프랑 중 매달 20프랑씩 꼬박꼬박 갚아 갔다. 계산이 까다롭지 않게 하기 위해 월말에만은 장부에 달아 정확히 계산하였다. 구제 모자의 세탁 값은 매달 대강 7,8프랑을 넘지 않았기 때문에 거기에다 차액을 더해서 20프랑으로 하였다. 이렇게 해서 그녀는 빚진 돈의 약 반을 갚았다. 그러나 그때 마침 집세 기일에 손님이 약속을 지켜 주지 않아서 어떻게 둘러쳐야 할지 몰라, 하는 수 없이 구제네로 가서 사정하여 집세를 빚내어 왔다. 그리고 고용한 여자들의 급료 때문에 두 번이나 그들에게 사정했다. 그런 일로 빚은 다시 4백25프랑이 되었다. 이제는 이미 1수의 돈도 갚지 못하고 있었다. 세탁 값으로 빚을 상쇄해 가고 있을 뿐이었다. 그것은 그녀의 일이 부족하다거나 장사가 안 되는 까닭은 아니었다. 오히려 그 반대였다. 그러나 그녀의 가게엔 여기저기 구멍이 나고 돈이 녹아 없어지는 것만 같았다. 수지 계산만 맞으면 그녀는 만족하였다. 젠장! 살아갈 수만 있다면, 너무 불평할 게 아니다. 그녀는 살찌는 것과 동시에 자질구레한 일을 내동댕이치고 장래를 염려하는 기력조차 없어졌다. 할 수 없다. 돈이란 돌고 도는 것인데 모아 두면 녹스는 법이다. 그러나 구제 부인은 제르베즈에 대하여 여전히 어머니 같은 태도였다. 간간이 제르베즈에게 따뜻하게 타일렀다. 꾸어 준 돈 때문이 아니라 그녀를 사랑하고 있었기에 그 파멸을 차마 볼 수 없었기 때문이다. 돈 얘기 같은 것은 입에 담지도 않았다. 즉 그녀는 그 일에 대해서는 굉장히 신경을 썼다.

제르베즈가 철 공장을 찾아간 다음날이 마침 그 달의 마지막 토요일이었다. 구제네 집에는 자기가 가기로 되어 있었는데 그곳에 도착하였을 땐 바구니 무게로 팔이 떨어지는 것 같았기 때문에 2분간이나 숨을 쉴 수 없었다. 세탁물이 얼마나 무거운가는, 특히 시트 같은 것이 들어 있을 땐, 모르는 사람에겐 짐작도 안 갈 정도이다.

「전부 틀림없이 가져왔죠?」 하고 구제 부인이 물었다. 그녀는 이 점에선 굉장히 엄격하였다. 세탁물은 한 장 남김없이 모두 배달해 주어야 되었다. 정확하게 결말을 지어야 된다는 것이었다. 그녀의 또 한 가지 요구는 세탁장이란 정한 날에, 또 언제나 같은 시간에 정확하게 와야 한다는 것이었다. 그렇게 하면 아무도 시간을 낭비하지 않는다는 것이다.

「오! 틀림없이 전부죠.」하고 미소지으며 제르베즈는 대답했다. 「제가 한 걸요. 하난들 빠뜨리고 오겠어요?」

「그건 사실이야.」 하고 구제 부인도 인정하였다. 「당신은 그 동안 여러 가지 결점이 생겼지만 아직 그런 흠은 없었지.」

그리고 세탁부가 바구니를 내려 침대 위에 내복 종류를 놓고 있는 동안에 노부인은 그녀를 칭찬하였다. 「당신네 집에선, 다른 집에서 잘 그러듯이 내복을 태우거나 찢거나 하지 않고 다리미로 단추를 떨어지게도 안해. 다만 표백을 너무 하는 편이고 와이셔츠 가슴에 풀을 너무 먹이긴 하지만.」

「이것 봐, 마분지 같지 않은가.」 하며 노부인은 셔츠 가슴 쪽을 탁탁 소리 내어 치며 얘기를 계속했다. 「우리 애는 잔소리는 안하지만 이래 가지곤 목이 베어지겠어. 내일 벵센느에서 돌아오면 목에서 피가 나올 거요.」

「어쩌면. 그런 말씀을!」 하고 제르베즈는 슬퍼져서 외쳤다. 「와이셔츠란 조금 빳빳한 편이 좋아요. 누더기를 걸친 것처럼 보이지 않으려면요. 다른 사람들을 보셔요……. 댁의 것은 모두 제가 하는 걸요. 가게 사람들은 누구고 손을 못 대요. 정말이지 제가 정성을 들여서 하고 있어요. 댁의 일이라면 열 번이라도 다시 하겠어요.」

그녀는 약간 얼굴을 붉히고 마지막 얘기를 얼버무렸다. 구제의 셔츠에다 자기가 다리미질을 할 때의 기쁨을 눈치채지 않을까 두려웠던 것이다. 물론 그녀가 천박한 생각을 가졌던 것은 아니지만 그래도 역시 얼마간은 부끄러웠다.

「오! 당신 일을 타박하는 것은 아니오, 잘 되었다는 것은 알고 있어.」 하고 구제 부인이 말했다. 「이를테면 이 보닛 모자 같은 건 잘 됐지. 이렇게 자수를 돋보이게 할 수 있는 건 당신뿐이야. 둥근 단도 맵시가 있고. 그래서 난 당신의 솜씨를 금방 안다니까. 행주 한 장이라도 가게 사람에게 시켰을 때는 안단 말이야……. 좀더 풀을 엷게 먹여 줘요, 그뿐이야. 구제는 신사연하려고는 들지 않으니까.」

그 동안에 제르베즈 쪽은 장부를 꺼내서 세탁물의 이름을 줄로 긋고 있었다. 딱 틀림이 없었다. 둘이서 계산을 할 때, 구제 부인은 제르베즈가 보닛을 6수로 달아 놓은 것을 보았다. 그녀는 말을 하였다. 그러나 이 달 몫으로는 결코 비싸지 않다는 것을 인정하지 않을 수 없었다. 와이셔츠 5수, 여자 바지 4수, 베갯잇 1수 반, 앞치마 1수라는 값은, 여느 세탁소에선 이런 물건 하나하나에 반 수에서 1수 더 받는 것으로 보아 비싼 것은 아니었다. 그 다음에 제르베즈는 노인이 기록한 빨랫감을 읽고서 바구니 안에 넣었으나, 가려하지 않고 굉장히 어려운 부탁 때문에 우물거리고 있었다.

「구제 부인.」 하고 그녀는 간신히 입을 열었다. 「괜찮으시다면 이 달 치 세탁비는 주셨으면 하고요.」

마침 이 달은 계산이 꽤 많아서 조금 전에 두 사람이 맞추어 본 계산으론 10프랑 7수가 되었다. 구제 부인은 한순간 정색을 하고 그녀를 바라보다가 대답하였다.

「이봐요, 거기 좋을 대로 하라고. 돈이 소용된다는데 거절하려는 것은 아니야……. 하지만 그러면 꾼 것을 갚을 수 없잖아. 이런 소리를 하는 것도 당신을 위해서 하는 소리니까. 정말이지 정신차려야지, 안 돼요.」

제르베즈는 고개를 숙이고 중얼중얼 변명을 하면서 그 설교를 들었다. 10프랑은 석탄집에서 써 준 증서의 돈을 보태 줄 예정이었다. 그러나 구제 부인은 차용증서 소리를 듣고는 한층 더 엄격한 태도를 취했다. 그리고 자기를 보기로 들었다.

「우리 집에선 구제의 일급이 12프랑에서 9프랑으로 내리고부터 지출을 줄이고 있었어요. 젊어서 분별 없이 굴다가는 나이를 먹고 나면 굶어 죽게 마련이야.」 그렇지만 노부인은 참고 다만 제르베즈에게 빚을 갚게 하기 위해 세탁물을 내고 있는 것이라고는 말하지 않았다. 「옛날엔 전부 내 손으로 빨았으니까 앞으로도 이렇게 지출이 증가되면 다시 모두 집에서 빨겠어요.」 제르베즈는 10프랑 7수를 받아 들고는 인사를 하고 급히 도망쳤다. 층계참에 오자 그녀는 가슴을 내리쓸며 춤이라도 추고 싶은 심정이었다. 돈 문제로 하여 옥신각신하고 둘러치는 문제엔 익숙했기 때문에 다음 시기까지 이와 같은 귀찮은 꼴을 안 봐도 된다는 즐거움밖엔 느껴지지 않았다.

제르베즈가 구제네 집 계단을 내려와서 뜻하지 않은 사람을 만난 것도 바로 그날 토요일이었다. 그녀는 바구니를 든 채 난간 쪽에 몸을 기대고 밑에서 올라오는 사람에게 길을 비켰다. 모자도 안 쓴 큼직한 여자는 비늘에 피가 묻은 싱싱한 고등어를 종이에 싸서 손에 들고 있었다. 그리고 그 순간 그녀가 세탁장에서 스커트를 걷어붙여 주었던 비르지니인 것을 알았다. 둘이 다 마주 서서 물끄러미 쳐다보았다. 제르베즈는 눈을 감았다. 당장에 얼굴에 고등어를 내동댕이쳐 올 것 같은 기분을 느꼈기 때문이다. 그러나 그렇게 되지는 않았다. 비르지니는 가볍게 웃음을 띠었다. 그래서 바구니로 계단을 막고 있던 세탁부는 상냥하게 대하려고 하였다.

「언젠간 미안했어요.」 하고 세탁부가 말했다.

「벌써 다 잊은 일인데.」 하고 키다리 갈색머리 여자도 대답하였다.

그리고 계단 중턱에 선 채로 화해를 하고 옛날 일은 비치지도 않고서 애기를 했다. 벌써 29살이 된 비르지니는 늘씬한 몸매에 까만머리를 한복판에서 가른 갸름한 얼굴의 멋진 여자였다. 상대에게 얕보이지 않으려고 그녀는 당장에 신상 애기를 시작하였다.

「난 결혼했어. 금년 봄에 말이야. 주인은 예전에 가구 세공을 하고 있었지만 군대에 갔다 와서는 순경이 되려고 하고 있어. 그야 고정 직업이 있으면 직공보단 안심도 되고 점잖기도 하니까. 지금 마침 주인에게 고등어를 사다 주려고 하던 참이야. 우리 집 주인은 고등어를 굉장히 좋아한다고.」 하고 키다리는 계속했다. 「남자란 짜증이 난단 말이야. 한껏 어리광을 받아 줘야 한다니까, 안 그래? 하지만 잠깐 들어와요. 우리 집 구경 좀 하고 가요…….
이 집은 통풍이 좋다고.」

이번엔 제르베즈가 자기 결혼 애기를 한 다음에 역시 이 집에 살면서 계집애까지 낳은 애기를 하자 비르지니는 한층 더 열심히 들러 가라고 권하였다. 「예전에 행복하게 살던 곳을 보는 것은 언제나 즐거운 일이에요.」 그녀는 5년간 강 건너편 그로카이유에 살고 있었다고 하였다. 거기서 군대에 있는 지금 남편과 알게 되었다. 그러나 그곳에 있는 것이 싫어서 아는 사람들이 사는 구트도르 구역으로 돌아오려고 하였다. 간신히 2주일 전에 구제네 집 건너편 방을 빌렸다. 아직 모든 것이 헝클어진 채 조금씩 정리 중이라고 하였다.

그리고 층계참 위에서 겨우 두 사람은 통성명을 하였다.

「쿠포 부인.」

「프와송 부인.」

그로부터 두 사람은 프와송 부인이니 쿠포 부인이니 하고 아주 어마어마하게 불러 댔는데 그것은 과거에 그다지 가톨릭적이 아닌 환경에서 알게 되었던 그들이 이제는 바로 부인이 되어 있다는 기쁨에서였다. 그러나 제르베즈는 마음 속으로 경계하였다. 이 갈색머리의 키다리 여자는 분명히 무슨 흑심이 있어 가지고 음모를 꾸며서는 세탁장에서 볼기를 얻어맞은 분풀이를 하려고 화해를 해 온 것만 같았다. 제르베즈는 조심하려고 결심하였다. 이 15분간 비르지니는 지나칠 정도로 상냥했다. 그래서 제르베즈도 상냥하게 굴어야만 하였다.

방에 올라가니 남편 프와송이 있었다. 흙빛 얼굴에 불그레한 콧수염과 황제수염을 기른 35살 난 남자로 창가의 테이블 앞에서 일을 하고 있었다. 조그만 상자를 만들고 있었다. 도구란 것은 작은 칼과, 손톱 줄만한 조그만 톱, 그리고 아교 단지뿐이었다. 사용하고 있는 나무는 헌 담배상자와 막 깎은 엷은 마호가니 송판인데 그것을 아주 솜씨 있게 오려내기도 하고 장식하기도 하는 일에 열중해 있었다. 하루 종일 또는 일 년 내내 그는 6센티미터, 8센티미터의 똑같은 상자를 만들고 있었다. 그것에 나뭇조각을 이어 맞추기도 하고 뚜껑 모양을 바꾸기도 하고 칸막이를 만들기도 하였다. 그것은 순경에 임명되기까지의 심심풀이 일이며 시간을 보내는 방법이었다. 그는 예전의 가구 세공사라는 직업상 작은 상자를 만드는 정열밖에는 갖지 못했다. 그 세공품도 사람에게 파는 것이 아니고 아는 사람들에게 선물로 주는 것이다.

프와송은 일어서서 아내가 옛날 친구라고 소개한 제르베즈에게 공손히 인사를 하였다. 그러나 얘기도 안하고 또다시 조그만 톱을 들었다. 간간이 의자 옆에 놔 둔 고등어를 흘끗거리고 바라볼 뿐이었다. 제르베즈는 옛날에 살던 집을 다시 찾아와 대단히 기뻐했다. 그녀는 가구를 놓아 두었던 자리를 일러 주며 해산한 마루를 가리켜 보였다. 그렇다 하더라도 묘한 인연이다. 전에 서로들 싸우고 헤어진 당시에는 설마하니 그들이 전후하여 같은 방에 살거나 이렇게 다시금 만나리라곤 생각도 못했었다. 비르지니는 자기와 남편 얘기를 또다시 세세히 덧붙였다. 「우리는 아주머니한테 유산을 조금 받았어요. 언젠가는 이것으로 사업을 해 보겠지만 우선은 내가 바느질 일을 계속 하고 있어요. 여기저기 옷들을 되는 대로 받아 하고 있는 형편이죠.」 넉넉히 반 시간이나 지나 세탁부는 겨우 돌아갈 채비를 하였지만 프와송은 돌아다보았을 뿐이었다. 배웅해 나온 비르지니는 한번 방문하겠노라고 약속하고 또한 세탁물도 보내겠다고 했다. 얘기는 끝났다. 그런데 제르베즈는 충계참에서 다시 잡아당기는 바람에, 랑티에와 동생인 금속 연마공 아델르 얘기를 하려는 것이로구나 하고 생각하였다. 그래서 마음 속으로 적지 않게 당황하였다. 그러나 그 따위 기분 좋지 않은 얘기는 한 마디도 않고 두 사람은 아주 상냥하게 인사를 하고 헤어졌다.

「또 봅시다, 쿠포 부인.」

「또 봅시다, 프와송 부인.」

이것이 큰 우정의 출발점이었다. 일주일 후부터 비르지니는 제르베즈네 가게 앞을 지나갈 땐 반드시 들러 가게 되었다. 그리고 두서너 시간씩 얘기를 하였다. 제르베즈는 이와 같이 매일 이 바느질꾼과 만나고 있는 사이에 마침내 이상한 일에 신경을 쓰게 되었다. 즉 비르지니가 한 마디만 얘기를 시작하면 금방에 랑티에 얘기가 나오는 것이 아닌가 하고 생각되는 것이었다. 그녀가 가게에 있는 동안은 아무리 씻어 버리려 해도 랑티에 일이 머리에서 떠나질 않았다. 그것은 정말 어리석은 일이었다. 어쨌든 제르베즈는 랑티에나 아델르의 일이라든지 또는 그 두 사람이 어찌되었는가를 전혀 문제삼지 않았으니까. 그녀는 절대로 묻지 않았다. 두 사람의 소식조차 알려고 하지 않았다. 그런데 두 사람의 일이 그녀의 의지와는 관계없이 그녀를 사로잡고 놓지 않았다. 대수롭잖은 노래의 후렴이 입가에 달라붙어 떨어지지 않듯이 그녀는 두 사람의 일이 머리에 달라붙어 잊혀지지 않았다. 그러나 비르지니한테는 아무런 원한도 느끼지 않았다. 분명히 이 여자탓은 아니었다. 제르베즈는 비르지니와 함께 있는 것을 좋아했다. 그래서 간다고 하면 열 번은 붙잡았다.

그러는 동안에 겨울이 왔다. 쿠포 부부가 구트도르 거리에서 보내는 네 번째 겨울이었다. 이해 12월과 1월은 유난히 추위가 심했다. 돌도 빠개질 정도로 얼어붙었다. 정초 후 눈이 3주일이나 녹지 않고 그대로 있었다. 그러나 그것은 오히려 일의 방해가 되지 않았다. 다리미질하는 여자들한테 겨울은 좋은 계절이었다. 가게 안은 아주 희한하였다. 건너편 식료품점과 모자점에서와 같은 유리창의 성에는 여기선 한번도 볼 수 없었다. 코크스를 지핀 다리미 스토브는 방 안을 욕실처럼 따뜻하게 했다. 세탁물은 김을 내며 한여름처럼 느끼게 했다. 또 방문을 닫아 놓았기 때문에 어디나 따뜻하고 눈을 뜬 채로 잠들 수 있을 정도로 훈훈하였다. 제르베즈는 웃으며 「어쩐지 시골에 있는 것만 같네.」 했다. 사실 마차들은 눈 위를 달리고 있기 때문에 시끄러운 소리 따위는 도무지 내지 않았다. 통행하는 사람들의 걷는 소리 역시 어렴풋이 들릴 뿐, 냉랭하니 깊은 침묵 속에 아이들 목소리만이 들려 왔다. 제철집 웅덩이에 커다란 스케이트장을 만든 개구쟁이들의 떠드는 소리였다. 그녀는 가끔 유리창에 다가가서 손으로 김을 문지르고 이 지독한 추위 때문에 변해 버린 근방을 바라보았다. 그러나 주변은 내다보는 코빼기 하나 없이 붕긋이 눈을 뒤집어쓰고 등을 굽히고 있는 것만 같았다. 그녀는 옆집 연료 가게 주인 여자하고는 그저 고개짓으로 인사나 하는 사이였다. 추위가 심해지면서부터 이 여자는 모자도 안 쓰고 입이 귀까지 찢어지게 벌어져 가지고 돌아다녔다.

이와 같은 혹한의 계절에 특히 근사한 일은 점심때 마음껏 뜨거운 커피를 마시는 일이었다. 여공들은 더할 나위 없었다. 여주인도 커피를 아주 진하게 만들고 거기다 꽃상추 따위는 거의 넣지 않았다. 싱거운 수프 맛 같은 포코니에 부인 집의 커피하곤 아주 딴판이었다. 다만 쿠포 어머니가 커피 끓이는 일을 맡았을 때는 주전자 앞에서 졸기가 일쑤기 때문에 마냥 그대로였다. 이럴 때면 여공들은 점심식사를 마치고 다리미질을 하면서 커피를 기다렸다.

마침 공현제(예수의 公現祭)의 이튿날이었다. 12시 반이 울렸는데 아직도 커피가 준비되지 않았다. 그날은 커피가 당초에 잘 걸러지질 않았다. 쿠포 어머니는 조그만 숟가락으로 체를 두들겼다. 그러나 물방울은 여전히 천천히 한 방울씩 떨어지는 소리가 났다.

「가만히 놔 두세요.」 하고 키다리 클레망스가 말했다. 「그렇게 하면 탁해진다고요……. 오늘은 무엇을 먹고 마시게 될는지 모르겠군.」

키다리 클레망스는 새 와이셔츠를 놓고 손톱으로 단을 펴고 있었다. 그녀는 독감에 걸려 눈이 붓고 작업대 가에 몸뚱이가 꺾이도록 휜 채 기침을 하기 때문에 목구멍이 알알했다. 그리고 목엔 비단 머플러 하나 안 두르고 18수짜리 싸구려 모직물을 입고 떨고 있었다. 곁에는 퓌트와 부인이 플란넬을 입고 귀밑까지 두꺼운 옷을 휘감고 의자등에 끝을 조금 걸친 다리미판 둘레에서 속치마를 돌리면서 다림질을 하고 있엇다. 바닥엔 홑이불이 한 장 내던져져 속치마가 땅바닥 깔개돌에 스쳐도 더러워지지 않도록 돼 있었다. 제르베즈는 혼자서 작업대 반 이상을 차지하고 자수가 되어 있는 모슬린 커튼에 잘못된 주름이 가지 않도록 마음껏 팔을 뻗고 곧바로 다림질을 했다. 갑자기 커피가 소리를 내며 넘쳤기 때문에 그녀는 고개를 들었다. 사팔뜨기 오귀스틴느가 숟가락을 체 속에 넣고 찌꺼기 한가운데에 구멍을 뚫은 것이다.

「넌 가만히 좀 못 있니? 도대체 네 몸뚱이 속엔 무엇이 든 거냐? 이래서야 찌꺼기만 마시게 된단 말이야.」

쿠포 어머니가 작업대의 빈 자리에 컵을 다섯 개 늘어놨다. 그래서 모두들 일을 중단했다. 여주인은 언제나 그들의 컵에 각각 각사탕을 두 개씩 넣고 손수 커피를 따라 주었다. 하루 중 가장 기다려지는 시간이다. 그날도 각자 컵을 들고 다리미 스토브 앞 걸상에 웅크리고 앉아 있자니 문이 열리며 비르지니가 덜덜 떨면서 들어왔다.

「아이, 추워 죽겠네! 귀가 떨어져 나갈 것 같군. 견딜 수 없는 추위야!」

「어머, 프와송 부인!」 하고 제르베즈가 외쳤다. 「아! 마침 잘 왔어요. 같이 커피나 드십시다.」

「정말이지, 싫다곤 못 하겠는 걸……. 길을 조금 가로질러 왔을 뿐인데 뼛속까지 얼어붙는 것 같다니까.」

다행히 커피는 남아 있었다. 쿠포 어머니가 여섯 개째 컵을 가지러 가고 제르베즈는 예의상 비르지니에게 마음대로 설탕을 넣게 하였다. 여공들은 붙어 앉으며 이 손님을 위하여 다리미 스토브 옆에 조그만 자리를 만들어 주었고 코가 빨갛게 된 그녀는 몸을 녹이기 위하여 곱은 손으로 컵을 감싸 들고서 얼마 동안 떨고 있었다. 식료품집에서 오는 길인 그녀는 거기서 치즈를 사는 얼마 안 되는 사이에 몸이 얼어 버린 것이다. 그녀는 이 가게가 너무나 따뜻하여 놀라 버렸다. 정말이지 화로 안에 들어 있는 느낌이어서 죽었던 사람도 살아날 만큼 기분좋게 느껴졌다. 이윽고 몸이 녹아 오자 그녀는 두 발을 길게 뻗었으며 여자 여섯은 일을 내던진 채 김이 오르고 있는 세탁물의 습기찬 숨가쁨 속에서 천천히 커피의 맛을 즐기며 마셨다. 쿠포 어머니와 비르지니만이 의자에, 딴 사람들은 땅바닥에 앉은 것처럼 보이는 나지막한 걸상에 앉아서 사팔뜨기 오귀스틴느까지도 몸을 편히 뻗기 위해 속치마 밑에서 홑이불 자락을 끄집어냈다. 모두들 컵 속에 코를 들이대고 커피를 홀짝거리느라 당장엔 아무 얘기도 하지 않았다.

「역시 맛있는데요.」 하고 클레망스가 또렷하게 말하였다. 그러나 갑자기 기침이 나와서 목이 메려 하였기에 그녀는 벽에 머리를 기대고 한층 더 세게 기침을 했다.

「되게 걸렸군 그래.」 하고 비르지니가 말하였다. 「도대체 어디서 그런 걸 걸려 왔수?」

「알게 뭐예요!」 하고 클레망스는 소매로 얼굴을 문지르며 대답하였다.

「틀림없이 요 일전의 밤이었을 거예요. 그랑발콩 문 앞에서 여자 둘이 멱살을 잡고 싸움을 하고 있었어요. 구경하고 싶길래 그만 눈을 맞고 서 있었어요! 정말이지 치고받고 굉장한 싸움이었어요. 우스워 죽을 지경이었다니까요. 하나는 코가 찢어져 가지고 땅바닥에 피가 떨어지고 그 상대는 나같이 말라깽이 키다리였었는데 피를 보더니 그만 도망쳐 버렸어요……. 그날 밤부터 기침이 나오지 뭐예요. 그리고 또 말이에요, 남자들이란 어리석지 뭐예요. 여자하고 잘 때는 밤새껏 벗겨 놓고 마니…….」

「얌전하시군.」하고 퀴트와 부인이 중얼거렸다. 「그러다 공연히 죽으려고.」

「하지만 나는 죽는 것이 재미있는 걸요! 그리고 말이에요, 인생이란 우습지 뭐예요. 50수를 벌기 위해 하루 온종일 뼛골이 쑤시도록 일하고 아침부터 밤까지 다리미 스토브 앞에서 자기 피를 불사르고 있으니 말이에요. 짜증이 난다고요, 이런 일……. 한데 말이에요, 이 감기조차도 나를 저승길로 데려가 주질 않는단 말이에요. 올 때나 마찬가지로 그냥 가 버릴 걸 가지고.」

침묵이 흘렀다. 이 망나니 클레망스는 목로 주점 무도장에선 소리를 외쳐대며 앞장서서 떠들면서도, 일 자리에서는 언제나 죽는 얘기만 하며 늘 사람들을 울적하게 만들었다. 제르베즈는 그런 그녀를 잘 알고 있기 때문에 다만 이렇게만 말하였다.

「진탕 논 다음날은 유쾌하질 못하군 그래!」

사실 제르베즈의 입장으론 여자들 싸움 얘기 같은 것은 듣고 싶지도 않았으리라. 발에다 나막신을 던졌느니 손자국이 나게 갈겼느니 하는 얘기가 비르지니와 함께 있을 때 나오면 세탁장에서 엉덩이를 때려 준 생각이 나서 기분이 좋지 않았는데 그때 마침 비르지니가 웃음을 띠며 그녀를 바라보고 있었다.

「그래! 어제 말이야, 나도 머리채를 잡고 싸우는 것을 보았어요. 서로들 잡아뜯더라니…….」하고 그녀도 중얼거렸다.

「대체 누구죠?」하고 퀴트와 부인이 물었다.

「한길 가의 산파와 그 집 식모야, 왜 그 자그마한 금발머리……. 그 계집애, 고약하던데! 큰소리로 산파한테 『그래 그래, 너는 청과물집 여자애를 낙태시켰지, 나한테도 한몫을 안 주면 경찰에다 고발할란다.』며 떠들어 댑디다. 구경거리더라니! 그러자 산파가 상판대기에 찰싹! 따귀를 한 대 올려붙였어. 그랬더니, 그 화냥년, 당장에 주인 여자의 눈을 후빌 것처럼 덤벼들더니 할퀴고 머리칼을 휘어잡고 하잖아. 그게 또 어찌나 악착스럽던지 반찬 가게집 주인이 그 계집애의 손발을 산파한테서 떼 놓아야만 했다고.」

여공들은 재미있다는 듯이 웃었다. 그리고는 모두들 알뜰하게 커피를 한 모금 마셨다.

「당신, 그 산파가 아기를 낙태시켰다는 것 믿으셔요?」 하고 클레망스가 물었다.

「무슨 소리야! 그 소문 같으면 모르는 사람이 없는데.」 비르지니는 대답했다. 「내가 입회한 것은 아니지만……, 그리고 그런 것도 장삿속이라고. 누구나 펜단 말이야.」

「어머, 그래요?」 하고 퀴트와 부인이 말을 받았다. 「산파한테 부탁하다니 어리석기도 하지. 병신이 되는 일인데, 천만의 말씀이지! 틀림없는 확실한 방법이 있다고요. 매일 밤 배 위에다 엄지손가락으로 십자를 셋 긋고 성수를 한 잔 먹으면 깨끗이 흔적도 없어진답니다.」

쿠포의 어머니는 졸고 있는 줄 알았는데 고개를 흔들면서 그것을 반대하였다. 「나는 절대로 틀림없는 방법을 알고 있네. 두 시간마다 삶은 계란을 한 개씩 먹고 허리에 시금치 잎을 붙여 두는 거야.」 네 사람의 여자는 신중한 표정이었다. 그런데 사팔뜨기 오귀스틴느는 무슨 이유인지 모르게 제물에 유쾌해지는 버릇이 있어서 암탉 같은 독특한 소리로 킬킬거리며 웃었다. 이 계집애 따위는 모두들 잊어버리고 있었다. 제르베즈가 속치마를 들추어보니 계집애는 홑이불 위에서 발을 천장으로 향하고는 돼지새끼처럼 뒹굴고 있었다. 그래서 끌어내어 찰싹 한 대 갈기고 일으켜 세웠다. 「무엇이 우스우냐, 이 반편 같은 것아. 어른들이 얘기를 할 때는 얌전하게 듣고 있는 법이야! 그것보다도 넌 바티뇰르까지 르라 부인의 친구 내복을 배달해야지.」 하면서 여주인은 그녀 팔에 바구니를 들려 주며 문간으로 밀어내니 사팔뜨기는 얼굴을 찡그리고 훌쩍거리며 눈 속으로 발을 끌며 나갔다.

그 동안 쿠포 어머니와 퀴트와 부인과 클레망스는 삶은 달걀과 시금치 잎의 효과를 토론하였다. 그러자 커피잔을 손에 들고 생각에 잠겨 있던 비르지니가 아주 낮은 소리로 말하였다.

「바로 얘기지만 말이야! 때리고 껴안고 해 봐도 선량한 마음만 가지고 있으면 언제나 잘 돼 간다고…….」

그리고서 제르베즈 쪽으로 몸을 기울이고서 미소를 지으며 말했다.

「정말이고말고. 나 말이야, 당신한테 원망 같은 건 하고 있지 않다고. 세탁장 사건 기억해요?」

세탁부는 아주 당황해 버렸다. 근심하고 있던 것은 그 일이었다. 이제는 결국 랑티에와 아델르의 얘기가 나오리라고 생각하였다. 다리미 스토브는 웅웅거리고, 빨갛게 단 굴뚝에선 한층 세찬 열기가 발산되고 있었다. 여공들은 혼곤한 졸음에 사로잡혀 일손을 조금이라도 늦게 잡으려고 일부러 서서히 커피를 마시면서 배가 불러 노곤한 얼굴로 한길의 눈을 바라보고 있었다. 갖가지 고백담이 나왔다. 1만 프랑의 연금이 있다면 어떻게 하겠는가 따위의 얘기도 나왔다. 「아무 일도 안하지, 오후가 되면 이렇게 불이나 쬐고 일 같은 것은 거들떠보지도 않을 거야.」 비르지니는 다른 사람이 눈치채지 않게 제르베즈에게 다가갔다. 그러나 제르베즈는 너무나 따뜻한 탓인지 축 늘어져 화제를 바꿀 기력도 없었다. 게다가 그녀는 입밖에 내놓지는 않았지만 가슴에 서리는 감동으로 마음이 무거워져서 이 갈색머리의 키다리 여자의 얘기를 은근히 기다리기까지 하였었다.

「조금이나마 내가 당신을 괴롭히는 일은 안 되겠지?」하고 바느질공 여자가 계속했다. 「지금까지 벌써 여러 번 목구멍까지 나왔지만, 기어이 여기까지 왔으니까……. 하나 정말이지 난 옛날 일로 당신을 원망하고 있진 않아요. 맹세해도 좋아. 당신한테 원한 같은 것은 없다고.」 그녀는 설탕을 완전히 먹기 위해 컵 바닥에 있는 커피를 휘젓고 나서는 입맛을 가볍게 다시며 아주 조금씩 세 모금 마셨다. 제르베즈는 가슴을 죄는 것 같은 기분으로 여전히 기다리고 있었다. 그리고 비르지니가 엉덩이를 얻어맞은 일을 정말로 그렇게까지 대수롭잖게 생각하고 있는지 의심스러웠다. 비르지니의 검은 눈동자에 노란 불꽃이 튀는 것을 보았기 때문이다. 이 키다리 악마년이 틀림없이 원한을 주머니 속에 감추고 그 위에 손수건을 덮었음이 분명할 것 같았다.

「당신이 그런 짓을 한 건 사실 무리가 아니었어.」 하고 그녀는 계속하였다. 「지독한 짓을 당했으니까……. 그렇고말고. 나는 공평하다고! 나 같으면 단도를 휘둘렀을 거야.」

그녀는 컵 앞에서 입맛을 다시며 다시 또 세 모금 홀짝거렸다. 그리고는 빠른 말투로 쉬지 않고 단숨에 해 댔다.

「그러니까 그런 짓을 하고 그 사람들이 행복해지겠수. 정말이지! 행복의 행자(幸字)도 없지! 두 사람은 글라씨에르 방면의 엉뚱한 곳으로 살러 갔다우. 더러운 동네로 일년 내내 진창이 무릎까지 빠지는 곳이야. 이틀 후에 나는 그 사람들하고 점심을 같이 먹기 위해 아침에 출발했어, 승합마차로. 굉장한 여행이었어. 정말이야! 그런데 말이야, 내 말좀 들어 봐요! 두 사람은 벌써부터 싸움이야! 놀랐다고. 내가 들어가니 후다닥 툭탁 중이였어! 좋아하는 애인들이라니……! 아델르란 년, 목을 매어 죽이려고 해도 목맬 줄이 아까울 정도의 여자라고 생각하겠지만. 사실 그 애가 내 동생이기는 하지만 아무리 보아도 형편 없는 진짜 갈보년이야. 나한테도 못할 짓을 많이 했어. 얘기를 하자면 길고 또 우리끼리 해치울 소리지만……. 랑티에로 말하더라도, 도무지 원! 당신도 알다시피 그 사람도 신통치를 않아. 형편 없는 남자라고. 안 그래? 가타부타 없이 여자들 꽁무니를 날치기 해 버린단 말이야! 때리려고 하면 주먹질이고. 그래서 그때는 둘이 다 진짜로 때리고 싸웠단 말이야. 계단을 올라가니 두들기는 소리가 들리지 않겠어. 언젠가는 경관이 왔다는군. 랑티에가 말이야, 남프랑스에서 먹는 기름진 수프 있잖아? 그 고약한 걸 먹고 싶다고 하였다는군. 그래서 아델르가 그런 것은 냄새가 난다고 하여 기름병과 냄비, 수프 접시 등 거기에 있던 물건들을 서로의 얼굴에 내던지고 결국은 이웃이 모두 떠들썩하는 대소동이 벌어졌다니까.」

그녀는 그 밖에도 여러 가지 싸움 얘기를 하였다. 이 부부에 관한 이야기는 끝이 없었다. 모골이 송연할 정도의 일도 그녀는 알고 있었다. 제르베즈는 말 한 마디 없이 핏기가 사라진 얼굴로 입가에는 조소 같은 신경질적인 주름을 잡으며 모든 얘기를 듣고 있었다. 그럭저럭 7년이란 세월 동안 랑티에의 소문 같은 것은 들은 적도 없었다. 그런데 지금 이와 같이 랑티에의 이름이 귓전에서 속삭여지기만 해도 가슴께가 뜨거워지리라고는 생각도 못한 일이다. 아니 자신에게 그와 같이 못된 짓을 한 미운 남자의 일에 이처럼 마음이 쏠릴 줄은 짐작도 못 했다. 이미 이제 와선 아델르에게 질투를 느낄 까닭도 없을 것이다. 그러나 그러면서도 마음 속으로는 이 부부의 싸움을 비웃으며 그 계집애의 몸이 시퍼런 멍투성이가 되었을 것을 상상하였다. 그것이 분풀이도 되고 고소하기도 하였다. 그러니까 그녀는 비르지니의 얘기를 듣기 위해서라면 이튿날 아침까지라도 그러고 앉아 있었을 것이다.

그녀는 자기 쪽에서 무엇을 물어 보지는 않았다. 그렇게 재미있게 생각하고 있다는 인상을 주고 싶지가 않았던 것이다. 그녀에겐 마치 갑작스레 마음의 빈 자리가 메워지는 것 같았다. 이때야 비로소 그녀의 과거가 현재와 직결된 것처럼.

그러나 마침내 비르지니는 다시 컵에 얼굴을 들이댔다. 그녀는 눈을 사르르 감고 설탕을 홀짝거렸다. 그래서 제르베즈는 무엇이고 말을 해야만 될 것 같아 천연스레 물었다.

「그래 그 사람들 여전히 글라씨에르에 살고 있수?」

「천만에!」 하고 상대방이 대답하였다. 「그럼 당신한텐 그 얘기를 안했군! 일주일 전부터 두 사람은 이미 같이 있질 않아요. 어느 날 아침에 아델르가 자기의 옷가지를 들어냈다고요. 그래도 랑티에는 뒤따르지 않았다니까. 진짜라고요, 그것은.」

세탁부는 자기도 모르게 그만 가벼운 고함을 치며 높은 소리로 되풀이하였다.

「이젠 같이 있질 않단 말이지!」

「도대체 누구 얘기예요?」 하고 클레망스가 쿠포 어머니와 퓌트와 부인과의 얘기를 그만두고 물었다.

「아무도 아냐. 당신은 모르는 사람이야.」 하고 비르지니가 말했다.

그러나 그녀는 제르베즈를 물끄러미 쳐다보고는 상대방이 꽤 흥분하고 있다고 생각하였다. 그래서 또다시 몸을 바싹 붙였다. 그녀는 얘기를 계속하는 데 짓궂은 기쁨을 느끼고 있는 것 같았다. 그리고 갑자기 만약에 랑티에가 와서 당신 주변을 어슬렁거린다면 어떻게 하겠느냐고 물었다. 그 이유는 결국 남자라는 것은 알 수 없는 것이고 랑티에가 첫사랑에게 되돌아올는지도 알 수 없는 일이 아니냐는 것이었다. 제르베즈는 몸을 똑바로 하고는 단호하고 위엄 있는 태도를 보였다. 나는 남편이 있는 몸이니 랑티에 따위야 밖으로 몰아낼 따름이다. 우리 두 사람 사이엔 이미 아무 관계도 없다. 악수조차 할 까닭이 없다. 그리고 또 사실 마주쳐 봤자 하나도 정다운 구석이란 없을 것이다.

「그야 에티엔느로 말하면 그의 자식이니까 끊을래야 끊을 수 없는 관계죠. 랑티에가 에티엔느에게 키스하고 싶다면야 그 애를 보내겠어요. 아버지가 자식을 사랑한다는데 방해할 수야 없으니까……. 하지만 나는 말이야, 응 프와송 부인, 손가락 하나라도 닿게 할 정도라면 갈기갈기 찢기는 편이 차라리 나을 거야. 그것으로 끝장이야.」 이 마지막 얘기를 하면서 그녀는 자기의 맹세를 영원히 봉인하는 것처럼 공중에다 십자를 그었다. 그리고 얘기를 집어치우고 싶었기 때문에 갑자기 잠에서 깬 것처럼 여공들에게 외쳤다.

「자, 이봐요! 세탁물의 다리미질이 저절로 된다고 생각하나? 게으름을 작작 피우라고……! 자 일들 합시다!」

여자들은 서두르지 않았다. 완전히 일할 기분이 없어져 늘어져 가지고 치마 위에 팔을 늘어뜨리고 한 손에 커피 찌끼가 조금 남은 빈 잔을 아직 들고 있었다. 그리고 계속 지껄여 댔다.

「그것은 셀레스틴이라고 하는 계집애였어.」 하고 클레망스가 말했다. 「난 그 애를 알고 있단 말이야. 그 애는 병적으로 고양이 털을 좋아했다고……. 사방에 고양이 털투성이였어. 언제나 이렇게 혀를 돌리면서 고양이 털이 입안 가득히 있다고 생각하는 거야.」

「나도 말이야.」 하고 퓌트와 부인이 그 말을 받았다. 「나의 친구 중에 뱃속에 벌레를 가진 애가 하나 있었어. 정말이지 그 벌레라는 것이 변덕스러워서 말이야……. 병아리를 먹이지 않으면 뱃속을 마구 쑤시며 아프게 한단 말이야. 그런데 남자의 벌이는 7프랑이니까 모두 벌레 먹이 값으로 없어지는 거야.」

「나 같음 그런 것 당장에 고쳐 놓고 말련만.」 하고 쿠포 어머니가 얘기를 가로챘다. 「그렇고말고, 생쥐 구운 것을 먹이는 거야. 벌레 같은 것은 당장에 처치된다고.」

제르베즈까지도 그때껏 혼곤한 나태에 빠져 있었다. 그러나 기운을 내어 일어섰다. 「아, 게으름을 부리느라고 한나절을 허송했어! 이러니 돈이 안 모일 수밖에.」 그녀는 앞장서서 하다 만 커튼에 매달렸다. 살펴보니 커튼에는 커피의 얼룩이 져 있었기 때문에 다리미질을 하기 전에 젖은 수건으로 얼룩을 문질러 없애야 했다. 여공들은 그들대로 다리미 난로 앞에서 기지개를 켜고는 시무룩하니 각기 다리미 손잡이를 더듬었다.

클레망스는 몸을 추스르기 시작하자 갑자기 심한 기침의 발작을 일으키며 혓바닥까지 무엇인가를 토해낼 것같이 굴었으나 이윽고 와이셔츠를 마치고 소매 끝과 깃을 핀으로 꽂았다. 퓌트와 부인은 속치마에 아직 매달려 있었다.

「그럼, 다시 만납시다.」 하고 비르지니가 말했다. 「난 치즈를 조금 사려고 나왔었는데. 우리 집에선 프와송이 너무 추워서 내가 길에서 얼어붙은 줄 알겠는 걸.」

그러나 보도를 두서너 걸음 갔다고 생각하였을 때쯤, 그녀는 다시 문을 열고 오귀스틴느가 한길 모퉁이에서 개구쟁이들하고 같이 얼음을 지치고 있다고 외쳤다. 「저런 거지 같은, 넉넉잡아 두 시간 전에 나간 년이.」 그녀는 바구니를 팔에 걸고 머리엔 눈뭉치를 매달고 숨을 헐레벌떡거리며 얼굴이 시뻘개서 뛰어다니고 있었다. 그리고는 빙판이 져서 걸을 수가 없었다고 엉큼스레 수다를 늘어놓으며 변명하였다. 어느 놈인가 악동이 장난질을 치느라고 그녀의 여기저기 주머니에 얼음 조각을 처넣었음이 분명하였다. 한 15분 지나니까 그 주머니가 깔때기처럼 가게 안에다 물을 뿌렸다.

그즈음은 오후가 되면 언제나 이런 식으로 보내 왔다. 가게는 동네의 추위

타는 사람들의 피난소가 되었다. 구트도르 거리 사람들은 모두 거기가 따뜻한 걸 알고 있었다. 끊임없이 수다스러운 여편네들이 모여들어 치마를 무릎까지 걷어붙이고 다리미 스토브 앞에서 불을 쬐고 있었다. 제르베즈는 이 희한한 난방이 자랑거리였다. 그리고 사람들을 모아 놓고 로리외나 보슈 부부들이 헐뜯어 말하듯이 살롱을 차렸다. 사실을 말하자면 그녀는 가난한 사람들이 길에서 떨고 있는 것을 보면 안으로 불러들일 만큼 여전히 친절하고 남 돕기를 좋아했다. 그 중에서도 특히 일흔이 된, 예전에 칠장이였던 노인에겐 친절하게 대했다. 그 노인은 이 아파트 지붕 밑 다락방에서 살고 있으며 주림과 추위에 죽어 가고 있었다. 아들 삼형제를 크리미아 전쟁에서 잃고 2년 전부터 솔질도 못 하게 되면서부터 비참한 생활을 하고 있었다. 이 브뤼 영감이 몸을 녹이기 위하여 눈 속에서 서성거리고 있는 것을 보면 제르베즈는 당장에 불러들여 난로 가에 자리를 만들어 주었다. 빵과 치즈를 억지로 주는 일도 적지 않았다. 브뤼 영감은 등이 굽었고 하얀수염에 시든 사과처럼 주름투성이 얼굴로 몇 시간이고 한 마디도 않고 코크스 튀는 소리에 귀를 기울이곤 하였다. 아마도 그는 사다리 위에서 일을 한 50년을, 파리의 도처에서 문을 칠하고 천장을 하얗게 손질하며 지내온 반세기 동안의 세월을 회상하고 있었으리라.

「저 좀 보세요! 브뤼 영감님, 뭘 생각하고 계시죠?」 하고 세탁부는 종종 물었다.

「아무것도 아냐. 여러 가지 일들을 그저.」하고 그는 맥없이 대답하였다.

여공들은 장난질을 치며 영감님의 가슴 안에는 고민이 있는 것이라고 하였다. 그러나 그런 것은 들은 체도 않고 또다시 묵묵하니 음울한 생각에 잠겼다.

그 후로 비르지니는 제르베즈에게 랑티에 얘기를 곧잘 들려 주게 되었다. 그녀를 당황케 하는 재미에 여러 가지 추측을 해 가며, 옛날 남자를 생각하게 함으로써 즐거운 모양이었다. 어느 날 비르지니는 랑티에를 만났다고 하였다. 하나 세탁부가 대꾸도 없이 가만히 있었기 때문에 그 이상은 아무 소리도 하지 않았다. 이튿날에야 비로소 랑티에가 굉장히 다정한 말투로 당신 이야기를 오래오래 하더라고 전하였다. 제르베즈는 가게 구석에서 나직한 목소리로 속삭여진 이야기에 적지않이 마음이 설레었다. 랑티에라는 이름을 들으면 언제나 가슴께가 타 들어가는 느낌이었다. 그 남자가 그녀의 체내에 그 무엇인가 자기 것을 남기고 간 것이 아닌가고 의심될 정도였다. 물론 그녀는 자신을 근실한 사람으로 생각하고 있었다. 정숙한 것이 행복의 반을 차지할 만큼의 정숙한 아내로 살려고 마음먹었다. 그래서 그녀는 이 사건으로는 남편을 배반하는 따위의 일은 아무 짓도 안했고 생각조차 안하고 있었기 때문에 랑티에 생각은 조금도 없었다. 그녀는 오히려 가슴을 죄며 대장장이 일을 생각하고 있었던 것이다. 랑티에 생각이 되살아남으로 차차 그 일에 사로잡혀간다는 것은 구제에 대한, 아직 말로는 표현하지 않았지만 감미로운 우정과 같은 두 사람의 사랑에 대해 배반 행위를 하고 있는 것처럼 그녀에겐 생각되었다. 그 선량한 친구에게 죄를 짓고 있다는 생각만 하여도 그녀는 그날그날 살고 있는 것이 슬퍼졌다. 가정 밖에서는 그 남자 말고는 애정을 갖고 싶지 않았다. 그것은 그녀의 마음 속 아주 고결한 곳에, 즉 비르지니가 그녀의 얼굴에 불타오르기를 살피며 기다리던 모든 불결성을 초월한 드높은 데 자리잡고 있었다.

봄이 오자 제르베즈는 구제 곁으로 피신을 했다. 의자에 앉아서 무슨 생각만 하면 으레 최초의 애인 생각이 났다.

그가 아델르와 헤어지고 헌옷가지를 챙겨 다시 헌 트렁크 속에 넣어 가지고 마차에 싣고서 이 집으로 돌아오는 것 같은 생각이 들었다. 외출을 하면 또 그런 대로 거리에서 갑자기 어리석은 공포에 사로잡혔다. 뒤에서 랑티에의 발소리가 들리는 것 같고, 두 손으로 상체를 잡히는 것 같은 생각을 하면 몸이 오싹해져 뒤돌아다볼 용기조차 안 났다. 그 사람은 분명히 나를 노리고 있는 것이다. 언제고 오후에 딱 마주치고 말 것이다. 그렇게 생각하면 식은땀이 났다. 예전에 장난질을 치던 것처럼 그이는 분명히 귀에다 키스를 할 테니까 말이다. 그녀가 두려워한 것은 그 키스였다. 그것이 벌써 지금부터 그녀를 귀머거리로 하고 요란하게 이명(耳鳴)을 일으키며 그 때문에 세차게 고동하는 심장소리조차 들리지 않을 지경이었다. 일단 이와 같은 공포에 사로잡히고 보면 철 공장이 그녀의 유일한 피난처가 되었다. 그곳에 가서 구제에게 보호되고 있노라면 또다시 본래대로의 평정을 되찾고 미소짓게 되었다. 구제의 쇠망치가 소리를 내며 그녀의 악몽을 몰아내 주는 것이었다.

너무나 상쾌한 계절이었다. 세탁부는 포르트 블랑슈 거리의 단골한테는 특히 더 신경을 기울이고 세탁물 배달을 손수하였다. 그 이유는 금요일마다의 이 코스가 마르카데를 지나서 철 공장에 들어가기에 그럴 듯한 구실이 되었기 때문이다. 그녀는 길모퉁이를 돌아서기만 하면 순간 경쾌하고 밝은 기분이 드는 것을 느꼈다. 양쪽에 회색빛 공장이 늘어선 공지 한가운데로 소풍이라도 온 것 같았다. 석탄으로 검게 더러워진 도로와 지붕 위로 내뿜는 날개 모양의 증기가 마치 크나큰 초록의 덤불 속으로 사라져 가는 교외의 숲, 이끼 낀 오솔길인 양 그녀를 기쁘게 해 주었다. 또한 그녀는 공장의 높은 굴뚝이 여기저기 줄무늬를 짓고 있는 흐릿한 지평선을 좋아했고, 창구멍이 규칙적으로 뚫린 백악의 집들이 하늘을 가로막고 늘어선 몽마르트의 언덕을 좋아했다. 그리하여 공장에 도착하면 걸음을 늦추고 물구덩이를 뛰어넘고 인기척이 없는 폐물 거치소의 복잡한 구석을 빠져 나가는 것이 즐거웠다. 안쪽에는 화덕이 대낮인데도 번득이고 있었다. 쇠망치가 튀는 데 따라 그녀의 심장도 뛰었다. 그곳에 들어설 때 그녀는 밀회를 하러 온 여자처럼 목줄기의 짧은 금발을 휘날리며 얼굴을 붉히었다. 구제는 그런 날이면 자기가 있는 것을 멀리서도 알게 하기 위해 팔과 가슴을 다 드러내고 한층 더 힘차게 철침을 두들기며 기다렸다. 그녀가 온 것을 확인하게 되면 노란수염에 고요히 호인다운 미소를 띠며 맞이하였다. 그러나 그녀는 그의 일을 방해하지는 않았다.

근육이 솟아오른 억센 팔로 쇠망치를 휘두르고 있을 때의 그를 한층 더 좋아했기 때문에 다시 한번 쇠망치를 잡아 달라고 부탁하였다. 그녀는 풀무에 매달려 있는 에티엔느에게로 가서 뺨을 가볍게 두드려 주고 그리고는 볼트를 바라보며 한 시간쯤 그곳에 있는 것이었다. 구제와는 불과 열 마디도 말을 하지 않았다. 이중으로 밀폐한 방 안에 틀어박혀 있다 해도 상호간의 애정을 이보다 만족시킬 수는 없었을 것이다. 베크 살레, 일명 브와 상 스와프가 아무리 비웃어도 두 사람 귀에는 들리지 않았기 때문에 별로 고통거리가 되지 않았다. 15분쯤 있으면 그녀는 약간 숨이 가빠진다. 열과 강렬한 냄새, 솟아오르는 증기 등으로 감각이 마비되고 게다가 기계의 둔한 소리가 발뒤꿈치로부터 가슴팍까지 그녀를 뒤흔들었다. 그녀는 이미 아무런 욕망도 없었다. 그대로 그것이 기쁨이었다. 구제가 그의 팔로 얼싸안았다 해도 별로 놀라지 않았으리라. 그녀는 남자 곁으로 다가갔다. 쇠망치가 일으키는 바람을 뺨에 느끼고 싶었고 그 타격소리 속에 있고 싶어서였다. 불꽃이 튀어 보드라운 손을 쏘아도 그녀는 그것을 움츠리려고도 안하고 오히려 몸을 찌르는 불의 비를 즐겼다. 그도 물론 그녀가 그러고서 마주 보고 있는 행복을 눈치챘다. 그는 힘닿는 한 기술을 다하여 여자의 마음에 들려고 금요일에는 어려운 일을 남겨두었다. 그는 상대방을 기쁘게 해 주기 위하여 숨을 헐레벌떡거리고 허리를 뒤틀면서 철침이 두 조각 날 만큼 내리쳤다. 이미 몸을 돌보는 것도 잊고 있었다. 봄 동안 이와 같이 두 사람의 사랑은 폭풍 같은 소리로 철 공장을 가득 채웠다. 그것은 석탄이 불타오르고 검정으로 더럽혀진 작업장의 골조가 진동 때문에 삐걱거리는 속에서 생겨난 거인이 작업하는 목가였다. 빨간 초처럼 뭉개고 이기고 한 쇠에는 어느 것이고 모두 두 사람의 애정의 억센 각인이 찍혀 있었다. 금요일마다 세탁부는 필르 도르와 헤어지고 나면 충족된 노곤한 기분으로 몸과 마음이 다 평정을 되찾게 되었고, 그런 기분으로 프와송니에르 거리를 천천히 올라가는 것이었다.

랑티에에 대한 공포는 차차 흐려져서 그녀는 분별을 되찾았다. 완전히 기울어 버린 쿠포가 없었던들 그녀는 아직 훨씩 더 행복하게 지냈을는지도 모른다. 어느 날 마침 철 공장에서 돌아오는 길에 콜롱브 영감네의 목로 주점에서 메보트와 비비 라 그리야드와 베크 살레, 일명 브와 상 스와프 들과 함께 쿠포가 싸구려 술내기를 하는 것이 눈에 띄었지만, 살피고 있는 것으로 보이고 싶지 않아서 그녀는 급히 지나쳤다. 그러나 돌아다보니 마침 쿠포가 아주 익숙한 솜씨로 싸구려 브랜디를 조그만 잔으로 마시고 있는 중이었다. 『그럼, 저 사람 거짓말을 하였구나. 요즘은 브랜디로구나!』 그녀는 아주 실망하여서 집으로 돌아왔다. 브랜디에 대한 공포가 또다시 그녀를 사로잡았다. 『포도주라면 마셔도 좋다, 일하는 사람에게 자양이 되니까. 하지만 알콜이란 그렇지 않다. 불길한 음료다. 일하는 사람에겐 빵의 맛을 빼앗아 가는 독이 아닌가. 정말이야! 정부는 이 따위 고약한 음료의 제조 같은 것을 금지하지 않고.』

구트도르 거리에 도착하고 보니 아파트 안이 떠들썩했다. 그리고 가게 안의 여자들은 작업대를 떠나 안마당에 나가서 하늘을 쳐다보고 있었다. 그녀는 클레망스에게 물어 보았다.

「비자르 영감이 마누라를 때리고 있어요.」하고 다리미장이가 대답하였다. 「저놈의 영감, 폴란드 사람처럼 곤드레만드레가 되어 가지고는 마누라가 세탁장에서 돌아오는 것을 입구에서 기다리고 있었다고요……. 그리고 주먹다짐으로 마누라에게 계단을 기어올라가게 해 놓고 이번엔 저기 자기네 방에서 때려 죽이려는 중이라고요. 저것 보셔요, 비명소리가 들리죠?」

제르베즈는 급히 올라갔다. 그녀는 자기 집 하청일도 하는 부지런한 일꾼인 비자르 부인에게 호감을 갖고 있었다. 그녀는 싸움을 말리려고 하였다. 7층에 가 보니 방문은 열린 채 세든 사람들 몇 사람이 층계참에서 고함을 지르고 있었고 한편 보슈 부인도 문간에서 외치고 있었다.

「그만두지 못하겠소! 순경을 불러 올 테니, 그런 줄 알아요!」

취하기만 하면 야수같이 되는 비자르를 잘 알고 있기 때문에, 아무도 자진하여 방 안에 들어가려고 하지 않았다. 그는 절대로 술에서 깨어나는 일이 없었다. 어쩌다 일하는 날이 있어도 열쇠장이용 바이스 곁에 한되들이 브랜디

병을 갖다 놓고 30분마다 병째 대고 마셨다. 그렇게라도 안하면 몸이 배겨나질 않았다. 입가에 성냥이라도 켜댄다면 횃불처럼 타올랐으리라.

「하지만 부인을 죽이게 놔 둘 수는 없잖아요!」 하고 제르베즈는 와들와들 몸을 떨면서 말했다.

그리고 안으로 들어갔다. 경사진 천장의 그 방은 아주 깨끗이 치워져 있었으나 침대 홑이불까지 벗겨 술 값으로 하는 주인의 악벽 때문에 무엇 하나 남은 것 없이 텅 비어 쓸쓸하였다. 싸움을 하고 있는 동안에 탁자는 창 옆까지 굴러 가고 두 개의 의자는 뒤집혀진 채 다리를 위로 하고 나동그라져 있었다. 방바닥 한가운데, 세탁장에서 젖은 스커트를 넓적다리께까지 착 달라붙게 입은 비자르 부인이 머리채를 꺼들린 채 피투성이가 되어 비자르가 발길질할 때마다 잡아당기는 것 같은 소리로, 오 오! 하고 신음하며 거친 숨결로 헐떡이고 있었다. 그는 처음엔 두 주먹으로 마누라를 때리다가 이젠 발로 짓이기고 있었다.

「이 개 같은 년! 이 개 같은 년!」 하고 그는 한 번 짓찧을 때마다 숨가쁜 소리로 지껄여 대며 무작정 그 짓을 계속하였다. 차차 목이 메어 옴에 따라 한층 더 강하게 밟아 댔다.

이윽고 목소리도 나오지 않자 그는 누더기 바지와 작업복 속에서 굳은 몸을 뻣뻣이 하고 지저분하게 수염이 난 얼굴에, 커다란 붉은 반점을 새하얗게 벗겨진 이마에 드러내고 미친 것처럼 말없이 밟아 대고 있었다. 층계참에서 이웃 사람들이 얘기하는 것을 들으니, 그날 아침에 20수 내놓으라는 것을 마누라가 주지 않았기 때문에 때리고 있다는 것이었다. 계단 밑에서 보슈의 목소리가 들려 왔다. 자기의 마누라를 불러 대며 이렇게 외쳤다.

「내려오라고, 죽이게 내버려 두란 말이야. 그만큼 무용지물이 줄 것이니까.」

그러는 동안에 브뤼 영감이 제르베즈를 따라 방으로 들어왔다. 그들은 둘이서 자물쇠공을 타일러 문간 쪽으로 밀어내려고 하였다. 그러나 그는 말없이 입술에 거품을 뿜으며 돌아다보았다. 핏기가 가신 눈에서는 알콜의 열기가 불타오르며 살인자와 같은 눈빛을 번득였다. 세탁부는 손목을 다쳤고 늙은이는 탁자 위에 쓰러질 뻔하였다. 방바닥에서는 비자르 부인이 입을 딱 벌리고 눈을 감은 채 더욱더 거칠게 숨을 몰아쉬고 있었다. 비자르는 그제야 마누라를 죽이다 놓친 줄 알았다. 그리고는 다시 되돌아와 가지고 지랄을 하며 제대로 분간도 없이 허공을 치며 자기 자신을 때려 댔다. 이 처참한 짓을 하는 동안 제르베즈는 방 한구석에 있는 조그만 라리를 보았다. 4살이 된 그 계집애는 아버지가 어머니를 때려 죽이고 있는 것을 물끄러미 바라보고만 있었다. 그리고 바로 전날 젖을 뗀 동생 앙리에트를 마치 보호하듯 두 팔로 감싸 안고 있었다. 그녀는 페르시아 천의 벙거지를 반듯하게 쓰고 파랗게 질린 표정으로서 있었다. 그 커다란 검은 눈동자는 생각에 잠긴 듯이 한 곳에 머물러 있었고 한 방울의 눈물도 없었다.

비자르가 의자에 걸려서 마루 위에 쓰러지자 브뤼 영감은 그대로 코를 골게 그를 내버려 두고 제르베즈를 거들어 주며 비자르 부인을 부축하여 일으켰다. 부인은 심하게 흐느끼며 울었다. 라리는 곁으로 다가갔으나 이런 일에는 익숙하였기 때문에 벌써 체념하고 엄마가 우는 것을 바라보고만 있었다. 세탁부는 고요해진 아파트를 내려가며 제법 어른의 눈동자처럼 무겁고 미더워 보이던 4살짜리 아이의 눈동자를 연방 눈앞에 그려 보았다.

「쿠포 씨가 건너편 보도에 계셔요.」 하고 클레망스는 그녀를 보자 곧 외쳤다. 「굉장히 취하신 것 같던데요.」

쿠포는 마침 한길을 건너고 있었다. 그는 문을 잘못 밀고 휘청거리다가 하마터면 어깨로 유리를 깨뜨릴 뻔하였다. 얼굴이 하얗도록 취해가지고 이를 악문 그는 기분이 아주 좋지 않았다. 제르베즈는 그의 낯빛을 하얗게 만든 것은 핏속에 목로 주점의 싸구려 술이 들어가 있기 때문임을 금방 알아차렸다. 그녀는 그전에 그가 포도주를 먹고 어린애같이 굴던 때처럼 웃으면서 재워 주려고 하였다. 그러나 그는 아무 말도 없이 그녀를 밀어젖히고 혼자서 침대까지 가려고 하며 그녀에게 주먹을 쳐들었다. 마치 매질에 지쳐서 윗방에서 코를 골고 있는 또 다른 주정뱅이처럼……. 그녀는 등골이 오싹해짐을 느꼈다. 그리고 맥이 빠져서 행복하게 되려는 희망도 상실하고 남자들에 대하여,그러니까 남편과 구제와 랑티에에 대하여 생각하였다.

7

제르베즈의 축명일은 6월 19일이다. 쿠포네 집에선 언제나 명일은 한판 때려먹는 것으로 보냈다. 배가 불러서 한 주일쯤은 아무것도 먹지 않아도 될 것만 같은 그런 큰 잔치를 벌이는 것이었다. 돈은 있는 대로 다 털어 썼다. 집안에 흘린 동전 한 푼마저 주워 먹을 참이었다. 아마도 잔치를 벌이기 위해서 달력에 축명일을 적어 놓은 것 같은 식이었다. 비르지니도 제르베즈의 먹어

치우는 일에 대찬성이었다. 뭐든지 마셔 버리는 사내도 있는 만큼 집안이 술로 거덜나기 전에 뱃속을 채워 둔다는 것은 너무도 당연한 일이 아닌가. 어차피 돈이란 없어지기 마련이다. 푸줏간이건 술집이건 그들에게 돈벌이를 시켜 주기는 마찬가지다. 먹보인 제르베즈는 이 일을 정당하게 생각했다. 별 수 없다. 우리가 저축을 못하는 것은 오로지 쿠포 때문이다. 그녀는 살이 찌자 절룩거리는 것이 더 표가 났다. 다리에 비계가 붙어 아주 짧게 보이게 했기 때문이다.

그 해에는 한 달 전부터 축명일에 대한 소문이 퍼졌다. 모두들 잔치를 기대해 입맛을 다셨다. 그들은 한결같이 진탕 먹어 보려고 벼르는 것이다. 정상적이 아닌 어떤 멋진 것을 필요로 했다. 제기랄, 언제나 재미있게 시간을 보내온 것은 아니잖아. 아무튼 제르베즈의 걱정거리란 손님으로 누구누구를 청하느냐는 일이었다. 우선 자기들 부부와 쿠포 어머님, 르라 부인……. 이렇게 집안 식구만 해도 네 사람이다. 거기다 구제 모자와 프와송 부부도 불러야 한다. 처음에는 가게의 고용인인 퓌트와 부인과 클레망스를 부르지 않으려 했다. 그들과 너무 허물없이 대하는 것이 마음에 걸려서였다. 하지만 그녀들 앞에서 늘 잔치 이야기를 해 댔고 그때마다 그녀들의 표정이 일그러졌기 때문에 마침내는 용단을 내려 함께 부르기로 했다. 네 사람에 네 사람, 그리고 두 사람, 모두 열 사람이 되는 만큼 둘을 더 채워 열두 사람을 부르고 싶어졌다. 그래서 얼마 전부터 그녀와 화해하고자 하던 로리외 부부를 부르기로 하였는데, 그들 부부 역시 그녀의 청을 승낙하였다. 일가붙이끼리 언제까지나 등을 돌리고 지낼 수는 없는 일이다. 더구나 사람들의 마음을 누그러뜨리는 축명일이 다가온 참에 누구라도 화해하자는 말을 거절할 수는 없는 일이었다. 한편 이 화해 소식을 들은 보슈 부부 역시 친절한 미소를 띠며 제르베즈에게 접근해 왔다. 그래서 보슈 부부 또한 청했다. 어린애들을 제외하고도 모두 열네 사람이 되었다. 제르베즈로선 이만한 만찬회를 차려 보는 일이 난생 처음인지라 굉장히 걱정은 되면서도 가슴이 뿌듯해졌다.

축명일은 마침 운좋게도 월요일이었다. 제르베즈는 일요일 오후부터 요리 준비를 하기로 했다. 토요일이 되자, 다림질하는 여자들이 재빨리 일거리를 해치우고 요리 얘기에 끼여들었다. 상등 요리는 3주일 전부터 미리 정해져 있었다. 살찐 거위 구이였다. 모두들 침을 흘리며 거위 구이 얘기만 했다. 거위는 이미 사다 놓았다. 쿠포 어머니는 홍에 겨워 그놈을 들고 나와 클레망스와 퓌트와 부인에게 무게를 가름하게 하기도 했다. 모두들 탄복했다. 그만큼 그것은 컸다. 노랗게 살이 쪘으며 껍질은 부스스했다.

「여기에 포토푀(고기와 야채의 수프)가 있어야지.」 하고 제르베즈는 말했다. 「수프에 군 고기는 언제 먹어도 맛있지……. 아참, 소스 요리도 한 접시 있어야지.」

키다리 클레망스가 토끼고기를 얘기했다. 하지만 모두들 그것을 먹고 있었기 때문에 도리질을 했다. 제르베즈 또한 그보다 고급을 생각하고 있었다. 퓌트와 부인이 송아지고기 스튜는 어떤가 하고 말하자 모두들 만족해 했다. 그보다 더 좋은 것은 없었으니까.

「그 다음에 또 한 접시 소스 요리가 있어야지.」 제르베즈가 말했다.

쿠포 어머니는 생선 요리를 생각했다. 하지만 사람들은 얼굴을 찡그리고 다리미를 꾹꾹 눌러 댔다. 모두들 생선을 좋아하지 않았다. 무엇보다도 배가 차지 않는데다 가시가 많기 때문이다. 그런데 사팔뜨기 오귀스틴느가 건방지게도 자기는 가오리가 좋더라고 입을 벙긋하다가 클레망스에게 따귀를 한 대 얻어맞고 입을 다물었다. 마침내 제르베즈가 감자를 섞은 돼지고기 스튜를 생각해 냄으로써 모두들 얼굴이 밝아졌다. 때마침 그 자리에 비르지니가 상기된 얼굴로 허둥지둥 뛰어들어왔다.

「잘 왔네!」 제르베즈가 소리쳤다. 「어머니, 그 거위를 보여 주세요.」

쿠포의 어머니는 또다시 거위를 가져와 보여 주었고, 비르지니는 그것을 두 손으로 들어 보았다. 그녀는 감탄했다. 「굉장하군요, 이 무게라니.」그러나 그녀는 그것을 금방 작업대 위에 내려놓았다. 그리고 제르베즈를 안방으로 끌고 들어갔다. 다른 일에 정신이 팔려 있는 것이다.

「저 말이야…….」 그녀는 빠른 말투로 소곤거렸다. 「당신한테 빨리 알리려고, 놀라지 마……. 나 말이야, 한길 모퉁이에서 누구를 만났댔어. 랑티에……. 그 녀석이 이 근처를 어정거리고 있단 말이야. 그래서 달려온 거야. 당신이 걱정이 되어서 견딜 수가 있어야지.」

제르베즈는 새파랗게 질렸다. 『그 골칫덩어리는 나에게 무슨 볼일이 있단 말인가. 그것도 마침 잔치 준비판에 훌쩍 나타나다니. 나는 정말이지 재수가 없단 말이야. 마음놓고 멋대로 즐길 수도 없게시리.』

「당신 같은 착한 사람을 귀찮게 하다니……. 만약에 랑티에가 당신을 쫓아다닌다든지 하면 순경을 불러서 유치장에 처넣어 버리면 돼요.」

한 달 전에 남편이 순경에 임명되고부터 이 갈색머리의 키다리 여자는 잘난 체하며 누구나 할 것 없이 잡아간다고 지껄였다. 그녀는 목소리를 높여 말하였다. 자기 힘으로 그 건달패를 파출소로 끌고 가 프와송에게 넘겨 주고 싶다며, 한길에서 그 자와 시비라도 벌어졌으면 좋겠다고. 그래서 제르베즈는 가겟방의 여공들이 엿들으니 조용히 하라는 몸짓을 하였다. 그리고 앞장을 서서 가게 안으로 돌아와서는 아주 천연스럽게 먼저 이야기로 돌아갔다.

「그리고 말이야, 채소도 한 가지 있어야지?」

「그래? 비계 넣은 청완두 어때?」 하고 비르지니가 말했다. 「난 그것만 먹을 것 같은데.」

「그래 그래, 비계 넣은 청완두!」 하고 다른 여자들도 모두 찬성하였다. 그 동안에 오귀스틴느는 좋아라고 다리미 스토브에 부젓가락을 쑤셔넣고 있었다.

이튿날, 일요일에는 3시부터 벌써 쿠포 어머니가 집의 화덕 두 개와 보슈네에서 빌려온 흙 화덕에 불을 피웠다. 3시 반에는 이웃 요리집에서 빌려 준 큰 냄비에서 포토푀가 익고 있었다. 송아지 블랑켓과 돼지고기 에피네는 다시 데우기가 쉬웠기 때문에 전날 만들기로 하였다. 다만 블랑켓 소스만은 먹을 때에 진하게 하면 되었다. 포타즈와 비계 넣은 청완두, 거위 구이 등 일거리는 일요일에도 잔뜩 남을 것이었다. 안의 방은 세 개의 화덕불로 완전히 환하였다. 작은 냄비 속에서는 브라운 소스가 가루 타는 요란한 연기와 함께 화독내 나는 기름내를 풍기고 있었다. 한편 냄비는 부글부글 육중한 소리를 내며 옆구리를 흔들면서 보일러처럼 수증기를 뿜어내고 있었다. 쿠포 어머니와 제르베즈는 하얀 앞치마를 두르고 파슬리를 고르기도 하고 후추와 소금을 찾기도 하고 나무 숟가락으로 고기를 휘젓기도 하며 바쁘게 방 안을 돌아다녔다. 두 사람은 거추장스러워서 쿠포를 내쫓았다. 그래도 오후 내내 여러 훼방꾼들이 들어왔다. 요리 냄새가 아파트 안에 풍기자, 이웃 아낙네들이 계속 내려와서는 무슨 요리를 만들고 있나 알고 싶은 나머지 별의별 구실을 다 내세우며 들어왔다. 세탁부가 하는 수 없이 뚜껑을 들어 보일 때까지는 나가려고도 하지 않았다. 이윽고 5시에 비르지니가 나타났다. 그녀는 또 랑티에를 만났다. 이젠 한길에 한 발짝만 나가도 틀림없이 랑티에를 만난다는 것이었다. 보슈 부인도 길모퉁이에 음침한 표정으로 고개를 늘이고 서 있는 그를 금방 알아봤다. 마침 포토푀에 쓸 삶은 파를 조금 사러 가려던 제르베즈는 이야기를 듣고는 와들와들 떨면서 집을 나가려 하지 않았다. 수위 여자와 바느질공 여자가 윗도리 밑에 단도나 권총을 감추고 여자를 기다리는 남자들의 무시무시한 얘기를 들려 주어 적지않이 그녀를 놀래 주었기 때문에 더욱더 그랬다.

「그래요, 정말이에요! 신문에도 날마다 난다고. 이와 같은 건달패들은 행복하게 살고 있는 옛날 여자를 만나기 위해 무슨 짓이라도 해치운단 말이야.」 비르지니는 친절하게도 삶은 파를 사다 주겠다고 하였다. 여자들끼리 도와 주어야지 하면서……. 이 가엾은 사람을 그대로 놔 둘 수는 없는 일이다. 집으로 돌아오자 그녀는 이제 랑티에는 없더라고 하였다. 들킨 줄 알고 도망간 것이 분명하다고 하였다. 작은 냄비 가에서 이 남자 얘기로 밤까지 수다가 벌어졌다. 보슈 부인이 쿠포에게 알리는 게 어떠냐고 했으나 제르베즈는 굉장히 두려워하며 그에게는 이 일을 한 마디도 얘기하지 말아 달라고 부탁하였다. 그렇게 되면 큰일이다! 그이는 벌써 이것을 눈치채고 있는 모양이다. 4,5일 전부터 잘 때면 욕설을 퍼부으며 주먹으로 벽을 두들기기도 하더라는 얘기다. 그녀는 자기 때문에 두 남자가 대립한다는 생각만 하여도 손이 떨렸다. 그녀는 쿠포가 어떤 사람이란 것을 잘 알았다. 질투심이 강한 그는 큰 가위를 들고 랑티에에게 덤벼들는지도 모를 일이었다. 이와 같이 하여 네 사람의 여자들이 알지도 못하는 비극으로 고민하고 있는 동안에 불을 피운 화덕 위에서 소스가 흐물흐물 익고 있었다. 블랑켓과 에피네는 쿠포 어머니가 뚜껑을 여니 차분한 소리를 내며 가만히 떨리고 있었다. 포토푀는 배를 양지 쪽으로 드러내고서 잠든 가수와 같은 숨소리를 내고 있었다. 여자들은 결국 고기 국물을 맛보기 위해 찻잔에 한 조각씩 빵을 찢어 넣고 수프를 적시기도 하였다.

마침내 월요일이 왔다. 결국 제르베즈는 만찬에 열네 사람의 손님을 부르기로 되어 있었기 때문에, 모두 다 방 안에 들어갈 수 있을는지 그것이 걱정이었다. 그녀는 가겟방에다 상을 차리기로 하였다. 또한 식탁을 어디다 놓을 것인가를 정하기 위하여 아침부터 자로 방 안을 재 보았다. 계속하여 세탁물을 정리하고 작업대를 치워야 했다. 그 작업대는 다른 발틀 위에 올려 놓고 식탁 대신 쓰기로 되어 있었다. 그런데 이때 여자 손님 한 사람이 나타나서는 금요일부터 세탁물을 기다리고 있다면서 한바탕 소동을 일으켰다. 모두들 상대하지 않았지만 당장에 내복을 내놓으라는 것이었다. 제르베즈는 변명을 하면서 천연스레 거짓말을 하였다.

「우리에게 실수가 있는 것이 아닙니다. 가게 안 대청소로 여공들은 내일이라야 나옵니다. 댁의 것은 제일 먼저 해 올리겠어요.」 그렇게 약속하고 손님을 달래 보냈다. 그러나 상대방이 돌아가자 그녀는 마구 욕설을 늘어놨다. 「정말이지 손님들 얘기를 일일이 듣고 있다간 밥 먹을 사이도 없다고. 손님들을 기쁘게 해 주려고 하다간 굶는 것도 감수를 해야 할 판이라니까! 나라고 목을 잡아매놓은 것도 아닐 테고! 정말이야! 터키 임금님이 손수 칼라를 들고 오셔서 그것이 10프랑의 벌이가 된다 해도, 오늘 월요일은 다리미질 같은 것 하나라도 할 줄 아는가. 오늘이란 날은 요컨대 내가 조금 놀아 줄 차례라고.」

아침나절은 물건을 사느라고 전부 보냈다. 제르베즈는 세 번이나 나가서 나귀처럼 짊어지고 들어왔다. 그러나 다시 한 차례 술을 주문하러 나가려고 하다가 술을 살 만한 돈이 없는 것을 알았다. 술이야 외상으로도 살 수 있지만 살림을 하자면 생각지 않는 자잘한 비용이 수없이 들어서 무일푼으로 있을 수는 없었다. 그래서 그녀는 안방에서 쿠포 어머니와 근심을 하면서 적어도 20프랑은 필요하다고 계산하였다. 그러니 그 백 수짜리 넉 장을 어디서 발견한단 말인가? 예전에 바티뇰 극장의 삼류 여배우 가정부 노릇을 한 적이 있는 쿠포 어머니가 공설 전당포 얘기를 꺼내었다. 제르베즈는 그 소리를 듣자 안심을 하고 웃음지었다. 「나도 어리석지, 그 생각을 못하다니.」 그녀는 까만 비단 드레스를 재빨리 타월에 싸서 핀으로 꽂았다. 그리고 손수 쿠포 어머니의 앞치마 밑에 그 꾸러미를 감춰 주며 이웃 사람들에게 자랑시킬 것도 못되니까 배 위에 납작하게 붙여 가지고 가라고 부탁하였다. 그리고 자기는 어머니 뒤를 누구든 뒤따르는 사람이 없나 살피기 위해 문간으로 보러 갔다. 그런데 제르베즈는 노파가 석탄 가게 앞에 채 가기도 전에 불러 세웠다.

「어머님! 어머님!」

그녀는 시어머니를 다시 한번 가게 안으로 끌고 들어와서 손가락에서 결혼반지를 빼면서 말하였다.

「자, 이것도 함께요. 좀더 꿀 수 있을 테니까요.」

쿠포 어머니가 25프랑을 가지고 돌아오자 그녀는 좋아라고 춤을 추었다. 그리고 구이에 마실 거리로 병들이 고급 포도주 반 다스를 추가로 주문하러 갔다. 로리외 부부는 납작하니 놀라고 말 것이다.

로리외 부부를 놀라게 하는 일이 2주일 이래 쿠포 부부의 꿈이었다.

「흉물스러운 것들, 서방이고 계집이고 정말 말 못할 한쌍이라니까. 맛있는 것을 먹을 때면 훔친 것이나 먹는 것처럼 방문을 잠가 버리지 않아? 그래, 그것들은 불을 가리고 잠을 자는 체하려고 모포로써 창을 가린다니까. 그렇게 하면 물론 사람들은 방에 갈 수 없지. 둘이서만 실컷 먹으며 한 마디 말도 없이 급하게 뱃속에 처넣는단 말이야. 다음날이 되어도 쓰레기 통에 뼈를 버리지 않는다고. 버리면 무엇을 먹었는지 남들이 아니까 말이야.」

로리외 부인은 길모퉁이까지 가서 하수구에 그것을 버린다. 어느 날 아침 제르베즈는 로리외 부인이 굴 껍질이 가득한 바구닐 거기다 쏟고 있는 것을 보았다. 아아! 아니다. 분명히 이 욕심쟁이들은 자기 자신에게 인색한 것은 아니다. 남이 안 보는 데서 우물거리는 것도 어떡하든지 자기들을 가난하게 보이려고 애를 쓰고 있는 것이다. 좋아! 그것들한테 한 가지 가르쳐 주자, 인간이 개가 아니라는 것을. 제르베즈는 가능한 일이라면 한길 가운데에다 식탁을 차려 놓고서 행인 전부에게 식사 대접을 하고 싶었다. 돈이란 곰팡이를 슬게 하려고 만들어진 것이 아니지 않은가? 햇빛이 비쳐서 반짝일 때에 돈이란 비로소 아름다운 것이다. 이제 그녀는, 20수를 가지고 있으면 40수 가지고 있는 듯이 허세를 부리는, 로리외 부부와는 틀린 사람이 되어 있었다.

쿠포 어머니와 제르베즈는 3시부터 벌써 식사 준비를 하며 로리외 부부 이야기를 하였다. 그들은 진열장에 커다란 커튼을 쳤다. 그러나 더워서 문을 열어 놨기 때문에 동네 사람들이 모두 식탁 앞을 지나가는 셈이 되었다. 두 여자는 물병 하나, 포도주 한 병, 소금단지 하나를 놓는데도 어떡하든 로리외 부부를 곤란하게 만드는 그것만을 생각하였다. 부부의 자리도 식기가 화려하게 늘어놓여 있는 모양이 한눈에 보일 수 있는 장소로 하였다. 사기그릇의 접시도 그들을 놀라게 할 양으로 일부러 아름다운 것을 그들 부부용으로 잡아 두었다.

「아니에요. 아니에요, 어머님.」하고 제르베즈는 소리쳤다. 「그이들한테는 그 냅킨이 아니에요! 무늬 있는 것이 두 개 있지 않아요.」

「아, 그렇구나!」하고 노파는 작은 소리로 말하였다. 「기가 질리겠구나, 틀림없이.」

두 사람은 하얗고 커다란 테이블 양쪽에 서서 미소지었다. 테이블에는 열네 사람 몫의 식기가 가지런히 놓여 있었다. 그리고 그것은 그들의 자존심을 부풀게 하고 있었다. 가게 한가운데에 예배의 제단을 꾸며 놓은 것만 같았다.

「그리고 말이에요.」하고 제르베즈는 계속하였다. 「그이들은 어째서 그리 인색하게 굴지요? 어머닌 알고 계시죠? 그이들이 지난달에 금 사슬을 하나 잃어버렸다고 형님이 사방으로 퍼뜨리고 다녔지만, 정말이지 그분이 물건을 잃어버릴 것 같아요? 그저 궁상을 떨며 우는 시늉을 하여 어머님께 백 수를 안 드릴 궁리를 하고 있는 거예요.」

「나는 아직 두 번밖엔 구경 못 했다, 받기로 약속된 백 수는.」하고 쿠포 어머니가 말하였다.

「두고 보시라고요! 내달엔 또 다른 핑계를 꾸밀 테니까요……. 그들이 토끼고기를 먹을 때 창을 가리는 이유를 이제 알겠어요. 『토끼고기를 먹을 정도니까 어머님께 백 수쯤 쉽게 드릴 수 있겠지요.』하는 소리를 들어도 할 수 없으니까요. 그렇죠? 얼마나 고약한 사람인가 말이에요……. 우리가 모시지 않았더라면 어머님도 어떻게 되었을지 알겠어요?」

쿠포 어머니는 머리를 끄덕였다. 오늘은 쿠포 일가가 큰 잔치를 베푸는 까닭으로 그녀는 완전히 로리외 부부의 적이 되어 있었다. 노파는 요리와 소스 냄비, 주변의 환담과 잔칫날의 연회로 법석거리는 집을 좋아했다. 그리고 평소부터 제르베즈하곤 꽤 기분이 상통하였다. 그러나 어느 집에나 흔히 있는, 고부간에 불화가 있을 때면 노파는 투덜거리며 이처럼 며느리 신세를 지고 사는 것을 몹시 불행한 일로 생각하였다. 그녀는 마음 속으로는 로리외 부인에게 애정을 지니고 있었을 것이다. 어쨌든 친딸이니까.

「어떨까요?」하고 제르베즈는 되풀이했다. 「그 집에 계셨더라면 어머님도 지금처럼 뚱뚱해지진 못하셨겠죠? 그리고 커피도 담배도 맛있는 것이라곤 아무것도 없었을 테고! 그리고 말이에요, 어머니 침대에 요를 두 개씩이나 깔아 드렸을까요?」

「어림도 없지, 물론.」하고 쿠포 어머니가 대답하였다. 「그것들이 들어올 때는 내, 문간 정면에 서서 낯짝을 좀 봐 줄란다.」

로리외 부부의 낯짝은 나타나기도 전부터 두 사람을 즐겁게 했다. 그러나 테이블을 멍하니 바라보고만 서 있을 때가 아니었다. 쿠포 일가는 아주 늦은 1시경에 찬 가게 음식으로 점심을 때웠다. 세 개의 화덕이 계속 잠겨 있는 데다 저녁때에 대비하여 닦아놓은 접시를 더럽히고 싶지 않았기 때문이었다. 4시가 되자 두 여자들은 불이 난 것처럼 바빴다. 거위는 열어젖혀 놓은 창 옆의 벽 밑에 있는 군고기 그릇에서 타고 있었다. 덩치가 너무 커서 구이 냄비에 완전히 들어가질 않았다. 사팔뜨기 오귀스틴느가 조그만 걸상에 앉아서 타오르는 군고기 그릇의 반사를 정면으로 받으면서 긴 자루의 숟가락으로 엄숙한 거위 위에 군물을 끼얹고 있었다. 제르베즈는 비계 넣은 청완두에 매달려 있었다. 쿠포 어머니는 이와 같은 많은 요리에 둘러싸여 머리가 띵해 가지고 어슬렁거리며 에피네와 브랑켓을 데워야 할 시간이 되기를 기다리고 있었다. 5시쯤 되자 손님들이 나타나기 시작하였다. 제일 먼저 온 건 고용인 두 사람, 클레망스와 퓌트와 부인으로 한 사람은 푸른빛, 한 사람은 검은빛으로 성장하고 있었다. 클레망스는 제라늄을, 퓌트와 부인은 헬리오트로프를 각각 들고 있었다. 마침 손에 가루를 하얗게 묻히고 있던 제르베즈는 손을 뒤로 돌린 채 각각 커다란 키스를 두 번 해야 하였다. 그러자 이 두 사람을 뒤따르듯이 어느 귀부인인가 싶게 꾸민 비르지니가 들어왔다. 잠깐 한길만 가로지르면 되는 것을 무늬 있는 모슬린 드레스에 숄과 모자를 쓰고 있었다. 그녀는 붉은 카네이션 화분을 가지고 왔다. 그리고 자기편에서 제르베즈를 힘차게 껴안았다. 끝으로 보슈가 오랑캐꽃 화분을, 그 마누라가 목서초 화분을, 르라 부인이 시트롱 화분을 들고 나타났다. 르라 부인의 화분 흙이 그녀의 보랏빛 메리노 천의 드레스를 더럽히고 있었다. 모두들 키스하곤 세 개의 화덕과 구이 그릇에서 오르는 숨가쁜 열기 속의 방 안에 다가모였다. 작은 냄비의 프라이소리가 이야기소리를 지웠다. 옷자락이 군고기 그릇에 걸려서 아차 놀랐다. 거위 냄새가 풍겨서 모두들 코를 벌름거렸다. 제르베즈는 아주 상냥하게 한사람 한사람에게 꽃에 대한 인사를 하였다.

그러나 깊은 접시에서 블랑켓의 소스 만드는 손을 쉬지 않았다. 화분은 키가 큰 하얀 종이 두루마리를 붙인 채 가게의 테이블 가에 놓았다. 달콤한 꽃향기가 요리 냄새와 섞였다.

「거들어 드릴까요？」 하고 비르지니가 말하였다. 「이 요리를 만드느라고 사흘이나 걸렸는데 눈깜짝할 사이에 우리들이 먹어 치울 테니 말이에요！」

「그야 그렇지！」 하고 제르베즈가 대답하였다. 「하지만 누군가가 해야 할 것 아니에요？ 그렇지만 좋아요, 손을 더럽히지 말라고. 보다시피 다 됐어. 남은 것은 포타즈뿐이야……」

그래서 모두들 편하게 앉았다. 여자들은 숄과 모자를 침대 위에 놓고 버리지 않도록 스커트를 걷어올려 핀으로 꽂았다. 보슈는 저녁식사 시간까지 수위실을 지키도록 마누라를 돌려 보내 놓고 클레망스를 다리미 스토브 있는 구석으로 밀며, 「어떻소, 당신은 간지럼을 타오？」 하고 물었다. 클레망스는 공처럼 몸을 움츠리고 옷이 터질 정도로 가슴을 부풀여 가지고 숨을 몰아쉬며 몸을 뒤틀었다. 간질인다는 생각만 해도 온몸이 죄다 근질거렸기 때문이었다. 다른 여자들은 음식 차리는 사람의 방해가 안 되도록 모두다 가겟방으로 옮겨 앉아 테이블을 앞에 놓고 벽에 기대고 있었다. 그러나 열어 놓은 사잇문 너머로 계속되는 이야깃소리가 잘 안 들렸기 때문에 연방 그녀들은 안의 방으로 되돌아가기도 하고, 갑자기 큰소리를 치며 방으로 뛰어들어 제르베즈를 둘러싸곤 하였다. 그녀는 김이 오르는 숟가락을 손에 들고 대답하기에 정신이 없었다. 모두들 웃어 대거나 큰소리로 떠들어 댔다. 비르지니가 속을 비워 두느라고 이틀 전부터 굶었다고 하니 잡상스런 키다리 클레망스는 한술 더 떠 자기는 영국 사람처럼 아침에 설사약을 먹었기 때문에 뱃속이 텅 비었다고 했다. 그러자 보슈가 당장에 소화 방법을 일러 주었다. 「한 그릇 먹을 때마다 문짝으로 몸뚱이를 지질러 누르는 것이야. 이것도 영국 사람들의 방식이야. 이렇게 하면 열두 시간 계속 먹어도 밥통은 끄떡없단 말이야. 식사에 초대를 받았으니 잘 먹는 것이 예의가 아니겠어, 응? 고양이한테 먹이기 위해서 송아지와 돼지와 거위를 늘어 놓는 것은 아닐 테지. 암! 주인 아주머니는 안심해도 좋다고. 내일 접시를 씻을 수고도 필요없게시리 깨끗하게 먹어 치울 테니까 말이야.」 그리고 일동은 작은 냄비와 구이 그릇 위로 냄새를 맡으러 와서는 식욕을 돋우고 있는 듯하였다. 여편네들이 마침내는 계집애들처럼 까불기 시작하였다. 밀치락거리면서 노는가 하면 이방 저방으로 뛰어다니고 마룻바닥을 울리며 속치마로 요리 냄새를 풍기어 마치 귀머거리가 될 것 같은 큰 법석을 떨었다. 비계를 써는 쿠포 어머니의 칼 소리에 섞여 웃음소리가 들렸다.

모두들 이렇게 법석을 피우고 껑충거리며 장난질을 하고 있는 판에 구제가 나타났다. 그는 두 팔에 커다란 백장미를 들고서 부끄러워하며 여간해서 들어오려 하지 않았다. 훌륭한 장미로 줄기가 얼굴까지 올라오고 그 노란수염에 엉기어 꽃이 피어 있었다. 제르베즈는 화덕 불에 볼을 달아올리며 곁으로 달려갔다. 그러나 그는 화분을 어떻게 처리해야 좋을지 몰랐다. 그녀가 그것을 받아도 그는 제르베즈에게 키스하려고도 않고 입을 우물거릴 뿐이었다. 그녀 쪽에서 발돋움을 하고 볼을 그의 입술에 갖다 대 주어야만 하였다. 그는 너무나 당황하여 그녀의 눈에다 키스를 하였는데 그것이 거칠어서 눈이 찌그러질 뻔하였다. 두 사람 다 몸이 부르르 떨리고 있었다.

「어머, 구제 씨! 이건 너무나 훌륭합니다!」 하고 그녀는 그 장미를 다른 화분 곁에 나란히 놓으면서 말하였다. 깃털 장식처럼 뻗친 이파리 전체가 다른 꽃들보다 높았다.

「천만에, 천만에.」 하며 그는 다른 소리를 할 줄 몰라 그렇게 되풀이하였다.

그리고 조금 안정되자 커다란 한숨을 내쉬고 어머니는 오시지 못할지도 모른다고 말했다. 좌골 신경통 때문이라 했다. 제르베즈는 섭섭해 하며 거위를 조금 남겨 두겠다고 하였다. 무슨 일이 있어도 구제 마나님에게 이 새 고기를 드리고 싶었던 것이다. 그리하여 이제는 기다릴 사람이 없었다. 쿠포는 프와송과 근처를 산책하고 있을 것이 뻔했다. 점심 후에 집에까지 데리러 간 것이다. 이 두 사람은 머지않아 돌아오리라. 6시에는 틀림없이 돌아오마고 약속하였으니까. 포타즈가 얼추 익었기 때문에 제르베즈는 르라 부인을 불러 그럭저럭 로리외 부부를 부르러 갈 시간이라고 하였다. 그러자 그 순간 르라는 아주 신중한 표정을 지었다. 교섭 일체를 도맡고 두 집안 사이에서 일을 어떻게 처리할 것인가를 결정지은 것은 그녀였다. 그녀는 숄과 보닛 모자를 다시 한 번 고쳐 쓰곤 속으론 굳어 있으면서도 필요 이상으로 거드름을 피우며 올라갔다. 아래층 방에서는 세탁부가 한 마디도 없이 포타즈와 마카로니를 휘젓고 있었다. 일동은 갑자기 정색을 하고 숙연한 태도로 기다리기 시작하였다.

처음에 나타난 것은 르라 부인이었다. 그녀는 이 화해를 더욱더 꽃피우게 하기 위해 한 바퀴 빙 돌아온 것이다. 가게 문을 활짝 열고 그것을 손으로 누르고 있자니 비단옷을 입은 로리외 부인이 문간에 멈추어 섰다. 손님들은 모두 일어섰다. 제르베즈는 앞으로 나가며 마치 정해 놓았던 것처럼 시누이에게 키스하면서 말하였다.

「자, 들어오셔요. 이젠 끝났어요, 안 그래요? 이제부턴 둘이 다 친하게 지내요.」

그러자 로리외 부인이 말하였다.

「언제까지 사이좋게 지낼 수만 있다면 더 이상 무엇을 바라겠나.」

그녀가 들어오자 로리외도 똑같이 문간에 서서 가게 안에 들어가기 전에 키스해 주기를 기다리고 있었다. 두 사람이 다 꽃다발 같은 것은 가지고 오질 않았다. 일부러 가지고 오지 않은 것이다. 처음으로 절름발이네 집엘 가는데 꽃 같은 걸 가지고 가면 굴복한 꼴이 되리라고 생각한 것이었다. 그 동안에 제르베즈는 오귀스틴느에게 포도주를 두 병 내놓으라고 소리쳤다. 그리고 술을 테이블 가에서 컵에 따라 가지고 일동을 불렀다. 그들은 각자의 컵을 들어 일가의 화합을 축하하고 건배했다. 좌석이 고요해지고 일동이 마셨다. 부인네도 팔을 들고 마지막 한 방울까지 단숨에 마셔 버렸다.

「수프 전에는 이것이 제일이야.」 하고 보슈가 입맛을 다시며 말하였다. 「엉덩이를 걷어채이기보다는 이 편이 더 낫지.」

쿠포 어머니는 로리외 부부의 상판을 보아 주려고 문간 정면에 버티고 서 있었다. 그리고 제르베즈의 치맛자락을 잡아당겨 안쪽 방으로 데리고 갔다. 둘이 다 함께 포타즈 위로 몸을 굽히며 낮은 소리로 재빨리 얘기하였다.

「흥, 그 사자코라니!」 하고 노파가 말했다. 「너는 못 보았겠지만 나는 똑똑히 보았다……. 그 애는 식탁이 눈에 비치자 말이다, 말도 마! 얼굴이 이렇게 비틀어지며 입꼬리가 두 눈 끝까지 치켜올라가더라. 사내도 말이다, 기가 질린 모양이야. 갑자기 기침을 하더라니……. 저 봐라, 저 꼴. 군침도 말라서 입술을 깨물고 있구나.」

「참 딱하군요, 저렇게 시기가 많은 사람들은 처음 봐요.」하고 제르베즈도 소곤거렸다.

정말이지 로리외들의 얼굴은 우스웠다. 그야 누구든 기가 눌리는 것을 좋아하지 않았으며 더구나 집안에서 누군가가 성공하면 다른 사람들이 분해 하는 것은 당연하다. 그렇지만 모두들 견디면서 웃음거리가 되지 않으려고 하는 것이 아닌가. 그런데 로리외 부부는 견디질 못하는 것이었다. 아무래도 얼굴에 나타나는 것이다. 곁눈질을 하고 입을 삐죽거리는 등 그 표정이 너무 노골적이라 결국 다른 사람들이 물끄러미 바라보다가는 기분이 언짢으냐고 물어 보았을 정도였다. 그들 부부는 14인분의 식기를 늘어놓고, 하얀 테이블보를 씌우고 빵도 미리 잘라 놓은 이 테이블이 도무지 견딜 수 없었다. 마치 큰 한길 요리집에 온 것 같은 기분이었다. 로리외 부인은 실내를 한 바퀴 빙 돌아보았으나, 꽃들은 보지 않으려고 얼굴을 숙이고 있었다. 그리고 커다란 테이블보가 새것임에 틀림없다고 생각되자 속이 상해서 살그머니 만져 보았다.

「자, 다 됐습니다.」하고 제르베즈가 상냥한 표정으로 다시 나타나더니 외쳤다. 두 팔은 드러나고 관자놀이에 짧은 금발이 얽혀 있었다.

손님들은 테이블 둘레에서 서성거리고 있었다. 모두들 시장기가 치솟아 무료해 하며 선하품을 삼키고 있었다.

「주인만 오면 시작할 수 있을 텐데.」하고 세탁부가 말하였다.

「글쎄 말이야!」하고 로리외 부인도 말하였다. 「수프는 금방 안 식겠지만……. 쿠포는 정신이 없으니까 내보내지 말았어야지.」

벌써 6시 반이었다. 이미 모든 것이 다 눌어붙어 가고 있었다. 거위는 너무 익었는지도 모른다. 제르베즈는 슬퍼져서 쿠포를 찾으러 이 근방 술집으로 누구든 보냈으면 했다. 그러자 구제가 가겠다고 하였기 때문에 그녀도 함께 가기로 하였다. 남편 일이 걱정된 비르지니도 따라나섰다. 세 사람은 모자도 안 쓰고 보도가 좁다는 듯이 걸었다. 프록 코트를 입은 대장장이는 왼팔에 제르베즈, 오른팔에 비르지니를 부축하곤, 양손에 꽃을 들었다고 하였다. 그 소리가 두 여자에게는 어찌나 우스웠던지 세 사람은 웃음에 묻혀 걸음을 못 옮길 지경이었다. 반찬 가게 거울에 비쳐진 자기들의 모습을 보고는 한층 더 세차게 웃어 댔다. 바느질공 여자는 장미빛 무늬를 넣은 모슬린의 의상을 입고 있었고 세탁부는 파란 물방울 모양이 든 하얀 무명지 드레스로 손목을 드러내고 목에는 회색의 조그만 비단 넥타이를 매고 있었다. 두 여자는 검정 옷차림의 구제와 비교하면 얼룩진 두 마리의 암탉 같았다. 사람들은, 평일인데 성장을 차리고 무더운 6월의 초저녁 프와송니에르 거리의 혼잡을 헤치며 시시덕거리고 지나가는 그들을 돌아다보았다. 그러나 시시덕거릴 때가 아니었다. 한 집씩 술집 문간에 들러서 목을 늘이고 카운터 안을 살펴보았다. 쿠포란 친구, 개선문에라도 마시러 갔나? 이 거리 위쪽을 모조리 뒤지며 있음직한 장소는 다 들여다 보았다. 술절이 살구로 이름 높은 〈카뤼생(작은 香猫)〉, 오를레앙의 술을 8수에 주는 바케 할머니네 가게, 까다로운 마부 나리님네들의 모임터인 〈나비집〉 등을 다 뒤져도 쿠포는 없었다. 그래서 큰길 쪽으로 내려가서 모퉁이의 목로 주점, 프랑스와네 가게까지 다다랐을 때 제르베즈는 가볍게 소리를 쳤다.

「왜 그러시죠?」 하고 구제가 불렀다.

세탁부는 이미 웃고 있지 않았다. 새파래 가지고 아주 흥분하여 당장에 쓰러질 것만 같았다. 비르지니는 금방 알아차렸다. 프랑스와네 가게에서 랑티에가 테이블 앞에 앉아서 태연하게 저녁을 먹고 있었다. 두 사람은 대장장이를 끌고 지나갔다.

간신히 말을 할 수 있게 되자 제르베즈는, 「발이 저렸어요.」 하였다.

마침내 그들은 거리 아래편 콜롱브 영감네 목로 주점에서 쿠포와 프와송을 발견하였다. 두 사람은 복잡한 사람들 틈에 서 있었다. 쿠포는 회색 작업복을 입고 분격한 솜씨로 카운터를 주먹으로 두들기고 있었다. 프와송은 오늘 비번이었는데 밤색의 헌 외투를 두르고 생기 없는 뚱한 얼굴로 붉은 황제 수염과 코밑 수염을 곤두세우고 상대방의 얘기를 듣고 있었다. 구제는 여자들을 길에 남겨 두고 들어가서 함석장이 어깨에 손을 얹었다. 하나 함석장이는 밖에 제르베즈와 비르지니가 있는 것을 보자 벌컥 화를 냈다. 「누가 저 따위 암컷들을 나한테 데리고 왔냐? 이젠 치사하게 치맛자락까지 따라다니는구나! 좋아! 그렇다면 나는 꼼짝 안할 테니까. 너희들끼리 마음대로 시시한 만찬을 먹으려무나.」 그를 달래기 위해 구제는 술을 한 잔 받아야만 하였다. 하지만 그래도 쿠포는 카운터 앞에서 거의 5분간은 짓궂게 꾸물대고 있었다. 겨우 밖으로 나오자 마누라를 보고 소리쳤다.

「이 따위 일은 나한텐 어울리질 않는다고……. 아무 데 있건 내 마음대로야, 알았지!」

그녀는 아무 대답도 안했다. 몸이 마구 떨렸다. 그녀는 랑티에에 대하여 비르지니와 얘기를 해야만 했다. 비르지니가 자기 남편과 구제에게 앞장서 달라고 부탁하며 앞으로 떼밀었기 때문이다. 그리고 두 여자는 함석장이를 놓치지 않게 한눈을 팔지 않도록 그의 양 옆에 붙어 섰다. 그는 취했다고 할 정도는 아니었다. 마셨다고 하기보다는 소리를 너무 질러서 띵할 뿐이었다. 하나 여자들이 왼편 보도를 걸으려고 하는 것을 눈치채자 장난질치며 일부러 그녀들을 밀치고 오른편 보도로 옮겨 섰다. 그녀들은 당황하여 달음질치며 프랑스와네 가게 문간을 가리도록 하였다. 그러나 쿠포는 랑티에가 있는 것을 틀림없이 알고 있었던 것이다. 그는 이런 소리를 하며 기가 질리도록 만들었다.

「그렇지. 안 그래? 우리 암사슴아, 저기 말이다, 우리들이 잘 아는 형씨가 있다고. 나를 부처님 가운데 토막으로 취급하지 마라……. 네가 곁눈질이나 치고 언제까지 이 근처를 방황하다간 그냥 안 놔 둘 테다!」

그리고서 그는 노골적인 언사를 내뱉으며, 제르베즈가 팔뚝을 드러내고 상판에 분을 바르고 찾아다니고 있는 것은 자기가 아니라 옛날 정부라고 하였다. 그러다 갑자기 그는 랑티에에 대하여 미친 듯이 분노에 사로잡혔다.

「야, 날강도야! 건달! 너하고 나와 둘 중에 누구 하나가 토끼새끼처럼 창자가 터져서 길바닥에 나가 자빠질 때까지 해 보자.」 한편 랑티에 쪽은 그런 줄도 모르고 수영을 곁들인 송아지고기를 천천히 먹고 있었다. 사람들이 몰려들었다. 비르지니는 마침내 쿠포를 끌고 갔으나 쿠포는 길모퉁이를 돌자 갑자기 조용해졌다. 여하간 모두들 나갔을 때보다 우울해서 가게로 돌아왔다.

테이블 주변에선 손님들이 울적해져서 기다리고 있었다. 함석장이는 부인네들 앞을 건들거리며 악수를 하고 돌아다녔다. 제르베즈는 가슴이 좀 답답하고 얘기를 하여도 반쯤밖엔 말이 안 되는 상태로 사람들을 자리에 앉혔다. 그러나 구제 마나님이 궐석을 하여 로리외 부인 곁의 자리가 하나 비어 있는 사실을 언뜻 느꼈다.

「열세 사람이네!」 하고 그녀는 아주 당황하여 말하였다. 조금 전부터 불길한 예감에 떨고 있었는데, 지금 또다시 새로운 불길한 표적을 거기에서 본 것이다.

부인들은 이미 앉아 있었지만 걱정스러운 불쾌감을 지니고 일어섰다. 퓌트와 부인이 가겠다고 하였다. 그녀 얘기론 이런 일은 우스개가 아니라는 것이다. 「어쨌든 나는 아무것도 손을 안 댈 테니까요. 먹을 것이 아무리 있어 봐야 소용없지요.」

그러나 보슈는 비웃으며 말했다. 「나는 열네 사람보다 열세 사람이 좋아. 몫이 더 많아지니 말이야.」

「기다리세요! 어떻게 되겠지요.」하고 제르베즈가 또 말하였다.

그러고 보도로 나오자 마침 차도를 건너가는 브뤼 영감님을 불렀다. 늙은 직공은 허리가 구부러진 몸매로 아무 말 없이 들어왔다.

「거기 앉으셔요, 영감님.」하고 세탁부가 말하였다. 「우리하고 같이 저녁 식사 안 하시겠어요?」

그는 단지 고개만 끄덕하였다. 그는 그러고 싶었지만 아무래도 좋았다.

「어때요? 영감님도 딴 사람이나 같죠.」그녀는 낮은 목소리로 계속하였다. 「영감님은 시장하셔도 못 먹는 수가 많다고요. 어쨌든 한 번 더 잡숫는 셈이죠……. 이렇게 해서 사람 수가 차면 우리도 좋고.」

구제는 눈시울을 적시고 있었다. 그만큼 감동한 것이다. 다른 사람들도 동정하여 이건 참 잘하는 일이라고 하며 우리 모두에게도 덕분에 복이 올 것이라고 덧붙였다. 그러나 로리외 부인은 노인 곁에 있다는 것이 마음에 들지 않는 모양이었다. 몸을 빼며 영감의 뻣뻣하게 휜 손과 누덕누덕 기운 빛 바랜 작업복을 좋지 않은 눈초리로 바라보았다. 브뤼 영감님은 눈앞의 접시에 올려놓은 냅킨 처리에 당황하여 고개를 숙이고 있었다. 그러나 마침내 그것을 집어치우고는 무릎 위에 놓으려고도 않고 테이블 가에 살그머니 놓았다.

마침내 제르베즈는 마카로니를 넣은 포타즈를 내 왔다. 초대손님들이 숟가락을 들었다. 그때 비르지니가, 쿠포가 또 없어졌다고 말했다. 「틀림없이 콜롱브 영감한테 되돌아간 거야.」그러자 모두들 화가 났다. 「이번엔 안 돼! 누가 찾으러 갈 줄 알고. 당사자가 배가 고프지 않으니 거리를 어슬렁거리고 있겠지.」그리하여 사람들이 숟가락으로 접시 바닥을 두들기고 있자니 쿠포가 지로플레와 봉선화 등 두 개의 화분을 양옆에 하나씩 끼고 나타났다. 테이블의 모든 사람들이 박수를 쳤다. 그는 은근한 태도로 그 화분을 제르베즈의 컵 좌우에 놓으러 갔다. 그렇게 놓고는 몸을 굽혀 아내에게 키스하였다.

「내가 당신을 잊어버리고 있었군 그래, 나의 암사슴. 하지만 걱정 마, 오늘 같은 날엔 역시 서로 사랑하는 거야.」

「오늘 저녁의 쿠포 씨는 멋있는데요.」하고 클레망스가 보슈의 귓전에 소곤거렸다. 「지켜야 할 일을 분간하고 알맞게 애교도 있고요.」

주인공의 능숙한 솜씨로 한때 위태롭기만 하던 명랑성도 되살아났다. 제르베즈는 기분이 안정되어 또다시 먼저처럼 상냥해졌다. 모두들 포타즈를 먹고 있었다. 그리고 술병이 돌아갔다. 모두들 처음의 한 잔은 마카로니를 씻어내리기 위하여 고급 술로 아주 조금 마셨다. 옆의 방에서 어린애들 싸우는 소리가 들렸다. 거기엔 에티엔느, 나나, 폴린느, 그리고 작은 빅토르 포코니에가 있었다. 얌전하게 있으라고 타일러서 네 아이에게 테이블을 하나 만들어 주기로 한 것이다. 사팔뜨기 오귀스틴느는 화덕 담당이었으므로 그녀는 음식을 무릎에 놓고 먹어야만 되었다.

「엄마! 엄마!」하며 갑자기 나나가 외쳤다. 「오귀스틴느가 구이 냄비 속에 빵을 넣는대요.」

세탁부는 달려가서, 사팔뜨기가 끓고 있는 거위 기름을 잔뜩 바른 빵을 성급히 삼켜 버리려고 하다가 목구멍을 데이는 현장을 발견하였다. 그 비뚤어진 계집애가, 「아니에요, 아니에요.」하고 떠들어 댔기 때문에 그녀는 후려쳤다.

쇠고기 다음에 샐러드 그릇에 담은 블랑켓이 나오자 모두들 웃음을 터뜨렸다. 이 집에는 이것들을 담을 만한 커다란 접시가 없었던 것이다.

「이건 대단해지는 걸.」하고 말수가 적은 프와송이 말하였다.

7시 반이었다. 이웃에서 들여다보지 못하도록 가게 입구를 닫아 놓았다. 특히 건너편 시계포의 작은 남자는 눈을 접시처럼 뜨고 사람들이 입에 넣는 것을 빼앗고 싶은 표정으로 바라보고 있는 통에 변변하게 식사를 할 수도 없는 형편이었다. 유리창 앞에 늘어뜨린 커튼은 한결같이 그림자 하나 없이 커다랗게 하얀 빛을 밝게 비쳐 주고 있었다. 그리고 아직 정연한 식기와 키 큰 종이 봉지를 두른 화분이 놓인 테이블이 그 밝은 빛을 받고 있었다. 이 파릇한 빛, 서서히 밀려드는 황혼은 그 자리에 기품을 더하고 있었다. 비르지니가 멋있는 말을 생각해 내었다. 모슬린에 둘러싸인 방을 바라보며「고상한데.」한 것이다. 물론 큰길을 짐차가 한 대 지나가면 컵은 식탁보 위에서 튀어 올라 부인네들까지도 탄성을 지르는 형편이었다. 그러나 모두들 말을 많이 안 하고 단정하니 점잔을 빼고 있었다. 쿠포만이 작업복 차림이었지만 그것도 그의 말에 의하면 친구지간에 스스러움도 없고, 또 작업복이란 직공의 정장이기 때문이라고 하였다.

부인들은 코르셋으로 몸을 조이고 머리는 한가운데에서 좌우로 갈라 포마드를 바르고 있었는데 거기에 햇빛이 비치고 있었다. 신사들은 테이블에서 떨어져 앉아서 프록 코트가 더러워질까 두려워서 가슴을 내밀고는 팔꿈치를 뻗치고 있었다.

「어렵쇼? 어찌된 셈이야! 블랑켓에 구멍이 뚫렸네!」모두들 지껄이지 않는 것은 열심히 먹고 있었기 때문이다. 샐러드 그릇은 삽시간에 바닥이 드러나고 있었다. 젤리같이 흐늘거리고 있는 노르스름한 맛있어 보이는 진한 소스에 숟가락이 한 개 꽂혀 있었다. 모두들 그 속에서 송아지고기를 찾고 있었다. 그것은 연달아 나오고 있었다. 샐러드 그릇은 손에서 손으로 넘어가고 여러 얼굴들이 그것을 들여다보며 버섯을 찾았다. 손님들 뒷벽에 기대 놓은 커다란 빵이 녹아서 없어지는 것 같았다. 입에 처넣는 그 사이에 컵의 바닥이 테이블에 부딪는 소리가 들렸다. 소스가 좀 짰기 때문에 크림처럼 삼켜 버린 블랑켓이 뱃속에서 화끈거리는 바람에, 군물을 치느라고 술을 네 병이나 비웠다. 그리고 또, 숨쉴 사이도 없이 커다란 둥근 감자를 곁들여서 깊은 접시에 수북히 담은 돼지고기 에피네가 무럭무럭 김을 올리면서 운반되었다. 함성이 올랐다. 「제길! 멋있다!」 그것은 모든 사람들이 다 좋아하는 것이었다. 이번에야말로 무작정 먹고 볼 판이었다. 모두 칼을 빵으로 문지르며 준비를 갖추고 곁눈질로 접시를 뒤따랐다. 그리고는 제각기 몫을 가려 놓고 팔꿈치를 맞부딪치면서 입을 가득히 해가지고 얘기를 하였다. 「어때? 근사하지, 이 에피네!」 그 무슨 달콤하고도 단단한 것이 창자 속을 통과하여 구두 속까지 흘러내리는 것 같았다. 감자는 흡사 사탕이었다. 짜지는 않았다. 그러나 틀림없는 감자기 때문에 끊임없이 물뿌리개가 필요하였다. 새로이 술을 네 병 뽑았다. 접시는 핥은 듯이 깨끗하게 되어 있었기 때문에 비계 든 청완두를 먹기 위해 일부러 접시를 바꾸어 놓을 필요도 없었다. 오! 채소 같은 건 얼마를 먹어도 좋다구. 모두 재미로 수저 가득히 떠서 들이켰다. 이것이야말로 진짜 식도락이고 이 부인네들의 취미라는 거다. 청완두 요리의 먹을 만한 것은, 이를 테면 적당히 구워져 말발굽 냄새가 나는 비계 조각이었다. 이것은 술 두 병으로 충분했다.

「엄마! 엄마!」 하고 갑자기 나나가 소리쳤다. 「오귀스틴느가 내 접시의 것을 집어 간대요!」

「귀찮게 굴지 마! 그년 갈겨 주렴!」 하고 청완두를 먹고 있던 제르베즈가 대답하였다. 옆 방의 아이들 테이블에선 나나가 여주인 역이었다. 자기는 빅토르 곁에 앉고 오라비 에티엔느를 조그만 폴린느 곁에 앉혔다. 이렇게 하여 그들은 소꿉놀이를 하며 연회놀이의 부부가 되었던 것이다. 우선 나나가 어른 같은 상냥한 표정으로 아주 능란하게 손님 접대를 하였다. 그런데 잘게 썬 비계를 좋아하기 때문에 그것을 독차지해 버렸다. 그래서 사팔뜨기 오귀스틴느는 아이들 주변을 살그머니 돌고 있다가 바로 이때라고 생각하고 비계를 한 움큼 집어 든 것이다. 나나가 골이 나서 손목을 물고 늘어졌다.

「아! 너 알았지?」 하고 오귀스틴느가 소곤거렸다. 「블랑켓 후에 네가 빅토르한테 키스해 달라고 한 것, 엄마한테 이를 테니까.」

그러나 모든 것이 제대로 되었다. 제르베즈와 쿠포 어머니가 거위를 꼬치에서 빼러 온 것이다. 큰 테이블에선 모두들 의자등에 젖히고 앉아서 한숨을 돌리고 있었다. 남자는 단추를 풀고 여자는 냅킨으로 얼굴을 문지르고 있었다. 식사는 잠시 동안 휴식으로 들어갔다. 그러나 몇 사람은 그런 것도 모르고 턱을 놀리며 빵을 큰 입으로 우물거리고 있었다. 음식이 아무리 들어와도 천연스레 기다리는 사람은 그대로 기다리고 있었다. 밤의 어둠이 서서히 내려졌다. 회색빛으로 보이던 낮의 햇빛이 점점 어두운 빛으로 되어 갔다. 오귀스틴느가 테이블 양쪽에 하나씩 불 붙인 램프를 놓자 밝은 빛에 비치어 어수선한 식탁이 드러났다. 기름에 번쩍이는 접시와 포크, 빵 부스러기며 흐트러진 술에 얼룩진 식탁보 등 무엇인지 강한 냄새에 숨이 막힐 것만 같았다. 그러나 부엌에서 뜨거운 김이 불어왔기 때문에 얼굴을 그쪽으로 돌렸다.

「거들까?」 하고 비르지니가 소리쳤다.

그녀는 의자에서 떠나 옆 방으로 들어갔다. 그러자 여자들이 일제히 그녀를 뒤따랐다. 그리고 구이 냄비를 둘러싸고 새를 잡아당기고 있는 제르베즈와 쿠포 어머니를 아주 흥미롭게 물끄러미 바라보았다. 이어서 환성이 올랐다. 떠들썩한 목소리와 좋아서 날뛰는 소리도 섞였다. 그리하여 의기 양양하니 전부 테이블로 되돌아왔다. 제르베즈는 땀에 젖은 밝은 얼굴에 말없는 웃음을 함빡 띠고는 팔을 버텨 거위를 들고 들어왔다. 여자들이 그 뒤에서 똑같이 웃으면서 들어왔다. 나나는 저만큼에서 동그랗게 눈을 부릅뜨고 발돋움을 하여 바라보고 있었다. 거위가 금빛으로 국물을 흘리며 덩그렇게 테이블에 놓여졌으나 모두들 당장엔 손을 내밀지 않았다. 놀람과 감탄으로 일동은 소리를 삼켰다. 눈짓을 하기도 하고 끄덕거리기도 하며 서로들 새를 가리켰다.

「제길! 대단한 암컷이로군! 저 허벅지하며 저 배때기!」

「벽만 핥고 있었다면 이렇게는 살찌지 않았을 걸, 이 새 역시!」 하고 보슈가 말하였다.

그래서 새에 관한 자세한 얘기가 시작되었다. 제르베즈는 의문을 풀어 주었다. 이 새는 프와송니에르 거리의 새집에서 본 중에선 제일 좋은 것이고 석탄집 저울로 12파운드 반이나 나갔고, 익히는 데 석탄이 한 말이나 들었고 사발로 세 그릇이나 기름이 나왔다고 했다. 비르지니가 가로막으며 이 새가 산

것일 때 보았다고 자랑하였다. 「그대로라도 먹고 싶었을 정도였어요. 그렇게 껍질도 보드랍고 하얗더랬어요. 그야말로 금발머리의 피부라고나 할까!」 남자들은 모두 천박한 식탐에 입술을 벌름거리며 웃고 있었다. 그러나 로리외 부부는 절름발이네 테이블 위에 이렇듯 대견스런 거위가 나왔기 때문에 기가 질려 실쭉한 표정이었다.

「그런데 말이에요! 이것을 통째로 먹을 수도 없고 말이에요.」 하고 세탁부가 마침내 말하였다. 「누가 잘라 주지 않겠어요? 싫어요, 싫어. 나는 못 해요! 너무 커서 말이에요. 난 무서워요!」

쿠포가 나섰다. 「그까짓 것 간단하지. 다리를 잡아당기면 되는 거야. 맛이야 변하지 않을 테니까.」 그러나 반대가 많았고 모두들 함석장이에게서 강제로 식칼을 빼앗았다. 「저 양반이 칼을 댔으면 접시 안을 그야말로 묘지같이 만들어 놓았을 거야.」 잠시 동안 모두들 그 일을 잘 해 줄 만한 사람을 물색하였다. 결국 르라 부인이 상냥한 목소리로 말하였다.

「이보셔요. 그건 프와송 씨가 좋겠어요. 확실히 프와송 씨가…….」

그런데 일동은 어째서 좋은지 모르겠다는 듯하였기 때문에 그녀는 애교에 넘치는 목소리로 덧붙였다.

「그야 프와송 씨가 좋을 것이 분명하지요. 칼을 써 보시던 솜씨니까요.」

그리고는 손에 들고 있던 식칼을 순경에게 넘겨 주었다. 모두들 기쁨과 찬성의 환성을 올렸다.

프와송은 군대 식으로 딱딱하게 머리를 숙이고서 자기 앞에 있는 거위를 잡았다. 곁에 있던 제르베즈와 보슈 부인은 몸을 뒤로 뽑아 그의 팔꿈치에 방해되지 않도록 하였다. 그는 새를 접시 바닥에 못박아 놓기라도 하는 것처럼 뚫어지게 바라보며 거창한 솜씨로 서서히 잘랐다. 식칼이 뼈를 자르자 소리가 났다. 로리외는 애국심이 솟아나기라도 한 듯 외쳤다.

「어때! 만약에 이것이 카자흐 병정이라면!」

「당신 카자흐 병정과 싸운 적이 있으셔요, 프와송 씨?」 하고 보슈 부인이 물었다.

「아니오, 베두인 족하고 싸웠지요.」 하고 날개 부분을 썰면서 순경이 대답하였다. 「이미 카자흐 따위는 없습니다요.」

그러자 깊은 침묵이 깃들었다. 모두들 목을 늘이고 눈으로 식칼의 움직임을 좇았다. 프와송은 깜짝 놀라게 해 주려고 하였다. 별안간에 최후의 일격을 가하자 새의 꽁무니가 잘라지면서 그것이 꽁지를 위쪽으로 향하고 곤두섰다. 사교 모자와 같았다. 그러자 감탄의 소리가 일었다. 연회에서 애교가 있는 사람은 군인 출신뿐이었다. 그 동안에 거위는 꽁무니에 뚫려진 구멍으로 흥건히 국물을 흘렸다. 그래서 보슈가 장난투의 말을 지껄였다.

「내 미리부터 부탁해 두지만 저 모양으로 입 안에다 오줌을 싸 주게 하라고.」 하고 중얼거린 것이다.

「어머! 망측해라!」하고 부인들이 외쳤다. 「정말이지, 망측도 하네!」

「몰라요, 난 이렇게 지저분한 사람은 정말 질색이에요.」하고 보슈 부인이 다른 누구보다도 분격하여 말했다. 「닥치지 못하우? 당신 같은 소리를 하면 모두들 기분 나쁘지 않우……. 이것이 모두 먹는 것이란 사실을 알면서 말유!」

그 소란 속에서 클레망스는 계속 되풀이하였다.

「프와송 씨, 이보셔요, 프와송 씨……. 저한텐 꽁무니 쪽을 주세요, 네?」

「엉덩이는 물론 당신 것이지.」하고 르라 부인이 예의 음탕한 표정으로 말하였다.

어쨌든 거위는 여러 조각이 났다. 순경은 사교 모자를 한동안 여러 사람들에게 감탄시킨 후 다시 또 그것을 잘게 썰어서 접시 주변에다 늘어놓았다. 이렇게 하면 각자 마음대로 집을 수 있었다. 여자들은 드레스의 호크를 풀었지만 덥다고 투덜거렸다. 쿠포는 자기 집에 있는데 어떠냐며, 이웃 사람들한테 보여 주자고 외쳐 댔다. 그가 한길 쪽 문을 활짝 열었기 때문에 연회는 역마차소리와 보도로 오가는 사람들의 혼잡한 가운데서 이뤄졌다. 마침 턱도 한동안 숨을 돌렸고 식도에도 새로이 구멍이 났기 때문에 모두들 다시 또 저녁식사를 시작하며 맹렬한 기세로 거위에 덤벼들었다. 거위 요리하는 것을 우두커니 보면서 기다리고 있노라고 블랑켓이나 에피네는 장딴지까지 내려가 버렸다고 익살쟁이 보슈가 말했다.

정말이지, 이것이야말로 많이 먹기 대회였다. 사실 모두들, 누구든 하나도 이처럼 음식을 퍼 넣는 기억은 없었다. 통통하게 살찐 제르베즈는 두 팔을 버티고 얘기하는 시간도 아끼며 한 입이라도 덜 먹으랴 싶게, 희고 커다란 고기를 꾸역꾸역 먹어댔다. 다만 구제에게만은 이렇게 고양이처럼 먹보인 자기를 보이기 민망해 얼마간 부끄러워했다. 물론 구제도 먹을 만큼 먹으며 그녀가 음식으로 불그레하니 상기된 것을 보고 있었다. 그리고 이 여자는 먹는 데는 정신을 못 차렸지만 참으로 친절하고 마음이 좋다! 말은 안 했지만 노상 먹는 손을 멈추어 브뤼 영감의 시중을 들며 그의 접시에 맛있어 보이는 것을 놔 주었다. 이 먹보 여자가 날갯죽지 밑동을 자기 입에 넣지 않고 늙은이한테 주고 있는 것을 보면 감동하게 된다. 그러나 늙은이 쪽은 맛도 모르는지 지나친 성찬에 상기가 되어 고개를 수그린 채 아무것이고 그저 씹지도 않고 삼켜 버리고 있었다. 그 위장은 빵의 맛 같은 것은 완전히 잊고 있었다. 로리외 부부는 구이로써 원한을 풀고 있었다. 그들은 사흘 치는 구겨 넣었다. 절름발이를 파산시키기 위해서라면 접시고 탁자고 그리고 가게라도 삼켜 버렸으리라. 부인들은 모두 뼈다귀를 좋아했다. 뼈다귀는 여자들이 좋아하는 물건이었다. 르라 부인, 보슈 부인, 그리고 퓌트와 부인들은 두 개밖에 남지 않은 이로 그 고기를 뜯고 있었다. 비르지니는 껍질의 그을은 곳을 좋아했다. 그래서 모두들 환심을 사기 위해 그녀에게 껍질을 돌렸다. 그래서 프와송은 아내에게 도끼눈을 뜨며 이렇게 많은데 이제 그만하라고 나무랐을 정도였다. 전에 언젠가는 거위 구이를 과식해서 배가 부른 나머지 2주일이나 앓아 누운 적이 있었다. 그러나 쿠포는 분개하여 허벅지고기를 비르지니에게 내밀면서 외쳤다.

「제기랄, 이 고길 깨끗이 먹어 치우지 못할 정도라면 여자가 아니지. 거위고기 먹고 체했다는 소리는 못 들었다고. 체하긴커녕 거위는 비장염을 고친다고. 빵도 없이 디저트 모양 우둑우둑 깨물어 먹을 수도 있단 말이야. 나 같음 밤새 먹어도 병 같은 건 안 걸릴 거야.」 그러면서 기세 좋은 꼴을 보이느라고 다리 하나를 통째로 입에 처넣었다. 그 동안에 클레망스는 꽁무니 고기를 먹어 치우고 보슈가 낮은 목소리로 음탕한 소리를 소곤댔기 때문에 우스워서 의자 위에 몸을 꼬고 킬킬거리며 국물을 마시고 있었다. 아! 젠장할 것! 잘 먹었다! 먹을 때는 실컷 먹는 것이다. 그렇지 않은가! 그리고 말이야, 진탕 먹기란 어쩌다 한 번밖에 못 하는 것인데 귓구멍에까지라도 처넣는 게 당연하지. 사실 북장구 같은 배가 점점 더 불러 왔다. 부인님네들은 임신부처럼 되었다. 기막힐 정도의 대식가들은 당장에 뱃가죽이 터질 듯하였다. 입은 벌어지고 턱은 기름으로 번지르르하여 얼굴은 마치 장사가 번창하여 터질 것 같은 부자 볼기짝 모양 시뻘겋기만 하였다.

「그런데 술로 말할 것 같으면 그것은 세느 강물처럼 테이블 주변을 흐르고 있는 것이오. 비가 오고 땅이 말랐을 때의 시냇물과 흡사한 것이오.」 쿠포는 붉은 술이 쏟아져 나와 거품이 이는 걸 보기 위해 높이 들고 따랐다. 그리고 병이 비면 그것을 거꾸로 하고 암소 젖을 짜는 여자 솜씨로 병을 짜는 시늉을 하고 장난쳤다. 또 한 병마개를 열었다! 가게 한구석에는 병의 시체가 점점 높이 쌓여 그 무덤 위에다 모두 테이블의 찌꺼기를 버렸다. 퓌트와 부인이 물을 달라고 하자 함석장이는 골이 나서 물병을 치워 버렸다. 착실한 사람들은 물을 마시는 것인가? 그렇다면 그녀는 뱃속에 개구리를 기를 작정이로군? 컵을 당장 비워 버리고 단숨에 목구멍으로 흘려 버린 액체가 소나기 온 날 홈통을 흘러내리는 빗물 같은 소리를 냈다. 「싸구려 술이 비처럼 오는구나, 응? 처음엔 묵은 술통 맛이 나더니 이젠 혓바닥이 절어서 개암 냄새로구나. 아! 못 당하겠다! 제주이트 교도들이 무슨 소리를 하건 포도주란 역시 큰 발명이라니까!」 모두들 웃어 대며 갈채를 보냈다.

「글쎄, 생각 좀 해 보라고. 술이 없으면 노동자가 살아가겠느냐 말이야. 노아 할아버지도 함석장이·양복장이·대장장이를 위하여 포도나무를 심으셨을 것이 분명하다. 술이란 노동자들의 때를 씻어내리고 노동에 휴식을 주며 게으름뱅이 뱃속에 불을 붙여 준다고. 그리고 그 어릿광대란 놈이 자네들에게 장난을 쳤을 때도 말일세! 임금님은 자네들의 아저씨는 아니었지만 파리는 자네들 것이 아니었나 말일세! 노동자가 녹초가 되어 갖고 한푼도 없이 부르주아들에게 멸시를 받으며 즐길거리를 제법 많이 갖고 있다고 생각하면 안 된단 말이야! 다만 장미빛 인생을 보고 싶은 나머지 간혹 가다 취하는 것을 일일이 왈가왈부해서야 되겠는가 말일세! 응! 이즈음은 황제까지도 우습게 아는 세상이라고. 아마도 황제도 취하기야 하겠지. 하지만 역시 우습게 안다고. 우리처럼 곤드레만드레가 되도록 취하거나 멋대로 놀 수가 없다는 것이지. 귀족 따위는 엿먹어라!」 쿠포는 모든 것을 다 깎아 내렸다. 하나 여자란 멋지다고 생각했다. 그는 다만 3수가 짤랑대는 주머닐 두드리며 백 수짜리 은전을 잔뜩 삽으로 휘젓고 있듯이 웃어 댔다. 평소엔 그렇게도 점잖던 구제까지도 취해 있었다. 보슈의 눈은 가늘어지고 로리외는 파래졌다. 그러나 프와송은 군인 출신의 붉은 얼굴에 점점 엄격해지는 눈을 번득이고 있었다. 그들은 이미 진드기처럼 취해 있었다. 부인네들도 얼근하게 취하여 있었다. 「뭐예요! 아직 별로 취하지 않았다고요.」 볼에는 발그레한 주기를 띠고 옷을 벗어 팽개치고 싶어 목도리를 끄르고 있었다. 홀로 클레망스만은 몸을 가누지 못하고 있었다. 그런데 문득 제르베즈가 병들이 고급 포도주가 여섯 병 있는 것을 생각해 냈다. 거위와 함께 내는 것을 잊고 있었다. 그녀가 그것을 가져오자 모두들 컵에 따랐다. 프와송이 컵을 든 채 일어서서 말하였다.

「부인의 건강을 위하여 마십시다.」

모두들 의자를 덜그럭거리며 일어섰다. 시끄러운 소란 속에서 팔을 뻗치고 컵들을 부딪쳤다.

「앞으로 50년 후까지!」하고 비르지니가 외쳤다.

「안 돼, 안 돼.」하고 제르베즈가 감동하면서도 미소를 지으며 대답하였다. 「그러면 너무 할머니가 된다고. 틀림없이 저 세상에 가고 싶은 날이 올 거에요.」

그러는 판에도 활짝 열어 놓은 문으로 이웃 사람들이 들여다보며 이 연회에 끼여들었다. 지나가는 사람들은 거리에 퍼진 밝은 불빛 속에 멈추어서서 아주 기분 좋게 마시고 먹고 하는 그들을 구경하며 재미있게 웃고 있었다. 마부들은 마부석에서 몸을 내밀고 게으름뱅이 말에게 채찍질을 하며 힐끗 시선을 던지고는 농담을 걸었다. 「어때, 공짜 술맛이……? 어이, 뚱뚱이 아줌마, 산파 불러다 줄까?」그리하여 거위 냄새가 동네 안을 즐겁게 하고 밝게 하였다. 식료품 가게 사동 아이는 건너편 보도에서 자기도 새를 먹고 있는 것 같은 기분이었다. 청과물 가게와 내장 가게집 아주머니는 마냥 가게 앞에 서서 입맛을 다시며 킁킁거리고 냄새를 맡았다. 동네 안이 그야말로 소화 불량으로 죽을 지경이었다. 평소에 한 번도 볼 수 없었던 이웃 우산집 퀴도르즈 모녀도 군빵을 만들고 났을 때까지 발개진 얼굴로 곁눈질하며 앞서거니 뒤서거니 차도를 가로질렀다. 키 작은 보석상은 작업대를 향하고 있었지만 술병을 세는 것만으로도 취해 쾌활한 비둘기시계 한가운데서 완전히 흥분하여 그야말로 일이 손에 잡히지 않았다. 「아무렴 그렇지. 이웃에선 화를 내고 있겠지.」하고 쿠포가 외쳤다. 그렇다면 무엇 때문에 숨겨야 한단 말인가? 일동은 멋대로 날뛰며 식탁 풍경을 드러내고 이제 부끄럽게 생각지 않았다. 오히려 그 반대로 많은 사람들이 천박하게 입을 헤벌리고 있는 꼴을 보자 기분이 좋아서 활기를 띠었다. 될 수 있다면 가게 앞을 터놓고 식탁을 차도까지 밀어내고 덜그럭거리는 거리 한가운데 구경꾼들 면전에서 디저트를 들고 싶었다. 보아서 기분 상할 것도 아니지 않겠는가? 그렇다면 이기주의자처럼 틀어박혀 있을 필요는 없었다. 쿠포는 시계포집 작은 남자가 건너편에서 군침을 삼키는 것을 보고 멀리서 술병을 보였다. 상대편이 끄덕이며 좋다고 했기 때문에 술병과 컵을 들고서 갔다. 거리와 더불어 우정이 싹텄다. 그들은 지나가는 사람들과도 건배를 했다. 얘기가 통하는 친구를 불러 세웠다. 음식이 광고되고 연달아 손에서 손으로 건너갔다. 그래서 구트도르 일대가 떠들썩한 가운데 맛있는 냄새를 맡으며 배를 움켜잡았다.

조금 전부터 석탄 가게의 비구르 부인이 문 앞을 왔다갔다하고 있었다.

「여, 비구루 부인! 비구루 부인!」하고 모두들 고함쳤다. 그녀는 바보처럼 웃으며 들어왔다. 말쑥한 여잔데 웃옷이 터질 만큼 똥똥하였다. 남자들은 그녀를 꼬집기를 좋아한다. 어디를 꼬집으나 뼈가 잡히지 않기 때문이다. 보슈가 그녀를 자기 곁에 앉혔다. 그리고는 당장 테이블 밑으로 슬그머니 그녀의 무릎을 잡았다. 그러나 그녀는 습관이 되어 침착하게 컵의 술을 마시며 이웃 사람들이 창으로 들여다본다느니, 아파트 사람들이 골을 내기 시작한다느니 하였다.

「아! 그런 일이라면 우리들 일이지.」하고 보슈 부인이 말했다. 「우리는 관리인이니 말이야. 안 그래? 그러니까 조용하게 하는 것은 우리 책임이라고요……. 불평을 하면 깨끗이 받아 주지요.」

안의 방에선 나나와 오귀스틴느가 구이 냄비 때문에 맹렬한 싸움을 벌였다. 둘이다 그것을 닦고 싶어했다. 군고기 냄비는 15분 가량이나 헌 냄비 소리를 내며 깔개돌 위에서 굴렀다. 이젠 이미 나나가 목에 거위 뼈가 걸린 작은 빅토르를 봐 주고 있었다. 그녀는 그의 턱 밑에 있는 손가락을 받치고 약으로 커다란 사탕 조각을 삼키라고 강요하고 있었다. 그러면서도 그녀는 테이블의 감시를 게을리하지 않았다. 에티엔느와 폴린느의 몫이라고 하면서 연방 술과 고기를 받으러 갔다.

「어머! 배가 터지겠다!」하고 엄마가 말했다. 「제발 부탁이니 조용해라!」

아이들은 더 이상 투정하지 못하였다. 그리고 그래도 먹어 대며 힘을 돋우느라고 찬미가 가락에 맞추어 포크를 두드렸다.

그런데 이 소동 속에서 브뤼 영감과 쿠포 어머니 사이에 얘기가 시작됐다. 영감은 음식과 술로 창백해 가지고 크리미아에서 죽은 아이들의 얘기를 했다. 아! 애들이 살아 있었으면 빵도 날마다 먹을 수 있으련만. 그러나 쿠포 어머니는 약간 혀 꼬부라진 소리로 몸을 굽히며 말했다.

「아이들이 있으면 있는 대로 또 다른 고생이 많은 법이에요. 글쎄, 나 같은 것도 여기선 이렇게 행복해 보이죠. 하지만 얼마나 울었다고요. 아니, 어린애들이 있었으면 하고 원할 것도 아니에요.」

브뤼 영감은 끄덕였다.

「어딜 가나 이제 나 같은 것은 일을 시켜 주질 않는구려.」하고 그는 중얼거렸다. 「나이를 너무 먹은 거야. 내가 일터엘 나가면 젊은 것들이 놀려 대며, 앙리 4세의 장화에 니스 칠을 한 것은 영감이냐고 하는구려……. 작년 쯤은 아직 교량에 칠을 해서 하루 30수는 벌었다우. 개울이 흐르는 것을 굽어보며 고개를 쳐들고 일해야만 했지요. 그런데 그 후로 기침이 나오기 시작했어요. 이젠 끝장이야. 어딜 가나 받아 주지 않아요.」

그는 뻣뻣해진 가련한 손을 물끄러미 바라보며 덧붙였다. 「그것도 그럴 수밖에, 나는 아무 짝에도 쓸모가 없으니. 세상 사람들이 당연하지. 나라도 그랬을 테니까……. 그러니까 내가 죽어 버리지 않는 것이 한이지. 그렇고말고. 그것은 내 탓이지. 일할 수만 없으면 누구고 누워서 죽어 버려야 한단 말이야.」

「정말로.」 하고 얘기를 듣고 있던 로리외가 말하였다. 「정부가 어째서 일 못 하게 된 노동자의 구제를 들고 나서지 않는지 나는 모르겠소. 언젠가 신문에서 그런 것을 읽었지만…….」

그러나 프와송은 자기만은 정부를 변호하여야만 될 것으로 생각하였다. 「노동자는 군인이 아니지요.」 하고 그는 명백히 말하였다. 「앵발리드(상이 군인 회관)는 군인을 위한 것입니다……. 되지 않을 일을 조르면 쓰겠습니까?」

디저트가 나왔다. 그 한가운데 사브와 과자가 있고 사원 모양을 본따서 만든 둥근 지붕에는 멜론의 줄기가 보였고 위편에는 조화의 장미가 한 송이 꽂혀 있었다. 그 곁에는 종이 나비가 철사 끝에서 흔들거리고 있었다. 꽃술로 만든 두 방울의 껌은 두 방울의 이슬 형태였다. 그리고 왼편에는 한 조각의 하얀 치즈가 깊은 접시 속에 떠 있고 오른편의 다른 접시에는 뭉그러져서 진물이 흐르는 커다란 딸기가 수북하였다. 그러나 아직도 기름에 잰 커다란 상추 이파리 샐러드가 남아 있었다.

「자아, 보슈 아주머니.」 하고 제르베즈가 친절하게 말하였다. 「아직 샐러드가 좀 있네요. 좋아하죠? 다 알고 있어요.」

「아니, 아니 고마워요! 나 여기까지 찼어요.」 하고 관리인 부인이 대답하였다.

세탁부가 비르지니 쪽을 돌아다보니까 그녀는 입에다 손가락을 찌르고 먹은 음식에 손가락이 닿는다는 시늉을 해 보였다.

「정말로 가득 찼어요.」 하고 중얼거렸다. 「이젠 자리가 없어, 한 입도 못 들어가요.」

「어머! 조금만 무리를 하면 될 텐데.」 하고 제르베즈가 미소지으며 말하였다. 「언제나 조그만 틈은 있는 법이야. 샐러드 같은 것은 배가 불러도 먹을 수 있는 거야……. 상추를 버리게 내버려 두진 않겠지?」

「절여 두었다 내일 먹지.」 하고 르라 부인이 말했다. 「훌륭한 짠지가 될 테니.」

이 부인네들은 유감스러운 표정으로 샐러드 그릇을 바라보며 가쁜 숨을 몰아쉬고 있었다. 클레망스는 언젠가 점심에 크레송(水菜)을 세 다발이나 먹었노라 했다. 퓌트와 부인은 더 엄청났다. 「나는 씻지도 않은 상추를 송두리째 먹었어요. 소금으로만 무쳐서 마구 먹었어요. 여자란 모두 샐러드로 살고 있는 셈이죠. 양동이로 여러 개씩 사서 말이에요.」 이와 같은 얘기 덕분에 부인네들은 샐러드 그릇을 치워 버렸다.

「나는 풀밭에서 네 발로 엉금엉금 길 것만 같네요.」 하고 관리인 부인이 입에 하나 가득히 물고서 되풀이하였다.

그 소릴 들은 사람들은 디저트를 앞에 놓고 싱글벙글 웃었다. 「디저트까진 생각 못 했지 뭐유. 나오는 게 좀 늦었어요. 하지만 문제 없어. 어쨌든 귀여워해 주자고. 폭탄처럼 터질 것 같은 이때에 딸기나 과자쯤에 지쳐서야 쓰겠어. 그리고 조금도 서두를 필요는 없다. 이거야. 시간은 얼마든지 있고 생각만 있으면 밤샘이라도 좋지.」 그 사이에 모두 딸기와 하얀 치즈를 접시 가득히 담았다. 남자들은 파이프에 불을 붙였다. 그리고 병들이 술이 비었기 때문에 새 병 쪽으로 되돌아가 담배를 피우며 마셨다. 하나 모두들 제르베즈가 사브와 과자를 곧 잘랐으면 좋을 텐데 하고 생각했다.

프와송은 아주 공손히 일어서서 장미꽃을 뽑아 여주인공에게 바쳐 좌석의 갈채를 받았다. 제르베즈는 왼편 가슴 옆에 핀으로 꽂았다. 그녀가 움직일 때마다 나비가 팔랑거렸다.

「그런데 말이야!」 하고 로리외가 큰 발견이나 한 것처럼 큰소리로 외쳤다. 「우리가 먹고 있는 것은 당신네 집 작업대 위로군! 정말이지! 이 위에서 이렇게 일을 한 적은 아직 한 번도 없었겠네그려!」

이 짓궂은 농담이 큰 성공을 거두었다. 재치 있는 암시가 빗발치듯 쏟아졌다. 클레망스는 잠깐 다리미질을 해야겠다고 하면서 딸기를 한 숟가락 마셔 버렸다. 르라 부인은 하얀 치즈를 풀 같다고 우기고 로리외 부인은 입 안에서 「이건 좋은 착안이야. 이 판 위에서 기껏 고생해서 번 돈을, 같은 판 위에서 이렇게 순식간에 먹어 치우다니.」 하고 되풀이하였다. 웃음과 고함이 폭풍과 같이 일었다.

그러나 갑자기 커다란 소리가 여러 사람을 조용하게 하였다. 그것은 보슈가 일어서서 볼품 없는 천박한 꼴로 〈사랑의 화신〉 혹은 〈여자 후리기 병사〉를 노래하기 시작한 것이다.

나는 블라벵, 멋쟁이 아가씨 꽁무니만 따라다녀…….

우뢰 같은 갈채가 시초의 1절을 맞이하였다. 그래 그래, 모두들 부르자고! 모두들 자기의 18번을 하는 거다. 이것이 가장 재미있다. 모두들 테이블에 팔을 괴기도 하고 의자 등에 벌렁 쓰러지기도 하고 가락이 넘어갈 땐 끄덕이기도 하며, 후렴에서는 한 모금 마시기도 하였다. 보슈는 익살스러운 유행가가 18번이었다. 이 사람이 손가락을 벌리고는 모자를 치켜 쓰고 병사 흉내를 내면 물병이라도 웃길 수 있으리라. 〈사랑의 화신〉에 이어 맡아 놓고 하는 〈드 폴르비슈 남작 부인〉을 노래하기 시작하였다. 3절까지 오자 클레망스 쪽을 향하여 천천히 음탕한 소리로 중얼거리듯 노래하였다.

남작 부인에겐 수행원이 있죠.
넘겨 짚지 말아요, 그것은 네 사람의 자매들.
갈색머리 세 사람에 금발이 하나,
여덟 개 눈동자는.

그러자 일동은 열광하며 후렴으로 들어갔다. 남자들은 발뒤꿈치를 쾅쾅 울리며 박자를 맞췄다. 부인네는 과도를 들고 박자에 맞춰 컵을 두드렸다. 모두들 다 함께 떠들어 댔다.

에라 누가 술 값을 치르건
한 잔만 하세! 저기 저 병, 병, 병.
에라! 술 값을 누가 치르건
한 잔 더하세, 저기 저 병사에게도.

가게의 유리창이 흔들리고 노래 부르는 사람들의 커다란 숨결이 모슬린의 커튼을 펄럭였다. 그 사이에 비르지니는 두 번이나 사라졌다가 돌아오더니 제르베즈의 귓전에 몸을 기울이고 작은 목소리로 정보를 알렸다. 세 번째는 마침 대판으로 떠들어 대고 있는 통에 돌아와서 말하였다.

「이봐, 그인 여전히 프랑스와네 가게에 있던데. 신문을 읽는 체하고 있어……. 틀림없이 무슨 못된 짓을 계획하고 있는거야.」

랑티에 얘기였다. 그녀는 그것을 살피러 갔던 것이다. 새로운 정보를 들을 때마다 제르베즈는 심각해졌다.

「취해 있었수?」 하고 그녀는 비르지니에게 물었다.

「아니.」 하고 키다리 갈색머리가 대답하였다. 「맨숭맨숭한 것 같아. 그러니까 더 걱정이야. 안 그래? 맨정신으로 무엇 때문에 언제까지고 술집에 있겠수……? 오 하나님, 제발 아무 일도 없게 해 주십시오!」

제르베즈는 대단히 불안하여 그녀에게 가만히 있으라고 부탁하였다. 갑자기 깊은 침묵이 흘렀다. 그러자 퓌트와 부인이 일어서서 〈적선(敵船)으로!〉를 노래했다. 모두들 입을 열지 않고 생각에 잠긴 채 그녀를 바라보고 있었다. 프와송까지도 테이블 가에 파이프를 놓고 가만히 노래를 듣고 있었다. 그녀는 검은 모자 밑에서 창백한 얼굴로 자그마한 몸에 열을 올리고 있었다. 몸에 어울리지 않는 굵은 목소리를 웅얼대며 자신만만히 왼편 주먹을 앞으로 쑥 내밀었다.

대담한 해적이여 바람을 등지고
우리를 습격해 오려면 오라!
해적들에게 화 있을지니
인정사정이 있을쏘냐.
젊은이들아, 함포를 준비하라!
술잔 가득히 럼 주를 마셔라.
해적선도 해적도
닻줄의 밥이 되리니.

이건 제대로 된 노래였다. 그런데 말이야 하고 항해 경험이 있는 프와송은 일일이 가사의 뜻을 음미하며 가볍게 끄덕였다. 그리고 이 노래가 퓌트와 부인의 기분에 딱 맞고 있음을 모두들 정확히 느꼈다.

쿠포는 몸을 꾸부정히 하고, 어느 날 밤 퓌트와 부인이 풀레 거리에서 그녀에게 실례되는 짓을 하려고 덤벼드는 네 놈을 때려뉘인 경위를 얘기하였다.

그 사이에 제르베즈는 아직 사브와 과자를 먹고 있는 사람들과는 관계없이 쿠포 어머니의 조력을 받으며 커피를 냈다. 그녀는 의자로 돌아갈 수가 없었다. 당신이 노래할 차례라고 모두들 외쳤다. 그녀는 창백한 얼굴로 대단히 기분이 좋지 않은 것 같다고 변명하였다. 모두들 어쩌면 먹은 것이 체한 건 아니냐고 물어 댔다. 그래서 하는 수 없이 가냘프고 부드러운 소리로 〈아아, 잠 좀 자게 놔 둬요!〉를 노래했다. 후렴의, 잠이 들어 아름다운 꿈을 꾸고 싶다는 대목에 오자 그녀는 눈을 지그시 감고 눈물어린 눈으로 거리의 어둠 속을 우두커니 바라보았다. 그녀 다음을 이어 프와송이 꾸벅 머리숙여 부인들을 향해 절을 하고는 술타령인 〈프랑스의 포도주〉를 노래했다. 한데 그 노래 솜씨는 김이 빠져 마지막 1절만, 즉 애국적인 1절만이 성공적이었다. 그는 〈삼색기〉를 노래하며 컵을 높이 치켜올리고 그것을 흔들다가 마침내는 떡벌린 입 속으로 콱 하니 술을 부었기 때문이다. 그 다음에는 연가들이 계속되었다. 보슈 마누라의 뱃노래에서는 베네치아와 콘도라 사공들이, 로리외 부인의 볼레르에선 〈세빌랴〉며 〈안달루시아 여인들〉이 노래 불려졌다. 게다가 로리외까지도 무려 파트마의 가지가지 사랑을 읊으며 아라비아 향료를 말하는 데까지 도달하였다. 기름기 묻은 더러운 테이블 주변엔 소화 불량의 숨결로 탁해진 공기 속에 금빛 지평선이 펼쳐지고 상아의 목덜미, 흑 같은 머리채, 기타가 울리는 달빛 밑에서의 입맞춤, 그리고 발 아래 진주와 보석을 뿌리는 인도의 무희들이 지나갔다. 그리하여 남자들은 만족스레 파이프를 피워 물고 부인들은 즐거움에 들떠 미소를 헤뜨리며 모두 다 먼 나라로 가서 향기로운 냄새를 맡는 듯했다.

클레망스가 목청을 떨면서 〈보금자리를 꾸밉시다〉를 노래하기 시작하자 이것이 또 대단한 기쁨이 되었다. 그것이 전원을, 가볍게 나는 새들이며, 나무그늘의 댄스, 달콤한 꽃받침을 지닌 꽃들, 요컨대 벵센느 숲으로 토끼 목을 비틀러 가던 날 본 것을 생각케 하였기 때문이다. 하나 비르지니가 〈사랑스러운 브랜디〉를 노래하여 또다시 법석판을 만들었다. 그녀는 한쪽 손을 허리에 대고 팔꿈치를 구부려 술집 여자 시늉을 하며 다른 손목을 돌려 공중에서 술 따르는 시늉을 했다. 그래서 일동은 쿠포 어머니에게 〈생쥐〉를 노래하라고 했다. 처음에 그녀는 그 따위 천한 노래는 모른다고 딱 잘라 거절하였지만 마침내 쉰 목소리로 가느다랗게 노래하기 시작하였다. 그리고 조그만 눈이 반짝이는 주름진 얼굴로 여러 가지 암시며 생쥐를 보고 스커트 자락을 추키는 리즈 양의 느낌을 노래하였다. 테이블 둘레가 모두 웃음바다로 화했다. 여자들은 새침 떨고 있을 수도 없어서 주위의 남자들에게 번득이는 시선을 보냈다. 하지만 노골적으로 말하고 있는 것도 아니니까 천박하달 것도 없다. 사실 보슈는 석탄집 여편네의 장딴지를 생쥐처럼 더듬어 대고 있었다. 제르베즈의 눈짓으로 구제가 나지막하게 웅얼대며 〈압델카데르의 고별〉을 노래하여 침묵과 체면을 되찾지 않았던들 망측한 꼴이 벌어졌을지도 모를 일이었다. 이 남자는 아주 정확한 베이스를 가지고 있었다. 그리고 그것은 놋쇠 나팔에서 나오는 것처럼 풍성하게 노란 아름다운 수염으로부터 흘러나왔다. 그가 〈병사의 검은 암말〉을 노래하며, 「오 나의 슬기로운 벗이여!」하는 대목을 불렀을 때 사람들은 심장이 두근거리고 끝나기도 전에 박수를 하였다. 그만큼 멋지게 부른 것이다.

「당신 차례입니다. 브뤼 영감님, 당신 차례!」하고 쿠포 어머니가 말하였다. 「당신도 노래를 부르시라고요, 옛날 노래가 제일 아름답다니까, 자!」

모두들 노인 쪽을 향해 성화를 부리며 기운을 북돋았다. 그러나 영감은 햇볕에 그을은 거무죽죽한 피부의 무표정한 얼굴로 영문도 모르고 멀거니 일동을 바라보고 있었다. 누군가가 〈다섯 개의 모음(母音)〉을 알고 있느냐고 물었다. 그는 고개를 숙이고 말았다. 이미 잊어버린 것이다. 젊은 시절의 노래가 머릿속에서 한데 뒤범벅이 되었다. 그래서 영감은, 가만 놓아 두기로 의논이 되었을 때에야 비로소 생각이 났는지 허한 목소리로 웅얼거렸다.

트루 라 라, 트루 라 라
트루 라, 트루 라, 트루 라 라!

영감의 얼굴에 생기가 돌았다. 이 후렴이 먼 옛날의 즐거움을 불러일으켰음이 분명하다. 어린애 같은 기쁨으로 점점 흐려지는 자기 노랫소리에 도취된 채 다만 홀로 그 기쁨을 맛보고 있었다

트루 라 라, 트루 라 라
트루 라, 트루 라, 트루 라 라!

「이봐요, 친구.」하고 비르지니가 제르베즈의 귓가에 소곤거렸다. 「또 갔다 왔어. 신경이 쓰여서 못 견디겠는 걸 어떻게 해……. 그런데 말이야! 랑티에가 이젠 프랑스와네 가게에서 사라졌던데.」

「밖에서 만나지 않았어?」하고 세탁부가 물었다.

「아니, 급히 걷고 있었고, 만나려니 생각도 안 했으까.」

그러나 비르지니는 눈을 들더니 갑자기 얘기를 중단하고 가쁜 한숨을 몰아쉬었다.

「어머! 맙소사……! 저이가 저기, 건너편 보도에 있어, 이쪽을 보고.」

제르베즈는 가슴이 덜컥했으나 힐끗 바라다보았다. 사람들이 거리에 둘러서서 합석한 사람들의 노래를 듣고 있었다. 식료품 가게 심부름꾼들, 내장집 마누라, 꼬마 시계포장이들이 몰려서서 마치 구경이라도 온 것 같았다. 군인도 몇 사람 있었고 프록 코트 차림의 신사들도 있었고, 대여섯 살짜리 계집애 셋이 손을 잡고 엄숙한 태도로 놀란 기색을 하고 있었다. 그리고 랑티에가 사실 그 맨 앞줄에 버티고 서서 침착한 태도로 귀를 기울이는 체하며 조용히 이쪽을 바라보고 있었다. 참으로 뻔뻔한 짓거리다. 제르베즈는 발끝에서부터 심장까지 섬뜩하니 한기가 올라오는 것을 느끼었으나 몸은 굳어 있는 체였다. 그 동안에도 브뤼 영감님은 계속하였다.

트루 라 라, 트루 라 라
트루 라 라, 트루 라, 트루 라 라!

「아 좋소! 영감, 그만하면 됐소!」 하고 쿠포가 말하였다. 「영감, 그것을 끝까지 다 알고 있소? 다음 기회에 마저 노래해 주구려, 응! 우리가 또 이렇게 법석을 떨 때 말이오.」

여기저기서 웃음이 일었다. 노인은 갑자기 가사를 잊어버려 파란 눈으로 테이블을 둘러보고는 다시 또 먼저처럼 생각에 잠긴 짐승 같은 태도로 돌아갔다. 커피는 다 마셔 버렸다. 함석장이는 다시 술을 내라고 했다. 클레망스는 또다시 딸기를 먹기 시작했다. 잠시 동안 노래도 중단되고 오늘 아침 집에서 목을 매고 죽었다는 여자 얘기로 돌아갔다. 이번엔 르라 부인의 차례였다. 그러나 준비가 필요했다. 너무나 더웠기 때문에 컵의 물에 냅킨 자락을 축여서 관자놀이에 댔다. 브랜디를 조금 받아 마시고는 오래도록 입술을 문질렀다.

「〈하나님의 아들〉이었지? 〈하나님의 아들〉…….」 하고 낮은 소리로 중얼거렸다.

그리고 뼈가 퉁겨진 코와 헌병처럼 모가 난 어깨에 남자같이 생긴 커다란 그녀가 노래하기 시작하였다.

엄마가 내버린 불쌍한 아이는
성당을 보금자리로 삼습니다.

하나님이 그 자리를 지켜 주시니
버림받은 아이는 하나님의 아들입니다.

그녀의 음성은 때로 떨리고 울음소리마저 섞인 듯 길게 끌었다. 그녀는 눈을 가늘게 뜨고 하늘을 바라다보며 오른손을 가슴 앞에서 흔들면서 감동적인 몸짓으로 심장을 눌렀다. 제르베즈는 마침 랑티에가 있음으로 해서 고민하고 있었기 때문에 눈물을 주체할 수가 없었다. 그 노래가 자기의 고통을 노래하고 있는 듯하였으며, 자신이 그 버림받은 자식이며 하나님께서 살펴 주시는 그 미아야말로 자기인 것만 같이 생각되었다. 만취한 클레망스가 갑자기 울음보를 터뜨렸다. 그리고 얼굴을 테이블 가에 댄 채 테이블로 흐느낌을 억누르고 있었다. 몸이 죄어드는 것 같은 침묵이 번졌다. 부인네들은 손수건을 꺼내 들고 얼굴을 반듯이 든 채 눈을 닦았는데 자기들의 감동을 멋적어하지도 않고 과장하여 나타냈다. 남자들은 얼굴을 숙인 채 눈을 깜박이면서 우두커니 앞을 바라보고 있었다. 프와송은 목이 메어서 이를 악물고 파이프 끝을 두 번이나 짓씹어 땅바닥에 내뱉었다. 그러면서도 피우는 것은 그치지 않았다. 보슈는 석탄집 여편네 무릎 위에 손을 놓고 있었으나 어쩐지 후회와 경건한 생각에 사로잡혀 이제는 꼬집는 짓을 그만두었다. 오히려 커다란 눈물방울이 두 줄기 볼을 따라 흘렀다. 주정뱅이들은 마치 재판소 관리처럼 몸이 굳어졌고 어린 양처럼 유순해졌다. 그들의 눈에서 술이 흘러내리고 있었던 것이다. 정말! 후렴이 한층 부드럽게 눈물겨운 가락으로 다시 시작되었을 때에는 일동은 심중의 생각을 모두 털어 놓고 싶도록 감동하여 더 이상 견디지 못하고 각자의 접시 앞에 쓰러져 울었다.

그러나 제르베즈와 비르지니는 아무래도 건너편 보도에서 시선을 옮길 수가 없었다. 보슈 부인까지 랑티에를 발견했다. 그녀는 여전히 얼굴을 눈물로 적신 채 가볍게 외마디소리를 질렀다. 그러자 세 사람은 다 근심스러운 표정으로 자기도 모르는 사이에 고개를 끄덕였다. 『아! 만약에 쿠포가 돌아다보면……. 만약에 쿠포가 저 남자를 보면 어쩌나, 살인이 벌어지겠지! 끔찍한 피비린내나는 싸움이.』 그러나 그녀들의 요령이 좋지 않았기 때문에 함석장이가 물었다.

「대체 무엇을 보고 있는 거요?」

그는 몸을 굽히는 순간 랑티에를 보았다.

「저런! 뻔뻔스러운 놈의 새끼.」하며 그는 중얼거렸다. 「아! 저 더러운 건달 자식, 아 저 더러운 바보 자식……. 흥, 뻔뻔스럽기도 하지. 끝장을 내고 말아야지…….」

그가 이처럼 무섭게 으르대며 일어섰기 때문에 제르베즈가 낮은 소리로 애원을 하였다.

「나 좀 봐요. 부탁이에요……. 칼일랑 놓아요. 자리에 앉아 있어요. 불길한 짓은 하지 말라고요.」

테이블에서 집어든 칼을 비르지니가 빼앗아야만 하였다. 그러나 그가 밖으로 나가 랑티에한테 가는 것을 말릴 수는 없었다.

자리에 있는 사람들은 더욱 감동에 젖어서 다른 것은 아무것도 눈에 띄지 않는 듯 점점 더 심하게 울었다. 마침 르라 부인이 애절한 가락으로 노래하였다.

버림받은 아이야
오로지 네 목소리를 듣는 것은
높다란 나무와 바람뿐이네.

이 마지막 한 마디는 폭풍의 참혹한 숨결처럼 지나갔다. 마침 술을 마시고 있던 퓌트와 부인은 감동한 나머지 그 술을 테이블 위에 엎지르고 말았다. 그러나 제르베즈는 소리를 지르지 않으려고 주먹을 입에 처박고 공포로 눈을 깜박이며 당장에 두 남자 중 하나가 살해되어 한길 한가운데 쓰러지는 것이 아닌가 하여 전신이 얼어붙는 듯하였다. 비르지니와 보슈 부인도 잔뜩 마음이 쏠려 그 정경을 눈으로 뒤쫓았다. 쿠포는 갑자기 바깥 바람을 쐬었기 때문에 랑티에에게 덤벼들려고 하다가 하마터면 시궁창 속에 빠질 뻔하였다. 랑티에는 손을 주머니에 넣은 채 몸을 비켰을 뿐이었다. 그리하여 두 남자는 욕설을 퍼부었다. 특히 함석장이는 「이 죽어가는 잡놈아.」 하면서 배창자를 빼 먹겠다고 소리소리 질렀다. 시끄럽게 떠들어 대는 목소리가 들리고 성난 몸짓이 보였다. 당장에 주먹다짐이 벌어지고 손목을 꺾어 버릴 기세였다. 제르베즈는 아찔하여 눈을 감았다. 으르렁대기를 너무 오래하였다. 금방에 멱살잡이가 일어날 것 같아 아슬아슬했기 때문이다. 그렇게 두 사람은 얼굴을 마주 대고 있었다. 이윽고 아무 소리도 안 들리기에 그녀는 다시 눈을 떴다. 그리고 남자들이 조용조용 얘기하고 있는 것을 보고서는 넋을 잃고 말았다.

르라 부인의 목소리가 눈물겨운 가락으로 높아지면서 다음 구절로 접어들고 있었다.

이튿날 애처로운 그 계집애
목숨을 거두었네…….

「어쨌든 못된 여자들도 다 있지!」 하고 모두들 한결같이 칭찬하는 가운데 로리외 부인이 말하였다.

제르베즈는 보슈 부인이며 비르지니를 마주 봤다. 그렇다면 결판이 났단 말인가? 쿠포와 랑티에는 보도에 서서 얘기를 하고 있었다. 아직도 욕지거리를 하고는 있었지만 친밀감이 깃들어 있었다. 서로를 〈개 자식〉이라 했지만 그 말투 속에는 우정 같은 것이 엿보였다. 사람들이 물끄러미 바라보기 때문에 두 사람은 어깨를 나란히 하고 집 앞을 향해 걷기 시작했다. 열 발짝 걷고는 다시 되돌아왔다. 얘기가 굉장히 활기를 띠기 시작했다. 갑자기 또 쿠포가 성미를 부리는 것 같았다. 그러나 상대편은 사양하고 도무지 응낙하지 않았다. 그래서 함석장이는 랑티에를 떼밀어 억지로 한길을 가로질러 가게에 들어오게 했다.

「나는 진심으로 얘기하고 있단 말이야.」 하고 그는 소리쳤다. 「한 잔만 마시라고……. 남자는 남자야, 안 그래? 얘기를 하면 통하게 마련 아닌가?」

르라 부인은 마지막 후렴을 끝마치고 있었다. 부인들은 손수건을 돌돌 말며 모두 함께 되풀이하였다.

버림받은 아이는 하나님의 자식입니다.

노래하던 사람이 기진 맥진한 시늉을 하고 주저앉자 모두들 그녀를 칭찬하였다. 그녀는 마실 것을 요구하였다. 이 노래에 지나치게 감정을 쏟은 나머지 심줄이 느슨해지지나 않았나 하고 계속 근심하고 있었기 때문이라고 말하였다. 그러나 테이블에 둘러앉은 사람들은 랑티에를 주목하였다. 그가 쿠포 곁에 점잖게 앉아 벌써 사브와 과자 남은 것을 술에 적셔 가지고 먹고 있는 것을 바라보고 있었다. 비르지니와 보슈 부인 말고는 아무도 그를 알지 못했다. 로리외 부부는 무슨 사정이 있으려니는 생각했지만 영문도 모르고 새침하니 앉아 있었다. 구제는 제르베즈가 들떠 있는 것을 눈치챘지만 곁눈질로 이 새로 온 남자를 바라보았다. 어색한 침묵이 시작되었다. 그러자 쿠포가 간단히 말하였다.

「친구입니다.」 그리고 아내를 향하여 말했다.

「이봐, 조금만 더 수고해 줘요! 아마 뜨거운 커피가 남아 있지?」

제르베즈는 조용히 입을 다물고 멍한 시선으로 두 남자를 번갈아 바라보았다. 처음엔 남편이 자기의 전남편을 가게 안으로 떼밀고 들어왔을 때 그녀는 두 손으로 머리를 감싸 쥐었다. 지독하게 소나기가 퍼붓는 날 뇌성이 울릴 때마다 하던 본능적인 몸짓이었다. 이런 일이 있을 수 있을까. 당장에 벽이 무너져 내리고 사람들을 짓누르는 소동이 일어나지 않을까. 그랬던 것이 두 남자가 앉아 있는데도 모슬린의 커튼조차 움직이지 않는 것을 보자 갑자기 이것이 당연한 일처럼 생각되었다. 거위 먹은 것이 약간 얹힌 것 같았다. 분명히 과식을 한 것이다. 그래서 그녀는 더 이상 생각할 수가 없었다. 그녀는 노곤한 쾌감에 몸이 마비되어 테이블 가에 웅크린 채 단지 남에게 귀찮음을 당하지 않으면 된다고 생각하고 있었다. 『젠장! 나 혼자서 속을 태우면 무엇할 것이냐? 딴 사람들이 별반 관심도 없어하거니와 복잡한 일들이 모두 다 만족할 수 있게 스스로 잘 되어 가는데.』 그녀는 일어서서 커피가 남아 있나 보러 갔다.

한얼굴로 방 안에선 아이들이 잠들어 있었다. 사팔뜨기 오귀스틴느는 디저트 시간 중 아이들을 겁나게 하여 딸기를 훔치기도 하고 또 굉장한 협박을 늘어놓기도 하였다. 그러나 지금은 굉장히 몸이 거북한 모양으로 조그만 걸상에 웅크리고 앉은 채 창백한 얼굴로 한 마디의 말도 없다. 뚱뚱한 폴린느는 에티엔느의 어깨에 기대고 에티엔느와 함께 테이블 가에 잠들어 있었다.

나나는 침대 깔개 위에 앉아 빅토르를 당겨 자기에게 기대게 하고 그 목에 팔을 감고는 눈을 감은 채 꾸벅꾸벅 졸면서 가냘픈 소리로 계속 이렇게 중얼거렸다.

「오! 엄마, 배가 아파……. 오! 엄마, 배 아파.」

「당연하지!」 하고 오귀스틴느가 머리를 어깨 위에서 건들거리며 중얼거렸다. 「이것들 취해 있으니, 뭐. 어른들처럼 노래를 다 하고 말이야.」

제르베즈는 에티엔느를 보고 또다시 충격을 받았다. 이 아이의 아비가 아이에게 키스하고 싶다는 기색도 없이 바로 곁에서 과자를 먹고 있다고 생각하니 그녀는 숨이 막힐 지경이었다. 그녀는 당장에 에티엔느를 일으켜 세워 그 아비의 품으로 데리고 가려고 하였다. 그러다가 다시 한번 일이 무사히 해결되는 것이 제일 좋으리라고 생각했다. 연회의 마감에 옥신 각신하는 것은 재미가 없다. 그녀는 커피 주전자를 가지고 돌아가서 커피를 한 잔 랑티에에게 따랐다. 그러나 랑티에는 그녀에게 신경을 쓰는 것 같지도 않았다.

「그러면 이번엔 내 차례다.」 하고 쿠포는 혀가 돌지 않는 목소리로 중얼거렸다. 「좋아! 나를 입가심으로 남겨 두었지……. 그렇다면 〈아주 못된 놈〉을 노래할 테다.」

「그래 그래, 〈아주 못된 놈〉으로 하라고.」 하고 모두들 외쳤다.

또다시 법석을 부렸다. 랑티에는 잊혀졌다. 부인네들은 후렴의 반주용으로 컵과 칼을 준비하였다. 함석장이가 천박스러운 몸짓으로 발을 버티고 선 것을 보자 모두들 노래가 되기도 전부터 웃었다. 그는 노파와 같은 목소리를 냈다.

매일 아침 일어날 때면
나는 뱃속이 뒤틀린다
그레브 광장으로 녀석들 보내
생선을 한 마리 사오라 하면,
녀석은 길가에서 딴전을 피우다
한 시간이 다 되어 돌아오고,
내 술 값을 반은 마십니다.
아주 못된 놈!

그러자 부인네들은 컵을 두드리며 요란하게 법석을 떨고 합창으로 그것을 되풀이하였다.

아주 못된 놈!
아주 못된 놈!

이제는 구트도르 거리 자체가 합창에 가담하고 있었다. 동네 안 사람들도 〈아주 못된 놈〉을 노래하였다. 가게 앞에선 작달막한 시계장이며, 식료품집 심부름꾼, 내장장수집 마누라, 청과물집 마누라 등 이 노래를 알고 있는 사람들이 합창에 참가하여 서로들 상대편을 때리면서 웃고 있었다. 이젠 동네까지 취한 것이다. 쿠포네 가게에서 흘러나오는 연회의 냄새만으로 보도의 사람들은 비틀거렸다. 이때쯤 가게 안 사람들은 굉장히 취해 있었다. 포타즈 다음에 고급 포도주의 첫잔을 마시고 나서부터 야금야금 취기가 돌더니 이제는 최고

조에 달하고 있었다. 누구 할 것 없이 그을음을 내고 있는 두 개의 램프가 발하는 불그레한 안개 속에서 떠들어 대며 막판을 이루고 있었는데 포식으로 배가 터질 지경이었다. 이 북새통에 밤 늦은 마차바퀴 소리조차 안 들릴 정도였다. 순경 두 사람이 폭동이라도 일어난 게 아닌가 하고 달려왔으나 프와송을 보고는 가벼운 목례를 하였다. 그리고는 컴컴한 집들이 늘어선 쪽으로 어깨를 나란히 하며 천천히 멀어졌다.

쿠포는 다음 2절에 들어가고 있었다.

더위가 간 일요일엔,
프티 빌레트로
티네트 아저씨네로
거름 푸는 아저씨네로
나는 돌아가려 합니다.
돌아오는 도중에, 녀석
버찌를 따려고 하다
거름더미 속에 빠져 버립니다.
아주 못된 놈!
아주 못된 놈!

그러자 아파트 전체가 삐걱거렸다. 밤의 무덥고 고요한 공기 속에 환성이 오르고, 그 소리를 듣고 고함 친 사람들은 자신도 모르는 사이에 박수를 쳤는데 더 이상의 큰소리는 지를 수 없을 정도의 고함이었기 때문이다.

그 모임의 사람들은 누구든지 이 잔치가 어떻게 끝났는가를 정확히 기억해내지 못하였다. 어쨌든 굉장히 늦었을 것은 틀림없었다. 한길에는 고양이새끼 한마리도 지나가질 않았으니까. 그래도 모두들 손을 잡고 테이블 주변에서 춤추고 있었던 모양이다. 그것도 귀까지 찢어질 만큼 입을 벌리고 춤을 추던 시뻘건 얼굴과 함께 노란 안개 속에 희미하게 떠오른다. 분명히 끝날 무렵에 가선 프랑스 식으로 술잔을 주고받기도 한 것 같다. 다만 누군가 장난으로 컵 속에 소금을 넣었는지 어쩐지 이미 알 수 없었다. 아이들은 혼자서 옷을 벗고 잤을 것이 분명했다. 이튿날 보슈 부인은 영감이 석탄집 여편네하고 너무 붙어 앉아 얘기를 하므로, 구석에서 보슈를 두 대나 갈겼다고 뽐냈다. 그러나 보슈는 아무 기억도 없으므로 농담 말라고 하였다. 누구나 다 신통치 않다고 한 것은 클레망스의 행동이었다. 손님으로 청할 만한 계집애가 아니었다. 그녀는 마지막에는 모든 것을 다 드러내고 게다가 속이 메슥거려 가지고 모슬린 커튼 하나를 완전히 망쳐 버리고 말았다. 남자들은 어쨌든 한길로 나갔다. 로리외와 프와송은 위장이 뒤틀려 가지고 반찬 가게로 급하게 달려갔다. 가정교육이 좋은 것은 언제나 나타나게 마련이다. 그래서 퓌트와 부인이며 르라 부인, 비르지니 등 여자들은 더위로 기분이 언짢았지만 코르셋을 끄르러 방 안으로 들어갔을 뿐이었다. 비르지니도 피로가 더하지 않도록 잠시 동안 침대 위에 눕고 싶었다. 그러고 나서 곧 일동은 헤어진 것 같았다. 일동은 제각기 끼리끼리 자취를 감추고 로리외 부부의 격한 말다툼이며 브뤼 영감의 끈덕지고 처량한 〈트루 라라, 트루 라라〉 소리로 마지막 기세를 올리면서 어두운 길목 안으로 흩어져 갔다. 제르베즈는 구제가 돌아갈 무렵에 가서 흐느껴 운 것같이 생각되었다. 쿠포는 여전히 노래하고 있었다. 랑티에로 말하자면 마지막까지 남아 있었던 것 같다. 제르베즈는 한순간 자기 머리 위로 숨결이 풍겨온 것을 분명히 느꼈다. 그러나 그것이 랑티에의 숨결이었는지 아니면 무더운 밤의 숨결이었는지는 알 수 없었다.

그러나 르라 부인은 이런 시간에 바티뇰르까지 가기를 싫어하여, 테이블을 한쪽으로 밀고 침대에서 이불을 한 장 벗겨서 가게 한구석에 펴 주었다. 그녀는 그 만찬 찌꺼기 한가운데서 잤다. 쿠포 일가가 곤한 잠에 빠져 산치의 피로를 회복하고 있는 동안에 이웃집 고양이가 열어 놓은 창으로 기어들어와 날카로운 이로 조그만 소리를 내며 밤새 거위 뼈를 오도독거리며 뱃속에다 완전히 장사지내고 말았다.

8

그 다음 토요일에 쿠포는 저녁 먹으러 들어오지 않더니, 10시쯤에야 랑티에를 데리고 왔다. 두 사람은 같이 몽마르트의 토마네 가게에서 양다리를 먹고 오는 길이었다.

「잔소리는 하지 마, 마누라.」 하고 함석장이는 말했다. 「당신도 보다시피 우린 착한 사람들이니……. 정말, 이 사람과 함께 있으면 위태로울 게 없단 말이야. 어느 길을 걸어가야 하는가를 가르쳐 주거든.」

그리고 그는 자기들이 어떻게 로슈슈아르 거리에서 만났는가를 이야기했다. 저녁 먹은 뒤 랑티에는 카페 〈불 누와르〉에서 한잔 하자는 자기의 권유를 거절했는데 그의 말인즉 상냥하고 성실한 아내를 가진 사람이 술집 같은 데서 빈둥대고 있으면 안 된다는 것이다. 제르베즈는 약간 미소를 띤 채 듣고 있었다. 물론 잔소리할 생각은 없었다. 너무도 거북스러운 자신을 느꼈다. 그 축제 소동 이래 언젠가는 옛 애인과 얼굴을 맞대게 되겠거니 하고 각오는 하고 있었다. 그러나 이런 시간에, 더구나 이제 막 잠자리에 들려는 참에 불쑥 두 사람이 나타나서, 그녀는 당황해 버린 것이다. 그녀는 떨리는 손으로 목덜미에 처진 머리를 다시 말아올렸다.

「실은 말이야.」 하고 쿠포는 말을 이었다. 「내가 체면을 차려서 밖에서 마시자는 걸 거절한 거야. 그러니 이번엔 임자가 한잔 낼 차례야……. 아! 당신이 우리한테 한잔 사야 해!」

일하는 여자들은 벌써 돌아가고 없었다. 쿠포 어머니와 나나는 방금 잠자리에 들어간 참이었다. 그래서 제르베즈는 두 사람이 나타났을 때, 막 문을 닫으려던 참이었지만 가게는 그대로 열어 둔 채 잔과 마시다 남은 꼬냑 병을 작업대 쪽 한구석에 갖다 놓았다. 랑티에는 그녀에게 직접 말을 건네기를 피하고 우두커니 서 있었다. 그러다가 그녀가 술을 따르자 「한 모금만 주십시오, 부인.」 하고 말했다.

쿠포는 두 사람을 바라보고 매우 순순히 자신을 납득시켰다. 『이 두 사람은 바보 같은 짓은 하지 않을 거야. 설마! 지나간 일은 지나간 일이야. 그렇지 않은가, 9년이고 10년이고 원한을 품고 있다면 나중에는 한 사람도 얼굴을 맞댈 사람이 없을 거야. 아니야, 난 그렇지 않아, 가슴을 확 풀어 헤치고 사는 인간이야. 난 말이야! 우선 상대가 어떤 사람인가 알고 있거든. 성실한 남자들이잖아. 말하자면 두 친구들이야. 정말이지, 나는 아무렇지도 않아. 두 사람이 정직하다는 걸 알고 있으니까.』

「네, 그럼요. 그럼요…….」 제르베즈는 눈을 내리깐 채 자기가 무슨 말을 하고 있는지도 모르면서 되풀이했다.

「누이지요. 이젠 누이일 뿐입니다.」 하고 이번에는 랑티에가 중얼거렸다.

「악수를 하라고, 자!」 하고 쿠포가 외쳤다.

「부르주아들이 다 뭐야! 속에 이것만 들어가면 백만장자보다 더 근사한 기분이거든. 나한텐 무엇보다도 우정이 제일이야. 말하자면 우정이란 친구를 사귀는 것이니까. 그보다 더 좋은 건 아무것도 없거든.」

그가 너무 흥분하여 배를 탕탕 쳤으므로 두 사람은 그를 진정시키지 않으면 안되었다. 세 사람은 말없이 건배하고 마셨다. 제르베즈는 이제 실컷 랑티에를 바라볼 수 있었다. 왜냐 하면 그 축제 소동날 밤에 그녀는 거나하게 취한 눈으로 그를 본 것뿐이기 때문이다. 그는 살이 붉고 더 살이 쪄서 통통했다. 키가 작아서 손발을 움직이기가 거북해 보였다. 게으른 생활로 얼굴은 부은 듯이 살이 쪘지만 옛 그대로 말쑥한 이목구비였다. 게다가 멋을 부린 코밑 수염은 여전히 손질이 잘 되어 있어 그 때문에 35세라는 그의 나이를 어김없이 짐작할 수 있을 정도였다. 그날 그는 신사처럼 회색 바지와 진한 청색 외투에 둥근 모자를 쓰고 있었다. 그리고 은줄이 달린 시계를 찼으며 시계줄에는 추억이 깃든 듯한 반지가 매달려 있었다.

「이제 가 봐야죠. 집이 머니까요.」 하고 그는 말했다.

그는 벌써 보도에 나가 있었으므로 함석장이가 불러 세워, 지금부터는 집 앞을 지날 땐 반드시 들르도록 약속시켰다. 그 동안에 살며시 자리를 비웠던 제르베즈가 셔츠 바람의 잠이 덜 깬 에티엔느를 앞세워 밀며 돌아왔다. 아이는 웃으면서 눈을 비비고 있었다. 그러나 랑티에를 보더니 어머니와 쿠포 쪽으로 불안스러운 시선을 돌리며 몸을 떨면서 몹시 수줍어했다.

「저 아저씨 모르겠니?」 하고 쿠포가 물었다.

아이는 고개를 숙인 채 대답하지 않았다. 그리고 안다는 표시로 가볍게 고개를 끄덕였다.

「그렇다면 멍청하니 서 있지 말고 가서 키스해 줘야지.」

랑티에는 정중하고 침착한 태도로 기다리고 있었다. 에티엔느가 드디어 결심하여 다가가자 그는 몸을 굽히고 두 볼을 내밀었다. 그리고 자기도 아이의 이마에 소리내어 입을 맞춰 주었다. 그러자 아이는 큰맘 먹고 아버지를 보았다. 그러나 다음 순간 으앙 하고 울음을 터뜨리며 미친 듯이 가슴팍을 헤치고 달아나기 시작했다. 쿠포는 어지간히도 낯을 가리는 녀석이라고 투덜거렸다.

「가슴이 벅차서 저러는 거예요.」 하고 제르베즈가 말했다. 그녀 자신도 몹시 당황하여 창백하게 질려 있었다.

「그래! 저 녀석은 언제나 기질이 약하고 내성적이라 그래.」 하고 쿠포가 설명했다. 「나는 사정없이 길렀지. 장차 알게 되겠지만 말이야……. 곧 당신과도 낯이 익게 될 거야. 저 녀석도 세상을 알아야 해……. 결국 저 애 때문이라면 우리는 줄곧 으르렁거리고 있지 않아도 되는 셈이야. 안 그래? 저 녀석을 위해서라도 벌써 오래 전에 이렇게 해야 했던 거야. 애비가 자식을 만난다는데 방해할 정도라면 나는 차라리 목이 잘리는 편이 더 낫겠네.」

이렇게 말하고 그는 꼬냑 병을 다 비워 버리자고 말했다. 세 사람은 다시 건배했다. 랑티에는 거북스러움도 사라지고 마음도 가라앉아 있었다. 돌아가기 전에 그는 함석장이에게 대접을 잘 받은 인사라면서 함께 가게의 문을 닫아 주겠다고 우겼다. 그리고 더러워진 손을 깨끗이 털고는 두 내외에게 잘 자라는 인사를 했다.

「그럼 안녕히 주무십시오. 어떻게 합승마차를 잡아 보겠어요……. 근간에 다시 들르지요.」

이날 밤 이래 랑티에는 구트도르 거리에 자주 모습을 나타냈다. 함석장이가 집에 있을 때만 골라서 찾아와서는 문간에서 잘 있었느냐고 물어 보곤 오직 그를 만나기 위해서 들어간다는 태도를 취했다. 언제나 외투를 걸치고 깨끗이 수염을 깎았으며 머리는 곱게 빗질이 되어 있었다. 그는 들어와서 진열창 앞에 앉아 제대로 교육을 받은 사람처럼 품위 있게 말을 했다. 이리하여 쿠포 내외는 그의 생활을 차차 자세히 알게 되었다. 지난 8년 동안 그는 한때 모자 공장을 경영했다. 그럼 왜 그만두었느냐고 물으면 그는 동업자가 못된 놈이었다고 말할 뿐이었다. 그 동업자라는 것은 한 고향 사람으로 여자 때문에 가산을 탕진한 악당이었다고 했다. 그러나 공장주라는 지난날의 직위는 없앨래야 없앨 수 없는 품위를 그의 인품 전체에 스며들게 해 놓았다. 그는 언제나 근사한 일이 결정될 것 같다고 말하고 있었다. 모자 회사 덕분에 생활도 안정되고 한몫 단단히 잡게 되었다는 것이었다. 그때까지는 그럭저럭 부자처럼 아무것도 하는 일 없이 호주머니에 두 손 찌르고 양지바른 곳을 어슬렁어슬렁 산책이나 하고 다녔다고 했다. 그가 푸념을 늘어놓을 때에, 직공을 구하는 공장이 있다고 가르쳐 주면 그는 자못 가엾다는 듯이 빙그레 웃으며 남을 위해서 고생하다가 굶어 죽고 싶진 않다고 말하였다. 쿠포의 말인 즉, 「그 녀석도 안개를 먹고 사는 건 아니야. 정말 빈틈없는 사나이지. 요령이 좋은 거야. 무언가 제법 수지맞는 장사에 손을 대고 있는 게 틀림없어. 그만큼 경기가 괜찮은 표정이고 그렇게 양가집 도령같이 흰 셔츠며 넥타이를 사려면 돈도 많이 들거야.」라고 했다. 어느 날 아침 함석장이는 랑티에가 몽마르트에서 구두를 닦고 있는 것을 본 적이 있었다. 사실 남의 일에 관해서는 이러쿵저러쿵 말이 많은 랑티에지만 자기 자신의 일이 되면 입을 다물어 버리거나 거짓말을 한다. 어디에 살고 있는지조차 말하려 하지 않았다. 아니 좋은 직장을 가질 때까지 저기 먼 친구네 집에 묵고 있는 거라고 말했다. 하지만 거기엔 좀처럼 붙어 있지 않는다면서 사람들이 찾아오는 것을 거절했다.

「직공을 찾는 것도 쉬운 일이 아니거든.」 하고 그는 흔히 이렇게 변명했다. 「그야 하루도 못 있을 시시한 곳에 들어가려면 별문제지만 말이야……. 그러니까 이를테면 월요일에 몽루주에 있는 샹피옹네 집에 간다고 치면 말이야, 그날 밤에 샹피옹 녀석이 정치 이야기로 나를 진절머리나게 만들지. 나하고는 견해가 다르거든. 그래서 말이야, 지금은 이제 노예 시대가 아니니까 하루 7프랑에 몸을 팔고 싶지도 않고 해서 화요일 아침에는 뛰쳐나오게 되는 거야.」

마침 11월 초순이었다. 랑티에는 정중하게 제비꽃다발을 들고 와서 제르베즈와 일하는 두 여자들에게 나누어 주었다. 차차 방문의 횟수가 늘어나서 거의 날마다 오게 되었다. 그는 이 집과, 이 근처 전체를 정복하려고 하는 것처럼 보였다. 우선 먼저 클레망스와 퓌트와 부인을 유혹하기 시작하였는데 그녀들의 나이도 아랑곳없이 온갖 친절을 다해 주었다. 한 달이 지나자 두 여자 일꾼들은 그에게 홀딱 반해 있었다. 그는 문지기 보슈 부부의 방에도 인사하러 찾아가서 기분을 잘 맞추어 주었으므로 두 내외는 그의 예의 범절에 또한 감탄하고 말았다. 로리외 부부는 그 축제 소동날 디저트 때 나타난 사나이의 정체를 알고 나서는, 옛 정부를 끌어들인 제르베즈에게 욕설을 퍼부었다. 그러나 어느 날 랑티에가 찾아와서 아는 부인에게 준다며 줄을 하나 주문하면서 매우 친절하게 행동하였으므로 그들은 의자를 권하는 등 그의 말에 넋을 잃고 귀를 기울이면서 한 시간 동안이나 그를 붙잡아 놓았다. 그뿐 아니라 이렇게 훌륭한 남자가 어째서 그런 절름발이 여자와 함께 살 수 있었을까 하고 이상하게 생각하는 것이었다. 결국 이 모자장수가 쿠포 내외를 찾아와도 이제 아무도 노하지 않았으며 그것이 당연한 일처럼 여겨지게 된 것이다. 그만큼 그는 구트도르 거리 전체의 호감을 사는 데 성공한 것이다. 구제만이 시무룩한 표정을 하고 있었다. 그는 이 집에 와 있다가도 랑티에가 들어오면 나가 버렸다. 이런 이상한 사나이와 알게 되는 것이 싫었다.

이런 식으로 랑티에를 칭찬하고 있는 동안에도 제르베즈는 처음 몇 주일은 매우 불안한 마음으로 보냈다. 비르지니가 털어 놓고 이야기해 준 날 몸을 불태울 듯이 느끼던 그 뜨거운 열을 그녀는 아직도 마음 깊은 곳에서 느끼고 있었다. 그녀가 제일 두려워한 것은 밤에 혼자 있을 때 불쑥 랑티에가 찾아와서 그녀를 끌어안기라도 하는 날이면 도저히 저항할 기력이 없을 것이라는 생각이었다. 그녀는 너무도 그를 생각했고, 그가 그녀의 마음에 가득 차 있었다. 그러나 랑티에는 참으로 품행이 단정해서 똑바로 자기를 쳐다보지도 않고 다른 사람이 안 보는 틈을 타서 손가락으로 슬쩍 만지거나 하지도 않는다는 것을 알자 차차 마음이 가라앉았다. 게다가 제르베즈의 마음 속을 읽고 있는 듯한 비르지니가 그녀의 하찮은 생각을 나무랐다. 「무엇 때문에 걱정하는 거예요. 그렇게 점잖은 남자도 없어요. 정말 아무것도 두려워할 건 없어요.」 그리고는 어느 날 이 몸집 큰 갈색머리의 여자는 교묘히 주선해서 두 사람을 한쪽 구석에 밀어 넣고 서로의 기분을 말하게 했다. 랑티에는 말을 골라 무거운 목소리로 자기 기분은 이제 죽었으며 앞으로는 다만 아들의 행복만 생각할 뿐이라고 말했다. 남프랑스에 있는 클로드에 관해서는 내내 한 마디도 언급하지 않았다. 그는 밤마다 에티엔느의 이마에 입을 맞추어 주었는데 아이가 그대로 곁에 있으면 뭐라고 말을 해야 좋을지 몰라 아이를 내버려 두고는 클레망스의 비위를 맞추기 시작하는 것이었다. 그래서 제르베즈는 마음이 가라앉았고 마음 속에서 과거가 사라져감을 느꼈다. 랑티에가 눈앞에 있다는 그 자체가 플라쌍과 봉쾨르 호텔의 추억을 흐리게 했다. 줄곧 얼굴을 맞대고 있는 동안 이제 그를 몽상하지 않게 되었다. 두 사람의 옛 관계를 생각하면 불쾌한 기분조차 들었다. 『아아! 이제 그 일은 끝장이야, 절말로 끝장이 난 거야. 만일 랑티에가 지난날의 관계로 되돌아가자고 한다면 대답 대신 뺨을 갈겨 주고 차라리 남편에게 일러 바칠 테야.』 그리고 그녀는 또 아무런 가책도 없이 구제의 정다운 우정을 생각하면서 한층 더 달콤한 감정에 잠기는 것이었다.

어느 날 아침 일터에 나가니 클레망스가 간밤에 11시쯤 랑티에 씨가 여자와 팔을 끼고 걸어가는 것을 보았다고 말했다. 안주인의 안색을 살피려고 짓궂게 매우 야비한 말투로 이야기했다.

「그래요, 랑티에 씨는 노트르담 드 롤레트 거리를 올라가고 있었어요. 여자는 금발인데 비단 드레스 밑으로 그대로 엉덩이가 드러난 막된 창녀였어요. 그래서 난 재미가 나길래 뒤를 밟아 봤죠. 창녀는 새우와 햄을 사러 식료품 가게에 들어가더군요. 그러곤 로슈푸코 거리에 이르더니 랑티에 씨는 집 앞 보도에 서서 위를 쳐다보면서, 혼자 먼저 방에 올라간 여자가 창문에서 올라오라는 신호를 해 주길 기다리고 있잖겠어요?」 그러나 클레망스가 아무리 천한 설명을 덧붙여 보아야 아무 소용없었다. 제르베즈는 조용히 흰 드레스에 쉬지 않고 다리미질을 하고 있었다. 이따금 이야기를 듣는 그녀의 입술에 미소가 떠올랐다. 「프로방스 지방의 사나이들은 누구나 할 것 없이 모두 여자 꽁무니를 따라다니는 데 정신이 없어요. 무슨 일이 있어도 그 남자들에겐 여자가 필요하거든. 쓰레기더미 속에서 삽으로 여자를 파내지 않곤 못 배겨요.」 라고 그녀는 말했다. 그리고 밤에 모자장수가 찾아오자, 클레망스는 금발 여자에 관한 일로 그를 놀려 대며 재미있어 하였다. 게다가 랑티에도 남에게 들킨 것을 오히려 자랑스럽게 생각하는 모양으로, 「뭐, 옛날에 사귄 여자야. 지금도 이따금 만나지. 아무에게도 폐가 되지 않을 때 말이야. 아주 멋있는 여잔데 자단목의 가구를 갖추고 살지.」 그리고 그는 그 여자의 옛 애인들의 이름을 하나씩 들었다. 자작(子爵), 큰 도자기 상인, 공증인의 아들 등등, 자기는 향수 냄새가 나는 여자가 좋다고 말하곤 그 여자가 향수를 뿌려 준 손수건을 클레망스의 코끝에 갖다 댔다. 그때 마침 에티엔느가 들어왔다. 랑티에는 근엄한 표정으로 돌아가서 아이에게 입을 맞추어 주면서 나쁜 장난을 해봐야 이제 소용도 없는 일이라며 자기 마음은 다 죽은 거나 같다고 덧붙였다. 제르베즈는 몸을 굽힌 채 일을 하고 있었는데 찬성하듯 고개를 끄덕였다. 클레망스에게는 짓궂게 군 보상이 돌아갔다.

왜냐 하면 그녀는 랑티에가 시치미를 떼면서 벌써 두세 번 자기 몸을 꼬집는 것을 분명히 느끼고 있었지만 그 창녀처럼 향수 냄새를 풍길 수 없음에 질투를 느끼고 있었기 때문이다.

봄이 돌아오자 랑티에는 이제 이 집 식구나 다름없이 되어 있었는데, 친구들과 가까이에 있고 싶다면서 이웃에 살고 싶다는 말을 했다. 그는 깔끔한 집에 가구가 딸린 방을 얻고 싶어했다. 보슈 마누라, 그리고 제르베즈도 그런 방을 얻어 보려고 열심히 돌아다녔다. 그들은 가까운 동네를 찾아다녔다. 그러나 그의 요구가 너무 까다로워서 큰 안마당이 있어야 한다느니, 아래층이 좋아야 한다느니, 요컨대 상상할 수 있는 편의를 다 요구했다. 그리고 이제는 매일 밤 쿠포 내외 집에 와서 천장의 높이를 재기도 하고 방의 배치를 조사하기도 하는 것 같았다. 눈치가 이것과 같은 주택을 갖고 싶은 모양이었다. 정말 다른 집은 매력이 없어 이 방의 조용하고 따뜻한 구석이라면 기꺼이 둥우리를 치겠다는 태도였다. 또한 매번 조사를 마치고는 이렇게 말하는 것이었다.

「제기랄, 아무튼 당신네 집은 흠잡을 데가 없단 말이야.」

어느 날 저녁, 그가 이집에서 저녁을 마치고 디저트를 들면서 또 이 이야기를 꺼내므로 이제 그와는 서로 너나들이 하도록 된 쿠포는 별안간 이런 말을 했다.

「이봐, 자네가 그럴 생각만 있다면 여기 와서 살지 그래……. 우린 또 어떻게 해볼 테니까.」

또한 세탁물을 넣어 두는 방도 소제만 하면 깨끗이 되고 에티엔느는 가게 바닥에 담요를 깔고 재우면 된다고 설명했다.

「아니 아니, 그것은 사절하겠어. 그러면 너무 폐를 끼치게 돼. 호의는 고맙지만 그렇게 꽉 차 버리면 너무 더워요……. 그리고 말이야, 저마다 자유라는 게 있어. 나는 당신들 방을 지나 와야 한단 말이야. 이건 몹시 거북스러울 때가 있을 거 아냐.」

「뭐라고? 바보같이!」 함석장이는 목구멍이 막힐 만큼 킬킬거리며 웃곤 목소리가 잘 트이도록 테이블을 치며 말했다.

「여전히 쓸데없는 생각을 하고 있어. 멍청한 녀석……! 그러나 바보 천치야, 창의성이 있어야지. 그렇잖아, 그 방에는 창이 둘 있어. 그러니까 그 중의 하나를 마룻바닥까지 끌어내려 문을 만드는 거야. 알겠어, 그러면 자네는 안마당으로 출입할 수 있게 돼. 그 편이 좋다면 사잇문은 막아 버려도 좋아. 그러면 서로 보지도 알지도 못하고 자네는 자네, 우리는 우리대로 살 수 있게 된단 말이야.」

잠시 침묵이 흐른 뒤 모자장수가 중얼거렸다.

「그렇군, 그렇다면 좋아. 난 할 말이 없지만……. 그러나 역시 안 되겠어. 당신네들한테 너무 폐가 돼서 말이야.」

그는 제르베즈 쳐다보기를 피했다. 그러나 그녀가 좋다고 한 마디 해 주기를 기다리고 있는 것은 분명했다. 그녀는 남편 생각과는 반대였다. 랑티에가 이 집에 들어와서 산다는 생각이 매우 불쾌하거나 불안해서가 아니다. 더러운 세탁물을 넣어 둘 장소를 생각하고 있었기 때문이다. 그러나 함석장이는 방을 안배했을 경우의 여러 가지 이점을 늘어놓았다. 「5백 프랑이라는 집세는 역시 좀 비싸. 그래서 말이야, 이 친구가 가구 딸린 방에 다달이 20프랑씩 지불해 준다면 본인에게도 그렇게 비싼 게 아니고 우리도 큰 도움이 되잖겠어.」 그는 다시 덧붙여서 이 근처 전체의 세탁물이 모두 들어갈 만큼 큰 상자를 우리 침대 밑에다 만들면 된다고 말했다. 그래서 제르베즈는 마음을 정하지 못하고 눈으로 쿠포 어머니와 의논하는 기미를 보였으나, 랑티에는 몇 달 전부터 목 카타르에 잘 듣는 껌을 가지고 와서 이 할머니의 마음을 사로잡아 놓고 있었다.

「물론 폐될 건 없어요. 어떻게 되겠죠 뭐…….」 하고 마침내 제르베즈가 말했다.

「아니 괜찮습니다.」 모자장수는 되풀이했다. 「너무 친절하십니다. 그렇게 되면 제가 친절을 악용하는 게 돼요.」

이번에는 쿠포가 화를 벌컥 냈다. 「대체 언제까지 우물쭈물 하고 있을 참이야? 진심으로 하는 얘기라고 하잖아! 그렇게 되면 우리도 고마워하게 된다는 걸 알지 못한단 말인가.」 그는 화난 목소리로 외쳤다.

「에티엔느, 얘, 에티엔느야!」

아이는 테이블에 기대어 졸고 있다가 깜짝 놀라며 고개를 들었다.

「이봐, 그렇게 해 주세요, 하고 말해……. 이 아저씨한테 말하란 말이야. 그렇게 해 주세요, 하고 어디 큰소리로 말해 봐.」

「그렇게 해 주세요.」 에티엔느는 졸려서 잘 안 떨어지는 입으로 간신히 이렇게 말했다.

모두 웃음을 터뜨렸다. 그러나 랑티에는 곧 여느 때의 그 진지하고 감동된 듯한 표정으로 돌아가서 테이블 너머로 쿠포의 손을 잡고 있었다.

「그럼 부탁하네……. 서로가 오로지 호의에서 말이야. 그래, 이 아이를 위해서도 그렇게 해보겠네.」

이튿날 집주인 마레스코 씨가 한 시간 남짓 보슈 아내의 관리인실에 와 있었으므로 제르베즈는 이 일을 그에게 말했다. 처음 집주인은 마치 그녀가 집 한쪽을 고스란히 허물어 달라기나 하는 것처럼 불안한 얼굴로 화를 내며 거절하였다. 그러다가 장소를 면밀히 살피면서 위층이 건들거리게 되는 일은 없을까 하고 위를 쳐다보고 나더니 간신히 허락해 주었다. 그러나 비용은 한 푼도 낼 수 없다는 조건부였다. 쿠포 부부는 임대차 기한이 끝났을 때는 모두 본래대로 고쳐놓는다는 서약서가 붙은 서류에 서명하지 않으면 안 되었다. 그날 밤 함석장이는 즉각 미장이, 목수, 페인트공 등의 친구들을 데리고 왔다. 하루 일을 마친 뒤에 이 수지 안 맞는 일을 서비스해 주겠다는 마음씨 좋은 사람들이었다. 새 문을 달고 방 안 정리를 하는데, 일에 활기를 주기 위한 몇 리터의 술 값을 계산에 넣지 않더라도 이럭저럭 백 프랑은 족히 들었다. 함석장이는 친구들에게 돈은 나중에 하숙인의 첫 방세로 지불하겠다고 말했다. 그 다음은 방에 가구를 들여놓는 일이었다. 제르베즈는 그 방에 쿠포 어머니의 장롱을 놓고 게다가 자기 방에서 옮긴 테이블 하나와 의자들을 보탰다. 결국 테이블보와 침대 그리고 침구 일습은 새로 사지 않으면 안 되었다. 모두 백30프랑이었는데 그녀는 그것을 10프랑씩 월부로 갚기로 했다. 그러면 1년 동안은 랑티에의 20프랑이 빚에 다 들어가게 되더라도 나중에는 그런 대로 괜찮은 벌이가 될 것이었다.

모자장수가 이사온 것은 6월 초였다. 그 전날 쿠포는 30수의 전세마차 삯을 절약시켜 주려고 그의 집까지 트렁크를 가지러 가겠다고 말했다. 그러나 랑티에는 난처한지 마지막 순간까지 사는 장소를 숨기고 싶은 눈치로 트렁크가 너무 무겁다는 핑계를 댔다. 그는 오후 3시경에 도착했다. 쿠포는 집에 없었다. 제르베즈는 가게 입구에서 전세마차 위의 트렁크를 보고 새파랗게 질렸다. 그것은 자기들의 옛 트렁크, 플라쌍에서 떠나올 때 갖고 나온 그 트렁크였다. 그것이 지금은 다 닳고 부서져서 끈으로 묶여 있었다. 몇 번이나 꿈에서 보았듯이 그것이 지금 되돌아오는 것을 그녀는 본 것이다. 그 막돼먹은 금속연마공 계집이 자기를 업신여기면서 타고간 전세마차가, 그 같은 전세마차가 트렁크를 다시 운반해 왔다고까지 상상했다. 그러는 동안 보슈가 랑티에를 도와주었다. 세탁소 여자는 아무 말도 없이 어쩐지 멍청해진 기분으로 그들 뒤를 따라들어갔다. 그들이 방 한가운데에 짐을 내려놓자 잠자코 있을 수만도 없어서 이렇게 말했다.

「저어, 이제 큰일은 마친 셈이네요?」

그러고는 침착을 되찾고 랑티에가 끈을 푸는 데 정신이 없어서 자기 쪽은 돌아보지도 않는 것을 바라보며 덧붙였다.

「보슈 씨, 한잔 드시겠어요?」

그녀는 병과 잔을 가지러 갔다. 마침 그때 프와송이 제복 차림으로 보도를 지나갔다. 그녀는 방긋이 웃고 눈짓을 하여 살짝 그에게 신호했다. 순경은 금방 알아차렸다. 직무 중에 눈짓을 할 때는 한잔 사겠다는 뜻이다. 게다가 그는 세탁소 여자가 눈짓을 해 주지 않나 하고 은근히 기다리며 세탁소 앞을 몇 시간이나 서성거리고 있었던 것이다. 그래서 사람들의 눈을 피하여 안마당으로 들어가서는 숨어서 단숨에 잔을 비웠다.

「난 누구라고! 자네였군, 바뎅그.」 하고 랑티에는 그가 들어오는 것을 보고 말했다.

랑티에는 황제를 경멸하여 농담으로 순경을 바뎅그라고 부르고 있었다. 프와송은 이렇게 부르는 소리를 듣고 딱딱한 표정을 지었는데, 속으로는 기분이 상해 있었는지 알 도리가 없었다. 게다가 정치적 신조는 서로 거리가 있었지만 두 사람은 매우 의좋은 친구가 되어 있었다.

「아시겠지만 황제도 런던에서는 순경이었소.」 하고 이번에는 보슈가 말했다. 「정말이야! 주정뱅이 여자들을 붙잡아 가곤 했었지.」

한편 제르베즈는 벌써 테이블 위에 놓인 세 개의 잔을 채우고 있었다. 그녀 자신은 마시고 싶지 않았다. 메스껍고 기분이 나빴다. 그러나 트렁크 속이 보고 싶은 나머지 랑티에가 마지막 끈을 끄르는 것을 지켜보려고 그 자리에 남아 있었다. 그녀는 트렁크의 한쪽 구석에 처박혀 있곤 하던 수두룩한 양말이며 두 장의 때묻은 셔츠, 낡은 모자 같은 것이 생각났다. 그런 것이 아직도 저기 들어 있을까? 과거의 넝마를 다시 보게 될까? 랑티에는 뚜껑을 열기 전에 잔을 들고 건배했다.

「건강을 빌며!」

「자네 건강을 위해서.」 하고 보슈와 프와송이 응했다. 세탁부가 다시 잔에 술을 따랐다. 세 사나이는 손으로 입술을 문질렀다. 마침내 모자장수가 트렁크를 열었다. 거기에는 신문지, 책, 헌옷가지, 묵은 셔츠류 등이 뒤범벅이 된 채 가득차 있었다. 그는 거기서 냄비, 장화, 코끝이 달아난 르드뤼로랭의 흉상, 수 놓은 셔츠, 작업바지 등을 잇따라 꺼냈다. 몸을 굽히고 있던 제르베즈는 담배 냄새와 겉치레만 하는 불결한 남자의 냄새를 맡았다. 참으로 그다운 냄새였다.

아니, 그 낡은 모자는 이젠 왼쪽 구석에 없었다. 거기에는 어느 여자의 선물인 듯 그녀가 모르는 바늘꽂이가 들어 있었다. 이 때문에 그녀는 오히려 기분이 가라앉았지만 웬지 서글픈 기분이 들어 거기 있는 여러 가지 물건이 자기와 함께 살 때의 것인가, 다른 여자 때 것인가를 생각해 보면서 눈으로 줄곧 좇고 있었다.

「이봐, 바뎅그, 자넨 이거 모를 테지?」 하고 랑티에가 말했다.

그는 순경의 눈앞에 브뤼셀에서 출판된 조그마한 책을 내밀었다. 그것은 삽화가 실려 있는 《나폴레옹 3세의 연애》라는 책이었다. 거기에는 여러 가지 일화와 함께 황제가 어떻게 13살 먹은 요리사의 딸을 유혹했는가 하는 이야기가 씌어 있었다. 그림은 다리를 드러낸 나폴레옹 3세가 레종 도뇌르 대훈장만 걸친 몰골로 그의 음탕한 손길에서 벗어나려고 달아나는 소녀를 좇고 있는 모습이 그려져 있었다.

「그래! 이거야, 이거!」 하고 보슈가 은근히 호색 근성이 근질근질해져서 외쳤다. 「언제나 이렇단 말이야.」

프와송은 깜짝 놀랐다. 그는 황제를 변호할 말을 찾지 못했다. 책에 씌어 있으니 거짓말이랄 수도 없었다. 그러자 랑티에가 비웃는 얼굴로 언제까지나 그림을 코앞에 내밀고 있었으므로 그는 팔짱을 끼면서 그만 이렇게 말해 버렸다.

「그래서 어쨌다는 건가? 자연스러운 일이 아닌가?」

랑티에는 이 대답에 입을 다물고 말았다. 그는 책과 신문 등을 장롱의 선반에 꽂았다. 그러자 테이블 위에 얹는 조그마한 책꽂이가 없어 곤란해 하고 있는 것 같아서 제르베즈는 하나 마련해 주겠다고 약속했다. 그는, 첫권은 전부터 없었지만 루이 블랑의 《10년사》, 한 권에 2수씩 하는 라마르틴느의 《지롱드 당사(黨史)》, 으젠느 쉬의 《파리의 비밀》과 《방황하는 유태인》, 그 밖에 전당포로부터 기한이 지나 흘러나온 물건들을 파는 가게에서 모은 철학서며 인도주의 고본 등을 한무더기 갖고 있었다. 그러나 그 중에서도 특히 그가 감동적이고 존경하는 눈빛으로 바라본 것은 신문이었다. 그것은 몇 해 전부터 모아온 수집품이었다. 카페에서 자기와 같은 의견의 뛰어난 논설을 읽을 때마다 그 신문을 사서 보존해 두었다. 이리하여 모든 날짜, 모든 이름의 신문을 뒤죽박죽으로 묶은 큼직한 뭉치를 갖고 있었다. 그는 트렁크 밑에서 이 신문 뭉치를 꺼내어 자못 친근한 듯이 탁탁 치면서 두 사나이에게 말했다.

「어때, 응? 이건 내 건데, 이만큼 훌륭한 걸 가졌다고 자랑할 사람은 아마 없을 걸……. 속에 뭐가 씌어 있는지 당신들은 상상도 못 할 거야. 실은 이 속에 씌어 있는 생각을 절반이라도 실행한다면 단번에 사회를 깨끗이 만들 수가 있을 거야. 암, 자네의 황제도 부하 경관들도 모두 까무러치고 말 걸.」

그러나 순경이 그의 말을 막았다. 순경의 얼굴은 창백하게 질린 채 붉은 코밑수염과 카이제르 턱수염이 떨리고 있다.

「그럼 군대는 어떡하나?」

그러자 랑티에는 별안간 흥분하여 주먹으로 신문을 치면서 외쳤다.

「군국주의를 철폐하라, 인민의 우애를 확립하라……. 특권과 지위와 독점을 폐지하라……. 급료의 평등화와 이익의 재분배를 실시하고 프롤레타리아의 영광을 찬양하라. 모든 자유를 요구한다. 알겠나, 모든 거다……. 게다가 이혼의 자유까지 말이야.」

「그래, 옳아. 이혼이야 도덕을 위해서 좋지!」 하고 보슈가 지지했다.

프와송은 엄숙한 표정이 되어 대답했다.

「하지만 나는 당신네들이 부르짖는 자유 따위를 원치 않는데도 얼마든지 자유롭단 말이야.」

「자네가 자유를 원치 않는다면, 원치 않는다면…… .」 하고 랑티에는 흥분으로 목이 메어 더듬거렸다. 「아니, 자네는 자유로운 게 아니야……. 자유를 원치 않는다면 자네를 케이옌느에 보내 버릴 테다, 내가! 그래 케이옌느로 말이다. 자네의 황제와 돼지 같은 그 일당들과 함께 말이다!」

그들은 만날 때마다 이렇게 서로 욕설을 퍼부었다. 제르베즈는 논쟁이 싫어서 언제나 중재에 나섰다. 그녀는 트렁크를 보고 코를 쿡 찌르는 지난날 정사의 쉰 냄새에 아찔해져서 허탈감에 빠져 있었으나 정신을 차리고 세 사나이에게 잔을 권했다.

「정말이야.」 금방 기분을 가라앉힌 랑티에가 잔을 잡으면서 말했다.

「건강을 축복하며.」

「자네의 건강을 위해서.」 보슈와 프와송이 대답하고 랑티에와 건배했다.

그러나 보슈는 어떤 불안에 사로잡혀 살며시 곁눈으로 순경을 바라보고 몸을 흔들었다.

「방금 그 일은 모두 우리들끼리만의 얘기요. 그렇죠, 프와송 씨?」 하고 그는 마침내 중얼거렸다.

「당신한테 이런저런 것을 보여 주고 말해 주고 하는 것 말이에요.」

그러나 프와송은 그가 끝까지 말하도록 내버려 두지는 않았다. 그는 만사가 그 속에 있다는 듯이 자기 가슴에 손을 얹었다. 물론 친구를 염탐하는 짓 따위는 하지 않을 것이다. 쿠포가 돌아왔으므로 두 병째 비웠다. 그래서 순경은 안마당으로 빠져 나가 보도에 나서자 걸음걸이를 가다듬어 꼿꼿이 서서 엄숙하게 한걸음 한걸음 옮겨 놓기 시작했다.

처음 한동안, 세탁부의 집에서는 만사가 어수선했다. 랑티에는 독립된 방과 입구의 열쇠를 갖고 있었지만 마지막 순간에 가서 사잇문은 막지 않기로 결정되었으므로 그는 대개의 경우 가게로 출입하게 되었다. 때묻은 세탁물 또한 제르베즈를 매우 난처하게 만들었다. 왜냐 하면 남편이 스스로 말을 꺼낸, 그 커다란 상자를 만들어 주지 않았기 때문이다. 그래서 그녀는 세탁물을 이구석 저구석 아무 데나 주로 침대 밑에 쑤셔넣을 수밖에 없었는데, 그것은 여름 밤 같은 때는 기분 좋은 일이 못 되었다. 더구나 가게 한가운데에 밤마다 에티엔느의 잠자리를 만들어 주어야 했으므로 그녀는 그만 진절머리가 나 버렸다. 그래서 여자들이 밤일을 하게 되면 아이는 기다리는 동안 의자에 앉아서 졸았다. 그래서 구제가 옛날 자기 주인이었던 기계상이 릴르에서 견습공을 구하고 있으니 그리로 에티엔느를 보내면 어떻겠느냐는 말을 꺼내자 그녀는 마음이 움직였다. 게다가 아이도 집에서는 별로 재미없어하는 데다 독립하고 싶어서 그녀에게 승낙을 재촉하게 되니 더욱더 그랬다. 다만 그녀는 랑티에가 한마디로 거절하지나 않을까 해서 그게 두려웠다. 그는 다만 아들 가까이에 있고 싶다는 일념으로 이곳에 살게 되었으니만큼 이사와서 겨우 2주일밖에 안 되어 벌써 아들을 떠나 보낼 마음은 거의 없을지도 모른다. 그러나 그녀가 주저주저 얘기를 꺼내자 그는 그 생각에 매우 찬성하면서 젊은 애들은 세상을 보아 둘 필요가 있다고 말했다. 에티엔느가 떠나는 날 아침 랑티에는 그의 여러 가지 권리에 대해서 한바탕 늘어놓고는 그에게 입을 맞추어 주고 수선스럽게 말했다.

「생산자는 노예가 아니며 생산자가 아닌 자는 모두 도둑놈이라는 것을 기억해 두어라.」

그 뒤 이 집안에는 다시 예전대로 아무런 변화 없는, 틀에 박힌 생활이 되살아나고 모든 것이 새로운 습관 속에 자리를 잡아 평온을 되찾았다. 제르베즈는 때묻은 세탁물이 흩어져 있는 것도 랑티에가 서성거리는 데에도 익숙해졌다. 랑티에는 여전히 그 큰일에 관해서 장담하고 있었다. 머리에 매번 빗질을 하고 흰 셔츠 차림으로 외출하는 일도 많았으며 행방을 감추어서는 외박하는 일도 있었다. 그러다가 돌아와서는 피로할 대로 피로해서 머리가 깨질 것 같다는 태도를 보였다. 마치 24시간 쉬지 않고 중대한 용건으로 격론이라도 벌이고 온 듯한 모습이었다. 실은 실컷 놀다가 온 것인데도 말이다. 정말 손에 못이 박일 걱정은 할 필요가 없다. 그는 평소에 10시쯤 일어나서 해님의 안색이 마음에 들면 오후에 산책하고 비라도 오는 날이면 가게에 앉아 신문을 훑어보았다. 여기야말로 그에게는 안성맞춤의 자리였다. 그는 스커트에 둘러싸여 천국에라도 오른 듯이 흐뭇해 하면서 여자들 속에 끼여들었다. 그녀들의 야비한 말투를 매우 좋아해서 어떡하든 그런 말을 지껄이도록 부추겼으며, 그러면서도 자기 자신은 고상한 말을 썼다. 이 사나이가 세탁소 여자며 막된 여자들과 사귀고 싶어하는 이유가 여기에 있었다. 클레망스가 생각나는 대로 마구 지껄이고 있을 때면 그는 멋들어진 콧수염을 비비면서 정답게 미소짓고 있었다. 작업장의 냄새, 드러낸 팔로 다리미질을 하는 땀에 젖은 여자들, 마치 어느 침실인 양 부인들의 속옷이 널려 있는 이 한구석 전체가 그에게는 꿈에서 본 잠자리나 오래 찾고 있던 나태와 쾌락의 동굴 같았다.

처음 랑티에는 프와송니에르 거리 모퉁이에 있는 프랑스와네 가게에서 식사를 하고 있었다. 그러나 일주일에 서너 번은 쿠포 내외와 함께 저녁을 먹었다. 그러다가 마침내 두 내외에게 식사까지 제공해 달라고 말했다. 토요일마다 15프랑 내겠다는 것이다. 그렇게 되니 그는 이 집을 거점으로 삼아 완전히 주저앉아 버렸다. 아침부터 밤까지 셔츠 바람으로 가게와 안쪽 방을 드나들고 큰소리로 일을 시키는 그의 모습을 볼 수 있었다. 급기야는 손님의 응대까지 하고 가게 일까지 지시했다. 프랑스와네 가게 술이 마음에 들지 않는다고 제르베즈를 설득하여 앞으로는 술을 이웃에 있는 석탄 가게 비구루네 집에서 사도록 했다. 거기서 물건을 사는 것을 기회로 그는 그 마누라를 보슈와 다투어 차지하려고 노린 것이다. 그러는 동안에 그는 구드르네 가게의 빵이 잘 구워지지 않았다고 말하기 시작하더니, 포부르 프와송니에르 거리에 있는 메이네의 빵 가게 비엔나로 빵을 사러 오귀스틴느를 보냈다. 또 르옹그르의 식료품 가게도 바꾸어 버렸다. 폴롱소 거리의 푸주 뚱보 샤를르만은 그대로였으나 이것은 정치적 견해가 그와 일치했기 때문이다. 한 달이 지나고 나자 그는 어느 음식에고 기름을 쓰고 싶어했다. 클레망스가 놀려 대며 말한 것처럼 이 프로방스 녀석한테서 기름기가 가실 날이 없었다. 랑티에는 자기 손으로 오믈렛을 만들었는데 양쪽을 뒤집어 크레프 빵보다도 더 구워 댄 오믈렛이어서, 군용 비스킷이 무색하게 단단했다. 그는 쿠포 어머니를 감독하여 구두창처럼 바싹 구운 비프스테이크를 주문하고 무엇에나 마늘을 넣었다. 샐러드 곁들이 야채를 썰기라도 하는 날엔 화를 내며 이런 찌꺼기 채소에는 독이 들어 있는지도 모른다고 호통을 쳤다. 그가 제일 좋아하는 것은 물에 삶은 서양 국수를 넣은 아주 걸쭉한 수프였으며 기름을 반 병이나 들어부어야 했다. 그것을 먹는 것은 그와 제르베즈뿐이었다. 파리 태생인 다른 사람들은 언젠가 큰맘 먹고 이걸 먹다가 하마터면 토해낼 뻔했던 것이다.

랑티에는 차차 이 집의 사사로운 일에까지 참견하게 되었다. 로리외 부부가 언제나 선뜻 쿠포 어머니에게 백 수를 내놓기 싫어하므로 그들을 고소할 수도 있다고 설명했다. 「아니, 그치들 사람을 얕잡아 보는 게 아냐. 한 달에 10프랑은 내놓아야 하는 거야.」 이래서 그는 그 10프랑을 직접 받으러 갔던 것인데 명쾌한 태도에다 상냥하기까지 해서 사슬 직공 역시 거절할 수가 없었다. 이제는 르라 부인도 백 수 화폐 두 장을 내놓았다. 쿠포 어머니는 랑티에의 손에 입이라도 맞출 지경이었다. 게다가 그는 노파와 제르베즈 사이에 갈등이 일어나면 유능한 중재인 노릇까지 했다. 세탁부가 참다 못해 시어머니를 매정하게 다루고, 어머니가 침대에 가서 울거나 하면 그는 두 사람을 함께 꾸짖으면서 당신네들은 그 훌륭한 인품으로 세상 사람들을 기쁘게 해 주고 있는 줄 알고 있는가를 묻고는, 억지로 두 사람을 키스하게 했다. 나나에 대해서도 마찬가지였다. 그의 의견에 의하면 이 아이의 교육이 아예 되어먹지 않았다는 것이다. 이 점, 그의 말은 옳다. 왜냐 하면 아버지가 이 딸을 때리면 어머니가 감싸고 어머니가 때릴 차례가 되면 아버지가 대드는 형편이었기 때문이다.

나나는 양친이 으르렁대는 것을 보고 매우 기뻐했으며 무슨 짓을 하더라도 혼이 나지는 않는다는 생각이 머리에 박혀 있어서 온갖 장난을 다했다. 이제는 건너편 말굽쇠 공장에 놀러 가는 것을 배워 온종일 짐수레의 멍에대로 시소놀이를 하기도 하고, 대장간의 붉은 불빛에 비친 어둑한 안마당 구석에서 개구쟁이들과 숨바꼭질을 하곤 했다. 그러다가 쾅쾅 울리기 시작한 쇠망치에 쫓기듯이 별안간 개구쟁이들을 이끌고 머리를 헝클어뜨린 채 얼굴은 흙투성이가 되어 환성을 지르면서 달려나오는 것이었다. 랑티에만이 그녀를 꾸짖을 수 있었다. 그런데 그녀는 랑티에를 다루는 교묘한 요령을 터득하고 있었다. 이 10살짜리 불량 소녀는 그의 앞으로 버젓한 귀부인처럼 걸어가 몸을 꼬며 교태를 지어 보이고는 벌써부터 육감적인 눈매를 지어 그에게 추파를 던지는 것이었다. 결국 그는 이 소녀의 교육을 맡게 되었다. 그는 댄스와 방언을 가르쳐 주었다.

이렇게 해서 1년이 지났다. 이웃 사람들은 랑티에가 연금이라도 타고 있는 줄 알고 있었다. 그렇게라도 생각지 않으면 쿠포 집안의 넉넉해진 형편이 설명되지 않았기 때문이다. 물론 제르베즈는 쉬지 않고 돈을 벌었다. 그러나 지금은 하는 일 없이 빈둥거리는 사나이를 둘이나 먹여 살려야 했으며 가게에서 나오는 벌이만으로는 암만해도 모자랐다. 하물며 가게의 경기가 나빠진데다 손님이 줄었고 고용 여자들은 아침부터 밤까지 마시고 먹게 되어서 더욱더 그러했다. 사실 랑티에는 방 값도 식비도 전혀 한 푼도 내지 않고 있었던 것이다. 처음 몇 달 동안은 얼마만큼씩 선금을 내놓았다. 그러더니 이윽고 곧 큰돈이 들어오게 되어 있으니까 그때 한꺼번에 내놓겠다는 말만 되풀이하게 되었다. 제르베즈는 이제 그에게 1상팀도 내놓으라는 말을 하지 않게 되었다. 빵도, 술도, 고기도 외상으로 샀다. 도처에 외상값이 불어나서 매일 3프랑이나 4프랑씩 늘어갔다. 그녀는 가구상이나 미장이와 목수와 칠장이의 세 친구들에게마저 1수도 지불하지 않았다. 이들은 불평을 늘어놓기 시작했으며 가게 주인들도 그녀에게 불친절해졌다. 그녀는 빚의 무서운 힘에 혼이 나간 듯이 되어 버려, 웬지 멍청해져서 제일 값이 비싼 것만 사고는 그 돈을 지불하지 못하게 되자, 아예 버릇이 된 그 식도락에 잠겨 들어갔다. 그러나 천성이 성실한 여자였으므로 어떻게 하면 좋을지 모르는 채, 아무튼 출입하는 상인들에게 백 수짜리 화폐를 한 움큼씩 나누어 주고 싶어 아침부터 밤까지 몇 백 프랑의 돈을 버는 꿈만 꾸었다.

마침내 그녀는 옴짝달싹 못하게 되어 버렸다. 형편이 기울어지면 질수록 일을 확장하는 이야기를 했다. 그런데 한여름에 키다리 클레망스가 가게를 그만두어 버렸다. 일꾼이 둘이나 필요 없을 만큼 일이 없었고 몇 주일이나 급료가 밀렸기 때문이었다. 이 파산 상태의 소용돌이 속에서도 쿠포와 랑티에는 그저 게걸스레 먹어 대기만 했다. 이 사나이들은 억세게 쑤셔넣으며 가게를 다 먹어 치우고 장사를 엉망진창으로 만들면서 살만 쪄 갔다. 그리하여 서로 다투듯이 두 사람 몫이나 기를 쓰고 먹어 치우려 했고 디저트를 먹을 때는 소화를 촉진시킨다고 히히덕거리며 배를 두들기곤 했다.

이웃에서 한창 사람들의 입에 오르내리는 화제는 랑티에와 제르베즈가 정말 지난날 사이로 되돌아갔느냐 어떠냐 하는 일이었다. 이 점에 대해서는 의견이 구구했다. 로리외의 말을 들으면 절름발이 여자가 모자장수를 다시 차지하려고 온갖 짓을 다했으나 남자 쪽에서는 이제 그녀에게 마음이 없어졌다고 했다. 여자가 너무 나이가 많고 찌든 탓으로 마음이 없어져서 시내에 더덕더덕 분을 칠한 어린 여자를 몇 사람 데리고 산다고 했다. 보슈 부부는 이와는 반대로 세탁부는 첫날밤부터 얼빠진 쿠포가 코를 골기 시작하자 즉각 옛날 서방을 만나러 들어갔다고 했다. 아무튼 지금과 같은 생활 방식은 그다지 칭찬할 만한 것은 못되는 것 같았다. 그러나 세상에는 더럽고 천한 일이 많으므로 사람들은 마침내, 이를 테면 이 세 사람의 부부를 자연스럽고 색다른 맛이 있다고까지 생각하게 되었다. 싸움도 결코 하지 않았으며 그런 대로 예의도 지키고 있었기 때문이다. 확실히 이 근처의 생활을 들여다본다면 생각보다 심한 독기에 까무러치고 말 것이다. 적어도 쿠포네 집에서는 참으로 사람들이 모두 좋아 보였다. 세 사람이 다 요리에는 사족을 못 썼고 취하면 이웃의 안면을 방해하는 일도 없이 태평스레 함께 자 버린다. 게다가 이 근처 사람들은 랑티에의 점잖은 태도에 완전히 말려들어가 있었다. 이 아첨꾼은 말 많은 아낙네들 앞에서는 입을 다물었다. 그와 제르베즈의 관계를 모두가 궁금해 하고 있을 때도 과일 가게 안주인이 내장 가게 마누라 앞에서 그런 괴상한 관계가 있을까 보냐고 부정하면 내장 가게 마누라는 시시하다고 말하고 싶은 기색이었다. 말하자면, 그래서는 쿠포 집안일이 재미없어져 버리는 것이다.

그러나 제르베즈는 그런 일에는 조금도 개의치 않고 살았으며 음란한 생각은 별로 해 보지도 않았다. 무정하다는 비난을 다 받았을 정도였다. 집안 사람들은 모자장수에 대한 그녀의 원한을 이해할 수 없었다. 연인들의 옥신 각신이라면 금방 머리를 들이밀고 싶어하는 르라 부인은 거의 밤마다 찾아왔다. 그녀의 말에 의하면, 랑티에라는 사나이는 아무리 정숙한 부인이라도 그 품안에 끌어들이지 않고는 못 배기는 그 방면의 명수라고 했다. 보슈 댁도 10년만 더 젊었더라면 끝내 정조를 지켜낼 수 없었을 거라고 했다. 은밀하고 냉혹한 음모가 차차 커져서 제르베즈를 서서히 압박해 왔다. 주변 여자들은 모두 마치 그녀에게 정부를 붙여 줘야 직성이 풀릴 것처럼 보였다. 그런데 제르베즈만 놀라고 있었다. 랑티에에게 그만한 매력을 느낄 수 없었던 것이다. 물론 그는 옛날과 달리 훌륭해지기는 했다. 언제나 외투를 입고 있었고 카페나 정치 집회에서 교육도 받고 있었다. 다만 제르베즈는 그를 잘 알고 있었으므로 그의 두 눈을 통해 그의 영혼까지 환히 들여다보았고, 거기에는 그녀가 지금도 가냘픈 전율을 느끼고 있는 것이 가득 담겨 있었다. 아니 사람들이 그토록 그가 마음에 든다면 어째서 용감하게 손을 내밀지 않는담? 어느 날 그녀는 가장 열을 올리고 있는 비르지니에게 이렇게 말해 보았다. 그러자 르라 부인과 비르지니는 그녀를 부추기려고 랑티에와 키다리 클레망스의 정사를 들려주었다. 「그래요, 당신은 아무것도 몰라. 당신이 바깥에 일을 보러 나가면 모자장수는 자기 방에 클레망스를 끌어들이는 거야. 요즘엔 두 사람이 함께 있는 것을 보는 수가 많은데, 그 남자 분명히 여자의 집으로 만나러 가는 게 틀림없어.」

「그래서? 그게 나와 무슨 상관이죠?」 하고 세탁부는 약간 떨리는 목소리로 말했다.

그리고 그녀는 비르지니의 노란 눈을 가만히 들여다보았다. 거기에는 고양이 눈처럼 금빛 불꽃이 반짝이고 있었다. 그렇다면 이 여편네는 나를 원망하여 시샘을 내게 하려는 것일까? 그러나 비르지니는 시치미를 떼고 대답했다.

「물론, 당신과는 아무 관계도 없을 거예요……. 하지만 말이에요, 그런 계집애와 사귀어 봤자 결국 신통한 일은 없을 테니까 일찌감치 손을 떼라고 일러 주면 좋잖겠어요?」

무엇보다도 좋지 않은 일은 랑티에가 세상 사람들이 자기를 지지해 준다는 것을 알고 제르베즈에 대한 태도를 바꾸어 버린 일이었다. 이제는 그녀와 악수하면 한참 동안 손가락을 놓지 않았다. 그는 뻔뻔스러운 눈초리로 지그시 바라보며 그녀를 성가시게 굴었는데 그 시선에서 그가 무엇을 요구하는가 뚜렷이 읽을 수 있었다. 그녀 뒤를 지나갈 때면 무릎을 스커트 안으로 밀어 넣고 그녀를 녹이려고 목덜미에 숨결을 뿜어 댔다. 그러나 난폭한 짓을 하다가도 노골적으로 의사를 밝히거나 하지는 않고 그저 기다리기만 했다.

그러던 어느 날 밤 단둘이 있을 때 랑티에는 말없이 그녀 앞에 다가와 떨고 있는 그녀를 가게의 안쪽 벽으로 밀고 가서 입을 맞추려고 했다. 마침 그때 우연히 구제가 들어왔다. 그녀는 몸부림을 치면서 빠져 나왔다. 세 사람은 아무 일도 없었다는 듯이 두세 마디 말을 나누었다. 구제는 새파란 얼굴로 고개를 떨어뜨리고 있었다. 그는 틀림없이 두 사람을 방해했으며 제르베즈가 몸부림친 것은 남 앞에서 입을 맞추고 싶지 않았기 때문이라고 상상했던 것이다.

이튿날 제르베즈는 가게에서 발을 동동 굴렀다. 몹시 비참한 기분이 들어서 손수건도 다리지 못할 지경이었다. 구제를 만나 랑티에가 어떻게 자기를 벽으로 밀어 붙였는가 설명해 주고 싶었다. 그러나 에티엔느가 릴르에 가 버린 후에는 감히 대장간을 찾아갈 수 없었다. 찾아가면 브와 상 스와프, 즉 베크 살레가 짓궂은 웃음으로 그녀를 맞이하기 때문이다. 그러나 오후가 되자 더 참지 못해서 빈 바구니를 들고 포르트 블랑슈 거리의 단골집에 페티코트를 가지러 간다는 구실로 가게를 나섰다. 그리하여 마르카데 거리의 볼트 공장 앞에 이르자 우연히 구제와 마주칠 것을 기대하며 종종걸음으로 왔다갔다했다. 아마 구제 쪽에서도 그녀를 기다리고 있었던 것이 틀림없다. 왜냐 하면 5분도 지나지 않아 우연인 것처럼 그가 나왔기 때문이다.

「아니! 볼일 보러 오셨습니까?」 하고 힘없이 웃으면서 말했다. 「돌아가시는 길인가 보군요.」

그는 말을 건네려고 이렇게 물은 것이다. 제르베즈는 마침 프와송니에르 거리를 막 벗어난 참이었다. 그래서 두 사람은 어깨를 나란히 하고 팔은 끼지 않은 채 몽마르트 쪽으로 올라갔다. 문 앞에서 밀회한다는 억측들을 하지 않도록 공장에서 떠날 생각만 하고 있었다.

두 사람은 고개를 숙이고 공장의 소음 속에서 울퉁불퉁한 길을 걸어갔다. 그리하여 2백 걸음쯤 걸어가서는 자연스럽게 마치 이 근처의 지리를 잘 알고 있는 것처럼 여전히 입을 다문 채 왼쪽으로 꺾어 공지로 나갔다. 그것은 기계톱을 장치한 제재소와 단추 공장 사이에 자리한 아직도 초록빛이 남아 있는 풀밭이었으며 햇빛에 타서 누렇게 된 풀이 여기저기 깔려 있었다. 말뚝에 매인 산양이 울면서 빙글빙글 돌았다. 구석 쪽에는 바싹 마른 고목 한 그루가 강한 햇빛을 받고 서 있었다.

「정말!」 하고 제르베즈가 중얼거렸다. 「시골에 온 것 같아요.」

두 사람은 고목 밑으로 앉으러 갔다. 세탁부는 바구니를 발 아래 놓았다. 그들 앞의 몽마르트 언덕에는 빈약한 초록빛 수목 속에 황색과 회색의 높은 집들이 잇따라 솟아 있었다. 고개를 더 쳐드니 도시 위로 빛나는 맑은 창공이 펼쳐 나가고 북쪽으론 흰구름 조각이 떠가는 것이 보였다. 그러나 광선이 세어 눈이 부실 것만 같았다. 그들은 편편한 지평선에 닿을락말락하게 교외 아득히 이어나간 흰 벽돌을 바라보고 특히, 제재소의 가느다란 파이프가 뿜어올리는 증기를 눈으로 좇고 있었다. 김을 뿜어내는 그 커다란 한숨은 숨가쁜 두 사람의 가슴을 가라앉혀 주는 듯했다.

「그래요.」 하고 서로 입을 다물고 있는 것이 어색해져서 제르베즈가 말했다.

「단골 손님 집들을 돌아 보려고 나온 거예요.」

그토록 변명하고 싶었는데 그녀는 갑자기 말을 할 수 없게 되었다. 부끄러워진 것이다. 그러면서도 그녀는 두 사람이 그 이야기를 하려고 일부러 여기까지 왔다는 것을 잘 알고 있었다. 한 마디의 말도 입밖에 내진 않았지만 그들은 훌륭히 그 이야기를 하고 있었던 것이다. 간밤의 일은 마치 무거운 짐처럼 두 사람 사이에 남아 그들의 기분을 어색하게 만들어 놓았다.

그래서 그녀는 견디기 어려운 슬픔으로 눈물을 글썽거리면서 가게의 빨랫감을 하청 맡아 하던 비자르 부인의 임종 때의 괴로움을 이야기했다. 그 아낙네는 무서운 고통 끝에 그날 아침 세상을 떠났던 것이다.

「비자르가 발로 걷어찬 게 원인이래요.」 하고 그녀는 부드럽고 단조로운 목소리로 말했다. 「배가 부어 있었어요. 아마 뱃속 어디가 찢어졌던가 봐요. 가엾게도! 사흘 동안이나 괴로워서 뒹굴더니……. 징역살이 할 못된 인간이라도 그렇게 심한 짓은 안할 거예요. 남편에게 맞아 죽는 여편네 일까지 걱정한대서야 재판소도 어디 손이 돌아가겠어요? 날마다 걷어차이는 판이었으니 한 번쯤 더 차이거나 덜 차인다고 문제가 되겠어요? 가엾게도 그 여자는 남편을 교수대에 세우고 싶지 않아 나무통에 올라갔다가 굴러떨어져서 배를 부딪혔다고 말해 버렸으니 더하잖아요……. 그 여자는 죽기 전에 밤새도록 끙끙 앓고 있었어요.」

대장장이는 입을 다문 채 부들부들 떨리는 손으로 풀을 뜯고 있었다.

「아직 두 주일도 되지 않았어요.」 하고 제르베즈는 계속했다. 「막내동이 쥘르가 젖을 뗀 게 말이에요. 하기야 그게 불행중 다행이었어요. 아이도 덜 보챌 거고……. 별 수 없겠죠. 그 어린 계집애 라리가 어린애를 둘이나 돌봐야 하는 셈이에요. 아직 8살도 되지 않았지만 정말 엄마처럼 성실하고 분별있는 애랍니다. 그런데도 아버지는 그 애를 마구 때린다잖아요……. 정말! 고생하려고 태어나는 사람도 있는가 봐요.」

구제는 그녀를 바라보고 있더니 별안간 입술을 떨면서 말했다.

「당신은 어제 내게 괴로운 생각을 갖게 했어요. 정말이지! 무척 괴로운 생각을…… .」

제르베즈는 창백해지면서 두 손을 마주 잡았다. 그는 계속했다.

「알고 있습니다. 어차피 이렇게 될 일이었던 겁니다. 다만 나한테는 사실을 말하고 사정을 들려 줬어야 했던 건데……. 애태우게 하지 말고…….」

그는 끝까지 다 말하지 않았다. 그녀는 일어서 있었다. 이웃 사람들이 마치 사실인 양 쑥덕거리고 있듯이 구제 또한 자기가 랑티에와 지난날 관계로 되돌아갔다고 생각하고 있다는 것을 알았기 때문이다. 그녀는 손을 내밀고 소리쳤다.

「아니에요, 그렇지 않아요. 맹세해도 좋아요……. 그인, 나를 밀어붙이고 입맞추려 한 거예요. 정말이에요. 하지만 그의 얼굴은 내게 닿지도 않았어요. 그게 처음이었고요. 그이가 그런 짓을 하려고 한 건……. 자! 믿어 줘요, 내 말. 내 목숨, 아이들의 목숨, 내가 가진 가장 소중한 것 모든 것을 두고 맹세하겠어요.」

그러나 대장장이는 고개를 저었다. 그는 믿지 않았다. 여자라는 것은 이런 경우에는 늘 부정하는 법이기 때문이다. 그래서 제르베즈는 아주 엄숙한 얼굴을 하고 말을 이었다.

「구제 씨, 당신은 나를 잘 알고 있어요……. 내가 거짓말쟁이가 아닌 걸 알고 있어요. 정말 그런 일은 없어요. 맹세해도 좋아요. 앞으로도 결코 없을 거예요. 알아 주시겠어요? 결코 없어요. 만일 그렇게 된다면 난 그야말로 인간 찌꺼기예요. 그땐 당신같이 성실한 분과는 사귈 수 없게 돼요.」

이렇게 말하는 그녀의 얼굴은 무척 아름답고 솔직함에 차 있었다. 그래서 그는 그녀의 손을 잡고 그녀를 다시 자리에 앉혔다. 간신히 그는 허리를 펴고 숨을 들이켤 수 있었다. 마음 속으로 웃을 수도 있었다. 이렇게 그녀의 손을 자기 손 안에 쥐어 본 것은 처음이었다. 두 사람은 입을 열지 않았다. 하늘에는 백조가 헤엄쳐 가는 듯 흰구름이 천천히 흘러가고 있었다. 들판 구석에서는 산양이 두 사람을 향하여 일정한 간격을 두고 매우 정다운 울음소리를 내면서 가만히 바라보고 있었다. 두 사람은 엉킨 손가락을 풀려고도 하지 않고 감동에 젖은 눈으로 아득히 흐릿하게 보이는 몽마르트의 언덕이며 지평선에 줄무늬를 이루고 있는 공장 굴뚝의 높다란 숲과 너절하고 황량한 교외를 멍청하게 바라보고 있었다. 여기저기 보이는 싸구려 술집들을 둘러싼 숲이 눈물이

나도록 두 사람의 마음을 울렸다.

「당신 어머님은 저를 원망하고 계시죠? 알고 있어요.」하고 제르베즈가 나직히 말했다. 「그렇지 않다곤 말하지 마세요……. 그럴 수밖에 없죠. 댁에서 그렇게 많은 돈을 빌려 쓰고 있는 걸요.」

그러나 그는 여자의 입을 다물게 하려고 거친 태도를 보였다. 그녀의 손이 빠지도록 흔들어 댔다. 제르베즈에게 돈 이야기를 시키고 싶지 않았던 것이다. 그러고는 잠시 망설이다가 중얼거렸다.

「저어, 나는 오래 전부터 당신에게 할 말이 있었는데……. 당신은 행복하지 않아요. 우리 어머니께서 분명히 말씀하시더군요. 당신 생활이 차차 곤란해지고 있다고…… .」

그는 약간 숨이 차서 쉬다가 덧붙였다. 「저어, 우리는 함께 어디로 가야 합니다.」

그녀는 가만히 그를 쳐다보았다. 지금까지 한 번도 입밖에 낸 적이 없는 애정을 이렇게 무뚝뚝한 고백으로 듣는 데 놀라 처음에는 무슨 뜻인지 깨닫지 못했다.

「어째서 그런 말을?」

「그래요.」하고 그는 고개를 숙인 채 계속했다. 「어디로 가서 함께 사는 거야. 괜찮다면 벨기에라도 가서……. 거긴 내 고향이나 다름없는 곳이니까. 둘이서 일하면 곧 편해질 거요.」

그러자 그녀는 새빨개졌다. 그가 입을 맞추려고 끌어당기더라도 이렇게 부끄럽게 생각되지 않았을 것이다. 소설이나 상류 사회의 사건처럼 함께 달아나자는 말을 다 하다니. 『이이는 역시 좀 색달라. 내 주위에는 남의 여편네를 꾀는 노동자들이 있긴 하지만, 그런 인간들은 여자를 생 드니에도 데려가지 않고 그 자리에서 결말을 내 버리지. 그것도 노골적으로.』

「어마, 구제 씨…… .」그녀는 어떻게 말해야 좋을지 몰라 이렇게 중얼거렸다.

「말하자면 우린 단둘이 있단 말입니다.」하고 그는 말을 이었다. 「나한테는 다른 사람들이 모두 거추장스러워요. 알겠지요? 나는 누군가에게 애정을 느끼면 그 사람이 다른 인간들과 함께 있는 걸 보고 있지 못합니다.」

그러나 그녀는 침착을 되찾고 이번에는 분별 있는 태도로 거절했다.

「그럴 수는 없어요, 구제 씨. 아주 나쁜 일이에요. 저는 결혼한 몸이잖아요. 게다가 아이들도 있고……. 저한테 호의를 갖고 계시다는 것도, 구제 씨에게 괴로운 생각을 갖게 하고 있다는 것도 전 잘 알고 있어요. 하지만 그러다간 우린 후회할 뿐이지 즐거움 같은 건 느끼지 못하게 될 거예요. 저도 당신이 좋아요. 무척 좋아해요. 그러길래 당신에게 바보 같은 짓을 시키고 싶지 않은 거예요. 그런 짓은 바보 같은 짓이거든요, 정말……. 안 돼요. 아시겠어요? 지금대로 있는 편이 좋아요. 서로 존경하고 마음도 꼭 맞잖아요? 그러면 족해요. 덕분에 저는 몇 번이나 힘을 얻었는지 몰라요. 우리 같은 경우엔 성실하게 사귀고 있으면 틀림없이 좋은 보답이 올 거예요.」

그는 여자의 말을 들으면서 고개를 끄덕이고 있었다. 그녀의 말이 지당하다고 생각되어 반대할 수도 없었다. 느닷없이 그는 대낮인데도 제르베즈를 가슴에 끌어당겨 으스러질 듯이 힘껏 껴안고는 물어뜯듯이 미친 사람처럼 목덜미에 입을 맞추었다. 그것만으로 더 이상 아무것도 요구하지 않고 그녀를 놓아주었고 그들의 사랑에 관해서도 더 얘기하지 않았다. 그녀는 몸을 흔들었다. 화도 내지 않았다. 이 조촐한 쾌락은 두 사람으로 보아 정말로 생각지 않던 수확으로 여겨졌기 때문이다. 그러나 대장장이는 머리 꼭대기에서 발끝까지 부들부들 떨면서 다시 한번 여자를 안고 싶은 욕망에 끌려 들어가지 않으려고 그녀에게서 떨어졌다. 그리고 무릎을 꿇은 채 하릴없이 민들레꽃을 따서 저만치 바구니 안에 던져넣었다. 햇볕에 탄 불이불 속에는 주변 가득히 노란 민들레 꽃이 보기 좋게 피어 있었다. 이렇게 노는 동안에 그는 조금씩 마음이 가라앉고 즐거워졌다. 쇠망치를 만져서 굳어 버린 손가락으로 살짝 꽃을 꺾어 한 개씩 던져 용케 바구니에 들어가면 얌전한 개처럼 눈으로 웃었다. 세탁부는 명랑하고 건강하게 고목에 기대어 제재소의 요란스런 소음에 지지 않을 만큼 큰소리로 지껄여 댔다. 릴르에서 즐겁게 지내고 있는 모양인 에티엔느에 관한 이야기를 하면서 두 사람이 어깨를 나란히 하고 공지에서 나왔을 때 그녀는 민들레꽃으로 가득 찬 바구니를 들고 있었다.

사실 제르베즈는 자기가 장담하는 것만큼 랑티에에게 단호한 태도를 취할 수 있다고는 생각지 않고 있었다. 물론 그가 손가락 하나 자기 몸에 대지 못하게 하겠다는 굳은 결심은 갖고 있었다. 그러나 만일 그가 손을 대면 옛날처럼 속절없이 흐늘흐늘 그의 뜻대로 되고 말 것만 같아서 그것이 두려웠다. 그러나 랑티에는 두번 다시 손을 대려고 하지 않았다. 몇 번이나 그녀와 단둘이 남은 적이 있었지만 끝내 얌전했다. 이번에는 암만해도 내장 가게 마누라에게 뜻이 있는 것 같았다. 이 여자는 마흔다섯이나 되었지만 아직도 매우 싱싱하다. 제르베즈는 구제를 안심시키기 위해서 이 내장 가게 마누라에 관한 이야기를 했다. 비르지니와 르라 부인이 모자장수를 칭찬하면, 그녀는 이웃 여자들이 서로 뒤질세라 몰려들어 랑티에를 칭찬하고 있는 판에 나까지 열을 올릴 것도 없지 않느냐고 대답했다.

쿠포는 이웃으로 돌아다니면서 랑티에를 자기 친구라고 퍼뜨렸다. 「세상에선 우릴 좋지 않게 말하지만 난 알 만한 일은 다 알고 있단 말이야. 나만 옳다면 남이야 뭐라든 상관없어.」 일요일에 세 사람이 외출할 때면 그는 이웃 사람들에게 우쭐대 보이느라고 아내와 모자장수를 서로 팔을 끼게 하여 앞장서서 걸어가게 했다. 그리고 조금이라도 시시한 소리를 했다가는 두들겨 맞을 줄 알라는 듯이 좌우 사람들에게 눈을 부라렸다. 물론 그도 랑티에를 좀 오만하다고는 생각하고 있었고 술을 대하면 사죽을 못쓴다고 비난했으며, 책을 읽고 변호사 같은 말투를 쓴다고 놀리기는 했다. 그러나 그것만 빼면 그 녀석은 똑똑한 놈이라고 말했다. 온 샤펠을 찾아봐야 이만큼 믿을 만한 놈은 없다고 떠들어 댔다. 말하자면 두 사람은 서로 이해했으며 호흡이 맞았다. 사나이끼리의 우정은 여자와의 애정보다 굳은 법이다.

여기서 한 가지 말해 두어야 할 것은, 쿠포와 랑티에가 함께 어울려 다니며 진탕 먹어 대고 있었다는 것이다. 랑티에는 이제 집 안에 돈 냄새만 나면 제르베즈에게 10프랑씩 20프랑씩 빌렸다. 언제나 그가 한몫 크게 본다는 것이 구실이었다. 또한 돈을 빌린 날은 쿠포를 꾀어 먼 곳에 볼일이 있다며 끌고 나갔다. 그러고는 이웃 레스토랑 안쪽 테이블에 마주 앉아 집에서는 먹어 볼 수도 없는 음식을 뱃속에 쑤셔 넣고 봉인도 안 뜯은 고급 술을 쏟아 넣었다. 함석장이는 오히려 속 편한 목로에서 통음하는 편을 좋아했다. 그러면서도 식단에서 특별 소스의 이름을 찾아내는 모자장수의 부르주아적 취미에 눈이 둥그래졌다. 이렇게 섬세하고 이렇게 까다로운 사나이도 좀 보기 어렵다. 남프랑스에서는 모두 그런 모양이다. 그러기에 랑티에는 자극성이 있는 것은 일체 찾지 않고, 몸에 좋으니 나쁘니 하면서 스튜에 일일이 잔소리를 했으며 고기의 간이 좀 짜거나 후추가 너무 들어 있거나 하면 당장 바꾸어 오게 했다. 틈새로 들어오는 바람에 대해서는 더 심했다. 그것을 무척 무서워하여 문이 한 군데라도 반쯤 열려 있는 날이면 건물 전체에 트집을 잡았다. 게다가 지독한 구두쇠여서 7,8프랑어치씩이나 식사를 하면서도 종업원에게는 2수밖에 주지 않았다. 그래도 상관이 없었다. 사람들은 그 앞에서 쩔쩔맸다. 바티뇰르에서 벨르빌르에 걸친 교외의 큰길에서 두 사람의 얼굴을 모르는 사람이 없었다. 그들은 조그만 풍로에 얹어서 내는 몽고 식 호르몬 요리를 먹으러 바티뇰르의 큰길로 갔다. 몽마르트 아래에서는, 이 근처에서 제일 맛있는 굴을 먹여 주는 〈빌르드 바르 르 뒤크〉를 발견하였다. 몽마르트 위로 〈물랭 드 라 가레트〉까지 원정을 가면 토끼 구이가 있었다. 마르티르 거리의 릴라에서는 특별 요리로 소머리를 내놓았다. 한편 클리냥쿠르 거리의 〈리옹 도르〉라든가 〈되 마로니에〉 같은 레스토랑에선 버터 구이의 콩팥으로 미각을 채웠다.

그러나 왼쪽으로 꺾어서 벨르빌르 쪽으로 가는 일이 많았고 〈반당쥬 드 부르고뉴〉라든가 〈카드랑 브뢰〉라든가 〈카퓌생〉 등에서도 식탁을 잡았다. 모두 믿을 수 있는 음식점으로 눈을 감고도 무엇이든 주문할 수 있었다. 이런 것은 모두 은밀한 놀음이었으며 이튿날 아침 두 사람은 제르베즈가 내놓는 감자를 맛없는 듯이 뒤적거리면서 자기들만이 아는 말로 그 이야기를 했다. 하루는 〈물랭 드 라 가레트〉의 숲속으로 랑티에가 한 여자를 끌고 들어왔으므로, 쿠포는 디저트 때가 되자 두 사람만 남겨 놓고 식당에서 나와 버렸다.

물론 놀음과 일은 양립할 수 없다. 그러므로 모자장수가 이 집에 들어오고부터 그렇잖아도 그때까지 상당한 게으름뱅이였던 함석장이는, 연장에는 아예 손도 대지 않게 되었다. 궁색한 생활에 진절머리가 나서 다시 일을 하러 나가면 그 놈팡이 친구가 일터에까지 찾아와서는 꼭 줄사다리에 매달림 햄 같다고 그를 실컷 놀려 대고는 한잔하러 가자고 소리치는 것이었다. 언제나 이런 식이어서 함석장이는 일을 내동댕이친 채 며칠이고 몇 주이고 쉴새없이 마시고 돌아다녔다. 정말 녀석이 잇따라 마셔 대는 술은 대단했다. 이웃 목로주점을 깡그리 훑어 나가고 해장술이 낮에 깨면 저녁때 다시 해장술에다 강한 브랜디 잔을 계속 주고받으며, 마치 제삿날 등잔이 무색할만큼 밤이 깊어 가는 것도 모르고 마지막 등불이 꺼질 때까지, 최후의 한 방울까지 들이켜는 꼬락서니였다. 모자장수 녀석은 곤드레만드레가 될 때까지 마시는 일은 절대로 없다. 상대편을 취하게 하여 혼자 남겨 둔 채 싱글벙글 웃는 얼굴로 돌아가 버린다. 적당히 취해서 겉보기에는 알 수도 없다. 다만 그를 잘 아는 사람이 보면 눈이 실처럼 가느다랗게 되고 여자에게 한층 더 뻔뻔스러워지므로 그것을 알아챌 뿐이다. 이와 반대로 함석장이는 술만 들어가면 맺고 끊는 데가 없어서 언제나 엉망으로 취해 버린다.

그리하여 11월 초순께 쿠포는 속절없이 놀아나다가 자기에게도 남에게도 아주 고약한 결과를 빚어 버렸다. 그 전날 그에게 일이 하나 생기고 말았다. 랑티에는 이번에는 매우 대견스러운 마음씨가 되어 노동은 인간을 훌륭하게 하느니 어떠니 하면서 일하기를 권했다. 더욱이 아침에는 등잔을 켜고 일어나서 쿠포야말로 참으로 노동자의 이름에는 부끄럽지 않은 사나이라고 말했다. 그러나 마침 문을 연 〈카퓌생〉 앞에 이르자 단호하고 성실하게 일하고자 하는데 대한 축하라면서, 브랜디에 담은 매실을 그것도 꼭 하나만 먹자며 들어갔다. 카운터 앞의 걸상에는 비비 라 그리야드가 벽에 기대어 앉아서 시름없이 파이프를 태우고 있었다.

「아니, 비비 녀석이 도사리고 앉았잖아.」 하고 쿠포가 말했다. 「이봐, 일을 구워 먹었나?」

「아니, 그렇잖아.」 하고 그는 기지개를 켜면서 대답했다. 「사업주라는 인간들은 도무지 못마땅해서 말이야……. 난 이제 일터에서 뛰쳐나와 버렸지. 모두 바람둥이고 천한 놈들이란 말이야.」

그리고 비비 라 그리야드는 사주는 매실을 하나 먹었다. 그는 이 술집 걸상에 앉아 누가 한잔 사 주기를 기다리고 있었던 것이 틀림없다. 그러나 랑티에는 사업주들을 변호했다. 「놈들은 이따금 심한 짓도 하기야 하지. 난 사업을 해 봐서 그 사정을 잘 알아. 노동자라는 것도 꼴 사나운 불한당이야, 언제나 마시고만 있고, 일은 하찮게 생각하지. 한창 좋은 주문이 들어올 땐 거들떠보지도 않는 주제에 빈털터리가 되면 다시 어슬렁어슬렁 기어 나온단 말이야. 나는 피카르디 태생의 꼬마 녀석을 쓴 적이 있는데 그 녀석의 도락은 마차를 타고 돌아다니는 일이었어. 그래서 일주일분의 급료를 받으면 며칠이나 쉬지 않고 합승마차를 타고 돌아다니더란 말이야. 이게 노동자의 취미라는 건가?」 그러더니 그는 이번엔 별안간 사업주들을 공격하기 시작했다. 「정말이야! 난 잘 알지. 사업주 한 사람 한사람의 내막을 여지없이 들추어낼 수 있단 말이야. 아무튼 더러운 놈들이야. 염치를 모르는 착취자들이고 사람을 잡아먹는 인간들이야. 하지만 나는 고맙게도 언제나 떳떳해. 고용인들을 항상 친구처럼 대했으니까. 다른 놈들처럼 몇 백만이나 벌고 싶지는 않아서 말이야.」

「이봐, 나가자고.」 하고 그는 쿠포를 돌아보고 말했다. 「근실하게 일을 해야 하는 거야. 우물쭈물 하고 있다간 늦어.」

비비 라 그리야드는 팔을 건들건들 흔들면서 두 사람과 함께 나왔다. 밖은 이제 겨우 밝아지기 시작하고 있었다. 보도의 진흙이 되비치어 더러워진 것 같은 새벽이었다. 전날에 비가 와서 매우 산뜻했다. 가스등은 조금 전에 막 꺼졌다. 프와송니네르 거리에는 집들 사이에 아직도 밤의 잔재가 떠돌고 있었지만 파리 쪽으로 내려가는 노동자들의 둔한 발소리로 왁자지껄했다.

쿠포는 자기의 연장 자루를 어깨에 메고 문득 일하기 시작한 시민 같은 모습으로 힘차게 걸어갔다. 그는 뒤돌아보고 물었다.

「비비, 너 일할 생각 있나? 가능하면 일꾼 하나를 데려오라고 주인이 말하던데.」

「고마워.」 하고 비비 라 그리야드는 말했다. 「난 걱정마. 메보트에게나 말해 보라고. 놈은 어저께 일자리를 찾고 있던데……. 가만 있자, 메보트는 아마 저기 있을 걸.」

그리고 길을 다 내려갔을 때 정말로 콜롱브 영감 집에서 메보트를 발견했다. 아침인데도 목로 주점은 활짝 열어 놓은 채, 가스등을 켜서 대낮처럼 밝았다. 랑티에는 꼭 10분밖에 시간이 없으니까 서두르라고 쿠포에게 다짐하고는 입구에서 기다렸다.

「뭐라고! 아니, 네가 그 바보 같은 부르고뉴 놈한테 일하러 간단 말이야?」 하고 메보트는 함석장이의 말을 듣더니 금방 소리쳤다. 「그런 일터에서 쥐어짜이다니, 난……. 싫어, 싫어! 그런 일을 하느니 차라리 내년까지 아무것도 먹지 않고 굶겠다. 이봐, 거기선 사흘도 견디지 못할 걸. 난 장담할 수 있어.」

「정말, 그렇게 심한 집이야?」 쿠포가 걱정스러운 듯이 물었다.

「이만저만 심하지 않지……. 옴쭉달싹도 못 해. 주인은 줄곧 잔소리만 하고 말이야. 게다가 헹실, 헹실하고 귀찮아 죽지. 안주인은 우리를 주정뱅이 취급을 해서 가게에선 침도 뱉지 못한단 말이야……. 난 하루 만에 뛰쳐나와 버렸지. 이제 알겠나?」

「오냐! 그거 좋은 소리 들었다. 그런 놈은 나도 비위가 안 맞지……. 오늘 아침엔 아무튼 알아보기나 하러 한번 가 보겠는데, 주인이 정 시끄럽게 굴 때는 두들겨 패서 여편네 위에다 얹어 놓고 말지 뭐. 한 쌍의 쏠 물고기가 딱 포개진 것처럼 말이야.」

함석장이는 좋은 말을 귀띔해 준 인사로 친구의 손을 잡았다. 그리고 나가려고 하자 메보트가 화를 냈다. 「제기랄! 그 부르고뉴 놈 때문에 우린 한잔 할 수도 없단 말이야? 그래서야 사람이 견뎌내겠는가. 주인이 한 5분 더 기다리면 되는 거야.」 그래서 랑티에도 한잔 얻어먹으러 들어와서 네 노동자는 카운터 앞에 섰다. 그 동안 뒤축이 찌그러진 구두, 꾀죄죄한 검은 작업복 차림에 찌그러진 모자를 머리 위에 쓴 메보트는 큰소리로 외치면서 으스대듯 목로 주점 안을 둘러보며 큰소리로 지껄여 대고 있었다. 「나는 산 풍뎅이 샐러드를 먹었고 죽은 고양이를 뜯어먹었기 때문에 술꾼들의 황제님이시고 먹보들의 임금님이시다.」 하고 뻐기고 있었다.

「이봐, 엉큼한 영감아.」 하고 그는 콜롱브 영감을 보고 외쳤다. 「그 노란 놈 이리 줘. 제일 좋은 당나귀 오줌 말이야.」

푸른 메리야스를 입은 안색이 좋지 않은 차분한 콜롱브 영감이 네 개의 잔에다 술을 따르자 이들은 술기운이 날아가지 않도록 단숨에 들이켰다.

「이게 목구멍을 지나갈 때의 기분이란 뭐니뭐니해도 최고지.」 하고 비비 라 그리야드가 중얼거렸다.

메보트 녀석이 재미있는 이야기를 한 가지 하였다. 「금요일에 내가 거나하게 취했더니 친구 녀석들이 담뱃대에 횟가루을 한 주먹 채워서 내 입에 물리지 않겠나. 다른 녀석들이었다면 뻗어 버렸겠지만 나는 등을 동그랗게 굽히고 으스대며 걸어다녔지.」

「여러분, 한 잔 더 안 하시오?」 하고 콜롱브 영감이 끈적한 목소리로 물었다.

「아아, 한 잔 더 따르라고. 이번엔 내가 살 테니까.」 하고 랑티에가 말했다.

그러자 이번에는 여자 이야기가 나왔다. 비비 라 그리야드는 지난 일요일 자기 마누라를 몽루르의 백모 집에 데리고 갔다. 쿠포는 온 아파트가 다 아는 사이요 마을 세탁부인 말르 드 쟁드에 관한 소문을 들었다. 그들이 막 마시려는 참에 메보트가 마침 지나가던 구제와 로리외를 큰소리로 불렀다. 두 사람은 입구까지 왔으나 들어오지는 않았다. 대장장이는 아무것도 마시고 싶지 않았다. 사슬 직공은 창백한 얼굴로 부들부들 떨면서 배달해 주러 가는 금줄을 호주머니 안에서 꼭 쥐고 있었다. 그리고 기침을 하며 자기는 브랜디 같은 것을 한 잔만 마셔도 잠들어 버린다고 변명했다.

「거짓말쟁이 같으니!」 하고 메보트가 외쳤다. 「그러면서도 몰래 홀짝홀짝 마시고 있잖아.」 그리고 술잔에 코를 쑤셔박더니 콜롱브 영감을 붙들고 말했다. 「이놈의 영감쟁이, 병을 바꿨구나……. 나한테 술을 속이려고 해 봐야 그렇겐 안 될 걸.」

해가 높이 솟아올랐다. 비스듬히 비쳐 들어오는 빛이 목로 주점을 밝게 해주어서 주인은 가스등을 껐다. 쿠포는 술을 못 마시는 매형을 묵인해 주었다. 「못 마셔도 그 사람 죄가 아니야. 술 생각이 안 나서 행복하지 뭐.」 하고 구제의 주장까지 인정해 주었다. 그리고는 일하러 가겠다고 말했다. 그러자 랑티에는 주인처럼 오만한 태도로 그에게 설교를 했다.

「달아나기 전에 한 잔쯤 내는 법일세. 설령 일을 하러 간다고 하더라도 말이야. 친구들을 내동댕이치고 간다는 것은 비겁하네.」

「이 자식, 일, 일하며 언제까지 우릴 귀찮게 굴 참이지?」하고 메보트가 소리쳤다.

「그럼, 이건 당신이 내는 겁니까?」하고 콜롱브 영감이 쿠포에게 물었다.

쿠포가 돈을 치렀다. 자기 차례가 되었을 때 비비 라 그리야드는 몸을 굽혀 영감의 귓전에 대고 소곤거렸다. 영감은 천천히 고개를 저어 거절했다. 메보트는 그 뜻을 깨닫고, 「이 소갈머리 비뚤어진 영감쟁이가.」하고 다시 욕설을 퍼붓기 시작하였다. 「뭐라고! 이 전생에 죄 많은 영감쟁이야, 우리 친구에게 그런 박정한 소리를 하다니! 술은 외상으로 먹게 마련이야! 창피를 당하러 일부러 술집에 찾아오는 놈이 있는 줄 알아?」하고 호통쳤다.

주인은 태연스레 카운터 끝에 큼직한 주먹을 올려 놓고는 공손히 되풀이했다.

「이 양반에게 돈을 빌려주구려. 그 편이 빨라요.」

「제기랄! 좋아, 빌려주고말고.」하고 메보트가 고래고래 소리를 질렀다. 「이봐, 비비, 이 불한당 녀석 상판대기에 이 돈을 집어던지라고.」

그러더니 이번에는 쿠포가 아까부터 줄곧 연장 자루를 어깨에 메고 있는 것에 짜증이 나서 신경질을 내고는 쿠포를 돌아보고 계속했다.

「넌 꼭 어린애라도 보는 것 같구나. 그 어린애 내려놓아, 곱사등이 되겠다.」

쿠포는 잠깐 망설였다. 그리고 곰곰이 생각한 끝에 결심한 듯이 조용히 연장 자루를 바닥에 내려놓고 말했다.

「이젠 벌써 너무 늦었어. 부르고뉴 녀석한테는 점심이나 먹고 가야겠다. 여편네가 배앓이를 했다고 핑계대면 되잖겠냐……. 이봐, 콜롱브 영감, 연장을 이 걸상 위에 놓아 두겠어. 점심때 가질러 올게.」

랑티에는 고개를 끄덕이고 이 조치에 찬성했다. 「노동은 의무야. 그건 엄연한 사실이야. 다만 친구들과 함께 있을 때는 뭐니뭐니해도 먼저 친구부터 사귀어야 하는 거야.」네 사람 다 먹고 마시고 싶은 생각이 뭉클 고개를 쳐들어 몸이 찡하게 마비되고 손도 무거워진 느낌이어서 서로의 눈을 들여다보았다. 지금부터 다섯 시간이나 빈둥거릴 수 있다고 생각하니 그들은 갑자기 즐거워져서 왁자하니 떠들어 대기 시작했고, 서로 어깨를 두드리며 상대편의 얼굴에다 대고 우정에 찬 말들을 뱉어 댔다. 특히 쿠포는 어깨의 짐을 내려놓는 바람에 되살아난 듯한 기분이 되어 친구들을 소꿉친구니 어쩌니 하고 불렀다. 모두 다시 한 차례씩 목을 축이고는 당구대가 하나 놓여 있는 술집 〈퓌스 키 르니플르라〉로 갔다. 가게가 그다지 깨끗하지 않아 모자장수는 조금 시무룩한 표정을 지었다. 거기서는 쉬니크가 1리터에 1프랑, 두 잔이 나오는 반 리터가 10수였다. 단골들이 당구대를 엉망으로 만들어 놓아서 공이 한군데에 가면 붙어서 움직이질 않았다. 그러나 한번 게임이 시작되자 큐를 잘 다루는 랑티에는 기분이 좋아지고 상냥해져서 상반신을 뻗고 허리를 틀어 공을 쳤다.

점심 시간이 되었을 때 쿠포는 문득 생각이 난 듯이 발을 구르고 소리쳤다.

「베크 살레를 붙잡으러 가자. 그놈이 어디서 일을 하는지 난 알고 있어… 놈을 끌고 루이 할멈네 집에 병아리 다리를 뜯으러 가잔 말이야.」

이 착안은 대환영을 받았다. 그렇다, 베크 살레, 일명 브와 상 스와프는 병아리 다리를 먹고 싶어함에 틀림없다. 모두들 몰려갔다. 누르스름한 거리에 가랑비가 내리고 있었다. 그러나 벌써 속이 후끈하게 더웠으므로 팔다리가 이런 정도로 젖는 것쯤은 아무렇지도 않았다. 쿠포는 그들을 마르카데 거리의 볼트 공장으로 데리고 갔다. 그들은 점심때의 외출 시간보다 30분은 일찍 닿았으므로 함석장이는 꼬마에게 2수 집어 주고, 베크 살레에게 아주머니가 편찮으셔서 곧 돌아오시란다고 이르러 보냈다. 대장장이가 몸을 건들거리면서 아주 점잖은 태도로 진수 성찬의 냄새라도 맡은 듯이 코를 벌름거리며 나타났다.

「이런, 술고래들이로구나.」 문 뒤에 숨어 있는 그들을 보고 그는 말했다. 「이럴 줄 알았지……. 그래, 뭘 먹을래?」

루이 할멈네 가게에서 닭다리를 뜯으면서 그들은 다시 사업주들을 내리깎았다. 브와 상 스와프라는 별명의 베크 살레는 「우리 공장에는 바쁜 주문이 있어서 말이야.」 하고 말했다. 「뭐, 15분쯤은 주인도 잔소릴 안해. 작업 시작하는 신호보다 늦어도 상관없어. 얌전하게 굴지 뭐. 내가 돌아가기만 해도 고마워할 걸. 첫째 주인이 이 브와 상 스와프, 베크 살레를 쫓아낼 생각은 없거든. 나 같은 솜씨 있는 기술자가 어디 그리 쉽나.」 병아리 다리를 다 뜯어 먹고 나자 그들은 오믈렛을 먹었다. 저마다 술을 한 병씩 비웠다. 루이 할멈은 오베르뉴에서 술을 갖다 썼다. 그것은 칼로 벨 때의 피 같은 빛깔의 포도주였다. 주홍이 차차 오르기 시작하고 활기를 띠었다.

「그놈의 밉살스런 원숭이 자식, 어째서 나한테 자꾸만 시끄럽게 굴까?」 디저트를 먹을 때 베크 살레가 외쳤다. 「공장에 종을 다 매달 생각을 하고 말이야. 종은 노래할 땐 좋을지 모르지만 말이야……. 흥! 오늘도 울리겠지! 그런 소릴 듣고 다시 모루에 끌려가다니 이젠 지긋지긋해! 지난 닷새 동안 난 피땀 흘려 일했지만 그런 자식의 공장 따윈 뛰쳐나와도 좋아……. 잔소리를 해 봐라, 그냥두지 않을 테니까.」

「난 자네들을 두고 가야겠어. 일하러 말이야. 실은 여편네한테 약속했거든……. 아무튼 기분 좋게 놀라고. 자네들과 함께 있고 싶은 생각은 간절하네만.」 하고 쿠포가 정색을 하며 말했다.

다른 사람들은 그를 놀렸다. 그러나 쿠포가 상당히 굳은 결심을 하고 있는 것 같았으므로 그가 콜롱브 영감 집에 연장을 가지러 간다고 말하자 모두 함께 따라갔다. 그들이 마지막 한 잔을 마시고 있는 동안 그는 걸상 밑에서 연장 자루를 꺼내어 앞에 놓았다. 1시가 되자 그들은 다시 술추렴을 했다. 그러자 쿠포는 귀찮다는 몸짓으로 연장을 다시 걸상 밑에 놓았다. 친구들에게 미안해진 것이다. 카운터에 다가가니 암만해도 거기에 기대 서지 않을 수 없었다. 「신이 안 나는군. 그 따위 부르고뉴 주인한텐 내일 가기로 하자.」 다른 네 사람은 급료 문제에 관해서 떠들어 대고 있었으나 함석장이가 느닷 없이 저린 다리를 풀게 길을 한 바퀴 돌고 오자고 말했을 때 그다지 놀라지는 않았다. 비는 멎어 있었다. 길을 한 바퀴 도는 행진은 한 줄로 두 팔을 흔들면서 2백 걸음쯤 걷는 것만으로 끝났다. 그들은 갑자기 바깥 공기를 쐬니 계면쩍어지고 밖에 있는 것이 싫어져서 한 마디도 말을 하지 않았다. 팔꿈치로 서로 쿡쿡 찌르고는 의논도 없이 천천히 본능이 움직이는 대로 다시 프와송니에르 거리를 올라가서 프랑스와네 가게에 잠깐 마시러 들어갔다. 실제로 침착을 되찾기 위해서는 그럴 필요가 있었다. 한길에서는 그만 기분이 울적해졌으며 거리는 순경도 서성거리지 않을 만큼 질퍽했다. 랑티에는 그들을 조그마한 방으로 밀어 넣었다. 그곳은 테이블이 하나 놓여 있는 좁은 구석이었는데 흐린 유리 칸막이로 홀과 갈라져 있었다.

「난 언제나 이런 조그만 방에서라야 술이 취하지. 그 편이 훨씬 기분 좋거든. 어때, 자네들도 여기가 더 기분 좋지? 자기 집에 있는 거나 다름없단 말이야. 눈치 볼 것도 없이 잠을 잘 수도 있고 말이야.」

랑티에는 신문을 끌어당겨 넓게 펴놓고는 미간을 찌푸리고 훑어보았다. 쿠포와 메보트는 트럼프의 피케놀이를 시작하고 있었다. 병 두개, 잔 다섯 개가 테이블 위에 놓여 있었다.

「그래, 신문엔 뭐가 나 있나?」 하고 비비 라 그리야드가 모자장수에게 물었다.

그는 금방 대답하지 않았다. 그러고는 눈도 들지 않고「난 국회를 지지해. 공화주의자 놈들은 한푼어치 가치도 없단 말이야. 좌파의 그 게으름뱅이 놈들 말이야. 인민이 달콤한 침이나 흘리라고 놈들을 선출한 건 아니야! 인민은 하나님을 믿고 있지. 그리고 이런 비천한 장관들을 우쭐대게 만들어 놨지. 만일 내가 선출된다면 난 연단에 올라가서 똥이나 먹으라고 말해 줄 거야. 그뿐이야, 내 의견은!」

「요전날 밤 바뎅그(나폴레옹 3세의 별명)가 부하들이 모두 보고 있는 앞에서 마누라와 한바탕 치고받고 했다지.」하고 베트 살레, 일명 브와 상 스와프가 말하였다. 「정말이야! 그것도 하찮은 일로 싸웠다는 거야. 바뎅그 녀석, 좀 취하였던 모양이지?」

「시끄럽다. 이제 정치 얘기 집어치워라.」하고 함석장이가 소리쳤다. 「살인 기사나 읽어 봐. 그게 훨씬 재미있어.」

그리고 다시 트럼프로 돌아가서 9 석 장과 퀸 석 장을 보이면서 말했다. 「쓰레기 석 장 계속에다 숫처녀 석 장이다…… 나한텐 치맛자락이 늘 따라다닌단 말이야.」

그들은 잔을 비웠다. 랑티에는 큰소리로 읽기 시작했다.

「끔찍한 범죄가 가이용 시를 공포 속에 몰아넣었다. 아들이 30수를 훔치기 위해서 아버지를 괭이로 찍어 죽인 것이다…….」

모두 공포의 외마디소리를 질렀다.

「정말이지, 그런 놈의 목을 자른다면 만사 젖혀 놓고 보러 갈 테다.」

어린애 살인 얘기도 마찬가지로 그들을 격분시켰다. 그러나 모자장수는 제법 도덕가인 척하면서 여자를 변호하고 죄는 모두 그녀를 유혹한 남자 쪽에 있다고 했다. 「왜냐 하면 결국 그 오입쟁이가 불행한 그 여자에게 애를 낳게 하지 않았더라면 말이야, 여자는 애를 변소간 따위에 던져넣지 않아도 됐을 게 아냐?」그런데 일동을 열광시킨 것은 후작의 무용담이었다.

「한밤중 2시쯤 무도회에서 돌아오다가 앵발리드 거리에서 세 사람의 불한당에게 습격을 당했다. 후작은 장갑도 벗지 않고 첫놈의 배를 머리로 들이받아 물리치고 나머지 녀석은 귀를 잡고 파출소에까지 끌고 갔다. 어때, 굉장한 솜씨지! 그 녀석은 귀족인데 밉지 않아. 이번엔 이거 좀 들어 봐.」하고 랑티에가 계속했다. 「상류 사회의 고십인데 말이야, 브레트니 백작 부인은 큰딸을 폐하의 부관인 젊은 바랑세이 남작에게 시집보내는데, 혼수감의 레이스

값만도 30만 프랑 이상이나 하는 것을…….」

「그까짓것, 아무래도 좋잖아!」 하고 비비 라 그리야드가 가로막았다. 「놈들의 속옷 빛깔을 누가 알고 싶어한대? 그 계집애가 레이스 같은 걸 갖고 있어 봐야 무슨 소용 있어? 다른 여자들이나 다름없이 처녀성을 잃고 말 걸.」

랑티에가 그 기사를 전부 읽으려고 하자 베크 살레, 일명 브와 상 스와프가 신문을 빼앗아 엉덩이 밑에 깔고 앉으며 말했다.

「집어치워! 이젠 지긋지긋하다! 이 녀석 신이 나서 지랄이네……. 신문은 이런 데나 쓰는 거야.」

그 동안 트럼프의 자기 패를 들여다보고 있던 메보트는 이겨서 득의 만면하여 테이블을 두들리고 있었다. 93점을 딴 것이다.

「자, 대혁명과 같은 점수야(1793을 가리킨다).」 하고 그는 소리쳤다. 「클럽의 에이스가 낀 다섯 장, 연 번호……. 23점이지? 그리고 사냥하는 보병이 석 장, 이십 삼이야. 황소 세 마리, 26. 하인 세 사람, 29. 애꾸눈이 세 사람, 92……. 게다가 공화 달력 일년, 모두 93이야.」

「이봐, 자네가 졌다.」 하고 다른 친구들이 쿠포에게 소리쳤다.

그들은 다시 술을 두 병 추가했다. 이제 잔이 빌 사이가 없어지고 술기가 돌기 시작했다. 5시쯤 되자 술자리가 몹시 문란해져서 랑티에는 입을 다물어 버리고 달아날 궁리를 했다. 모두가 고래고래 소리를 지르고 술을 바닥에 마구 붓게 되자 그는 더 이상 견딜 수 없었다. 마침 그때 쿠포가, 주정뱅이의 명복을 비는 십자 성호를 긋기 위해서 일어섰다. 머리 위로는 몽파르나스, 오른쪽 어깨에서는 메닐몽트, 왼쪽 어깨쯤에서는 쿠르티유, 배 한가운데에서는 바뇰레, 명치 언저리에서는 토끼 튀김을 세 번 외었다. 그래서 모자장수는 모두가 왁자지껄하게 이런 동작으로 떠들기 시작하는 것을 엿보아 살며시 빠져나갔다. 친구들은 그가 나가는 것을 눈치채지 못했다. 그도 상당히 취해 있었으나, 밖에 나가자 으스스 몸을 한 번 떨더니 금방 멀쩡해져서 조용히 가게로 돌아가 제르베즈에게 쿠포는 친구들과 함께 있다고 일렀다.

이틀이 지났다. 함석장이는 돌아오지 않았다. 거리를 싸다니고 있었는데 어디 있는지 도무지 알 수가 없었다. 바케 할멈네 가게며, 〈나비집〉이며, 〈프티 보놈므 키 투스〉에서 그를 보았다는 사람도 있었다. 그가 혼자 있었다고도 했고 엇비슷한 주정뱅이 여러 명과 함께 있었다고도 했다. 제르베즈는 단념한 듯이 어깨를 움츠렸다. 어쩌면! 나쁜 버릇도 다 생겼네. 그녀는 남편을 쫓아다니지는 않았다. 오히려 술집에서 보더라도 그의 부아를 돋우지 않으려고 멀리 돌아가 버렸다. 그리고 밤에는 문 앞에 쓰러져서 코나 골고 있지 않나 하고 귀를 기울이며 그가 돌아오기를 기다렸다. 그는 쓰레깃더미, 벤치, 공지, 혹은 도랑가 같은 데서 잤다. 이튿날이 되면 간밤의 취기가 채 깨기도 전에 다시 건들건들 여기저기 술집 문을 두들기며 미친 듯이 퍼마시고 돌아다녔다. 조그만 술잔과 크고 작은 술병 속에서 친구들과 만났다 헤어졌다 하면서 온 동네를 휩쓸고, 퍼 마시고는 얼간이가 되어 돌아다니곤 했다. 한길이 춤을 추는 것처럼 보이고 해가 저물고 날이 새는 것을 바라보면서 마시고 취하는 것밖엔 머리에 없었다. 취해서 곤드레만드레가 되면 그것으로 그만이다.

한편 제르베즈는 쿠포가 돌아오지 않은 지 이틀째가 되자 콜롱브 영감의 목로 주점으로 알아보러 갔다. 그는 다섯 번 모습을 나타냈다고 했으나 그 이상은 알지 못했다. 그녀는 하는 수 없이 걸상 밑에 남아 있는 연장을 들고 돌아오는 것만으로 만족하지 않으면 안 되었다.

저녁이 되자 랑티에는 세탁부가 따분해 하고 있는 것을 보고, 안내할 테니 카페 〈콩세르〉에 바람을 쏘이러 가자고 했다. 그녀는 처음에는 거절했다. 도저히 놀러갈 기분이 나지 않았기 때문이다. 이런 일이 없다면 그녀도 싫다고는 하지 않았을 것이다. 왜냐하면 모자장수는 매우 진지한 태도로써 말을 꺼냈으므로 무언가 꿍꿍이속이 있다고는 도저히 생각되지 않았기 때문이다. 그는 제르베즈의 불행에 동정하는 것 같았으며 정말 아버지 같은 태도였다. 지금까지 쿠포가 이틀 밤을 연달아 외박한 적은 없었다. 그러므로 그녀는 자기도 모르는 사이에 다리미를 든 채, 10분 마다 한 번씩 문간에 가 서서는 목을 길게 빼고 남편이 돌아오나 하고 한길 양쪽을 바라보았다. 그녀의 말에 의하면 오금이 쑤셔서 도저히 가만히 있을 수가 없다고 했다.

『어쩌면 쿠포는 팔다리를 다쳤거나 마차에 깔려서 뻗어 버렸는지도 몰라. 그렇게만 되면 쉽게 성가신 일을 하나 떨어 버릴 수 있을 텐데. 그 따위 너절한 사내에게 손톱만큼이라도 마음 속으로 정을 느끼고 있다니, 지긋지긋해. 그리고 돌아오는 건지 안 돌아오는 건지 줄곧 신경을 써야 하는 것도 이젠 어지간히 짜증이 난단 말이야.』

그래서 가스등이 켜질 무렵 랑티에가 다시 카페 〈콩세르〉 이야기를 꺼내자 그녀는 응낙하여 버렸다. 아무튼 남편이 사흘 전부터 주책없이 마시고 돌아다니고 있는데 자기라고 파적(破寂)을 마다할 까닭이 조금도 없다는 생각이 들었던 것이다. 『그이가 돌아오지 않는다면 나도 나가지 뭐. 술집 따위는 다 불이 나서 싹 타 버리면 좋겠어. 시장에도 불을 확 질러 버리고 싶은 심정이야.』 그토록 그녀에게는 생활의 시시함이 참을 수 없게 되기 시작하고 있었던 것이다.

부랴부랴 저녁을 먹었다. 8시에 모자장수와 손을 잡고 나가면서 제르베즈는 쿠포 어머니와 나나에게 곧 자라고 말했다. 가게는 닫혀 있었다. 그녀는 안마당의 문으로 나가서 보슈 마누라에게 열쇠를 맡기고는 만일 그 놈팡이가 돌아오거든 미안하지만 잠 좀 재워 달라고 부탁했다

모자장수는 말쑥한 차림으로 휘파람을 불면서 입구에 서서 기다리고 있었다. 그녀는 비단 드레스를 입고 있었다. 두 사람은 꼭 붙어서 근처의 가게에서 흘러나오는 불빛 속으로 조용히 보도를 걸어갔다. 미소를 지으면서 나직히 말을 주고받으며 걸어가는 두 사람의 모습이 뚜렷이 눈에 띄었다.

카페 〈콩세르〉는 로슈슈아르 거리에 있었다. 오래된 조그만 카페로 안마당에 널빤지를 둘러 달아낸 판잣집이다. 입구에는 유리로 된 공들에 한 줄로 나란히 불이 켜져서 문을 환하게 비치고 있었다. 널빤지에 붙은 긴 포스터가 도랑에 닿을락말락 땅바닥에 세워져 있었다.

「다 왔소. 오늘밤엔 유명 가수 아망다 양이 출연한대.」 하고 랑티에가 말했다. 그러자 그는 비비 라 그리야드가 역시 포스터를 읽고 있는 것을 보았다. 간밤에 얻어맞았는지 한쪽 눈이 꺼멓게 멍이 들어 있었다.

「이봐! 쿠포는 어디 있나?」 하고 모자장수는 주위를 둘러보면서 말했다. 「자넨 쿠포와 헤어졌나?」

「그럼! 오래 전이지, 어제야.」 하고 비비는 대답했다. 「바케 할멈네 집에서 나올 때 격투가 벌어졌단 말이야. 나는 격투를 좋아하지 않아……. 싸운 상대는 바케 할멈네 종업원인데, 그 녀석 술 한 병 값을 두 번 달라고 그러잖겠어……. 그래서 난 꽁무니를 뺐지, 잠깐 눈을 붙이러 돌아갔지 뭐.」

그는 다시 하품을 했다. 열여덟 시간이나 자고 일어난 것이다. 게다가 이제는 술은 깨었으나 멍청한 얼굴을 하고 있었으며, 웃옷은 온통 보풀이 일어 너절했다. 옷을 입은 채 잔 것이 틀림없었다.

「그래, 우리 집 그이가 어디 있는지 모르세요?」 하고 세탁부가 물었다.

「모르겠는 걸요, 전혀……. 바케 할멈네 가게를 나온 게 5시였던가. 그래! 아마 거리를 내려간 모양이지요. 그래요. 마차꾼들과 함께 〈나비집〉에 들어가는 걸 본 것 같구만요……. 정말! 그런 바보가 어디 있어! 정말 한심한 놈이란 말이야!」

랑티에와 제르베즈는 카페 〈콩세르〉에서 참으로 즐거운 저녁 한때를 보

냈다. 11시에 문을 닫자 두 사람은 서둘 것도 없이 천천히 걸어서 돌아왔다. 추위가 약간 살을 에었다. 사람들은 저마다 몇몇씩 어울려서 돌아갔다. 남자들이 옆에서 놀려 대는 바람에 나무그늘 어둠 속에서 웃어 대는 처녀들도 있었다. 랑티에는 아망다 양이 부른 상송의 한 곡인 〈콧구멍이 간지러워요〉를 흥얼거리고 있었다. 제르베즈는 기분이 가라앉지 않고 취한 것처럼 후렴을 되풀이했다. 몸이 훈훈하게 달아올랐다. 게다가 아까 마신 두 잔의 술과 자욱한 담배의 연기, 가득한 사람의 열기로 가슴이 두근거렸다. 특히 아망다 양한테서는 강한 인상을 받았다. 『사람들 앞에서 그렇게 발가숭이가 되다니, 난 도저히 못 할 거야. 그럴 만도 해, 누구라도 홀딱 반할 만큼 살결이 고왔잖아.』 그리고 그녀는 랑티에가 마치 그 여자의 갈빗대를 하나하나 세어 보기라도 한 것처럼 자세하게 지껄여 대는 말을 색정적인 호기심으로 듣고 있었다.

「모두 잠들어 버렸나 봐요.」 세 번이나 벨을 울렸는데도 보슈 내외가 문을 열어 주지 않자 제르베즈가 말했다.

문은 열렸으나 현관은 어두웠다. 그리고 열쇠를 받으려고 문지기 방의 유리창을 두들기니 잠에 취한 문지기 여편네가 무언가 소리쳤으나 처음 그녀는 무슨 말인지 도무지 알아들을 수 없었다. 간신히 순경 프와송이 정신을 잃은 쿠포를 데리고 돌아왔다는 것과 열쇠는 틀림없이 자물통에 그냥 꽂혀 있을 것이라는 말을 알아들었다.

「이게 뭐야!」 안으로 들어간 랑티에가 중얼거렸다. 「그 친구 여기서 뭘 했을까! 냄새가 아주 고약한데.」

정말로 굉장한 냄새였다. 제르베즈는 성냥을 찾고 있었는데 바닥이 질펀하게 젖은 것처럼 느껴졌다. 간신히 촛불을 켰을 때 두 사람의 눈앞에 굉장한 광경이 나타났다. 쿠포가 뱃속의 것을 깡그리 토해 놓은 것이다. 온 방 안이 오물 천지였다. 침대에는 토사물이 널려 있고 이불도 그랬으며 옷장에까지 튀어 있었다. 더욱이 쿠포는 프와송이 뉘어 주었을 침대에서 굴러떨어져 오물 한가운데서 코를 골고 있었다. 돼지처럼 나둥그러진 채 늘어져 있었다. 얼굴도 온통 오물투성이고 벌어진 입에서는 퀴퀴한 냄새를 내뿜고 있었으며 머리 주위에 퍼진 늪을 이미 반백이 된 머리가 쓸고 있는 것처럼 보였다.

「아이고! 이 돼지야! 저건 돼지야.」 하고 제르베즈는 울화가 머리끝까지 치밀어서 되풀이했다.

「온통 엉망으로 만들어 놓고……. 말, 개도 이렇게까지는 하지 않을 거야. 죽은 개도 이보단 깨끗할 거야.」

두 사람은 꼼짝도 할 수 없었고 발을 어디다 들여놓아야 좋을지 몰랐다. 여태까지 함석장이는 이토록 취하여 돌아온 적은 없었고, 방을 이렇게 더럽혀 놓은 적도 없었다. 그러므로 아내가 그에게 아직도 얼마간 갖고 있었던 애정은 이 꼬락서니를 보고서 마지막 일격을 당한 셈이었다. 옛날에는 그가 거나하게 취하여 돌아와도 그녀는 상냥하게 맞이하여 싫은 내색 한 번 하지 않았다. 그러나 이번에는 너무하다. 그녀는 속이 메스꺼워졌다. 핀셋으로 만진대도 싫을 정도였다. 이 더러운 사나이의 살이 자기 몸뚱이를 원했다는 생각만 해도 고약한 병으로 죽은 송장 옆에서 함께 자라는 말을 들은 것같이 소름이 끼쳤다.

「그래도 자기는 자야지.」 하고 그녀는 중얼거렸다.

「길바닥에 나가서 잘 수도 없고……. 아아! 몸을 타넘고 가야겠구나.」

그녀는 주정뱅이의 몸을 타넘어가려고 했으나 오물 속에 빠지지 않으려고 옷장 모퉁이에 매달리지 않으면 안 되었다. 쿠포는 잠자리를 온통 차지하고 있었다. 랑티에는 오늘밤 제르베즈가 그녀의 침대에서 잘 수 없다는 것을 눈치채고 엷게 웃음을 띠면서 그녀의 손을 잡고 나직하지만 뜨거운 목소리로 말했다.

「제르베즈……. 이봐, 제르베즈…….」

그녀는 그 뜻을 알아차렸다. 필사적으로 손을 뿌리치고 자기도 옛날처럼 반말을 썼다.

「싫어, 이 손 놓아……. 부탁이야, 오귀스트. 방으로 돌아가요……. 난 어떻게 할 테니까, 발치로 해서 침대에 올라갈 테니까.」

「자아, 자 제르베즈, 바보 같은 소리 그만두고.」 하고 그는 되풀이했다. 「굉장한 냄새야. 이런 데서 어떻게 자……. 가자고, 뭐가 무서워서 그래? 이 자는 몰라, 자!」

그녀는 세차게 반항하며 머리를 저으며 싫다고 했다. 이제 어떻게 해야 좋을지 알 수 없게 되자 그 자리에서 잔다는 걸 보여 줄 생각이었던지 비단 드레스를 벗어 의자 위에 던져 놓고는 재빨리 슈미즈와 속치마만 입은 하얀 모습이 되었다. 목과 팔이 다 드러났다. 「침대는 내 거예요. 그렇지 않아요? 난 내 침대에서 자고 싶어요.」 그녀는 깨끗한 구석을 발견하여 두 번씩이나 거기서 자려고 했다. 그러나 랑티에는 끈질기게 그녀의 허리를 껴안고 정욕에 불을 붙일 만한 말로 소곤거렸다. 아아! 그녀는 진퇴 유곡에 빠져 버렸다. 앞에는 말썽꾸러기 남편이 얌전하게 이불 속에 들어가려는 것을 방해하고 뒤에는 그녀의 불행을 기화로 다시 한번 자기를 차지할 기회를 노리는 비열한 인간이 있다! 모자장수의 목소리가 높아서 그녀는 잠자코 있으라고 부탁했다. 그리고 나와서 쿠포 어머니가 있는 방 쪽으로 귀를 기울였다. 딸도 시어머니도 깊이 잠든 것이 틀림없다. 커다란 숨소리가 들려 왔다.

「오귀스트, 놔 줘. 다 깨워 버리잖아.」 하고 그녀는 두 손을 모으고 말했다. 「억지 쓰지 말아요. 이 다음에 다른 곳에서……. 여기선 안 돼요. 딸 앞에선 안 돼요.」

그는 이제 지껄이지 않았다. 빙그레 웃고 있었다. 그리고 천천히 그녀의 귀에 입을 맞추었다. 옛날 그녀를 놀리며 가슴 설레게 하기 위해 입을 맞춘 그 요령으로. 그러자 그녀는 온몸의 힘이 쭉 빠져 버렸다. 웅웅 소리가 커다랗게 나며 심한 전율이 육체를 훑어 지나감을 느꼈다. 그래도 그녀는 다시 한 걸음 앞으로 나갔다. 그러나 곧 물러서지 않으면 안 되었다. 어쩔 수 없었다. 악취가 너무 심해서 구토증이 나고 마치 시트에 그녀 자신이 실수라도 저지른 것 같은 기분이 들었다. 쿠포는 깃털 이불에라도 자고 있듯이 정신없이 취해 떨어져서 팔다리를 죽은 듯이 뻗고는 일그러진 입으로 쉴새없이 마신 술을 깨우고 있었다. 온 마을 사나이들이 모두 자기 아내를 껴안으려 들어와도 몸의 털 한 가닥 움직일 것 같지 않아 보였다.

「하는 수 없어.」 하고 그녀는 중얼거렸다. 「이건 그이 잘못이야! 난 도저히 잘 수가 없는 걸……. 아아, 어떡한담! 정말! 어떡하면 좋지! 내 침대에서 쫓겨나서 잘 데도 없으니……. 정말 잘 수가 없어. 이 이가 나빠요.」

그녀는 부들부들 떨면서 제정신을 잃어 버렸다. 그런데 랑티에가 그녀를 자기 방으로 밀어 넣고 있는 동안 나나의 얼굴이 방 칸막이 유리창 저편에 나타났다. 딸은 방금 눈을 뜨고 시미즈 차림으로 졸리는 듯 창백한 얼굴로 살며시 일어난 것이다. 그녀는 토사물 속에 뒹굴고 있는 아버지를 보았다. 그리고 유리에 얼굴을 갖다 대고 어머니의 패티코트가 맞은편 다른 남자의 방으로 사라지는 것을 지켜보았다. 매우 진지한 표정이었다. 그 장난꾸러기 같은 큰 눈은 관능적인 호기심으로 번쩍번쩍 빛나고 있었다.

9

그 해 겨울 쿠포 어머니는 숨이 차서 하마터면 죽을 뻔했다. 해마다 12월이 되면 그녀는 천식으로 2,3주일 꼭 자리에 누워야만 했다. 그녀는 이제 어지간히 나이를 먹어서 성 앙트와느 축제일에는 73살이 될 판이었다. 더욱이 살은 통통하게 쪘지만 매우 허약해서 하찮은 일에도 숨차 하였다. 의사는 이 할머니가 「자거라, 쟈느통, 촛불이 꺼진다!」 하고 소리치는 동안에 기침을 하다가 숨이 차서 죽을 것 같다고 말했다.

자리에 눕게 되자 쿠포 어머니는 옴쟁이처럼 다루기 어려워졌다. 그녀가 나나와 함께 사는 골방에는 기분 좋은 구석이라곤 하나도 없을 정도였다.

손녀의 침대와 그녀의 침대 사이에는 꼭 의자 둘을 놓을 만한 자리가 있었다. 빛이 바랜 해묵은 회색 벽지가 너덜너덜 찢어져서 아래로 처져 있었다. 천장 가까운 둥근 채광창에서 지하실 같은 흐릿한 빛이 비스듬히 흘러들어오고 있었다. 누구라도 이런 방에 산다면 폭삭 늙어 버리고 말리라. 특히 제대로 숨도 쉬지 못하는 사람은 더하다. 밤에 잠을 이루지 못할 때면 할머니는 잠든 소녀의 숨소리에 귀를 기울였으며 그것이 하나의 심심풀이가 되었다. 그러나 낮에는 아침부터 밤까지 돌봐 줄 사람이 없어 푸념을 늘어놓고는 울면서 이리 뒤척 저리 뒤척, 몇 시간이고 혼자서 되풀이하는 것이었다.

「아이고! 나같이 불행한 여자가 또 있을까……! 아이고, 참 불쌍도 하지! 이런 감옥에서. 그래, 쟤들은 이런 감옥에서 나를 죽일 참인지!」

그리고 비르지니나 보슈 마누라가 건강 상태를 물으러 오면 그녀는 대답도 않고 금방 우는 소리로 한바탕 늘어놓기 시작한다.

「정말이지, 내가 이 집에서 먹는 빵은 기가 차요. 남의 집에서 얻어먹더라도 이렇게 가슴 아프진 않을 거예요……. 글쎄 좀 들어 봐요. 탕약을 한 그릇 달래면 어떤 줄 아세요? 물병에 가득 담아 오지 않겠어요. 마치 내가 과음이라도 해서 꾸짖기라도 하듯 말이에요……. 나나도 똑같아요. 내가 길러 준 앤데도 아침에 맨발로 뛰쳐나가 버리면 그만이에요. 도무지 얼굴도 볼 수 없어요. 마치 나한테서 고약한 냄새라도 나는 것처럼 말이에요. 그러면서도 밤에는 금방 곯아떨어져서 한 번도 눈을 뜨고 내가 어떤가 물어 보지도 않는다니까……. 난 이 집의 천덕꾸러기야. 모두 내가 죽기를 기다리고 있는 게야. 하기야 머지않아 그렇게 되겠지만. 나한테는 이제 아들도 자식도 없어요. 저 빨래하는 계집애에게 빼앗겨 버렸으니까. 그년은 법이 무섭지만 않다면 나를 때려 죽이려고 할 거예요.」

사실 제르베즈는 때로 약간 거친 태도를 보였다. 집안이 잘 되어가지 않아 모두 짜증들이 나서 걸핏하면 소리들을 질렀다. 쿠포는 어느 날 아침 숙취로 머리가 아프기는 했지만, 저 늙은인 밤낮 죽는다고만 그러지 좀처럼 죽지도 않는다고 소리쳤다. 이 말은 쿠포 어머니의 마음에 큰 충격을 주었다. 두 내외는 면전에서 어머니에게 비용이 너무 많이 든다고 투덜거렸고 그녀가 없어지면 살림도 무척 수월해질 것이라고 예사로 말하는 것이었다. 하기야 어머니의 태도를 그리 칭찬할 만한 것은 못 되었다. 이를 테면 그녀는 큰딸 르라 부인을 만나면 훌쩍훌쩍 울면서 아들과 며느리가 자기를 꼭 굶겨 죽이려 한다고 일러바쳤는데, 그것은 다만 큰딸에게서 20수짜리 동전을 한 푼 얻어내기 위한 속셈에서였으며 그녀는 그것을 군것질하느라 다 써 버렸다. 또 로리외 내외에게도 천하게 욕을 했는데, 저 빨래하는 계집은 로리외들이 내는 10프랑을 그저 제 기분대로 새 모자를 산다는 둥, 몰래 과자를 사 먹는다는 둥, 차마 입에 담을 수 없는 더러운 짓을 하는 데 쓴다는 둥 하고 지껄여 댔다. 두 번인가 세 번, 어머니 때문에 온 집안 식구들이 격투를 벌일 뻔한 일도 있었다. 그녀는 때에 따라 이리 붙고 저리 붙고 했다. 그래서 그녀는 귀찮기 짝이 없는 천덕꾸러기가 되어 버렸다.

그 해 겨울 그녀의 발작이 제일 심했던 어느 날 오후, 로리외 부인과 르라 부인이 환자의 머리맡에서 우연히 마주치자 그녀는 몸을 굽히라고 두 사람에게 눈짓을 했다. 그녀는 겨우 말도 할까말까하는 지경이면서도 헐떡헐떡 나직히 이렇게 말했다.

「큰일났다. 얘들아, 큰일났어! 간밤에 연놈들이 하는 수작을 들었다. 그래, 그 절름발이와 모자장수 말이야……. 잘들 하더라! 쿠포만 우습게 됐지. 정말 큰일났다. 얘들아.」

어머니는 기침을 하느라 숨이 차고 하여 말도 제대로 잇지 못하면서도 아들은 아마 곤드레만드레가 되어서 돌아온 게 틀림없다고 했다. 「그때 난 잠들어 있지 않아서 소리가 다 들리더라. 절름발이가 맨발로 걸어가는 발소리도, 모자장수가 소곤소곤 절름발이를 부르는 소리도, 사잇문을 살며시 미는 소리도, 그 밖에 온갖 소리가 말이다. 아마 새벽녘까지 계속했을 게다, 정확한 시간은 모르지만 말이야. 나는 잠을 자지 않으려고 열심히 눈을 뜨고 있었지만 끝에 그만 잠들어 버렸단다. 그런데 무엇보다도 제일 큰 걱정은 나나가 들었는지도 모른다는 게야. 그 증거로, 그 애는 밤새도록 가만히 있지 못했거든. 평소에는 금방 곯아떨어지는데 말이다. 마치 잠자리에 불기운이라도 있는 듯이 벌떡 일어나는가 하면, 이리 뒤척 저리 뒤척하지 않겠니?」

두 여자는 놀라는 것 같지도 않았다.

「그래요!」 로리외 부인이 중얼거렸다. 「어머, 첫날부터 시작된 거야…….

하지만 그걸 쿠포가 좋아하고 있으니 우리가 이러쿵저러쿵 말할 것도 없잖아. 하지만 말이야! 집안으로 봐서는 별로 자랑스러운 일은 못 되지.」

「내가 그 자리에 있었더라면.」 하고 르라 부인이 입술을 삐쭉거리면서 말했다. 「깜짝 놀라게 해 줄 텐데. 큰소리를 지르거나 해서 말이야. 무슨 소리라도 상관없잖아. 찾았다! 라든가, 순경이야! 라든가……. 의사 집 식모가 이런 말을 히데, 의사한테서 들었다나. 그런 때 큰소리를 질러 주면 여자가 죽어 버리는 수가 있대. 만일 그 여자가 그 자리에서 죽으면 어떨까? 안성맞춤이잖아. 바로 죄를 진 그 자리에서 벌을 받는 것이니까.」

제르베즈가 밤마다 랑티에의 잠자리에 기어들어간다는 소문은 금세 이웃에 퍼졌다. 로리외 부인은 이웃 아낙네들 앞에서 큰소리로 떠들었다. 그녀는 동생이 머리 꼭대기에서 발끝까지 아내에게 속고 있는 얼빠진 사내라고 서글퍼했다. 그녀의 말을 들으면 자기가 그런 너절한 집에 여전히 드나드는 것도, 그런 더러운 속에서 살아가야 하는 가엾은 어머니가 있기 때문이라고 했다. 그래서 온 동네의 비난이 제르베즈에게 집중됐다.

「틀림없이 여자 쪽에서 모자장수를 꾄 거야.」 「눈을 보면 다 알지.」 이런 여러 가지 추잡스러운 소문에도 불구하고 속 검은 랑티에만은 여전히 존경을 받고 있었다. 왜냐 하면 그는 누구에게나 신사 같은 태도를 잃지 않았고 신문을 읽으면서 보도를 걸어갔으며 여자들에게는 항상 공손하고 늘 사탕과 꽃을 선사하기 때문이다.

「정말이야, 그이는 수탉 구실을 하고 있는 거야.」 「남자는 어디까지나 남자니까, 목에 매달리는 여자까지 뿌리치라곤 할 수 없지, 뭐. 그 여잔 변명도 못 할 거야. 구트도르 거리에 똥칠을 했으니까.」 그래서 로리외 내외는 대부 대모로서 상세한 것을 물어 보기 위해 나나를 집에 불렀다. 내외가 말을 돌려서 물어 보니, 소녀는 짐짓 멍청한 얼굴로 반짝거리는 시선을 길쭉하고 부드러운 눈까풀에 감추고 대답했다.

온 동네의 분개 속에 제르베즈는 나른하고 처지는 듯한 표정으로 차분하게 살아가고 있었다. 처음 한동안은 자기가 정말로 죄가 많고 더러운 인간처럼 여겨져서 자기 혐오에 빠졌다. 랑티에 방에서 나오면 손을 씻고 천을 물에 적셔 마치 더러움을 닦아내기라도 하듯이 살갗이 벗겨지도록 어깨를 문질렀다. 그런 때에 쿠포가 치근치근 달라붙기라도 하면 버럭 화를 내고 추위에 떨면서 가게 안쪽으로 달려 들어가서 옷을 입었다. 또한 남편에 안긴 직후에 모자장수의 손끝에 닿는다는 것을 그녀는 용서할 수 없었다. 가능하면 남자를 바꿀 때마다 살갗도 바꾸고 싶을 정도였다. 그러나 어느 사이엔가 게으른 마음이 그녀를 나태하게 했고, 행복하고 싶다는 기분이 지금의 지긋지긋한 생활 속에서 기를 쓰고 행복을 끌어내게 했다. 그녀는 자기에게나 남에게나 무리를 시키는 것을 좋아하지 않았으며 누구나 다 불쾌한 마음을 갖지 않도록 일을 꾸려 나가는 데만 애를 썼다. 『그렇잖아? 남편도 연인도 만족해 하고 조촐하더라도 온 집안 식구가 깔끔한 생활을 계속하고 말이야, 모두 살이 찌고 불평도 없이 편안한 마음으로 살 수 있고 아침부터 저녁까지 서로 재미있는 농담을 주고받을 수 있다면 정말 나무랄 수 없지 않겠어? 그리고 아무튼 난 그렇게 나쁜 짓을 하고 있다곤 생각지 않아. 그 증거로 저마다 모두 흡족해 할 만큼 아주 잘 돼 가고 있거든. 나쁜 짓을 하면 보통 같으면 벌을 받을 게 아니야?』 이렇게 하여 그녀의 난행은 습관으로 변해 갔다. 이제는 그것이 먹고 마시는 것처럼 고정적인 것이 되었다. 쿠포가 술이 취해 돌아오면 그때마다 그녀는 랑티에에게로 갔다. 그것이 월, 화, 수요일, 일주일에 적어도 세 번이나 되었다. 그녀는 밤을 두 사나이에게 나누어 주고 있었다. 그뿐 아니라 나중에는 함석장이가 큰소리로 코를 골기만 해도 깊이 잠든 남편을 남겨 두고 옆 방 남자의 베개 위로 조용히 잠을 자러 가도록 되었다. 그렇다고 모자장수가 남편보다 더 좋아서가 아니다. 다만 그가 더 말쑥하게 여겨졌고 그의 방에서 자는 편이 더 휴식이 되므로 마치 목욕탕에라도 들어가는 정도의 기분이었던 것이다.

말하자면 그녀는 하얀 시트 위에서 동그랗게 웅크리고 자기를 좋아하는 암코양이 같이 되어 버린 것이다.

쿠포 어머니는 이 일에 대해서 노골적으로 그녀에게 말한 적은 한번도 없었다. 그러나 말다툼 끝에 며느리가 그녀를 심하게 몰아세우면 노파도 노골적으로 빈정댔다. 사내는 어이없는 머저리고 계집은 형편 없이 막돼먹었으니 다 뻔한 일이라고 했다. 그러고는 옛날 삯바느질할 때 몸에 밴 거센 말투로 더 심한 욕설을 사정없이 퍼부어 댔다. 처음 제르베즈는 이에 대꾸를 하지 않고 가만히 시어머니를 쏘아보기만 했다. 그리고 노골적으로 사실을 들추어내기를 피하면서 일반적인 이유를 들어 변명했다. 주정뱅이에다 썩은 생활을 하는 더러운 사내를 남편으로 갖고 있으면 여편네도 달리 말쑥한 사내를 찾아 보고 싶어지는 것은 당연하지 않느냐며 더 노골적인 말을 했다. 랑티에는 쿠포와 다름없을 만큼, 아니 그 이상으로 내 남편이라고 할 수 있는 사람이라고 암시했다.

「그럴 수밖에 없는 것이, 14살 때부터 아는 걸요. 그이의 아이를 둘이나 낳았잖아요? 그러니 말이에요. 이런 막다른 골목에 몰리면 못 할 게 뭐가 있어요? 아무도 내게 돌을 던지진 못해요. 나는 있는 그대로 살아가고 있으니까요. 나한테 짓궂게 굴어 봐야 소용없어요. 당장 앙갚음을 해 줄 수 있으니까. 구트도르 거리는 그렇게 훌륭한 곳이 못 돼요! 땅딸보 비구루의 여편네는 아침부터 밤까지 석탄 무더기 속에서 사내와 시시덕거리고 있잖아요. 식료품 가게의 마누라 르옹그르는 아무짝에도 못쓸 놈팡이 시동생과 같이 자고 말이에요. 저 맞은편에서 내노라 하고 뻐기는 시계장수는 어처구니 없는 짓을 해서 하마터면 중죄 재판소에 갈 뻔 했고요. 거리를 쏘다니는 말괄량이 친딸과 붙어 먹었거든요.」

이렇게 그녀는 호들갑스러운 말로써 이웃 전부를 끌어들여 주위 인간들의 모든 지저분한 내막을 들추어내면서 짐승처럼 애비나 어미나 자식이나 모두 자기 똥 속에 뒹굴며 마구 겹쳐 자는 모습을 떠들어 대는 데 한 시간이나 걸렸다. 「그래요! 나는 다 알아요, 추잡스러운 짓은 어디서나 하고 있잖아요. 덕분에 이 근처의 집은 모두 썩었단 말이에요! 그래, 그렇고말고요. 가난한 탓으로 겹겹이 살아가는 파리의 이런 구석에선 남자나 여자나 고상해질 수는 없는 거예요! 남자와 여자를 한주발에 담아 갈아 봐야 생 드니 들판에 나는 비찌의 비료나 되는 게 고작일 걸요. 하늘에다 대고 침을 뱉지 말아요. 제 얼굴에 떨어질 테니까.」 하고 그녀는 마침내 참지 못해 소리쳤다. 「저마다 자기 구멍에 틀어박혀 있으면 되는 거예요, 그렇잖아요? 성실한 인간들이 자기 나름대로 살고 싶다면 그 나름대로 살게 내버려 두면 되는 거예요……. 아무튼 나는 만사가 수월하게 잘 되어 가고 있다고 생각해요. 진창에서 헤매는 인간들한테 거꾸로 끌려들어가지만 않는다면 말이에요.」

그러던 어느 날 시어머니가 더 노골적인 말을 했으므로 그녀는 이를 뽀드득 갈며 쏘아붙였다.

「자기는 잠자리에 드러누워 말이야, 그게 무슨 대단한 일이나 되는 것처럼……. 잘 들어요. 내가 친절하다는 건 잘 알잖아요. 난 자기의 지난일을 누구의 면전에서 한 번도 말한 적이 없거든요! 난 다 알아요! 품행이 굉장하셨죠, 쿠포 영감이 살아 있을 때부터 둘씩 셋씩 정부를 만들고 말이에요……. 마른 기침으로 적당히 얼버무리려고 한댔자 소용없어요, 할 말은 벌써 다 해 버렸으니까. 다만 내가 뭘하든 상관 말아 줘요. 그뿐이에요!」

그녀는 하마터면 숨이 막혀 죽을 뻔했다. 이튿날 제르베즈가 없는 사이에 구제가 어머니의 세탁물을 찾으러 왔으므로 쿠포 어머니는 그를 불러 침대 앞에 오랫동안 앉혀 놓았다. 대장장이가 제르베즈를 좋아한다는 것을 알고 있었다. 게다가 그가 무언가 불쾌한 일이 일어나고 있지 않나 의심하면서 얼마 전부터 음울하고 슬픈 표정을 짓고 있는 것도 알고 있었다. 그래서 수다도 떨고 전날의 말다툼에 대한 앙갚음도 할 겸해서, 마치 제르베즈의 부정 때문에 자기가 특히 피해를 입고 있기나 하는 것처럼 울고 불며 넋두리를 늘어놓으면서 모든 것을 죄다 노골적으로 털어 놓았다. 구제는 골방에서 나와 슬픔에 숨이 막힐 듯이 되어 벽에 기댔다. 그런 후 며느리가 돌아오자 쿠포 어머니는 다리미질을 했거나 안 했거나 세탁물을 갖고 곧 구제 부인 댁으로 오라는 전갈이 왔다고 큰소리로 말했다. 시어머니의 그 흥분된 태도에서 제르베즈는 곧 자기에 관한 이야기를 했음을 알아차리고 마음 아픈 장면이며 가슴을 도려내는 듯한 정경을 생각하니 소름이 끼쳤다.

그녀는 핏기가 싹 가신 채 금방 수족이 마비된 것처럼 되어 세탁물을 바구니에 넣고 집을 나섰다. 몇 해 전부터 그녀는 구제 모자에게 1수도 갚지 않고 있었다. 빚은 늘어나기만 해서 4백 25프랑이나 되었다. 생활의 옹색함을 호소하고는 언제나 세탁 요금을 받아 왔다. 그것이 그녀는 매우 부끄러웠다. 대장장이가 자기를 좋아하는 것을 기화로 속이고 있는 것 같았기 때문이다. 쿠포는 이제 좀처럼 신경을 쓰지 않게 되어, 「구제가 아무도 없는 곳에서 필경 너를 껴안았을 테니 빚도 그것으로 까면 되잖아.」 하고 비웃으면서 말했다. 그러면 그녀는 랑티에와 이상한 관계가 생겼으면서도 버럭 화를 내며 「당신 정말 그리 되길 바라나요?」 하고 남편에게 대들었다. 자기 앞에서 구제의 욕을 하는 것을 듣고 싶지 않았다. 대장장이에 대한 애정은 그녀가 가진 성실성의 마지막 조각처럼 늘 마음 속에 남아 있었다. 그러므로 이 건실한 가정의 세탁물을 갖다 주러 층계를 오를 때마다 가슴이 죄는 듯한 두려움에 잠기곤 하는 것이었다.

「아아, 이제야 오는군.」 하고 구제 부인은 문을 열면서 무뚝뚝하게 말했다. 「요즈음은 도무지 소식이 없잖소?」

제르베즈는 당황하여 변명 한 마디 중얼거리지 못하고 방에 들어갔다. 그녀는 이제 그 전처럼 정확하지 못했고 약속시간도 잘 지키지 않았으며 일주일이나 기다리게 하는 일이 흔했다. 차차 될 대로 되라는 식이었다. 「일주일이나 기다렸다오.」 하고 레이스 여공이 말을 이었다. 「게다가 당신은 이제 거짓말까지 하더군. 견습공을 보내서 거짓말을 시키기까지 하고. 지금 우리 집 세탁물을 만지는 중이니까 오늘밤에 갖고 오겠다는 둥, 실수를 해서 빨래 꾸러미를 양동이에 떨어뜨렸다는 둥, 난 그 동안 온종일 아무것도 갖다 주지 않아서 짜증이 나더라고, 정말이지 당신은 좀 너절해졌나 봐……. 봅시다. 아, 그 바구니 안에 뭐가 들었나요? 적어도 모두 다 들었겠지. 한 달 전부터 맡겨 놓은 시트 두 장과 그리고 지난번 세탁 때 갖고 오지 않았던 셔츠도.」

「그럼요! 셔츠는 가져왔어요. 이거예요.」 하고 제르베즈는 중얼거렸다.

그러나 구제 부인은 깜짝 놀라며 외쳤다. 「이 셔츠는 우리 집 게 아니야. 이런 건 필요 없어. 세탁물을 바꿔치다니 너무하잖아! 지난 주에 우리 집 마크가 들지 않는 손수건이 두 장이나 있더니 누구 것인지도 모를 세탁물, 흥미 없어요.」 이렇게 말하고 나서 그녀는 물건을 조사하기 시작했다. 「그런데 시트는? 없어진 게 아니야? 이봐요, 부인! 아무튼 내일 아침에는 꼭 써야 하니까, 알겠죠?」

잠시 말이 끊어졌다. 제르베즈는 몹시 당황하고 있었다. 뒤쪽 구제의 방문이 절반쯤 열려 있는 것을 느꼈기 때문이다. 대장장이는 거기 있는 것이 틀림없다. 틀림없이 그렇다고 생각했다. 한 마디 변명의 여지도 없는 이 당연한 비난을 만일 그가 듣고 있다면 얼마나 괴로운 일인가! 그녀는 아주 순순히 얌전하게 고개를 푹 숙이고 되도록 분명하게 세탁물을 침대 위에 늘어놓았다. 그러나 구제 부인이 세탁물을 하나하나 조사하기 시작하자 일은 더욱 곤란해졌다. 그녀는 세탁물을 집어들고는 던져 버리며 말했다.

「정말! 당신 기술도 이제 아주 못쓰게 됐군 그래. 이래서야 어디 계속 신세를 질 수도 없잖아……. 참말이지, 이번엔 일도 거칠고 더럽잖아. 이봐요, 이 셔츠 가슴팍을 좀 봐요. 눌었는데다가 접은 자리에 다리미 자국까지 남았잖아. 단추도 또 따지고. 어떻게 하길래 이럴까? 한 개도 안 남았으니……. 아이고! 블라우스도 이래서야 돈은 못 줘요. 자, 좀 봐요. 때가 묻었나 안 묻었나. 겨우 주름만 폈군 그래. 앞으론 그만둬요! 묻은 때도 안 빠졌으니.」

그녀는 말을 끊고 세탁물을 세어 보더니 다시 외쳤다.

「어찌된 거야! 갖고 온 건 이것뿐이야? 양말 두 켤레, 냅킨 여섯 장, 테이블보가 한 장, 그리고 행주도 모자라잖아……. 아니 당신, 나를 업신여기고 이러나 보지! 다리미질을 했거나 안 했거나 다 돌려 달라고 일렀잖아요. 한 시간 이내에 일하는 애에게 나머지를 모두 돌려 보내지 않으면 쿠포 부인, 정말 화낼 테에요, 미리 말해 두지만.」

이때 구제가 방에서 기침을 했다. 제르베즈는 가냘프게 몸을 떨었다. 그가 있는 앞에서 이런 꼴을 당하다니 이 무슨 꼴이람! 그녀는 난처해지고 당황하여 방 한가운데에 빨랫감을 들고 서 있었다. 그러나 구제 부인은 물건세기를 그만두더니 조용히 창가의 자리로 돌아가서 레이스의 어깨걸이를 손질하기 시작했다.

「그럼, 세탁물은 없습니까?」 세탁부는 주저주저하며 조심스레 물었다.

「네, 그만둬요. 이번엔 아무것도 없으니까.」 하고 노부인은 대답했다.

제르베즈는 새파랗게 질렸다. 이제 일을 안 준다는 것이다. 그녀는 머리가 멍해져서 의자에 털썩 주저앉지 않을 수 없었다. 다리의 힘이 빠져 버린 것이다. 이제 변명이고 뭐고가 없었다. 간신히 입을 열었다.

「한데, 구제 씨는 편찮으세요?」

「그래요, 앓는다오. 대장간에 가지 않고 되돌아와야 했어요. 지금 자리에 누워서 쉬고 있는 중이라오.」 여느 때처럼 검은 상복을 입고 수녀 같은 모자를 쓴 흰 얼굴의 구제 부인이 점잖게 말했다.

「볼트 직공의 일당이 다시 싸져서 9프랑이 7프랑으로 내렸다오. 이젠 모든 일을 기계가 하거든요. 그래서 무슨 일이든 긴축을 해야 하고 옛날처럼 세탁물도 자기 손으로 하지 않으면 안된다오. 물론 아들이 빌려준 돈만 당신네가 돌려 줘도 좋겠지만. 하지만 당신네가 빚을 갚지 않는다고 해서 집달리를 보낼 생각은 없다오.」

구제 부인이 빚 이야기를 꺼내자 제르베즈는 고개를 숙이고 코를 하나씩 만들어 나가는 노부인의 재빠른 바늘의 움직임을 눈으로 좇고 있는 듯했다.

「하지만 말이오.」 하고 레이스 여공이 계속해서 말했다. 「조금만 더 절약하면 빚도 갚을 수 있을 줄 아오만, 듣자니 당신네는 진수 성찬에다 무척 낭비가 심하다니까. 난 다 이 눈으로 보고 있다오……. 한 달에 10프랑씩이라도 좋으니까 돌려 주면 좋겠소.」

구제가 부르는 소리에 그녀의 말이 중단되었다.

「어머니! 어머니!」

그녀는 곧 돌아와서 자리에 앉더니 화제를 바꾸었다. 아마 대장장이가 제르베즈에게 돈을 갚으라는 말을 하지 말라고 부탁한 모양이다. 그러나 5분이 채 안 되어 노부인의 이야기는 저도 모르게 빚으로 되돌아갔다.

「나는 말이오, 처음부터 앞날을 훤히 내다보고 있었다오. 말하자면 함석장이 양반이 가게를 다 마셔 버리고 당신들 고생시킬 것이라고 말이오. 그러니 내 아들이 내 말만 들었더라도 5백 프랑은 절대로 빌려주지 않았을 텐데. 지금쯤 그 애도 장가를 갔을 테고, 일생을 불행하게 마칠 것 같다느니 어떠니 하고 가슴 아픈 생각에 괴로워하는 일도 없을 텐데 말이오.」

그녀는 흥분하여 말투가 거칠어지더니 제르베즈가 쿠포와 짜고 착한 자기 아들을 속였다고 비난했다. 몇 해 동안은 용케 사람을 속여 왔더라도 끝에 가선 결국 정체가 드러나는 법이라고 덧붙였다.

「어머니! 어머니!」 다시 구제의 목소리가 아까보다 더 격하게 들려 왔다.

그녀는 일어섰다. 그리고 돌아오더니 다시 레이스 뜨개질을 시작하며 말했다.

「들어가 봐요. 만나고 싶다니까.」

제르베즈는 부들부들 떨면서 문을 열어 둔 채 방에 들어갔다. 이런 행동은 그녀를 감동시켰다. 왜냐 하면 구제 부인 앞에서 두 사람의 애정을 고백하는 꼴이 되었기 때문이다. 벽에는 그림이 붙었고 좁은 쇠침대가 있는 15살 소년의 방 같은 고요하고 조그만 방을 그녀는 다시 보았다. 구제의 큼직한 몸뚱이는 쿠포 어머니가 털어 놓은 이야기에 충격을 받아 팔다리가 침대 위에 축 늘어져 있었다. 눈은 울어서 벌겋게 부었고, 노랗고 깔끔한 입수염도 아직 눈물에 젖어 있었다. 콱 치민 울화 때문에 그 무서운 주먹으로 베개를 내리쳐서 찢은 것이 틀림없다. 베개의 천이 타져서 날개깃 속이 흘러나와 있었다.

「우리 어머니가 잘못입니다.」 하고 그는 목소리를 죽이며 세탁부에게 말했다. 「당신은 나한테 아무 빚도 없어요. 나는 그런 얘기 듣고 싶지 않습니다.」

그는 몸을 일으켜 제르베즈를 지그시 바라보았다. 금방 굵은 눈물방울이 괴어 왔다.

「편찮으세요. 구제 씨?」 하고 그녀는 중얼거렸다. 「왜 그러세요, 네?」

「아무것도 아닙니다. 고마워요. 어제 너무 피로해서요. 좀 잘까 봐요.」

그러고는 가슴이 찢어질 듯이 되어 저도 모르게 소리쳤다.

「아아! 이게 뭐요! 결코 이렇게 될 일이 아닌데! 당신도 맹세했잖소! 그래 놓고 이렇게 되다니……! 아아, 이게 뭐요! 너무하잖소. 나가 주시오!」

그러곤 손으로 애원하듯 부드럽게 나가 달라고 신호했다. 그녀는 침대에는 다가가지 않고 어떻게 위로해야 좋을지 알맞은 말이 떠오르지 않은 채, 멍청하게 하라는 대로 방에서 나갔다. 옆 방에 가서 바구니를 집어들었으나 그냥 나가지 못하고 무언가 한 마디 하고 싶었다. 구제 부인은 얼굴도 들지 못하고 바늘을 움직이고 있더니 마침내 입을 열었다.

「그럼, 잘 가요. 세탁물은 전해 줘요. 나중에 계산할 테니까.」

「네, 그렇게 하겠습니다. 안녕히 계세요.」 하고 제르베즈는 중얼거렸다.

그녀는 깨끗하고 잘 정돈된 이 가정에 마지막 일별을 던지고 천천히 문을 닫았다. 자기의 성실성의 일부를 그곳에 남겨 두고 가는 듯한 기분이었다. 그녀는 집으로 돌아가는 암소처럼 얼빠진 모습으로 어느 길을 어떻게 걸어왔는지도 모르게 가게에 돌아왔다. 쿠포 어머니는 다리미 스토브 곁의 의자에 앉아 있었다. 처음으로 자리에서 일어난 것이다. 그러나 세탁부는 노파에게 잔소리 한 마디 하지 않았다. 지칠 대로 지쳐서 늘씬하게 얻어맞은 뒤같이 뼈마디가 욱신거렸다. 『요컨대 인생이란 괴로운 일뿐이야. 금방 죽어 버리면 모르지만 그렇지 않을 때는 제 손으로 자기 심장을 뜯어낼 수는 없으려나.』 그녀는 이렇게 생각했다.

제르베즈는 이미 아무 일도 진지하게 생각해 보려고 하지 않게 되었다. 모호한 손짓으로 사람들을 쫓아 버렸다. 새로운 근심거리가 생길 때마다 하루 세 끼의 밥을 먹는다는 오직 이 한 가지의 즐거움에 잠기게 되었다. 가게는 쓰러지게 될지도 몰랐다. 그러나 그 밑에 깔리지만 않는다면 속옷 한 벌 없더라도 좋다. 기꺼이 나가 버릴 것이다. 또 사실상 가게는 쓰러져 가고 있었다. 한꺼번에는 아니지만 아침 저녁으로 조금씩 말이다. 단골 손님들은 한사람 한사람 화를 내며 빨랫감을 다른 가게로 들고 갔다. 마디니에 씨, 노처녀 르망주 양, 그리고 보슈 내외까지 훨씬 깨끗이 일해 주는 포코니에 부인 세탁소로 돌아가 버렸다. 마지막에는 양말 한 켤레를 찾는 데 3주일 동안이나 재촉해야 하고 지난주 일요일에 얼룩졌던 기름기가 그대로 남은 셔츠를 다시 찾아오고 하는 데 모두 진저리가 나 버렸다. 그러면서도 제르베즈는 마구 대꾸를 하여 손님과 싸워서는 헤어지고 이제 저런 인간들의 더러운 물건을 뒤적거리지 않아도 되었으니 고마운 일이라며 혼자 중얼거리고는 퉁명스레 손님들을 다루었다. 『정말, 이웃 사람들이 모두 나를 상대하지 않게 될는지도 몰라. 하지만 그렇게 되면 나는 산더미 같은 더러운 빨랫감에서 해방되는 거야. 그만큼 일은 자꾸 줄겠지.』 이제 가게에 찾아와 주는 것은 지불이 늦은 단골과 매춘부와 지독한 냄새가 나서 뇌브 거리의 세탁소 여자들이 빨아 주려고 하지 않는 고드롱 부인 같은 여자들뿐이었다. 가게는 기울어 마지막 남은 일꾼 퓌트와 부인도 내보내지 않으면 안 되었다. 제르베즈는 일을 배우는 사팔뜨기 처녀 오귀스틴느와 단둘이 남게 되었다. 이 아이는 또한 나이를 먹음에 따라 더 바보가 되어 갔다. 그런데 이 두 사람이 할 만한 일조차 언제나 있는 것이 아니었다. 오후 한나절 내내 걸상에 엉덩이를 붙이고 빈둥거렸다. 아무튼 이루 말할 수 없는 낙백(落魄)이었다. 파멸의 기미가 떠돌고 있었다. 물론 나태와 빈곤이 들어옴에 따라 불결도 따라 들어왔다.

이제는 아무도 이것이 지난날 제르베즈가 자랑하던 그 파랗게 칠한 아름다운 가게라고는 생각할 수 없게 되었다. 벽 아래에 댄 널빤지도 유리창도 씻는 것을 잊었고 위에서 아래까지 마차의 흙탕물이 튀어 있었다. 선반의 놋쇠 막대기에는 병원에서 죽은 손님이 남기고 간 진한 회색의 누더기 옷이 세 벌 걸려 있었다. 가게 안은 더 초라했다. 천장의 벽지는 말리는 세탁물의 습기로 벗겨져 있었다. 퐁파두르 사라사는 너덜너덜해져서 먼지 때문에 무거워진 거미줄처럼 처져 있었다. 다리미 스토브는 부젓갈로 너무 쑤석거린 바람에 구멍이 나고 부서져 고물상의 고철처럼 한쪽 구석에 내동댕이쳐진 채 뒹굴고 있었다. 작업대는 일개 부대가 식탁으로 사용하기나 한 듯이 커피와 포도주의 얼룩으로 엉망이고 잼이 말라붙었는가 하면, 월요일 쉬는 날 먹고 마신 기름기로 끈적거렸다. 게다가 풀의 쉰 냄새며 곰팡이와 음식 찌꺼기와 때에서 나는 악취. 그러나 제르베즈는 그런 속에 있는 것이 무척 기분 좋았다. 가게가 더러워져 가는 것을 그녀는 알지 못하였다. 그 속에 빠져 버려서 찢어진 벽지며 기름 밴 벽의 널빤지에도 습관이 배어 버렸다. 찢어진 스커트를 예사로 입게 되고 귀도 씻지 않게 되었다. 불결도 하나의 따뜻한 보금자리여서 그녀는 얼마든지 즐겁게 그 속에 웅크리고 있을 수 있었다. 모든 것을 흐트러진 채 내버려 두었고 먼지가 구멍을 막아서 온통 쌓이는 것을 기다렸다. 온 집 안이 자기 주위에서 무기력하게 마비되어 가는 것을 느낀다는 것, 이것은 그녀로 하여금 황홀하게 취하게 하는 것 같은 참된 쾌락이었다. 무사 평온하게 사는 것, 이것이 첫째였으며 그 이외의 일을 그녀는 거들떠보지도 않았다. 불어나기만 하는 빚도 이제는 예사였다. 그녀는 성실한 마음을 잃어버렸다.

손님이 돈을 지불했는지 안 했는지 그것도 분명치 않았다. 그런 것은 그다지 알고 싶지 않았다. 한 가게에서 외상을 거절당하면 그 옆 가게에서 외상을 텄다. 그녀는 온 마을의 신용을 잃었으며 가는 데마다 갚을 돈을 떼먹었다. 구트도르 거리에서만도 석탄 가게며 식료품 가게며 채소 가게 앞을 지나갈 수 없게 되었다. 그래서 세탁장에 갈 때는 멀리 돌아서 프와송니에르 거리를 지나가지 않으면 안 되었으며 족히 10분은 걸렸다. 장사치들은 그녀를 막돼먹은 여자로 취급하게 되었다. 어느 날 밤에는 랑티에에게 가구를 판 사나이가 이웃 사람들을 모아 놓고, 만일 그녀가 돈을 지불하지 않으면 엉덩이를 까서 창피를 주겠다고 떠들어 댔다. 물론 이런 일은 그녀를 떨게 했지만 그래도 마치 얻어맞은 개처럼 몸을 한 번 추스렸을 뿐, 저녁이 되면 역시 음식을 잘해 먹었다. 「실례잖아, 귀찮은 소리만 하고! 나한텐 돈도 없고 그걸 만들어 낼 수도 없단 말이야! 그리고 장사치들은 얼마든지 수지를 맞추고 있으니 기다려 주는 게 당연해.」 그리고는 언젠가 일어날 것에 틀림없는 사태를 생각하고 싶지 않아 그녀는 자기의 둥우리 속에서 잠들어 버렸다. 「어차피 갈 데까지 가는 거야. 그때까진 골머리를 썩이고 싶지 않아.」

쿠포 어머니는 다시 원기를 회복했다. 다시 1년 동안 식구들은 이럭저럭 살아갔다. 물론 여름철에는 일이 조금 불어난다. 교외의 한길을 서성거리는 여자들의 흰 페티코트며 무명 드레스를 빠는 일이 많아지기 때문이다. 이 때문에 전락의 속도도 느려졌다. 그러나 다소의 기복은 있더라도 매주 차차 진창 속에 깊이 코를 쑤셔박는 것 같았고, 텅빈 찬장 앞에서 배를 쓰다듬는 밤이 있는가 하면 뱃가죽이 찢어지도록 송아지고기를 먹는 밤도 있었다. 길거리에서는 이제 쿠포 어머니가 앞치마 밑에 보자기를 감추고 산책이라도 하는 걸음걸이로 폴롱소 거리의 전당포를 찾아가는 모습밖에 볼 수 없게 되었다. 그녀는 꾸부정하게 등을 굽히고 미사에 가는 신사처럼 온통 신앙심에 굳어 버린 탐욕스러운 표정을 짓고 있었다. 왜냐 하면 그녀는 이런 일이 별로 싫지 않았기 때문이다. 얼마 안 되는 돈을 가지고 흥정을 하는 것이 재미있었으며 헌 옷을 파는 장사처럼 폴롱소 거리의 전당포 점원들은 그녀를 잘 알고 있어서 〈4프랑 할머니〉라고 불렀다. 보잘것없는 조그만 보자기를 들고 와서는 3프랑 빌려주겠다면 언제나 4프랑 달라고 떼를 쓰기 때문이다. 제르베즈는 집 안을 깡그리 싸구려 경매에라도 붙여 버릴 것만 같았다. 전당포에 다니는 데 정신이 없었다. 돈만 빌릴 수 있다면 머리카락까지 빡빡 깎아 버렸을 것이다. 전당포는 매우 편리하다. 빵이 4파운드 필요해지면 결국 그곳으로 돈을 마련하러 가지 않을 수 없었다. 속옷가지, 연장, 가구에 이르기까지 일체가 그리로 옮겨져 갔다. 처음 한동안은 경기 좋은 주일의 벌이로 전당포에 잡힌 물건을 찾았으며, 다음 주에는 그것을 다시 전당포에 잡힌다는 식으로 했다. 그러나 이윽고 그까짓 물건은 아무래도 좋다는 생각에 기한이 넘어 처분되어도 내버려 두었으며 전당표까지 팔아 먹었다.

단 한 가지 그녀가 마음 아팠던 것은 차압하러 온 집달리에게 20프랑의 어음 결제를 하기 위해서 기둥 시계마저 전당포에 잡힌 일이었다. 그때까지는 이 시계에 손을 댈 정도라면 오히려 굶어 죽겠다고까지 맹세하고 있었던 것이다. 쿠포 어머니가 그것을 조그마한 모자 상자에 넣어서 들고 가 버리자, 그녀는 마치 한 재산 빼앗긴 것처럼 팔의 힘이 쑥 빠지고 눈이 젖어 와서 비슬비슬 의자에 주저앉아 버렸다. 그러나 쿠포 어머니가 25프랑을 들고 들어오자 뜻밖에도 5프랑이나 더 빌릴 수 있었다고 해서 기분이 가라앉았다. 그녀는 2백 수(5프랑)짜리 동화를 환영하자면서 즉각 할머니를 보내어 술잔에 조금 술을 받아 오게 하였다. 요즈음에는 두 사람의 마음이 잘 맞거나 할 때면 흔히 브랜디에 까치밥나무 과일주를 절반씩 섞은 걸 사다가 이렇게 작업대 구석에 둘이 앉아 마시곤 했다. 쿠포 어머니는 남실남실 부은 술잔을 한 방울도 흘리지 않고 앞치마 주머니에 넣어 갖고 오는 요령을 알고 있었다. 이웃 사람들에게 알릴 필요가 어디 있겠는가. 그러나 실제로는 이웃에서 모두들 다 알고 있는 일이었다. 채소장수 아낙네도, 내장 가게 마누라도, 식료품 가게의 점원 아이도 「저것 좀 봐요! 할머니 또 전당포에 가네.」라든가 「저기 좀 봐! 할머니가 리키키(소주)를 호주머니에 넣고 돌아가고 있어.」 하고 쑥덕거렸다. 이러한 일로 해서 마을 사람들은 당연히 제르베즈에게 비난을 돌렸다.

「저 여자는 무엇이나 다 먹어 치워 버린단 말이야. 이제 머지않아 저 가게도 삼켜 버릴 걸.」

「그래, 앞으로 서너 입만 벌리면 저긴 행주질한 것처럼 깨끗이 되어 버릴 거야.」

모든 것이 이렇게 허물어져 가는 중에서도 쿠포만은 경기가 괜찮은 얼굴을 하고 있었다. 이 주정뱅이 대장은 이상하게 원기가 왕성했다. 싸구려 포도주와 브랜디가 자꾸만 그를 살찌게 했다. 그는 마구 먹어 댔으며, 술은 사람을 죽인다고 비난하는 빼빼 마른 로리외를 비웃으면서 큰 북가죽처럼 기름기로 탱탱해진 뱃가죽을 두들겨 보였다. 배 위로 음악을 울리면서 주정뱅이의 저녁 기도라는 둥, 이를 뽑는 인간들을 돈벌이시켜 주는 큰 북의 난타라는 둥, 실없는 말을 지껄였다. 그러나 로리외는 자기의 배가 나오지 않은 데 오기가 나서 그 따위 것은 누런 지방이며 나쁜 기름기라고 말했다. 그런 말은 아랑곳없었다. 쿠포는 몸에 좋다면 점점 더 취했다. 그 텁수룩하게 헝클어진 반백의 머리칼은 불꽃처럼 서 있었다. 원숭이 같은 털을 가진 몽롱하게 취한 얼굴이 술에 타서 자주빛 포도주처럼 되었다. 그래도 그는 여전히 명랑한 어린애였다. 아내가 살림을 꾸려 나갈 의논을 하면 호통을 쳤다. 「대장부 사나이가 그런 귀찮은 일에 머리를 쓰게 됐어? 집에 빵이 없더라도 내가 알 바 아니야. 하지만 아무튼 아침 저녁으로 먹이는 있어야 해.」 그게 어디서 나왔건 그런 건 아무래도 좋다고 했다. 몇 주일 동안이나 일을 하지 않고 있으면 그는 한층 더 시끄럽게 굴었다. 그러면서도 랑티에의 어깨는 여전히 다정하게 두들겨 주었다. 물론 그는 아내의 부정을 알지 못하고 있었다. 적어도 보슈 내외나 프와송 내외 같은 사람들은 쿠포가 그것을 조금도 눈치채지 못하고 있으며, 만일 그것을 알게 되는 날에는 큰일날 거라고 단언하고 있었다. 그러나 친누나인 르라 부인은 고개를 저으면서 그런 일로 조금도 화를 내지 않는 남편도 있음을 안다고 말했다. 어느 날 밤 제르베즈는 모자장수의 방에서 나오는 순간 어둠 속에서 엉덩이를 얻어맞고 움찔했다. 그러나 금방 가슴을 쓸어내렸는데 그것은 침대의 모서리에 부딪친 것을 알아차렸기 때문이다. 정말 간담이 서늘해지는 판이었다. 사실 드러나면 남편도 농조(調)로 장난만 할 수는 없을 것이었다.

랑티에 쪽도 역시 덜 원기 왕성한 것은 아니었다. 그는 몸에 무척 신경을 써서 바지의 밴드로 배를 재 보고는 버클을 죄어야 하겠다느니 늦추어야 한다느니 하고 매일같이 신경을 썼다. 몸의 상태는 흠잡을 수 없이 좋았지만 스스로 미남인 줄 알고 있는 터라 이 이상 살찌고도 여위고도 싶지 않았다. 그 때문에 음식에 꽤 까다로웠다. 왜냐 하면 몸매가 변하지 않도록 요리라는 요리는 다 계산해 보고 먹었기 때문이다. 집에 돈 한푼 없을 때라도 그에게는 달걀이며 뼈가 붙은 고기며 영양가 있는 가벼운 음식이 필요했다. 안주인을 남편과 공유하게 된 뒤로부터 살림살이에 있어서도 남편과 완전히 대등하다고 생각하게 되었다. 여기저기 흩어져 있는 20수짜리 화폐를 모아서는 손가락과 눈으로 신호하여 제르베즈를 불러다가 잔소리를 하거나 호통을 치거나 하여 함석장이보다 훨씬 더 제 집인 것처럼 거드럭거렸다. 말하자면 이 집에는 남편이 두 사람 있었던 것이다. 그리고 임시 남편 쪽이 훨씬 질이 나빠서 제 몫을 더 많이 가로채고 마누라건 음식이건 그 밖에 무엇이건 제일 좋은 것만 골라 먹었다. 그는 쿠포 집안에서 실컷 단물만 빨아먹고 있는 셈이다! 이제 사람들 앞에서도 예사로 제멋대로 했다. 그는 나나를 제일 좋아했다. 귀여운 소녀를 좋아했기 때문이다. 그 대신 에티엔느에 대해서는 차차 상관하지 않게 되었다. 그의 말을 들어보면 사내아이들은 자기 스스로 자기 집을 꾸려 나가야 한다는 것이었다. 누군가가 쿠포를 찾아오면 언제나 랑티에가 슬리퍼에 셔츠 바람으로, 볼일이 방해된 남편처럼 시무룩한 표정으로 가게 안에서 나왔다. 그리고 쿠포 대신 「뭐, 어느 쪽이나 마찬가집니다.」라고 말했다.

이 두 남편 사이에 끼여서 제르베즈가 날마다 매양 웃고만 지낸 것은 아니다. 고맙게도 건강은 아주 좋았다. 너무 지나칠 만큼 살이 찌기 시작했다. 그러나 두 사나이를 짊어지고 뒷바라지를 하거나 만족을 시켜 주기에는 그녀도 힘에 겨운 일이 많았다. 정말 남편이 하나여도 어지간히 힘든 법인데! 제일 나쁜 것은 이 불한당들이 서로 무척 사이가 좋았다는 점이다. 말다툼 같은 것은 절대로 하지 않았다. 저녁에 식사가 끝나면 테이블 가에 팔꿈치를 세운 채 서로 마주 보고 놀려 댔다. 두 사람은 쾌락을 찾는 고양이처럼 온종일 붙어 다녔다. 그들은 골이 나서 돌아올 때면 그녀에게 화풀이를 했다. 이봐! 저 얼빠진 계집 좀 두들겨 줘! 무슨 말을 들어도 그녀는 참았다. 사나이들은 둘이서 함께 고래고래 소리를 지르므로 그들의 사이는 더욱더 좋아졌다. 말대답을 한다는 것은 도저히 생각할 수도 없었다. 처음에는 한쪽이 소리치면 또 한쪽에는 눈짓하여 정다운 말이라도 한 마디 해 달라고 청하였다. 그러나 그것만은 그다지 성공하지 못했다. 그녀는 이제 아예 거역하러 들지 않았다. 둘이서 자기에게 트집을 잡으면서 즐기고 있음을 알고 제르베즈는 그 피둥피둥한 어깨를 움츠리는 것이었다. 그토록 그녀는 통통하게 살이 쪄 있었다. 정말 곰 같았다. 입이 험한 쿠포는 매우 추잡스러운 말로 그녀를 욕했다. 반대로 랑티에는 욕을 골라 했는데 아무도 한 적이 없는, 더욱이 그녀에게는 큰 타격을 줄 만한 말을 찾았다. 다행히도 인간이란 무슨 일에나 금방 익숙해지는 법이다.

두 사나이의 욕설도, 공연한 트집도 나중에는 초를 입힌 천 위를 굴러가듯 그녀의 부드러운 살결에 전혀 반응을 일으키지 않게 되었다. 오히려 두 사람이 화를 내주는 편이 더 좋다고까지 생각하게 되었다. 왜냐 하면 두 사람은 얌전할 때는 줄곧 그녀의 엉덩이에 들러붙어 더 귀찮게 굴며, 모자 하나 조용히 다리미질하게 내버려 두지 않았기 때문이다. 그러고는 그들은 술 안주를 내놓으라고 조른다. 그녀는 꾸짖기도 하고 달래기도 하며 적당히 구슬러서 비위를 맞추기도 하여 얼렁뚱땅 한 사람씩 잠자리에 눕히지 않으면 안 되었다. 주말이 되면 그녀는 심신이 다 녹초가 되어 넋빠진 사람 같은 눈으로 멍청해져 있었다. 이런 일이야말로 여자의 살과 뼈를 깎는 것이다.

그렇다, 쿠포와 랑티에는 문자 그대로 그녀를 깎았다. 초를 양쪽에서 태운다는 말처럼 그들은 그녀를 양쪽에서 태워 들어간 것이다. 확실히 함석장이에게는 교양이 없었다. 그러나 모자장수에게는 그것이 너무 많았다. 적어도 셔츠 속으론 때가 더덕더덕 끼여 있으면서, 겉으론 흰 셔츠를 입은 불결한 인간처럼 그것을 몸에 지니고 있었다. 어느 날 밤 제르베즈는 자기가 샘가에 있는 꿈을 꾸었다. 쿠포는 그녀를 두들기며 샘에 처넣으려고 했으며, 랑티에는 더 빨리 뛰어들게 하기 위해 그녀의 허리를 간질였다. 『정말 이 꿈은 내 생활 그대로야. 참 좋은 걸 가르쳐 주었는 걸. 내가 녹초가 되는 것도 하등 이상할 게 없지. 이웃 사람들이 내 부정을 욕하지만 그건 옳지 않아. 왜냐 하면 내 불행은 내 몸에서 나온 게 아니거든.』 이따금 그녀가 이것저것 생각하고 있으면 소름이 쫙 끼쳐왔다. 그러다가 결국 자기에게는 더 나쁜 일이 일어날지도 모른다고 생각했다. 『이를 테면 두 팔을 잃느니보다는 두 남편을 갖는 편이 더 낫지 뭐야?』 이렇게 그녀는 자기의 입장을 당연한 것, 세상에 흔히 있는 것으로 생각하고 그 속에서 어떡하든 조그만 행복을 만들어 보려고 애썼다. 그녀의 생각이 얼마나 단순하고 철없는 것인가는 그녀가 쿠포도 랑티에도 싫어하지 않았다는 것으로 알 수 있다. 〈게테〉극장의 연극에서 정부가 생긴 막돼먹은 여자가 남편이 싫어서 그를 독살하려는 것을 본 적이 있는데, 자기는 조금도 그런 생각을 가져 본 적이 없었기 때문에 그녀는 분노했다. 「셋이서 의좋게 사는 편이 훨씬 영리하잖아요! 아니, 남편을 죽이다니, 그런 바보 같은 짓은 안 돼요. 그런 짓을 하다가는 생활이 엉망이 돼 버려요. 실은 조금도 재미없는 생활이긴 하지만 말이에요.」 아무튼 아무리 가난에 위협을 받더라도 만일 함석장이와 모자장수가 지금처럼 번갈아 때리거나 욕지거리만 하지 않는다면 그녀는 매우 마음이 편하고 만족스럽다고 말했을 것이 틀림없다.

가을이 되자 불행히도 가게는 점점 더 꾸려 나가기가 어려워졌다. 랑티에는 여위기 시작했다면서 툴툴거렸고 그것이 나날이 심해졌다. 그는 무슨 일이 있을 때마다 불평을 늘어놓았으며 감자 찌개를 싫어하여 이런 찌꺼기를 먹다간 배앓이를 할 것이라고 빈정댔다. 사소한 말다툼이 이제는 금방 주먹다짐으로 번졌으며 집안의 몰락을 서로 남에게 전가하는 형편이었다. 그것은 저마다 잠자리에 들기 전에 화해를 하기 위한 하나의 놀이였다. 노새도 먹이가 없어지면 싸우는 거야, 그렇잖아? 랑티에는 파멸을 냄새맡았다. 온 집안이 이제 다 먹어 없어지고 빈털터리가 되었으며 머지않아 모자를 쓰고 어디 다른 곳에 잠자리와 먹을 것을 찾으러 나가야 할 날이 왔다고 생각하니 부아가 나서 견딜 수가 없었다. 그는 소굴에 익숙하여졌고 이곳에서 자질구레한 습관도 몸에 뱄으며 모든 사람들한테서 칭찬도 받고 있었다. 그것은 정말 꿈의 나라였다. 그 즐거움을 다른 데서 찾는다는 것은 결코 있을 수 없는 일이었다. 정말이지,

목구멍까지 차도록 쑤셔넣어 놓고도 쟁반에 다시 먹을 게 남아 있다는 것은 다른 데서는 도저히 있을 수 없는 일이다. 말하자면 그는 자기의 뱃속에 화를 내고 있는 셈이었다. 왜냐 하면 이제는 온 집 안이 고스란히 그의 뱃속에 들어가 버렸으니까. 하지만 그는 그렇게 생각질 않았다. 2년 동안에 자기 재산을 몽땅 털려 버렸다고 오히려 다른 사람을 몹시 원망하고 있었다. 실제로 쿠포 내외는 도무지 믿을 수 없었다. 그래서 그는 제르베즈에게 절약이라는 것을 모른다고 호통을 치는 것이었다. 「이 맹추야! 대체 이래 가지고 어떡한단 말이냐? 마침 어느 공장에서 6천 프랑이라는 근사한 봉급으로 나를 고용해 주겠다는 판에, 아니 그래, 감히 누가 나를 업신여긴단 말이야? 그만큼 있으면 적은 가족은 모두가 호사를 누릴 수 있는데 말이야.」

12월의 어느 날 밤 저녁을 거르지 않으면 안 되었다. 이제 돈이 한 푼도 없었다. 랑티에는 몹시 우울해져 일찌감치 집을 뛰쳐나가서 음식 냄새로 얼굴의 주름이 펴질 그런 집이 하나 없나 하고 거리를 어슬렁어슬렁 돌아다니고 왔다. 그리고는 다리미 스토브 옆에서 몇 시간이나 생각에 잠겨 있었다. 그때 문득 생각이 나서 프와송 내외를 찾아가서 담뿍 애교를 부렸다. 그는 이제 순경을 바뎅그라고 부르며 놀리지도 않았고 황제도 아마 마음씨 좋은 분일 거라고 하면서 순경에게 오히려 한 걸음 양보할 정도였다. 더욱이 비르지니를 높이 평가한다는 것을 드러내 보이며 머리가 좋고 살림을 참으로 잘 꾸려 나가는 부인이라고 칭찬했다. 아첨하고 있다는 게 역력히 나타났다. 그들 집에 하숙하고 싶어하는 것처럼도 보였다. 그러나 랑티에의 머리는 이중으로 되어 있어서 보기보다 훨씬 복잡하였다. 비르지니가 무슨 장사라도 하고 싶다고 말하자 그는 그녀 앞을 왔다갔다하면서 아주 훌륭한 생각이라고 맞장구를 쳤다. 「그래 부인은 확실히 장사에 알맞아요, 몸집도 크고 상냥하고 명랑하시거든. 아니, 정말 돈을 벌고 싶으면 얼마든지 버시게 될 걸요. 그리고 돈은 전부터 마련되어 있잖아요. 백모님의 유산 말이오. 그러니 한 계절에 고작해야 드레스 네 벌 지어내는 째째한 일은 그만두고 얼른 장사를 시작하시구려.」그리고 그는 길모퉁이의 과일 가게 마누라라든가 교외 한길의 조그마한 사기 그릇 가게 마누라 등, 한재산 톡톡히 모으기 시작하고 있는 사람들을 예로 들었다. 「워낙 지금은 때가 좋아요. 가게에서 쓸어낸 쓰레기도 다 팔릴 걸.」 그러나 비르지니는 망설였다. 그녀는 세 얻을 가게를 찾고 있었고 이 근처에서 떠나고 싶지 않았다. 그래서 랑티에는 그녀를 한쪽 구석으로 끌고 가서 10분 동안이나 소곤소곤 귓속말을 했다.

무언가 억지로 권하고 있는 모양이다. 그녀는 이제 싫다고 하지 않고 마음대로 해도 좋다는 허락을 그에게 한 모양이었다. 그것은 눈짓과 짤막한 말로 서로 뜻이 통하는 두 사람만의 비밀 같은 것이었으며, 손을 잡으면 기분이 전해지는 시커먼 음모였다. 이때부터 모자장수는 아무것도 바르지 않은 맨빵을 뜯어먹으면서 치켜뜬 눈으로 쿠포 내외를 살펴보며 줄곧 지껄여 대고 끊임없이 우는 소리를 늘어놓아 두 사람을 괴롭혔다. 온종일 제르베즈는 그가 친절하게 늘어놓는 가난 속을 걸어갔다. 「사실 말이지 나는 내 자신을 위해서 이런 말을 하는 건 아니야! 친구들과 함께 살면 얼마든지 굶어 죽겠어. 다만 한 집안이 놓여 있는 입장을 정확히 몰라서야 분별이 있다고는 할 수 없단 말이야. 적어도 온 동네에 빚이 5백 프랑이나 있잖아, 빵 가게, 석탄 가게, 식료품 가게, 그 밖에 여기저기 말이야. 게다가 집세가 2기분, 말하자면 2백50프랑이나 밀려 있지. 집주인 마레스코 씨는 연내에 지불해 주지 않으면 쫓아내겠다고까지 말하고 있잖아. 그리고 마지막으로 전당포에 있는 것 없는 것 죄다 갖다 날랐으니 이제 잡혀먹을 것이라고는 3프랑짜리 하나도 없어. 그토록 온 집 안이 씻은 듯이 정리돼 버린 셈이야. 남은 것이라곤 벽에 박힌 못뿐이야. 3수짜리 책이 두 권 있군 그래.」

이렇게 주워 섬기는 바람에 제르베즈는 눈앞이 캄캄해지고 그런 계산으로 해서 팔다리의 힘이 쭉 빠졌으며 화가 나서 테이블을 두들기는가 하면 끝내는 엉엉 소리내어 울기 시작하는 형편이었다. 어느 날 밤에 그녀는 소리쳤다.

「내일이라도 나갈 테야, 난……! 이렇게 늘 겁만 먹고 사느니보다 차라리 몰래 달아나서 길바닥에서 자는 편이 훨씬 낫겠다.」

「임자를 만나서 권리를 양도하는 편이 영리할 걸.」하고 랑티에가 음흉하게 말했다. 「당신네 두 사람이 가게를 내놓을 결심만 한다면 말이야.」

그녀는 거칠게 랑티에의 말을 가로막았다.

「당장이라도 좋아요! 지금 당장요……! 그러면 오죽이나 속이 시원할까!」

그러자 모자장수는 매우 실제적인 얘기를 내놓았다. 「가게의 권리를 양도하면 아마 들어올 사람이 밀린 2기분의 집세를 치러 줄 거야.」 그리고 그는 그만, 프와송 내외에 관한 이야기를 털어 놓고 비르지니가 가게를 물색 중이라고 말했다. 「이 가게라면 꼭 그녀에게 알맞잖겠어. 그래, 이제 생각나는데, 그 여자가 이런 가게를 갖고 싶어한다는 말을 들었지.」

그러나 세탁부는 비르지니라는 이름을 듣더니 금방 냉정을 되찾았다. 「좀 생각해 봐야겠어. 난 화가 나면 곧잘 가게를 버리겠다고 지껄여 대지만 잘 생각해 보면 그렇게 간단한 일만도 아닌 것 같애.」

그날 이래 랑티에가 같은 말을 아무리 지루하게 늘어놓아도 헛일이었다. 「나는 이보다 더 심한 꼴도 당해 봤지만 그럭저럭 잘 견디어내 왔어요.」하고 제르베즈는 대답했다. 「가게를 내놔 봐야 아무 소용도 없어요. 빵을 빌려 먹는 길만 없어질 뿐이지. 오히려 나는 다시 빨래하는 여자를 고용해서 새 단골손님을 만들 참이에요.」 모자장수의 그럴 듯한 이 말에 지지 않으려고 그녀는 이렇게 말했던 것이다. 그의 말투를 들어 보면 그녀는 이제 기진 맥진하여 경비에 깔려서 두번 다시 일어설 희망이 전혀 없다고 했다. 그런데 서툴게도 그가 다시 비르지니의 이름을 입밖에 내는 바람에 제르베즈는 노발대발했다. 「안 돼요, 안 돼. 절대로 안 돼요! 난 그 동안 어쩐지 줄곧 비르지니가 수상하다고 생각했지. 그년이 가게를 갖고 싶어하는 것은 나한테 창피를 주겠다는 속셈인 거야. 모르는 사람이라면 난 아마 가게를 내놓았을는지도 모르지만. 하지만 몇 해 전부터 틀림없이 내가 망하는 걸 기다리고 있었던 그 얌전한 체하는 키다리년은 싫단 말이야. 정말이지, 이제 다 알았어! 이제 와 보니 그 막돼먹은 년의 고양이 같은 눈 속에 노란 불꽃이 활활 타는 까닭을 알 수 있겠군. 그래, 비르지니는 세탁장에서 엉덩이를 얻어맞은 것에 앙심을 품고 그 원한을 줄곧 품어 온 거야. 좋아, 더 맞고 싶지 않거든 엉덩이를 감추고 조심하라지, 그것도 오랜 안 갈 거야. 난 울화가 치밀어서 언제 폭발할지 모를 지경이니까.」

랑티에는 이 욕설의 홍수를 덮어쓰고 먼저 제르베즈에게 호통을 쳤다. 그리고 곡괭이 대가리니, 험구쟁이니, 다리미 냄새나는 여편네니 하고 그녀를 매도하였다. 그는 흥분된 나머지 쿠포를 촌놈이라고 부르면서 여편네에게 올바른 친구 교제를 시키는 방법도 모르느냐고 마구 해 댔다. 그러나 곧 화를 내서는 모든 일이 수포로 돌아갔다는 것을 깨닫고 자기는 이제 남의 얘기에는 절대로 참견하지 않을 것이라고 얼버무렸다. 또 사실상 그는 권리 양도의 이야기를 그 이상 추진시키려고 하지 않았으며 다시 그것이 화제에 오를 때, 그 때 가서 세탁부를 구슬릴 기회를 노리겠다는 태도였다.

정월이 왔다. 습하고 추운 불쾌한 날씨였다. 쿠포 어머니는 12월 내내 기침을 하면서 숨을 헐떡이고 있더니 주현절 뒤로는 줄곧 자리에 누워 있지 않으면 안 되었다. 그것은 그녀의 연금(年金) 같은 것이었다. 해마다 겨울이 오면 그녀는 이것을 고대했다. 그러나 이번 겨울만은 주위 사람들도 이제 발부터 방에서 나오는 수밖에 없겠다고 말하고 있었다. 실제로 통통하게 살은 쪘지만 마치 관의 전나무 판자를 자르는 듯한 괴로운 숨소리를 내면서, 이미 송장 같은 얼굴빛이었으며 그나마 절반쯤 이지러져 있었다. 물론 그녀의 자식들은 어머니를 죽이려고 하지는 않았으나 다만 너무 오래 질질 끌며 살아 있었고 너무나 성가셨으므로 모두 속으로는 빨리 죽어 주었으면 하고 바라는 것이었다.

「그 편이 마나님한테도 훨씬 행복할 거야. 살 만큼 살았잖아?」

「이만큼 살 수 있었다면 굳이 미련 둘 것도 없는 일이야.」

한 번 불려온 의사는 두번 다시 오지 않았다. 탕약을 먹이고 있었는데 그것도 실은 그냥 내버려 둘 수가 없었기 때문이다. 사람들은 줄곧 방에 들어왔다. 그녀가 아직도 살아 있나 죽었나를 확인하기 위해서였다. 기침 때문에 숨이 차서 그녀는 이제 아무 말도 하지 못했다. 그러나 아직도 생생하게 잘 보이는 눈으로 사람들을 지그시 바라보았다. 그 눈동자 속에는 온갖 것이 떠돌고 있었다. 청춘에 대한 애석함이며 식구들이 자기가 귀찮아 어서 사라져 주었으면 하고 바라는 것을 보는 섭섭함, 혹은 또 밤이 되면 이제 예사로 슈미즈 바람으로 유리창 안을 들여다보러 가는 나나의 망측한 태도에 대한 노여움 등등.

어느 월요일 밤 쿠포는 술이 취해서 들어왔다. 어머니가 위독해지고부터 그는 줄곧 불안해하며 살고 있었다. 쿠포가 자리에 누워 쿨쿨 코를 골기 시작한 뒤에도 제르베즈는 한참 더 꾸물거리고 있었다. 그녀는 밤마다 몇 시간씩 쿠포 어머니를 간병했다. 또한 나나가 매우 기특한 태도를 보여 주며 언제나 곁에서 자기 때문에 만일 할머니가 돌아가실 것 같으면 모두에게 알려 주겠다고 말하고 있었다. 그날 밤 딸도 잠이 들고 병자도 곤히 자고 있는 것 같았으므로 세탁부는 옆 방에서 잠깐 자러 오라고 권하는 랑티에의 유혹에 그만 응해 버렸다. 다만 촛불은 켜서 옷장 뒤 바닥에 세워 놓았다. 3시경 제르베즈는 웬지 예감이 이상해져서 별안간 부들부들 떨며 잠자리에서 벌떡 뛰쳐 일어났다. 찬기운이 휙 온몸을 쓰다듬고 지나가는 것 같은 기분이 들었기 때문이다. 초는 다 타서 꺼져 있었다. 어둠 속에서 그녀는 부랴부랴 속치마를 주워 입었다. 가구에 부딪치면서 시어머니의 골방에 이르러 간신히 조그만 등잔에 불을 켰다. 어둠에 눌린 정적 속에서 함석장이의 코고는 소리만 숨가쁜 두 가지 음조를 띠며 들려 주고 있었다. 나나는 반듯이 누운 채 부은 듯한 입술 사이로 가냘픈 숨소리를 내고 있었다. 제르베즈는 춤추는 듯한 커다란 그림자를 던지고 있는 등잔을 내려 쿠포 어머니의 얼굴을 비쳐 보았다. 시어머니는 퍼렇게 되어 목을 꺾은 채 눈을 허옇게 뜨고 있었다. 이미 죽어 있었다.

세탁부는 외마디소리 하나 내지 않고 냉정하고 침착한 태도로 랑티에의 방으로 소리 없이 돌아갔다. 랑티에는 아직 잠들어 있었다. 그녀는 몸을 굽히고 소곤거렸다.

「이봐요, 끝났어요. 어머니가 돌아가셨어요.」

랑티에는 졸림 때문에 똑똑히 눈이 떠지지 않아 처음에는 툴툴거렸다.

「귀찮아 죽겠네, 자라고……. 죽었다면 어쩔 도리가 없잖아.」 그리고는 팔꿈치를 짚고 일어나서 물었다.

「몇 시야?」

「세 시.」

「이제 겨우 세시 구나! 그럼, 자라고. 병 나요. 날이 새면 어떻게 하지 뭐.」

그러나 그녀는 사나이의 말을 듣지 않고 단정하게 옷을 입었다. 그러자 그는 여자들의 머리는 암만 해도 어떻게 된 모양이라면서 다시 이불을 덮어쓰더니 벽 쪽으로 돌아누워 버렸다. 「집에 죽은 사람이 있다는 것을 세상에 알리기 위하여 그렇게 서둘 필요는 없잖아? 한밤중에 그런 소식 들어 봐야 유쾌할 것도 없어.」 그는 불쾌한 일로 잠이 깨어 부아가 났다. 그 동안 제르베즈는 자기의 장식품을 머리핀에 이르기까지 죄다 들고 자기 방으로 가서 이제 모자장수와 자다가 들킬 걱정도 없어졌으니 편안한 마음으로 앉아 실컷 울었다. 처음에는 다만 늙은이가 하필이면 왜 이런 시간에 죽었느냐고 공포와 당황밖에 느끼지 않았으나, 속으로는 쿠포 어머니를 매우 사랑하고 있었으므로 무척 슬펐다. 그녀는 혼자서 정적 속에 앉아 통곡했다. 함석장이는 코골기를 그치지 않았다. 그의 귀에는 아무 소리도 들어가지 않았다. 그녀는 그를 부르고 흔들고 하다가 곧 그가 눈을 뜨면 더 귀찮은 일이 생긴다는 생각이 들어 그대로 재워두기로 했다. 어머니의 시체 옆으로 돌아가 보니 나나가 침대에 일어나 앉아 눈을 비비고 있었다. 딸은 사정을 알고 장난꾸러기 같은 호기심으로 더 자세히 할머니의 모습을 보려고 목을 뺐다. 나나는 아무 말도 하지 않았다. 죽음과 마주 앉아 가냘프게 떨고 놀라면서도 흡족해 했다. 그녀는 마치 금지된 장난처럼 어린아이들의 눈에서 감추어지고 금지되어 있는 죽음이라는 것을 이틀 전부터 기다리고 있었던 것이다. 살고자 하는 일념으로 임종에 모든 정력을 다 쏟아 버린 이 창백한 망인의 얼굴을 앞에 놓고 어린 암코양이 같은 나나의 눈동자가 커다랗게 떠져 있었다. 그리고 유리창 뒤에 못

박힌 듯이 서서 코흘리개들에게는 숨겨지고 금지된 어른들의 그 일을 들여다볼 때처럼 소녀는 등골이 짜릿하게 마비되어 옴을 느꼈다.

「자, 일어나거라.」 하고 어머니가 나직히 말했다. 「여기 있으면 안 돼.」

나나는 유감스러운 듯이 돌아선 채 시체에서 눈을 떼지 않고 침대에서 미끄러져 내려왔다. 제르베즈는 아침까지 딸을 어디다 재워야 좋을지 몰라 매우 난처해졌다. 그러나 아무튼 옷을 입히기로 하였다. 그때 랑티에가 바지를 입고 슬리퍼를 끌면서 들어왔다. 그는 이제 더 잘 수가 없었고 조금 전에 취한 자기의 행동을 어느 정도 뉘우치고 있었다. 그래서 모든 걸 좋게 말했다.

「그 애는 내 침대에 재우면 돼.」 하고 그는 소곤거렸다. 「일은 서두르지 말고.」

나나는 설날 초콜릿, 사탕 따위를 얻었을 때 짓는 그 멍청한 표정으로, 맑고 큼직한 눈을 어머니와 랑티에에게 던졌다. 물론 딸을 억지로 밀어 보낼 필요는 없었다. 나나는 슈미즈 바람으로 맨발이 방바닥에 닿지 않을 만큼 재빨리 랑티에의 방으로 달려가 버렸다. 그러곤 아직도 체온이 남아 있는 침대로 뱀처럼 미끄러져 들어가서는 깊숙히 몸을 뉘었는데 그 가냘픈 몸으로는 이불도 거의 부풀어오르지 않았다. 어머니가 들어올 때마다 그녀는 입을 다문 채 눈만 반짝이면서 그녀를 바라보았다. 잠도 자지 않고 몸을 움직이지도 않으며 빨개진 얼굴로 온갖 것을 상상하고 있는 모양이었다.

그 동안에 랑티에는 제르베즈를 도와 쿠포 어머니에게 옷을 입혀 주었다. 그것은 쉬운 일이 아니었다. 시체는 무거웠기 때문이다. 게다가 그녀가 이렇게 살이 찌고 살결이 흴 줄은 아무도 생각지 못했다. 두 사람은 양말을 신기고 흰 속치마를 입힌 후, 블라우스를 껴입히고 모자를 씌웠다. 아무튼 마나님이 생전에 아끼던 옷을 입혀 주었다. 쿠포는 여전히 두 가지 가락을 울리면서 코를 골고 있었다. 하나는 묵직한 소리로 내려가고 하나는 마른 소리로 올라간다. 마치 성(聖) 금요일의 의식 때 반주하는 교회 음악 같았다. 죽은 사람에게 옷을 입혀서 침대에 반듯이 눕히고 나자, 랑티에는 기분을 가라앉히기 위해서 술을 한 잔 따랐다. 기분이 완전히 뒤집혀 있었기 때문이다. 제르베즈는 옷장 속을 뒤져서 플라쌍에서 갖고 온 구리로 만든 조그마한 십자가를 찾다가 죽은 쿠포 어머니가 팔아 버린 것이 생각났다. 두 사람은 스토브에 불을 지폈다. 그리고 의자에 앉아 반은 졸면서 마개를 딴 술병을 비웠고 마치 서로의 탓이기나 한 듯이 진절머리가 나서 뿌루퉁해진 표정으로 날이 새기를 기다렸다.

아침 7시쯤 되어서야 쿠포가 간신히 눈을 떴다. 불행을 알고도 웬지 놀림을 당하는 듯한 기분이 들어 처음에는 눈물도 나지 않아 입만 우물거렸다. 그러더니 방바닥에 뛰어내려 죽은 어머니에게 달려가서 엎어졌다. 그리고 어머니를 껴안고 목을 놓아 울었다. 너무나 큰 눈물방울이라, 볼을 문지르는 시트가 축축하게 젖을 정도였다. 제르베즈는 남편의 슬픔에 몹시 마음이 동요되었고 그 기분을 알 수 있을 것 같아서 다시 흐느껴 울기 시작했다. 그는 생각보다 본성이 좋은 사람인 것 같다. 쿠포의 애달픈 마음은 심한 두통과 뒤죽박죽이 되었다. 그는 손가락으로 머리칼을 쥐어뜯었다. 열시간이나 잤는데도 아직 깨지 않은 숙취 때문에 입 속이 끈적끈적했다. 그는 두 주먹을 움켜쥐고 한탄했다. 「정말이지 내가 그토록 사랑한 어머닌데 가엾게도 돌아가시다니! 아이고, 머리야! 사람 죽겠다. 머리는 불 가발을 덮어쓴 것 같고 게다가 심장을 쥐어뜯는 것 같다! 운명이 한 인간을 이처럼 못살게 굴다니, 너무하잖아!」

「여보게, 정신차려. 고정해야 해.」 하고 랑티에가 그를 일으키면서 말했다.

그는 쿠포에게 술을 한 잔 따라 주었으나 쿠포는 마시기를 거절했다.

「대체, 왜 이러지? 내 뱃속엔 동전이 들어 있단 말이야……. 어머니, 어머니를 보니, 동전 같은 맛이 난 거야. 어머니, 아아! 어머니, 어머니…….」

그리고 다시 어린아이처럼 울기 시작했다.

그러다가 아무튼 가슴을 태우는 불을 끄기 위해 술을 한잔 마셨다. 곧 랑티에는 친척들에게 알리고 관청에 신고하러 간다면서 달아나 버렸다. 그는 바깥 공기를 쐬고 싶었던 것이다. 그래서 서둘 것도 없이 궐련을 피우기도 하고 살을 에는 듯한 아침의 차가움을 맛보기도 하였다. 르라 부인의 집을 나서서는 뜨거운 커피를 한 잔 마시러 바티뇰르 우유 가게에까지 들렀다. 거기서 넉넉히 한 시간 동안이나 생각에 잠겨 앉아 있었다.

그럭저럭하는 동안에 아홉 시가 되자 친척들이 가게에 모여들었다. 덧문은 그대로 닫아 두었다. 로리외는 눈물도 흘리지 않았다. 그러곤 바쁜 일이 있다며 별안간 어울리지도 않는 모습으로 잠시 몸을 꿈틀거리고 있더니 성큼성큼 일터로 돌아가 버렸다. 로리외 부인과 르라 부인은 쿠포 내외와 얼싸안고 조그마한 눈물방울이 달린 눈시울을 가볍게 눌렀다. 그리고 로리외 부인은 시체 주위에 재빨리 시선을 돌리더니 별안간 큰소리로, 「상식도 없네, 죽은 사람 옆에 등잔을 그대로 켜 두는 게 아냐.」 하고 말했다. 초가 필요했다. 나나가 초를 사러, 그것도 큰 것을 한 통 사러 갔다. 『정말이지 절름발이 곁에서 죽다간 괴상하게 처리돼 버리겠군! 시체 뒤처리도 제대로 할 줄 모르다니, 이런 팔푼이가 어딨어! 아니, 그래 절름발이는 장례도 치러 보지 못했나?』 르라 부인은 십자가를 빌리러 이웃 아낙네를 찾아가야만 했다. 그리하여 터무니없는 것을 빌려 왔다. 검은 나무로 만든 십자가인데 마분지에 색칠한 그리스도가 못박혀 있었다. 그것은 쿠포 어머니의 가슴 전체를 가렸으며 그 무게로 그녀가 찌그러질 것만 같았다. 사람들이 성수를 찾았으나 아무도 갖고 있지 않아서 다시 나나가 교회까지 한 병 얻으러 달려갔다. 얼마 안 되어 골방 안의 모습이 바뀌었다. 작은 테이블 위에 촛불이 켜지고 그 옆에는 성수를 가득 담은 그릇에 회양목 가지가 꽂혀 있었다. 이제는 언제 문상객이 오더라도 그런 대로 창피하지 않았다. 그리고 손님을 맞이하기 위해서 가게의 의자를 동그랗게 놓았다.

랑티에는 11시가 되어서야 간신히 돌아왔다. 장의사에서 여러 가지 것을 듣고 왔다고 했다.

「관은 12프랑이야. 미사를 올리고 싶으면 10프랑 더 있어야 하고, 그리고 영구찬데, 이건 장식에 따라서 값이 달라진대…….」

「어머! 그런 건 쓸데없는 일이에요.」하고 로리외 부인이 깜짝 놀라며 걱정스러운 얼굴로 이렇게 중얼거렸다. 「그런 것 해 봐야, 어머니가 살아나실 것도 아니고……. 그렇지 않아요? 주머니 사정과도 의논해야지.」

「물론 저도 그렇게 생각합니다만.」하고 모자장수가 대답했다. 「다만 참고로 숫자만 듣고 왔을 뿐이지요……. 희망을 말씀하십시오. 점심을 먹고 나서 주문하러 갈 테니까.」

그들은 덧문 틈새로 흐릿한 햇빛이 비쳐드는 방에서 소곤소곤 의논했다. 골방의 문은 크게 열려 있고 그 열어젖힌 입구에서 죽음의 정적이 흘러나왔다. 아이들의 웃음소리가 안마당에서 들려 온다. 겨울의 창백한 태양 아래 계집아이들이 원을 그리며 돌고 있었다. 별안간 나나의 목소리가 들렸다. 그녀는 보슈 내외에게 맡겨져 있었는데 거기서 뛰쳐나온 것이다. 카랑카랑 울리는 목소리로 무언가를 지시하고 있었다. 신 뒷굽이 길바닥에 깐 돌을 차고 있었다. 한편, 시끄러운 소리로 이런 노래가 들려 왔다.

나귀야, 나귀야,
다리가 아프니,
그래서 아줌마가 만들어 주었지,

예쁜 양말과
백합꽃 신을, 라 라,
백합꽃 신을!

제르베즈는 자기가 말할 차례를 기다렸다.

「우린들 물론 부자가 아니에요. 하지만 일만은 다하고 싶어요……. 어머님이 우리들에게 아무것도 남겨 준 게 없다고 개처럼 땅바닥에 내동댕이쳐 버릴 수는 없어요……. 아니 미사는 필요해요. 그리고 조금쯤은 나은 영구차도 말이에요.」

「그래, 돈은 누가 내는 거지?」하고 로리외 부인이 격한 어조로 물었다. 「우리 집에서라면 못 하겠네. 돈은 지난주에 떨어졌으니까 말이야. 자네네 집도 빈털터리긴 마찬가지겠고……. 세상을 깜짝 놀라게 해 주는 것도 좋지만 그 때문에 자네들이 어떻게 될까도 좀 생각해 봐야지.」

쿠포는 의논을 받아도 도무지 관심이 없는 태도로 입을 우물거리다가 끝내는 의자 위에서 다시 잠들어 버렸다. 르라 부인은 자기 몫은 지불하겠다고 하였다. 그녀는 제르베즈와 같은 의견이었으며 버젓하게 해야 한다고 말했다. 그래서 두 사람은 종이 쪽지에 계산해 보았다. 도합 90프랑쯤 있어야 했다. 긴 의논 끝에 좁다란 발 장식이 쳐진 영구차로 정했기 때문이다.

「우린 세 사람이니까.」하고 세탁부가 결론을 내렸다. 「한 집에서 30프랑씩 냅시다. 그러면 파산할 지경은 아니잖아요?」

그러나 로리외 부인은 기를 쓰고 외쳤다.

「무슨 소리야! 난 싫어! 암 싫고말고! 30프랑이 아까워서가 아냐. 나한텐 10만 프랑이나 있고 그것으로 어머니가 살아난다면 서슴지 않고 내겠어……. 다만 난, 허영부리는 게 싫단 말이야. 자넨 가게를 갖고 있으니까 마을 사람들에게 뻐기고 싶은 거지. 하지만 우린 그런 데 한몫 끼고 싶지 않단 말이야. 뻐기고 싶지 않단 말이야. 자, 좋을 대로 해요. 영구차를 날개깃으로 장식을 하든지 말든지.」

「당신한텐 한푼도 청하지 않겠소.」하고 마침내 제르베즈가 되받았다. 「내 몸을 팔아야 할 궁지에 빠지더라도 이러쿵저러쿵 잔소리하지 말아요. 당신 도움 없이 지금까지 시어머니를 먹여 살려 왔으니까 장례식도 당신 도움 없이 치르겠어요……. 여태까지 한 번도 이렇게 빈정댄 적이 없지만 난 내다버린 고양이를 주워다가 기르는 심정이었단 말이에요. 그것도 당신 어머니를 죽게 내버려 둘 수가 없어서 말이에요.」

그러자 로리외 부인은 울기 시작했다. 랑티에는 그녀가 나가는 것을 말리지 않으면 안 되었다. 싸움이 너무 시끄러워졌으므로 르라 부인은 거칠게 「쉿!」 하고 말리고는 살며시 골방에 좀 가 보리라고 생각했다. 그러고는 노엽고 불안한 시선을 어머니에게 던졌다. 마치 시체가 옆에서 다투는 소리를 듣고 금방 눈이라도 뜰 듯해서 잔뜩 겁을 먹고 있는 것 같았다. 그때 안마당에서는 계집아이들의 춤이 다시 시작됨으로써 나나의 목소리가 다른 아이들보다 한층 드높게 들려 왔다.

나귀야, 나귀야,
배가 아프니,
그래서 아줌마가 만들어 주었지,
예쁜 배싸개와
백합의 꽃신을, 라 라,
백합꽃 신을!

「정말, 쟤들은 노래까지 불러 대고 신경질을 돋우네!」 하고 제르베즈는 몸을 떨면서 짜증과 슬픔으로 울상이 되어 랑티에에게 말했다. 「좀 조용히 하게 해 줘요. 그리고 나나를 문지기 아줌마한테다 끌어다 줘요. 어디든지 좋으니까 밀어 넣고 와요!」

르라 부인과 로리외 부인은 다시 오겠다면서 점심들을 먹으러 갔다. 쿠포 내외는 식탁에 앉아 반찬 가게에서 사온 음식을 먹었으나 식욕이 없고 포크를 움직일 기분도 나지 않았다. 그들은 가엾은 쿠포 어머니가 어깨에 올라 앉아, 온 방을 가득 채우고 있는 듯한 지긋지긋한 기분에 얼빠진 사람처럼 되어 있었다. 그들의 생활은 흐트러져 버렸다. 처음에는 어떻게 해야 좋을지 몰라 그저 얼떨떨한 나머지 혼례 잔치 다음날처럼 녹초가 된 어수선한 가운데, 랑티에는 르라 부인이 내놓은 30프랑과 제르베즈가 모자도 쓰지 않고 미치광이처럼 되어 구제한테 뛰어가서 빌려온 60프랑을 가지고 장의사에게 되돌아가기 위해 얼른 집에서 나갔다. 오후에 문상객들이 몇 사람 찾아왔다. 그들은 호기심에 사로잡힌 이웃 아낙네들이었는데 한숨을 쉬며 눈물에 젖은 눈을 두리번거리면서 나타났다. 그녀들은 빈소에 들어가더니 성호를 긋고 회양목 가지로 성수를 뿌리고는 죽은 사람의 얼굴을 뚫어질 듯이 들여다보았다. 이윽고 가게에 나와서 도사리고 앉아서는 몇 시간이나 지칠 줄도 모르고 같은 말을 되풀이하면서 쉴새없이 고인에 관한 이야기를 늘어놓았다. 노처녀 르망주 양은 할머니의 오른쪽 눈이 그대로 있었다는 것에 관심을 표명했고, 고드롱 부인은 할머니가 연세 치고는 매우 몸집이 부하다고 끈질기게 되풀이했으며, 포코니에 부인은 사흘 전에 쿠포 어머니가 커피를 드시는 걸 보았었다며 놀라고 있었다. 「정말, 인생이란 참으로 덧없네요. 모두 언제 죽어도 괜찮도록 준비를 해 둬야 하나 봐요.」 저녁때가 되자 쿠포 부부는 정말 진저리가 났다.

「시체를 이렇게 오래 집 안에 둬 두다니 가족으로 봐서는 도저히 견딜 수 없는 일이야. 정부는 이런 일에 관해서 다른 법들을 만들어야 했던 거야. 아직도 오늘밤 내내 그리고 내일 아침나절을 꼬박 이러고 있어야 하나? 정말 싫어! 한정이 없잖아. 눈물도 안 나오게 되면 슬픔이 변해서 짜증이 된단 말이야, 그렇잖아? 나중에 가서는 결국 싸움이나 한판 벌이게 되고 말지.」 좁은 골방 안쪽에 소리 없이 굳어져 있는 쿠포 어머니는 차차 온 집 안에 버티고 있어서 사람들을 억눌러 으스러뜨릴 듯이 무겁게 생각되었다. 그래서 식구들은 하는 수 없이 평소의 생활로 되돌아갔으며 이제 고인을 공경할 기분이 깡그리 가셔 버렸다.

「함께 뭘 좀 드시도록 해요.」 하고 제르베즈는 르라 부인과 로리외 부인들이 되돌아오자 말했다.

「쓸쓸해서 죽겠으니 함께 좀 있어 줘요.」

작업대에 상이 차려졌다. 모두 쟁반을 들여다보면서 지난날의 성찬을 생각했다. 랑티에도 돌아왔다. 로리외도 내려왔다. 과자 가게에서 파이를 가져온 참이다. 세탁부가 음식장만까지 생각할 겨를이 없었기 때문이다. 일동이 자리에 앉았을 때 보슈가 들어와서 마레스코 씨가 문상하러 왔다고 말했다. 집주인은 외투에 큼직한 훈장을 달고 무섭도록 근엄한 표정으로 나타났다. 그는 말없이 목례하고는 곧장 빈소로 들어가서 무릎을 꿇었다.

그는 매우 신앙심이 강했다. 사제처럼 명상하면서 기도를 드리고 허공에 성호를 긋고는 회양목 가지로 시체에 성수를 뿌렸다. 집안 사람들 모두 테이블에서 일어서 있었으며 큰 감동을 받았다. 마레스코 씨는 기도를 마치자 가게에 나와서 쿠포 내외에게 말했다.

「밀린 2기분의 집세를 받으러 왔는데요. 주실 수 있습니까?」

「아뇨, 저어, 안 되겠는 걸요.」 하고 제르베즈는 로리외 내외 앞에서 그런 말을 듣는 바람에 무척 당황해 하면서 중얼거렸다. 「워낙 갑작스럽게 이런 일이………..」

「무리는 아니지만 모두 저마다 고생은 있는 법이라서요.」 하고 집주인은 옛날에 노동자였던 굵은 손가락을 펼치면서 대답했다. 「미안하지만 이제 더 기다릴 수 없습니다……. 만일 모레 아침까지 지불해 주시지 않으면 천상 나가 주실 수밖에 없는데요.」

제르베즈는 두 손을 모아 눈에 눈물을 글썽거리면서 말없이 그에게 애원했다. 집주인은 골격이 억센 커다란 머리를 힘차게 가로저으며 아무리 부탁해 봐야 헛일이라는 것을 그녀에게 깨닫게 했다. 게다가 고인에게 경의를 표해야 하므로 말다툼을 벌일 수도 없었다. 그는 뒷걸음질쳐 나가며 점잖게 물러섰다.

「실례했습니다. 모레 아침입니다, 잊지 마십시오.」

그러고는 돌아가기 전에 빈소 앞을 지나면서 열어젖힌 문 너머로 공손히 무릎을 꿇고 시체에 마지막 인사를 했다.

집안 식구들은 식사를 즐기고 있는 듯이 오해를 받기가 싫어서 처음에는 서둘러서 먹었다. 그러나 디저트 때가 되자 잘 음미하여 먹고 싶어서 천천히 먹었다. 이따금 제르베즈 아니면 두 자매 중의 한 사람이 입 안에 가득히 음식을 넣은 채, 일어서서 냅킨도 끄르지 않고 빈소를 들여다보러 갔다. 그런 후 입 안의 것을 다 먹고 난 다음 다시 자리에 앉으면 다른 사람들이 옆 방에 무슨 이상이 없었나 하고 흘깃 그 얼굴을 쳐다보고 하였다. 그러는 동안에 아낙네들이 일어서는 횟수도 줄고 쿠포 어머니는 차차 잊혀져 갔다. 밤샘할 준비로 커피를 포트에 가득, 그것도 아주 진한 것을 만들었다. 프와송 내외가 8시께에 찾아와서 커피 대접을 받았다. 그러자 제르베즈의 안색을 살피고 있던 랑티에가 아침부터 기다리고 있던 기회를 붙잡은 듯이 죽은 사람이 있는 집에 돈을 재촉하러 오는 집주인의 비열함을 한바탕 욕하고는 갑자기 말했다.

「그 자식, 위선자 같으니라고. 미사를 드릴 때 같은 꼴을 하고서! 아무튼 내가 당신 입장이라면 가게를 당장 내동댕이쳐 버리겠소.」

제르베즈는 지칠 대로 지치고 녹초가 되어 짜증이 나 있었으므로 될 대로 되라는 듯이 대답했다.

「그럼요, 물론이죠. 법정에서 사람이 나올 때까지 기다리지도 않겠어요… 아 아! 정말 이젠 지긋지긋해.」

로리외 내외는 절름발이가 이제 가게를 잃게 된다고 생각하니 기뻐 견딜 수가 없을 정도로 이 말에 대찬성이었다. 모두 가게가 얼마나 값이 나갈 것인지 생각도 해 보지 않았다. 만일 그녀가 다른 가게에 가면 3프랑밖에 못 벌지 모르지만 적어도 지출이 없어지니 손해볼 것도 없다. 그들은 쿠포를 부추겨서 이런 취지를 거듭 말했다. 쿠포는 쉴새없이 술잔만 기울이고 여전히 슬픔에 잠겨서 혼자 쟁반에 눈물만 떨어뜨리고 있었다. 세탁부가 납득이 간 듯한 태도였으므로 랑티에는 프와송 내외를 보고 눈짓했다. 그러자 키다리 비르지니가 끼여들어 무척 상냥하게 말했다.

「이봐요, 얘기는 붙일 수 있어요. 내가 가게를 인수하고 집세도 집주인과 얘기해서 처리할 테니까요……. 그러면 당신 기분도 훨씬 가라앉을 거고.」

「아뇨, 싫어요.」 하고 제르베즈는 한기라도 드는 듯이 으스스 떨면서 말했다.

「집세쯤 만들려고만 하면 변통할 자리는 있어요. 난 일을 하겠어요. 고맙게도 내게는 튼튼한 팔이 두 개씩 있어서 이럭저럭 견딜 수 있으니까.」

「그 얘긴 나중에 하자고.」 하고 모자장수가 당황하며 말했다. 「오늘밤은 좋지 않아……. 나중에, 내일에나 하자고.」

그때 골방에 들어간 르라 부인이 외마디소리를 질렀다. 초가 다 타서 꺼진 것을 보고 무서웠던 것이다. 사람들은 재빨리 다른 초를 켰다. 그리고 송장 옆에서 불이 꺼지는 것은 좋은 징조가 아니라고 되풀이하면서 고개를 내저었다.

밤샘이 시작되었다. 쿠포는 드러누워 있었다. 잠자기 위해서가 아니라 생각을 하기 위해서라고 했지만 5분도 안 되어서 다시 코를 골기 시작했다. 나나를 보슈 내외 댁으로 자러 보내려고 하자 그녀는 울기 시작했다. 사이좋은 랑티에의 큼직한 침대에서 따뜻하게 자는 것을 아침부터 즐거움으로 삼고 있었기 때문이다. 프와송 부부는 한밤중까지 있었다. 커피가 아낙네들의 신경을 자극하여 그들은 마침내 프랑스 식으로 샐러드 주발에 술을 담아 돌리면서 마시기 시작했다. 화제는 바뀌어 저마다의 심정을 토로하게 되었다. 비르지니는 시골 이야기를 했다. 「난 어느 숲 한쪽 구석에라도 묻어 주고 무덤 앞에 들꽃이라도 꽂아 주면 좋겠어.」 르라 부인은 벌써 옷장에 수의를 두었는데 언제나 라방데르 꽃의 향기가 스며들게 해 놓고 있다고 한다. 죽어서 묻힌 뒤에도 언제나 향기로운 냄새를 맡고 싶다는 것이 그녀의 소원인 것이다. 그러자 순경이 느닷없이 아침에 키가 날씬하게 큰 아름다운 한 젊은 여자를 붙잡은 이야기를 꺼냈다. 반찬 가게에서 날치기를 한 것이다. 서에 가서 옷을 벗겨 보니 몸 앞뒤로 소시지를 열 개나 매달고 있었다고 한다. 그러자 로리외 부인이 메스꺼운 표정을 지으며 그런 소시지는 도저히 먹을 기분이 안 날 거라고 했으므로 모두들 조용히 웃었다. 밤샘은 탈선을 하지 않은 가운데서도 차차 명랑해졌다. 그러나 프랑스 식으로 돌려마시기가 끝날 무렵 기묘한 소리가, 물이 흐르는 것 같은 둔한 소리가 골방에서 들려 왔다. 모두 서로의 얼굴을 쳐다보았다.

「아무것도 아닙니다. 할머니가 낼 것을 내고 있는 거예요.」하고 랑티에가 나직한 목소리로 조용히 말했다.

이 설명을 듣고서야 모두 안심한 듯이 고개를 끄덕이고 술잔을 테이블 위에 놓았다.

마침내 프와송 내외가 돌아갔다. 랑티에도 함께 나갔다. 그는 아낙네들에게 침대를 내주기 위해서 친구네 집에 간다고 말했다. 「여러분은 침대에서 한 시간씩이라도 번갈아 쉬도록 하십시오.」로리외는 결혼한 이래 이런 일은 처음이라고 투덜거리면서 혼자 자러 올라갔다. 제르베즈와 두 자매는 잠들어 있는 쿠포와 함께 남아서 스토브를 둘러앉아 그 위에 커피를 식지 않게 얹었다. 그리고 몸을 둥그렇게 굽혀 꺾고는 앞치마 밑에 손을 넣어 얼굴을 불 위에 내밀고 온 동네가 죽은 듯이 조용해진 속에서 소곤소곤 이야기를 나누었다. 로리외 부인은 푸념을 늘어놓았다. 「난 입을 상복이 없어. 하지만 사지 않고 견딜래. 살림살이가 여간 쪼들려야지.」그리고 제르베즈에게 어머니의 검은 스커트가 남아 있지 않느냐고 물었다. 생일에 선물로 받은 스커트 말이었다. 제르베즈는 그것을 찾으러 가지 않으면 안되었다. 허리 품을 좀 줄이면 쓸 만할 것이다. 로리외 부인은 헌 속옷도 갖고 싶어했고 이어서 침대다 옷장이다, 두 개 있는 의자다 하고 주워섬기면서 나누어 가질 잡동사니 유품을 눈으로 찾았다. 하마터면 싸움이 벌어질 뻔했다. 그러나 르라 부인이 사이에 끼여들었다. 그녀는 공평했다. 쿠포네가 어머니의 뒷바라지를 해 왔으니 약간의 누더기쯤 갖는 건 당연하다고 했다. 그래서 세 사람은 다시 스토브 위에 웅크리고 꾸벅꾸벅 졸면서 부질없는 이야기를 나누었다. 밤이 무척 긴 느낌이었다. 그 여자들은 이따금 몸을 흔들었고 커피를 마시기도 하고 골방 쪽으로 목을 뽑기도 했다. 거기서는 꺼서는 안 되는 촛불이 슬픈 불꽃을 심지 둘레에서 큼직하게 부풀려 올리며 타고 있었다. 새벽녘이 가까워지자 스토브는 제법 열이 센데도 모두 부들부들 떨었다. 불쾌한 기분과 너무 지껄인 피로로 숨이 차고 혀가 마르고 눈이 침침했다.

르라 부인은 랑티에의 침대에 기어들어가 남자처럼 코를 골았다. 남은 두 사람은 이마가 무릎에 닿도록 머리를 숙이고 불 앞에서 잤다. 부옇게 날이 샐 무렵 추위로 으슬으슬해져서 눈을 떴다. 쿠포 어머니의 촛불은 다시 꺼져 있었다. 그리고 어둠 속에서 물이 흐르는 듯한 소리가 다시 들려 왔다. 로리외 부인은 자기 기분을 가라앉히기 위해서 큰소리로 말했다.

「낼 것을 내고 있는 거야.」 그녀는 다시 다른 초에다 불을 붙이면서 되풀이했다.

장례는 10시 반으로 예정되었다. 간밤과 어제 하루에다가, 다시 아침 한나절이 다 걸리는 것이다! 제르베즈는 한 푼도 없었지만 이제 세 시간 빨리 쿠포 어머니를 인수하러 와 줄 사람이 있다면, 백 수라도 주고 싶은 심정이었다. 결국 사람들을 사랑해 봐야 헛일이다. 죽어 버리면 너무나도 무거울 뿐이고 그들을 사랑하면 할수록 빨리 그들에게서 손을 떼고 싶어지는 거다.

다행히 장례식 날 아침에는 슬픔을 잊을 일이 가득하였다. 온갖 준비를 하지 않으면 안 된다. 먼저 아침을 했다. 이윽고 관과 쌀겨 자루를 들고 온 것은 바로 7층에 사는 장의사 인부 바주우주 영감이었다. 이 우직한 영감은 일 년 내내 늘 취해 있었다. 그날도 아침 8시밖에 안 되는데 간밤의 술이 깨지 않아 무척 기분이 좋아 보였다. 「네, 여깁니까요?」 하고 그는 말했다.

관을 내려놓으니 새로 짠 상자인 듯 삐걱삐걱하는 소리가 났다.

그러나 쌀겨 자루를 던져 놓고는 눈앞에 있는 제르베즈를 보고는 눈이 둥그래지면서 입을 딱 벌렸다.

「아이고, 미안합니다요. 용서하십쇼, 잘못 찾아왔구려. 댁이라길래.」 하고 그는 더듬거리며 말했다.

영감은 쌀겨 자루를 다시 집어들었으므로 세탁부가 소리치지 않으면 안 되었다.

「그거, 두고 가요. 여기니까.」

「아, 그래요! 난 또! 빨리 말씀하시잖고!」 그는 자기 허벅지를 치면서 말했다. 「이제 알았다. 마나님이구나.」

제르베즈는 새파래졌다. 바주우주 영감은 제르베즈가 죽은 줄 알고 관을 들고 온 것이었다. 그는 변명을 하려고 상냥하게 말을 계속했다.

「그렇잖습니까요? 어제 아래층에 죽은 여자가 있다길래 난 생각했습죠, 이건 아마……. 워낙 직업이 직업이라서요, 이런 건 오른쪽 귀로 들어와선 왼쪽 귀로 빠져 나갑죠……. 아무튼 아주머니한테는 축하 인사를 드리겠습니다요. 그렇잖습니까요? 죽는 건 늦을수록 좋거든요. 설령 사는 게 밤낮으로 마냥 재미있지만은 않더라도 말씀입니다요. 아니, 정말입니다요!」

그녀는 영감의 말을 듣고 있는 동안 그 더럽고 큼직한 손으로 자기를 움켜잡아 관 안에 쑤셔넣지나 않을까 하는 생각이 들어 무서워져서 뒷걸음질쳤다. 전에도 한 번, 바로 결혼식 밤에 그가 술이 취해서 내가 마중을 가면 고마워해 주는 여자가 있다고 말한 적이 있었다. 천만에! 난, 아직도 그런 궁지엔 빠지지 않았다. 그녀는 등골이 서늘해졌다. 그녀의 생활은 엉망이 되어 있었지만 그렇게 빨리 죽고 싶지는 않았다. 그렇다, 그녀는 비록 한순간이라도 죽는 괴로움을 맛보느니보다는 차라리 몇 해고 간에 굶주림에 시달리는 편이 나았다.

「이 양반, 취했나 봐.」하고 그녀는 두려움과 불쾌감이 뒤섞인 얼굴로 중얼거렸다. 「관청에서도 원, 주정뱅이는 보내지 말라고 해 줘야지. 비싼 돈을 내고 말이야.」

그러자 장의사 인부는 놀리는 듯한 무례한 표정을 지었다.

「그럼, 아주머닌 다음으로 미루기로 합죠. 심부름은 언제라도 하겠습니다요. 아시겠습니까요! 그저 간단히 알려만 주시면 됩니다. 부인네들을 위로해 주는 일은 내가 맡고 있으니까……. 이 바주우주 영감에게 침을 뱉어선 안 됩니다요. 아주머니보다 훨씬 멋있는 색시를 팔에 안은 적도 있으니까요. 불평한 마디 없이 나한테 처리를 맡기던걸입쇼, 어둠 속에서 잠잘 수 있으니 기쁘다면서 말입니다.」

「말이 좀 지나치는군그래, 영감!」말소리를 듣고 달려온 로리외가 날카롭게 말했다.

「지금 그런 농담할 때가 아니오. 관청에 가서 고발하면 영감은 당장에 모가지야……. 자, 돌아가요. 당신은 예의를 모르는 영감이로군그래.」

장의사 인부는 나갔으나 한길에서 오랫동안 중얼거리고 있는 소리가 들렸다.

「뭐, 예의라고……! 예의가 다 어딨어, 그런 게 어딨느냐 말이야. 정직하기만 하면 되는 거야.」

겨우 10시를 쳤다. 영구차는 아직 오지 않았다. 가게에는 벌써 마디니에 씨, 메보트, 고드롱 부인, 노처녀 르망주 양 등의 친구들과 이웃 사람들이 몰려와 있었다. 그리고 줄곧 내려놓은 덧문 사이나 열어젖힌 문간으로 남자나 여자의 얼굴이 나와서 느림보 영구차가 아직도 안 오나 하고 내다보곤 했다. 가족들은 안방에 모여 악수로 응답하고 있었다. 잠시 조용해졌는가 하면 재빨리 지껄이는 속삭임으로 고요가 깨지고 모두 짜증스러운 듯이 흥분된 기분으로 기다리고 있었다. 갑자기 치맛자락 스치는 소리를 낸 것은 손수건을 놓고 온 로리외 부인이거나 기도서를 빌리러 가는 르라 부인 둘 중의 하나였다. 찾아온 사람들은 모두, 빈소 한가운데 침대 앞에 뚜껑이 열린 관이 놓여 있는 것을 보았다. 그리고 무의식적으로 곁눈질로 그 치수를 재고는 뚱뚱한 쿠포 어머니기 도저히 그 속에 들어갈 수 없을 것이라고 생각했다. 모두들 이 생각을 눈에 떠올렸으나 입 밖에는 내지 않고 서로 얼굴을 쳐다보았다. 그때 한길 쪽으로 나 있는 문간 근처에서 어수선한 소리가 일었다. 마디니에 씨가 팔짱을 낀 채 정중하고 차분한 듯한 소리로 알리러 왔다.

「왔습니다!」

그러나 아직 영구차는 오지 않았다. 네 명의 장의사 인부가 줄을 지어 바쁜 걸음걸이로 들어왔다. 모두 불그레한 얼굴에 이삿짐 운송업자처럼 손이 곱았으며 지린내나는 검은 옷들이 관에 스쳐서 희끗희끗했다. 바주우주 영감은 몹시 취해 있었지만 의젓이 선두에 서 있었다. 영감은 일만 시작하면 금방 몸이 꼿꼿이 펴졌다. 인부들은 한 마디 말도 없이 약간 고개를 숙이고 재빨리 쿠포 어머니의 무게를 눈으로 쟀다. 일은 지체되지 않았다. 눈 깜짝 할 사이에 가엾은 그녀는 관 안에 담겨졌다. 제일 키가 작은 사팔뜨기 젊은 사내가 관 안에 겨를 붓고 빵이라도 버무리듯이 고루 휘저어서 폈다. 장난꾸러기 같은 깡마르고 키가 큰 또 한 사나이가 그 위에 시트를 깐다. 그런 다음 하나, 둘, 셋! 소리와 함께 네 사람이 시체를 잡고 번쩍 들어올렸다. 두 사람은 다리를, 다른 두 사람은 머리 쪽을 들었다. 빵과 과자라도 이렇게 빨리 뒤집을 수는 없으리라. 목을 빼고 들여다보는 사람들에겐 마치 쿠포 어머니가 자기 발로 상자에 뛰어든 것처럼 여겨졌다. 그녀는 꼭 자기 집에 들어가듯 그 속으로 미끄러져 들어갔다. 조금도 빈틈이 없었다. 너무나 꼭 끼여 관의 새 나무결에 옷이 가볍게 스치는 소리가 들렸을 정도다. 그녀는 액자에 넣은 그림처럼 틈새 하나 없이 꼭 맞았다. 그러나 아무튼 관에 들어갔으므로 그 자리에 있던 사람들도 놀랐다. 아마 간밤부터 줄어든 모양이었다. 그 동안에 장의사 인부들은 일어서서 기다렸다. 키 작은 사팔뜨기가 가족들에게 마지막 고별을 시키기 위하여 뚜껑을 열었다. 한편 바주우주 영감은 못을 입에 물고 장도리를 손에 들었다. 쿠포며 두 누나와 제르베즈, 그 밖의 사람들은 무릎을 꿇고 굵은 눈물방울을 떨어뜨리면서 저승으로 가 버리는 어머니에게 입을 맞추었다. 그 뜨거운 눈물방울이, 굳어서 얼음처럼 식은 얼굴 위로 떨어져 흘렀다. 흐느끼는 소리가 한참 계속되었다. 뚜껑이 닫혀지고 바주우주 영감이 짐짝을 꾸리는 사람처럼 못 한 개를 두 번씩 솜씨 있게 때려서 박았다. 가구를 손질하는 것 같은 이 소음 속에서는 모두들 자기의 울음소리조차 들리지 않았다. 그것도 끝났다. 발인이다.

「이런 때 어쩌면 저런 허영을 부린담!」 하고 로리외 부인이 집 앞의 영구차를 보고 남편에게 말했다.

이 영구차는 온 동네를 깜짝 놀라게 했다. 내장 가게 마누라는 식료품 가게의 꼬마 점원들을 부르고 난쟁이 시계장수는 한길로 뛰쳐나왔으며 이웃 사람들은 창문으로 몸을 내밀었다. 그리고 모두가 흰 무명 술이 달린 영구차 장식을 보고 말하였다. 「쿠포 내외는 저럴려면 차라리 빚이라도 갚지!」 하고. 그러나 로리외 내외의 말처럼 오만한 마음이 있으면 그건 아무래도 어디서나 나타나는 법이다.

「참, 창피해서!」 마침 그때 제르베즈는 사슬 직공과 그 마누라에 관한 이야기를 되풀이하고 있었다. 「저 구두쇠 내외 좀 보라지, 자기 어머니가 죽었다는데 제비꽃 한 다발 안 갖고 왔으니, 참!」

실제로 로리외 부부는 빈손으로 왔다. 르라 부인은 조화 화환을 들고 왔다. 관 위에는 그 밖에 쿠포 내외가 산 국화꽃 화환과 꽃다발이 놓여졌다. 장의사 인부들은 관을 들어 내기 위해서 한바탕 용을 쓰고 어깨를 관 밑에 들이밀어야만 하였다. 장례 행렬은 좀처럼 갖추어지지 않았다. 쿠포와 로리외는 외투를 입고 모자를 손에 든 채 행렬 선두에 섰다. 쿠포는 아침에 마신 두 잔의 포도주 때문에 아직도 눈물겨운 기분에서 빠져 나오지 못해 다리는 후들거리고 머리는 아프고 하여 매형 팔에 매달려서 걸었다. 그 뒤에 사나이들이 따랐다. 온통 꺼멓게 입은 근엄한 마디니에 씨, 작업복 위에 외투를 걸친 메보트, 화제거리가 된 노랑 바지의 보슈, 랑티에, 고드롱, 비비 라 그리야드, 프와송 등등. 이어 여인들이었는데 첫줄이 죽은 어머니한테서 빼앗은 스커트를 입은 로리외 부인, 웃옷에 백합꽃을 꽂고 즉석 상복으로 보이도록 그 위에 숄을 걸친 르라 부인, 그리고 비르지니, 고드롱 마누라, 포코니에 부인, 노처녀 르망주 양 등이 줄지었다. 성호를 긋기도 하고 모자를 벗기고 하는 사람들 속을 영구차가 천천히 흔들거리며 구트도르 거리를 내려갈 때 네 명의 장의사 인부 중 두 사람은 영구차 앞에 서고 두 사람은 좌우에 한 사람씩 붙어서 앞서 갔다. 제르베즈는 가게를 닫기 위해 뒤에 처졌다. 그리고 나나를 보슈 부인에게 맡기고는 달려가서 장례 행렬 뒤에 따라붙었다. 그 동안 나나는 문지기 마누라에게 팔을 잡힌 채 문간에 서서 할머니가 예쁜 마차를 타고 한길 쪽으로 사라져 가는 것을 매우 흥미있는 눈초리로 지켜보고 있었다.

세탁부가 헐레벌떡 장례 행렬 끝에 따라붙었을 때 마침 구제도 왔다. 그는 남자들 사이에 끼여들어가더니 뒤돌아보고는 고개를 숙이고 인사하였다. 그 동작이 하도 정다워 그녀는 느닷없이 자기가 무척 불행하다는 생각이 들어서 다시 눈물이 나왔다. 이세 쿠포 어머니에 관한 일만으로 우는 것은 아니었다. 입밖에도 도저히 낼 수 없지만 숨이 막힐 듯이 지긋지긋한 어떤 일 때문에 울고 있는 것이었다. 그녀는 걸어가면서 줄곧 손수건을 눈에 갖다 댔다. 눈물 자국도 없이 두 볼을 상기시킨 로리외 부인은 공연히 슬픈 체한다고 곁눈으로 제르베즈를 쏘아보고 있었다.

교회에서는 장례식이 금방 끝났다. 그러나 미사는 한참 걸렸다. 신부가 너무 늙은 사람이었기 때문이다. 메보트와 비비 라 그리야드는 연보를 내놓기가 싫어서 밖에 남기를 원했다. 마디니에 씨는 자세히 신부들의 거동을 살펴보고 있다가 관찰 결과를 랑티에에게 전하였다. 「저 어릿광대들은 중얼중얼 라틴어를 지껄이고 있지만 자기들도 무슨 말을 하고 있는지 모르고 있는 거야. 저들은 세례나 혼례를 치르듯이 장례식을 해치운단 말이야.」 가슴 속에 감정이란 조금도 없다고 했다. 그리고 마디니에 씨는 호들갑스레 촛불을 켜고 괴로운 듯한 목소리를 내고 가족들 앞에서 겉보기에 제법 그런 듯한 태도를 과시하는 것을 비난했다. 사실 집과 교회에서 두번 죽는 꼴이 되지 않는가. 사람들은 모두 그의 말이 그럴 듯하다고 생각했다. 왜냐 하면 미사가 끝나도 아직 영문 모를 기도를 들어야 했고 또한 조객들이 시체 앞에서 줄을 지어 성수를 뿌려야 한다는 것은 아무리 생각해도 괴로운 일이었기 때문이다. 다행히도 묘지는 멀지 않았다. 샤펠 마을의 조그마한 묘지였는데 그것은 마르카데 거리 옆의 공원 끝에 있었다. 장례 행렬은 흐트러지고 체면 없이 구둣소리를 내고 저마다 제멋대로 떠들썩하게 지껄여 대면서 그곳에 도착했다. 땅이 단단해 소리가 잘 울렸다. 구둣바닥으로 쾅쾅 굴러 보고 싶을 정도였다. 내려놓은 관 옆에 우묵하게 파인 무덤은 벌써 얼어붙어서 석고의 채석장처럼 창백하고 우툴두툴했다. 조객들은 석고 조각 같은 흙무더기 주위에 줄지어 서 있었는데 이런 추위 속에 기다린다는 것은 그다지 내키는 일이 아니었다. 게다가 구덩이를 바라보는 것도 이제 싫증이 났다. 흰 제복을 입은 신부가 간신히 조그마한 집에서 나왔다. 그는 추위에 오들오들 떨고 있었다. 〈데 프로푼티스(심연에서)〉를 뇔 때마다 입김이 허옇게 서리는 것이 보였다. 마지막 성호를 긋더니 다시 한번 되풀이할 엄두도 못 내겠다는 듯이 얼른 그 자리를 떠났다. 무덤 파는 인부들이 삽을 집어들었다. 그러나 흙이 얼어서 큰 덩어리밖에 떨어지지 않았다.

그것을 떨어뜨리니 바닥에서 큰소리가 울렸다. 마치 관에다 포격을 가하는 것 같았으며 널빤지가 조각이 날 것만 같았다. 대포의 일제 사격이었다. 아무리 사나운 망령이라도 이 소리를 들으면 폐부를 찔리는 느낌이 들 것이다. 여기서 다시 눈물이 흘렀다. 모두 그 자리를 떠나 묘지 밖으로 나왔으나 그 무시무시한 소리는 여전히 은은하게 들려 오고 있었다. 손을 호호 불고 있던 메보트는 큰소리로 말했다. 「아니, 뭐가 이런 일이 다 있담! 정말! 딱하게도 쿠포 어머니는 따뜻하게 지낼 수는 없을 것 같군 그래!」

「여러분, 괜찮으시다면 무언가 좀 대접하고 싶은데…….」 하고 함석장이는 가족들과 함께 길거리에 서 있는 몇 사람의 친구들에게 말했다.

그리고는 앞장서서 마르카데 거리의 〈무덤에서 돌아가는 길에〉라는 술집으로 들어갔다. 제르베즈는 보도에 서서 약간 고개를 숙이고 가 버리려고 하는 구제를 불러 세우며 물었다. 「한 잔쯤 드시고 가시지요?」

「아니, 전 바쁩니다. 일터로 돌아가야 하니까요.」

그래서 두 사람은 아무 말 없이 잠시 서로 얼굴을 쳐다보았다.

「60프랑, 정말 미안했어요.」 하고 마침내 세탁부가 중얼거렸다. 「난 마치 미치광이처럼 되어 있는데 문득 당신 생각이 나길래…….」

「아니, 아무렇지도 않습니다, 염려할 것 없어요.」 하고 대장장이가 말을 가로막았다. 「아시지요. 곤란한 일이 있으시면 뭐든지 도와 드리고 싶다는 마음을? 그 대신 어머니한테는 말씀 말아 주십시오. 어머니는 어머니 생각이 있으니까. 전 거역하고 싶지 않습니다.」

그녀는 여전히 구제를 바라보고 있었다. 그러자 노란 입수염을 깔끔하게 기른 그가 그렇게도 선량해 보이고 그 모습이 웬지 구슬퍼 보여서 전에 그가 한 제의대로 한번 행복하게 살아보기 위해 함께 어디 먼 곳으로 달아나 버릴까 하는 생각이 문득 났다. 그러나 순간 곧 다른 나쁜 생각이 떠올랐다. 나중에는 어떻게 되든 구제에게 집세 2기분을 빌려 달라고 해 볼까 하는 생각이었다. 그녀는 떨면서 애정어린 목소리로 말했다.

「우린 서로 사이가 나빠진 건 아니죠?」

그는 고개를 끄덕이고 대답했다.

「물론, 아닙니다. 앞으로도 결코 사이가 나빠지진 않을 거예요……. 다만,

아시겠지만 모든 것이 끝났을 뿐입니다.」

이렇게 말하고 그는 멍청해진 제르베즈를 남겨 둔 채 성큼성큼 걸어가 버렸다. 그녀는 남자의 마지막 말이 귓속에서 종소리처럼 울려 퍼지는 것을 듣고 있었다. 술집에 들어갈 때도 그녀의 가슴 밑바닥에서 나직히 속삭이는 소리가 들렸다. 「모든 것이 끝났다. 그래! 모든 것이. 모든 것이 끝장이 났다면 나는 이제 아무것도 할 일이 없다!」 그녀는 자리에 앉았다. 그리고 빵과 치즈를 한 입 먹고 눈앞에 남실남실 부어진 잔의 술을 비웠다.

그곳은 아래층 천장이 낮은 길쭉한 방이었고 큰 테이블이 둘 놓여 있었다. 술병이며, 넷으로 자른 빵이며, 세 개의 쟁반에 담은 큼직한 삼각형 브리 치즈 등이 가지런히 놓여 있었다. 그들은 테이블보도 나이프도 포크도 없이 게걸스레 먹었다. 저쪽에서 요란스레 소리를 내며 타고 있는 스토브 옆에는 네 사람의 장의사 인부들이 막 점심을 끝내고 있던 참이었다.

「다 부득이한 일이지요.」 하고 마디니에 씨가 설명했다. 「저마다 차례가 있으니까요. 늙은이가 젊은이들에게 자리를 비켜 줘야 하거든……. 댁에 돌아가시면 온 집 안이 텅 빈 것 같은 기분이 들 겁니다.」

「그런데 동생은 그 집을 비우게 되지요.」 하고 로리외 부인이 기승스레 말했다. 「망했거든요, 그 가게가.」

모두가 쿠포를 구슬렀다. 모두가 권리를 양도하라고 권했다. 르라 부인조차 얼마 전부터 랑티에와 비르지니가 매우 가까이 사귀고 있는 걸로 보아 두 사람은 필경 반했나 보다 하고 생각하니 몸이 근질근질해지도록 재미가 있어 그 때문에 자못 무서운 말투로 파산과 감옥 이야기를 했다. 그러자 함석장이는 버럭 화를 냈는데 이제 어지간히 술기가 돌아서 서글픈 마음이 갑자기 격한 노여움으로 변한 것이다.

「이봐.」 하고 그는 아내의 얼굴에 대고 호통쳤다. 「잘 들어! 네 돌대가리는 언제나 무슨 일이고 제멋대로 한단 말이야. 하지만 이번에는 내 마음대로 할 테다. 이 말만은 똑똑히 해 둔다!」

「정말이야!」 하고 랑티에가 맞장구를 쳤다. 「좋은 말로 해서는 이 여잔 끄덕도 않는단 말이야! 그런 걸 저 머리 속에 넣어 주려면, 나무망치가 필요할 거야.」

이렇게 말하면서 한참 동안 두 사람은 그녀를 마구 공격하였다. 그러나 그 때문에 턱의 활동이 방해를 받는 일은 없었다. 브리 치즈는 사라지고 술병은 샘처럼 흘렀다. 그 동안 제르베즈는 얌전히 욕설을 듣고 있었다. 한 마디 대꾸도 하지 않았다. 줄곧 입 가득히 넣고는 무척 시장한 듯이 게걸스레 먹었다. 두 사람이 지치자 그녀는 조용히 얼굴을 들고 말했다.

「이제 말 다했나요? 난 가게가 어떻게 되든 상관이 없어요! 이제 모든 것이 끝났어요!」

그러자 치즈와 빵을 다시 주문하고 본격적인 의논이 시작되었다. 프와송 내외가 가게의 권리를 인수하고 밀린 2기분 집세를 맡겠다고 했다. 아무튼 보슈가 집주인을 대리하여 점잔을 빼며 이 약정을 승인하였다. 그는 즉각 쿠포 내외에게 방을, 말하자면 로리외네와 같은 복도에 있는 7층의 빈 방을 빌려주기로 하였다. 랑티에는 그대로 지금 있는 방에 눌러 있고 싶다고 했다. 프와송 부부에게는 별로 방해가 안 될 거라는 것이었다. 순경은 고개를 끄덕이고 방해야 조금도 되지 않으며 정치적인 의견이 다르더라도 친구들끼리는 언제나 의좋게 지낼 수가 있는 법이라고 말했다. 그러자 랑티에는 이 문제에는 더 이상 참견치 않고 겨우 일을 하나 처리했다는 듯이 브리 치즈로 큼직한 샌드위치를 만들었다. 그러고는 뒤로 비스듬히 기대어 천연스러운 얼굴로 그것을 먹었다. 얼굴은 음험한 기쁨에 빨갛게 상기되어 제르베즈와 비르지니에게 번갈아 추파를 던졌다.

「이봐요! 바주우주 영감! 이리 와서 한잔해요. 우린 잘난 체하는 사람들이 아니오. 모두 같은 노동자잖아요.」 하고 쿠포가 말을 건넸다.

네 명의 장의사 인부들은 막 돌아가려다가 그들과 건배하려고 되돌아섰다. 「뭐, 잔소리를 늘어놓는 건 아니지만, 아까 그 마님은 묵직하게 중량이 나가서 술을 한잔 사실 만하죠.」 바주우주 영감은 세탁부를 지그시 바라보았으나 별로 온당찮은 말은 하지 않았다. 계면쩍어진 그녀는 자리에서 일어나 슬슬 주정을 부리기 시작하는 사나이 곁을 떠났다. 쿠포는 거나하게 취해서 다시 울기 시작하더니 가슴이 아파 견딜 수 없다고 말했다.

저녁때 제르베즈는 집에 돌아와 바보처럼 멍청하니 의자에 앉아 있었다. 방들이 텅텅 비어서 넓어진 것 같았다. 정말 매우 성가신 존재가 없어진 것이다. 그러나 그녀는 마르카데 거리의 그 조그마한 공원의 구덩이 속에 쿠포 어머니만 남기고 온 것이 아니었다. 그녀에게는 너무나 많은 것이 사라져 가고 있었다. 자기 목숨의 일부도, 가게도, 안주인으로서의 긍지도, 그리고 그 밖의 감정 등을 그녀는 오늘 다 묻어 버리고 온 것이다. 「그래, 벽에는 장식 하나 없어. 내 마음도 그래, 이사를 가 버린 뒤 같애. 도랑에 빠진 것 같기도 하고.」 그녀는 심한 피로를 느꼈다. 될 수만 있으면 앞으로 다시 한번 일어서 보고 싶었다.

10시에 옷을 벗으면서 나나가 울며 발을 동동 굴렀다. 쿠포 어머니의 침대에서 자고 싶었던 것이다. 어머니는 나나에게 겁을 주려고 했다. 그러나 이 아이는 매우 숙성해서 송장 이야기를 해도 더 큰 호기심을 자아낼 뿐이었다. 그래서 결국 달래기 위해 할머니의 침대에 재우기로 했다. 이 말괄량이 계집아이는 큼식한 침대를 좋아했다. 그녀는 몸을 쭉 뻗고 뒹굴었다. 그날 밤 그녀는 따뜻하고 기분 좋은 깃털 이불 속에서 정신없이 잤다.

10

쿠포 부부의 거처는 7층 계단에 있었다. 노처녀 르망주 양의 방을 지나 복도 왼쪽으로 돈다. 그리고 다시 꺾어야 했다. 막다른 데가 비자르네 문간이다. 그 맞은편의 지붕으로 올라가는 조그마한 층계 아래 통풍이 잘 안 되는 골방이 있었는데 거기에 브뤼 영감이 살고 있었다. 거기서 두 개의 방을 지나면 바주우주 영감이 산다. 마지막으로 바주우주네 맞은편이 쿠포 부부의 거처였는데 방 하나와 안마당으로 면한 골방이 붙어 있다. 복도 안쪽은 제일 막다른 곳에 로리외 부부가 살고 있었고 그 앞에는 두세 채밖에 없었다.

방 하나와 골방, 그것뿐이었다. 쿠포 부부는 이제 그런 곳에 살게 된 것이다. 더욱이 방이라는 것이 겨우 손바닥만했다. 자고 먹고 하는 것을 모두 그 방에서 하지 않으면 안 되었다. 골방은 나나의 침대 하나가 꼭 들어갔다. 그녀는 양친 앞에서 옷을 벗고 들어가야만 했다. 밤에는 나나가 질식하지 않도록 언제나 문을 열어 놓았다. 제르베즈는 가게를 비우고 나올 때 방이 너무 좁아 도저히 모두 들여놓을 수 없을 것 같아 여러 가지 가구를 프와송 부부에게 물려 주고 왔다. 침대, 테이블 의자 네 개 등 그것으로 새 집은 가득 찼다. 애를 먹었지만 옷장은 없앨 용기가 나지 않아 이 힘에 겨운 큰 가구를 들여놓았더니 그것이 방을 차지하여 창문이 절반이나 가려져 버렸다. 또한 문도 한쪽은 열리지 않게 되어 햇빛이 들어오지 않아 명랑한 분위기도 잃어 버렸다. 그녀가 안마당이 보고 싶으면 몸이 많이 뚱뚱해져서 팔꿈치를 얹을 장소도 없었으므로 몸을 삐딱하게 하여 목을 돌리지 않으면 안 되었다. 이사온 처음 한동안 세탁부는 앉아서 울고만 있었다. 줄곧 넓은 집에 살고 있었는지라 자기 집이면서도 제대로 움직이지 못하게 되고 보니 그저 서글픈 생각만 들었던 것이다. 그녀는 숨이 막혔다. 그래서 벽과 옷장 사이에서 찌그러질 듯이 되면서도 목이 삐뚤어지는 사경병(斜頸病)에 걸릴 만큼 몇 시간이나 창문 앞에 서 있었다. 숨을 쉴 수 있는 곳은 정말 거기밖에 없었다. 그러나 안마당을 내다보고 있으면 그녀에게는 대개 슬픈 일밖에 머리에 떠오르지 않았다.

맞은편 양지바른 쪽에서 그녀는 지난날의 꿈을 발견했다. 꽃이 빨간 강낭콩이 해마다 봄이 되면 망을 친 시렁에 가느다란 줄기를 감고 올라가는 그 6층의 창문이었다. 그녀 자신의 방은 응달이 졌다. 목서초(木犀草)의 화분도 여기다 두면 일주일도 못 가 시들어 버린다. 「정말 안 되겠어, 생활은 조금도 좋아지지 않고 바라던 생활과는 전혀 딴판이잖아. 나이를 먹고 편해지기는커녕 지저분한 것들 속에서 뒹굴게 되었으니.」 어느날 아래를 내려다보고 있다가 야릇한 기분에 사로잡혔다. 자기가 아래쪽 문지기 방 가까운 현관에 서서 처음으로 이 아파트를 쳐다보고 있는 듯한 착각에 사로잡혔다. 단숨에 13년이나 시간이 역행하는 것이 그녀의 마음을 설레게 했다. 앞마당은 변하지 않았다. 드러난 정면 벽은 전보다 얼마간 거뭇거뭇하여져서 얼룩이 더 져 있을 뿐이다. 녹슨 하수구에서 퀴퀴한 썩은 냄새가 솟아오르고 있었다. 창문에 친 망에는 속옷이며 자다가 싼 오줌으로 얼룩진 어린아이의 침구가 널려 있었다. 아래는 바닥에 깐 돌이 여기저기 빠져 나가고 자물쇠장수가 태우고 난 석탄 찌꺼기며 목공소의 대팻밥이 너절하게 깔려 있었다. 다시 수도가 있는 습한 한쪽 구석에는 염색 가게에서 흘러나오는 물이 괴어 고운 푸른빛을 띠고 있었다. 옛날과 변함 없는 엷은 청색이었다. 그러나 지금 자기는 완전히 변해 버려서 초췌하게 되어 버렸다는 느낌이 들었다. 첫째 그녀는 한길에 서서 집들을 쳐다보며 만족과 용기에 차서 좋은 집을 갖고 싶어하던 지난날의 그녀가 아니었다. 지금은 지붕 밑 방에 살고 있고 가난뱅이들이 사는 한쪽 구석, 한 가닥의 빛도 비쳐들지 않는 제일 더러운 골방에서 살고 있다. 이만하면 그녀의 눈물도 이해할 수 있다. 이러한 자기의 운명을 만족해 할 수는 없는 노릇이었다.

그러나 제르베즈가 조금 익숙해졌으므로 새 거처에서의 처음 한때 생활도 그리 나쁘지만은 않았다. 겨울은 다 끝나 갔고 잡동사니 가구들을 모두 비르지니에게 물려주고 와서 마음이 편해질 수 있었다. 게다가 봄이 되니 행운이 찾아와서 쿠포는 일자리가 생겨 에탕브의 시골로 일하러 떠났다. 그곳에서 석 달쯤 있었는데 술도 많이 먹지 않고 시골 공기를 쐬어 우선 건강이 훨씬 좋아졌다. 온 동네가 술기운으로 가득 차 있는 파리의 탁한 공기를 떠난다는 것이 얼마나 주정뱅이의 목마름을 고쳐 주는지 사람들은 깨닫지 못하고 있다. 돌아왔을 때의 그는 장미처럼 싱싱해져 있었다. 그리고 4백 프랑이나 갖고 와서 그것으로 프와송 부부가 맡아 주었던 가게의 밀린 집세 2기분과 동네에서 제일 독촉이 심한 빚을 몇 군데 갚았다. 제르베즈는 전엔 지나가지도 못했던 몇 군데의 길을 지나갈 수 있게 되었다. 물론 그녀는 날품팔이 다리미질하는 여자가 되어 있었다. 포코니에 부인은 아첨이 잘 먹혀드는 매우 마음씨 좋은 여자여서 기꺼이 다시 고용해 주었다. 그녀는 제르베즈가 전에 한 세탁소의 주인이었던 것을 생각하고 고용녀들의 우두머리로서, 하루에 3프랑이나 주었다. 그러므로 살림살이도 그럭저럭 꾸려 나갈 수 있을 듯이 보였다. 제르베즈는 열심히 일해서 가계를 긴축하면 빚도 다 갚을 수 있고 그렁저렁 살 수 있을 날도 오겠지 하는 생각을 하고 그것을 낙으로 삼았다. 그러나 이런 기대를 해 본 것도 남편이 벌어 온 큰돈에 마음이 들떠 있을 동안뿐이었다. 열이 식자 될 대로 되라는 기분이 되어 좋은 일이란 그리 오래가는 법이 아니라고 뇌까리기 시작하는 것이었다.

그 무렵 쿠포 부부가 가장 괴로웠던 것은 본래 그들의 가게였던 집에 프와송 부부가 버젓이 살고 있는 것을 보는 일이었다. 쿠포네는 천성이 그리 시샘이 많은 편은 아니었지만 주위 사람들이 그들을 짜증나게 하여, 뒤를 이은 프와송네가 가게를 말쑥하게 장식했다는 둥, 일부러 그들 앞에서 칭찬해 댔기 때문이었다. 보슈 부부와 특히 로리외 부부는 끈질기게 그 이야기를 꺼냈다. 그 말투로 봐서는 그 이상 깨끗한 가게는 어디서도 볼 수 없을 것 같았다. 그리고 프와송 부부가 들어왔을 때 얼마나 더러웠던지 집을 씻는 데만도 30프랑이나 들었다고들 얘기했다. 비르지니는 곰곰이 궁리한 끝에 봉봉과 초콜릿, 커피, 홍차 등 식료품을 파는 조그마한 장사를 시작하기로 했다. 랑티에가 이 장사를 열심히 권한 것이었다. 그의 말에 따르면 달콤한 과자류의 장사는 소문 없이 돈벌이가 된다는 것이었다. 가게는 검은 바탕에 노란 줄무늬로 뚜렷한 대조를 주어 산뜻한 두 빛깔로 돋보이게 했다. 세 명의 목수가 병을 얹는 선반이며 유리장, 그리고 과자집에서 볼 수 있는 주둥이 넓은 병 따위를 얹어 놓는 선반이 달린 카운터 등을 장치하는데 일주일이나 걸렸다. 프와송이 간직하고 있던 많지 않은 유산은 꽤 축이 났음에 틀림없었다. 그러나 비르지니는 의기 양양했다. 로리외 부부는 문지기네와 합세하여 병을 얹는 선반이며 유리장이며 주둥이 넓은 병에 관한 이야기를 하나도 남김없이 제르베즈에게 들려주고는 그녀의 안색이 변하는 걸 지켜보며 재미있어 했다. 시샘을 하지 말아야지. 해 봐야 헛일이었다. 누가 자기 신을 신거나 짓밟거나 한다면 누구라도 화가 나는 법이다. 또 거기에는 남자 문제도 얽혀 있었다. 랑티에가 제르베즈를 버린 것이다. 동네 사람들이 모두 그렇게 말하고 있었다. 이웃 사람들은 그거 참 잘된 일이라고 말했다. 이것으로 동네의 풍기도 얼마간 좋아진 셈이었다. 그리고 두 사람이 헤어짐으로써 유지된 명예는 여전히 여자들에게 인기가 있는 그 간사스런 모자장수에게로 모두 돌아갔다. 자질구레한 소문들이 퍼졌다.

「랑티에가 세탁부를 길들이기 위하여 뺨을 때려 줬나 봐, 그만큼 여자 쪽에서 그이에게 열을 올리고 있었던 거야.」 하고 쑤군거렸다. 물론 누구도 진실을 말한 것은 아니었다. 아마 진실을 알았더라면 너무나 간단하고 흥미없는 일이라고 생각했을 것이다. 랑티에가 밤낮으로 마음대로 제르베즈를 써먹지 않게 되었다는 뜻이라면 그녀와 헤어졌다고도 할 수 있을 것이다. 그러나 욕망이 생기면 그녀를 만나러 7층까지 올라가는 것이었다. 왜냐 하면 어느 날 노처녀 르망주 양이 랑티에가 묘한 시간에 쿠포네 방에서 나오는 것을 보았기 때문이었다. 말하자면 두 사람의 관계는 그저 질질 어느 쪽이 별로 큰 쾌락을 맛보는 일도 없이 계속되고 있었던 것이다. 습관의 잔재이며 서로 욕망을 채우고 있는 데 지나지 않았다. 다만 사태를 더 복잡하게 만든 것은 온 마을이 이번에는 랑티에와 비르지니가 잠자리를 같이 한다고 생각한 것이었다. 이 점에 있어서도 또한 마을 사람들은 너무 성급했다. 확실히 모자장수는 이 갈색 머리의 몸집이 큰 여자를 구슬렸음에 틀림없었다. 그녀는 이 집에서 하나에서 열까지 모두 제르베즈의 뒤를 이었던 만큼 그도 그럴 것이 확실하다. 때마침 이상한 소문이 퍼졌다. 어느 날 밤 랑티에는 옆 방 사나이의 머리맡으로 제르베즈를 부르러 갔다가 비르지니를 데리고 와서는 어두웠기 때문에 그런 줄도 모르고 날이 샐 때까지 아주 놓지 않았다. 이 이야기는 사람들을 재미있게 만들었지만 실제로는 거기까지 이르진 않았다. 비르지니의 엉덩이를 꼬집는 정도가 고작이었다. 로리외 부부는 세탁부에게 질투심을 일으키게 하려고 랑티에와 프와송 마누라의 정사를 그녀의 면전에서 무척 동정하는 듯이 들려 주었다.

보슈 부부도 역시 그렇게 어울리는 한 쌍은 본 일이 없다고 지껄였다. 이 일에 대하여 묘한 것은 구트도르 거리가 이 새로운 세 사람의 삼각 관계에 대하여 조금도 화를 내지 않고 있는 듯한 점이었다. 아니 제르베즈에게 대하여선 엄하기만 하던 도덕도 비르지니에겐 관대하였다. 동네 안의 호의적인 너그러움도 남편이 순경이라는 데서 연유된 것 같았다.

다행히 질투는 제르베즈를 조금도 괴롭히지 않았다. 랑티에의 성실치 못한 태도는 그녀를 뒤흔들지 못하였다. 그 이유는 이미 오래 전부터 그녀의 마음이 랑티에와의 관계에 쏠리고 있지 않았기 때문이다. 일부러 알아보려고 하지 않아도 모자장수는 별의별 여자들과 거리를 헤매고 있는 매춘부까지도 가리지 않고 붙었다는 더러운 얘기를 그녀는 늘 들어왔다. 그녀는 그런 것을 알아도 별로 아무렇지도 않게 생각했기 때문에 랑티에와 헤어지려고 생각할수록 화도 안 났으며 여전히 상냥하게 상종하고 있었다. 그러나 애인이 만든 새 연인은 쉽사리 용서할 수 없었다. 비르지니가 상대라면 얘기는 달랐다. 그것들 둘이서 자기를 괴롭히기 위하여 이런 짓을 생각한 것으로 여겼다. 아무것도 아닌 바람기라면 적당히 처리하지만 체면 문제가 되면 가만 놔 둘 수 없는 일이었다. 그러니까 로리외 부인이나 그 밖의 심술궂은 여자들이 그녀 앞에서 프와송은 이제 생 드니 문 밑을 지나다니지 못할 것이라고 시사하기만 하면 새파래져서 가슴이 터질 듯이 속이 타는 느낌이었다. 그녀는 입술을 깨물고 적들에게 기쁨을 주지 않으려고 부아를 꾹 참고 견디었다. 그러나 그녀는 아마도 랑티에와 싸운 모양이었다. 르망주 양이 어느 날 오후 따귀 때리는 소리를 들은 듯하였기 때문이었다. 하여간 옥신 각신이 있었던 것은 확실하고 랑티에는 2주일쯤이나 그녀에게 말도 안 했다. 그러다가 먼저 그가 그녀를 찾았고, 아무것도 없었던 것처럼 전과 같은 관계가 계속된 듯하였다. 세탁부는 모든 것을 체념하고 머리채를 꺼두르는 따위의 여자들 싸움에서 몸을 피하여 이 이상 자기 생활을 망치지 않으리라고 생각하였다. 『아! 나도 이젠 스무 살짜리가 아니다. 남자가 바람을 피웠다고 하여 그 꽁무니를 두들기며 자기 입장을 위태롭게 할 만큼 남자를 사랑하고 있지는 않다. 다만 남자를 부속물로 여기고 있을 뿐이다.』

쿠포는 아주 재미있어 하고 있었다. 자기 마누라가 새서방을 보았을 때는 눈을 감고 있던 얼간이 남편이 프와송이 오쟁이 진 것에 대하여선 죽겠다고 웃어 댔다. 자기 집에선 그런 것쯤 아무것도 아니더니 남의 집 일이 되니 우습게 보였던 것이다. 이웃 여자들이 그 근처에서 밀회라도 할 것 같으면 그는 현장을 잡아 보려고 열을 올렸다. 「그 프와송이란 놈, 참 병신이로군. 칼을 차고 있으면서 한길에서 사람들을 꾀게 하다니.」 그리고는 쿠포는 신이 나서 제르베즈까지 놀려 댔다. 「하참! 너는 연인을 깨끗이 놓쳐 버렸구나, 운이 나쁜데. 처음엔 대장장이한테도 성공을 못하더니 다음엔 모자장수한테도 딱지를 맞아. 어쨌든 상대하는 녀석들과의 장사가 잘 안 되는 모양이군 그래. 어쩌자고 미장이를 잡지 않았냐 말이야? 미장이 같으면 인정도 있고 늘어 붙기만 하면 떨어지질 않는단 말이다. 회벽 따위를 뒤섞는 일에 익숙하니까 말이야.」

물론 그는 이런 소리를 농담으로 했으나 그래도 제르베즈는 파랗게 질렸다. 왜냐 하면 이와 같은 얘기를 송곳으로 비벼 넣으려고나 하는 것처럼 그는 조그만 회색의 눈으로 그녀를 살피듯이 보았기 때문이었다. 쿠포가 지저분한 소리를 시작하였을 때 그녀는 상대가 농담을 하는 것인지 진담을 하는 것인지 도무지 알 수 없었다. 항상 취해 있는 남자란 이미 제정신이 아니며 또 20대에선 아주 질투꾼이었던 사람이 30대가 되면 술 덕분으로 부부간의 정조에 대하여 아주 소탈해지는 남편이 있는 법이다.

구트도르 거리에서 우쭐거리고 있는 쿠포야말로 구경거리였다. 그는 프와송을 코퀴(오쟁이 진 남편)라고 하였다. 여기에는 수다쟁이 여편네들도 입이 떨어지지 않았다! 「코퀴는 이제 내가 아니라고. 오! 나는 훤히 다 알고 있었단 말이야. 전에 모르는 체하고 있었던 것은 옥신 각신을 일으키고 싶지 않았기 때문이란 말이다. 누구나 자기 집 일쯤 짐작이 가는 법이야. 가려운 데가 있으면 긁는다고. 그런데 그때는 가렵지 않더라 이 말이야. 일부러 긁어 대어 남들을 기쁘게 해 줄 필요가 없지 않아. 그런데 말이다, 그 순경 녀석 말이야, 녀석은 도대체 알고 있는가? 이번만은 틀림없다고. 둘이서 붙어 있는 것을 보았으니까. 수다쟁이들의 험담이 아니라고.」 쿠포는 골을 내며 사내자식이, 더구나 정부의 관리라는 놈이 자기 집 안에서 이와 같이 부끄러운 일이 일어나는데 어째서 묵묵히 보고만 있는지 모르겠다고 하였다. 「순경 녀석, 분명히 남의 찌꺼기를 좋아하는 게야. 분명히 그럴 거야.」 남의 얘기는 그렇게 말하면서도 쿠포는 지붕 밑 굴속 같은 방에서 마누라하고 단둘이 심심한 밤이면 어정어정 랑티에를 부르러 내려가서 강제로 그를 데리고 올라왔다. 이 친구와 헤어지고 나서부터는 집 안이 쓸쓸해졌다. 랑티에와 제르베즈의 사이가 냉랭해진 것을 보자 그는 두 사람을 화해시켰다. 「젠장! 남들은 내버려 두면 될 것 아닌가. 각자 저 좋은 대로 즐기는 것이 어쨌단 말이냐?」 그는 이기죽거렸고 주정뱅이 특유의 흐릿한 눈에는 즐거운 생활을 보내기 위하여 모든 것을 모자장수와 공유하고 싶다는 관대한 욕망이 번득이고 있었다. 이런 날 밤일수록 제르베즈에겐 남편의 얘기가 농담인지 진담인지 도무지 알 수가 없었다.

이와 같은 옥신 각신 속에서 랑티에는 거드름을 피우며 아버지와 같은 위엄 있는 태도를 취했다. 쿠포 부부와 프와송 부부의 다툼을 세 차례나 무마시켰다. 이 두 쌍의 가족들이 사이좋게 지내는 것이 랑티에의 기쁨이었다. 그가 제르베즈와 비르지니를 따뜻하긴 하지만 빈틈없는 눈초리로 감시하고 있기 때문에 두 여자들은 서로간에 아주 사이좋은 체하였다. 마치 파샤(터키의 고관)처럼 침착하게 금발과 갈색머리의 여자를 지배하며 그는 교활한 솜씨로 살쪄 갔다. 이 뻔뻔스러운 남자는 아직도 쿠포 부부에게 기식하며 벌써 프와송 부부를 먹어 가고 있었다. 오! 이런 일쯤 그에겐 아무것도 아니다! 가게 하나를 먹어 치우자 다음 가게에 손을 내민다. 하여간 잘해 먹는 것은 이런 부류의 인간뿐이다.

나나가 첫 성체를 받은 것은 그해 6월이었다. 그녀는 13살이 되었으나 이미 성장한 아스파라거스처럼 키가 크고 넉살 좋은 꼴을 하고 있었다. 그 전해에 그녀는 소행이 좋지 않아 교리 문답을 받지 못하였다. 이번에 신부가 허락한 것도 그대로 두었다가는 그녀가 다시는 성당에 안 올 것이고 믿음 없는 여자를 또 한 사람 거리로 내버리게 되는 것이 두려웠기 때문이다. 나나는 흰색 예복을 생각하고 좋아서 날뛰고 다녔다. 로리외 부부는 대부 대모로서 예복을 약속하였다. 그리고 이 선물 얘기를 아파트 안에 퍼뜨렸다. 르라 부인은 베일과 모자를, 비르지니는 지갑을, 랑티에는 기도서를 선사하기로 하였다. 그래서 쿠포 부부는 과히 근심도 없이 그날을 기다리고 있었다. 그리고 프와송 부부는 마침 개점 축하를 하려던 참이라, 아마도 모자장수의 권고였겠지만, 이 기회를 택하였다. 그들은 쿠포 부부와 함께 역시 딸이 같은 날 첫 성체 배수를 받는 보슈 부부를 초대하였다. 그날 밤 프와송 집에서 그들은 양다리고기와 그 밖의 간소한 것을 먹기로 되어 있었다.

마침 그 전날 나나가 의자 위에 늘어놓은 선물을 놀란 눈으로 바라보고 있자니 쿠포가 곤드레만드레가 되어 돌아왔다. 파리의 공기가 또다시 그를 사로잡고 만 것이다. 그는 마누라와 자식을 붙들고는 주접을 떨며 이런 자리에서 할 소리가 못 되는 추잡한 소리를 지껄였다. 그러나 나나도 마냥 더러운 얘기에 젖어 있었기 때문에 말버릇이 나빴다. 그러니까 싸움이 시작되면 서슴없이 어미에게, 개년이라는 둥 뚱뚱이라는 둥 마구 내뱉었다.

「빵이다!」 하고 함석장이는 고함쳤다. 「수프를 줘라, 화냥년아! 뭐야, 이 누더기를 걸친 거지년들아! 수프가 없으면 알지? 그 싸구려 옷 위에 깔고 앉는다!」

「술만 취하면 귀찮아 죽겠네!」 하고 제르베즈는 짜증이 나 가지고 중얼거렸다.

그리고 그를 향하여 말했다.

「지금 데우고 있어요, 못살게 좀 굴지 마우.」

나나는 얌전하게 앉아 있었다. 이런 날엔 그렇게 하고 있는 편이 좋다고 생각하였기 때문이다. 그녀는 눈을 내리뜨고 아버지의 천박한 말 같은 것은 모른다는 표정으로 여전히 의자 위의 선물들을 바라보고 있었다. 그러나 함석장이는 술이 취한 날 밤이면 끈덕지게 놀려 댔다. 그는 나나의 목덜미에 대고 지껄여 댔다.

「네년의 흰 드레스 같은 것 알 게 뭐냐! 응? 또 언젠가 일요일처럼 블라우스에다 종이 뭉치를 처넣어 젖통을 만들 작정이냐……? 그래 그래, 조금만 기다리려무나! 네년도 엉덩이를 씰룩이고 다니게 될 것이다. 예쁜 때때가 좋아서 그러지, 우쭐해 가지고……. 비키지 못해, 이 망나니 같은 년! 손을 비키고 그 따위는 서랍 속에나 처넣어. 안 그러면 그것으로 낯짝을 훔쳐 줄 테다!」

나나는 고개를 숙이고 끝내 한 마디도 대꾸하지 않았다. 그녀는 작은 망사 모자를 들고 얼마나 값이 나가냐고 엄마한테 물었다. 그러자 쿠포가 모자를 가로채려고 손을 뻗쳤기 때문에 제르베즈는 그를 밀어젖히며 이렇게 외쳤다.

「이 아이를 상관하지 말고 놔 둬요! 얌전하게 앉아 있지 않수, 아무런 나쁜 짓도 안 했고.」

그러자 함석장이는 다짜고짜로 욕설을 퍼부었다.

「아! 계집년들아! 모녀가 똑같구나. 사내한테 추파를 던지며 하나님께 감사하다니, 잘들 논다. 할 말이 있으면 해 봐라, 요 못된 년아! 너 같은 년에겐 자루를 입혔으면 좋겠다. 그리고 그 껍질이 벗겨지는가 보련다. 암, 자루를 입히고 네년과 신부 녀석들의 언짢아하는 꼴을 보아야지. 네년이 못된 짓을 배우는 것을 나는 원하지 않는단 말이야. 이 개년들아! 내 말 못 듣겠냐, 두 년 다 말이야!」

그러자 골이 난 나나가 휙하고 돌아다보았다. 한편 제르베즈는 쿠포가 찢어 버리겠다고 하는 옷을 지키기 위하여 팔을 뻗쳐야만 하였다. 계집애는 아비를 가만히 흘겨보며 고해사제(告解司祭)에게서 주의받은 근신도 잊고「돼지.」하고 이를 악물면서 내뱉었다.

함석장이는 빵에 수프를 먹자 곧 코를 골기 시작했다. 이튿날 그는 좋은 기분으로 눈을 떴다. 어제의 취기가 적당히 남아 있어 상냥하였다. 그는 딸의 옷치장을 거들어 주며 하얀 드레스에 감동하였다. 아주 조금만 손대어도 이 말괄량이 계집애가 진짜 아가씨꼴이 된다고 생각했다. 하여간 그의 말마따나 아버지란 이런 날에는 당연히 딸을 자랑하는 법이다. 사실 짤막한 옷을 입고 신부(新婦)처럼 수줍은 미소를 지닌 나나의 멋있는 모양은 제법 볼 만하였다. 아래로 내려가 같은 모양으로 옷치장을 한 폴린느가 수위실 입구에 서 있는 것을 보자 그녀는 멈추어 서며 상대방에게 밝은 눈길을 던졌다. 그리고 자기보다 옷차림이 서투르고 마치 짐짝 같은 모양을 하고 있는 것을 보자 아주 상냥하여졌다. 두 집 식구는 함께 성당을 향해 출발하였다. 나나와 폴린느는 기도서를 손에 들고 바람에 펄럭이는 베일을 누르며 앞서 걸었다. 두 아이는 얘기도 하지 않고 사람들이 가게에서 뛰어나오는 것을 보고 기쁨에 가슴이 두근거렸다. 또 참 귀여운 처녀들이라고 소곤소곤거리는 소리를 지나가며 들으면 아주 신앙심 두터운 양 새치름하게 새침을 떼었다. 보슈 부인과 로리외 부인은 뒤떨어져 걸었다. 두 사람은 절름발이 얘기를 여러 가지로 수군대고 있었다. 송두리째 들어먹은 절름발이는 만약에 일가들이 성체 배수를 생각해서 일체를, 그러니까 슈미즈까지 모두 새로 준비해 주지 않았으면 딸에게 성체 배수도 시켜 주지 못하였을 것이라고 하였다. 로리외 부인은 특히 자기의 선물인 드레스에 신경을 쓰며 나나가 가게 앞에 바짝 다가서서 스커트로 먼지를 쓸게 될 때마다, 「저런 미련퉁이가.」 하고 고함을 쳤다.

성당에서 쿠포는 계속 울고만 있었다. 꼴불견이었지만 견딜 수가 없었다고 했다. 신부가 허풍스레 팔을 흔들고 천사 같은 계집애들이 손을 잡고 한 줄로 걸어오자 그는 감동에 사무쳤다. 오르간의 음악소리가 뱃속까지 울려 오고 향기로운 향내가 풍겨 오자 마치 꽃다발을 얼굴에 들이댄 것처럼 코가 시큰거렸다. 하여간 그는 얼떨떨하고 가슴이 벅차올랐다. 특히 찬송가는 감동적이었으며 그는 노랫소리에 맞춰 계집애들이 성체를 받는 동안 그 무슨 아주 감미로운 것이 목구멍을 통과하여 써늘한 기운이 등줄기를 지나감을 느꼈다. 게다가 그의 주변에서도 극히 감동적인 사람들이 한결같이 손수건을 적시고 있었다. 정말이지 그날은 좋은 날이었다. 그의 생애 최고의 날이었다. 그러나 교회를 나와서 보송보송한 눈으로 그를 놀려 대는 로리외와 함께 한잔 마시러 가자, 그는 부아가 치밀었다. 그리고는 신부들이 사람을 녹이려고 악마의 풀을 불사른 것이라고 비난하였다. 그렇지만 결국에 가선 감추지 못하였다. 그의 눈에 눈물이 글썽하였다. 쿠포의 마음은 포장 도로의 깔개 돌 같은 것으로 완전하게 깔려 있지 않았다는 증거였다. 그래서 그는 또 한 잔 주문하였다.

그날 밤 프와송 부부의 개점 축하연은 굉장한 성황을 이루었다. 식사 처음부터 끝까지 우정에는 한 점의 그늘도 없었다. 좋지 않은 일이 계속될 때 뜻하지 않게 이와 같은 희한한 저녁을 만나면 미워하고 있던 동아리 사이에 서로간의 우정을 다시 지니게 해 주게 마련이다. 랑티에는 왼편에 제르베즈, 오른편엔 비르지니를 두고 양쪽에 다 상냥하게 굴며 평화를 바라는 닭장 안의 수탉과 같이 열심히 애정을 뿌렸다. 정면엔 프와송이 순경다운 평온하고도 엄격한 몽상에 잠겨 있었다. 보도에서 오랫동안 근무하고 있을 때처럼 눈을 거슴츠레 뜨고 아무것도 생각지 않는 듯한 표정을 띠고 있었다. 그리고 이 축하연의 여왕은 나나와 폴린느 두 아이였기 때문에 그 아이들은 새 옷을 벗지 않아도 되었다. 두 아이들은 의복을 더럽히지 않으려고 딱딱하게 굳어 있었고, 게다가 한 입 먹을 때마다 턱을 들고 깨끗이 먹으라고 주의를 받았다. 나나는 짜증이 나서 마침내 술을 블라우스 위에 엎지르고 말았다. 그래서 소동이 나고 나나의 옷을 벗기고 블라우스는 컵의 물로 당장에 지르잡아 빨았다. 디저트 시간에는 모두들 아이들의 장래에 대하여 진지하게 얘기들을 했다. 보슈 마누라는 벌써 정해 놓았다. 폴린느는 금은 세공 공장에 넣기로 돼 있었다. 거기서 5,6프랑은 벌 수 있었다. 제르베즈는 아직 어떻게 해야 좋을지 몰랐다. 그리고 나나도 무엇이 좋다는 소리를 안 했다. 오! 이 아이는 거리로 쏘다니는 것을 좋아했다. 그것은 확실했다. 그 외에는 아무 짝에도 쓸모가 없었다.

「내가 자네라면 조화(造花) 일을 시키겠네, 깨끗하고 고상한 일이란 말이야.」 하고 르라 부인이 말하였다.

「조화 여공이란 모두가 다 매춘부라고.」 하고 로리외가 중얼거렸다.

「그럼, 나는 무엇이죠?」 하고 덩치 큰 과부가 입술을 깨물며 말하였다. 「당신이야말로 호색한이라고요. 나는 매춘부가 아니에요. 휘파람을 불어 대도 빠져들진 않을 테니까 말이에요.」

그러나 모두들 그녀를 제지하였다.

「오! 르라 부인! 참아요.」

모두 첫 성체 배수를 받은 두 아이들을 곁눈질하며 그녀에게 주의시켰다. 계집애들은 웃음을 참느라고 컵에다 코를 들이박고 있었다. 장소가 장소니만큼 남자들도 그때까지 고상한 말만을 골라서 얘기하고 있었던 것이다. 그러나 르라 부인은 주의를 받아들이지 않았다. 그녀가 지금 얘기한 정도는 상류 사회 사람들 사이에서도 들은 일이 있다고 했다. 그리고 그녀는 자기 특유의 화법이 자랑이었다. 아이들 앞에서라도 절대로 예의를 손상치 않고 무엇이든 얘기할 수 있었다. 얘기 솜씨에 대해선 꽤 칭찬을 받았다고 늘어놓았다.

「조화 여공 중에도 제대로 된 여자가 있으니까 말이에요. 잘 알아두시라고요!」하고 그녀가 외쳤다. 「다른 여자와 마찬가지죠. 물론 아무나 상관없이 자지는 않죠. 가령 실수를 한다손 치더라도 정신만은 성실하다고요. 자기가 좋아서 선택하니까 말이에요……. 그래요 그것은 꽃 때문이죠. 나 역시 지금까지 꽃 때문에…….」

「그렇고말고요!」하며 제르베즈가 가로막았다. 「나도 꽃은 싫지 않으니까요. 다만 나나의 마음에 들어야죠. 일 문제로 아이들의 생각을 거스르는 것은 좋지 않으니까요. 얘, 나나야, 멍하니 있지 말고 대답 좀 해라. 너 꽃이 좋으냐?」

어린 것은 두 접시 위에 몸을 굽히고 젖은 손가락으로 과자부스러기를 모아 손가락을 빨고 있었다. 그녀는 대답을 서두르지 않았다. 예의 음란한 웃음을 띠고 있었다.

「물론, 좋아해요. 엄마.」하고 그녀는 겨우 대답했다.

그래서 일은 앉은 자리에서 해결이 났다. 쿠포는 르라 부인이 내일이라도 딸을 케르 거리의 공장으로 데리고 가 주도록 부탁하였다. 그리고 일동은 인생의 본분에 관하여 진지하게 얘기를 주고받았다. 보슈는 나나와 폴린느가 성체 배수를 받은 바에는 이제 완전한 한 사람의 여자라고 하였다. 프와송은 그녀들에게 이제부터는 요리도 하고 양말도 깁고 집안 살림도 할 줄 알아야 한다고 덧붙였다. 모두들 결혼 얘기와 장차 낳게 될 어린애에 관한 얘기까지 들려 주었다. 계집애들은 그 얘기를 듣고 킬킬대며 한 사람 몫의 여자가 된 데 대하여 가슴을 두근거리며 하얀 드레스 밑에서 빨개져 갖고 부끄러워 서로의 몸을 마주 비볐다. 그러나 그녀들이 가장 간지럽게 느낀 것은 랑티에가 농담으로 귀여운 서방님이 벌써 있는 게 아니냐고 물었을 때였다. 그리고 일동은 나나에게 강요하여 엄마의 주인집 아들인 빅토르 포코니에를 아주 좋아한다고 고백하게 하였다.

「젠장, 참!」하고 로리외 부인은 돌아가는 길에 보슈 부부 앞에서 말하였다. 「그 애는 내 영세 딸인데 조화공을 만들다니 이젠 그 아이의 얘기는 듣고 싶지 않구려, 큰 한길의 매춘부가 또 하나 나는 셈이죠……, 반 년이 못 가서 부모들을 망신시킬 거예요.」

위로 자러 올라가며 쿠포 부부는 만사가 다 잘 되었고, 프와송 부부도 과히 나쁜 사람들이 아니라고 얘기하였다. 제르베즈는 가게가 깔끔하게 정돈돼 있다고 생각하였을 정도였다. 그녀는 남이 의기 양양하게 차리고 앉은 옛날의 자기 집으로 이처럼 손님으로 불려 가면 보나마나 몹시 괴로우리라고 생각했었다. 그런데 단 한번도 골이 나지 않았기 때문에 놀라 버렸다. 나나는 옷을 벗으면서, 「지난달에 시집을 간 3층의 아가씨 옷도 내 것과 같은 모슬린이었수?」 하고 엄마에게 물었다.

그러나 이것이 이 집의 마지막 좋은 날이었다. 그로부터 2년이란 세월이 흘렀지만 그 동안의 생활은 점점 괴로워만 갔다. 특히 겨울은 그들을 빈털터리로 만들었다. 날씨가 좋을 동안은 빵을 먹었지만, 비와 추위가 오면 더불어 굶주림이 몰려와 시베리아처럼 얼어붙은 방 안의 식기장 앞에서 몸을 부라질하기도 하고 저녁을 거르기도 해야만 하였다. 이 망나니 12월은 문 밑으로부터 그들의 집으로 스며들어 갖가지 재난을 가져왔다. 일터엔 일거리가 없었고 추위로 오그라들어 게으름은 습성화됨으로써 질척한 계절의 우울한 가난살이는 계속되었다. 첫겨울은 그래도 간간이 불기도 있어 쪼였고, 먹는 편보다는 따뜻한 편이 좋다 하여 난로 둘레에서 등을 구부릴 수도 있었다. 그것이 이듬해 겨울이 되자 난로는 녹슨 채 버려 두게 되었다. 그렇게 되고 보니 난로가 주물의 도로 표지처럼 음산한 분위기를 만들어 방 안은 쓸쓸히 얼어붙었다. 쿠포네를 무엇보다도 괴롭히고 못살게 만든 것은 집세였다. 아! 1월은 집세, 집 안엔 동전 한푼 없는데 보슈 영감은 영수증을 들이댄다! 마치 이것은 북극의 폭풍처럼 한층 더 추위를 몰고 왔다. 그 다음 토요일엔 마레스코가 고급 외투를 휘감고 커다란 손엔 털장갑을 끼고 왔다. 그의 말은 언제나 나가라는 얘기였고 밖에선 마치 쿠포네를 맞이하기 위하여 한길에 하얀 시트로 침대를 준비하듯이 눈이 오고 있었다. 집세를 물기 위해서라면 그들은 자기의 살이라도 도려 팔았으리라. 식기장과 난로를 비우게 한 것은 이 집세였다. 그러나 아파트 전체로부터 한탄의 소리가 일고 있었다. 어느 층에서나 울음소리가 들려 오고 불행의 음악소리가 계단과 복도를 따라 울렸다. 가령, 각 세대에서 한 사람씩 초상이 났다 하여도 이처럼 비참한 오르간 곡을 울리진 못하였으리라. 모든 것이 마지막 심판의 날이고 세계의 종말이며 더 이상 산다는 것이 불가능했으며, 가난뱅이들을 짓밟을 뿐이었다. 4층의 여자는 일주일 가량의 벨롬므 거리 모퉁이의 감옥에 갔었다. 한 노동자, 즉 6층의 미장이는 자기 고용주네서 도둑질도 하였다.

물론 쿠포 부부의 경우는 자기네들의 불찰에서 온 일이었다. 생활이 아무리 괴로워도 또박또박 절약해 나갔다면 언제나 타개할 수 있었을 것이다. 그 중

거로 로리외 부부는 집세를 지저분한 종이에 싸서 기일에 어김없이 지불하고 있었다. 그러나 쿠포 부부는 움직이길 싫어하여 그야말로 거미와 같은 생활을 하고 있었다. 나나는 조화로 아직 한 푼도 벌어 오지 못했다. 오히려 옷치레로 꽤 많은 돈을 쓰기만 하였다. 제르베즈는 포코니에 부인 가게에서도 마침내 반응이 나빠지기 시작하였다. 점점 기술이 떨어지고 일이 난잡해진 것이다. 여주인이 일급을 40수라는, 신출내기와 같은 품삯으로 떨어뜨렸을 정도였다. 그래도 마음만은 살아서 골내기를 잘하고 이전에 가게를 경영하였다는 것을 누구에게나 자랑하였다. 일에는 태만하고 비위에 거슬리는 일이 있으면 훌쩍 일터에서 가 버리기 일쑤였다. 한번은 포코니에 부인이 퓌트와 부인을 채용했다는 이유로, 옛날에 자기가 부리던 사람과 나란히 일을 하게 되었다 하여 배알이 틀려서 2주일이나 가게에 나가지 않았다. 이와 같이 멋대로 군 후에도 그녀는 인정상 그냥 고용되었으나 그것이 그녀를 한층 더 화나게 하였다. 당연한 일이지만 주말이 되어도 급료는 두둑히 받을 수 없었다. 그래서 자신조차 씁쓸하게 말하였듯이, 마침내 어느 토요일 여주인에게서 가불하였다. 한편 쿠포로 말하면 이것도 일이냐고 지껄이고 있었지만 틀림없이 정부를 위하여 봉사하고 있었음이 분명했다. 왜냐 하면 제르베즈는 그가 에탕프로 벌이를 나갔다 온 이래로 돈을 가지고 오는 것을 본 일이 없었기 때문이다. 봉급날에 그가 돌아와도 그녀는 이미 그의 손을 보려고조차 안했다. 그는 팔을 척 늘어 뜨리고 주머니엔 손수건조차 잃어버려서 텅 비어 있는 수가 많았다. 어이가 없다! 그렇다, 이 사람이 직접 잃었거나 아니면 누구든가 건달 친구가 가로챘을 것이다.

처음에 그는 여러 가지 계산도 해 보고 거짓말도 생각해 냈었다. 10프랑을 신입금(申込金)에 썼다느니 20프랑을 주머니 구멍에서 빠뜨렸다느니 하며 주머니 구멍을 보이기도 하고 있지도 않은 빚을 50프랑이나 갚았다느니 하였다. 이윽고 그런 염려도 안 하게 되고 말았다. 돈이 날아갔다. 「자, 이 보라고! 돈은 주머니엔 없지만 뱃속에 들어가 있다고.」 이것도 마누라한테 돈을 가지고 오는 한 방법이 아니겠는가. 세탁부는 보슈 마누라한테 훈수를 받아 때때로 남편이 일터에서 나오는 것을 지켰다가 방금 받은 봉급을 가로채려고 하기도 했지만, 그것도 별로 소용없는 일이었다. 동료가 쿠포에게 알렸기 때문에 돈은 구두와 구두보다 더 더러운 지갑 속에 감추어졌다. 이런 일에 대해서는 보슈 부인 쪽이 머리가 더 잘 돌았다. 왜냐 하면 보슈는 안면이 있는 귀여운 부인들에게 토끼 요리를 한턱 내기 위하여 10프랑을 몇 장 마누라 몰래 감춘 적이 있는데, 그녀는 그의 옷을 샅샅이 뒤진 끝에, 아무리 찾아도 나타나지 않던 돈을 모자 차양의 가죽과 헝겊 사이에서 찾아 냈기 때문이다. 그런데 이 함석장이는 돈을 옷 속 같은 데 넣어 두지를 않는다! 아예 몸뚱이 속에 넣어 버리는 것이다. 그러니 제르베즈로선 가위로 그 뱃속을 가를 수도 없는 노릇이었다.

물론 계절따라 한 걸음씩 전락해 가는 것은 가족 전부가 나쁘기 때문이었다. 그러나 구렁에 빠졌을 때 당사자들은 절대로 그렇게 생각지는 않는 법이다. 그들은 불운을 저주하며 하나님에게 외면당하고 있다고 주장하였다. 이제 집 안은 벌집을 연상하도록 엉망이었다. 온종일 그들은 악담을 퍼부었다. 그러나 아직 두들겨 패는 데까진 안 가고 고작 말다툼이 지나서 귀싸대기가 터지는 정도였다. 가장 슬픈 것은, 그들은 애정의 새장을 열어 두었기 때문에 서로간의 마음이 카나리아처럼 날아가 버린 점이었다. 가족들이 기대고 겹쳐 살고 있으면서도 아버지·엄마·자식 사이의 따뜻한 정이 쿠포 일가에서는 사라져 버리고 모두들 자기 안에 묻혀 버려 추위에 덜덜 떨고 있었다. 쿠포도 제르베즈도 나나도 셋 다 언제나 으르렁거리고 미움으로 눈이 이글거리며 사소한 얘기에도 대립하였다. 무엇인가 부서진 것만 같았다. 행복한 가정에서 식구들의 마음을 다 함께 고동시키는 저 기계, 가족의 커다란 태엽이 망가진 것 같았다. 사실이지 제르비즈는, 그이가 한길에서 12미터나 15미터씩 되는 높은 홈통 끝에 있는 것을 보아도 자기는 절대로 옛날처럼 조마조마하지 않는다고 하였다. 그리고 자기는 그이를 차마 밀어 버릴 수야 없지만 만약에 저절로 떨어진다면 그야말로 지상에서 쓸모없는 인간이 하나 줄 뿐이라고 생각할 정도라 하였다. 부부싸움을 하는 날 같은 때면 그녀는 언제쯤이면 들것에 실려 나한테 돌아올래 하고 고함을 쳤다. 그녀는 그것을 기다리고 있다며 그렇게 되면 내 행복이 돌아올 테니까 말이지, 이 따위 술주정뱅이가 대체 무슨 짝에 소용이람? 사람이나 울려 놓고 모든 걸 먹어 치운 후 불행으로 몰아넣을 뿐 아닌가, 정 그렇다면 이렇게 쓸모없는 인간은 될 수 있는 대로 빨리 무덤 속에 처넣고 그 위에서 축하의 폴카라도 출 일이라고 했다. 어미가 「죽여라!」 하면, 딸이 「때려 죽여요!」 하고 답하였다. 나나는 신문에서 갖가지 사고 기사를 읽고 비꼬인 계집애 같은 생각에 잠겼다. 아버지가 술에 취한 채 승합마차에 깔려 죽을지도 모를 일이다. 대체 저 술망나니 아버지는 언제 죽을 것인가?

가난에 쪼들린 이와 같은 생활 속에서 제르베즈는 자기 주변에 들리는 굶주림의 헐떡임을 듣고 더한층 괴로운 기분이 되었다. 아파트 안에서도 이 지역은 지독한 가난뱅이들의 소굴이었다. 서너너덧 집의 가족이 마치 의논이나 한 듯이 빵을 매일 먹지 못했다. 문이 열려도 요리 냄새가 풍겨 오는 일은 거의 없었다. 복도에는 죽음의 침묵이 깃들고 벽은 주린 배처럼 허한 소리를 냈다. 때때로 소동이 일었다. 여자 울음소리, 배를 주린 어린애의 보채는 소리, 공복을 잊으려고 외쳐 대는 가족, 그곳에선 모두들 목을 울리며 입을 커다랗게 벌리고 하품을 하곤 했다. 가슴도 짜부라들고 먹을 것이 없어서 하루살이조차 생존하지 못할 것 같은 공기를 숨쉴 뿐이었다. 그러나 제르베즈가 가장 불쌍하게 생각한 것은 뭐니뭐니해도 작은 계단 밑 굴 속에 있는 브뤼 영감이었다. 영감은 마르모트처럼 그곳에 틀어박혀 될 수 있는 대로 춥지 않으려고 동그랗게 몸을 움츠리고 있었다. 지푸라기더미 위에서 며칠씩 꼼짝 않고 움직이질 않았다. 배가 고파도 외출을 안했다. 그 이유는 동네에선 아무도 식사에 불러 주지 않는데 일부러 배를 주리고 외출하는 것은 헛일이기 때문이었다. 영감이 3,4일씩 모습을 보이지 않으면 이웃 사람들은 문을 밀고 들어가서 죽어 있는 것이 아닌가 하고 보았다. 죽어 있진 않았다. 어쨌든 살아 있기는 하였다. 싱싱하게는 아니지만 그저 가냘프게 눈만 살아 있을 뿐이었다. 영감을 잊고 있는 죽음이 닥쳐올 때까지! 제르베즈는 빵이 생기면 금방 영감에게 그 껍질을 던져 주었다. 그녀는 남편 때문에 성미가 고약해져 인간을 싫어했지만 동물만은 여전히 불쌍하게 여기고 있었다. 이미 연장도 들 수 없게 되어 죽어 가는 내버려진 불쌍한 늙은이 브뤼는 그녀에게 있어선 개와 같은 것이었고, 백정이라도 껍질이나 지방을 사려 들지 않을 아무 쓸모 없는 동물이었던 것이다. 영감이 신에게도 인간에게도 버림을 받고 다만 스스로를 양식으로 삼아 어린애의 키로 돌아가고 난로 위에서 시들어 가는 오렌지처럼 쪼그라들며 여전히 복도 맞은편에 있다고 생각하면 제르베즈는 마음이 무거워졌다.

장의사 인부인 바주우주 영감이 옆 방에 살고 있는 것도 세탁부에게는 싫었다. 아주 얇은 간단한 칸막이가 두 방을 가로막고 있을 뿐이었다. 영감이 손가락을 입에 물어도 그 소리가 제르베즈에게 들렸다. 저녁나절 영감이 돌아오면 그녀는 자기도 모르는 동안에 옆 집의 작은 살림살이에 정신이 쏠리게 되었다. 삽으로 흙을 던지듯이 검정 가죽 모자를 둔한 소리를 내며 장롱 위에 던진다. 밤의 새가 날개를 퍼덕거리는 것 같은 소리가 벽을 스치며 검은 망토가 걸린다. 검정 헌옷 한 무더기가 방 한가운데 내던져지고 벗어 내던진 장례복이 방 안 가득히 널브러진다. 그녀는 영감의 서성거리는 소리를 들으며 아주 사소한 몸짓에도 신경이 쓰여 그가 세간에 부딪치거나 접시를 뒤집어엎으면 섬뜩하여 몸을 움츠렸다. 이 고주망태 영감은 그녀의 고뇌거리였다. 은근한 공포와 호기심이 뒤섞인 감정이었다. 영감은 익살쟁이로 날마다 한껏 먹고 머릿속은 오만가지 생각으로 뒤범벅되어, 기침을 하고 침을 뱉고 〈고디송 마님〉을 노래하고 더러운 물건들을 팽개치고 침대에 다다르기까지 사방 벽에 부딪쳤다. 그래서 그녀는 영감이 방에서 무슨 짓을 하는 것일까 생각하며 파랗게 질렸다. 참혹한 짓을 상상하였다. 영감은 분명히 시체를 운반해다가 침대 밑에 놔 두는 것이라고 생각했다. 아침 신문에 이런 얘기가 실려 있었다. 장의사집 고용인이 수고를 덜고 단번에 묘지로 운반해 버리려고 유아용 관을 자기 방에 모아 두었다는 얘기였다. 분명히 바주우주가 돌아오면 칸막이 벽을 통해 죽음의 냄새가 났다. 페르 라셰즈라는 묘지 앞 두더지 왕국 한가운데에 살고 있는 듯한 기분이었다. 이 짐승 같은 영감은 마치 자기 일이 즐거워 못 견디겠다는 듯 항상 혼자서 웃고 있기 때문에 더욱 기분이 나빴다. 그리곤 방에서 한바탕 법석이 끝나고 나자빠지면 세탁부의 숨통을 끊어 버릴 듯이 요란하게 코를 골았다. 몇 시간씩이나 그녀는 귀를 기울이고 있었다. 옆 방에서 끝도 없는 장례 행렬이 지나가는 것 같은 생각이 들었다.

그렇다, 더욱이 나쁜 것은 제르베즈가 무서워하면서도 내용을 보다 더 잘 살피려고 벽에 귀를 붙일 만큼 마음이 끌리는 점이었다. 바주우주는 그녀에게 마치 난봉꾼이 정숙한 여자에게 주는 것 같은 인상을 주었다. 이런 여자들은 할 수 있다면 난봉꾼에게 접촉해 보고 싶으면서 그만한 용기가 없다. 법도 있는 교양이 그것을 막는다. 그래서 만약에 공포가 가로막지 않았다면 제르베즈는 죽음에 손을 대 보고 그것이 어떤 것인지 알아보려고 생각하였으리라. 가끔 그녀는 아주 이상한 태도로 가만히 숨을 죽이고 주의를 집중하여 바주우주의 동작에서 비밀 얘기를 찾아내려고 살피곤 하였다. 그래서 쿠포가 야유조로 너는 옆 방의 장의장이한테 반했냐고 물었을 정도였다. 그녀는 골을 내며 이사하자고 하였다. 바주우주와 이웃인 것이 그만큼 싫었다. 그런데도 영감이 묘지 냄새를 풍기며 돌아오면 그녀는 순식간에 자신도 모르게 망상에 사로잡혀 부정을 생각하는 여자처럼 흥분하여 조바심을 쳤다. 저 영감은 나에게 두 번이나 말했었다. 『그 어떤 비참한 일도 단번에 잊을 수 있을 만큼 즐거운 숙면을 안겨 줄 침대에 나를 처넣어 영감과 함께 어디론가 데리고 가 준다고? 그것은 틀림없이 근사하겠지.』 그것을 맛보고 싶은 생각이 그녀의 내부에서 차차 거세졌다. 반 달이나 한 달쯤이라면 시험해 보고 싶을 정도였다. 정말이다! 한 달쯤 잠자 보고 싶다. 특히 겨울에, 집세 지불의 달, 생활의 괴로움으로 비칠거릴 때! 하지만 그것은 안 될 얘기다. 한 시간 잠자기 시작하면 계속 잠자야만 하니까. 그렇게 생각하니 그녀는 섬뜩해졌다. 대지가 요구하는 영원에 준엄한 우정을 맺어야만 한다고 생각하니 죽음을 동경하는 생각도 사라져 버렸다.

그런데 1월 어느 날 밤 그녀는 두 손으로 칸막이 벽을 두드렸다. 모든 사람들에게 학대를 당하고 돈 한푼 없이 기진맥진하여 무서운 일주일을 보냈다. 그날 밤 그녀는 기분이 나쁘고 열로 몸도 편찮아 눈앞이 아물거렸다. 그래서 순간적으로 창에서 몸을 내던질까 하다가 그만두고 칸막이 벽을 두드리며 이렇게 불러 댔다.

「바주우주 영감님! 바주우주 영감님!」

장의사 인부는 〈세 명의 예쁜 아가씨들이 있었다네〉 하고 노래하며 구두를 벗고 있는 중이었다. 그날은 다른 날보다 일이 잘 되었는지 영감은 평소보다 훨씬 더 취하여 있는 것 같았다.

「바주우주 영감님! 바주우주 영감님!」 하고 세르베즈는 큰소리로 외쳤다.

『들리지 않는 것일까? 나는 당장에라도 몸을 맡길 텐데. 영감은 내 목을 잡고 가난뱅이도, 부자도, 또 다른 여자들도 데리고 가서 편안하게 해 주던 곳으로 갈 거다.』 그러나 그녀는 〈세 명의 예쁜 아가씨들이 있었다네〉 하는 노래가 싫었다. 그 소리를 들으니까 어쩐지 정부가 숱하게 많은 남자와 같은 경멸 비슷한 느낌이 들었다.

「뭐야? 뭐야?」 하고 바주우주는 중얼거렸다. 「누가 성치 않은가? 지금 가오, 아줌마!」

그러나 이 쉰 목소리를 듣자 그녀는 악몽에서 깨어난 것 같았다. 나는 무슨 짓을 했을까? 분명히 칸막이를 두들겼다. 그러자 정말로 허리를 몽둥이로 얻어맞은 것 같았다. 두려움에 궁둥이가 오므라들었다. 정의사 인부의 큼직한 손이 벽을 넘어서 자기의 머리채를 잡으러 오는 것만 같아 뒷걸음질쳤다. 『싫어, 싫어, 나는 아직 죽을 생각은 없어. 칸막이를 두들겼다고 하지만 그건 몸부림을 치다가 그만 팔꿈치로 부딪친 것이야.』 뻣뻣해진 몸에다 접시처럼 새파래진 얼굴로 그 영감 팔에 안겨서 자기가 끌려다니는 것을 생각하니 오싹하며 공포가 무릎에서 어깨로 치달렸다.

「어렵쇼! 아무도 없잖아?」 하고 바주우주가 적막 속에서 웅얼거렸다. 「기다려요, 난 부인네들에겐 친절하니까.」

「아니에요, 아무것도 아니에요. 아무 일도 없어요, 고마워요.」 하고 세탁부는 마침내 경련을 일으키며 죄어드는 것 같은 목소리로 말하였다.

장의사 인부가 중얼거리며 잠들 동안 그녀는 계속 불안했다. 영감이 또다시 칸막이를 두들긴 것으로 착각하지나 않을까 근심되어 귀를 기울이며 옴쭉도 안 했다. 이번에는 정신차리고 있으리라 하고 그녀는 마음에 다짐하였다. 아무리 괴로워도 옆 방 영감을 소리쳐 부르지는 않도록 하자고. 그녀가 그런 소리를 한 것은 자신을 안심시키고 싶었기 때문이었다. 왜냐 하면 때로 그녀는 무서움에 떨면서도 여전히 죽음에의 애착을 버리지 못하고 있었다.

이와 같은 가난 속에서 자신과 남의 근심거리에 둘러싸여 있던 제르베즈는 비자르 집안에서 훌륭한 용기의 표본을 발견하였다. 조그만 라리, 두 푼짜리 버터 크기밖에 안 되는 이 8살짜리 계집애는 어른 못잖게 살림을 꾸려 나갔다. 일은 고생스러웠다. 그녀는 세 살과 다섯 살짜리인 남자동생 쥘르와 계집애동생 앙리에트 두 아이의 시중을 들면서 청소를 하기도 하고 접시를 닦기도 하면서 온종일 두 아이에게 신경을 써야만 하였다. 비자르 영감이 마누라의 배를 차서 죽이고 나서부터 라리는 이 집의 조그만 엄마가 되었다. 아무 소리도 안 했지만 그녀는 자청하여 죽은 엄마의 대역을 맡아 하고 있었다. 그 대신이라는 게, 짐승처럼 난폭한 아비는 딸 자식을 어미와 똑같이 만들 작정인지 예전에 그 어미를 때리던 솜씨로 이제는 딸을 후려갈기는 형편이었다. 취해 가지고 돌아오면 그에게는 아무래도 두들겨야 할 여자가 필요하였던 것이다. 라리가 아직 어린아이란 것도 몰랐다. 나이든 여자라도 이보다 더 세게 때리지는 못했을 것이다. 따귀 한 대로 딸의 얼굴 전체가 몽땅 묻히었다. 어린애의 살은 아직 굉장히 야들야들하였기 때문에 다섯 개의 손가락 자국이 이틀 동안이나 갔다. 무작정하고 때렸다. 네 하여도 때리고, 아니오 하여도 때렸다. 겁에 질려 아양을 피우는, 눈물이 날 정도로 바싹 마른 작은 고양이에게 사납게 날뛰며 덤벼드는 늑대 격이었다. 작은 고양이는 불평도 없이 체념에 찬 아름다운 눈을 든 채 가만히 맞아 주고 있었다. 라리는 절대로 거역하지 않았다. 얼굴을 가리기 위하여 약간 몸을 굽힐 뿐이었다. 아파트 안을 시끄럽게 하지 않기 위하여 고함소리도 안 지르고 참고 있었다. 이윽고 아비가 그녀를 구둣발로 걷어차서 방구석으로 몰아 대는 일에 싫증을 느끼면, 그녀는 일어날 수 있는 기운이 날 때까지 기다렸다. 그리고 또다시 일을 하며 어린것들의 얼굴을 닦아 주고 수프를 장만하고 세간 위에 먼지 하나 남지 않도록 청소했다. 두들겨 맞는 것도 라리의 일과 중 하나가 되어 있었던 것이다.

제르베즈는 이 이웃집 어린애에게 깊은 친근감을 느끼고 있었다. 그녀는 그 어린아이를 자기와 동등하게 살림 맛을 아는 나이의 여자로서 취급하였다. 물론 라리는 창백하니 진지한 얼굴로 노처녀 같은 표정을 하고 있었지만, 얘기하는 것을 들으면 서른은 된 여잔가 싶을 정도였다. 물건 사는 솜씨며 살림살이 꾸리는 솜씨가 능하고 벌써 두서너 차례 해산 경험이 있는 것처럼 어린애들 얘기를 했다. 여덟 살짜리 소녀가 그런 소리를 하는 것을 듣고 모두들 미소를 짓고는 결국 목이 메어 울음을 참으려고 얼굴을 돌려 버렸다. 제르베즈는 라리를 될 수 있는 대로 자주 불러들여 먹을 것과 헌옷가지며 줄 수 있는 것은 무엇이든지 주었다. 어느 날 나나의 헌옷이 라리에게 맞는가 맞추어 보다가, 그녀는 숨이 멎을 뻔하였다. 등줄기는 보랏빛이 되고 팔꿈치는 껍질이 벗겨져 피가 맺혀 있었다. 죄없는 계집애의 몸뚱이가 상처투성이로 뼈만 앙상한 것을 보았던 것이다. 그렇다! 바주우주 영감은 이 아이의 관을 준비하면 좋을 것이다. 이 모양으론 오래가지 않을 것이다. 그래도 라리는「아무 말도 마세요.」하고 세탁부에게 부탁하였다. 라리는 아버지가 자기 때문에 남에게 이러쿵저러쿵 말을 듣게 되는 것을 좋아하지 않았다.

라리는 아버지를 옹호하며 술을 마시지 않으면 나쁜 사람이 아니라고 하였다. 「술만 마시면 미쳐 버려 아무것도 몰라요. 정말로! 난 아버지를 용서하고 있어요. 미친 사람에게는 무엇이고 용서해 주어야 하니까요.」

그 이후로 제르베즈는 밤 늦게까지 자지 않고 있다가 비자르 영감이 계단을 올라오는 소리가 나면 그 사이에 들어가도록 하였다. 그러나 대개는 몇 대인가 따귀를 맞기가 일쑤였다. 낮에 가 보면 라리는 흔히 철침대 다리에 묶여 있었다. 자물쇠장이는 무슨 생각에서인지 나갈 때 딸의 발과 배를 굵은 줄로 묶어 놓는 것이었다. 술로 말미암아 착란된 머리가 울컥하여 하는 짓이었지만 틀림없이 자기가 없을 동안에도 딸을 학대하고 싶기 때문이었으리라. 라리는 말뚝처럼 꼿꼿한 자세로 발이 저려 오는데도 온종일 그대로 있었다. 비자르가 집에 돌아오는 것을 잊고 있으면 밤새 그렇게 하고 있는 경우도 있었다. 제르베즈가 화를 내며 끈을 풀어 주려고 하면 딸은 아버지가 돌아와서 맨 모양이 같지 않으면 골을 낼 테니 제발 끄르지 말아 달라고 부탁하였다. 「정말 고통스럽지 않아요. 이러고 있으면 오히려 쉬는 것 같은 기분이에요.」라리는 미소지으며 이렇게 말했다. 그 어린 발은 부어 올라서 꼭 죽은 것만 같았다. 라리가 괴로운 것은 방 안이 어질러져 있는데, 침대에 묶여 있기 때문에 일을 못하는 것이었다. 그래서 라리는 어린애들한테서 눈을 떼지 않고 이것 저것 지시를 하며 앙리에트와 쥘르를 곁으로 불러서 코를 씻어 주었다. 손은 자유로웠기 때문에 시간을 완전히 허비하지 않기 위하여 풀려나기까지 기다리며 뜨개질을 하였다. 그러나 비자르가 끈을 끌러 줄 때가 라리에겐 가장 괴로웠다. 피의 순환이 멈추어 있었기 때문에 서 있을 수가 없어서 15분은 땅바닥을 기어다녀야 했기 때문이다.

자물쇠장이는 또 한 가지 다른 장난을 생각해 냈다. 10수짜리 동전을 몇 개 난로에 넣어 빨갛게 달구어서는 그것을 난로 구석에 놓는다. 그리고는 라리를 불러 빵을 사 오라고 시킨다. 라리는 그런 줄도 모르고 동전을 집다가는 비명을 지르며 그것을 내던지고 불에 덴 손을 흔들었다. 그러자 그는 화를 냈다. 굉장히 더러운 것이라도 받는 것 같구나! 이젠 돈마저 잃어버릴 셈이냐고 하며 당장에 돈을 줍지 않으면 엉덩이를 걷어차겠다고 라리를 위협하였다. 라리가 우물쭈물하고 있으면 눈이 번쩍하도록 세차게 따귀를 때렸다. 아무 말 없이 눈물을 글썽이며 라리는 동전을 주워 가지고 그것을 식히기 위하여 손바닥에서 퉁기며 나갔다.

정말이지 주정뱅이 머릿속에서 대체 어떤 광포한 생각이 떠오를지 모를 일이다. 예를 들자면 어느 날 오후 라리는 일을 다 해치우고 어린애들과 놀고 있었다. 창은 열려 있어 통풍도 좋고 복도에서 불어온 바람이 문짝을 가볍게 흔들었다.

「아르디 씨야.」 하고 라리는 말하였다. 「들어오셔요, 아르디 씨, 어서 들어오셔요.」

그리고 문간 앞에서 절을 하였다. 바람에게 인사한 것이다. 앙리에트와 쥘르도 라리 뒤에서 인사를 하고 이 놀이에 열중하여 마치 간질이기나 한 듯이 허리를 쥐고 웃었다. 라리는 어린애들이 이렇게 재미있어 하며 노는 것을 보고 볼을 장미빛처럼 붉히고 자기도 동생들처럼 즐거워하였다. 이런 일은 도무지 없었던 일이다.

「안녕하셨어요. 아르디 씨, 어떻게 지내십니까, 아르디 씨?」

그러자 거친 손이 문을 밀치며 비자르 영감이 들어왔다. 순간 정경은 급변하였다. 앙리에트와 쥘르는 벽에 엉덩방아를 찧었다. 한편 라리는 겁에 질려 절을 한 채 굳어 버렸다. 자물쇠장이는 새로운 마부용 채찍을 들고 있었다. 그것은 흰나무의 긴 자루에 끝이 가느다란 끈으로 된 채찍이었다. 그는 그것을 침대 구석에 놓았다. 라리는 채여도 좋도록 벌써 허리를 내밀고 기다리고 있었으나 영감은 여느 때처럼 걷어차질 않았다. 거무튀튀한 이를 드러내고 히죽거렸다. 아주 기분도 좋았고 술도 굉장히 취하여 있었다. 이제부터 장난을 쳐 보려는 심사에 충혈되고 얼굴도 불그스레하였다.

「옳지, 너 갈보 흉내를 내고 있었구나. 어린 년이 춤추는 소리가 아래서 들리더란 말이다……. 자아, 앞으로 오너라! 더 가까이 말이야, 개년! 바싹, 네년의 꽁무니 냄새 따위는 맡고 싶진 않단 말이야. 병아리새끼처럼 떨어 대는구나. 내가 너를 만지기라도 했다던? 자아 구두를 벗겨라.」

라리는 여느 때처럼 주먹이 날아오지 않기 때문에 더 겁을 먹고 새파랗게 질려서 아버지의 구두를 벗겼다. 아버지는 침대 가에 옷을 입은 채 쓰러져 가지곤 눈을 뜨고 딸이 방 안에서 일을 하고 있는 것을 가만히 보고 있었다. 라리는 걸어다니면서도 그가 이와 같이 바라보고만 있는 데에 질리고, 공포에 차차 손발이 저려 와서 찻잔을 한 개 깨고 말았다. 그러자 그는 누운 채로 채찍을 집어들어 딸에게 내밀었다.

「야, 송아지야. 이것 좀 봐라. 네년한테 줄 선물이다. 그래 또 50수나 돈을 없앴냐? 이 장난감이 있으면 나는 이제 쫓아다니지 않아도 되고 네년이 구석으로 쑤시고 들어가도 소용없다. 어때 시험해 볼래? 개년, 찻잔을 깼지……. 자, 옛다! 춤을 추어라, 아르디 씨한테 춤을 추는 거야!」

그는 일어나지도 않고 벌렁 자빠져서 머리를 베개에 묻은 채 마부가 말을 몰듯이 외쳐 대며 방 안으로 그 커다란 채찍소리를 울렸다. 그리고 팔을 아래로 내려 라리의 몸 한가운데를 후려치며 팽이처럼 가죽 끈을 말았다폈다하였다. 라리는 쓰러져서 네 발로 기어 도망치려 하였다. 그러나 그는 또다시 채찍으로 후려쳐 일으켰다.

「쉿! 쉿!」하고 그는 얼러 댔다. 「나귀가 가신다……. 응? 근사하지, 겨울날 아침엔 안성맞춤이로구나. 감기도 안 걸리겠고 동상 걸릴 염려도 없이 멀리서 계집년을 붙잡을 수 있구나. 이쪽 구석에서 한 대, 자, 요년! 저쪽 구석에서 또 한 대, 요년! 그리고 또 다른 쪽에서 한 번 더! 침대 밑으로 기어들어가면 자루로 갈긴다……. 쉿! 쉿! 어려! 더더!」

입술에 거품을 내뿜으며 노란 눈은 거무스름한 눈구멍에서 튀어나올 것만 같았다. 라리는 미친 듯이 비명을 지르며 방 네 구석으로 뛰어다니며 바닥에 뒹굴기도 하고 벽에 착 달라붙기도 하였다. 그러나 커다란 채찍의 가느다란 끈이 어디까지나 쫓아와 귓전에서 불꽃 터지는 소리를 내며 가벼운 화상 같은 흔적을 살에 남겼다. 곡예를 조련 받는 동물의 춤 그대로였다. 귀여운 새끼고양이가 왈츠를 춤추네. 자, 자, 보시라고요! 더 빨리 돌려 줘요! 하는 계집

아이들처럼 발을 동동 구르며 춤을 췄다. 라리는 이제 숨도 못 쉬고 공처럼 저절로 튀다가 눈도 안 보여 도망칠 구멍조차 찾지 못하고 때리는 대로 몸을 내맡기고 있었다. 그러자 늑대 아범은 득의 양양하여 라리를 갈보년이라고 부르며, 그만하면 됐냐며, 이젠 나한테서 도망쳐 보려는 생각을 버려야 한다는 것을 충분히 알았느냐고 물었다.

그러자 라리의 비명에 이끌린 제르베즈가 갑자기 방으로 들어왔다. 그녀는 이 광경을 보자 심한 분노에 사로잡혔다.

「아, 끔찍한 인간!」하고 그녀는 고함을 쳤다. 「그 애를 놔 줘요, 악당! 내 경찰에 고발할 테다!」

비자르는 방해 당한 동물과 같이 응얼거리며 조그만 소리로 중얼거렸다.

「이봐, 절름발이 아줌마! 쓸데없는 걱정은 말라고. 이년을 주무르기 위하여 가름을 해 본 것이니까 말이야……. 그저 말이야, 이년한테 내 팔이 길다는 것을 알려 주려고 했을 뿐이라고.」

그러고는 마지막 채찍질을 하였다. 채찍은 라리의 얼굴에 맞았다. 윗입술이 터져서 피가 흘렀다. 제르베즈는 걸상을 집어들고 자물쇠장이한테 덤벼들려고 하였다. 그런데 딸은 그녀 쪽으로 애원하듯이 손을 내밀고「아무것도 아니에요, 이제 끝났어요.」하고 말했다. 그리고 앞치마 자락으로 피를 닦아내고는 동생들이 마치 자기들이 채찍으로 얻어맞은 것처럼 울어 대는 것을 달랬다.

제르베즈는 라리를 생각하면 더 이상 자기 일을 한탄하고 있을 수 없었다. 그녀는 이 8살 된 소녀의 용기가 부러웠다. 이 아이는 이 근처 여자의 고통 전부를 합친 것만한 고생을 혼자서 견디고 있는 것이다. 제르베즈는 라리가 3개월 동안이나 맨빵으로만 살아왔고 때로는 배가 고파도 빵껍질조차 못 먹어 여위고 쇠약하여 벽에 의지하지 않고는 걸을 수 없게 된 것을 보았다. 살그머니 남은 고기를 갖다 주니, 식도가 가느다래져서 음식물도 통과시키지 못하기 때문에 고기를 조그맣게 저며 먹으며 소리도 못 내고 커다란 눈물을 흘리는 것을 보고 제르베즈는 가슴이 에는 듯하였다. 그런데도 불구하고 라리는 언제나 다정스럽고 헌신적이고 나이에 어울리지 않게 분별력이 있고, 어린 소녀의 앙징스러운 마음이 너무나 일찍이 눈뜬 모성애로 하여 없어져 버리고 생명을 내걸고 어머니의 의무를 다하고 있었다. 그러기 때문에 제르베즈는 인내 깊고 관대한 이 소녀를 본받아 자신의 고생을 참고 견디도록 배우고자 마음먹었다.

라리는 다만 무언의 눈초리를 보낼 뿐이었다. 체념해 버린 커다란 검은 눈을 볼 수 있을 뿐, 그 속에서 고뇌와 참담한 밤을 추측할 수밖에 없었다. 한마디도 입밖에 내어 말하지 않고 그 커다란 검은 눈만 크게 뜨고 있을 뿐이었다.

제르베즈가 그런 생각을 하게 된 것도 쿠포네 집에서 목로 주점의 싸구려 술이 맹위를 떨치기 시작하였기 때문이다. 세탁부는 언제인가는 남편도 비자르처럼 채찍을 들고 자기에게 춤을 추게 할 날이 오리라고 생각했다. 그러한 불행에 위협받기 때문에 자연 소녀의 불행에 대해서도 한층 더 과민하였다. 그렇다, 쿠포는 몸이 신통치 않았던 것이다. 술을 마시고 낯빛이 좋다는 시기는 이미 지났다. 그는 이미 배를 두드리며 술이란 놈 때문에 이렇게 살쪘느니 어쨌느니 하면서 뽐낼 수가 없었던 것이다. 그 까닭은 초년 시절의 좋지 않던 노란 지방질이 녹아서 뼈와 가죽만 남고, 늪에서 썩어 가는 수중 시체와 같은 푸르죽죽한 납빛을 띠었기 때문이다. 식욕도 줄어들었다. 빵도 차차 안 먹게 되고 스튜마저도 입에 대지 않게 되었다. 아주 잘 만든 스튜 같으면 먹을 것 같았으나 그의 밥통은 막히고 이는 흔들려서 무엇을 씹을 수가 없었다. 몸을 지탱하기 위해서는 매일 반 리터의 브랜디가 필요하였다. 이것이 그의 하루치 식량이고 음료며 그가 소화시킬 수 있는 유일한 영양물이었다. 아침에 침대에서 내려오면 거의 15분간은 몸을 둘로 꺾고서 기침을 하는가 하면 배를 우두둑거리기도 하고 목구멍에 치밀어오르는 노회즙과 같은 쓰디쓴 점액을 뱉어 내곤 하였다. 매일 아침 거르지 않고 이 모양이었기 때문에 미리 요강을 준비해 두어도 좋았을 정도였다. 하여간에 해장술을 한 잔 들이키지 않곤 몸을 제대로 일으키지도 못 했다. 창자에 불이 붙는 것 같은 술이 그에게는 다시 없는 약이 되었다. 그러나 낮이 되면 기운을 되찾았다.

우선 먼저 손발의 피부가 근실거리고 콕콕 찌르는 것 같았다. 그래서 장난으로 누군가가 간질이고 있다느니 마누라가 시트 속에 털을 넣어 두어서 그것이 몸에 걸린다느니 하였다. 그러는 사이에 발이 무거워져 오고 간지럽힌 것이 굉장한 경련으로 바뀌면서 살을 바이스처럼 죄었다. 이건 농담이 아니었다. 이제 웃을 수도 없었다. 귀가 먹먹하여 눈앞에 불꽃이 튀고 머리가 띵하여 별안간 한길에 멈추어 섰다. 그러면 모든 것이 노래지며 집들이 모두 다 춤을 췄다. 그는 2,3초 동안 비슬비슬 걷지만 곤두박힐 것 같은 공포에 사로잡혔다. 때로는 대낮의 태양을 등에 받고 있으면서도 어깨에서 엉덩이로 찬물을 끼얹는 듯한 섬뜩한 오한을 느꼈다. 가장 나쁜 것은 수전증이라는 현상이었다. 특히 오른손은 무슨 나쁜 짓을 한 모양이었다. 대단히 떨렸다. 「못쓰겠는 걸! 나는 이제 남자가 아니라 할멈이 되고 만 거야!」 그는 근육을 긴장시켜 가지고 컵을 대리석의 손으로 잡은 것처럼 꼼짝 않고 들어 보인다고 하였다. 하지만 컵은 그가 아무리 안간힘을 써도 규칙적으로 조그맣게 흔들려 마구 춤추며 술이 좌우로 튀었다. 그렇게 되면 그는 골이 나서 술을 뱃속으로 쏟아 부으며, 「이놈을 몇 십 잔이고 먹여 봐라. 손가락 하나 까딱 않고 통을 운반해 보일 테니.」 하고 외쳤다. 제르베즈는 떠는 것을 멈추려면 다시는 술을 먹어선 안된다고 하였다. 그러나 그는 마누라를 우습게 여기고 승합마차 따위가 지나가니까 술이 엎질러지는 것이라고 골이 나 가지고 불평을 하며, 떨리는지 어쩐지 다시 한번 시험해 보겠다는 듯이 몇 되씩 퍼먹었다.

3월 어느 날 밤, 쿠포는 쪼르르 젖어 가지고 돌아왔다. 그는 메보트와 함께 몽루즈에서 돌아온 것인데, 두 사람은 그곳에서 장어 수프를 실컷 먹고 왔다. 그리고 구르노 시문(市門)에서 프와송니에르 시문까지의 싫증나는 긴 길에서 소나기를 만난 것이다. 밤이 되자 그는 굉장히 기침을 해 대고 고열을 내며 시뻘겋게 되어서 짜부라진 풀무처럼 옆구리를 벌렁거렸다. 아침에 의사가 와서 등에 청진기를 대 보더니 고개를 흔들면서 제르베즈를 가까이 불러 놓고 남편을 곧장 병원으로 운반하도록 권했다. 쿠포는 폐렴에 걸려 있었다.

물론 제르베즈는 화내지 않았다. 옛날 같으면 남편을 의사한테 맡길 정도라면 몸이 가루가 될지언정 스스로 간호하였으리라. 나시옹 거리에서 부상하였을 때만 하여도 남편을 맘껏 아껴 주기 위하여 봉창해 둔 돈을 모조리 먹어 치웠다. 그러나 이와 같은 아름다운 감정도 남자가 방탕에 몸을 망치고 보면 오래가지 않는 법이다. 「싫어요. 이제 그 따위 귀찮은 짓은 질색이에요. 그 따위 놈팡이, 누구든 데려가서 두번 다시 안 데리고 온다면 아주 마음 편하겠어요.」 그래도 들것이 와서 가구처럼 쿠포를 싣자 제르베즈는 파랗게 질려 가지고 입술을 깨물고 있었다. 『자, 이것으로 됐어.』 하고 연방 마음 속으로 다짐해 보지만 본심은 그렇지 않았다. 쿠포를 보내지 않아도 될 수 있도록 장롱 속에 10프랑이라도 있었으면 좋겠다고 생각하였다. 그녀는 라리브와지에르 병원까지 따라가서 간호인들이 그를 커다란 병실의 구석에 누이는 것을 보았다. 그곳에는 죽은 사람과 같은 낯빛의 병자들이 일렬로 나란히 누워 있었는데 몸을 일으키며 새로 들어온 동료를 눈으로 좇았다. 방 안은 생지옥이었다. 숨이 막힐 듯 싶은 더운 냄새, 듣는 사람이 폐를 뱉어 버리고 싶어지는 폐병 환자의 기침 음악, 게다가 묘지 길을 방불케 하는 새하얀 침대가 양쪽으로 늘어놓여 있어 마치 페르 라셰즈 묘지를 줄여 놓은 것 같은 느낌이었다.

이윽고 쿠포가 베개를 베고 눕자 그녀는 무엇이라고 해야 좋을지 몰라, 또 마침 그를 위로해 줄 돈도 없었기 때문에 그대로 슬그머니 도망쳐 나왔다. 밖으로 나와 병원 앞에 서자 그녀는 돌아서며 잠깐 건물을 바라보았다. 그리고 예전에 쿠포가 추녀 밑에 매달려 햇빛 속에서 노래를 부르며 높다란 곳에 함석을 깔고 있던 시절을 생각하였다. 그 시절엔 그는 술도 안 마셨고 살갗 역시 계집애 같았다. 봉쾨르 호텔의 창에서 찾으면 공중에 있는 것이 보였고, 두 사람은 손수건을 흔들어 그것을 신호로 미소를 보냈다. 그렇다, 쿠포는 자기 자신을 위하여 일한다는 생각 따위는 염두에도 없이 그렇게 높은 곳에서 부지런히 일하고 있었다. 그런데 이제 와선 이미 난잡하고 시시덕거리는 참새와 흡사했다. 지붕 위 같은 데는 있으려고도 안했다.

땅바닥에 내려와서 병원에 보금자리를 만들고 그곳이 죽을 자리가 될 것처럼 몸도 볼품 없어졌다. 아, 이제 와서 생각하니 그 사랑하던 시절이 얼마나 멀기만 하냐!

다음 다음날 제르베즈가 문병을 갔을 때 침대는 비어 있었다. 주인은 어제 갑자기 동료를 때렸기 때문에 생트안느 뇌병원으로 옮겨야만 했다고 한 수녀 간호원이 설명하였다. 「오! 완전히 정신 이상이 되었어요. 머리를 벽에 부딪치려고 하며 다른 환자들이 잠잘 수 없을 만큼 고함을 치고 하시니 말이에요. 술이 원인인 것 같더군요. 몸 속에 잠복해 있던 술이 폐렴으로 누워 계신 틈을 타서 그분을 공격하고 신경을 혼란시킨 것이에요.」

세탁부는 정신이 아찔하여 집으로 돌아왔다. 그이가 이젠 정신 이상자이다. 그런 사람을 자유로이 놔 두면 생활은 엉망이 되리라. 나나는 외쳤다. 「아버진 병원에 놔 두어야만 해요. 그렇지 않으면 마지막엔 우리 두 사람을 다 죽여 버릴 거예요.」

일요일에야 겨우 제르베즈는 생 트안느에 갈 수 있었다. 그곳은 아주 멀었다. 다행히 로슈슈아르 거리에서 글라씨에르로 가는 승합마차가 정신 병원 곁을 지나갔다. 그녀는 상테 거리에서 내려 빈손으로 갈 수도 없는 노릇이고 하여 오렌지를 둘 샀다. 이곳도 역시 큰 건물로 회색빛 안마당이 있고 끝없는 복도가 계속되며 시큼하니 오래된 약 냄새가 났다. 도저히 밝은 기분이 될 수 있는 건물은 아니었다. 그러나 작은 방에 안내되자 쿠포의 튼튼한 모습을 보고 아주 놀랐다. 마침 그는 조금도 나쁜 냄새가 나지 않는 아주 정결한 나무 상자 변기에 걸터앉아 있었다. 엉덩이를 까고 용변을 보고 있는 때에 그녀가 왔기 때문에 두 사람은 웃어 댔다. 「어때, 이래도 병자라고 하니 말이야.」

그는 상자 위에서 교황처럼 의젓하게 허리를 펴고 앉아 예전이나 다름없는 입심을 되찾고 있었다. 『아, 이런 농담이 또 시작된 것을 보니 병도 꽤 차도가 있는 모양이로구나.』

「그래, 폐렴은?」 하고 세탁부가 물었다.

「내쫓아 버렸지!」 하고 그가 대답하였다. 「사람들이 완력으로 끌어냈다. 아직 조금씩 기침은 나오지만 이것은 굴뚝소제의 찌꺼기야.」 그리고는 다시 침대에 눕기 위하여 변기에서 일어서며 또 한번 농담을 하였다.

「당신은 코가 튼튼하니까 구린내쯤 아무렇지도 않지!」

그래서 두 사람은 한층 더 쾌활해졌다. 사실 즐거웠던 것이다. 그들이 이와 같이 함께 되어 농담을 하는 것은 필요 없는 말을 빼 놓고 단적으로 만족을 표시하는 방법이었다. 병자가 회복되어 무엇이건 할 수 있고 척척 일할 수 있는 것을 보는 기쁨이란 실제로 병자를 가져 보지 않고는 모른다.

쿠포가 침대로 돌아오자 그녀는 두 개의 오렌지를 주었다. 이것이 그를 감동시켰다. 달인 약만 마시고 목로 주점 카운터에서 기염을 토할 수 없게 되면서부터 그는 예전처럼 순한 사람이 되어 있었다.

그가 옛날처럼 얘기하는 것을 듣자 그녀는 놀라 가지고 마침내 머리가 이상하여졌던 일을 얘기하였다.

「아! 그것 말이지.」 하고 그는 자신도 희롱하는 투로 말하였다. 「그 얘기라면 입이 닳도록 했다고……. 생각해 보라고, 쥐들이 보였단 말이야. 그래서 꼬리에다 소금을 뿌려 주려고 네 발로 기어서 따라다녔단 말이야. 그랬더니 당신이 불렀어. 남자들이 당신을 죽이려고 하는 거야. 요컨대 어리석은 짓이었어. 낮도깨비 같은 것이었지……. 그렇고말고! 다 기억하고 있다고 머리는 아직 튼튼하니까……. 이젠 그런 일 없을 거야. 하기야 자고 있으면 꿈은 꾸지만. 또 악몽에 시달리는 수도 있고. 그러나 악몽쯤은 누구나 꾸는 것 아니겠어?」

제르베즈는 저녁나절까지 남편 곁에 있었다. 의사가 6시 회진 시간에 오자 그에게 두 손을 내밀게 하였다. 두 손은 거의 흔들리지 않았고 손 끝이 가늘게 꿈틀거릴 뿐이었다. 그러나 밤이 되자 쿠포는 차차 불안을 느끼기 시작하였다. 두 번이나 일어나서 방바닥과 네 방구석을 물끄러미 보았다. 갑자기 팔을 뻗쳤다. 그리고 무슨 동물을 벽에 밀어붙이는 것 같은 시늉을 하였다.

「왜 그래요?」 하고 제르베즈는 겁에 질려서 물었다.

「쥐, 쥐야.」 하고 그는 중얼거렸다.

그리고 잠시 동안 조용하게 잠들더니 띄엄띄엄 소리를 내뱉으며 몸을 비틀었다.

「쌍! 옷에 구멍을 뚫는군! 오, 더러운 놈의 짐승! 저봐! 당신 스커트를 잡으라고! 뒤로 돌았다. 조심하라고! 못된 놈의 것들, 재주를 넘는구나. 이것들이 지랄한다! 상놈의 새끼! 개놈의 새끼! 도둑놈의 새끼!」

그는 허공을 치며 이불을 끌어 잡아당기더니 돌돌 말아서 가슴에 댔다. 그의 눈에는 털북숭이 남자들 모습이 비치고 그것들의 폭력으로부터 가슴을 지키려는 모양인 것 같았다. 그때 간호원들이 달려왔기 때문에 방금 그 광경에 아주 정나미가 떨어져서 제르베즈는 그곳을 나와 버렸다. 그러나 며칠 뒤 다시 와 보니 쿠포는 완쾌되어 있었다. 나쁜 꿈도 사라지고 없었다. 그는 어린애처럼 잠자며, 손발 하나 까딱 않고 열 시간씩이나 잤다. 그래서 그녀는 쿠포를 집으로 데리고 가도 좋다는 허락을 받았다. 단지 의사는 퇴원을 하려는 순간 판에 박힌 주의를 주며 그것을 잘 생각해 보라고 충고하였다.

「다시 술을 마시게 되면 병이 도져서 목숨을 잃기가 십상일 것입니다. 그래요, 그건 당신 마음가지기에 달렸습니다. 술만 마시지 않으면 얼마든지 튼튼해지고 또 마음가짐도 성실해진다는 것은 당신도 아실 겁니다. 그러니까 댁에 돌아가셔도 생 트안느에서 하신 것처럼 얌전히 사시고 자신은 자물쇠를 채운 인간이다. 술집이란 것은 이 세상엔 없다고 생각해야만 합니다.」

「그 사람 얘기는 정말이에요.」 구트도르로 돌아오는 승합마차 안에서 제르베즈가 말하였다.

「물론 옳고말고.」 쿠포는 대답하였다. 그리고 잠깐 생각한 연후에 말을 이었다.

「오! 하지만 말이야. 간간이 작은 잔으로 하는 정도라면 목숨을 앗아 가진 않을 거야. 뱃속의 것을 내리게 해 주겠지.」

당장 그날 밤, 뱃속의 것을 내리게 하기 위해서라며 작은 잔으로 한잔 브랜디를 마셨다. 그래도 한 주일쯤은 상당히 사리를 알아차렸다. 그는 본디 아주 소심하기 때문에 비세트르의 정신 병원과 같은 곳에서는 죽고 싶지 않았다. 그러나 욕망에 이끌려 처음의 한 잔이 부지불식간에 두 잔이 되고 석 잔, 넉 잔이 되었다. 그리고 두 주일쯤 되니 본래대로의 주량으로 돌아가 하루에 반 리터씩이나 강한 술을 마셨다. 제르베즈는 울컥한 나머지 그를 후려갈기고 싶은 생각이 들었다. 『병원에서 저이가 분별을 되찾은 것을 보았다고 다시 한번 제대로 된 생활을 꿈꾸다니, 정말이지, 나는 얼마나 어리석었단 말인가!』

좋아한 것도 잠시뿐이고 그것은 또다시 사라졌다. 『틀림없이 이것으로 마지막이다. 이미 이 모양으로는 여하한 것을 가지고도, 당장 죽는다고 위협을 한다 해도 저 사람의 처신은 고칠 수 없다. 그러니까 이제 근심 걱정할 것도 없단 말이야. 집안은 엉망이 되겠지만 그까짓 것 아무래도 좋다. 나도 되는 대로 재미나 보아야지.』 그녀는 그렇게 중얼거렸다. 그래서 다시 지옥 같은 생활이 시작되었다. 생활은 점점 진창에 빠질 뿐 언젠가는 잘 되려니 하는 희망 따위는 눈꼽만큼도 없었다. 아버지가 따귀를 칠 것 같으면 나나는 발끈해 가지고 당신 같은 게으름뱅이가 어째서 병원에 남지 않았는지 모른다고 말대꾸를 했다. 하루라도 빨리 죽어 주었으면 좋겠으니까 아버지한테 브랜디를 사 줄 돈을 벌게 되었으면 좋겠다고 하기도 했다. 제르베즈도 어느 날인가 쿠포가 그녀와 결혼한 것을 후회하는 듯한 소리를 했기 때문에 발끈하였다.

「아! 넌 딴 녀석 찌꺼기 주제에 숫처녀 같은 낯짝을 하고 덤벼들어, 길가에서 나에게 주워진 것은 아니냔 말이다!」

「개수작 말아요! 뻔뻔스럽기도 하지! 거짓말만 늘어놓고. 나는 정말이지 당신 따윈 흥미도 없었단 말이야. 잘 생각해 보라고 했는데 내 발 밑에 무릎을 꿇고 애걸 복걸하더니. 고쳐 할 수만 있다면야 어림없지! 그 따위 짓을 할 바에야 팔을 하나 잘라내는 편이 낫다고요. 하기야 당신보다 전에 남자를 알고야 있었지만 말이에요. 하지만 아무리 남자를 알고 있던 여자라 해도 부지런하기만 하면야 술집으로 쏘다니며 자신과 가족의 명예를 더럽히는 게으름뱅이 사내보다는 낫다고요.」

그날 쿠포네 집에서는 처음으로 격식대로의 난투가 벌어졌다. 너무나 심하게 두들겨 댔기 때문에 헌 우산과 빗자루가 다 망가졌다.

제르베즈는 여기에 지쳤다. 그녀는 한층 더 절제 없이 굴었다. 일터에서도 그전보다 더욱 게으름을 피며 온종일 수다를 떨고 다녔고 일에도 성의가 없었다. 무엇이 손에서 떨어져도 그대로 방바닥에 놓아 둔 채 주으려 들지도 않았다. 게으른 타성이 배었다. 편안한 것 위주로 되는 대로 멋대로 사는, 먼지도 발에 치일 정도가 되어서야 비질할 생각을 하였다. 이즈음 로리외 부부는 그녀의 방 앞을 지나칠 때면 코를 틀어막는 시늉을 하며, 정말이지 지독하다고 하였다. 이 부부로 말할 것 같으면 복도 안쪽에서 살면서, 이 아파트의 한 모퉁이에서 사는 가엾은 사람들이 20수 동전을 꾸어 달라는 것을 피해 호젓이 처박혀 살았다. 「오! 마음씨 곱고 친절하신 이웃님네지! 그래, 마치 고양이 같다니까! 노크를 하고 불 좀 빌리자고 한다든지, 소금 한 움큼, 물 한

잔만 부탁해 보라고. 다짜고짜로 면상에다 쾅 하고 문짝을 닫을 게 뻔하니까. 게다가 그 험구라니, 이웃 사람을 돕는 마당에 남의 일에는 참견 않겠다고 허풍을 떨면서도 남을 욕하는 일에는 이빨을 드러내고 아침부터 밤까지 발벗고 나선다니까. 빗장을 걸고 틈새나 열쇠구멍을 막기 위해 담요를 걸친 채 잠시도 금 사슬 만드는 손을 쉬지 않고 부부끼리 고십을 즐기고 있단 말이야.」

무엇보다도 특히 절름발이의 몰락은 애무 받고 있는 고양이처럼 온종일 두 사람의 화젯거리가 되었다. 「지독한 몰락이야, 그 초췌한 꼴이라니, 그것들!」 그들은 제르베즈가 장보러 가는 것을 기다렸다가, 그녀가 앞치마 밑에 보잘것없는 빵부스러기를 감추어 가지고 오는 것을 보고 흥겨워하였다. 그들은 제르베즈가 먹을 것이 없어서 찬장 앞에서 발버둥치는 날을 헤아렸다. 그녀 방의 일이라면 두툼하게 쌓인 먼지도, 내팽개친 채로 둔 많은 어지러운 접시도, 가난과 나태로 점점 자포자기가 되어 가는 여러 가지 일들도 이 두 사람들은 샅샅이 알고 있었다. 「그러고 말이야, 그 여자 꼴이라니, 넝마장수도 줍지 않을 것 같은 더러운 누더기가 아닌가! 내 원 참! 그 금발 미인도 영 망했는 걸! 예전엔 그것도 파랗게 칠한 가게 안에서 제법 엉덩이를 흔들고 돌아다니더니……. 먹자타령에 자나깨나 그저 먹자판으로 지냈으니 벌이 내렸지.」

제르베즈는 로리외 부부가 자기 험담을 하는 것을 알아차리고 구두를 벗은 채 문에다 귀를 갖다 댔으나 둘러친 담요 때문에 들리지 않았다. 다만 언젠지 그녀 얘기에서 〈커다란 젖통〉이라고 하는 것을 귓결에 들었을 뿐이다. 아마도 먹는 것이 신통치 않아서 피부가 늘어진 데다 블라우스 앞이 조금 부풀어 있었기 때문이리라. 그러나 그녀는 이 부부하고는 어디서든 마주치지 않을 수 없는 노릇이고 남들에게 이러쿵저러쿵 뒷공론 듣고 싶지 않아 여전히 두 사람과 얘기는 하고 있었다. 그러나 이와 같은 근성이 되지 못한 것들한테는 해를 입기가 일쑤고 그렇다고 그들을 상대하여 실컷 욕설을 퍼부을 만한 기운도 이젠 없었다. 「그리고 말이야, 흥! 나도 재미 좀 봐야 할 것 아냐.」 하고 말했지만 그녀는 우두커니 앉아서 손가락이나 비비 틀고 좋은 일을 할 때가 아니면 움직이지도 않았다.

어느 토요일, 쿠포는 그녀를 서커스에 데리고 가기로 약속하였다. 여자들이 말을 타고 달리기도 하고 둥근 종이테를 통과하는 걸 구경하는 것이니 잠깐 가 볼 만한 가치는 있다. 마침 쿠포는 일을 일단락지었기 때문에 40수쯤은 마련할 수 있었다. 그리고 두 사람은 밖에서 식사를 할 예정이었다. 나나는 그날 밤 급한 주문이 있어서 주인집에서 상당히 늦도록 밤일을 하여야만 하였다. 그런데 8시가 가까워도 쿠포는 돌아오지 않앗다. 8시가 되어도 아무도 돌아오지 않았다. 제르베즈는 화가 치밀었다. 저 주정뱅이가 보나마나 거리의 술집에서 친구들과 같이 품삯을 털어 먹는 것이리라. 그녀는 모자도 빨아 놓았고 사람들 앞에 나갈 수 있도록 아침부터 헌옷 구멍을 열심히 손봐 놓았다. 마침내 9시경, 배도 고픈데다 낯빛이 창백해질 정도로 화가 미친 그녀는 그 근방으로 쿠포를 찾아 나서기로 결심하였다.

「영감을 찾고 있수?」하고 보슈 부인은 제르베즈의 험상궂은 얼굴을 알아채고서 물었다. 「콜롱브 영감네에 있을 게유. 보슈가 같이 세리즈(술에 절인 버찌)를 먹고 오는 길이라니까.」

그녀는 고맙다고 하였다. 그리고 쿠포의 눈깔을 때려 주리라고 생각하면서 한눈도 팔지 않고 보도를 급하게 갔다. 가랑비가 오고 있었기 때문에 이렇게 걷는 것이 한결 더 우울하였다. 그러나 목로 주점 앞에 도착하자 만약에 남편한테 덤벼들었다가 도리어 혼이 나지 않을까 걱정되어 갑자기 마음이 가라앉으며 조심스러워졌다. 가게는 휘황하게 밝았다. 가스등이 불타고 유리창은 햇빛처럼 환히 반짝이고 자그만 유리병과 주둥이 넓은 저장병이 그들의 빛깔로 벽을 되비치고 있었다. 그녀는 거기서 잠깐 멈춰 서서 발돋움을 해서 유리창에 눈을 붙이고 진열돼 있는 두 개의 술병 사이로 방 안 깊숙히 있는 쿠포를 들여다보았다. 그는 함석을 깐 조그만 탁자 둘레에서 친구들과 함께 앉아 있었으나 파이프의 연기로 그 모습은 모두 어렴풋하니 푸르게 보였다. 그 지껄이는 소리가 안 들리기 때문에 그들의 내민 턱과 튀어나온 눈과 몸을 흔들고 있는 꼴만 보자니 이러한 생각이 들었다. 『남자들이란 이런 숨이 막힐 듯한 굴 속에 틀어박히기 위하여, 아내와 가정을 내동댕이칠 수 있구나!』비가 목덜미로 흘러들었다. 그녀는 일어서서 가게에 들어갈 용기도 잃은 채 생각에 잠기어 교외의 큰길로 나갔다. 그렇다! 쿠포는 뒤밟는 것을 싫어한다. 들어갔다면 치도곤을 당했을지도 모를 일이다. 그리고 아무리 보아도 그곳은 제대로 된 여자가 갈 곳은 못되었다. 그러나 비 맞으며 나무 밑에 오자 약간 오한이 났다. 아직 결심은 서지 않았지만 분명히 무엇인가 좋지 않은 병에 걸리나보다고 생각하였다. 다시 되돌아가서 유리문 앞에 서서 재차 눈을 유리에 붙였으나 주정뱅이들이 자기 손이 닿지 않는 곳에서 여전히 떠들어 대며 마시는 것을 보니 울컥하였다.

목로 주점의 불빛이 포장 도로의 물구덩이에 비치어, 그곳에 빗물이 조그만

물방울을 만들고 있었다. 구리쇠 장식이 덜컥하면서 문이 열렸다가 닫히는 바람에 그녀는 도망을 치다가 물구덩이 속에 빠지고 말았다. 그러나 나중엔 자신이 너무나 어리석은 것 같아 문을 밀고는 곧바로 쿠포의 탁자로 갔다. 하여간에 남편을 찾으러 온 것이 아닌가? 오늘밤에 서커스 구경을 데리고 가마던 약속이었으니까. 부르러 올 권리는 있다. 안 됐지 뭐유! 나는 길에서 비누처럼 녹아 버리고 싶진 않으니까.

「어렵쇼! 이건 할멈이군!」 하고 함석장이는 숨이 막힐 것처럼 웃으며 외쳤다. 「이거 웃기는데, 정말! 응? 그렇지 않냐, 이거 웃긴다!」

메보트도 비비 라 그리야드도 베크 살레, 일명 브와 상 스와프도 모두 웃었다. 그렇다, 모두들 이건 재미있다고 생각한 것이다. 그러나 무슨 이유인지는 누구도 몰랐다. 제르베즈는 잠깐 당황하여 가만히 서 있었다. 그러나 쿠포가 순해 보이기에 그녀는 서슴없이 말하였다.

「당신도 참, 거기 가야죠. 빨리 갑시다. 아직 얼마쯤 볼 수 있을 거예요.」

「일어날 수가 없어, 눌어붙었단 말이야, 오! 장난이 아냐.」 하고 쿠포는 여전히 시시덕거리며 대꾸하였다. 「거짓말쟁이라고 생각하거든 시험해 보라고. 손을 잡아당기라고, 젠장! 더 힘껏, 영차……! 알았지, 콜롱브 영감이 나를 나사못으로 의자에 박아 놓았단 말이야.」

제르베즈는 쿠포의 손을 잡아 주었다. 그녀가 쿠포의 손을 놓자 동료들은 재미있는 농담거리를 보았다는 투로 서로들 몸을 부딪치며 소리를 지르면서 말긁기로 긁히는 나귀 모양으로 어깨와 어깨를 맞비볐다. 함석장이는 목구멍 안까지 보일 정도로 입을 딱 벌리고 웃었다. 그리고 이렇게 말하였다.

「할 수 없는 숙맥이로군! 좀 앉으면 어때. 철벅거리는 밖을 걷기보다는 여기 있는 편이 좋단 말이야……. 하긴 분명히 나는 집에 돌아가지 않았지만 볼 일이 있었단 말이야. 골이 나 봤자 대수냐……? 여보게들, 잠깐 비켜 주게.」

「부인, 내 무릎에 앉으시면 더 푹신할 거요.」 하고 메보트가 멋진 소리를 하였다. 제르베즈는 두드러지지 않도록 하려고 의자를 들어 탁자에서 좀 떨어져 앉았다. 그녀는 남자들이 마시고 있는 것을 바라보았다. 그것은 강한 브랜디로 컵 속에서 황금처럼 빛나고 있었다. 탁자에도 좀 엎질러져 있었는데 베크 살레, 일명 브와 상 스와프가 지껄이면서 그것으로 손가락을 적셔 가지고 커다란 글자로 욀랄리라고 여자 이름을 썼다. 그녀는 비비 라 그리야드가 굉장히 말라서 뼈와 가죽만 남은 것을 알았다. 메보트의 코에는 꽃이 피었다. 부르고뉴의 푸른 달리아 그대로. 네 사람이 다 지저분하였다. 더부룩한 수염은 뒷간의 빗자루처럼 뻣뻣하니 지린내가 나고 누더기가 된 작업복을 예사로 걸친 채 손톱에 때가 낀 더러운 손은 내놓고 있었다. 그러나 그런 대로 동료들끼리는 통하는 것이다. 왜냐 하면 그들은 6시부터 홀짝거리고 있었는데 그래도 조금도 흐트러지지 않은 솜씨로 마시고 있었기 때문이었다. 그들은 아주 알맞게 취하였다. 제르베즈는 또 다른 두 사람, 카운터 앞에서 마시고 있는 남자들을 보았는데 이들은 이미 곤드레만드레가 되어 조그만 잔을 턱에 대고는 입에 붓고 있는 식으로 셔츠를 적시고 있었다. 뚱뚱이 콜롱브 영감은 가게를 지키는 무기가 되어 있는 큼직한 팔을 뻗어 조용히 술을 따르고 있었다. 대단한 더위였다. 눈이 부신 가스등 불빛 속에 파이프 연기가 서리고 먼지 같은 동그라미를 만들어 차차 진해지는 안개로 손님을 감쌌다. 그리고 이 구름 속에서 귀를 찢는 듯한 영문 모를 소음이 흘러나왔다. 쉰 목소리, 컵 부딪는 소리, 욕설, 탁자를 치는 왁자지껄한 소리. 제르베즈는 얼굴을 찡그렸다. 이와 같은 광경은 여자에게 있어서 재미있는 것이 못될 뿐더러 익숙하지 못한 사람에겐 특히 그랬기 때문이다. 숨은 막히고 눈도 붉어져 홀 전체에 서리는 알콜 냄새로 벌써부터 머리도 무거워지고 있었다. 또한 갑자기 무엇인가 안정되지 아니한 좋지 않은 기분을 등 뒤에 느꼈다. 뒤를 돌아보니 증류기가 눈에 띄었다. 주정뱅이 제조기는 좁다란 안마당 유리 문 밑에서 지옥의 조리장인 양 지면을 바닥부터 뒤흔들며 움직이고 있었다.

밤이 되면 증류기의 구리는 그 둥그런 옆구리에 커다란 붉은 별을 하나 켜 놓았을 뿐이어서 한층 더 음침하였다. 안쪽 벽에 비치고 있는 기계 그림자는 악마가 날뛰는 그림자로 꼬리가 붙어 있는 이상한 모습과 사람을 삼켜 버릴 듯이 입을 벌린 괴물들을 그려냈다.

「이 수다쟁이야, 잔소리 말아!」 하고 쿠포가 외쳤다. 「좌석의 흥을 깨뜨리지 마! 뭘 좀 마실래?」

「아무것도 싫어요, 아무것도.」 하고 세탁부가 대답하였다. 「저녁밥도 안 먹었단 말이에요, 난.」

「좋아! 그렇다면 더하지, 좀 마시면 요기도 된다고.」

그러나 그녀가 결단을 내리지 못하고 있었기 때문에 메보트가 또다시 재치를 부려서, 「부인은 단 것을 좋아하겠지.」 하고 웅얼거렸다.

「나는 취하지 않은 남자를 좋아한다고요.」 하고 그녀는 뚱한 소리로 쏘아붙였다. 「그래요, 품삯은 마땅히 가지고 돌아와야죠. 그리고 약속은 반드시 지켜야 하잖아요.」

「옳아! 그래서 역정이 나셨군!」하고 함석장이는 여전히 희롱조였다. 「분배를 해라 이 말이지. 그러면 천치야, 한잔하라는데 어째서 거절하냐? 자, 마셔라. 마신 만큼 득이라고.」

그녀는 이마에 검은 주름을 하나 만들어 진지한 얼굴로 상대방을 물끄러미 보았다. 그리고 느릿한 말투로 대답하였다.

「그래! 그것도 일리는 있어요. 좋은 생각이에요. 이런 식으로 돈을 함께 마십시다.」

비비 라 그리야드가 일어나서 그녀를 위하여 아니스트 술을 한 잔 가지러 갔다. 그녀는 의자를 탁자 가까이 당겨 놓고 앉았다. 아니스트 술을 마시고 있는 사이에 그녀의 가슴 속에 갑자기 어떤 생각이 되살아났다. 옛날에 쿠포가 자기에게 접근해 오던 시절, 이 가게 문간 옆에 앉아서 같이 집던 브랜디에 절인 살구 생각을 한 것이다. 그때 그녀는 열매만 먹었지 술은 남겼었다. 그런데 이제 와서 이 모양으로 다시 술을 마시고 있다. 아! 그녀는 자신의 본성을 알았다. 『나는 의지라는 게 전혀 없다. 조금 허리를 퉁겼는데 그것만으로 벌써 술 속으로 곤두박히며 떨어져 버리다니.』 그리고 아니스트 술은 너무 달아서 메스꺼웠지만 아주 맛있었다. 베크 살레, 일명 브와 상 스와프가 뚱뚱보 욀랄리와의 관계를 얘기하는 것을 들으면서 그녀는 잔의 술을 홀짝홀짝 마셨다. 욀랄리는 생선 행상을 하고 있는데 빈틈이 없어서 수레를 밀고 한길로 다니며 그가 술집에 있는 것을 탐지하여 내는 특기가 있었다. 동료들이 베크 살레에게 알려 주며 숨겨 주려 해도 소용이 없었다. 대개는 잡히게 마련이었다. 어제 같은 날은 베크 살레가 일터를 빠진 벌로 따귀를 맞았을 정도였다. 그런 얘기를 듣고 그들은 정말 재미있다고 떠들어 댔다. 비비 라 그리야드와 메보트가 허리가 부러지도록 웃어 대며 제르베즈의 어깨를 탁 쳤기 때문에 그녀도 마침내 미친 듯이 그만 웃어 대고 말았다. 그러자 그들은 그녀에게 당신도 뚱뚱이 욀랄리 흉내를 내라고 충동하였다. 다리미를 가지고 와 술집의 함석 깐 탁자 위에서 쿠포의 귀에다 다리미질을 해 주라고 하였다.

「좋아! 고맙다고.」하고 쿠포는 아내가 마신 아니스트 술의 잔을 거꾸로 흔들면서 외쳤다. 「마시는 식이 됐어! 여보게들, 어떤가 제법 솜씨가 좋지.」

「부인, 한 잔 더 하시겠오?」하고 베크 살레, 일명 브와 상 스와프가 물었다.

「아니, 그만.」그러나 그녀는 망설였다. 아니스트 술 때문에 가슴이 울렁거렸다. 입가심으로 무엇이고 씁쌀한 것을 마시고 싶을 정도였다. 그녀는 뒤에 있는 주정뱅이 제조기를 곁눈질로 흘겨보았다. 이 큰 가마솥 같은 기계는 살찐 철물전 마누라의 배처럼 둥그랬는데 코를 내밀었다 휘었다 하며 그녀의 어깻죽지에 욕망과 공포가 뒤섞인 전율을 불어넣었다. 그렇다. 그것은 체내에 불을 한 방울씩 떨어뜨리고 있는 마녀나 또는 몸집 큰 매춘부의 금속으로 된 창자와 같았다. 대단한 독(毒)의 원천이다. 이 따위의 장치는 굴 속에나 처넣을 노릇이다. 정말이지 뻔뻔스럽고 꼴보기 싫다. 그러나 그래도 관계치 않다. 거기에 코를 박고 냄새를 맡으며 그 불결한 것을 맛보고 싶은 생각도 난다. 가령 혀를 데이고 오렌지처럼 허물이 벗겨져도 좋다.

「대체 무엇을 마시고 있어요?」 하고 그녀는 남자들 잔의 아름다운 금빛에 눈을 번득이며 능청스레 물었다.

「이것은 말이지, 응.」 하고 쿠포가 대답하였다. 「콜롱브 영감네 장뇌(樟腦)야……. 시치미 떼지 말라고. 응? 곧 맛을 보여 줄게.」

소주 한 잔이 그녀 앞에 놓여졌다. 첫번 한 모금에 턱이 죄어들었다. 그러자 함석장이는 자기의 넓적다리를 두들기며 계속하였다.

「응! 목구멍을 도려내는 것 같지! 단숨에 죽 들이키라고. 이놈은 한잔할 때마다 의사 주머니에서 6프랑짜리 은전을 빼내는 것만 같다니까.」

두 잔째로, 제르베즈는 고통스럽던 허기증도 못 느끼게 되었다. 이제는 쿠포와 화해가 되고 약속을 지키지 않은 일로 하여 그를 원망하지 않았다. 『서커스는 다른 날 가면 된다. 말 등에 앉아서 달음질치는 곡예사 따위는 그다지 재미도 없다. 콜롱브 영감네 가게에 있으면 비도 안 맞는다. 품값이 강한 브랜디 속에서 녹아 버렸다고 해도 어쨌든 자기 뱃속에 들어갔으니까. 아름다운 황금수처럼 반짝이는 맑은 품값의 물을 마시는 것이다. 아! 세상 사람들이 뭐라 하건 알 게 뭐야. 이렇게 즐거운 기분이 되어 보기는 난생 처음이다. 게다가 남편과 반 몫씩 돈을 버리는 것이니 깨끗이 단념도 할 수 있어. 이렇게 기분이 좋은데, 여기 주저앉아 있는 게 왜 나쁘지? 활이든 총이든 다 들이대 봐라, 일단 이렇게 마시기 시작한 이상 이젠 꼼짝도 않을 테다.』 그녀는 방의 훈기에 훈훈히 몸이 더워져서 블라우스가 등에 들러붙었으며 팔다리가 축 늘어지도록 기분이 좋아졌다. 그리고 테이블에 팔꿈치를 세우고는 몽롱한 눈으로 혼자 웃고 있었는데, 그것은 옆 테이블의 두 술꾼들, 키 작고 뚱뚱한 사나이와 땅딸보가 곤드레만드레가 되어 빵처럼 서로 착 들러붙어 있는 것이 무척 재미있었기 때문이다. 그렇다. 그녀는 이 목로 주점과, 라드로 만든 구슬처럼 생긴 콜롱브 영감의 둥글둥글한 얼굴과, 짧은 곰방대를 태우며 고함을 치고 침을 뱉고 하는 술꾼들과, 유리창이며 술병을 번쩍번쩍 빛내고 있는 가스등의 불꽃을 향해서 웃고 있었다. 불쾌한 냄새도 이젠 아무렇지도 않았다. 오히려 코가 간지러운 것이 좋은 냄새 같은 느낌마저 들었다. 눈을 지그시 감고, 답답하지는 않지만 얼마간 가쁘게 호흡하면서 천천히 잠 속으로 굴러 떨어지는 즐거움을 맛보고 있었다. 세 잔째의 조그만 잔을 비운 그녀는 두 손에 맥없이 턱을 올렸다. 눈에 들어오는 것은 쿠포와 그 친구들뿐이었다.

그들과는 이제 코가 맞닿을 듯이 되었으며 얼굴에 후끈한 입김을 느끼며, 한 가닥씩 세기라도 할 듯이 그 더러운 수염을 바라보았다. 그들은 몹시 취해 버렸다. 메보트는 담뱃대를 물고 잠든 황소처럼 묵묵히 힘에 겨운 듯이 침을 흘리고 있었다. 비비 라 그리야드는 리터 병을 입술도 대지 않고 단숨에 쏟아 붓고는, 빈 병 밑바닥을 보여 주는 재주를 자랑하였다.

그 동안 베크 살레, 일명 브와 상 스와프는 카운터에서 투르니케 노름 기계를 들고 와 쿠포와 술내기를 했다.

「2백 점이라고! 넌 부자야. 언제나 큰 숫자만 들이대거든.」

투르니케의 날개가 삐걱거리고 유리 아래 끼워 둔 운명의 여신을 그린 큼직한 붉은 그림이 빙글빙글 돌면 한가운데가 포도주의 얼룩처럼 동그란 점이 되었다.

「3백5십 점! 속였구나, 이 자식! 제기랄! 난 그만한다!」

제르베즈는 투르니케에 흥미를 느꼈다. 그녀는 이제 꽤나 마셔서 메보트를 「아가야.」라고 불렀다. 뒤에서는 그 주정뱅이 제조기가 지하수처럼 은밀한 소리를 내면서 여전히 움직이고 있었다. 그녀는 이 기계의 움직임을 멎게 하는 것도, 그것을 다 마셔 없애는 것도 모두 단념한 채, 절망적인 분노를 느끼며 짐승에 덤벼들 듯 그 큼직한 증류기에 달려들어 발로 걷어차서 옆구리를 뚫어 주고 싶었다. 모든 것이 몽롱해졌다. 기계가 몸을 움직이는 듯이 보이고 그 구리 손이 자기를 움켜잡으려 하고 있는 듯한 기분도 들었다. 그리고 웬지 벌써 술이 온 몸 속을 강물처럼 흐르고 있는 듯한 느낌이었다.

그리고 홀이 춤을 추기 시작했다. 가스등이 별처럼 흘렀다. 제르베즈는 취한 것이다. 베크 살레, 일명 브와 상 스와프와 악당 콜롱브 영감이 심하게 언쟁을 벌이고 있는 소리가 들렸다. 「이 도둑놈 같은 영감쟁이가 그래, 계산을 속여! 여긴 날도둑의 소굴이 아니란 말이야.」 별안간 쿵쿵거리는 소동이 벌어졌다. 고함치는 소리, 테이블 뒤집는 소리. 콜롱브 영감은 몸을 한 번 약간 틀더니 간단히 그들을 바깥으로 집어던져 버렸다. 집 앞에서 그들은 영감에게 욕지거리를 퍼붓고 불한당 놈이라고 악을 썼다. 여전히 비는 내리고 차가운 바람도 간간이 불고 있었다. 제르베즈는 쿠포와 헤어졌는가 하면 다시 찾고 또 금방 떨어지곤 했다. 그녀는 집에 돌아가고 싶어 이곳저곳 가게를 목표삼아 길을 찾았다. 갑자기 어두운 거리로 쫓겨나는 바람에 도무지 짐작할 수가 없었던 것이다. 프와송니에르 거리 모퉁이까지 왔을 때 그녀는 세탁소인 줄 알고 도랑에 가서 주저앉았다. 온몸이 물에 젖었으며 뭐가 뭔지 알 수 없게 되어 몹시 기분이 나빴다. 간신히 집을 찾았다. 관리인 부부의 문간 앞을 재빨리 지나갔으나 그 방에서 로리외 부부와 프와송 부부가 테이블에 앉아 그녀의 심한 몰골을 보고 불쾌한 미간을 찌푸리는 것이 똑똑히 보였다. 제르베즈는 어떻게 해서 7층까지 올라갔는지 알 수 없었다. 위에 이르러 복도를 걸어가니 발소리를 듣고 어린 소녀 라리가 달려나와서 매달릴 듯이 두 팔을 벌리고 웃으며 말했다.

「제르베즈 아주머니, 아빠 아직 안 오셨어요. 그러니까 애들이 자고 있는 얼굴 좀 구경하세요……. 아주 귀여워요!」

그러다가 세탁부의 멍청하게 흔들거리는 얼굴을 보고 라리는 뒤로 물러섰다. 그녀는 술 냄새 풍기는 퀴퀴한 숨결과 핏기 없는 눈과 일그러진 입매가 무엇을 뜻하는지 잘 알고 있었다. 제르베즈는 한 마디 말도 않고 비틀비틀 지나갔으며 소녀는 문간에 우두커니 서서 엄하고 검은 눈으로 잠자코 그녀의 뒷모습을 지켜보고 있었다.

11

나나는 크면서 말괄량이가 되었다. 15살에 벌써 송아지처럼 발육하여 흰 살결에 지방이 붙어 마치 실꾸러미처럼 몽실몽실하게 살이 쪘다. 그렇다, 15살이라면 이빨은 다 나지만 코르셋은 두르지를 않는다. 우유에 담근 듯한 어디로 보나 얌전치 못한 얼굴, 복숭아 같은 부드러운 피부, 장난꾸러기 같은 코, 장미빛 같은 입술, 남자의 마음을 휘젓고 그것으로 파이프의 불을 붙여 보고 싶은 반짝이는 눈동자, 싱싱한 구리빛의 풍부한 금발은 관자놀이에 주근깨를 금가루처럼 뿌리고 이마에 햇빛의 동그라미를 씌운 듯이 보인다. 정말, 로리외 부부의 말마따나 이 얼마나 귀여운 인형인가. 아직 코를 풀어 줘야 하는 어린앤데도 그 토실토실한 어깨는 완전히 둥근 선을 그리고 이제 버젓한 여자의 성숙한 냄새를 물씬 풍기고 있었다. 나나는 이제 블라우스 속에 종이를 뭉쳐서 넣지 않아도 되었다. 유방이 자연히 부풀어올랐기 때문이다. 흰 공단을 연상시키는 참으로 신선한 한 쌍의 유방이다. 더욱이 그것이 거추장스럽게 느껴지지 않았다. 오히려 그녀는 두 손으로 받쳐들 만한 것을 갖고 싶어할 정도였으며 유모 같은 젖을 자기도 가졌으면 하고 늘 꿈꾸고 있었다. 청춘이란 그토록 탐욕스럽고 무분별한 것이다. 특히 그녀를 귀엽게 보이게 하는 건 흰 이빨 사이로 혀끝을 쏙 내미는 나쁜 버릇이었다. 거울에 비쳐 보고 그렇게 하면 멋있어 보인다는 것을 아마 벌써부터 알고 있었던 모양이다. 그래서 멋을 부리려고 온종일 혀를 쏙 내밀고 있었다.

「혀를 내밀지 말라니까.」 하고 어머니는 자주 꾸짖었다. 쿠포도 늘 아내와 장단을 맞추어 주먹을 휘두르면서 천하게 소리쳤다.

「너 그 빨건 거 집어 넣지 못해!」

나나는 무척 모양을 냈다. 발을 늘 씻는 것도 아닌데, 구두만은 꼭 끼는 것을 신고 다녔으므로 마치 구두 가게의 수호성인(守護聖人) 성 크래뱅의 감옥에서 순교의 고역을 치르고 있는 것 같았다. 얼굴이 창백한 것을 보고 사람들이 왜 그러느냐고 물으면 그녀는 자기가 멋을 부리고 싶어 그런다는 속셈을 드러내고 싶지 않아 배가 아프다는 핑계를 댔다. 집에 먹을 빵도 없는데 몸을 치장한다는 것은 쉬운 일이 아니다. 그래도 그녀는 기적처럼 해냈다. 가게에서 리본을 갖고 와서는 때묻은 옷에 리본의 매듭이며 술을 가득 달아 그렁저렁 복색을 갖추는 것이다. 여름은 그녀로서는 매우 우쭐 댈 수 있는 계절이었다. 6프랑짜리 무명 드레스 한 벌만 있으면 일요일마다 견딜 수 있었으므로, 그녀는 그 아름다운 금발을 휘날리면서 구트도르 거리를 돌아다녔다. 실제로 외곽의 큰길에서 요새에 이르기까지, 클리냥쿠르 거리에서 샤펠의 대로에 이르기까지 그녀를 모르는 사람이 없었다. 모두 귀여운 암탉이라고 불렀다. 그녀는 정말 암평아리처럼 살결이 부드럽고 싱싱했으니까. 특히 그녀에게 아주 잘 어울리는 드레스가 한 벌 있었다. 흰 바탕에 장미빛 줄무늬가 든 드레스로 극히 단순하고 매우 소박한, 장식 하나 없는 옷이다. 스커트는 약간 짧은 듯하여 다리를 훤히 드러내 보였고 크게 터져서 내려진 소매에서는 팔이 팔꿈치까지 드러났다. 블라우스의 깃은 아버지에게 따귀를 얻어맞지 않으려고 언제나 층계 밑의 어두운 구석까지 내려가서야 핀으로 하트꼴이 되게 벌린다. 그러면 눈처럼 흰 목과 가슴팍의 금빛 그림자가 드러난다. 그 밖에는 다만 장미빛 리본을 하나 금발 머리 둘레에 달 뿐이었다. 리본 끝이 목덜미에 팔랑팔랑 나부낀다. 이렇게만 해도 그녀에게서 꽃다발처럼 싱싱한 맛이 풍겼다. 그녀에게선 어린아이에서 여자로 옮겨져 가는 나이가 갖는 나체의 향기로움, 청춘의 향기가 물씬 풍겼다. 요즈음 와서 그녀에게 일요일이란 군중과의, 또 거리에서 마주치며 자기에게 추파를 던지는 모든 사나이들과의 밀회의 날이라고 할 수 있었다. 꼬박 한 주일 동안 하찮은 욕망에 자극을 받고 숨이 막힐 듯한 기분으로 바깥 공기에 닿아 보고 싶다, 나들이옷을 입고 번화가의 햇빛 속의 지저분한 거리를 어슬렁거리고 싶다고 줄곧 생각하면서 일요일이 되기를 목이 빠지게 기다리며 살아온다. 그리하여 그날이 되면 아침부터 즉각 나들이 채비를 시작하여, 몇 시간이나 슈미즈 차림으로 옷장 위에 걸린 거울 앞에 앉아 있다. 온 아파트 사람들이 창문으로 내다볼지도 모르므로 어머니는 안색이 변하면서 그 흉한 꼬락서니로 싸다니는 것은 이제 대강해 두라고 말했다. 그러나 그녀는 주춤거리는 기색도 없이 다리를 드러내 놓고 슈미즈가 어깨에 헐렁하게 미끄러진 채로 머리를 헝클어뜨리고 흘러내린 애교 머리를 설탕물로 이마에 붙이기도 하고, 편상화의 장식 단추를 달기도 하고 드레스를 한 바늘 손질하기도 하였다. 쿠포는 저 꼬락서니, 저런 대단한 계집애를 보라고 놀리듯이 말했다.

「꼭 진짜 창년데 그래! 저건 머잖아서 갈보가 돼 가지고 2수만 주면 발가벗게 될지도 몰라. 이봐, 너 그 살 좀 가리지 못해, 밥이 목구멍을 넘어가지 않는다.」하고 그는 소리쳤다. 그녀는 나슬나슬하게 넘칠 듯한 금발머리 아래로 흰 살결이 날씬하여, 참으로 홀딱 반할 만한 여자가 되어 있었다. 그러나 방금 들은 아버지의 노골적인 말에 화가 치밀어서 살결이 장미빛으로 물들더니 대답도 없이 뿌루퉁하게 이빨로 실을 물어 끊었다. 그 때문에 아름다운 처녀의 드러난 몸이 가냘프게 떨렸다. 그런 다음, 점심을 먹고 나서 그녀는 곧 달아나 안마당으로 내려갔다. 일요일의 더위가 후끈하게 낀 정적이 온 아파트를 졸게 하고 있었다. 아래층에는 작업장도 닫혀 있었다. 집집마다 창을 열어젖혀 놓고 하품을 하고 있었으며 벌써 저녁 준비가 된 식탁이 차려져서 요새 근처로 배를 끌고 나간 가족들이 돌아오기를 기다리고 있었다. 4층에 사는 여자들은 온종일 방을 닦으며 침대를 밀고 가구를 뒤집고 하면서, 몇 시간이나 달콤하고 구슬픈 가락으로 한 가지 노래만 불러 댔다. 일들을 쉬기 때문에 휑뎅그렁하게 소리가 잘 울리는 안마당 한가운데에서는 나나와 폴린느와 다른 처녀들이 모여서 날개깃치기를 시작했다. 그녀들 대여섯 명은 함께 자랐는데 이제는 아파트의 여왕 격이었으며 저마다 사나이들이 열심히 던지는 추파의 대상이 되어 있었다. 남자가 한 사람이라도 안마당을 지나가면 금방 요란스런 웃음소리가 일어나고 풀먹인 그녀들의 스커트 자락 스치는 소리가 훽 불어오는 한무더기의 바람처럼 인다. 머리 위에서는 제삿날같이 공기가 흐릿하게 무덥고, 마치 나태로 흐느적해서 산책길 먼지를 부옇게 덮어쓴 듯 흐르고 있었다. 그런데 이 깃치기놀이도 달아나기 위한 하나의 수단에 지나지 않았다. 별안간 온 아파트가 조용해진 것은 그녀들이 이제 막 한길로 빠져 나가서 외곽 큰길 쪽으로 몰려간 탓이다. 여섯 처녀들은 나란히 팔짱을 끼고 모자도 안 쓴 머리엔 리본을 나부끼며 나들이옷들을 차려 입고 온 길을 가득히 메우고 지나간다. 그녀들은 가느다랗게 뜬 실눈으로 흘깃흘깃 시선을 던지면서 반짝이는 눈동자는 무슨 일이고 하나도 놓치지 않는다. 그리고 살이 통통하게 찐 턱을 보라는 듯이 목을 뒤로 젖히고 웃어 댄다. 곱사등이 지나가거나 노파가 길거리에서 개를 기다리고 있거나 하면 왁자지껄하게 웃으면서 걸음을 멈추고 뒤에 남는 사람, 그것을 확 끌어당기는 사람으로 나뉘어 그만 대열이 끊어지고 만다. 그리고는 일부러 엉덩이를 흔들거나 몸을 굽히고 괴상한 몸짓들을 하곤 했는데, 그것도 사람의 눈을 끌고 싶은 데다 여자가 되어 가고 있는 몸뚱이로 블라우스를 푸덕푸덕 소리나게 하고 싶었기 때문이다. 거리는 바로 이 처녀들의 것이었다. 그녀들은 가게 앞에서 스커트를 걷어붙이고 자란 아이들이다. 그래서 다 큰 지금도 스커트를 허벅지까지 걷어올리고는 한길에서 양말대님을 고치곤 했다. 느릿느릿하게 걸어가는 우중충한 군중의 물결 속, 한길의 높다랗게 뻗친 큰 가로수 사이, 로슈슈아르 시문(市門)에서 생 드니 시문까지의 거리를 처녀들은 이렇게 어수선하게 떼지어 누비고 다녔다. 마주치는 사람을 밀어내고, 혼잡한 군중 사이를 지그재그로 헤치면서 때로는 뒤돌아보고 몇 번이나 왁자하니 웃고는 재잘재잘 지껄여 댄다. 그녀들의 드레스가 펄럭인 뒤에는 두려움을 모르는 청춘의 냄새가 떠돌았다. 대기에 노출되어 눈부신 햇빛을 쬐며 불량 소녀 같은 음란함과 천함을 드러내 보이면서도, 막 욕탕에서 나와 목덜미가 촉촉히 젖은 처녀처럼 탐스러운 교태를 느끼게 했다.

나나는 햇빛에 환하게 빛나는 장미빛 드레스를 입고 한가운데 끼여 폴린느에게 팔을 맡기고 있었다. 흰 바탕에 노란 꽃무늬가 든 폴린느의 드레스도 햇빛에 반사되어 빛나고 있었다. 두 사람은 나머지 처녀들보다 몸집도 크고 처녀다웠으며 뻔뻔스러움도 남보다 더하여 그들 무리의 지도자 격으로 선두에서서 사람들의 눈을 끌고 찬사를 들으면서 한껏 우쭐대고 있었다. 나머지 말괄량이들은 아직도 소녀에 지나지 않았지만 그래도 버젓한 여자로 보이고 싶어 기를 쓰며 좌우에 매달리고 있었다. 나나와 폴린느는 속으로 남자들의 마음을 끌 자질구레한 간교를 알고 있었다. 숨이 차도록 힘차게 달리는 것은, 물론 그것은 흰 양말을 드러내 보이거나 땋은 머리의 리본을 나부끼게 하기 위해서이다. 그러다가 이윽고 숨이 찬 체하면서 가슴팍을 들먹이며 몸을 뒤로 젖혀 걸음을 멈출 때는 그 근처에 틀림없이 누군가 낯익은 이웃 젊은이가 서 있었다. 그리고는 곧 사뭇 나른한 듯이 맥빠진 걸음걸이로 소곤소곤 나직히 말을 주고받으면서, 웃음을 머금은 귀여운 눈을 내리깔듯이 하곤 사나이 쪽을 살핀다. 처음부터 그녀들은 한길의 인파 속에서의 이런 우연한 밀회를 기대하고 빠져 나온 것이었다. 양복에 중산모 차림의 단벌 나들이옷을 입은 청년들은 도랑가에서 처녀들을 잠시 붙들어 놓고 농담을 건네며 몸에 장난을 하려고 한다. 또 진한 회색 작업복을 너절하게 걸치고 팔짱을 낀 채, 곰방대의 연기를 그녀들의 얼굴에 뿜어 대면서 천천히 이야기를 나누는 20대 직공들도 있었다. 그러나 아무튼 이런 일은 큰일로까지 번지지는 않는다. 이 젊은이들은 이 처녀들과 함께 길거리에서 자랐으니까. 그러나 그녀들은 그 숱한 사나이들 중에서 벌써 저마다 상대를 골라 놓고 있었다. 폴린느가 늘 상대하는 사람은 그녀에게 곧잘 사과를 사 주는 목공일을 하는 17살 난 고드롱 부인의 아들이었으며, 나나는 큰길 건너편에 있는 세탁소 아들 빅토르 포코니에를 어김없이 찾아냈다.

그들은 어둑어둑한 길모퉁이에서 자주 입을 맞추었다. 그러나 이런 관계도 그 이상은 진척되지 않는다. 그녀들은 너무 불량해서 저도 모르게 바보 같은 짓을 하지는 않는 것이다. 다만 세상 사람들이 이것저것 그럴 듯하게 떠들어 댈 뿐이다.

이윽고 해가 지면 이 말괄량이들의 커다란 즐거움은 길가 흥행꾼들 앞에서 걸음을 멈추는 일이었다. 요술꾼들이며 곡예사들이 나타나서 다 닳은 자리를 길바닥에 깐다. 그러면 구경꾼들이 왁자하게 몰려와서 동그랗게 사람 울타리를 만든다. 그 한가운데에서 거리의 곡예사들이 몸에 딱 붙는 퇴색한 셔츠를 입고 갖가지 재주를 부려 보이는 것이다. 나나와 폴린느는 제일 사람이 복잡한 장소에 몇 시간이나 서 있었다. 새로 지은 고운 드레스가 너절한 외투며 작업복 속에 끼여 마구 구겨졌다. 드러난 팔, 맨 목덜미, 모자도 안 쓴 머리카락은 퀴퀴한 숨결과 술 냄새, 땀 냄새의 자욱한 악취 속에서 찌든다. 그래도 두 사람은 재미있어 하며 불쾌하게 생각지도 않고 얼굴을 붉히면서 마치 자기가 태어난 둥우리에라도 있는 듯이 얼굴엔 미소마저 띠고 있었다. 주위에서는 천한 말투와 노골적이고 음탕한 말, 주정뱅이들의 욕설이 난무한다. 그러나 그거야말로 그녀들의 언어였으며 두 사람에게는 이미 다 귀에 익은 말들이다. 미소를 띤 채 수치심도 모르고 흘깃 뒤돌아보지만 넉살좋고 태연스러우며 공단 같은 살결의 매끄러운 푸르름은 붉히지도 않는다.

다만 한 가지 그녀들이 곤란한 것은 아버지, 그것도 술에 취한 아버지와 마주치는 일이었다. 두 사람은 조심해서 서로 알려 주기도 했다.

「애, 나나야.」 하고 별안간 폴린느가 외친다. 「쿠포 아저씨야.」

「어머, 아버지, 취했나 봐. 곤죽이잖아!」 하고 지긋지긋한 듯이 나나가 말한다. 「난 달아날 테야! 마구 얻어맞고 싶지 않아……. 어머, 아버지 좀 봐. 앞으로 고꾸라졌어! 정말 얼굴에 상처라도 나 버리면 좋을 텐데.」

때로는 쿠포가 곧장 그녀 쪽으로 다가오는 바람에 달아날 틈도 없어지면 주저앉으며 소곤거린다.

「애들아, 나 좀 감춰 줘! 아버지가 찾고 있어. 들키면 엉덩이를 얻어맞아, 애들아.」

이윽고 주정뱅이가 지나가 버리면 그녀는 일어서고 친구들도 왁자하니 웃으면서 그의 뒷모습을 바라보았다. 저 사람 찾아낼 걸! 찾아내긴 뭘 찾아내! 마치 숨바꼭질과 같다. 그러나 가끔은 보슈가 폴린느를 찾으러 와서 그녀의 두 귀를 붙잡고 끌어가거나, 쿠포가 나나의 엉덩이를 걷어차면서 끌고 가는 일도 있었다.

날이 저물자, 그녀들은 마지막으로 한 바퀴 더 돌아보고는 약간 빛이 남아 있는 황혼 속을 피로한 인파에 섞여서 집으로 돌아갔다. 공중에 떠도는 먼지는 짙어져서 흐릿한 하늘을 창백하게 만들었다. 구트도르 거리는 문간에서 서성거리는 수다스러운 아낙네의 모습이며, 마차가 끊어진 동네의 후텁지근한 정적을 깨는 고함소리 등으로 마치 조그만 시골 도시의 풍경이었다. 그녀들은 잠시 안마당에 모여 다시 날개짓치기를 하면서 줄곧 그 자리를 떠나지 않은 체한다. 그리고 머릿속에서 무언가 핑계를 준비하면서 층계를 올라간다. 그러나 양친이 수프의 간이 짜다든가 설익었다든가 하고 서로 따귀를 치고 받기에 바쁠 때면 그런 핑계를 대지 않아도 되는 수가 많았다.

이제 나나는 여공이었다. 줄곧 견습 노릇을 한 케르 거리의 티트르빌 가게에 나가서 하루 40수를 벌게 되었다. 쿠포 부부는 그녀를 다른 데로 옮기게 하고 싶지 않았다. 가게에서 10년 전부터 여공장을 하고 있는 르라 부인에게 감독을 부탁할 수 있었기 때문이다. 아침에 어머니가 비둘기 시계로 시간을 지켜보고 있는 동안, 딸은 얌전하게 폭과 길이가 다 짧은 낡은 검은 드레스를, 어깨 언저리가 끼여 갑갑한 듯이 입고 혼자서 집을 나간다. 르라 부인은 이 아이가 도착하는 시간을 확인하는 책임을 지고 있었으며 나중에 그것을 제르베즈에게 보고하게 되어 있었다. 구트도르 거리에서 케르 거리까지 가는 데 나나는 20분을 얻어 놓고 있었다. 그것으로 충분했다. 이런 말괄량이들은 사슴처럼 걸음이 빠르기 때문이다. 가끔 시간이 다 되어 급히 뛰어들어올 때도 있었다. 그 새빨개진 얼굴에 숨을 헐떡이는 꼴을 보면 도중에서 한눈을 팔다가 10분 동안에 시문에서 달려 내려온 것이 틀림없다. 7,8분쯤 지각하는 일도 적지 않았다. 그러면 그날은 저녁때까지 저의 고모에게 아양을 떨며 상냥한 눈초리로 애원하여 어떡하든 그녀의 마음을 움직여 집에 알리지 않도록 하려고 애를 쓴다. 젊은 사람에게 이해심이 많은 르라 부인은 쿠포 부부에게는 거짓 보고를 했다. 그러나 나나에게는 지루하게 끝없이 설교를 늘어놓고 자기에게 맡겨진 책임 문제를 내세우기도 하고, 또 파리의 길거리에서 젊은 여자들이 얼마나 위험에 직면하고 있는가를 얘기했다. 「정말이다, 얘야. 나를 다 따라다니는 판국이거든!」 그녀는 언제나 음탕한 생각에 사로잡혀 타는 듯한 눈으로 조카의 몸을 훑어보았다. 그리고 이 가엾은 아기 고양이의 천진스러운 응석을 들어 주고 끝내 지켜 줘야 한다고 생각하니 몸이 화끈 달아오르는 것이었다.

「얘야 무슨 일이 있더라도 나한테는 말해야 한다. 너한테는 신경을 쓰고 있으니까. 만일 네 몸에 무슨 일이라도 있어 봐라, 나는 세느 강에 뛰어드는 수밖에 없어져. 알겠니, 남자들이 말을 건네오거든 모두 나한테 일러 줘야 해. 한 마디도 빠뜨리지 말고 죄다. 어떠냐? 아직 아무 말도 들은 적이 없지, 그렇지? 맹세할 수 있겠니?」 하고 되풀이하는 것이다.

그러면 나나는 장난스럽게 입을 삐죽거리고 말했다. 「걱정 마세요. 그런 일 없어요. 아무도 말을 건네지 않아요. 성큼성큼 걸어가 버리는 걸 뭐. 그리고 무슨 소릴 듣더라도 난 남자 따위 상대하지 않아요.」 이렇게 말하고는 일부러 어리숙한 표정으로 지각한 이유를 변명했다.

그림 간판을 들여다보느라고 한참 서 있었느니, 온갖 얘기를 늘어놓는 폴린느와 함께 있었느니 하고. 「만일 못 믿으시겠다면 내 뒤를 밟으셔도 좋아요. 전 왼쪽 보도에서 한 번도 떠나지 않았으니까요. 그리고 몹시 걸음이 빨라서 마차처럼 다른 애들을 다 뒤에 남겨 놓고 와 버리거든요.」 사실, 어느 날 프티카로 거리에서 나나는 어떤 남자가 창가에서 수염을 깎고 있는 것을 보고 조화공 말괄량이들 셋과 함께 위를 쳐다보며 웃고 있다가 르라 부인에게 들켜 버렸다. 나나는 뿌루퉁해서 지금 막 모퉁이의 빵가게에 1수짜리 빵을 사러 들어가는 참이었다고 거침없이 둘러댔다.

「암, 이제 난 줄곧 눈을 떼지 않고 있으니까 염려 마라.」 하고 키다리 미망인은 쿠포에게 말했다. 「그 애는 내 일과 다름없이 책임을 지마. 이상한 놈이 손을 댈 눈치를 조금이라도 보이면 난 가만 있질 않을 테니까.」

티트르빌네 가게의 작업장은 중간 2층의 넓은 방으로 받침대에 얹은 큼직한 작업대가 중앙에 놓여 있었다. 드러난 사방 벽에는 회색 벽지가 우중충하고, 틈새론 석회벽이 들여다보였다. 벽을 따라 헌 마분지 상자며 포장 뭉치가 두꺼운 먼지를 덮어 쓰고 그냥 잊혀져서 소용도 없게 된 모양으로 가득 찬 선반이 몇 단이나 이어져 있었다. 천장은 가스 때문에 그을음을 칠한 듯이 거뭇거뭇했다. 두 개의 창문이 큼직하게 열려 있어서 여공들은 작업대에 앉은 채 맞은편 길거리에서 오고 가고 하는 사람들을 바라볼 수 있었다.

르라 부인은 본을 보이기 위해서 제일 먼저 나타났다. 이어 15분 동안에 입구의 문이 쉴새없이 삐걱거리면서 꽃을 만드는 소녀들이 저마다 땀을 흘리며 머리를 헝클어뜨린 채 뛰어든다. 7월의 어느 날 아침 나나는 제일 나중에 나타났다. 하기야 그것은 이제 그녀의 습관이 되어 버렸지만.

「아아.」 하고 그녀는 말했다. 「마차가 있으면 고생하지 않을 텐데.」

그리고 그녀가 카스켓이라고 부르는, 이제 손질하는 데도 싫증이 나 버린, 차양이 달린 낡은 모자를 벗지도 않고 창문에 다가가더니 좌우로 몸을 내밀고 내다보았다.

「뭘 보고 있느냐?」 하고 수상쩍은 듯이 르라 부인은 물었다. 「아버지가 같이 왔니?」

「아뇨. 같이 오긴 누가 같이 와요.」 하고 나나는 태연스럽게 대답했다. 「아무것도 보고 있지 않아요……. 너무 더워서 그래요. 정말, 이렇게 달려오면 속이 다 메스꺼워져요.」

아침 나절부터 숨이 콱콱 막히도록 더웠다. 여공들은 창문에 발을 쳐 놓고 그 사이로 슬쩍슬쩍 길거리의 상태를 살폈다. 그러다 겨우 작업대 양쪽에 나란히 앉아 일을 시작했다. 르라 부인은 혼자서 제일 끝자리를 차지했다. 모두 여덟 사람이 저마다 자기 앞에 풀그릇·핀셋·조화 용구·주름잡는 바늘꽂이 등을 놓았다. 작업대 위에는 철사·실꾸리·솜·초록과 밤색의 색종이·비단과 공단과 비로드를 오린 잎과 꽃잎 등이 흩어져 있었다. 한가운데의 큼직한 주전자에는 그녀들 중의 한 사람이 2수를 주고 사 온 조그만 꽃다발이 꽂혀 있었다. 그 전날부터 그 처녀의 블라우스에 장식되어 시들어 버린 물건이다.

「애들아, 너희들 모르지?」 하고 고운 밤색머리를 한 레오니가 바늘꽂이 위에 상반신을 굽히고 장미의 꽃잎에 주름을 잡으면서 말했다. 「글쎄 말이야! 저 가엾은 카롤린느는 저녁때 마중오는 그 남자애에게 아주 심하게 당한대나봐.」

나나는 한창 초록빛 색종이를 가느다란 띠 모양으로 자르고 있다가 큰소리로 외쳤다.

「정말! 날마다 그 아이 꽁무니를 쫓아다니는 남자가 있었지!」

작업장은 금방 질이 좋지 않은 명랑한 기분에 빠져 버린다. 르라 부인은 엄격한 태도를 보여야만 했다. 미간을 찌푸리고 중얼거리듯이 이렇게 말한다.

「넌 정말 좋은 애구나. 부질없는 소리를 다 하고! 아버지한테 일러 줄 테다. 그 말 듣고 아버지가 참 좋아하겠다.」

나나는 피이 하고 웃음을 터뜨리고 싶은 것을 참듯이 양쪽 볼을 불룩하게 부풀렸다. 『좋아요, 아버지한테 이른단 말이죠. 아버지도 천한 말을 얼마든지 하잖아.』 그때 별안간 레오니가 나직한 소리로 재빨리 중얼거린다.

「쉿, 조심해. 안주인이야.」

정말로 티트르빌 부인이 들어왔다. 키가 크고 비쩍 마른 여자인데 보통은 아래층 가게에 있다. 여공들은 그녀를 아주 무서워했다. 결코 농담을 하지 않기 때문이다.

안주인은 천천히 작업대를 한 바퀴 돌았다. 지금은 모두 그 작업대 위에 고개들을 숙이고 말없이 일에 열중하고 있었다. 그녀는 여공 한 사람을 서툴다고 꾸짖고는 데이지 꽃을 다시 만들라고 지시했다. 그리고 들어올 때와 똑같은 굳은 표정으로 나갔다.

「참, 더러워서.」 나나는 모두 투덜투덜 불평을 늘어놓는 속에서 되풀이했다.

「자, 너희들 언제까지나 그런 소릴 하고 있으면…….」 르라 부인은 일부러 엄격한 태도를 보이면서 말했다.

그러나 그 말을 듣는 사람은 없었다. 아무도 그녀를 무서워하지 않았기 때문이다. 르라 부인은 장난기가 가득 찬 눈을 가진 처녀들 사이에 섞여서 매우 관대했으며 자기도 그것을 좋아했다. 더욱이 애인들에 관한 자랑을 실토시키기 위해서 처녀들을 한쪽 구석으로 끌고 가기도 했고, 작업대 끝이 비었을 때는 손수 트럼프를 섞어 주기까지 했다. 그녀는 굳어 버린 살결도, 순경 같은 몸집도 남녀간에 관한 정사 얘기가 나오면 그만 스멀스멀해지며 수다스런 즐거움에 떠는 것이었다. 그러나 다만 노골적인 말투는 좀 언짢아했지만, 그런 말만 쓰지 않으면 무슨 이야기를 해도 상관 없었다.

정말이지 나나는 작업장에서 훌륭한 교육을 받은 셈이다. 그야 그녀에게 본디부터 그런 소질이 있었음이 틀림없다. 그러나 가난과 부정한 품행에 좀먹히고 있는 많은 처녀들과 사귐으로써 그것이 완성되어 버린 것이다. 여기서는 모두 뒤죽박죽으로 서로 겹쳐서 함께 타락해 갔다. 몇 개의 썩은 사과가 있으면 바구니 전체가 썩어 버리는 것과 같다. 물론 사람들 앞에서는 얌전히 굴었으며 천한 근성으로 보이는 행동이나 듣기 거북한 말은 삼갔다. 말하자면 의젓한 처녀답게 거동하고 있는 것이다. 다만 한쪽 구석에서 서로 귀에 대고 속삭일 때는 추잡스러운 이야기로 넋을 잃는다. 두 사람만 모이면 금방 망측스런 이야기를 시작하여 몸을 비틀며 웃지 않곤 못 배긴다. 이윽고 저녁때가 되면 모두 함께 돌아간다. 그러면 이번에는 자기 신상에 관한 이야기라든가 머리끝이 곤두서는 이야기가 시작되고 길거리에서 인파에 밀리며 둘씩 짝지은 처녀들이 흥분하여 꾸물거렸다. 게다가 작업장에서는 나나 같은 숫처녀에게는 바람직스럽지 않은 공기가 떠돌았다. 타락한 여공들이 자다 일어난 머리며 그대로 입고 잔 듯한 구겨진 치마와 더불어 동구 밖 댄스 홀의 불결한 밤의 냄새를 몰고 들어왔다. 환락으로 지샌 밤 다음날의 나른한 권태감, 흐릿한 눈동자, 르라 부인이 그럴 듯하게 사랑의 멍이라고 부르는 거무스레한 눈 언저리, 흐느적거리는 허리, 쉰 목소리, 이런 것들이 작업대와 부서지기 쉬운 반짝거리는 조화 속에 퇴폐한 공기를 불어넣고 있었다. 나나는 옆에 앉은 아이가 벌써 남자를 알고 있다는 것을 느끼자 코를 벌름거리면서 기미를 알아채고 황홀해 했다.

그녀는 임신의 소문이 나 있는 키다리 리자 곁에 오래 붙어 있었다. 그리고 그의 배가 부풀어올라 금방 터지는 것을 기다리기라도 하듯 호기심에 찬 번들거리는 눈으로 옆에 앉은 여공을 훑어보는 것이었다. 이 이상 무엇을 배운다는 것은 아마도 어려울 것 같았다. 이 막된 아가씨는 이제 무슨 일이고 다 알고 있었으며, 구트도르 거리의 보도에서 온갖 것을 다 배워 버렸다. 작업장에서는 다만 남이 하는 것을 보고 있는 것뿐이었다. 그러나 이번에는 자기도 해보고 싶다는 욕망과 배짱이 차차 생기기 시작했다.

「숨이 막힐 것 같네.」하고 중얼거리고는 그녀는 발을 더 내리는 체하면서 창문에 다가섰다. 그리고 그녀는 몸을 내밀고 다시 좌우를 살폈다. 마침 그때

맞은편 보도에 서 있는 남자의 모습을 살펴보고 있던 레오니가 큰소리로 외쳤다.

「저 늙은이, 저기서 뭘 하고 있지? 벌써 15분이나 이쪽을 살피고 있는데.」

「어느 놈팡이겠지.」하고 르라 부인이 말했다. 「나나, 이리 와서 앉아! 창가에 서 있으면 안 된다고 했잖아.」

나나는 말다 만 제비꽃의 꽃줄기를 다시 손에 들었다. 작업장은 그 늙은이 이야기로 꽃을 피웠는데 남자는 의젓한 차림에 외투를 입은 쉰 남짓한 신사였다. 아주 점잖고 품위 있는 창백한 얼굴이었으며, 잿빛 턱수염도 말끔하게 손질이 되어 있었다. 근 한 시간이나 약초가게 앞에 서서 작업장 창문의 발을 쳐다보고 있었다. 조화 여공들은 킥킥거리고 웃었지만 웃음소리는 한길의 소음으로 지워졌다. 그녀들은 조화 세공 위에 몸을 굽히고 매우 바쁘게 손을 놀리고 있었으나 그 남자의 모습을 놓치지 않으려고 뻔질나게 시선을 밖으로 던졌다.

「저것 좀 봐!」하고 레오니가 귀띔했다. 「코안경을 꼈어. 멋있는 남자… 아마, 오귀스틴느를 기다리고 있나 봐.」

그러나 몸집이 크고 못생긴 금발의 오귀스틴느는 늙은이는 싫다고 냉정하게 대꾸했다. 그러자 르라 부인이 고개를 젓더니 자못 의미 심장한 듯이 입술을 삐죽거리고 웃으면서 중얼거렸다.

「넌 착각하고 있어. 늙은이가 훨씬 상냥한 법이야.」

그때 레오니 옆에 앉은 몸집이 작은 뭉실하게 생긴 처녀가 레오니의 귓전에 대고 한 마디 소곤거렸다. 그러자 별안간 레오니는 의자 위에서 몸을 뒤로 젖히며 얼빠진 웃음의 발작을 일으키더니, 배를 틀고 사나이 쪽으로 시선을 돌려가며 점점 심하게 웃어 댔다.

그리고 토막토막 「그래! 그랬구나! 어머나! 그 소피가, 아이고 끔찍해라!」하고 지껄였다.

「뭐야? 뭐야?」하고 온 작업장이 호기심에 불붙어서 너도 나도 물었다.

레오니는 대답도 않고 눈물을 닦았다. 얼마간 기분이 가라앉자 다시 조화의 주름을 잡기 시작하면서 똑똑히 말했다.

「두번 다시 할 소리가 못 돼.」

사람들은 자꾸만 졸랐으나 그녀는 거절의 표시로 고개를 젓고 다시 못 참겠다는 듯이 혼자서 웃어 댔다. 그때 왼쪽 옆에 앉은 오귀스틴느가 자기에게만 살짝 들려 달라고 부탁했다. 마침내 레오니는 입술을 그녀의 귀에 갖다 대고 속삭였다. 이번에는 오귀스틴느가 몸을 뒤로 젖히고 배를 비틀 차례가 되었다. 그리고 그녀는 그 말을 옆으로 전해 주었다. 이리하여 이야기는 놀라움의 신음소리와 억제한 웃음 속에 귀에서 귀로 전해졌다. 모두가 소피의 음탕한 말뜻을 알고는 서로 얼굴을 쳐다보며 함께 왁자하니 웃었는데, 그러면서도 얼마간 얼굴을 붉히며 부끄러워했다. 모르는 것은 이제 르라 부인뿐이었다. 그녀는 몹시 불쾌해졌다.

「너희들이 하고 있는 짓은 매우 행실이 좋지 않은 짓이야.」 하고 그녀는 말했다. 「사람 앞에선 결코 저희들끼리만 소곤소곤 말하는 게 아냐……. 이건 너무 무례하잖아? 참 기가 막혀서!」

그녀는 내심으론 알고 싶어 못 견뎠지만, 소피의 음탕한 말을 억지로 들려달라고 조를 수도 없었다. 그러나 한참 동안 그녀는 고개를 숙인 채 위엄을 지키면서 여공들의 이야기를 즐기고 있었다. 누가 한 마디, 이를 테면 작업에 관한 아주 순진한 말이라도 지껄이면 다른 사람들은 그것을 즉각 좋지 않은 비꼼으로 들어 버린다. 본래의 뜻을 왜곡하여 일부러 그 말에 음란한 뜻을 덧붙이는 것이다. 이를 테면 「내 핀셋이 벌어져 버렸어.」라든가, 「내 조그만 항아리를 누가 휘저었지?」 하는 단순한 말에서도 그녀들은 특별한 암시를 읽는 것이다. 그리고 모든 것을 맞은편에서 가만히 서 있는 사나이에게 결부시켰다. 온갖 빈정거림 끝에 나타나는 것은 꼭 이 사나이였다. 아마 그는 귀가 가려웠을 것이다! 처녀들은 끝에 가서는 터무니없는 소리까지 하기 시작했다. 그토록 심술궂게 억측을 하고 싶었던 것이다. 처녀들은 이런 놀이가 매우 재미있었다. 그녀들은 흥분하여 차차 광기어린 심한 말을 하기 시작했다. 르라 부인도 화를 낼 수 없었다. 노골적인 말은 한 마디도 귀에 들어오지 않았으니까. 그녀 자신도 여공들을 웃겼다.

「리자 양, 내 불이 꺼졌어. 네 거로 좀 붙여 줘.」 하고 부탁했기 때문이다.

「어머! 르라 아주머니 불이 꺼졌대요!」 하고 온 작업장이 환성을 올렸다.

그녀는 변명하려고 했다.

「너희들도 내 나이가 되어 보라고…….」

그러나 듣는 사람은 없었다. 모두 르라 부인의 불을 붙여 주기 위해 저 남자를 부를까 하고 말했다. 이런 왁자한 웃음 속에서 나나가 별나게 까불어 대는 꼴은 정말 보이고 싶은 구경거리였다. 그녀는 이중의 뜻이 있는 말은 무엇 하나 흘려 듣지 않았다. 오히려 자기도 몸을 뒤로 젖히고 자못 유쾌해서 못 견디겠다는 듯이 턱에 힘을 주어 그 야비한 말을 되풀이했다. 물을 만난 고기처럼 그녀는 부정한 세계에 있었던 것이다. 그리고 의자 위에서 몸을 비틀면서도 제비꽃의 꽃줄기를 참으로 보기 좋게 말았다. 정말, 제법 훌륭하다. 궐련 한 개 마는 시간도 걸리지 않는다. 길쭉한 초록빛 색종이를 확 접는다. 이어 손이 움직이는가 하면 벌써 종이가 밀려 나와 놋쇠 선을 말아 버린다. 그런 다음 위에 고무풀을 한 방울 떨어뜨려서 붙인다. 이것으로 한 개가 완성된다. 완성된 신선하고 우미한 줄기는 숙녀들의 가슴을 장식하는데 안성맞춤이다. 이 요령은 뼈가 없는 듯한 가냘프고도 감기는 듯한 그 손가락, 음탕한 여자 특유의 그 화사한 손가락에 있었다. 나나가 일에서 익힌 것은 이것뿐이다. 온 작업장의 줄기는 모두 그녀에게 맡겨졌는데 그토록 솜씨가 날렵했던 것이다.

그 동안 맞은편 보도의 신사는 사라지고 없었다. 작업장은 조용해지고 심한 더위 속에서 작업이 계속되었다. 이윽고 정오의 종이 울리고 점심 시간이 되면 모두 몸을 흔들어 댔다. 창가로 달려간 나나는 물건 살 일이 있으면 자기가 가 주겠다고 큰소리로 말했다. 그래서 레오니는 잔새우를 2수어치, 오귀스틴느는 감자 튀김 한 봉지, 리자는 홍당무 한 단, 소피는 소시지를 부탁했다. 나나가 층계를 내려가는데 르라 부인이 성큼성큼 뒤따라왔다. 나나가 오늘은 묘하게 창가에만 가고 싶어하는 것을 수상쩍게 여긴 것이다.

「좀 기다려라, 나도 함께 갈 테니까. 볼일이 좀 있어서 그런다.」

그런데 골목을 나서자마자 그 신사가 초처럼 우뚝 서서 나나에게 열심히 추파를 던지고 있는 것이 보였다! 처녀는 얼굴이 새빨개졌다. 고모는 처녀의 팔을 꽉 잡고 보도 위를 재빨리 걸어가게 했다. 한편 남자도 곧 뒤를 따라왔다. 『아니! 저 꼴보기 싫은 녀석은 나나를 노리고 와 있었구나! 그런데 이건 대단하잖아! 이제 열 다섯 살이 갓 넘을까말까한데 벌써 스커트 뒤에 남자를 달고 다니다니!』 그래서 르라 부인은 심하게 나나에게 따지고 물었다. 「어머! 정말이에요. 난 몰라요. 다만 저 사람은 닷새 전부터 내 뒤를 따라다니고 있어요. 한 걸음만 밖에 나가면 반드시 저 사람을 만나는 걸요. 무슨 장사를 하고 있는 것 같은데, 아마 뼈 단추를 만드는 사람인가 봐요.」 르라 부인은 이 말을 듣고 움찔했다. 고개를 돌려 남자를 곁눈으로 훔쳐 보았다.

「확실히 부자 같긴 하다.」 하고 그녀는 중얼거리고, 「얘야, 너 모든 걸 나한테 말해 줘야 한다. 내가 있으니 아무것도 무서워할 건 없어.」 하고 말했다.

말을 주고받으면서 두 사람은 반찬가게로 채소가게로 군고기 집 등, 가게에서 가게로 뛰어다녔다. 그리하여 부탁받은 물건들이 기름종이에 싸여서 두 사람의 팔에 가득 찼다. 그러면서도 어디까지나 귀엽게 보이는 것을 잊지 않고 엉덩이를 흔들면서 가벼운 웃음과 뜻깊은 눈초리를 등 뒤에 뿌렸다. 르라 부인까지도 줄기차게 따라오는 단추업자를 의식하고 빼기면서 젊은 여자 같은 몸짓을 해 보였다.

「무척 품위 있는 사람이잖아.」하고 그녀는 가게 골목으로 들어오면서 말했다. 「다만 성실한 마음씨를 가진 사람이라면 좋겠다만…….」

그리고 층계를 올라가면서 문득 생각난 듯이 말했다.

「아참, 아까 걔들이 뭘 그렇게 소곤소곤 지껄이고 있었니? 그 왜, 소피의 야비한 말을 말이다.」

나나는 빼지는 않았으나, 다만 르라 부인의 목덜미를 붙잡곤 억지로 두 계단쯤 아래로 끌어내렸다. 실제로 그것은 층계에서조차 큰소리로 되풀이할 수 있는 말이 아니었던 것이다. 그녀는 그 말을 나직히 조그만 소리로 소곤거렸다. 너무나도 야비한 말이어서 고모는 눈을 둥그렇게 뜨고 입을 삐죽거리면서 고개를 흔들 뿐이었다. 『아, 그랬었구나. 이제 궁금해 할 것도 없겠구나.』

조화 여공들은 작업대를 더럽히지 않으려고 무릎 위에서 점심밥을 먹었다. 그녀들은 먹는 것도 귀찮은 듯이 거리를 오가는 사람들을 내다보거나 방 한쪽 구석에서 서로의 비밀스런 이야기를 하는 데 점심 시간을 쓰려고 먹는 것을 부랴부랴 긁어 넣어 버린다. 그날은 오전 중의 그 신사가 어디에 숨어 있는지 그것을 알려고 모두 기를 썼다. 그러나 확실히 사라지고 없었다. 르라 부인과 나나는 서로 눈짓을 하면서 입을 다물고 있었다. 벌써 1시 10분이 되었지만 여공들은 서둘러서 핀셋을 집어들 기색을 보이지 않았다. 그때 레오니가 입술로 부르는 것 같은 신호를 하여 안주인이 온다는 것을 알렸다. 이것은 칠장이들이 서로 부를 때 하는 신호이다. 여공들은 부랴부랴 제자리에 앉아 고개를 숙이고 일을 시작한다. 티트르빌 부인이 들어와서 엄격한 태도로 한 바퀴 돌았다.

그날부터 르라 부인은 조카딸의 첫 정사를 낙으로 삼았다. 이제 조카를 놓지 않았다. 그녀는 감독자로서의 책임을 내세워 아침부터 밤까지 나나를 따라다녔다. 나나로 봐서는 얼마간 귀찮았지만 그래도 보물처럼 소중히 다루어지는 것은 나쁜 기분이 아니었다. 단추업자에게 쫓겨다니면서 길을 가며 둘이서 주고받는 대화는 그녀를 흥분시켰으며, 오히려 과감한 짓을 해 보고 싶다는 욕망을 일으키게 했다. 「정말이지 이 고모는 말이야, 애정이라는 것을 잘 알고 있단다. 저 단추장수는 점잖은 나이라서 매우 예의바르군. 나까지 가슴이 설레는구나. 말하자면 나이 먹은 남자의 애정이야말로 언제나 뿌리 깊거든.」 그러나 그녀는 감시를 게을리하지 않았다. 『그래, 저 사람은 먼저 내 몸을 타넘지 않으면 애를 손에 넣을 수 없지.』 어느 날 밤, 그녀는 남자에게 다가가서 지금 당신이 하고 있는 행동은 좋지 않은 짓이라고 단도 직입적으로 말했다. 그는 대답을 하지 않고 공손히 머리를 숙였다. 마치 부모들의 거절에 익숙한 늙은 오입쟁이 같았다. 그녀는 진정으로 화를 낼 수도 없었다. 그의 거동이 너무나 품위 있었기 때문이다. 그래서 연애에 대한 실제적인 주의며, 여자를 농락하는 야비한 남자들에 대한 암시며, 과거의 행실을 절실히 후회하고 있는 타락한 여자의 갖가지 신상 이야기를 여러 가지로 들려 주었다. 그것을 다 듣더니 나나는 흰 얼굴에 민망스러운 눈초리를 하면서 순순히 돌아갔다.

그러나 어느 날 포부르 프와송니에르 거리에서 이 단추업자는 대담하게도 조카와 고모 사이에 끼여들어 차마 입에 담을 수 없는 소리를 중얼거렸다. 놀란 르라 부인은 나나한텐 마음을 놓을 수 없다고 되풀이하고는 일체를 동생에게 일러바쳐 버렸다. 이 때문에 문제는 다른 방향으로 급전환하여 쿠포 집에서는 요란스런 소동이 벌어졌다. 먼저 함석장이는 나나에게 뺨을 한 대 먹였다. 「뭘 배우고 있는 거야? 이 화냥년아. 늙은 영감한테 열을 올려! 흥, 이번엔 바깥에서 입이나 맞추다가 들켜만 봐라. 그땐 알지? 모가지를 비틀어 뽑아 버릴 테다! 아직도 코를 질질 흘리는 주제에, 너, 우리 얼굴에 똥칠을 했겠다!」 그리고 딸을 붙잡고 흔들어 대면서 말했다. 「네 이년, 똑바로 걸어가야 해. 앞으로 감시하는 건 나니까.」 그녀가 밖에서 돌아오면 즉각 아버지는 딸을 검사했다. 정면에서 고루 훑어보고 눈에 키스를 받았는지 안 받았는지, 소리 없이 스며드는 그 조그만 키스의 자국이 그 자리에 남아 있기라도 한 듯 살폈다. 냄새를 맡아 보기도 하고 뒤돌아 세우기도 했다. 어느 날 밤, 그녀는 다시 쥐어박혔다. 목덜미에 남은 검은 얼룩이 들켜 버린 것이다. 그러나 말괄량이 처녀는 뻔뻔스럽게도 이건 키스 자국이 아니라고 우겼다. 「그래요, 이건 어디다 부딪친 자국이에요. 레오니가 장난치다가 남긴 아무렇지도 않은 멍이란 말이에요.」

「그래, 그렇다면 내가 더 많은 멍을 만들어 주지. 팔다리를 분질러 버리는 한이 있더라도 불장난을 할 수 없게 만들어 주겠다.」 하고 을렀다. 또 기분이 좋은 날엔 아버지가 딸을 놀렸다. 「호오! 사내에겐 꼭 맞는 물건이구나. 이

건 마치 넙치처럼 납작하고 어깨는 주먹이 들어갈 만큼 우묵 파였고 말이야!」이렇게 나나는 하지도 않은 부정행위 때문에 얻어맞고 아버지의 야비한 비난과 외설스러움에 괴로워하면서 막다른 데 몰린 짐승처럼 유순함 속에 엉큼한 노여움을 숨기고 있었다.

「상관 말고 내버려 둬요.」하고 쿠포보다는 분별이 있는 제르베즈는 거듭 말했다. 「그런 말을 끈질기게 하고 있으면 얘도 끝에 가선 그런 짓을 해 보고 싶은 마음이 생기겠어요.」

그래, 틀림없었다. 딸은 그렇게 해 보고 싶어졌다. 아버지 쿠포가 말하는 것처럼 집에서 뛰쳐나가 실제로 해 보고 싶어서 온 몸이 근질근질해졌다. 아버지는 그 생각 속에 딸을 너무 끌어들인 것이다. 그래서야 성실하고 얌전한 처녀라도 불을 붙여 준 셈이 된 것이다. 그리하여 언제나와 다름없이 마구 호통치고 욕설을 퍼붓는 동안 딸이 아직 모르는 것까지 가르쳐 주어 버렸으니 참으로 놀라운 일이었다. 그녀는 차차 기묘한 짓을 하기 시작했다. 어느 날 아침 아버지가 깨닫고 보니, 딸은 무언가를 얼굴에 바르려고 종이 봉지를 뒤적거리고 있었다. 그것은 분이었다. 그녀는 취미도 고약하게 그 공단처럼 결이 고운 피부에 이것을 바르려 하고 있었던 것이다. 아버지는 가루장수네 딸이 되었느냐고 호통치고는 종이 봉지로 딸의 얼굴을 벗겨지도록 문질렀다. 또 그녀가 빨간 리본을 갖고 돌아온 적이 있었다. 언제나 무척 부끄럽게 여기고 있는 그 검고 낡은 모자에 달고 싶었던 것이다. 아버지는 성을 내며 그 리본을 어디서 가져왔느냐고 따졌다.

「흥? 벌렁 드러누워서 벌었구나! 아니면 어디서 훔쳐 왔냐! 창녀냐, 도둑이냐? 이젠 아마 양쪽을 다 하겠지.」그는 이렇게 몇 번이나 딸이 색다른 사치품을 갖고 있는 것을 보곤 말했다. 홍옥수(紅玉髓) 반지라든가, 예쁜 레이스가 달린 소매끝이라든가, 처녀들이 가슴팍 젖가슴 사이에 매달고 기뻐하는 도금한 하트 형 메달 같은 것을 쿠포는 모두 두들겨 부수려고 했다. 그러나 딸도 그 물건들을 지키려고 필사적이었다. 이건 자기 것이며 아주머니한테 얻거나 작업장에서 동무들과 바꾼 것이라고 말했다. 「봐요, 이 하트형 메달은 아부키르 거리에서 주웠고요.」아버지가 그것을 구두 뒤축으로 꾹 밟아 짓이겨 버리자 그녀는 말뚝처럼 서서 창백해진 얼굴로 부들부들 떨었다. 그러다가 동시에 내심의 반항심이 솟구쳐 아버지에게 무언가를 빼앗을 듯이 덤벼들었다. 2년 전부터 그녀는 이 메달을 무척 갖고 싶어하여 꿈에서까지 보았다. 그것이 지금 눈앞에서 짓밟혀 버린 것이다. 아아, 너무하다 이런 짓, 다시는 시키지 않을 테야!

한편 쿠포가 나나를 길들이려고 하는 방법에는 진지한 생각보다 심술궂은 기분이 더 있었다. 대개의 경우, 쿠포 쪽이 나빴다. 아버지의 무모한 태도는 딸을 몹시 격분시켰다. 그녀는 작업장에 잘 안 나가게 되었다. 함석장이가 다시 두들겨 패자 콧방귀를 뀌며 이제 티트르빌네 가게에는 가고 싶지 않다고 대꾸했다. 「오귀스틴느 옆에 앉히는 걸, 뭐. 그 사람 입에선 몹시 냄새가 나요. 여간 심하지 않아요.」 그러자 쿠포는 자리에서 일어나 그녀를 케르 거리로 끌고 가서는 벌로써 언제나 오귀스틴느 옆에 앉혀 달라고 안주인에게 부탁했다. 2주일 동안 아침마다, 그는 수고롭게도 프와송니에르 시문을 내려가서 나나를 가게 입구까지 데리고 갔다. 그리고 딸이 들어가는 것을 확인하기 위해 5분 동안 보도에 우두커니 서 있었다. 그러나 어느 날 아침 생 드니 거리의 술집에 친구들과 잠깐 들어가 있는데 10분쯤 지나서 바람난 딸이 엉덩이를 흔들면서 그 길 아래쪽으로 총총히 달려나오는 것이 눈에 띄었다. 그녀는 2주일 전부터 아버지를 감쪽같이 속이고 있었던 것이다. 티트르빌네 가게에 들어가는 대신 층계를 둘쯤 더 올라가서 아버지가 사라질 때까지 층계 위에 앉아 있었던 것이다. 그래서 쿠포가 르라 부인에게 따지고 들자 그녀 또한 그런 추궁은 번지가 틀린다고 기를 쓰고 대들었다. 「남자에 관해서 해 둬야 할 말은 미리미리 죄다 걔한테 해 두었어. 설령 그 말괄량이가 지금도 더러운 사내들을 좋아한대도 그건 내 탓이 아니야. 난 이제 걔한테서 손을 떼겠다. 똑똑히 말해 두지만 이젠 반갑잖다. 난 다 알고 있어. 친척들이 뒤에서 나를 두고 쑥덕거린다는 걸. 더구나 내가 나나와 함께 너절한 짓을 했다느니, 걔가 눈앞에서 어이없는 짓을 하는 걸 보고 야비한 기분으로 즐기고 있었다고 아주 나쁘게 말하는 사람도 있어.」 그리고 쿠포는 또 레오니라는 여공 때문에 나나가 타락했다는 말을 안주인한테 들었다. 레오니라면 화냥질을 하려고 얼마 전에 가게를 그만둔 닳아먹은 여공이다. 물론 딸이 한길에서 빵과자나 우유를 먹고 싶어하는 단순한 먹보라면 아직도 순결의 표시인 오렌지의 화관을 쓰고 시집갈 수도 있었을 것이다. 그러나 흠도 더러움도 없이, 그리고 또 품행도 좋은, 요컨대 체면을 중시하는 양가의 아가씨처럼 완전 무결한 채로 딸을 신랑에게 보내 주려면 무슨 일이 있어도 이건 서둘러야 했다.

구트도르 거리의 아파트에서는 나나와 노인에 관한 이야기를 누구나 다 아는 신사 소식이나 되는 듯 화젯거리로 삼고 있었다.

「정말이야! 그 사람은 무척 예의바르고, 약간 겁쟁이 같은 데는 있지만 아주 완고하고 참을성이 많아요.」

「그런 사람이 얌전한 강아지처럼 열 걸음쯤 뒤에서 걔를 따라가는 거예요.」

남자는 몇 번이나 안마당까지 들어왔다. 고드롱 부인은 어느 날 밤엔 3층 층계참에서 마주친 적도 있다. 남자는 얼굴을 숙인 채 새빨개져서 우물우물 난간 옆으로 달아나 버렸다. 로리외 부부는 만일 불량스런 조카가 앞으로도 남자를 끌어들인다면 이사를 해 버리겠다고 위협했다. 층계가 남자들로 가득 차서, 내려가려 해도 어느 층계에나 남자들이 코를 킁킁거리며 기다리고 있는 형편이래서야 도저히 견디어낼 재간이 없었다. 실제로 아파트 이 구석에서 발정한 동물이라도 한 마리 기르고 있는 줄 알 것이다. 보슈 부부는 그 가엾은 사나이의 운명이 웬지 불쌍해졌다. 「저렇게 어엿한 양반이 이런 계집애에게 넋을 잃다니. 역시 저인 어엿한 상인이야! 우리는 빌레트 거리에 있는 그 사람의 단추공장을 보고 왔지. 만일 얌전한 규수를 만났더라면 여자를 무척 행복하게 해 줄 수 있었을 거야.」 이런 문지기 부부의 상세한 이야기를 듣고는 로리외 부부를 포함해서 이웃 사람들은 모두 나나의 뒤를 쫓아다니는 늙은이가 창백한 얼굴에 축 처진 아랫입술과 깨끗이 깎아 올린 회색의 턱수염을 보이면서 지나갈라치면 최대의 경의를 표하는 것이었다.

첫 한 달 동안 나나는 이 노인을 매우 얕잡아 보았다. 줄곧 처녀 주위에 붙어다니는 그의 모습은 꽤 볼 만했다. 정말 귀찮은 사나이다. 혼잡한 사람들 속에 끼여 있으면 시치미를 떼고 그녀의 스커트 엉덩이를 어루만진다. 그리고 그 발은 꼭 숯 가게의 장작이나 성냥개비 같다. 머리는 완전히 벗어지고 조금 남은 고수머리가 몇 가닥 목줄기에 착 붙어 있다. 그것을 보면 언제나 그녀는 어느 이발소가 그의 머리를 손질하는지 알고 싶어 견딜 수 없어졌다. 정말이야! 저런 늙은이가 어딨을까! 그리고 저 야비한 눈초리. 그러는 동안에 줄곧 만나는 탓인지 노인이 그렇게 우스꽝스럽다고 생각지 않게 되었다. 웬지 무서운 기분이 들었다. 만일 곁에 다가오면 외마디소리를 질렀을지도 모른다. 이따금 보석상 앞에 걸음을 멈추고 있으면 느닷없이 등 뒤에서 그가 온갖 말을 그녀에게 나직히 소곤거릴 때가 있다. 확실히 그의 말은 거짓이 아니었다. 나나는 비로드가 달린 십자가형 목걸이라든가, 피가 뚝뚝 떨어지는 것 같은 조그마하고 귀여운 산호 목걸이가 갖고 싶어 안달을 했다. 게다가 보석까지는 바라지 않더라도 날마다 단벌 누더기만 입고 다니는 것도 이제 도저히 참을 수 없었다. 케르 거리의 작업장에서 슬쩍 훔쳐내 온 물건으로 고쳐 입었는데도 진력이 나 버렸다. 더욱이 낡은 모자는 지긋지긋했다. 티트르빌네 가게에서 훔쳐 온 조화를 달아 봤자 거지 엉덩이에 붙은 더러운 먼지나 다름 없었으며 궁색함은 도무지 벗겨지지 않았다. 그래서 그녀는 진흙 속을 걸어가거나 마차 때문에 진흙이 옷에 튀거나 진열장 불빛에 눈이 부신 듯한 기분이 들 때면, 심한 허기에 부대낄 때처럼 뱃속을 콕콕 찌르는 욕망을 느꼈다. 좋은 옷도 입고 싶고 레스토랑에서 식사도 하고 싶다. 연극도 구경하고 싶고 훌륭한 가구가 딸린 자기 방에서 살아보고 싶다. 그녀는 욕망에 부대껴서 핏기를 잃은 채 우두커니 서 있었다.

파리의 길바닥에서 허벅지를 따라 무언가 열기가 기어올라왔다. 그것은 보도의 잡담 속에서 그녀의 마음을 부채질하는 갖가지 향락에 마구 매달려 가고 싶은 심한 갈증이었다. 더욱이 그것은 결코 이룰 수 없는 희망도 아니었다. 마침 그런 때에 늙은이가 살며시 그녀의 귓전에 온갖 이야기를 소곤거린 것이다. 정말이지, 그에 대한 공포만 없었더라도 그녀는 내심의 반항을 그대로 안은 채 그의 손아귀에 빠져 버렸을 것이다. 나나는 닳기는 했지만 남자라는 미지의 것에 대해 혐오를 느껴 호락호락 받아 줄 생각이 없었기 때문이다.

그러나 겨울이 되자 쿠포네는 생활을 지탱할 수 없게 되었다. 나나는 밤마다 얻어맞았다. 아버지가 때리다 지치면 어머니가 품행을 고쳐 준다면서 마구 따귀를 때렸다. 그 때문에 대개는 온 식구가 다 동원되는 큰 싸움으로 번졌다. 한쪽이 때리면 한쪽은 막는다. 그러다가 마지막에는 세 사람 다 박살난 쟁반조각 속에서 방바닥을 뒹구는 형편이다. 게다가 배가 고파도 먹을 것이 없었다. 추워서 죽을 것만 같았다. 딸이 나비 매듭으로 만든 리본이나 소매 단추 등의 무언가 조금 쓸 만한 것만 사 오면 양친은 그것을 빼앗아 팔러 나갔다. 나나에게는 이제 자기 것이라곤 누더기 잠자리에 기어들기 전에 반드시 얻어걸리는 매맞는 일밖엔 아무것도 없었다. 시트에 기어들어가면 그녀는 짤막한 검은 속치마를 이불 대신 덮고 추위에 오들오들 떨면서 잤다. 싫다. 이렇게 가난한 생활은 더 계속할 수 없다. 언제까지나 이런 밑바닥 생활을 하다니, 난 싫다. 아버지는 벌써 오래 전부터 믿을 수 없게 됐다. 저렇게 밤낮 술에 취해 있으니 아버지랄 수도 없잖아. 더러운 짐승이다. 빨리 꺼져 버렸으면 속이 시원하련만. 그리고 지금은 어머니도 아버지와 한통속이 되었다. 그녀도 술을 마셨다. 제르베즈는 한잔씩 사 주는 술을 얻어먹으려고 콜롱브 영감네 가게로 남편을 찾아 나가는 것을 낙으로 삼게 되었다. 그리하여 부지런히 테이블에 가서 앉으면 처음처럼 뿌루퉁한 얼굴을 하지 않고 술잔을 단숨에 비우고는 두 팔꿈치를 괴고 몇 시간이나 버티고 앉았다가 흐리멍텅한 눈으로 술집을 나서는 것이었다. 나나는 목로 주점 앞을 지나가다가 어머니가 안쪽에서 한잔 들이키며 마구 떠들어 대는 남자들 속에서 너절하게 술에 취해 있는 것을 보면 심한 노여움에 사로잡혔다. 딴데 아주 좋아하는 것을 가진 젊은 나이에는 술맛 같은 것은 모르기 때문이다. 그런 밤이면 나나는 참으로 무서운 광경과 마주쳤다. 아버지도 곤드레만드레, 어머니도 곤죽, 이렇게 엉망이 된 집안에는 한 조각의 빵도 없고 주정뱅이들의 악취만이 코를 찔렀다.

이래서야 성녀라도 못 견딘다. 이런 날 딸이 나갔다 해도 어쩔 수 없는 일이다. 양친은 마땅히 자기의 죄를 인정하고 그들 자신이 딸을 쫓아냈다고 참회해야 될 것이다.

어느 토요일, 나나가 집에 돌아와 보니 아버지도 어머니도 참으로 서글픈 몰골이었다. 쿠포는 침대에 가로로 쓰러진 채 코를 골고 있었다. 제르베즈는 의자 위에 파묻히듯 구부정하게 앉아 멍청히 불안한 눈을 허허로이 뜬 채 목을 건들거리고 있었다. 그녀는 저녁에 먹은 스튜 찌꺼기를 데우는 것도 잊고 있었다. 심지도 자르지 않은 등잔불이 부끄럽도록 비참하고 옹색한 방 안을 비치고 있다.

「너냐? 못된 것이. 흥, 네 애비한테 또 얻어맞을 테니 두고 봐라.」하고 제르베즈는 중얼거렸다.

나나는 대답하지 않았다. 다만 새파래진 얼굴로 불기없는 스토브, 쟁반도 나와 있지 않은 테이블, 주정뱅이 내외가 흐늘흐늘해진 모습으로 창백한 공포를 빚어내고 있는 음산한 방 안을 물끄러미 둘러보았다. 그녀는 모자도 벗지 않은 채 방을 한 바퀴 돌았다. 그리고는 입술을 깨물더니 다시 문을 열고 나갔다.

「또 나가?」하고 어머니는 돌아볼 힘도 없이 물었다.

「응, 좀 잊은 게 있어서. 곧 돌아올게……. 잘 자요.」

그리고 그녀는 돌아오지 않았다. 이튿날 쿠포 내외는 술이 깨자 나나가 집을 뛰쳐나간 책임을 서로에게 전가시키면서 주먹다짐을 벌였다. 정말! 그대로 곧장 가 버렸다면 이제 이 근처에는 있을 까닭이 없다. 흔히 아이들에게 참새를 잡고 싶으면 참새 꽁지에 소금을 발라 두면 된다(실현 불가능한 모순된 이야기)고 말하지만 이 내외도 딸의 엉덩이에 소금을 발라 둘 수 있었다면 아마 딸을 붙잡을 수 있었을 것이다. 이 사건은 제르베즈에게 다시 큰 타격을 주었다. 그녀는 완전히 무기력해져 버렸지만, 딸이 집을 뛰쳐나가서 몸을 팔게 되면 점점 더 나락 깊이 빠져들게 될 것을 똑똑히 알았기 때문이다. 이제 나도 홀로 남았고 게다가 돌볼 자식도 없어졌으니 내가 하고 싶은 일을 멋대로 하다가 어디까지 떨어지든 상관 없다. 그래, 부모에게 애정 없는 그 몹쓸 계집애는, 내 더러운 속치마에 남아 있던 성실성의 마지막 한 조각을 갖고 가 버린 것이다. 그래서 그녀는 사흘 동안 엉망으로 취하여 미친 듯이 날뛰면서 주먹을 움켜쥐고 바람난 딸에게 무서운 저주의 말을 퍼부었다. 쿠포는 외곽의 거리를 돌아다니며 지나가는 너절한 여자들을 일일이 훑어보고는 유달리 태연스럽게 다시 곰방대를 피워 물었다. 다만 식사 때가 되면 그는 흔히 벌떡 일어나서 과도를 쥔 팔을 휘두르며 자기 얼굴에 똥칠을 했다고 소리를 질렀다. 그리고는 다시 앉아 수프를 먹어치웠다.

이 아파트에서는 조롱이 열린 카나리아처럼 매달 처녀들이 집을 뛰쳐나갔으므로 쿠포네 사건에 새삼 놀라는 사람도 없었다. 그러나 로리외 부부는 마치 승리라도 한 듯 자랑스러운 표정을 지었다. 「어때! 우린 그 계집애가 머지않아 눈깔이 튀오나올 큰일을 저지른다고 예언했잖아! 이게 다 당연한 응보야, 조화 여공이란 누구나 모두 빗나가기 마련이거든. 보슈 부부와 프와송 내외는 품행이 좋지 않아서 어쩔 도리도 없지.」하고 그것만 열심히 호들갑스럽게 떠들어 대며 함께 비웃었다. 오직 랑티에만은 은근히 나나를 감싸 주었다. 그야 물론 집을 뛰쳐나간 그녀로선 모든 법률에 위반하고 있다고, 그는 청교도풍으로 엄숙하게 말하고는 다시 눈꼬리를 빛내면서 덧붙였다. 뭐니뭐니해도 그 말괄량이는 그렇게 가난한 생활을 하기엔 너무 곱다고 변론했다.

「아니 모두, 아직 몰라요?」하고 어느 날 로리외 부인이 보슈 부부의 관리인 방에 찾아와서 일당들이 커피를 마시고 있는 자리에서 외쳤다. 「암, 이제 해가 빛나듯이 확실해요. 그 절름발이가 딸을 팔아 먹었어……. 암, 그렇고말고. 그 여자가 딸을 판 거야. 증거도 다 있지, 아침 저녁으로 층계에서 본 그 늙은이 말이에요, 그이가 선금을 갖다 주러 왔던 거야. 이건 뻔한 얘기야. 그리고 어제 누가 〈앙비귀〉 극장에서 그 갈보 계집애와 늙은이가 함께 앉아 있는 걸 봤다잖아……. 이제 틀림없어요. 두 사람은 같이 살게 된 거야, 틀림없어.」

이런 것을 와글와글 떠들어 대면서 그들은 커피를 마셨다. 그러고 보면 있을 법한 일이다. 더 심한 일조차 있으니까. 그리하여 결국은 이 근처에서 가장 분별 있는 사람들까지도 제르베즈가 딸을 팔아 먹었다는 말을 되풀이하게 되었다. 제르베즈도 이제는 완전히 체념하여 세상 일을 상관 않게 되었다. 길거리에서 도둑년이라는 욕을 들어도 아마 뒤돌아보지도 않았을 것이다. 한 달 전부터 그녀는 포코니에 부인의 가게에 나가지 않았다. 부인이 고객들에게 트집을 잡히지 않으려면 제르베즈를 내보내지 않으면 안 되었던 것이다. 몇 주일 동안에 그녀는 이집 저집 전전하며 여덟 군데의 세탁소에서 일했다. 그러나 어느 일터에서도 이삼 일만 지나면 으레 내쫓겼다. 그토록 조심성이 없고 추잡하고 자기 일을 잊어버릴 만큼 멍청해져서 빨랫감을 더럽혔기 때문이다. 나중에는 자기도 손이 거칠어진 것을 깨닫고 다리미질을 그만두고는 뇌브 거리 세탁장에 날품팔이 빨래를 하러 나갔다. 힘은 들지만 더러운 물 속을 걸어다니며 때와 씨름을 하는 쉬운 일로 되돌아가고 보니 아직 그녀도 그럭저럭 하여 나갈 수 있었다. 그러나 그것은 전락의 비탈길을 한 계단 내려간 데 지나지 않았다. 정말이지 세탁장은 그녀를 빛나게 해 주는 곳은 아니었다. 흠뻑 젖어서 퍼렇게 물든 살을 드러낸 채 거기서 나오는 그녀의 모습은 꼭 흙투성이가 된 개나 다름없었다. 게다가 텅 빈 찬장 앞에서 주린 배를 움켜쥐고 발버둥치면서도 여전히 살이 쪄서 뚱뚱했다. 그리고 또 다리가 굽어도 여간 굽지 않았다. 이젠 다른 사람 곁을 지나갈 때면 거의 반드시 부딪치고 만다. 그토록 심하게 절었던 것이다.

물론 여기까지 전락해 버리면 여자로서의 자존심이고 뭐고 다 날아가 버린다. 제르베즈는 지난날의 그 기품 높았던 미태(媚態)도, 애정 · 예절 · 존경에 대한 요구도 죄다 어딘가에 묻어 버렸다. 앞으로나 뒤로나 어디를 어떻게 걷어차여도 도무지 감각이 없었다. 너무나 무기력해지고 지저분해져 버렸다. 그래서 랑티에는 완전히 그녀를 거들떠보지 않게 되었다. 이제 형식으로나마 껴안으려고도 하지 않았다. 그래도 그녀는 지루하게 계속된 서로의 권태 속에서 종말을 맞이한 두 사람의 오랜 관계가 이렇게 끝장이 나고 있는 것을 아직 깨닫지 못하고 있는 것 같았다. 따지고 보면 이것으로 그녀의 고역이 하나 준 셈이 된다. 랑티에와 비르지니의 관계도 이제는 그녀의 마음을 조금도 휘젓지를 않았다. 옛날에는 그토록 화를 낸 이런 지긋지긋한 정사 소동에 이제는 아예 무관심해진 것이다. 부탁만 받았다면 두 사람을 위해서 촛불을 켜 들고 옆에 서 있어 주었을지도 모른다. 모자장수와 식료품 가게 마누라가 재미보고 있다는 사실은 이제 모르는 사람이 없었다. 참으로 편리하게도 얼빠진 남편 프와송은 하루 걸러 야근을 하러 나갔다. 남편이 인적 없는 길거리에서 추위에 와들와들 떨고 있는 동안 집에서는 여편네와 옆 방 사나이가 훈훈하게 서로 다리를 녹여 주고 있는 셈이다. 뭐, 서둘 건 없다. 가게 앞 어둡고 텅 빈 한길에서 남편의 장화소리가 터벅터벅 천천히 울려오는 것을 들어도 그들은 이불에서 굳이 코를 내밀려고 하지 않았다. 순경이란 녀석은 자기 근무밖에 모르는 모양이다. 그래서 두 사람은 이 근엄한 사나이가 남의 재산을 감시하고 있는 동안 날이 샐 때까지 유유히 그의 재산을 좀먹고 있었던 것이다. 구트도르 거리의 동네 사람들은 모두 이 근사한 희극을 재미있어 하고 있었다. 순경이 오쟁이지고 있는 것이 우스웠던 것이다. 게다가 랑티에는 이 한 모퉁이를 완전히 자기 것으로 만들어 놓고 있었다. 가게에는 가게의 안주인이 있게 마련이다. 그는 세탁소 마누라를 찍어 먹는가 하더니 이제는 식료품 가게 마누라를 뜯어 먹고 있는 것이다. 설령 잡화가게, 문방구점, 부인 모자점의 마누라들이 줄을 지어 몰려오더라도 그것을 한 입에 삼킬 만한 큰 입을 그는 갖고 있었다.

아니, 정말이지, 이렇게도 단것만 좋아하는 사나이도 드물다. 랑티에가 비르지니에게 과자 가게를 해 보라고 권했을 때에 그는 이미 그 나름대로 하나의 목표가 있었던 것이다. 그는 프로방스 태생이므로 단것이라면 사죽을 못썼다. 아니 오히려 향료 과자며 껌이며 봉봉이며 초콜릿을 먹고 사는 인간이라고 해도 좋았다. 특히 그가 〈설탕에 절인 살구〉라고 부르는 봉봉은 보기만 해도 침이 괼 정도로 좋아했으며 저도 모르게 목이 근질근질해졌다. 지난 1년 내내 그는 봉봉만 먹고 살았다. 비르지니가 가게를 보아 달라고 부탁하면 서랍을 열어 놓고 혼자서 마구 먹어치운다. 손님이 대여섯 있는 앞에서도 쉴새 없이 지껄여 대면서 카운터의 병 뚜겅을 열고 손을 쑤셔넣어 무언가를 집어내어 아작아작 먹는 일이 비일비재하였다. 병은 언제나 열려 있고 금방 바닥이 나 버린다. 이런 일을 이제 아무도 개의하지 않았다. 버릇이 되어서 말이야, 하고 그는 말했다. 그리고 꾀병을 써서는 감기 기운이 도무지 빠지지 않아 목이 껄껄해서 그걸 고치려고 먹었다곤 말했다. 여전히 일은 하지 않으면서 사업의 전망만은 점점 더 풍선처럼 커지고 있었다. 당시에 그는 훌륭하고 근사한 발명을 장기적으로 준비하고 있었다. 그것은 〈모자 우산〉이라고나 할 만한 것이었으며 소나기가 두세 방울 떨어지기만 하면, 모자가 머리 위에서 우산으로 변한다는 고안이었다. 그래서 그 이익을 절반 나누어 주겠다고 프와송에게 약속하고는 실험비로 20프랑짜리 은화를 몇 개나 빌려 썼다. 그러는 동안에도 가게는 그의 혓바닥 위에서 녹아갔다. 모든 상품이, 엽궐련 형 초콜릿이며 담뱃대 모양의 빨간 캐러멜에 이르기까지 모두가 그의 입을 통과해 갔다. 배에 가득히 단것을 쑤셔넣고는 아주 상냥해져서 안주인을 한쪽 구석에 끌고 가서는 아껴 둔 키스를 실컷 베풀어 주면, 비르지니는 이이의 입술은 설탕에 절인 살구같이 정말로 설탕을 뿌린 것 같다고 생각했다. 키스 상대로 이렇게 알맞고 정다운 사람이 있을까! 실제로 그는 온 몸이 꿀이 되어 있었다. 랑티에가 커피에 손가락만 담가도 진짜 설탕수가 될 거라고 보슈 부부도 말한 적이 있었다.

랑티에는 이렇게 줄곧 과자를 얻어먹는 덕분에 마음이 부드러워져서 제르베즈에게도 아버지 같은 태도를 보였다. 여러 가지 충고를 해 주고 일할 생각이 없어져서야 쓰냐고 그녀를 타일렀다. 「어쩌면 그래! 여자란 그 나이가 되면 앞날을 잘 생각해 둬야 하는 법이야! 대체로, 임자는 언제나 너무 먹세가 세요.」 하고 나무랐다. 그리고 설령 그만한 값어치는 없더라도 남에게 구원의 손길을 뻗쳐 주어야 한다면서 랑티에는 그녀에게 간단한 일거리를 찾아 주려고 애를 썼다. 그리하여 비르지니에게 말하여 일주일에 한 번 제르베즈를 불러다가 가게와 방을 씻고 닦는 소제를 시키기로 했다. 「그 여자는 잿물 쓰는 방법을 잘 알아. 그리고 한 번에 30수 정도만 주면 될 거야.」 제르베즈는 토요일 아침 양동이와 솔을 들고 찾아왔다. 이렇게 더럽고 천한 일, 잡역부가 하는 일을 하러, 전에는 아름다운 금발의 여주인으로 군림하던 이 집에 되돌아온 것을 그녀는 조금도 괴롭게 생각지 않는 것 같았다. 이거야말로 전락의 밑바닥, 그녀의 자존심이 완전히 죽었음을 뜻하는 것이었다.

어느 토요일 그녀는 몹시 고생했다. 사흘이나 내리 비가 와서 손님들의 발이 마치 온 동네의 흙을 고스란히 가게 안에 날라다 놓았나 싶을 정도였다. 비르지니는 머리를 곱게 빗어 올리고는 예쁘장한 깃과 레이스의 소매끝을 달고는 마님처럼 카운터에 도사리고 앉아 있었다. 그 옆에는 랑티에가 빨간 면비로드의 좁은 걸상에 마치 자기 집처럼, 가게의 주인 같은 표정으로 빼기고 앉아 있었다. 그러고는 이제 버릇이 되어 버린 그 단것을 먹기 위해 서슴지 않고 박하를 넣은 봉봉 병으로 손을 돌리고 있었다.

「이봐요, 쿠포 아줌마!」 하고 소제부의 일을 감시하고 있던 비르지니가 입을 삐죽거리면서 소리쳤다. 「저쪽 구석이 아직도 더럽잖아. 좀더 말끔히 문질러요.」

제르베즈는 하라는 대로 하였다. 그 구석으로 되돌아가서 다시 씻기 시작했다. 더러운 물 속에서 바닥에 무릎을 꿇고 어깨를 내밀고는 자주빛으로 변한 팔에 힘을 주며 몸을 둘로 꺾고 일했다. 낡은 스커트가 젖어 엉덩이에 착 들러붙어 있었다. 가게 바닥에 무언가 더러운 덩어리가 웅크리고 있는 것 같았다. 머리는 헝클어지고 타진 블라우스 사이로 굵은 몸뚱이의 부석부석하게 처진 살이 빠져 나올 듯이 되어 억세게 몸을 흔들고 일하는 동안 흔들거리고 구르고 춤추는 것이 보였다. 땀을 몹시 흘려서 온 얼굴이 땀방울로 젖어 줄줄 흘러내렸다.

「끈기있게 하면 할수록 윤이 나는 법이야.」 하고 랑티에는 입 가득히 봉봉을 쑤셔넣곤 거드름을 피우면서 말했다.

비르지니는 거만한 공작 부인처럼 버티고 앉아 있었다. 눈을 지그시 감은 채 줄곧 소제하는 모양을 지켜보면서 심심찮게 참견을 하는 것이다.

「오른쪽을 좀더 닦아요. 널빤지 부분을 조심하고……. 이봐, 지난번 토요일에 한 일은 별로 마음에 안 들었어, 때가 그냥 남아 있었단 말이야.」

이렇게 모자장수와 식료품 가게 마누라는 마치 왕좌에나 앉아 있는 것처럼 점점 더 으스댔다. 그 동안에도 제르베즈는 그들의 발 아래 시커먼 흙탕물 속을 기어다녔다. 비르지니는 그걸 보고 즐기고 있음이 틀림없다. 왜냐하면 그녀의 고양이 같은 눈이 한순간 노란 불꽃처럼 번들번들 빛나면서 엷은 웃음을 띤 채, 랑티에를 바라보았기 때문이다. 이것으로 겨우 머릿속 심지에 이제까지 늘어붙어 떨어지지 않았던, 옛날 그 세탁장에서 엉덩이를 얻어맞은 앙갚음을 할 수 있게 된 셈이다.

그럭저럭하다가 제르베즈가 문지르는 손을 멈추니 안방에서 가벼운 톱소리가 들려 왔다. 열린 문 사이로 안마당의 약한 햇빛을 받아 프와송의 얼굴이 드러나 보였다. 오늘은 비번이라 여가를 이용해서 조그만 상자를 만드는 취미에 몰두하고 있는 중이었다. 그는 책상 앞에 앉아 무척 조심스럽게 겹상자를 만들기 위한 마호가니 상자에 당초(唐草) 무늬를 도려내고 있었다.

「이봐, 바뎅그!」 하고 무관하다고 해서 다시 이런 별명으로 부르기 시작하고 있던 랑티에가 큰소리로 말했다. 「자네가 만드는 상자, 내가 예약해 두지. 어떤 아가씨에게 선물로 보내게 말이야.」

비르지니가 그를 꼬집었다. 모자장수는 빈틈없이 여전히 미소를 띤 채 악을 선으로 갚으려고 카운터 밑에서 그녀의 넓적다리를 쓰다듬었다. 그러자 남편이 고개를 쳐들며 흙빛 얼굴에 텁수룩히 나 있는 붉은 카이제르 수염과 입수염을 보이면서 천연스럽게 손을 멈추며 말했다.

「마침 잘 됐군. 자네를 위해서 만들고 있는 중이었지. 오귀스트. 우정의 기념으로 말이야.」

「아, 그래. 그렇다면 자네가 모처럼 만든 귀여운 상자를 소중히 간직해야지.」 하고 랑티에는 웃으면서 대답했다. 「리본을 매어 목에 걸고 다니지 뭐.」

그러더니 별안간 이 생각에서 문득 다른 일이 연상된 듯이「아참, 간밤에 나나를 만났지.」하고 큰소리로 말했다.

이 말에 제르베즈는 움찔 가슴이 찔려 가게 바닥에 가득 차 있는 더러운 물웅덩이 속에 비슬비슬 주저앉아 버렸다. 땀을 뻘뻘 흘리고 숨을 헐떡이면서 손에는 그대로 솔을 쥐고 있었다.

「어미나!」하고 그녀는 한 마디 중얼거렸을 뿐이었다.

「마르티르 거리를 내려오는 중이었는데 보니까 눈앞에 젊은 여자가 늙은이의 팔에 매달려서 걸어가고 있잖아. 아니 어디서 많이 본 뒷모습인데, 하고 혼자 중얼거렸지……. 그래서 빨리 따라가 봤더니 뜻밖에도 나나와 정면으로 마주치지 않았겠어? 뭐, 그 앤 걱정할 것 없어. 아주 행복하니까. 예쁜 털 드레스를 입은 데다가 목에는 금으로 만든 십자가를 걸었고 무척 즐거운 얼굴을 하고 있었거든!」

「어머나!」하고 제르베즈는 아까보다 더 나직한 음성으로 되풀이했다.

랑티에는 봉봉을 다 먹어 버렸으므로 다른 병에서 보리엿을 집어내며 다시 계속했다.

「그 앤 약단 말이야. 아주 태연스럽게 나더러 따라오라고 눈짓을 하지 않겠어. 그러더니 어느 카페에다 늙은이를 따돌려 놓곤 말이야……. 정말이지, 놀랍더군! 그 늙은이를 따돌려 버렸으니 말이야! 그 늙은이를! 그리곤 어느 집 문간 뒤에서 나를 만나려고 되돌아왔더군. 정말 깜찍한 애야. 그리고 얼마나 귀엽던지. 애교를 부리면서 강아지처럼 핥아 주지 않겠어. 그래, 나한테 키스해 주더란 말이야. 여러 사람들의 소식을 듣고 싶어하던 걸……. 아무튼 난 그 애를 만나서 여간 반갑지 않았어.」

「어머나!」제르베즈의 세 번째 목소리였다.

그녀는 정신없이 귀를 기울이면서 언제까지나 이야기의 계속을 기다렸다. 그럼, 그 애는 나한테 안부 한 마디 안 전했단 말인가? 조용해지니 다시 프와송의 톱소리가 들려 왔다. 랑티에는 명랑해져서 입술을 쩍쩍 소리내며 재빨리 보리엿을 빨았다.

「흥! 나 같으면 그런 애를 보면 반대쪽으로 피해서 걸어갈 거야.」하고 비르지니는 다시 한번 모자장수를 꽉 꼬집어 놓고 계속했다. 「암, 사람들 앞에서 그런 계집애한테 인사를 받으면 얼굴이 붉어져요……. 쿠포 아줌마, 빈정대는 소린 아니지만 댁의 딸도 어지간히 타락했군 그래. 프와송이 날마다 잡아들이는 애들 중에 차라리 쓸 만한 애가 있겠어요.」

제르베즈는 한 마디도 없이 꼼짝도 않고 허공을 쳐다보고 있었다. 그리고는 간신히 가슴에 간직해 두었던 생각에 대답하듯 조용히 고개를 저었다. 한편, 모자장수는 식도락가처럼 나직히 중얼거렸다.

「그런 막된 애들을 사람들은 좋아서 잡아먹으려고 하는 거야. 정말 병아리처럼 말랑말랑하거든…….」

그러자 식료품 가게 마누라가 아주 무서운 얼굴로 쏘아보았으므로 그도 이야기를 그치고 정다운 손짓으로 그녀를 달래지 않으면 안 되었다. 그래서 순경 쪽을 돌아보아 상자 만드는 데 열중하고 있는 것을 확인하고는 그 틈에 얼른 보리엿을 비르지니의 입 속에 밀어 넣었다. 그러자 여자는 마음이 풀렸는지 방긋 웃었다. 그리고는 소제부를 돌아보고 애꿎은 화풀이를 했다.

「좀 빨리 빨리 해요. 언제까지 일할 참이야. 그런 데서 바위처럼 그러고 있지 말고……. 자, 빨리해, 밤까지 물 속에서 철벅철벅 그러고 있어서야 어디 사람이 견디겠나.」

그리고는 목소리를 싹 낮추어 심술궂게 덧붙였다.

「저년 딸이 타락한 게 내 탓도 아닐 텐데 말이야!」

물론 제르베즈에게는 들리지 않았다. 그녀는 다시 바닥을 문지르기 시작했다. 바닥에 앉아 등을 굽히고 개구리처럼 느린 동작으로 몸을 움직였다. 솔자루를 두 손으로 꽉 쥐고 더러운 물의 파도를 돌아나가니 물이 튀어 머리까지 흙탕물을 덮어썼다. 더러운 물을 홈통으로 쓸어내 버리면 이제 헹구기만 하면 된다.

잠시 말이 끊어진 뒤 그 동안 따분해진 랑티에가 큰소리로 말했다.

「이봐, 바뎅그. 어제 리보리 거리에서 자네 두목을 보았지. 무척 여위었더군. 그래서야, 반 년도 못 가겠던데……. 정말! 그런 생활을 하고 있으니 그럴 수밖에.」

이것은 황제를 두고 하는 말이었다. 순경은 눈도 들지 않고 무뚝뚝하게 대답했다.

「자네도 다스리는 몸이 되고 보게, 뚱뚱하게 살만 찔 수는 없을 걸.」

「뭘! 만일 내가 다스리면 말이야.」 하고 모자장수는 별안간 장중한 태도를 지으면서 계속하였다. 「만사가 좀더 잘 될 걸. 이건 장담할 수 있어……. 그네들의 외교 정책 좀 보라고. 정말이지, 요즘은 식은땀이 다 나더군. 지금 자네하고 말하고 있는 바로 내가 말이야, 내 생각을 불어넣어 줄 수 있는 신문기자를 한 사람이라도 알고 있다면 말이야…….」

그는 차차 흥분했다. 그리고 보리엿도 다 빨아먹었으므로 서랍을 열어 눈깔사탕을 몇 개 꺼내어 입 안에 넣고는 몸짓 손짓 섞어서 지껄이기 시작했다.

「아주 간단하지……. 무엇보다도 먼저 폴란드를 재건할 거야. 그리고는 대스칸디나비아 국의 구축이지. 이게 북방의 대국을 위압하게 되지. 그런 다음 독일의 소왕국을 모두 모아서 공화국을 하나 만드는 거야……. 영국 따윈 조금도 무서워할 게 없어. 만일 그쪽이 움직이기 시작하면 인도에만 병력을 파견하지 뭐. 그리고 폭력을 써서라도 터키 대왕은 메카로, 로마 교황은 예루살렘으로 되돌려 보내고 말 거야. 어때……. 그러면 유럽은 금방 깨끗해질 거란 말이야. 이봐! 바뎅그, 나 좀 보게…….」

그는 말을 끊고 눈깔사탕을 한 주먹 집었다.

「이봐, 이걸 먹어치울 만큼의 수고도 들지 않아.」

이렇게 말하고 입을 벌리더니 연거푸 눈깔사탕을 던져 넣었다.

「황제는 다른 계획을 갖고 계시네.」하고 꼬박 2분은 생각한 끝에 가까스로 순경이 말했다.

「그만둬!」하고 모자장수가 거칠게 대꾸했다.

「누구나 다 안단 말이야, 그 자식 계획을! 유럽은 우리를 멸시하고 있단 말이야……. 튀일르리 궁의 하인들은 날마다 자네 두목이 테이블 밑에서 두 사람의 고등 매춘부를 양쪽 겨드랑이에 끼고 자는 것을 안아 일으킨다고 하잖나.」

그러자 프와송이 일어나서 앞으로 걸어나와 가슴 앞에 두 손을 갖다 대고 말했다.

「오귀스트, 자네 말은 더 참을 수 없네. 인신 공격은 빼놓고 토론할 순 없나!」

그때 비르지니가 사이에 들어가 두 사람에게 싸우지 말라고 부탁했다. 「유럽이 어떻게 되건 나한텐 상관 없는 일이에요. 다른 것은 모두 둘이서 의좋게 나누어 가지면서 정치 얘기만 나오면 어째서 언제나 이렇게 싸우죠?」두 사람은 잠시 알아들을 수 없는 말을 중얼거리고 있었으나 순경은 곧 원한이 없다는 것을 보여 주기 위해서 갓 완성한 조그만 상자의 뚜껑을 갖고 왔다. 그 위에는 글자를 파 넣었는데 〈오귀스트에게 우정의 기념으로〉라고 새겨져 있었다. 랑티에는 무척 기뻐하면서 몸을 뒤로 젖혀 비르지니 위에 쓰러질 듯이 되었다. 남편의 얼굴은 흙빛이 되어 그것을 바라보았으나 그의 흐릿한 눈은 아무것도 말하려 하지 않았다. 그러나 입수염의 붉은 털만은 이따금 기묘하게 꿈틀거렸다. 정사(情事)에 모자장수만큼 자신이 없는 사나이였다면 그의 이 모습을 보고 불안을 느끼지 않을 수 없었을 것이다.

이 랑티에라는 짐승에게는 이렇게 뻔뻔스럽고 넉살좋은 데가 있었으며 그것이 여자의 마음에 드는 것이다. 프와송이 돌아서자 그는 그 마누라의 왼쪽 눈에 입을 맞추어 주자는 장난기가 일어났다. 평소에는 빈틈없이 신중하게 거동하는 사나이지만 정치에 관한 일로 언쟁을 벌였을 때는 하다 못해 여자라도 차지해 버리려고 무슨 짓을 할지 모른다. 순경의 등뒤에서 뻔뻔스럽게 훔쳐 갖는 이 탐욕스런 애무는 프랑스를 창부(娼婦)로 만들어 놓은 제2 제정에 대한 그의 반발이나 다름없었다. 다만 그는 제르베즈가 앞에 있다는 것을 잊고 있었다. 그녀는 간신히 가게를 물로 씻고 쓸고 하는 일을 다 끝낸 참이었으며 카운터 옆에 서서 30수를 받으려고 기다리고 있었다. 랑티에가 비르지니의 눈 위에 입을 맞추어도 그녀는 자기가 참견할 일이 아닌 당연한 일로 여겨져서 조금도 언짢지 않았다. 비르지니는 좀 귀찮은 듯이 제르베즈 앞의 카운터에 30수를 던졌다. 제르베즈는 가만히 그 자리에서 움직이지 않고 그냥 기다리고 있는 모습이었다. 심한 소제일 때문에 아직도 몸을 떨면서 도랑에서 건져낸 강아지처럼 흠뻑 젖어 보기 흉하게 되어 있었다.

「그래, 그 앤 당신에게 아무 말도 하지 않던가요?」 하고 마침내 제르베즈가 모자장수를 보고 물었다.

「누가?」 하고 그는 큰소리로 되물었다. 「아, 그래, 나나 말이지! 아니, 다른 말은 없던데. 그 말괄량이 아가씨의 입술 참! 꼭 귀여운 딸기 항아리 같더라!」

제르베즈는 30수를 손에 쥐고 나갔다. 뒤축이 찌그러진 나막신은 펌프처럼 북적북적 물을 토했다. 마치 소리나는 신발 같았으며 보도 위에 큼직한 구두 바닥의 젖은 자국을 남기면서 무슨 곡이라도 연주하고 있는 것 같았다.

이제 이웃 주정뱅이들은 제르베즈가 딸이 타락한 데 대한 화풀이로 자포자기하여 술을 마신다고 말하게 되었다. 그녀 자신도 카운터에서 소주잔을 들 때는 약간 비통한 모습이 되어 이 술로 죽을 수 있다면 얼마나 좋을까 하는 생각을 하면서 쭉 들이키는 것이었다. 그리하여 곤드레만드레가 되어 돌아가는 날엔 이게 다 쓰라린 괴로움이 있기 때문이라고 잘 돌지 않는 혀로 중얼거리는 것이었다. 그러나 성실한 사람들은 어깨를 우쭐거렸다. 가슴의 괴로움을 안주 삼아 목로 주점의 술을 마구 들이키는 기분을 알 수 있다. 그렇지만 그것은 고민을 술병에 바꿔 채우는 거나 다름없는 일이다. 물론 처음 한동안 그녀는 나나가 집을 뛰쳐나간 데 대해 참을 수가 없었다. 아직도 마음 속에 남아 있는 성실한 생각이 반항하지 않고는 배기지 못했던 것이다. 그리고 대체로 어머니라는 것은 지금 자기 딸이 혹시 오다가다 만만한 남자에게 허물없이 다루어지고 있지나 않을까 하고 생각하기를 싫어하는 법이다. 그렇기는 하나, 이런 굴욕감을 오래 마음에 간직해 두기에는 그녀는 마음에 너무나 큰 타격을 받아 감각도 머리도 멍청해져 있었다. 굴욕감은 그녀의 마음에 나타났다 꺼졌다 했다. 몇 주일 동안이나 몸을 파는 딸을 생각지 않고 예사로 지내는가 하면 별안간 가엾은 기분이나 혹은 노여움이 치솟아 오른다. 아무것도 먹지 않았을 때도 있고 배가 가득 찼을 때도 있었지만 어느 한구석에서 나나를 붙들고 그때의 기분에 따라 안아주거나 두들겨 패 주거나 하고 싶은 안절부절못하는 욕망에 가슴이 죄었다. 그리고 그러는 동안에 그녀는 성실한 생각을 마침내 잃어버렸다. 『하지만 나나는 내 딸이잖아? 그렇다면 말이야. 누구나 자기 소유물이 사라져 없어지는 것을 잠자코 보기만 하고 싶지는 않잖겠어?』

그래서 이런 생각에 사로잡히면 제르베즈는 헌병 같은 눈초리로 한길을 둘러보았다. 좋아! 만일 그 더러운 계집애를 찾기만 하면 무슨 일이 있더라도 집으로 끌고 올 테다.

그 해는 온 동네가 뒤죽박죽이 되어 있었다. 프와송니에르의 옛 시문을 철거하고 외곽 큰 거리를 빠져나가는 마장타 거리와 오르나노 거리가 개통된 것이다. 거기에는 이제 옛날의 모습은 없었다. 프와송니에르 거리 한쪽은 완전히 철거되어 이제는 구트도르 거리에서도 광활한 광명을 볼 수 있었으며 햇빛이 환히 비쳤고 공기가 자유로이 통하게 되었다. 이 방향의 시각을 가로막고 있던 지저분한 오두막 대신 오르나노에 당당한 큰 건물이 들어섰다. 그것은 교회처럼 조각을 한 6층 건물이었으며 그 밝은 창문에는 수놓은 커튼을 달아서 호화로운 느낌을 주었다. 이 흰 건물은 마침 길 맞은편에 서 있었으므로 빛의 난반사로 한길을 훤하게 밝히고 있는 것 같았다. 날마다 랑티에와 프와송은 이 건물을 놓고 토론을 벌였다. 모자장수가 파리의 파괴에 대해서 한번 이야기를 꺼내면 그칠 줄 몰랐다. 그는 황제가 노동자를 시골로 쫓아 버리기 위해서 도처에 궁전을 짓는다고 비난했다. 그러면 순경은 은근한 노여움에 창백해지면서 반대로 황제는 무엇보다도 먼저 노동자를 생각하고 계신다, 필요하다면 노동자에게 일을 주기 위한 목적만으로도 온 파리를 다 부숴 버리실 거라고 대꾸했다. 제르베즈도 오래 살아 온 교외의 우중충한 모퉁이를 마구 휘저어 놓는 이런 도시의 미화를 싫어했다. 그녀가 싫어하는 것은 분명히 자기가 전락 일로를 걷고 있는 데 반해서 동네는 아름다워지는 데 원인이 있었을 것이다. 누구나 자기가 진창에 빠졌을 때 머리 위에 눈부신 빛이 비추는 것을 좋아하지 않는다. 그래서 나나를 찾아다니면서 건축 자재를 타넘거나, 공사 중의 보도에서 쩔쩔매거나, 둘러친 판자에 부딪히거나 하면 그녀는 몹시 부아가 났다. 오르나노 거리의 아름다운 건물에는 심한 분노마저 느꼈다. 그런 건물이 나나 같은 갈보를 위한 것인 것처럼.

그 동안 그녀는 딸의 소문을 몇 번이나 들었다. 세상에선 좋지 않은 소문이면 부랴부랴 알려 주러 오는 수다스러운 인간들이 얼마든지 있는 법이다. 그런 인간들이 그녀에게 보고해 준 것이다.

「당신 딸은 세상 물정을 모르는 당돌한 애더군, 그 늙은이를 버렸다던데. 그 늙은이 집에서 일이 썩 잘 돼 가지고 응석받이로 귀염을 받고 있었다는데 방법만 알고 있다면 거기 있으면서 바람도 피울 수 있었을 텐데 말이야.」

「그런데 젊은 사람은 역시 바보야. 그 애는 잘은 모르지만 어느 놈팡이와 손을 잡고 달아나 버린 모양이야. 이것만은 사실인 것 같은데, 언젠가 오후에 그 애는 바스티유 광장에서 좀 필요하다며 늙은이에게 3수를 빼앗아 갔대.」

「늙은이는 아직도 그 애를 기다리고 있다잖아. 상류 사회에선 이런 것을, 영국식으로 오줌을 싼다고 그런다네.」

또 다른 인간들은 나나가 그 후 샤펠 거리의 〈그랑 살롱 드 라 폴리〉에서 난잡한 춤을 추는 것을 보았다고 단언했다. 그래서 그때부터 제르베즈는 길거리의 춤추는 장소를 기웃거리기로 하였다. 그 후부터 그녀는 춤추는 집 앞을 지날 때마다 반드시 안에 들어가 보았다. 쿠포도 함께였다. 처음 한동안 두 사람은 홀을 한 바퀴 돌아보고 왁자하게 떠들고 있는 사나이를 끌어들이는 여자들의 얼굴을 훑어보기만 했다. 그러나 이윽고 어느 날 밤, 돈이 좀 있었으므로 테이블에 앉아 포도주를 주발로 한 잔 들이켰다. 이것으로 힘을 내어 나나가 오나 안 오나 기다려 볼 참이었다. 한 달쯤 지나자 그들은 나나의 일을 잊어버리고 춤 구경이 재미있어져서 이 즐거움 때문에 춤추는 집을 드나들었다. 두 사람은 몇 시간이나 서로 말 한 마디 나누지 않고 테이블에 팔꿈치를 세운 채 흔들흔들 떨리는 바닥에 멍청이 앉아 있었다. 홀의 숨막히는 공기와 붉은 조명 속에서 변두리 매춘부들의 춤을 생기 없는 눈으로 좇는 것이 아마도 속으론 즐거웠던 모양이다.

마침 12월의 어느 날 밤, 두 사람은 몸을 녹이려고 〈그랑 살롱 드 라 폴리〉에 들어갔다. 밖에서는 으슬으슬 추운 바람이 길가는 사람들의 얼굴에 휘몰아치고 있었다. 홀은 초만원을 이루어 대단히 혼잡하였다. 테이블마다 중앙에도 위층에도 사람들로 가득 찼으며, 마치 반찬 가게 앞에 늘어놓은 산더미 같은 음식물을 보는 것 같았다. 확실히 이거라면 칸 지방식 내장 요리를 좋아하는 인간들이 즐겁게 먹을 수 있으리라. 그들은 두 번이나 돌아봤으나 자리가 없어 어느 한 쌍이 자리에서 일어날 때까지 가만히 서 있어야 했다. 쿠포는 더러운 작업복에 위가 짜부라진 차양 없는 낡은 나사 모자를 쓰고 한 곳에 선 채 몸을 좌우로 흔들고 있었다. 통로를 막고 서 있었으므로 몸집이 작고 여윈 청년 하나가 지나가다가, 그를 팔꿈치로 밀더니 곧 자기 외투의 소매를 털고 있는 것이 눈에 띄었다.

「야!」 하고 화가 난 쿠포가 지저분한 입에서 짧은 곰방대를 빼고 소리쳤다. 「사과 좀 하면 어때? 너, 사람이 작업복을 입고 있다고 얕잡아 봐서 그러는 거야!」

젊은 사나이는 고개를 돌리더니 함석장이를 아래위로 훑어보았으므로 이쪽은 다시 계속해서 「이 멀쑥한 자식아, 작업복은 제일 훌륭한 옷이야. 암! 노동하는 옷이란 말이야! 그런 것 정도는 알아둬라……. 그렇게 더럽거든 내가 두어 번 두들겨서 털어 주마……. 노동자를 멸시하는 얼빠진 자식은 난생 처음 보겠군.」 하고 퍼부었다.

제르베즈가 말리려고 했으나 헛일이었다. 그는 누더기 옷 속에서 몸을 뒤로 젖히고 작업복을 두들기며 소리질렀다.

「이 속에는 말이다, 어엿한 사내가, 대장부가 들어 있단 말이야!」

그러자 젊은 사나이는 중얼거리면서 많은 사람들 속으로 모습을 감추었다.

「지저분한 불한당이 들어 있지!」

쿠포는 그 자를 붙잡으려고 했다. 「외투를 입은 저런 자식에게 노골적으로 경멸당하고도 잠자코 있을 수 있느냐 말이야. 그 외투는 아직 값도 치르지 않았을 게다! 어디서 마련해 입은 고물 외투겠지만 돈은 한 푼도 내지 않고 저절로 여자를 낚아 보겠다는 심사지. 이번에 붙잡기만 해 봐라.」 무릎을 꿇려서 이 작업복에 큰절을 시키고 말겠다고 을렀다. 그러나 너무 혼잡해서 앞으로 나아갈 수도 없었다. 제르베즈와 그는 천천히 춤의 둘레를 돌았다. 구경꾼들이 세 겹으로 사람의 울타리를 둘러치고는 남자가 멋들어진 포즈를 취하거나 여자가 다리를 쳐들어 모든 것을 고스란히 드러내거나 하면 얼굴이 상기된 채 비벼댔다. 두 사람 다 키가 작아서 발 끝으로 서서 무엇이 있나 보려고 했다. 겨우 머리와 모자가 뛰고 있는 것이 보였다. 오케스트라는 금이 간 구리 악기로 힘차게 〈카트리유〉를 연주하고 그 폭풍처럼 요란스러운 소리로 온 홀이 진동했다. 한편 춤추는 사람들은 발을 탕탕 굴러서 가스등 빛이 흐릿해지도록 먼지를 일으키고 있었다. 숨이 콱콱 막히는 더위였다.

「아니, 저것 좀 봐요!」하고 별안간 제르베즈가 소리쳤다.

「뭐야?」

「저기 저 낡은 비로드 모자!」

두 사람은 목을 뺐다. 왼쪽에 검은 비로드의 낡은 모자가 보이고 그 모자 위에서 너덜너덜한 두 장의 날개깃이 흔들거리고 있었다. 마치 영구차의 깃 장식 같았다. 그러나 그들의 눈에는 줄곧 그 모자가 소란스러운 광란의 춤을 추면서 뛰고 선회하고 가라앉았는가 하면 금방 또 솟아오르는 것이 보일 뿐이었다. 그러다가 여럿이 뒤섞여서 미친 듯이 춤추는 머리들 속에서 어디로 가버렸는지 놓치고 말았다. 다시 발견했을 때는 다른 사람들의 머리 위에서 아주 오만하게 흔들거리고 있었다. 너무나 넉살좋게 드러나 있었으므로 둘러선 사람들은 아래쪽은 상관 않고 모자 춤만 바라보면서 와글와글 떠들어 댔다.

「그래서?」하고 쿠포가 물었다.

「저 땋은 솜씨 기억 안 나요?」하고 목이 마른 듯한 목소리로 제르베즈가 중얼거렸다.

「그 애가 아니라면, 내 목을 조여도 좋아요!」

함석장이는 사람들을 확 밀어 제쳤다. 쌍! 틀림없는 나나! 게다가 여전히 요란한 복장이다! 엉덩이에 걸친 것은 이제 낡은 비단 드레스뿐이다. 그 드레스도 싸구려 술집의 테이블이라도 닦았는지 꾀죄죄하게 더럽고 단은 타져서 여기저기 누더기가 펄렁거린다. 게다가 상체는 어깨에 숄 조각 하나 없고 파진 단추 구멍으로 맨살 허리가 들여다보였다. 이 갈보년 같으니라고, 그렇게 친절한 늙은 영감이 있었다던데 어느 놈팡이 엉덩이를 따라가서 이렇게 몰락했나! 이젠 아마 그 녀석에게 쥐어박히고 있는 모양이다. 그러나 그런 건 아무래도 좋았다. 그녀는 여전히 싱싱하게 구미를 돋우었으며 삽살개처럼 머리카락을 헝클어뜨리고 흉하게 생긴 모자 아래서 장미빛 입술을 드러내고 있었다.

「게 있거라, 당장 혼을 내줄 테니까.」하고 쿠포는 소리쳤다. 물론 나나는 그런 것을 깨닫지 못했다. 나나가 몸을 꿈틀거리며 춤추는 모습은 참으로 볼 만했다! 엉덩이를 좌우로 흔들기도 하고 몸이 둘로 꺾이도록 깊이 엎드리는가 하면 사타구니가 찢어지도록 사람들의 얼굴 높이 발끝을 차 올리곤 했다.

사람들은 둥그렇게 둘러싸고 박수 갈채를 보냈다. 그러자 점점 더 신이 나서 스커트 자락을 집어 무릎까지 걷어올리고는 광란춤의 심한 동작에 온몸을 떨면서 기승스런 팽이처럼 빙글빙글 돌았다. 두 다리를 확 벌려 바닥에 납작하게 앉는가 하면 허리와 가슴을 아주 교묘하게 꿈틀거리면서 다시 얌전하게 추기 시작하곤 한다. 한쪽 구석으로 끌고 가서 실컷 주물러 주고 싶도록 귀여운 모습이었다.

그 동안에 쿠포는 바스투렐 춤 한가운데로 뛰어들어가서 춤의 가락을 엉망으로 흐트려 놓아서 사람들에게 실컷 쥐어박혔다.

「이봐, 저건 내 딸이야. 좀 지나가자구.」 하고 그는 외쳤다.

나나는 마침 그때 뒷걸음질치면서 바닥을 깃장식으로 쓸 듯이 머리를 숙이고 엉덩이를 동그랗게 만들어 훨씬 더 귀엽게 보이기 위해 잔잔하게 떨고 있는 중이었다. 느닷없이 그녀는 구두 끝으로 엉덩이를 호되게 걷어차였다. 허리를 펴고 일어난 그 자리에서 양친의 모습을 발견한 그녀의 얼굴에는 핏기가 싹 가셨다.

『아이 참, 재수도 어지간히 없네.』

「끌어 내라!」 하고 춤추던 사람들이 소리를 질렀다.

그러나 쿠포는 딸의 춤 상대가 마침 그 외투를 입은 여윈 청년임을 발견한 판이어서 아예 사람들을 무시했다.

「그래, 우리다.」 하고 그는 소리쳤다. 「홍! 미안하구나……. 설마했지! 이런 데서 붙잡을 줄이야! 더욱이 아까 나한테 무례하게 군 놈과 함께 있는 네년을 말이다!」

제르베즈는 이를 악물고 그를 밀어내며 말했다.

「닥쳐요! 너절하게 지껄일 것도 없어.」

그러고는 앞으로 성큼 나서더니 나나의 뺨을 호되게 두 번 후려쳤다. 첫번째 맞은 따귀에, 깃 장식이 달린 모자가 옆으로 날라갔다. 두 번째는 속옷 같은 흰 볼에 붉은 손자국을 남겼다. 나나는 멍청해져서 울지도, 저항도 하지 않고 그대로 가만히 서 있었다. 오케스트라는 연주를 계속하고 있었다. 군중들은 화가 나서 거칠게 소리소리 질렀다.

「끌어내라! 끌어내!」

「자, 가자.」 하고 제르베즈가 말했다. 「곧장 걸어가거라! 달아날 생각은 아예 말고! 말 안 들으면 감옥에 넣어 줄 테다.」

그 작은 젊은이는 조심스레 모습을 감추고 없었다. 그래서 나나는 이 재수 없는 사태의 경과에 아직도 멍청해진 채 몸을 꼿꼿이 세우고 앞장서서 걷기 시작했다. 그리고도 잠깐 망설이다가 등뒤에서 호통을 치는 바람에 출구 쪽으로 밀려갔다. 이리하여 세 사람은 홀의 야유소리와 욕지거리를 들으며 밖으로 나갔다. 그 동안에 오케스트라는 총알을 쏘아 대듯하는 트롬본의 요란한 소리와 더불어 바스투렐의 반주를 마쳤다.

그전 생활이 다시 시작되었다. 나나는 자기가 쓰던 방에서 열 두 시간이나 잔 뒤 일주일 동안은 꽤 얌전히 굴었다. 조그맣고 검소한 드레스를 간단히 고쳐 입고 모자를 쓰고는 머리카락 아래에 끈을 매었다. 게다가 대견스럽게도 일할 마음을 먹고 집에서 일하고 싶다고 말했다. 집에서 하면 마음 내키는 대로 벌 수도 있고 작업장의 천한 이야기 같은 것을 듣지 않아도 되었다. 그리고는 자기가 손수 일감을 얻어 와서는 연장을 가지고 테이블 앞에 앉아 며칠 동안은 5시에 일어나 제비꽃 줄기를 감아 댔다. 그러나 몇 그로스(1그로스는 12다스)인가를 넘겨 주고 나더니 일을 그만두고 쭉 팔을 뻗어 버렸다. 두 손이 쥐가 나도록 굳어 있었다. 꽃줄기를 마는 일이 손끝에서 멍해져 버린 것이다. 게다가 집에 틀어박혀 있으니 숨이 막힐 것만 같았다. 여섯 달 동안이나 그렇게 멋대로 세상 바람을 쐬고 다녔으니 그럴 만도 했다. 그렁저렁하다가 풀그릇은 마르고, 꽃잎에도 초록빛 색종이에도 기름이 얼룩졌다. 주인은 일부러 세 번이나 찾아와서 못 쓰게 된 재료값을 내놓으라고 야단을 쳤다. 나나는 빈둥빈둥 날을 보냈으며 쉴새없이 아버지한테 따귀를 얻어맞았다. 어머니와도 아침 저녁으로 주먹다짐을 벌였으며 여자 둘이서 마주 노려보고 서서는, 서로 차마 입에 담지 못할 심한 말들을 퍼부었다. 이런 생활은 도저히 오래 계속되지 못한다. 결국 열흘이 조금 넘어, 짐이래야 엉덩이에 걸친 싸구려 드레스와 귀를 덮는 조그만 모자 하나만 갖고 딸은 달아나 버렸다. 돌아온 나나의 뉘우친 듯한 태도에 내심 못마땅해 하고 있던 로리외 부부는 뒤로 벌렁 나자빠질 듯이 웃어댔다. 「또 소동을 일으켰군, 이제 두 번째로 달아나는 거야. 그런 계집애는 차에 태워 생 라자르 감화원에나 보내 버려야 돼! 정말 웃음거리군! 나나년, 멋있게 달아났잖아! 이제 쿠포네가 그년을 집에 붙들어 놓으려면, 그 애가 갖고 싶은 걸 모두 몸에 꿰매 놓고 조롱에 넣어 두는 수밖에 도리가 없겠는 걸.」

쿠포 내외는 사람들 앞에서는 성가신 것이 없어져서 속이 후련하다는 표정을 지었지만 가슴 속에서는 화가 부글부글 끓고 있었다. 그러나 화라는 것은 언제나 오래 계속되지 않는다. 이윽고 그들은 나나가 거리를 헤매고 돌아다닌다는 말을 들어도 눈썹 하나 까딱하지 않게 되었다. 제르베즈는 그런 짓을 하여 부모의 얼굴에 흙칠을 할 뿐이라고 딸을 욕하였지만 이제 와선 세상의 욕설은 상대도 하지 않았다. 「길거리에서 그 화냥년을 만나도 굳이 뺨을 때려서 이 손을 더럽히진 않을 거야. 암, 이제 볼장 다 본 걸. 설령 길에서 발가벗고 땅바닥에 쓰러져 다 죽어가더라도 그 갈보가 내 배에서 나온 애라고는 생각지도 않고, 그냥 지나쳐 버릴 걸.」 나나는 근처의 댄스 홀이라는 댄스 홀을 몽땅 들끓게 하고 있었다. 〈레느 블량슈〉에서 〈그랑 살롱 드 라 폴리〉에 이르기까지 그녀를 모르는 사람이 없었다. 나나가 〈엘리제 몽마르트〉에 들어가면 가재처럼 뒷걸음질치는 그녀의 바스투렐 춤을 구경하려고 사람들이 테이블 위에까지 올라서곤 했다.

〈샤토 루즈〉에서는 두 번이나 쫓겨났으므로, 혹시 누가 아는 사람이 오지 않나 하고 기다리면서 줄곧 문 앞에서 서성거렸다. 큰길 가의 〈불 누와르〉라든가 프와송니에르 거리의 〈그랑 투르크〉는 점잖은 복장으로 찾아가는, 약간은 고급 홀이었다. 그러나 온 시내의 숱한 댄스 홀 중에서도 구질구질한 안마당이 있는 〈발 드 레르미타주〉와 카드랑 골목에 있는 〈발 로베르〉를 그녀는 좋아하였다. 두 집 다 여섯 개의 램프에 비친 퀴퀴한 냄새가 가득 찬 홀이었지만 어딘가 착 가라앉은 느낌이 들어서 모두 흐뭇한 기분으로 자유를 즐겼으며 춤추는 남녀들은 아무 거리낌 없이 안쪽에서 실컷 껴안을 수 있었다. 나나의 생활에도 경기가 좋을 때와 나쁠 때가 있어서 마치 마법의 지팡이를 휙 휘두른 것처럼 멋있게 차려 입고 있는가 하면, 부엌데기처럼 흙투성이일 때도 있었다. 정말 제멋대로 살고 있었던 것이다.

쿠포 부부는 몇 번이나 꺼림칙한 장소에서 딸을 본 듯했다. 그러면 그들은 딸이라는 것을 알지 못해도 되도록 휙 등을 돌려 반대쪽으로 달아나 버렸다. 이제 온 홀에 가득찬 사람들의 야유를 받으면서까지 그런 창피한 딸을 집에 끌고 갈 생각은 아예 없었던 것이다. 그러나 어느 날 밤 10시쯤 그들이 막 자리에 누으려 하고 있는데 탕탕 문을 두드리는 소리가 났다. 나나였다. 그녀는 태연 자약한 얼굴로 자러 왔다는 것이었다. 그런데 그 꼬락서니라니……. 모자도 없고 옷은 너덜너덜했으며 구두는 뒤축이 찌그러져 있었다. 정말 순경이 붙들어서 유치장에 처넣어도 어쩔 수 없는 몰골이다. 물론 한 대 얻어맞았다. 그리고는 딴딴한 빵에 아귀처럼 덤벼들었다. 그러더니 이윽고 기진 맥진해져서 마지막 한 조각을 입에 문 채 잠들어 버렸다. 그래서 전과 같은 생활이 계속되었다. 딸이 얼마간 힘을 되찾았다고 생각하고 있는데 어느 날 아침 또 홀연히 모습을 감추어 버렸다. 누구 하나 보지도 알지도 못하는 사이에 새는 날아가 버린 것이다! 그리하여 몇 주일이나 몇 달이 지났지만 행방은 전혀 알지 못했다. 그러다가 느닷없이 또 모습을 나타냈다. 어디서 되돌아왔다는 말은 결코 하지 않았다. 어떤 땐 핀셋으로도 집지 못할 만큼 더러웠으며 머리 꼭대기에서 발끝까지 상처투성이였다. 그런가 하면 멋있게 차려 입었지만 너무 놀아나서 녹초가 되어 더 서 있을 기운도 없는 때도 있었다. 양친은 이제 예사로 생각할 수밖에 없었다. 아무리 두들겨 패 봐야 도무지 효과가 없었다. 사정 없이 짓밟아도 딸은 일주일에 얼마로 정해 놓고 숙박하는 여관에나 돌아오듯 천연스럽게 양친 집으로 자러 들어왔다. 얻어맞는 것을 숙박료 대신쯤으로 알고 있어서, 잠깐 생각해 보고 그 편이 덕이면 얻어맞으러 돌아오는 것이었다. 게다가 두들겨 패는 데도 진력이 났다. 쿠포 부부는 마침내 나나가 놀아나며 돌아다녀도 야단을 치지 않게 되었다. 딸이 돌아오거나 말거나 문만 그대로 열어 놓지만 않으면 되지 않는가? 정말이지 습관이라는 것은 다른 일과 마찬가지로 성실한 마음까지 마멸시켜 버린다.

다만 한 가지 제르베즈를 잔뜩 화나게 만드는 일이 있었다. 그것은 딸이 질질 끌리는 긴 드레스를 입었거나 깃 장식을 가득 단 모자를 쓰고 나타날 때였다. 안 된다. 그런 사치가 용서될 줄 알아. 네가 좋아서 하는 일이니 아무리 놀아나도 난 상관 없다. 하지만 어미한테 돌아올 땐 하다못해 여공 같은 복장이라도 하고 와야지, 질질 끌리는 드레스는 온 아파트에 굉장한 소동을 일으켰다. 로리외 부부는 비웃었으며 랑티에는 그만 유쾌해져서 그 냄새를 맡으려고 그녀의 주위를 맴돌았다. 보슈 부부는 딸 폴린느에게 그런 화려한 차림을 한 놈팡이 계집애와 절대로 사귀어서는 안 된다고 단단히 일러 놓았다. 그리고 제르베즈도 정신없이 잠에 곯아떨어진 나나에게 울화가 치밀었다. 나나는 집을 나갔다가 돌아오면 언제나 대낮까지 가슴을 풀어 헤쳐 놓고 터부룩해진 머리에 머리 핀을 가득 꽂은 채 가쁜 숨을 쉬면서 창백한 얼굴로 죽은 듯이 자빠져 잤다. 제르베즈는 그때까지 대여섯 번씩 딸을 흔들어 깨우다가, 배에 물을 끼얹겠다고 을러 댔다. 곱게 생긴 타락한 딸이 사내를 알아서 기름진 풍만한 육신을 반 벌거숭이로 드러내 놓고 눈도 뜨지 못한 채 온몸에 넘치는 색정을 발산시키고 있는 꼬락서니를 들여다보고 있자니, 어머니는 점점 울화통이 터졌다. 그러나 나나는 한쪽 눈을 떠 보고는 다시 감곤 하며 쭉 팔다리를 펼 뿐이었다.

어느 날 제르베즈는 딸의 문란한 생활에 잔소리를 늘어놓으면서, 이렇게 맥을 못 추고 돌아오는 걸 보면 병정과 놀아난게 아니냐고 마구 해 대다가 나중에는 젖은 손으로 딸의 몸을 흔들어 대며 쳤다. 딸은 버럭 화를 내고 이불 속에서 돌아누우면서 소리쳤다.

「아이고 지긋지긋해. 이제 사내 얘긴 그만해 둬요. 그 편이 좋을 거야. 엄마도 실컷 하고 싶은 짓을 했는데 나라고 못할 게 뭐가 있어.」

「뭐라고? 아니, 뭐라고?」 하고 어머니는 떠듬거리며 대들었다.

「그래요, 난 나하곤 관계가 없는 일이라서 여태까지는 아무 소리 안했지만 엄마도 체면 따위는 조금도 차리지 않았잖아. 저 밑에 있을 때 아버지가 코만 골면 엄마가 슈미즈 하나만 걸치고 나가는 걸 나는 자주 봤는 걸……. 이제 그런 일 엄마에겐 재미도 없겠지만 다른 사람에겐 아주 재미있다우. 그러니까 이제 잔소릴 하지 말아 줘. 나한테 그런 본보기만 보여 주지 않았어도 좋았을 거야!」

제르베즈는 새파랗게 질려서 손을 부들부들 떨면서 자기가 무엇을 하고 있는지도 모르고 그저 두리번거릴 뿐이었다. 그 동안에 나나는 두 팔로 베개를 껴안고 엎드려서 다시 정신 없이 깊은 잠에 빠져들어갔다. 쿠포는 투덜거릴 뿐 이젠 따귀를 때릴 생각도 하지 않았다. 그는 완전히 제 정신을 잃고 있었다. 그렇다고 그를 도덕 관념이 없는 아버지라고 말하는 것은 타당치 않다. 술 때문에 선악 의식을 깡그리 빼앗겨 버린 것이다.

이제는 어쩔 도리도 없었다. 지난 여섯 달 동안 그는 하루도 취하지 않은 날이 없었으며, 마침내 쓰러져서 생 트안느 병원에 입원했다. 그것은 그로 봐선 소풍 같은 것이었다. 로리외 부부는 소주 공작님께서 영지에 들어가신 것이라고 놀렸다. 몇 주일 후 그는 병도 나았고 흐늘해진 몸도 다시 건강해져서 병원을 나왔지만 다시 병상에서 수술이 필요해지는 날까지 몸을 망치기 시작하는 것이었다. 이리하여 그는 3년 동안에 일곱 번이나 생 트안느 병원에 신세를 졌다. 동네에서는, 병원에는 언제나 저 작자의 방이 마련되어 있는 모양이라고 쑤군거렸다. 그러나 곤란한 것은 이 지칠 줄 모르는 주정뱅이가 그때마다 점점 더 몸을 망쳐 재발에 재발을 거듭, 마지막에 가선 쿵 하고 나자빠질 모양이 눈에 훤히 보이는 것이었다. 상할 대로 상한 통의 테가 하나씩 잇따라 벗겨져 마지막에 가선 탁 깨지는 소리가 지금부터 들리는 것만 같았다. 게다가 그는 복장에 정신을 쓰는 것도 이젠 잊어버렸다. 얼른 보기에 꼭 귀신 같았다! 독이 온 몸 안을 무참히 좀먹고 있었다. 알콜이 스민 몸은 알콜 병 속에 넣어 둔 태아처럼 쭈그러져 주름살투성이였다. 그래서 창문 앞에 서면

늑골을 통해 햇빛이 투명하게 보일 만큼 비쩍 말라 있었다. 볼의 살은 쏙 빠지고 소름이 끼칠 듯한 눈에서는 대사원의 불을 켜도 될 만큼 초 같은 눈곱이 흘러나왔다. 거칠어질 대로 거칠어진 붉은 얼굴 한가운데에는 코만이 한 송이 카네이션처럼 아름답고 새빨갛게 피어 있었다. 그가 이제 갓 마흔 살이 되었다는 것을 아는 사람들은, 완전히 노쇠하여 허리를 구부정하게 비틀비틀 걸어가는 꼬락서니를 보고 가벼운 전율을 느끼는 것이었다. 손은 점점 더 심하게 떨고 더욱이 오른손은 불규칙하게 꿈틀거려서 어떤 날은 컵을 입에 가져가는데도 두 손을 쓰지 않으면 안 될 형편이었다. 제기랄, 떨리긴 왜 이렇게 떨리지? 젠장맞을 것, 무엇이 어떻게 되건 될 대로 되라고 생각하고 있는데 이것만은 아직도 그의 신경을 곤두세웠다. 그 손에다 상소리로 욕설을 퍼붓고 푸념을 늘어놓았으며 때로는 떨리는 손을 앞에 놓고 몇 시간이나 멍청하니 생각에 잠기곤 했다.

손이 개구리처럼 폴짝폴짝 뛰는 것을 들여다보면서 화도 내지 않고 말없이 앉아 있는 모습은 대체 어떤 장치가 들어 있어서 이렇게 손이 뛰는지 규명이나 하려 드는 것처럼 보였다. 그러던 어느 날 밤, 제르베즈는 술에 찌든 그의 두 볼 위로 큼직한 눈물 방울이 두 줄기 흘러내리는 것을 보았다.

나나가 몇 번이나 밤늦게 양친 집에 자러 온 이 해의 여름엔, 쿠포의 상태가 아주 나빴다. 목소리마저 완전히 변하여 강한 술 때문에 목구멍에 새소리가 생긴 것 같았다. 귀도 한쪽은 멀어 버렸다. 이어 며칠인가 지나더니 시력조차 나빠졌다. 층계를 내려가면서 헛딛지 않으려면 난간에 꽉 매달려야 할 판이었다. 세상 사람들의 말을 빌리면 그의 건강은 방학을 얻어 놓고 있었다. 머리는 몹시 욱신거리고 현기증이 났으며 눈앞에선 언제나 불꽃이 튀었다. 별안간 날카로운 아픔이 손발을 엄습했다. 안색이 창백해지며 그 자리에 주저앉지 않을 수 없다. 그리고는 얼이 빠져 몇 시간이나 의자에 앉아 있었다. 게다가 이런 발작 뒤에는 팔이 온종일 저려서 움직여지지 않았다. 몇 번이나 자리에 가서 드러누웠다. 동그랗게 등을 굽히고 이불을 덮어쓰면 앓는 짐승처럼 언제까지나 거친 숨을 토했다. 그러다가는 생 트안느에 신세를 질 때처럼 포악한 성질이 되살아났다. 모든 일이 의심스럽고 불안했으며 심한 열에 부대끼어 미친 듯이 화를 내며 뒹굴고 작업복을 찢는가 하면 경련을 일으킨 입으로 마구 가구를 물어뜯었다. 그런가 하면 무척 감상적이 되어 소녀처럼 울먹이며 푸념을 늘어놓고, 흐느껴 울면서 자기를 아무도 사랑해 주지 않는다고 한탄하는 형편이었다. 어느 날 밤 제르베즈와 나나가 함께 돌아오니 침대에 그의 모습이 보이지 않고 대신 긴 베개만 뒹굴고 있었다. 그녀들이 침대와 벽 사이에 숨어 있는 쿠포를 찾아냈을 때, 그는 이빨이 딱딱 부딪치도록 떨면서 누군가 자기를 죽이러 온다고 말했다. 두 여자는 그를 본디대로 뉘고는 어린아이처럼 달래지 않으면 안 되었다.

쿠포가 알고 있는 요법은 한 가지밖에 없다. 말하자면 강한 술을 반 리터쯤 쏟아 넣어 위에 혼을 내주는 것이다. 그러면 간신히 일어설 수 있게 된다. 아침마다 이렇게 하여 가슴에 그득 괸 것을 고쳤다. 이젠 벌써 오래 전부터 기억력은 사라지고 머리는 텅 비어 있었다. 그는 살 수만 있게 되면 금방 병을 얕잡아 보고 자기는 한 번도 병든 적이 없다고 말했다. 그렇다, 그의 병은 이제 도질 대로 도져 버렸다. 자신은 성한 줄 알고 있지만 언제 갑자기 죽어 버릴지 모를 상태까지 와 있었다. 그리고 아픈 일에 대해서도 제 정신을 잃고 있었다. 나나가 6주일이나 집을 비우고 돌아와도 바깥에 잠깐 심부름이나 갔다 온 것만큼도 생각지 않는 모양이었다. 그녀는 흔히 남자의 팔에 매달린 채 아버지를 만나는 수가 있었지만, 아무리 놀려도 이미 아버지는 딸이라는 것을 깨닫지 못했다. 예컨대 그는 이제 사람으로서의 자격이 없었다. 만일 의자라는 게 없었다면 그녀는 아마 그를 깔고 앉았을 것이다.

첫 서리가 내릴 무렵 나나는 푸성귀 가게에 가서 요리용(用) 배가 나왔나 보고 오겠다고 나가더니 또 달아나 버렸다. 겨울이 가까워지자, 불기 없는 스토브 앞에서 와들와들 떨고 있기가 싫었던 것이다. 쿠포 부부는 배를 기다리고 있었으므로, 그저 화냥년 같으니라고 욕설을 퍼부었다. 그년은 틀림없이 또 돌아올 것이다. 작년 겨울에는 2수짜리 담배를 사러 내려가서 석 주일이나 걸렸으니까. 그러나 몇 달이 지나도 딸은 나타나지 않았다. 이번에는 무척 멀리 나간 것이 틀림없었다. 6월이 되어도 태양과 함께 돌아오지 않았다. 이젠 틀림없이 무슨 일이 일어난 것이다. 그년 어디서 근사한 둥우리를 차지한 게 틀림없다. 쿠포 부부는 어느 날 너무나 돈이 궁해서 딸의 쇠침대를 팔아 버렸다. 그 6프랑을 모두 다 털어 생 투앙에서 마셔 버렸다. 그 따위 침대는 걸리적거리기만 한다는 것이다.

7월의 어느 날 아침 비르지니가 지나가는 제르베즈를 불러세워 간밤에 랑티에가 친구를 둘 데리고 와서 음식을 해 먹었으니 설거지를 좀 도와 달라고 부탁했다. 그래서 제르베즈가 쟁반을, 그것도 모자장수가 먹은 음식으로 기름이 번들거리는 쟁반을 씻고 있자니 모자장수가 가게에서 여전히 입을 아작거리고 있다가 느닷없이 큰소리로 말했다.

「당신은 모르겠지만 말이야, 전번에 나나를 만났지.」

비르지니는 카운터에 앉아 눈앞에서 병과 서랍이 차차 비어가는 데 신경을 쓰고 있는 듯했으며, 화가 나는지 마구 고개를 흔들어 댔다. 그녀는 꾹 참고 시끄럽게 잔소리를 하지 않도록 애쓰고 있었다. 잔소리를 해 봐야 결국 서먹서먹한 결과밖에 되지 않을 테니까. 랑티에는 자주 나나를 만나고 있었다.

『하, 말이야! 나나년이 이 사내에게 섣불리 손을 내밀지 않았으면 좋을 텐데. 이 사내는 여자에 관한 한 한번 마음만 먹으면 무슨 나쁜 짓이고 예사로 해 대는 인간이거든.』

마침 그때 근래에 비르지니와 무척 의가 좋아져서 서로 온갖 의논을 다 하고 있는 르라 부인이 들어왔다. 그리고는 보기에도 음탕한 얼굴을 찌푸리고 물었다. 「어디서 만나셨나요?」

「그야 좋은 데지요.」 하고 모자장수는 몹시 호들갑을 떨면서 입수염을 비틀며 빙그레 웃고 대답했다. 「그 앤 마차를 타고 가더군. 난 요 앞 진흙투성이 보도를 걷고 있었는데……. 정말, 맹세해도 좋아요! 그걸 보니 걱정할 게 하나도 없던데. 그 애한테 들러 붙어서 달콤한 말을 속삭이고 있는 대갓집 도련님들은 아주 즐거워 보였으니까!」

그는 눈을 번쩍 빛내더니 가게 안쪽에 서서 쟁반을 닦고 있는 제르베즈를 돌아보았다.

「그래, 그 앤 마차를 타고 무척 화려한 옷을 입고 있더군! 잘못 볼 뻔했지. 어느 모로 보나 상류 사회 부인이야. 싱싱한 얼굴은 꽃 같고 흰 이빨이 간간이 내다보이고 말이야. 장갑을 흔들고 내게 인사를 해 주더군. 자작이라도 후린 모양이지. 제법이야, 출세했어. 우리 같은 인간은 모두 얕잡아 보고 있는 거야, 굉장한 행운을 붙잡았으니까, 말괄량이 계집애가! 귀여운 새끼고양이야! 아니, 그런 새끼고양이는 좀처럼 상상도 못해.」

쟁반은 벌써 아까부터 깨끗이 반짝이고 있는데도 제르베즈는 여전히 닦고 있었다. 비르지니는 내일 지불할, 예정도 막막한 어음 두 장이 걱정되어 곰곰이 생각에 잠겨 있었다. 그러나 랑티에는 여전히 통통하게 살이 찐 채 열심히 설탕을 집어먹고 그것을 땀으로 흘리면서, 이제 거의 먹어 치워 파산 냄새가 물씬 풍기는 식료품 가게를 그 멋부린 계집애에 대한 정열로 가득 채우고 있었다. 그렇다, 프와송 부부의 장사를 깨끗이 결딴내 버리려면 이제 설탕에 절인 살구 몇 알만 까먹고 보리엿 몇 개만 빨면 되는 것이다. 문득 그때 그는 건너편 보도를, 근무 중인 순경이 칼을 허벅지에 절거덕거리면서 시무룩하게 지나가는 것을 보았다. 그래서 점점 더 신이 났다. 그는 억지로 비르지니에게 남편을 보였다.

「어때!」 하고 중얼거리고, 「바뎅그 녀석, 오늘 아침에는 제법 의젓한 표정이잖아! 조심하라고! 저 녀석, 경계가 꽤 심해, 범인을 붙잡으려고 어디서 돋보기라도 얻어 낀 모습이던 걸.」

제르베즈가 방에 올라오니 쿠포는 여느 때의 발작으로 얼빠진 듯 멍청하니 침대가에 걸터앉아 있었다. 그는 생기 없는 눈으로 가만히 방바닥을 내려다보고 있었다. 그래서 그녀도 팔다리가 죄다 맥이 빠져서 더러운 스커트 위에 손을 힘없이 올려놓은 채 의자에 앉았다. 그리고 15분쯤 그와 마주앉은 채 묵묵히 입을 떼지 않았다.

「참, 좀 들은 게 있어요.」 하고 그녀는 간신히 중얼거리듯이 말했다. 「그 애를 본 사람이 있대요……. 그래, 그 앤 아주 호화스러워져서 이젠 당신 같은 사람은 볼 일이 없대요. 아주 행복해졌다는군요, 그 애가! 아아! 지긋지긋해라! 그 애와 바꿀 수만 있다면 난 무슨 짓이고 다 할 텐데.」

쿠포는 여전히 방바닥을 응시하고 있었다. 그리고 초췌할 대로 초췌해진 얼굴에 바보 같은 웃음을 띠고 우물우물 말했다.

「이봐, 임자, 난 말리지 않아……. 얼굴에 때만 벗기면 임자도 아직은 써먹을 만하다고. 그래, 아무리 헌 냄비라도 찾으면 뚜껑은 있다고 하잖아……. 제기랄! 그것으로 살림살이나 좀 편해졌으면 좋으련만!」

12

집세 치를 날이 지난 토요일이 틀림없나 보다. 아마 1월 12일이나 13일이겠는데 제르베즈는 이제 똑똑히 기억도 나지 않았다. 뱃속에 더운 것이 안 들어간 지가 벌써 몇 세기나 되는 것 같아서 미칠 것만 같았다. 이 무슨 꼬락서니람, 이번 주에는 마치 지옥이나 다름없었다. 닥치는 대로 긁어 먹을 것은 다 긁어 먹었다. 화요일에 산 네 근짜리 빵이 두 개, 그것으로 목요일까지 견디었다. 그리고 어제는 바싹 말라 버석버석해진 빵껍질을 발견했다. 그러나 지난 서른여섯 시간, 빵가루 하나 얻어먹지 못했다. 찬장 앞에서 문자 그대로 춤을 출 판국이다! 그녀가 알고 있었던 것, 즉 말하자면 등에 욱신욱신 느끼고 있었던 것이라고는 불쾌한 날씨와 음산한 추위뿐, 게다가 냄비 밑바닥처럼 더러운, 곧 뿌릴 듯하면서도 뿌리지 않는 눈을 잔뜩 머금은 하늘이었다. 추위와 굶주림이 창자에 스며들 때는 허리띠를 아무리 졸라 봐야 그것으로 배는 부르지 않다.

아마 저녁 때는 쿠포가 돈을 갖고 돌아올 것이다. 일을 한댔으니까. 그럴 수도 있잖겠어! 여태까지 수없이 속아 왔으면서도 제르베즈는 마침내 그에게 돈을 기대하게 되었다. 별의별 옥신 각신을 다 일으켰으므로 이 동네에서는 이제 그녀에게 걸레 한 장 빨아 달라고 하지 않았다. 잡역부로 고용해 주던 노부인까지 술을 훔쳐 먹는다면서 그녀를 쫓아내 버렸다. 어디를 가나 그녀에게 일을 시켜 줄 사람은 없었다. 신용을 완전히 잃어버린 것이다. 사실은 그녀에게는 그게 오히려 편리했다. 왜냐 하면 열 손가락을 움직일 정도라면 차라리 죽는 편이 낫다고 생각할 만큼 이제 그녀는 제 정신을 잃어버렸기 때문이었다. 아무튼 쿠포가 급료를 갖고 돌아오면 무언가 뜨끈뜨끈한 것을 입에 넣을 수 있을 것이다. 그래서 남편을 기다리는 동안, 아직 정오의 종도 울리지 않았으니 누워 있는 편이 굶주림도 추위도 견디기 쉽다는 생각에 짚이불 속에 번듯이 드러누웠다.

제르베즈에겐 그것이 짚이불로 보였지만 실제로는 방구석에 쌓아 놓은 짚더미에 지나지 않았다. 침구가 잇따라 동네 고물상으로 달아나 버렸기 때문이다. 우선 돈에 궁해지면 털이불을 뜯어서 양모를 한 움큼 꺼내어 앞치마에 싸들고 나가 벨롬므 거리에 가서 한 근에 10수에 팔았다. 털이불이 빈 껍데기만 되자 이번에는 커피를 사고자 어느 날 아침, 털이불 거죽으로 30수를 만들었다. 이어 베개와 긴 베개의 차례다. 침대 테두리가 남아 있었지만 이것만은 보슈 부부에 대한 체면상 들고 나갈 수가 없었다. 만일 집주인에 대한 담보가 날라가는 것을 보면 문지기 부부는 온 아파트 사람들을 다 불러모을 것이 틀림없다. 그래도 어느 날 밤 그녀는 보슈 부부가 한창 식사에 정신이 없는 틈을 타서 쿠포 도움을 얻어 뼈대·등판대기·테두리 등을 따로따로 분해해서 살며시 침대를 밖으로 들고 나갔다. 그것을 파니, 10프랑이 손에 들어왔으므로 그들은 사흘 동안 맛있는 음식을 먹을 수 있었다. 우리는 짚이불로 충분하잖아? 그런데 그 짚이불 거죽도 털이불 거죽의 뒤를 쫓아가 버렸다. 두 사람은 이렇게 온종일 주린 배를 움켜쥐고 있다가 마침내 침구까지 다 팔아서 뱃속에 쑤셔 넣었다. 비로 짚을 조금만 쓸면 이 싸구려 침상은 언제나 뒤집을 수 있다. 그렇다고 다른 것보다 더 더러운 것도 아니다.

짚 무더기 위에서 제르베즈는 입은 채로 조금이라도 덜 추우려고 누더기 스커트에 다리를 오므려 넣고 동그랗게 몸을 웅크린다. 그리하여 실꾸리처럼 몸을 오그라뜨리고 눈을 크게 뜬 채 그날은 신통찮은 일을 이것저것 생각했다. 『정말이야! 이건 너무 심해! 이렇게 아무것도 먹지 않고야 어떻게 살아간담!』 이제 허기도 느껴지지 않았다. 다만 뱃속이 납처럼 무겁고 머리는 텅 빈 것 같았다. 확실히 방 구석구석을 다 돌아보아도 마음에 확 드는 것은 아무것도 눈에 띄지 않는다. 이쯤 되면 이젠 개집이다. 동네를 싸다니는 외투를 걸친 매춘부라면 거짓말이라도 이런 데는 살지 않을 것이다. 그녀의 힘없는 시선은 벌거벗은 벽을 응시하고 있었다. 오래 전부터 죄다 전당포에 들어가서 이제 남아 있는 것이라고는 옷장과 테이블과 의자가 하나 있을 뿐. 게다가 옷장의 대리석도 서랍도 침대 테두리와 똑같은 운명으로 사라지고 없었다. 불이 나도 이렇게 깨끗이 처리해 주지는 않을 것이다. 장식용 소도구류도, 12프랑의 회중시계에서 가족 사진에 이르기까지 다 모습을 감추어 버렸다. 사진은 여자 고물상이 틀만 사갔다. 꽤 친절한 고물상이라 그녀가 스튜 냄비며 다리미며 빗 같은 걸 들고 가니 물건에 따라 5수, 3수, 2수, 그리고 빵을 조금이라도 사들고 돌아올 만한 것을 내주었다. 이제는 심을 자르는 낡은 가위밖에 남아 있지 않았는데 이것은 그 후하다는 여자 고물상인도 1수조차 주지 않았다. 『정말 먼지와 티끌과 때를 누가 사 간다면 나는 얼른 가게를 낼 거야. 이 방 더러운 것 좀 보라지! 눈에 띄는 건 구석에 걸린 거미줄뿐이잖아. 거미줄 말이 났으니 말이지, 상처에 잘 듣는 모양이지만 그걸 사 주는 장사치는 아직 못 봤어.』 이런 것을 생각하고 있는 동안에 그녀는 머리가 이상해져서 물건을 돈으로 바꾸자는 희망도 버리고 짚이불 위에 다시 몸을 웅크렸다. 그런 것보다 창문으로 눈이 금방이라도 쏟아질 듯 잔뜩 찌푸린 하늘을 바라보고 있는 편이 훨씬 나았다. 뼛속까지 얼어붙을 듯한 음산한 날씨기는 하지만.

정말, 지긋지긋하다! 이것저것 궁리해서 머리를 다 짜내 봐야 어떻게 될 일도 아닌데! 하다 못해 잠이라도 잤으면! 그러나 이 아파트에서 일어난 옥신 각신이 머리에서 떠나지 않았다. 어제 집주인 마레스코 씨가 들이닥쳐 2기분이나 밀린 집세를 일주일 이내에 지불하지 않으면 쫓아내 버리겠다고 야단쳤다. 「그래! 쫓아내라지, 길바닥도 이보다는 나쁘지 않을 거야! 외투를 걸치고 장갑을 낀 그 멀쑥한 자식, 우리가 어디다가 푼돈이나 숨겨 놓은 것처럼 일부러 집세를 재촉하러 찾아오다니! 제기랄! 누가 목을 달아맨대? 그런 짓할 시간이 있으면 아무튼 게걸게걸 먹어 주는 거야? 정말, 배때기는 툭 튀어나와 가지고 염치 없는 자식이야! 그렇게 밉상스러운 놈도 없지. 집에 돌아올 때마다 나를 두들겨 패는 그 짐승 같은 쿠포와 똑같애.」

요컨대 그녀는 남편을 집주인과 똑같이 미워한 것이다. 그녀의 혐오도 어지간히 커지고 넓어진 모양이다. 왜냐 하면 그녀는 너나 할 것 없이 죄다 증오했기 때문이다. 그토록 인간이나 인생에서 달아나고 싶어했다. 이제 그녀는 진짜 주정뱅이 여자가 되어 버렸다. 쿠포는 당나귀 부채라는 이름을 붙인 막대기를 갖고 있어서 이것으로 아내를 호되게 두들기면 이게 또한 굉장한 구경거리였다. 덕분에 그녀는 땀에 흠뻑 젖어 버리는 형편이다. 물론 그녀도 지지 않고 물어뜯고 할퀴고 한다. 그리하여 텅 빈 방에서 두 사람은 서로 두들겨 댔다. 식욕이 다 날아가 버릴 정도의 격투다. 그러나 결국은 다른 일과 마찬가지로 제르베즈는 소나기 같은 주먹질이 아무렇지도 않게 생각되었다. 쿠포는 몇 주일이나 계속해서 취하고, 몇 달이나 마시고 다녔으며 정신없이 곤드레만드레가 되어 돌아오면 으레 아내를 두들겨 주고 싶어지는 것이다. 그녀는 이제 그것에도 길이 들어 남편을 그저 귀찮은 사나이로밖에 생각지 않았다. 그런 날에는 남편을 아예 상대도 하지 않는다. 「그래 이 돼지 같은 자식아, 똥이나 처먹어라! 로리외 부부, 보슈 부부, 프와송 부부, 모두 똥이나 처먹어라! 나를 얕잡아 보는 동네 놈들 다 똥이나 처먹으란 말이야!」 파리도 몽땅 그 패거리에 끼워 넣어 버렸다. 그녀는 용감하리만큼 무관심한 몸짓으로 온 파리를 단숨에 무찔러 버렸다. 평소의 원한이 풀리자 즐거웠다.

불행하게도 인간이란 무슨 일에나 다 길이 든다고는 하지만 먹지 않고 견딜 수 있는 습관만은 아직 없다. 제르베즈를 실망시킨 것은 바로 이것이었다. 인간 찌꺼기의 또 찌꺼기로 타락하여 아주 밑바닥 생활에 빠져 버린 것도, 옆을 지나가면 모두 더러워하며 소매를 터는 것을 보아도 이젠 하등 개의치 않았다. 아무리 무례한 처사를 당해도 예사였다. 그러나 굶주림에는 언제나 창자가 뒤틀렸다. 정말 음식다운 음식을 먹어 본 지도 이미 오래다. 그녀는 방에서 내려가 무엇이나 눈에 띄는 것은 닥치는 대로 먹었다. 요즈음에는 음식을 만든다고 해야 푸주의 큰 쟁반에서 찌들 대로 찌들어서 거무스름해진 한 근에 4수짜리 찌꺼기 고기를 사 오는 것이 고작이다. 그것을 감자와 함께 졸여 조그만 냄비 바닥에 휘젓는다. 때로는 소의 심장을 소스로 졸였다. 이런 음식물에도 그녀는 침을 흘렸다. 또 포도주가 있을 때는 거기에 적시는 빵, 말하자면 진짜 수프 드 페로케(포도주에 적셔서 먹는 빵)를 큰맘 먹고 만들어 먹었다. 이탈리아 치즈를 조금 게다가 설익은 사과며 말린 강낭콩을 섞어서 함께 지진다. 이런 것도 이제는 대단한 성찬이며 자주 먹을 수도 없었다. 그녀는 싸구려 식당의 먹다 남은 음식 찌꺼기에도 덤벼들었다. 그런 데서는 1수만 내면 썩은 군고기

토막밖에 섞여 있지 않은 생선 뼈다귀를 산더미처럼 먹을 수 있었다. 그리고 또 한 계단 더 신세를 떨어뜨려 어느 친절한 요리집에 호소해서 손님이 먹다 남은 빵 껍질을 얻었다. 그것을 옆 집 화덕의 연한 불에 되도록 오래 올려 놓아 빵 수프를 만들었다. 그뿐만 아니라 허기가 심한 아침에는 소제 인부가 지나가기 전에 개와 함께 여러 가게의 쓰레기통을 뒤지고 다닐 만큼 전락했다. 그러노라면 부자들의 성찬을 얻어 걸리는 수도 있었다. 썩은 멜론이라든가 색이 변한 고등어라든가 갈비라든가 하는 것을. 갈비에는 구더기가 끓을지도 몰라 뼈를 잘 살펴보아야 했다. 그렇다, 그녀는 이렇게까지 형편 없는 처지에 떨어져 버린 것이다.

이런 생각만 해도 점잖은 사람은 소름이 끼칠 것이다. 그러나 그런 사람도 사흘을 굶은 주린 배를 움켜쥐고 여전히 태연스러운 얼굴을 할 수 있을까? 그들도 아마 엉금엉금 기어다니면서 이런 친구와 마찬가지로 더러운 것을 뒤지고 다닐 것이다. 아아! 가난뱅이들은 굶어 죽고 텅 빈 창자가 굶주림을 외치고 이빨을 딱딱 부딪치면서 불결한 것이나마 배불리 넣으려는 짐승 같은 욕구가, 휘황하게 빛나는 황금빛 파리에 있을 줄이야! 일찍이 제르베즈에게도 기름진 거위고기를 실컷 포식한 시대가 있었다. 그러나 이제는 그런 진수 성찬이 아니라도 살 수 있었다. 어느 날 쿠포가 빵 교환권 두 장을 훔쳐내어 그것을 다시 팔아서 마셔 버렸다. 굶주린 배를 움켜쥐고 기다리던 그녀는 이 한 조각의 빵 도둑질에 흥분하고는 하마터면 남편을 삽으로 때려 죽일 뻔했다.

이러는 동안 그녀는 흐릿한 하늘을 힘없이 바라보고 있다가 꾸벅꾸벅 괴로운 잠에 빠져들어갔다. 그리하여 눈을 머금은 하늘이 머리 위에서 찢어지는 꿈을 꾸었다. 그토록 심하게 추위가 몸에 스민 것이다. 별안간 그녀는 괴로운 듯이 으스스 크게 몸을 한 번 떨고는 눈을 뜨고 앉았다. 어머나, 내가 그대로 죽을 뻔했을까? 와들와들 떨면서 헛소리를 하다가 정신을 차려 보니 아직 낮이었다. 그럼, 언제 밤이 된담! 뱃속에 아무것도 들어가지 않은 때면 시간은 왜 이렇게 느리게 갈까. 게다가 밥통이 또 눈을 뜨고 그녀를 괴롭혔다. 비틀비틀 의자에 앉아 고개를 떨어뜨리고 사타구니에 두 손을 찔러 녹이면서 쿠포가 돈을 갖고 들어오면 저녁에는 무엇을 먹을까 하고 미리 공상하기 시작하였다. 빵, 포도주 한 병, 리옹풍의 소천엽 2인분. 바주우주 영감의 비둘기 시계가 3시를 쳤다. 이제 겨우 3시라고 생각하니 눈물이 나왔다. 도저히 7시까지 기다릴 힘이 없다. 그녀는 심한 아픔을 달래려는 소녀처럼 온 몸을 흔들거리면서 허기를 느끼지 않도록 몸을 둘로 꺾어 열심히 배를 눌렀다. 애를 낳는 편이 더 낫겠다! 그래도 허기가 가라앉지 않자 짜증을 내며 일어나서는 방 안을 돌아다니며 어린아이를 잠재우듯 허기를 재우려고 발을 굴렀다. 반 시간이나 텅 빈 방의 이 구석 저 구석에 몸을 부딪치면서 돌아다녔다. 그러다가 한 군데에 시선을 고정시키고 별안간 걸음을 멈추었다. 『이제 어쩔 수 없어. 놈들에게 무슨 말이건 하고 싶은 대로 실컷 지껄이게 해 줘야지. 원한다면 발을 핥아 줘도 좋아. 아무튼 로리외네한테 가서 10수 빌려 달래자.』

겨울이 되니 아파트의 가난한 사람들이 사는 이 층계에서는 곧잘 10수, 20수씩 서로 빌리고 빌려 주고 했다. 굶는 둥 마는 둥 하는 사람들은 이렇게 서로 조금씩 도왔다. 그러나 로리외 부부한테 부탁할 정도라면 차라리 죽는 편이 낫다고들 생각했다. 이 부부가 주머니 끈을 쉽게 끄를 인간이 아니라는 것은 다들 잘 알고 있었기 때문이다.

제르베즈는 그들의 방을 노크하러 가는 대단한 배짱을 보여준 셈이다. 복도에서 몹시 겁이 나서 주저주저했지만 일단 노크해 버리니, 치과 의사집의 벨을 누른 사람처럼 별안간 마음이 가벼워졌다.

「들어와요!」 하고 사슬공의 깐깐한 목소리가 들려왔다. 방 안은 참으로 기분이 좋았다! 벽 난로는 한창 타고 있어서 파란 불꽃으로 좁은 작업장을 비치고 있었다. 로리외 부인은 금 철사 다발을 불에 구워서 단단하게 만들고 있었다. 로리외는 작업대 앞에 앉아 땀을 흘리면서(그토록 훈훈했다) 사슬을 취관(吹管)으로 용접하는 중이었다. 게다가 맛있는 냄새가 났다. 캐비지 수프가 연한 난로불에서 지글지글 끓으며 김을 뿜고 있었다. 그것이 제르베즈의 마음을 휘저어 놓았다. 그녀는 기분이 아찔했다.

「난 또, 누구라고!」 하고 로리외 부인은 못마땅한 듯이 중얼거리며 앉으란 소리도 하지 않았다. 「무슨 볼일이야?」

제르베즈는 대답을 하지 않았다. 지난 한 주일 동안 로리외 부부와는 그리 서먹서먹하지도 않았는데, 10수 달라는 소리가 목에 걸려 나오지 않았다. 보슈가 난로 옆에 턱 버티고 앉아 있었는데 남의 쑥덕 공론을 하는 중이라는 것을 깨달았기 때문이다. 『보슈 자식, 남이야 어떻게 되건, 내가 알 바 아니라는 표정이잖아! 입을 커다랗게 벌리고 코가 잠기도록 두 볼을 불룩하게 부풀려선, 바보처럼 너털너털 웃고 있다. 얼빠진 자식 같으니!』

「무슨 볼일이지?」 하고 로리외가 되풀이했다.

「혹시 쿠포 못 보셨나요?」 하고 제르베즈는 떠듬거리면서 간신히 말했다. 「여기 와 있는 줄 알았는데.」

쇠줄 기술자와 관리인이 비웃었다. 「아니, 쿠포는 못 만났는걸. 물론 우리 집에선 쿠포에게 술을 먹이지 않거든, 보시다시피 안 왔어.」

제르베즈는 간신히 떠듬떠듬 말을 이었다. 「돌아온다고 약속하길래……. 그래요, 돈을 갖고 돌아오게 되어 있어요. 그리고 나는 꼭 필요한 일이 있어서…….」

침묵이 흘렀다. 로리외 마누라는 거칠게 벽난로 불을 붙였다. 로리외는 손가락 사이에서 처진 사슬에 코를 갖다 댔다. 한편 보슈는 장난삼아 손가락이라도 쑤셔넣어 보고 싶도록 동그랗게 입을 벌리고 계속 보름달처럼 웃어댔다.

「불과 10수만 있으면 되는데…….」 하고 제르베즈는 나직하게 중얼거렸다.

모두 말이 없다.

「10수 빌려주실 수 없을까요? 틀림없이 오늘밤엔 갚겠는데!」

로리외 마누라는 고개를 돌려 가만히 그녀를 응시했다. 『요런, 그렇게 꾸며 대 가지고 사람을 속일 작정이지? 오늘은 10수지만 내일은 20수가 될 걸. 그렇게 되면 한이 없잖아. 아니, 아니, 그렇겐 못 하겠어. 썩 물러가라고.』

「하지만, 당신.」 하고 그녀는 큰소리로 말했다. 「우리 집에 돈이 없다는 걸 잘 알잖아! 자, 호주머니를 뒤집어 보일게. 못 믿겠거든 찾아봐요……. 있다면야 물론 선뜻 빌려주지.」

「언제나 빌려드리고 싶지.」 하고 로리외가 우물우물 말했다. 「하지만 없을 때는 없는 거야.」

제르베즈는 매우 얌전하게 꾸벅 고개를 끄덕였다. 그러나 나가려 하지 않고 곁눈으로 살며시 금빛으로 빛나는 물건을 훑어보았다. 벽에 매달린 금다발, 마누라가 신장판(伸張板)에 걸어서 힘껏 늘이고 있는 금사슬. 저 더러운 거뭇거뭇한 금속 조각 하나라도 능히 맛있는 저녁밥을 먹여 주리라고 생각했다. 작업장은 고철과 석탄 먼지와 잘 닦아내지 않은 기름때 등으로 더러웠지만 오늘만은 그녀의 눈에 마치 환전상(換錢商)의 진열장처럼 금은 재화로 번쩍번쩍 빛나 보였다. 그래서 거듭 조용히 부탁해 보았다.

「갚아 드릴게요, 틀림없이 갚겠어요. 10수쯤 댁에선 아무렇지도 않잖아요?」

그녀는 목이 메었다. 그러나 어제부터 뱃속에 아무것도 든 것이 없다고 실토하고 싶지는 않았다. 그리고 다리의 힘이 빠지는 것을 느끼고 그대로 울며 쓰러질 듯한 기분이 들었으나 다시 더듬거리듯이 말했다.

「정말 부탁이에요! 당신들은 모르겠지만……. 그래요, 나는 이렇게 전락해서, 정말! 이렇게 전락해 버렸다오!」

그러자 로리외 부부는 입술을 일그러뜨리면서 살며시 서로 시선을 보내었다. 『이 절름발이, 요즘엔 정말 거지가 됐지! 어쩌면 이렇게도 몰락할 수 있을까! 우리는 거지가 싫단 말이야! 그런 줄 알았다면 단단히 문단속이나 해 둘 것을. 거지는 잠시도 눈을 떼지 못해. 놈들은 이 핑계 저 핑계로 방 안에 들어와서는 돈이 될 만한 물건을 슬쩍 훔쳐 갖고 나간단 말이야. 여긴 도둑맞을 만한 것이 있으니 더더구나 그렇지. 어디나 손만 뻗쳐 주먹만 쥐어도 간단히 30프랑에서 40프랑 값어치는 나가는 물건을 들고 갈 수 있거든. 여태까지도 제르베즈년, 금다발 앞에 서서 이상한 태도를 보이길래 몇 번이나 수상쩍다고 생각했었지. 이번에는 단단히 조심하자고.』 그래서 제르베즈가 더 다가와서 나무 발에 다리를 걸자 사슬 직공은 그녀의 부탁에는 대답도 하지 않고 거칠게 소리쳤다.

「이봐! 조금은 조심을 하라고. 신 바닥에 또 금가루를 묻혀 갈 참이야?… 정말이지, 당신 신 바닥에 금을 붙여 가기엔 지나치게 살이 쪘어.」

제르베즈는 느릿느릿 뒷걸음질쳤다. 그리고는 잠시 포갠 선반에 기대 섰다가는 로리외 부인이 자꾸만 손을 살펴보므로 두 손을 크게 펴 보이고 무슨 일에도 거역하지 않는 처량한 여자답게 화도 내지 않고 힘없는 목소리로 말했다.

「아무것도 갖지 않았어, 이것 봐요.」

그리고 나갔다. 캐비지 수프의 강한 냄새와 작업장의 훈훈한 온기로 아주 기분이 나빠졌다.

『흥! 이젠 저런 인간은 붙들지 않아! 잘 가라고. 이제 다시는 저런 여자에게 문을 열어 주지 말아야지. 저런 얼굴은 이제 보기만 해도 지긋지긋해. 우린 제 잘못으로 가난해진 치들과는 아무 상관도 없단 말이야.』

이렇게 그들은 돈도 있고 후끈후끈한 곳에서 곧 근사한 수프를 먹는다는 것을 생각하면서 자기들만의 큰 기쁨에 잠기는 것이었다. 보슈도 앞으로 상반신을 쑥 내밀곤 더욱더 두 볼을 불룩하게 부풀렸다. 그 때문에 웃는 얼굴이 천해 보였다. 그들은 모두 절름발이의 거만했던 지난 날의 태도며, 그 파랗게 칠한 가게며, 맛있는 음식 등 이것저것에다 호된 앙갚음을 했다고 생각했다. 『정말 잘 됐군 그래. 저건 주둥아리에 사치가 심하면 장차 어떻게 된다는 좋은 본보기야. 먹세가 심하고 게으르고 타락한 여자 따윈 이제 안녕히 가십시오야!』

「무슨 여자가 저래! 10수 우려먹으러 들어오다니!」 하고 로리외 부인은 제르베즈가 돌아간 뒤에 깐깐한 목소리로 퍼부었다.

「아니 누가 빌려줄 줄 알아? 저런 여자한테 지금 10수 빌려줘 봐요, 좋아라고 한잔 마시러 가겠지!」

제르베즈는 복도로 나서자 힘없이 두 어깨를 떨어뜨리고 낡은 신발을 끌었다. 자기 방 문간까지 왔으나 안으로 들어가지 않았다. 방이 무서웠다. 걷고 있으면 그만큼 몸도 훈훈해지고 그럭저럭 참을 수 있을 것이다. 지나가다가 층계 아래의 브뤼 영감의 골방을 들여다보았다. 여기도 한 사람, 몹시 배를 주리는 인간이 있다. 늙은이는 사흘 전부터 점심도 저녁도 먹지 못하고 있었으니까. 그러나 그는 없고 안은 텅 비어 있었다. 어디에 불려갔나 보다 하고 생각하니 부러워졌다. 비자르네 방 앞에 왔을 때 신음소리가 들렸으므로 안으로 들어갔다. 열쇠는 언제나 열쇠 구멍에 꽂혀 있었다.

「왜 그러니?」 하고 그녀가 물었다.

방 안은 무척 청결한 느낌이 들었다. 첫눈에 라리가 오늘 아침에도 소제를 하고 말끔히 치워 놓은 것을 알았다. 아무리 가난 바람이 불어와 이곳에서 낡은 옷가지를 앗아가고 더러운 먼지를 가득 뿌려 놓아도 헛일이었다. 라리는 그 뒤에 곧장 달라붙어 모든 것을 반짝반짝 닦아서는 무엇이고 말끔히 제자리에 정리하여 놓는다. 이 집에서는, 살림살이는 비록 넉넉지 않아도 훌륭히 처리되고 있다는 것을 느낄 수 있었다. 이날은 앙리에트와 쥘르 두 애가 어디서 헌 그림을 찾아내어 방 한쪽 구석에서 조용히 가위로 오려내며 놀고 있었다. 그러나 제르베즈는 라리가 좁은 간이침대에 누워 얼굴이 파래져서 턱밑까지 이불을 올려 덮고 있는 것을 보고 적잖이 놀랐다. 『어머나! 얘가 눕다니, 아마 몹시 좋지 않은 모양이구나!』

「왜 그러니?」 하고 제르베즈는 걱정스러운 듯이 되풀이하였다.

라리는 이제 신음소리도 내지 않았다. 그리고 조용히 창백한 눈을 들어 웃음을 지으려 했으나 입술이 일그러지며 떨릴 뿐이었다.

「아무렇지도 않아요.」 하고 그녀는 아주 나직한 소리로 말했다. 「예, 정말, 아무렇지도 않아요.」

그리고 다시 눈을 감더니 소리를 내는 것조차 힘들어하면서 덧붙였다.

「요새는 너무 고단해요, 그래서 게으름을 피우며 쉬고 있는 거예요.」

그러나 그 앳된 얼굴에는 납빛 얼룩이 나타나고 심한 고민의 자국이 역력히 드러났다. 제르베즈는 자기 자신의 괴로움도 잊고 두 손을 모아 소녀 옆에 무릎을 꿇었다. 그녀는 전부터 이 아이가 벽에 매달리다시피하여 걷는 데다 허리를 둘로 꺾어 이제 오래 가지 못할 것 같은 기침을 쉴새없이 하고 있는 것을 지켜보고 있었다. 소녀는 기침할 힘도 없었다. 재채기가 나왔다. 그러자 입가에 몇 가닥의 피가 흘러나왔다. 「제 탓이 아니에요. 몸이 너무나 튼튼하지 못해 그런가 봐요.」 하고 소녀는 조금은 편해진 듯이 중얼거렸다. 「괴로웠지만 조금은 치웠어요……. 깨끗해졌죠? 유리창도 닦고 싶었지만 다리가 떨려서. 그러면 못쓰죠. 하지만 조금은 정리가 됐길래 쉬고 있는 거예요.」

여기서 말을 끊고 그녀는 부탁했다.

「저어 아주머니, 애들이 가위로 손을 다치지 않았나 좀 봐 주세요.」

이윽고 층계를 올라오는 무거운 발소리를 듣더니 그녀는 부르르 떨면서 그만 입을 다물어 버렸다. 비자르 영감이 거칠게 문을 밀었다. 여느때처럼 한잔 들이킨 그는 강한 술로 무섭게 광포해진 눈을 번들거리고 있었다. 라리가 누워 있는 것을 보더니 제 허벅지를 탁탁 때리고 비웃으면서 벽에 걸려 있는 그 커다란 회초리를 내려 들고 호통쳤다.

「이 뻔뻔스러운 년아! 웃기지 말라고! 암소가 이 대낮에 빈들빈들 짚을 덮어쓰고 누워 있다니 말이 돼! 사람을 깔보나? 이 게으름뱅이 같으니라고. 자 이년아! 일어나거라!」 그는 벌써 침대 위에서 회초리를 휙휙 후려치고 있었다. 소녀는 애원하면서 되풀이했다.

「안 돼요, 아빠, 제발 때리지 마세요……. 나중에 꼭 후회하셔요……. 때리지 마세요.」

「냉큼 일어나지 못해!」 하고 그는 한층 심하게 외쳤다. 「일어나지 않으면 옆구리를 간질여 줄 테다……. 빨랑 일어나지 못해, 이 얄미운 계집애야!」

그러자 소녀는 조용히 말했다.

「일어날 수가 없어서 그러는 거예요. 모르세요? 죽을 것만 같애요.」

제르베즈는 비자르에게 덤벼들어 회초리를 빼앗아 버렸다. 그는 간이침대 앞에 우두커니 서 있었다. 「이 코흘리개 년이 거기서 뭘 중얼거리고 있어? 아직 어린 게 죽기는 왜 죽어, 병이 든 것도 아닌데! 뭐! 좋아, 내가 조사해 보지. 만일 거짓말일 때는, 어디 보자!」

「곧 알게 돼요, 정말이에요.」 하고 그녀는 계속하였다. 「난 될 수 있는 대로 아빠에게 고생을 안 시키려고 해 왔어요……. 오늘은 야단치지 마세요. 그리고 저한테, 〈안녕〉하고 말씀하셔요, 아빠.」

비자르는 깨끗이 속고 있는 것이 아닐까 하고 제 코를 집어보았다. 그러나 딸은 정말 평소와는 다른 얼굴을 하고 있다. 마치 어른처럼 엄숙하고 진지한 얼굴이었다. 방 안을 스쳐 지나간 죽음의 숨결이 그의 술기운을 깨워 놓았다. 그는 오랜 잠에서 깬 사람처럼 주위를 두리번거렸다. 방 안은 깨끗이 정돈되어 있고 아이들은 깨끗한 얼굴로 웃으면서 놀고 있었다. 비자르 영감은 비실비실 의자에 쓰러지며 중얼거렸다.

「우리 집 꼬마 엄마야, 우리 집 꼬마 엄마야.」

이 말밖에 하지 못했다. 그러나 한 번도 이렇게 소중한 대접을 받아본 적이 없는 라리에게는 이것만으로도 아주 정다운 말이었다. 딸은 아버지를 위로했다. 그녀는 어린아이들을 어엿이 다 클 때까지 키워 놓지 못하고 이렇게 죽어가는 것이 무엇보다도 슬펐다. 「아빠, 애기들을 부탁해요.」 그녀는 기어들어가는 듯한 목소리로 아이들의 주변을 말끔히 깨끗하게 해 주는 방법을 자세하게 이야기했다. 아버지는 다시 취기가 들고 멍청해져서 둥그래진 눈으로 자기 눈앞에서 죽어 가는 딸을 바라보면서 줄곧 머리를 흔들고 있었다. 마음 속으로는 온갖 생각이 달음박질하고 있었지만 이제 아무 말도 생각나지 않았으며, 그렇다고 울기에는 너무나 몸이 후끈거렸다.

「좀더 들어 보세요.」 하고 라리는 잠시 입을 다물었다가는 말을 이었다.

「빵 가게에 4프랑 7수 빚이 있어요. 꼭 갚아 주세요……. 고드롱 아주머니가 우리 다리미를 빌려갔으니까 받아 오세요. 오늘밤엔 수프를 만들 수 없었어요. 하지만 빵이 남아 있어요. 감자도 데우시고요…… .」

이 철없는 어린 딸은 마지막 숨을 거둘 때까지 가족의 조그만 꼬마 엄마였다. 이런 딸을 대신할 만한 사람을 찾는다는 건 불가능한 일이었다! 그 나이에 정말 어머니 같은 분별이 있었기에 이 소녀는 지금 죽어 가고 있는 것이다. 그토록 큰 모성애를 쌓아 두기에 그 가슴은 너무나 좁고 가냘펐다. 그리고 이 보배를 잃게 되는 것도 그 짐승같이 광포한 아버지 탓이 틀림없다. 그는 애어머니를 차 죽인 끝에 이제 또 딸을 학대하여 죽이고 있지 않은가! 두 천사는 무덤 아래서 자겠지만, 이 사나이는 이제 개처럼 길거리에서 횡사하는 수밖에 없을 것이다.

제르베즈는 복받치는 통곡을 억누르고 있었다. 어린 소녀를 조금이라도 편하게 해주려고 그녀는 두 손을 내밀었다. 그러자 누더기 시트가 미끄러져 내려왔으므로 그것을 다시 덮어 주고 잠자리를 고쳐 주려고 했다. 그때 다 죽어 가는 소녀의 바짝 마른 몸뚱이가 드러났다. 아아! 하느님 맙소사! 이렇게도 처참하고 이렇게도 가엾은 일이 있을까! 이 모습을 본다면 아마 돌도 눈물을 흘렸을 것이다. 라리는 블라우스 조각을 슈미즈 대신 두 어깨에 걸쳤을 뿐 발가숭이였다. 그렇다! 발가숭이, 그것도 순교자 같은, 보기에도 딱한 피투성이 발가숭이였다. 살이 빠져 뼈가 가죽에서 비어져 나올 것만 같다. 옆구리에는 가느다란 자주빛 줄무늬가 허벅지까지 이어나가 있다. 회초리로 찰싹찰싹 얻어맞은 생생한 자국이다. 납빛 상처가 왼쪽 팔을 덮었다. 마치 억센 바이스의 이빨 사이에서 성냥개비같이 가느다란 팔이 물려 바스라진 것 같다. 오른쪽 다리에는 아직도 다 아물지 않은 상처가 들여다보인다. 아침마다 살림을 하느라고 돌아다닐 때마다 아물었던 상처가 다시 찢어진다. 발끝에서 머리 꼭대기까지 소녀의 몸은 흉투성이였다. 아아! 어쩌면 이렇게도 어린애를 학대했단 말인가! 그 육중한 발로 병아리처럼 귀여운 소녀를 마구 짓밟았다니! 이렇게 십자가를 짊어지고 헐떡이는 힘없는 자에게 어쩌면 그렇게도 저주스러운 짓을 한단 말인가! 성당에서는 회초리로 맞은 성녀(聖女)들을 숭앙하지만, 그 나체도 이토록 청순하진 못하다. 제르베즈는 침대 바닥에 납작하게 깔린, 가엾은 이 소녀의 모습에 정신이 뒤집혀서 시트를 덮어 줄 생각도 하지 못하고 다시 무릎을 꿇었다. 덜덜 떨리는 그녀의 입술이 기도의 말을 찾았다.

「쿠포 아주머니!」 하고 소녀가 중얼거렸다.

「제발 좀…….」

소녀는 짧은 팔을 뻗쳐 몹시 수줍어하면서 시트를 끌어 올리려고 했다. 아버지가 있어서 갑자기 부끄러워진 것이다. 비자르는 멍청하게 자기 손으로 만든 이 시체를 내려다보면서 진력이 난 짐승처럼 느릿느릿한 동작으로 여전히 머리를 건들거리고 있었다.

라리에게 시트를 덮어 준 제르베즈는 이제 더 그 자리에 있을 수가 없었다. 얼른 죽지 못한 소녀는 차차 약해져서 말할 힘도 없어졌으며 이제는 다만 모든 것을 단념한, 그 생각이 깊고 변함 없는 검은 눈을 한쪽에서 그림을 오리면서 놀고 있는 어린아이들에게 가만히 고정시키고 있을 뿐이다. 방에는 어둠이 덮이기 시작하고 있었으며 비자르는 딸의 단말마의 괴로움을 바라보면서 얼빠진 듯 술기운을 식히고 있었다. 『아아, 지긋지긋하다, 지긋지긋해, 이 세상엔 지긋지긋한 일이 너무나 많아! 아아! 어쩌면 이렇게도 더러운가? 아아, 어쩌면 이렇게도 더럽담!』 제르베즈는 그 방에서 나와 층계를 내려가면서도 머리가 이상해져서 자기가 무엇을 하고 있는지도 알 수 없었다. 가슴속이 지겨움으로 가득 차서 승합마차의 수레 바퀴 밑에 스스로 뛰어들어 죽고 싶었다.

그녀는 비참한 운명을 저주하면서 계속 달려 쿠포가 일하러 나가 있다는 주인집 문간에 이르렀다. 발걸음이 자연히 그리로 향한 것이다. 뱃속이 다시 노래를 부르기 시작했다. 끊임없이 계속되는 굶주림의 애가(哀歌)였다. 그녀가 이제 다 암기해 버린 그 슬픈 얘기. 『이렇게 기다렸다가 쿠포가 나오면 붙들어서 지갑을 빼앗아 먹을 것을 사지. 기다려 봐야 고작 한 시간이다. 어제부터 손가락만 빨았다. 아직 그 정도는 견딜 수 있다.』

그곳은 샤르보니에르 거리가 샤르트르 거리와 교차하는 모퉁이였고 사방에서 바람이 휘몰아치는 삭막한 네거리였다. 길거리를 아무리 싸다녀 봐도 몸이 훈훈해지진 않았다. 하다못해 털가죽 옷이라도 있었으면! 하늘은 여전히 불쾌한 잿빛을 띠고 있었다. 지금 당장 눈이라도 쏟아질 듯했으며 그 때문에 시가는 얼음 모자를 덮어쓴 것 같다. 아무것도 내리고 있지는 않았지만 하늘은 적적하기만 하고 그 고요 속에서 파리를 위한 완전한 변장이 새하얗고 아름다운 무도복으로 새로이 마련되고 있었다. 제르베즈는 하늘을 쳐다보곤 하나님 제발 지금 당장 그 모슬린의 눈을 내리게 하지 말아 달라고 빌었다. 그녀는 발을 동동 구르면서 맞은편 식료품 가게의 진열대를 바라보다가 곧 발걸음을 돌렸다. 미리 실컷 배를 곯려 둘 필요도 없었기 때문이다. 네거리에 서 있어도 심심풀이를 메울 만한 일은 아무것도 없다. 이따금 길을 가는 사람의 그림자는 있었지만 모두 목도리를 둘둘 말고 총총걸음으로 지나가 버렸다. 추위가 살을 에는 판에 어슬렁어슬렁 걸어갈 수는 물론 없다. 그때 문득 제르베즈는 여자 너댓 명이 자기와 마찬가지로 함석 공장 문간에서 무엇인가를 감시하고 있는 것을 깨달았다. 여기에도 불쌍한 여자들이 있다. 아마 이 아낙네들도 남편의 급료가 술집으로 달아나지 못하도록 대기하고 있는 것이 틀림없다. 헌병 같은 얼굴의 후리후리하게 여윈 여자가 벽에 딱 들러붙어 남편 등에 덤벼들려고 벼르고 있었다. 또 얌전하고 퍽 약해 보이는, 온통 아래위로 새까맣게 입은 조그만 여자가 건너편 보도를 왔다갔다하고 있었다. 또 한 사람, 느림보 같은 여자가 추위에 떨면서 울부짖는 두 아이를 두 팔에 하나씩 끌고 나타났다. 제르베즈도, 호시탐탐 기다리는 아낙네들도 모두 서로 말은 나누지 않았지만 곁눈으로 힐끗힐끗 쳐다보며 왔다갔다하였다. 정말 즐거운 밀회였다. 정말이지, 기가 차서! 그녀들은 서로의 신분을 알려 주어 인사를 나눌 필요도 없었다. 모두 가난뱅이 회사라는 간판이 걸린 집에 살고 있는 사람들이다. 1월의 이 혹한 속에서 그녀들이 발을 동동 구르며 서로 말도 없이 스쳐 지나가고 있는 것을 보니 추위가 더 한층 몸에 스며든다.

그러나 주인 집에서는 한참 동안 고양이새끼 한 마리 나오지 않았다. 그러다가 겨우 직공 하나가 나타났다. 이어 두 사람, 세 사람. 그들은 아마도 급료를 어김없이 집에 들고 가는 성실한 사람들인 모양이다. 작업장 앞에 사람의 그림자가 서성거리고 있는 것을 보고 고개를 설레설레 젓는 것을 보아도 알 수 있다. 그 후리후리하게 여윈 여자는 문간 뒤에 바싹 다가붙었다. 그러더니 다음 순간 조심스레 목을 내민 안색이 좋지 않은 땅딸막한 사나이에게 덤벼들었다. 정말 아차 하는 순간에 결말이 나 버렸다. 여자는 사나이의 호주머니를 뒤져서 있는 돈을 깡그리 빼앗아 버렸다. 당했구나, 이제 한 푼도 없다. 한잔 들이킬 돈도 없다. 땅딸막한 사나이는 화를 냈으나 맥이 빠져 어린아이처럼 굵은 눈물 방울을 떨어뜨리며 헌병 같은 마누라 뒤를 따라갔다. 직공들은 잇따라 밀려나왔다. 두 아이를 끌고 온 몸집이 튼튼한 아낙네가 가까이 가자 얼굴이 간사해 보이는 밤색머리의 몸집이 큼직한 사나이가 눈치를 채고는 즉각 남편에게 알려 주려고 되돌아갔다. 그리하여 남편이 몸을 흔들면서 천연스럽게 나타났을 때는 5프랑짜리 은화 두 개를 감추고 백 수짜리 새 은화 두 개를 양쪽 신발 속에 하나씩 숨긴 뒤였다. 그는 어린아이 하나를 안아 올리더니 툴툴거리며 덤벼드는 마누라에게 갖은 거짓말을 늘어놓으면서 성큼성큼 사라져 버렸다. 그 중에는 단숨에 한길로 뛰쳐나와 동료들과 함께 반달치 급료를 마셔 버리려고 재빨리 달려가는 유쾌한 인간들도 있었다. 그런가 하면 눈뜨고 볼 수 없는 가엾은 인간들도 있다. 서글픈 표정으로 반달 동안 일하고 불과 사나흘치 급료를 꽉 움켜 쥐곤, 자기는 게으름뱅이라고 스스로를 욕하면서 주정뱅이 같은 믿을 수 없는 맹세를 되풀이하고 있는 것이었다. 그러나 더욱 가엾은 것은 얌전하고 허약해 보이는 그 온통 새까맣게 차려 입은 조그만 여자의, 참으로 애처로운 모습이었다. 남편은 제법 잘생긴 미남이었으나 아내를 밀어 던지듯 몹시 거칠게 뿌리치고 달아나 버렸다. 여자는 가게의 처마 밑으로 해서 온 몸으로 훌쩍거리며 비틀비틀 혼자서 되돌아갔다.

마침내 나오는 사람들의 줄이 끊어졌다. 제르베즈는 한길 한가운데 서서 입구를 지켜보았다. 나쁜 예감이 들기 시작했다. 다시 두 사람의 직공들이 뒤처져서 나왔으나 역시 쿠포의 모습은 보이지 않는다. 그래서 그 두 사람에게 쿠포는 나오지 않느냐고 물으니 그들은 그 자식은 여자에게 서비스한다면서 방금 〈겁쟁이〉와 함께 뒷문으로 나갔다고 반 농조로 아무렇게나 대답했다. 제르베즈는 깨달았다. 쿠포 자식, 또 속인 것이다. 어떻게 돈을 쓰고 있나 가 봐야지! 그래서 그녀는 뒤축이 찌그러진 낡은 신발을 끌면서 느릿느릿 샤르보니에르 거리를 내려갔다. 저녁밥이 눈앞에서 성큼 달아나 버렸다. 그녀는 그것이 노란 저녁 놀 속으로 깨끗이 없어지는 것을 몸을 떨며 지켜보았다. 이제 끝장이다. 동전 한 푼 없다. 희망도 없다. 있는 것은 오직 밤과 굶주림뿐. 아아! 굶어 죽기에 알맞은 밤이다. 이 불쾌한 밤이 내 어깨를 짓누르는 거야!

그녀는 프와송니에르 거리를 무거운 발걸음으로 올라갔다. 그러자 쿠포의 목소리가 들렸다. 정말이다. 저기 있다. 그는 〈카퓌생〉에서 한창 메보트의 술을 한잔 얻어먹고 있는 중이었다. 이 장난꾸러기 메보트는 여름이 다 갈 무렵 약게 설쳐서 이제 매력은 다 바랬지만 아직도 아름다움의 잔재를 간직하고 있는 한 여자에게 정말로 장가를 갔다. 암! 마르티르 거리의 여자라면 시내를 싸다니는 찌꺼기들과는 다르지. 이 복많은 사내가 어엿한 복장으로 맛있는 음식을 먹고 두 손을 호주머니에 찌른 채, 마치 주인 나으리처럼 으스대는 꼴은 참으로 가관이었다. 이제는 못 알아볼 만큼 살이 쪘다. 동료들 얘기로는 그의 아내는 잘 아는 단골 손님들 집에서 얼마든지 일거리가 얻어 걸린다고 한다. 이런 마누라와 별장, 이거야말로 인생을 미화하는 최고의 희망이다. 그래서 쿠포는 곁눈으로 메보트를 황홀한 듯이 바라보았다. 이 약은 수완꾼은 손가락에 금반지까지 끼었잖아!

제르베즈는 쿠포가 〈카퓌생〉에서 나오자 어깨에 손을 얹었다.

「이봐요, 기다렸어요. 난……. 배가 고파 죽겠어요. 돈은 다 써 버렸수?」

그러나 그는 무서운 얼굴로 소리쳤다.

「배 고파 죽겠거든 네 주먹이라도 한 개 먹으려무나! 나머지 한 개는 뒀다가 내일 먹고.」

이이는 사람들 앞에서 고래고래 소리를 지르는 것이 멋있게 화를 내는 방법인 줄로 아는 모양이다. 뭐라고! 그럼 일은 조금도 안 했단 말이야? 빵 가게는 어김없이 빵가루를 반죽하고 있는데 그녀의 남편은 큰소리를 쳐서 사람을 을러 대는 우스꽝스럽게 뻐기는 인간인 것이다.

「그럼 나더러 도둑질이라도 하란 말이에요?」 하고 그녀는 나직하게 중얼거렸다.

메보트는 두 사람을 말리듯이 턱을 쓰다듬으면서 말했다.

「안 돼, 그럴 수는 없지요. 하지만 여자란 대개 그럭저럭 변통할 줄 아는 법이니까…… .」

그러자 쿠포가 그의 말을 가로막고,「그럴 듯한 말을 했어.」 하고 소리쳤다.

「그래, 여자란 변통할 줄 알 거란 말이야. 그런데 우리 집 여편네는 줄곧 덜렁마차라니까. 찌꺼기 중의 상찌꺼기지. 우리가 짚더미 위에서 죽어도 그게 다 누구 탓인데.」 그리고 메보트를 앞에 놓고 다시 한창 칭찬하였다. 「어때! 이 멋쟁이 모습을 보라고! 꼭 대갓집 주인 마님 같잖아. 흰 셔츠에 멋있는 무도화에! 정말 놀랍지! 한푼의 틈도 없단 말이야! 이건 누가 봐도 변통성 있는 마누라를 가진 행복한 사나이거든!」

두 사나이는 바깥의 대로 쪽으로 내려갔다. 제르베즈는 뒤따라갔다. 잠시 말이 끊어진 뒤 그녀는 쿠포의 등을 보고 다시 말했다.

「배가 고파 죽겠어요, 여보……. 당신만 기다리고 있었는데 뭔가 좀 먹도록 해 줘요.」

남자는 대답을 하지 않았다. 그래서 그녀는 슬픔에 가슴이 에는 듯한 기분으로 되풀이했다.

「그럼, 돈은 다 써 버렸수?」

「대강 해 두지 못해! 한 푼도 없다면 없는 줄 알아.」 그는 화를 버럭 내며 뒤돌아보고 소리쳤다.

「추근거리지 마. 그만두지 않으면 두들겨 패 줄 테다!」

이렇게 말하고 벌써 주먹을 불끈 쳐들었다. 그녀는 뒷걸음질치면서 무언가 결심하는 듯한 표정이었다.

「그럼, 좋아. 난 다른 남자를 찾아갈 테니까.」

그러자 이번에는 함석장이가 웃음을 터뜨렸다. 그건 농담일 것이라는 태도로 시치미를 떼고 그녀를 부추겼다. 그것 참 좋은 생각이다. 「밤에 불 밑에 서라면 너도 아직은 사내를 끌 수 있을 걸. 사내를 찾거든 술집은 〈카퓌생〉으로 하는 것이 좋을 거야. 거긴 작은 방이 몇 개 있고 밥도 실컷 먹을 수 있으니까.」 그리고 그녀가 핏기가 가신 얼굴로 외곽 도로 쪽으로 내려가려고 하자 그는 다시 소리쳤다.

「이봐, 이봐, 나한텐 디저트나 싸다 달라고. 난 과자를 좋아하니까……. 그리고 네 서방이 좋은 복장을 하고 있거든 헌 외투라도 한 벌 달라고 졸라 보라고, 돈으로 바꾸게.」

제르베즈는 이 심한 모욕을 뒤로 들으면서 재빨리 걸었다. 이윽고 혼잡한 사람들 속에 혼자 있게 되자 걸음을 늦추었다. 그녀는 이제 딱 잘라 결심하고 있었다. 『도둑질과 그것 중에 하나를 택한다면 그 짓을 하는 편이 그래도 좀 낫지. 적어도 남에겐 폐를 끼치진 않으니까. 오로지 내 것을 내 마음대로 하는 걸 뭐. 그야 그리 좋은 일은 아니야.』 그러나 좋고 나쁜 것이 지금의 그녀 머릿 속에서 뒤죽박죽이 되어 있었다. 『배가 고파 다 죽어 가는 마당에 이치는 따져서 뭘 한담. 눈앞에 있는 빵에 덤벼들 뿐이야.』 그녀는 클리냥쿠르 거리까지 올라갔다. 날은 저물 듯 저물 듯하면도 좀처럼 저물지 않는다. 그래서 어두워질 때까지 저녁식사 전에 바깥 공기를 쐬러 나오는 마나님처럼 큰 거리를 어슬렁어슬렁 걸어갔다.

이 근처는 그녀 자신이 창피해질 만큼 깨끗해져서 이제는 도처가 훤하게 틔어 있었다. 파리 중심부에서 올라오는 마젱타 거리와 교외로 빠지는 오르나노 거리는 과감하게 건물들을 헐고 원래의 시문 자리에서 시가를 관통하고 있었다. 회칠 자국이 아직도 허옇게 남아 있는 이 널찍한 두 줄기의 큰길 양쪽에는 각각 포부르 프와송니에르 거리와 프와송니에르 거리가 붙어 있었으며 그 거리 끝쪽은 길이 엉망으로 깎여서 음산한 창자처럼 비꼬여 서로, 얽혀 있었다. 출입 세관 건물의 벽이 헐려 이미 오래 전에 외곽 대로의 확장으로 양쪽 차도뿐 아니라 가운데에도 보도가 생겨 나직한 플라타너스가 네 줄로 심어져 있었다. 그건 큰 네거리였고 멀리 지평선 저편까지 사람들이 복작거리는 길이 이어져 나가 이윽고 겹겹이 얽힌 건물 사이로 사라져갔다. 그러나 새 고층 건물에 섞여 다 쓰러져 가는 집들이 아직도 많이 남아 있었다. 조각을 한 건물의 정면에 끼여 검은 구멍이 뻥 뚫려 있기도 하고 구질구질한 창문이 나 있는 크고 작은 개집 같은 집들이 하품을 하고 있다. 이리하여 변두리의 비참함은 파리에서 올라오는 호화로움에 짓눌려, 바쁘게 만들어져 가는 신개지(新開地)의 건축장을 지저분하게 더럽히고 있었다.

넓은 보도의 잡답에 시달리며 나지막한 플라타너스 가로수를 따라 걸어가면서 제르베즈는 고독하고 버림받은 느낌이었다. 아득히 뻗어 나간 이들 큰 거리의 조망은 자꾸만 더 그녀의 공복감을 부채질했다. 이 인파 속엔 아무런 부자유도 없이 사는 사람도 있을 텐데 이토록 심한 나의 곤란을 간파하고 내 손에 살며시 10수짜리 동전 한푼 쥐어 주는 사람 하나 없다니! 정말, 무언가 너무나 넓고 게다가 너무 아름답다. 광활한 공간 위에 쳐 놓은 이 끝없는 회색 하늘의 장막, 그것을 쳐다보니 그녀는 현기가 나고 다리의 힘이 쑥 빠지는 것 같았다. 황혼은 파리 특유의 우중충한 황색을 띠고 있었다. 이 이상 살아가기가 싫어지는 빛깔이다. 속세의 생활이 그토록 더러워 보였다. 주위가 어둑어둑해졌다. 원경은 진흙빛으로 흐려졌다. 이제 지칠 대로 지친 제르베즈는, 마침 이때 집으로 발걸음을 재촉하고 있는 노동자의 무리들과 마주쳤다.

이 시간이면 새로 지은 집에 사는 모자를 쓴 부인네들이며 잘 차려 입은 신사들도 서민들의 인파, 말하자면 일터의 탁한 공기로 아직도 창백한 남녀들의 행렬 한가운데 휩쓸리고 만다. 마젱타 거리와 포부르 프와송니에르 거리는 오르막길이어서 숨을 헐떡이고 있는 사람들의 떼거리를 토해내고 있었다. 승합마차나 전세마차는 귀청이 찢어질 듯 요란한 소리를 더욱더 높이 내며 질주하고 2륜 짐마차며, 유람마차며, 짐마차 등이 빈차로 바쁘게 돌아간다. 그런 소음 속을 작업복이나 노동복을 입은 인파가 시시 각각 커지면서 찻길을 메워버렸다. 운송 인부가 손갈퀴를 어깨에 메고 돌아간다. 노동자 두 사람이 몸짓 손짓으로 왁자하게 지껄여 대면서 서로 얼굴도 보지 않고 나란히 성큼성큼 걸어간다. 외로이 혼자 떨어져서 외투에 모자를 쓰고 고개를 푹 숙인 채 보도 가장자리를 걸어가는 자도 있다. 그 중에는 5,6명이 줄을 지어 말도 없이 손을 호주머니에 찌른 채, 멍청한 눈초리로 걸어오는 사람도 있다. 몇 사람인가는 불꺼진 파이프를 물었다. 전세마차를 탄 미장이네 사람은 반죽통이 마차 위에서 덜컹덜컹 뛰는 것을 그대로 두고 승강구에 흰 얼굴을 내밀어 보이며 지나간다.

칠장이는 통을 흔들면서, 함석장이는 긴 사다리를 짊어지고 걸어간다. 사다리 끝이 곧 남의 눈이라도 찌를 것만 같다. 그런가 하면 돌아가는 시간이 늦어진 분수기장수가 상자를 짊어지고 조그만 나팔로 〈다고베르 왕〉의 곡을 불면서 걸어온다. 가슴을 찢는 듯한 황혼을 배경으로 구슬픈 곡이 흘러간다. 아아! 슬픈 음악이다. 마치 녹초가 되어 무거운 다리를 끌고 가는 군중의 발소리를 반주하듯 울려 퍼지는 음악. 또 하루가 끝난 것이다. 정말 하루는 길고 그것이 또한 너무나 자주 되풀이된다. 음식을 배에 채우고 그것을 소화할 시간도 없이 벌써 날이 새고 해가 높이 솟아 또다시 빈곤의 목걸이를 걸어야만 한다. 그래도 기운 있는 사람은 휘파람을 불고 힘차게 걸음을 내디디면서 저녁밥에 이끌려 열심히 발걸음을 옮겨 놓는다.

제르베즈는 사람의 흐름을 그대로 흘려 보냈다. 사람들과 부딪쳐도 예사였다. 오른쪽에서도 왼쪽에서도 팔꿈치로 욱질리면서 인파의 한가운데로 휘말려 들어가 있었다. 몸이 둘로 꺾이도록 피로하고 허기에 쫓길 때는 아무도 여자를 거들떠볼 겨를이 없기 때문이다.

그때 문득 눈을 든 세탁부는 바로 눈앞에서 옛날의 그 봉쾨르 호텔을 발견했다. 이 조그만 건물은 수상쩍은 카페가 되었다가 경찰에 폐쇄당했으며 이제는 덧문에 광고가 더덕더덕 붙어져 있고 문의 등불은 부서졌으며 비를 맞아

위에서 아래까지 썩어 문드러져, 사는 사람도 없이 버려져 있다. 더러운 적자색 칠 위에는 온통 곰팡이가 슬었다. 그러나 이웃은 조금도 변하지 않았다. 문방구 가게도 담배 가게도 여전히 그전 자리에 그대로 있다. 그 뒤에는 낮은 건물의 지붕 너머로 5층 건물의 허물어진 정면이 지금도 황폐한 커다란 모습을 하늘 높이 보여 주고 있었다. 다만 그랑발콩 댄스 홀만은 이제 없었다. 환히 불이 켜진 열 개의 창문이 있는 홀은 지금 설탕공장으로 변하여 끊임없이 증기를 쉭쉭 뿜어내고 있었다. 그런데 거기인 것이다. 그녀의 모든 저주스러운 생활이 시작된 곳은 봉퀘르 호텔의 작고 더러운 구석진 방이었던 것이다. 그녀는 우두커니 서서 부서진 덧문이 쳐진 2층 창문을 쳐다보았다. 그리고 랑티에와 함께 산 젊은 날의 일이며, 첫 옥신 각신하며 그가 자기를 버렸을 때의 심한 태도 같은 것을 생각했다. 그러나 그런 것은 아무래도 좋다. 그때는 젊었다. 이제 와서 생각하면 모든 것이 즐거운 추억이다. 그것이 불과 20년에 이제는 길바닥에 쓰러질 듯한 신세가 되었다. 이렇게 호텔을 쳐다보고 있자니 기분이 언짢아졌다. 그녀는 다시 몽마르트 쪽의 큰 거리로 올라가기 시작했다.

어둠이 깔리는데도 벤치 사이의 모래더미 위에서는 아직도 어린애들이 놀고 있었다. 사람들의 행렬은 계속되고 여공들은 진열장을 들여다보느라고 허비한 시간을 메우려는 듯 바쁜 걸음으로 간다. 키가 훤칠한 여자가 걸음을 멈추더니 자기 집에서 셋째번 집 앞까지 바래다 준 젊은 남자에게 손을 잡게 하고 있다. 그 중엔 헤어지면서 오늘밤 〈그랑 살롱 드 라 폴리〉나 〈불 누와르〉에서 다시 만날 약속을 하는 자들도 있다. 인파 속에 끼여 날품팔이꾼들이 보자길 옆에 끼고 되돌아간다. 석고 찌꺼기를 만재한 손수레를 끌고 온 스토브 직공이 하마터면 승합마차에 칠 뻔하였다. 그 사이로 조금 뜸해진 사람들 속을 모자 안 쓴 아낙네들이 달려간다. 부엌 아궁이에 불을 지펴 놓고 다시 한번 시내에 내려와 부리나케 장을 보러 나온 여자들이다. 사람들을 밀어젖히고 빵 가게와 반찬 가게에 뛰어들어 얼른얼른 물건들을 사서는 재빨리 되돌아간다. 배달원 중엔 여섯 살쯤 되는 어린 계집아이도 있다. 자기 키만큼이나 되는 네 근짜리 큼직한 빵을 아름다운 황색 인형처럼 가슴에 꼭 안고 가게 앞을 지나 그림 간판 앞에 이르면, 5분쯤 큰 빵에 볼을 비벼 대며 넋을 잃는다. 이윽고 인파는 끊어지고 사람들의 모습도 뜸해졌다. 노동자는 다들 집으로 돌아가 버렸다. 그리고 하루의 일이 끝난 뒤 가스등이 훤하게 비치는 속에서 이번에는 노동을 대신한 안일과 환락이 눈을 뜨고 슬슬 고개를 쳐들기 시작한다.

그렇다! 제르베즈도 하루가 끝났다! 그녀는 지나치면서 자기를 곤죽으로 만들고 간 그 노동자의 행렬보다 더 지쳐 있었다. 그 자리에 드러누워 죽어 버려도 좋을 것만 같았다. 노동 쪽에서는 이제 그녀에게 볼일이 없었으니까. 그녀는 사는 데 신물이 나도록 고생을 해 왔으니 이번엔, 「누구 차례? 나? 나라면 이제 신물이 나요!」 하고 말해도 좋았다. 『지금쯤은 모두 밥을 먹고 있겠지. 이제 끝장이야. 태양은 벌써 빛이 사그라져 버렸어. 밤은 아마 길 걸. 정말이야! 편안히 드러누워 있고 싶어! 이제 다시는 일어나고 싶지 않아. 일과와는 이제 깨끗이 관계를 끊었으니 언제까지나 암소처럼 누워 있을 수 있을 거야.』 하고 그녀는 생각했다. 20년 동안 죽어라고 일한 결과가 이 꼴이야! 이리하여 뱃속이 비틀거리는 경련에 시달리면서 제르베즈는 어느새 지나간 아름다운 나날을 맛있는 음식을 먹고 왁자하게 떠들고 놀던 일을 회상하고 있었다. 『특히 무척 추운 어느 사순절의 목요일에 마시고 먹으며 큰 소동을 벌였던 일, 그 무렵 나는 싱싱한 금발이었고 무척 귀여웠지. 새 시가의 세탁소에서는 절름발이였지만 여왕에 지명받았지. 그리고 초록빛 잎사귀로 장식한 마차를 타고 큰 거리에서 쳐다보는 상류 사람들 속을 화려하게 행진했었지. 신사들은 진짜 여왕을 바라보듯 코안경을 꼈었지. 밤에는 밤대로 굉장한 진수 성찬을 실컷 먹었고 새벽녘까지 미친 듯이 춤을 추었지. 여왕, 그래, 여왕이었어, 나는! 의젓한 왕관을 쓰고 장식띠를 둘렀었지. 시계 바늘이 근사한 문자판을 두 번이나 도는 동안!』 그러나 지금은 굶주림에 시달려 목을 푹 꺾고 시궁창에 떨어져 버린, 그 권위를 잃어버린 여왕의 자리를 찾는 듯이 땅바닥을 바라보고 있었다.

그녀는 다시 눈을 돌렸다. 철거 중인 도살장 앞에 와 있었다. 커다랗게 뚫어진 건물 정면에서는 악취가 풍기고 아직도 축축히 피에 젖은 음침한 안마당이 들여다보였다. 거기서 다시 큰길을 내려가니 라리브와지에르 병원이 보였다. 높다란 회색 벽을 둘러치고 그 위에다 규칙 바르게 창을 뚫어 놓은 음산한 날개가 부채꼴로 펼쳐 나가 있었다. 벽에 나 있는 문은 온 동네의 표적이었다. 사자(死者)의 문인 것이다. 갈라진 틈바구니 하나 없는 그 튼튼한 참나무 문은 묘소처럼 엄격하고 침착한 분위기를 자아내고 있었다. 그녀는 달아나듯 훨씬 멀리 철교 있는 데까지 내려왔다. 볼트로 죈 튼튼한 철판의, 높다란 흉벽이 앞길을 가로막았다. 그 너머로 파리의 붉은 지평선 위에 넓은 정거장의 한 모퉁이가 석탄 매연으로 거뭇거뭇하게 그을은 큰 지붕이 보일 뿐이다. 그 밝고 광대한 공간 속에서 기관차의 기적소리며 차바퀴의 리드미컬한 진동이며 온갖 눈에 보이지 않는 거대한 활동의 음향이 들려 왔다. 그리고 파리를 떠나는 열차가 칙칙거리며 김을 내뿜고 차바퀴 소리를 차차 크게 울리면서 다가와 지나갔다. 그러나 그녀의 눈에는 열차가 뿜는 흰 연기의 꼬리가 보였을 뿐, 갑자기 뭉클 솟은 증기는 흙벽에 넘쳤다가는 곧 사그라졌다. 철교가 흔들리고 전속력으로 달려간 열차의 진동이 그녀를 휩쌌다. 요란한 소리는 차차 멀어졌고 이미 보이지 않는 기관차를 전송이라도 하려는 듯이 그녀는 되돌아보았다. 웬지 그쪽 방향, 그 선로의 저편에 시골의 자유로운 하늘이 있는 것처럼 여겨진 것이다. 그러나 선로 양쪽엔 높은 건물이 여기저기 질서 없이 서서, 저마다 정면과 틈새 없는 벽을 보여 주고 있었다. 큰 광고를 그린 벽은 기관차의 매연으로 누렇게 물들어 버렸다. 『아아! 저렇게 떠나 버릴 수 있다면! 이런 가난과 괴로움의 집과 작별하여 먼 곳으로 빠져 나갈 수만 있다면! 그러면 아마 새로운 생활을 시작할 수 있을 텐데.』

그녀는 돌아서서 철판에 발라 놓은 광고를 멍청하니 읽었다. 광고는 가지각색이었다. 그 중의 하나는 깨끗한 청색이었으며 돌아오지 않는 암캐를 찾아주면 50프랑을 사례하겠다고 약속하고 있었다. 아마 무척 귀여움을 받던 개였나 보지!

제르베즈는 다시 느릿느릿 걸음을 옮겨 놓았다. 연기처럼 짙은 안개가 끼기 시작하고 그 속에 가스등이 훤하게 켜 있었다. 긴 가로수길은 차차 윤곽이 흐려지고 어두워졌다가 불이 켜지니 다시 훤하게 빛나기 시작하여 어두운 밤을 꿰뚫고 다시 한번 깊게 뻗어, 그 끝은 지평선의 막막한 어둠 속으로 녹아들어가고 있었다. 강한 바람이 휙 불어왔다. 그러자 넓어진 이 근처는 달 없는 무한의 하늘 아래서 조그마한 빛의 행렬을 반짝반짝 점멸시켰다. 마침 큰길 끝에서 끝까지 한줄로 나란히 선 술집과 댄스 홀과 잡동사니 집이 첫 공짜술, 첫 미친 춤을 개시하여 명랑하게 들뜨기 시작하는 시각이었다. 꼬박 2주일 동안의 급료 덕분에 한잔 마시러 돌아다니는 주정뱅이들이 보도에 넘친다. 공기 속에도 여흥의 냄새가 떠돌기 시작한다. 지랄 발광을 하는 것이지만 아직도 그만하면 점잖은 편으로 간단히 한잔 들이켰다는, 그저 시초에 지나지 않는다. 싸구려 술집 안에서는 모두 열심히 배부터 채우고 있었다. 불 켜진 창문마다 입 가득히 음식을 쑤셔넣은 채 그것을 삼키려고도 하지 않고 히죽히죽 웃으며 식사하는 사람도 보인다. 술집에서는 벌써 주정뱅이들이 도사리고 앉아 몸짓 손짓으로 무언가 열심히 지껄이고 있다. 그것은 굉장히 시끄러운 소리였다. 깐깐한 목소리며 거친 고함소리가 끊임없이 보도의 발소리에 뒤섞여 들려 왔다. 「여어, 한잔 하러 왔나? 자, 어서 오라고, 이 게으름뱅이야! 내가 한 병 사지……. 아니! 폴린느 아냐! 그렇구나! 좋아, 아무도 우습다고 말하진 않아.」 문이 열렸다 닫혔다 할 때마다 술 냄새와 코르넷 소리가 확 쏟아져 나온다. 큰 미사 때의 성당처럼 휘황하게 불이 켜진 콜롱브 영감의 목로 주점 앞엔 행렬을 이루고 있었다. 허참! 꼭 진짜의식 같네, 쾌활한 인간들이 가게 안에서 성가대 가수 같은 얼굴로 두 볼을 부풀려 불룩한 배를 내밀고서 노래를 부르고 있으니 말이야. 거룩한 봉급날을 축하하는 판인가? 정말이지! 애교 넘치는 성녀님이시지. 천국에선 아마 회계를 맡고 계실 걸.

초저녁부터의 경기가 어떤가를, 동부인해서 산책 겸 돌아보고 있는 하찮은 연금 생활자들만은 고개를 내젓고, 오늘밤엔 파리에 주정뱅이들이 넘치겠네, 하고 되풀이하고 있었다. 게다가 밤은 이런 소란도 아랑곳없이 무척 음산하게 죽은 듯이 얼어붙었고 다만 큰길의 불의 행렬만이 하늘 구석구석을 꿰뚫으며 반짝이고 있었다.

목로 주점 앞에 서서 제르베즈는 생각에 잠겼다. 『단 2수만 있어도 한 잔 마시러 뛰어드는 건데. 한 잔이라도 들이켜면 이 주린 배를 한때는 채워 주련만. 아아! 전에는 무척이나 마셔 댔지! 그런 것도 역시 즐거운 추억이야.』 그리고 그녀는 멀리서 주정뱅이 제조기를 지그시 바라보면서 자기 불행의 원인은 저것이라고 생각하기도 하고, 만일 돈이 손에 들어온다면 브랜디를 마시고 죽어야겠다고 몽상하기도 했다. 머리칼이 으스스 떨렸다. 정신을 차려 보니 밤은 이제 캄캄했다. 『자, 좋은 시간이 됐다. 만일 사람들이 왁자하게 떠드는 속에서 죽고 싶지 않다면 이제야말로 정신을 바짝 차리고 상냥하게 보여야지. 하물며 다른 사람들이 게걸스레 먹는 것을 보았댔자 이쪽의 주린 배가 도무지 불러 오지 않는다면 더욱더 그렇지.』 그녀는 조금 걸음을 늦추어 주위를 살펴보았다. 나무 아래는 한층 더 짙은 어둠이 깔려 있었다. 길 가는 사람들도 이제 헤아릴 수 있을 정도였고, 그것도 바쁜 걸음으로 성큼성큼 큰길을 가로질러 간다. 가까운 장거리의 홍청거리는 소음이 가냘프게 들려 오는 어둡고 인기척 없는 널찍한 보도에 여자들이 서서 손님을 기다리고 있었다. 그녀들은 여윈 플라타너스처럼 몸을 꼿꼿이 굳히고 오랫동안 끈질기게 서서 움직이지 않는다. 이윽고 슬슬 걷기 시작하여 얼어붙은 땅바닥에 낡은 신발을 끌면서 열 걸음쯤 걸어가서는 다시 땅바닥에 들러붙은 듯이 우뚝 서 버린다. 허리는 엄청나게 굵으면서도 손발은 곤충처럼 가는 여자가 있다. 이 여자는 비어져 나올 듯이 우스꽝스러운 큰 몸을 검은 비단천의 누더기로 감싸고 머리에 누런 스카프를 둘렀다. 키가 크고 여윈 여자도 있다. 그녀는 모자도 쓰지 않고 식모의 앞치마를 둘렀다. 그 밖에 진하게 화장한 늙은이며, 하도 불결하여 넝마장수도 줍지 않을 더럽고 초라한 젊은 여자도 있다. 제르베즈는 대체 무엇을 어떻게 하는지 잘 몰라 그 여자들의 흉내를 내어 방식을 배워야겠다고 생각했다. 소녀 같은 감상이 콱 목구멍을 죈다. 부끄러운지 어떤지도 알 수 없었다. 불쾌한 꿈 속에서 몸부림치고 있는 것만 같았다. 15분 동안 그녀는 굳어서 서 있었다.

사나이들은 거들떠보지도 않고 지나간다. 그래서 그녀는 자기 쪽에서 움직여 호주머니에 두 손을 찌르고 휘파람을 불며 지나가는 사나이에게 큰마음 먹고 다가가서 숨가쁜 목소리로 중얼거렸다.

「저어, 아저씨, 저 좀……」 사나이는 곁눈으로 훑어보고는 더 크게 휘파람을 불면서 사라져 버렸다.

제르베즈는 차차 대담해졌다. 그리고 쭐쭐 주린 배를 움켜쥐고 연방 달아나기만 하는 저녁밥을 끈질기게 쫓으면서 이 쓰라린 남자 사냥에 넋을 잃었다. 그녀는 시간도 장소도 잊어버리고 오랜 시간 헛걸음을 쳤다. 주위에는 검은 그림자처럼 말없는 여자들이 나무 아래서 서성거리며 울 안의 짐승처럼 규칙있게 왔다갔다하고 있었다. 그들은 귀신처럼 느리고 흐늘흐늘한 걸음걸이로 어둠 속에서 불쑥 나타난다. 가스등의 불빛 밑을 지날 때면 그 창백한 얼굴이 또렷이 떠올랐다. 그러나 어둠 속에 빨려 들어가듯 다시 모습이 사라져 버린다. 어둠 속에서 페티코트의 흰 줄무늬처럼 흔들거리면서 그녀들은 보도의 암흑에 섬뜩할 정도의 매력을 느끼는 모양이다. 사내들은 그녀들이 말을 건네면 걸음을 멈추고 놀리듯이 대꾸하다가 다시 희롱하듯 걸어간다. 그 중에는 조심스레 눈에 띄지 않도록 여자 뒤에 열 걸음이나 떨어져서 거리를 좁히지 않는 사람도 있다. 거칠게 소곤거리고 목소리를 죽여 다투며 말투도 사납게 값을 깎는다. 그리고 갑자기 조용해진다. 제르베즈는 가도가도 마치 외곽 큰길의 끝에서 끝까지 여자의 가로수가 서 있는 것처럼 일정한 간격을 두고 어둠 속에 여자들이 숨어 있는 것을 보았다. 스무 걸음마다 반드시 여자가 서 있었다. 그 줄은 끝없이 계속되어 온 파리를 감시하고 있었다. 그녀들은 손님을 잡을 수 없는 데 짜증이 나고 진절머리가 나서 장소를 바꾸어 이번에는 클리냥쿠르 거리에서 라 샤펠 거리 쪽으로 걸어갔다.

「저어, 아저씨, 저 좀……」

그러나 사나이들은 그냥 지나간다. 그녀는 철거 자국과 아직도 비릿하게 피비린내를 풍기는 도살장에서 걷기 시작하며 지난날의 봉퀘르 호텔의 문을 닫아 건, 보기에도 음침한 모습에 잠깐 시선을 던졌다. 그리고 라리브와지에르 병원 앞을 지나가면서 건물 정면에 나란히 뚫린 밝은 창문을 기계적으로 세었다. 거기에는 임종의 병자를 지켜보는 상야등(常夜燈) 같은 창백하고 소리 없는 불그림자가 비치고 있었다. 철도의 육교를 건널 때 열차가 요란스런 소리를 내며 대지를 뒤흔들고 공기를 꿰뚫듯이 기적을 울리며 지나갔다. 아아, 밤이 되면 어째서 이렇게도 모든 것이 슬프게만 보이는 것일까! 그리고 그녀는 방금 온 길을 되돌아갔다. 눈에 띄는 것은 똑같은 집들, 여전히 그저 그만그만하게 비슷비슷한 큰길의 집들뿐이다. 이 같은 짓을 열 번, 스무 번이나 지칠 줄 모르고 되풀이했으며 벤치에서는 1분도 쉬지 않았다. 그러나 안 되겠다, 누구 하나 상대도 해 주지 않는다. 이렇게 멸시를 당하니 부끄러움만 더하는 것 같았다. 그녀는 한번 더 병원 쪽으로 내려가서 다시 도살장을 향해 올라갔다. 짐승을 죽이는 피비린내 나는 안마당으로부터 누가 썼는지 모르는 시트 속에서 죽음이 사람들을 경직시키는 병원의 창백한 큰 방에까지. 이것이 그녀의 마지막 산책이었다. 여태까지 그녀의 생활도 이 한 모퉁이를 떠난 적이 없었다.

「저어, 아저씨, 저 좀…….」

그때 문득 그녀는 땅바닥에 비친 자기 그림자를 깨달았다. 가스등에 가까이 가자 흐린 그림자가 줄어들면서 윤곽이 뚜렷해진다. 큼직하고 두두룩해서 괴상할 정도로 둥근 그림자. 그 그림자가 차차 길어지면서 배도 목도 허리도 함께 흘러가듯 흐늘흐늘 움직인다. 그녀는 무척 심한 절름발이여서 한 걸음 옮길 때마다 그림자가 땅에서 재주를 넘는다. 마치 꼭두각시 같았다. 가스등에서 멀어지면 꼭두각시는 차차 거인처럼 커져서 한길 가득히 퍼져서는 나무와 집에 부딪쳐 코를 분지를 듯이 인사를 한다. 아아! 어쩌면 이렇게도 우스꽝스럽고 보기 흉한 모습이 다 있담! 이때처럼 그녀는 자기의 불구를 통감한 적이 없었다. 가스등이 가까워짐에 따라 그림자가 얼빠진 춤을 추는 것을 눈으로 좇으며 그 구겨진 모습을 지켜보지 않을 수 없었다. 『아아! 나는 저렇게 예쁜 매춘부와 함께 걸어가고 있는 거야! 이 무슨 꼬락서니람! 참 남자들의 눈을 끌기도 하겠다.』 그녀는 목소리를 낮추어 지나가는 사나이의 등을 향해서 그저 겁에 질린 듯 우물우물 불러 볼 뿐이었다.

「저어, 아저씨, 저 좀…….」

밤이 꽤 깊어진 모양이다. 거리는 차차 험악한 기색을 띠기 시작했다. 싸구려 음식점은 문을 닫고 술집의 가스등은 한층 붉은빛을 띠었으며 거기서 주정뱅이들의 탁한 목소리가 흘러나왔다. 농담은 말다툼과 주먹다짐으로 바뀌었다. 누더기를 걸친 큼지막한 사나이가, 「네깐 놈은 때려 죽인다. 뼈다귀에 번호판이나 달아라!」 하고 고래고래 소리를 지르고 있었다. 젊은 여자가 댄스 홀 입구에서 연인을 움켜잡으며, 「이 더러운 악당아, 불치의 색광아.」 하고 욕설을 퍼붓고 있었으며 남자는 앵무새처럼 그게 어쨌다는 거냐고 대꾸를 되풀이할 뿐이다. 취하면 밖에 나가서 격투를 벌이고 싶어진다. 무언가 흉포한 짓이 하고 싶어진다. 이제 아주 드문드문해진 통행인들은 그 때문에 새파랗게 겁에 질린다. 싸움이다. 주정뱅이가 한 사람, 벌렁 뒤로 나자빠진다. 그러자 상대편은 이제 결말이 났다는 듯이 터덜터덜 구두 소리를 내면서 달아난다. 몇 패거리나 되는 인간들이 야비한 노래를 큰소리로 불러 댄다. 그러다가 별안간 조용해진다. 그 침묵을 깨고 이따금 토하는 소리며 주정뱅이들이 쓰러지는 둔탁한 소리가 나곤 한다. 봉급날의 소란은 언제나 이런 식으로 끝난다. 술은 6시께부터 마구 흘러 이제 한길까지 넘치는 듯했다. 이때의 꼴 좋은 구토물은 여우 꼬리가 한길 가운데까지 널려 있는 꼴이었다. 뒤에서 오는 신경질적인 사내들은 그 곳에 빠지지 않도록 뛰어넘어야 할 것이다. 정말이지, 이 동네 일대는 깨끗도 하다! 외국 사람들이 아침 청소 전에 여기 와서 이 꼬락서니를 본다면, 파리의 거리에 대해 아마 터무니없는 인상을 가지고 돌아갈 것이다. 그러나 지금 주정뱅이들은 그런 것은 개의치도 않는다. 유럽 따위는 똥이나 먹으라지. 제기랄! 호주머니에서 단도가 튀어나온다. 축제 소동 같은 하루가 피 속에서 끝난다. 여자들은 총총히 걸어가고 남자들은 이리 같은 눈초리로 서성거린다. 밤의 어둠은 추악한 영위로 부풀어올라 점점 더 진해져 갔다.

제르베즈는 여전히 걷고 있었다. 다만 계속 걸어가는 것만 생각하고 절룩절룩 절면서 오르내리고 있었다. 졸음에 시달려 발의 움직임에 따라 꾸벅거렸다. 그러다가 문득 정신을 차려 주위를 둘러보고 죽은 듯이 의식을 잃은 채 백 걸음이나 걸어온 것을 깨달았다. 선 채로 잠잘 수 있을 만큼 다리는 구멍 뚫린 낡은 신발 안에서 퉁퉁 부어 있었다. 의식은 이제 거의 없다. 그토록 피로하고 허기져 있었던 것이다. 그녀의 머리에 떠오른 마지막 뚜렷한 생각이라면 지금쯤 그 타락한 딸년이 아마 술이라도 퍼먹고 있겠지 하는 것이었다. 그리고는 모든 것이 흐릿해졌다. 눈을 뜨고 있었지만 무엇을 생각하려고 하면 무섭게 힘이 들었다. 그리고 당장 목숨이 사그라질 듯한 아슬아슬한 한계점에서 단 하나 남아 있는 감각이라고는 심한 추위, 일찍이 느껴 보지 못한, 죽도록 심한 추위였다. 아마 무덤 속의 송장도 이렇게는 춥지 않을 것이다. 그녀는 나른하게 고개를 쳐들었다. 그때 찌르는 듯 차가운 것이 얼굴에 닿았다. 을씨년스러운 하늘에서 마침내 눈이 내리기 시작한 것이다. 잘고 진한 눈이었다. 그것을 약한 바람이 소용돌이를 치면서 뿌리고 있었다. 사흘 전부터 당장에 내릴 듯한 날씨더니 하필이면 이런 때에 내리기 시작한 것이다.

제르베즈는 휙 불어온 첫 돌풍에 눈을 뜨고는 다시 걸음을 재촉하여 바쁘게 걷기 시작했다. 사나이들은 총총히 걸어갔다. 어깨가 이제 눈으로 하얗다. 문득 한 사나이가 나무 밑을 천천히 걸어오는 것이 보였으므로 그녀는 다가가서 말을 건넸다.

「저어, 아저씨, 저 좀…….」

사나이가 걸음을 멈추었다. 그러나 이쪽의 말소리를 들은 것 같지 않았다. 그는 손을 내밀고 나직히 중얼거렸다.

「제발, 적선합쇼…….」

두 사람은 얼굴을 마주 보았다. 아아! 이게 무슨 일인가. 서로 이렇게까지 되어 버리다니. 브뤼 영감은 걸식을 하고 쿠포 마누라는 남자의 소매를 끌기에까지! 두 사람은 서로 마주 보고 얼빠진 듯 멍청히 서 있었다. 이제는 서로 악수를 해도 좋은 사이다. 늙은 직공은 사람에게 가까이 갈 용기도 없이 밤새도록 헤매고 다녔었다. 그리하여 처음으로 말을 건넨 것이 자기와 마찬가지로 거의 굶어 죽게 된 여자였던 것이다. 오 하느님! 50년이나 죽도록 이 늙은이가 걸식해야 하다니, 너무 비참하지 않습니까? 구트도르 거리에서 제일 솜씨 있는 세탁부라는 말을 듣던 이 마누라가 시궁창 가에서 굶어 죽어 가다니, 이건 너무하지 않습니까? 이렇게 두 사람은 언제까지나 서로의 얼굴을 바라보고 있었다. 그리고는 한 마디 말도 없이 살을 에는 눈보라 속을 저마다 다른 방향으로 헤어져 갔다.

정말로 눈보라가 되었다. 이 높은 지대 위의 광활하게 트인 공간에는 눈가루가 소용돌이치면서 마치 하늘의 사방에서 한꺼번에 확 휘몰아치는 것 같았다. 열 걸음 앞이 보이지 않았고, 모든 것이 휘날리는 가루 속에 파묻혀 버렸다. 시가는 보이지 않게 되고 큰길도 죽은 듯하여졌다. 마지막까지 취해 있던 사내들이 욕지기를 해 대는 소리에 돌풍이 침묵의 흰 시트를 덮어씌웠다고도 할 수 있을 것 같았다. 제르베즈는 눈도 보이지 않고 길도 알아보지 못하는 채로 무척 힘들어하면서 어디까지나 쉬지 않고 걸었다. 어떡하든 길을 찾으려고 가로수를 손으로 더듬었다. 앞으로 나아감에 따라 가스등이 다 꺼져 가는 횃불처럼 창백한 공기 속에서 흐릿하게 얼굴을 내밀었다. 그러다가 네거리를 가로지르면 홀연히 그 빛도 사라졌다. 그녀는 회오리바람 속에 휘말려서 길의 표지가 될 무엇 하나 알아볼 수 없게 되어 버렸다. 땅은 희끔하게 빛날 뿐, 밟으면 쭉 미끄러졌다. 회색벽이 사방에서 그녀를 둘러쌌다. 그래서 멈칫멈칫 걸음을 멈추고 사방을 둘러보니 그 얼음의 장막 뒤에 한없이 펼쳐져 나간 큰길과 끝없이 계속되는 가스등의 줄, 잠든 파리의 어둡고 적적한 무한한 세계가 어렴풋이 느껴졌다.

그녀는 마침내 외곽의 큰길과 마젱타 거리, 오르나노 거리의 교차점에 와 있었다. 이제 여기서 쓰러져 드러누울 생각을 하고 있는데 발소리가 들려온다. 그녀는 달려갔다.

그러나 눈 때문에 보이지는 않았다. 그 발소리가 오른쪽으로 가고 있는지 확인도 못하는 동안에 점점 그것은 멀어져 간다. 마침내 한 남자의 넓은 어깨가 보였다. 흔들거리는 검은 그림자가 눈보라 속에서 곧 사라질 것만 같다. 무슨 일이 있어도 이 사나이는 잡아야 한다. 이제 놓치지 않는다. 그녀는 안간힘을 쓰고 달려가 다가서기가 무섭게 남자의 작업복을 움켜잡았다.

「여보세요, 아저씨, 잠깐만…….」

남자가 뒤돌아보았다. 구제였다.

이렇게 하여 결국 나는 〈황금의 입〉을 움켜쥐었다. 그러나 도대체 나는 하나님에게 무슨 잘못을 저질렀단 말인가? 이렇게 끝내 괴로워해야 하다니. 이것은 마지막 일격이나 다름없다. 이 사람의 발 아래 몸을 던지고, 시문 근처에서 서성거리는 싸구려 매춘부처럼 창백한 얼굴로 남자들의 소매를 끄는 모습을 들키고 말았다. 더욱이 가스등 밑이었다. 그녀는 자기의 추한 그림자가 만화도 무색해질 몰골로 눈 위에서 희롱하고 있는 것을 보았다. 꼭 주정뱅이 여자로 볼 만한 모습이었다. 『맙소사! 빵 한 조각, 술 한 방울도 내 속엔 들어가 있지 않았는데, 주정뱅이 여자로 오해받을 순 없다. 이게 다 자업 자득이지만 내가 어디 술에 취할 수나 있었나? 그렇지, 구제 씨는 내가 술을 마시고 천한 장난을 하고 있는 줄 알 거야, 틀림없이.』 구제는 그녀를 가만히 바라다보았다. 그 동안에도 눈은 그의 아름다운 황색 수염에 들국화의 꽃잎을 뿌리고 있었다.

이윽고 그녀가 고개를 푹 숙이고 뒷걸음질치기 시작하자 그는 만류하면서,

「오세요.」하고 말했다.

그리고 앞장서서 걸어갔다. 그녀는 따라갔다. 두 사람은 죽은 듯이 고요한 시가를 가로질러 담벼락 옆을 소리 없이 걸어갔다. 구제의 어머니는 가엾게도 심한 류머티즘으로 지난 10월에 죽었다. 구제는 여전히 뇌브 거리의 조그마한 집에서 혼자 쓸쓸히 살고 있었다. 오늘은 마침 동료를 간호하다가 돌아오는 것이 늦어진 것이다.

그는 문을 열고 등잔에 불을 켜고 층계참에서 망설이고 있는 제르베즈를 돌아보았다. 그리고 아직도 어머니가 들을까 봐 조심이나 하듯이 아주 나직한 소리로 말했다.

「들어오세요.」

첫번째 방은 구제 어머니의 방이었으며, 생시의 상태가 조촐히 보전되어 있었다. 창가의 의자에는 수틀이 얹혀 있고 그 옆의 큼직한 안락의자는 레이스공인 그 늙은 여자를 기다리고 있는 듯이 보였다. 침대는 그대로 정돈되어 있었다. 그녀가 무덤에서 빠져 나와 아들과 하룻밤을 자러 온다면 거기서 잘 수 있을 것이다. 그 방에는 무언가 명상적인 분위기와 성실과 선의의 냄새가 풍기고 있었다.

「들어오세요.」하고 대장장이는 아까보다 좀더 큰소리로 되풀이했다.

그녀는 주저주저 안으로 들어섰다. 낯선 곳에 살며시 발을 들여놓는 소녀 같았다. 구제도 죽은 어머니 방에 이렇게 여자를 데리고 왔기 때문에 얼굴을 새파랗게 해 가지고 온 몸을 부들부들 떨고 있었다. 두 사람은 누가 발소리를 들을까 봐 부끄러운 듯이 그 방을 얼른 가로질렀다. 그리고 구제는 제르베즈를 자기 방에 밀어 넣고 문을 닫았다. 이제 겨우 마음을 편히 가질 수 있었다. 그것은 그녀가 잘 알고 있는 좁은 방이었다. 하숙방처럼 흰 커튼이 쳐져 있고 새 침대가 놓여 있었다. 다만 벽에는 여전히 오려낸 그림이 잔뜩 붙어 있고, 그것이 천장까지 올라가 있었다. 제르베즈는 이런 청순한 장소에서는 발을 내디딜 용기가 없어 등잔불을 피하여 가만히 한쪽으로 물러서 있었다. 그러자 남자는 흥분하여 말도 없이 그녀를 와락 끌어당겨 힘껏 껴안으려고 하였다. 그녀는 정신을 잃으며 중얼거렸다.

「아아! 어쩌나……! 어쩌나!」

코크스 가루에 덮인 스토브는 아직도 타고 있었다. 퇴근했을 때의 대비로 불에 올려 놓은 스튜의 나머지가 제르베즈 앞에서 김을 올리고 있었다. 방 안의 매우 훈훈한 따사로움에 얼었던 사지의 감각을 되찾은 제르베즈는 이제 그 냄비의 것을 먹기 위해서는 땅을 기기라도 할 것 같았다. 이 욕망은 누를 수 없었다. 뱃속이 찢어질 것 같았다. 그녀는 눈을 내리깔고 한숨을 쉬었다. 구제는 알고 있었다. 그는 스튜를 테이블에 옮기고는 빵을 자르고 술을 따라 주었다.

「미안해요! 미안해요!」하고 그녀는 말했다. 「정말 친절하세요! 미안해요!」

무언가 중얼거렸지만 이제 말이 되지 않았다. 포크를 쥐었으나 너무 떨려서 떨어뜨리고 말았다. 허기가 심하게 목을 죄어 늙은이처럼 머리가 흔들거렸다. 손으로 마구 집어먹어야 했다. 첫 감자를 입에 쑤셔넣고 그녀는 헉헉 소리내어 울기 시작했다. 굵다란 눈물이 볼을 굴러 빵 위에 떨어졌다. 그러나 상관않고 계속 먹었다. 거친 숨결에 턱을 경련시키면서 눈물에 젖은 빵을 게걸스레 먹었다. 목이 막힐 것을 걱정하여 구제는 억지로 그녀에게 술을 마시게 했다. 술잔이 이빨에 닿아 달달달 소리를 냈다.

「빵을 더 드시겠어요?」하고 그가 나직이 물었다.

그녀는 울면서 아니오, 하기도 하고, 네, 하기도 했다. 무엇이 무엇인지조차 자기도 알 수 없었다. 아, 하나님, 다 굶어 죽어 가다가 먹는다는 것은 어쩌면 이렇게도 기쁘고 슬픈 일일까요!

그는 제르베즈 앞에 서서 찬찬히 그녀를 바라보고 있었다. 이제 겨우 밝은 램프 빛 아래서 똑똑히 여자를 보았다. 이이도 나이를 먹고 이제 부쩍 늙어 버렸구나! 방의 훈기가 머리와 옷에 엉혔던 눈을 녹여 그것이 물방울이 되어 굴러 떨어지고 있었다. 건들거리는 그 가엾은 머리는 완전히 잿빛으로 변했고 잿빛머리 다발이 바람에 헝클어져 있었다. 목은 멧돼지처럼 두 어깨 사이에 빠지고 두두룩한 몸집은 눈물이 나도록 보기 흉하게 살이 쪄 있었다. 구제는 그녀가 젊었을 때 다림질을 하면서 어린아이같이 잘록한 목의 주름이 마치 귀여운 목걸이처럼 보이던 시절의 두 사람의 사랑을 생각했다. 『그 무렵 나는 몇 시간이나 이 사람을 훔쳐 보러 갔었지. 그리고 볼 때마다 만족을 느꼈었지. 이윽고 이 사람은 대장간에 찾아와 주었었지. 그 곳에서 나는 쇠를 망치질하고 이 사람은 쇠망치가 난무하는 속에서 떠날 줄 모르고 서 있는 동안 우리는 한없는 기쁨을 느꼈었지. 그 당시 나는 이 사람을 이렇게 방에 데리고 오고 싶은 생각이 하도 간절해서 밤이 되면 혼자 얼마나 베개를 물어뜯었던고! 아아, 만일 그때 껴안았더라면 이 사람의 몸은 아마 으스러지고 말았을 거야. 그토록 이 사람이 갖고 싶었지! 그러던 그이가 이제 겨우 내것이 된 거야.

내 뜻대로 할 수 있게 된 거야.』 그녀는 빵을 다 먹고 나자 냄비 바닥에 눈물을 뚝뚝 흘리고 있었는데 그 눈물 방울은 음식물 위에 줄곧 소리 없이 떨어지고 있었다. 제르베즈는 일어섰다. 이제 다 먹은 것이다. 그가 자기를 갖고 싶어하고 있는지 어떤지 몰라서 그녀는 잠시 계면쩍은 듯이 눈을 내리깔고 서 있었다. 이어 정열의 불꽃이 남자의 눈을 스친 듯했으므로 손을 블라우스에 가져가 첫 단추를 끌렀다. 그러자 구제는 무릎을 꿇고 그녀의 손을 잡더니 정답게 말했다.

「저는 당신을 좋아합니다, 제르베즈 씨. 그렇습니다! 아직도 좋아하지요. 설혹 무슨 일이 있더라도 이건 맹세해도 좋습니다!」

「그런 말씀 하지 마세요. 구제 씨!」 하고 그녀는 남자가 자기 다리에 매달리므로 깜짝 놀라서 소리쳤다.

「네, 그런 말씀 하지 마세요. 전 너무 괴로워요!」

그리고 그가 평생에 사랑은 둘을 가질 수 없다고 되풀이하자, 점점 더 어찌할 바를 몰라했다.

「네, 네. 전 이제 그런 걸 원치 않아요. 부끄러워 못 견디겠어요……. 제발 부탁이에요! 일어서세요! 무릎을 꿇고 싶은 것은 오히려 저예요.」

그는 일어섰다. 그리고 부들부들 떨면서 자꾸만 가라앉는 목소리로 말했다.

「입을 맞추게 해 주시겠습니까?」

그녀는 놀라움과 감동에 대답할 말을 찾지 못했다. 그래서 승낙의 표시로 고개를 끄덕였다. 『어머나, 나는 이이 것인데! 이이는 무엇이든지 마음대로 할 수 있는데.』 그러나 그는 입술을 내밀었을 뿐이었다.

「우리 사이에선 이것으로 충분합니다, 제르베즈 씨.」 하고 그는 중얼거렸다. 「우리의 우정은 모두 여기 담겨 있습니다. 그렇지 않습니까? 제르베즈 씨?」

그는 제르베즈의 이마와 회색 머리칼에 입을 맞추었다. 어머니가 죽은 후 그는 아무와도 입을 맞춘 적이 없었다. 좋아하는 제르베즈만이 아직도 그의 생활 속에 남아 있었던 것이다. 그래서 깊은 경의를 깃들여서 그녀에게 입을 맞추고 난 그는 뒤로 물러가 침대에 가로 쓰러져서 통곡하기 시작했다. 제르베즈는 이제 더 머물러 있을 수 없었다. 서로 사랑하면서 이런 상태로 다시 만난다는 것은 너무나 슬프고 지긋지긋한 일이었다. 그녀는 소리쳤다.

「전 당신이 좋아요, 구제 씨. 아주 아주 좋아요……. 안녕히 계세요. 안녕히 계세요. 이러고 있으면 두 사람 다 괴로워할 뿐이에요.」

그리고 구제의 어머니 방을 달리다시피 지나 다시 한길로 나갔다. 정신을 차려 보니 그녀는 구트도르 거리에서 초인종을 누르고 있었다. 보슈가 문을 열었다. 아파트는 캄캄했다. 그녀는 관에 발을 들여놓는 기분으로 안에 들어섰다. 밤의 이 시간엔, 여기저기 파손된 덩그런 현관이 크게 입을 벌리고 있는 것처럼 보였다. 『옛날에 어쩌면 나는 이런 병영의 잔해 같은 건물의 한구석에 살고 싶어했을까! 나는 귀머거리였던 거야. 벽 저편에서 신음소리를 내고 있는 그 불쾌한 절망의 음악이 어째서 그 무렵엔 내 귀에 들어오지 않았을까! 여기에 발을 들여놓은 그날부터 내 몰락이 시작된 거야. 그래, 노동자들이 사는 이런 어처구니없이 큰 초라한 집에서 차곡차곡 포개어져 생활한다는 것이 불행의 원인이야. 이런 곳에 있으면 누구나 가난이라는 콜레라에 걸리고 말지.』 오늘밤에는 온 아파트가 죽은 듯이 고요했다. 다만 오른쪽에서 보슈 내외의 코고는 소리가 들릴 뿐이다. 왼쪽에서는 랑티에와 비르지니가 마치 눈을 감고도 자지 않고 훈훈하게 몸을 녹이고 있는 고양이처럼 목을 골골거리며 희롱하고 있었다. 안마당에 나가니 정말로 묘지에 와 있는 기분이 들었다. 눈이 땅바닥에 창백한 정방형을 그리고 있었다. 높은 건물의 정면은 진한 잿빛이었는데 불빛 하나 보이지 않고 폐허의 벽처럼 치솟아 있었다. 한숨 하나 들리지 않는다. 추위와 굶주림에 굳은 부락이 고스란히 눈빛에 파묻혀 버린 것 같다. 제르베즈는 검은 물의 흐름을 건너뛰어야 했다. 염색공장에서 흘러나온 이 물웅덩이는 김을 모락모락 내면서 흰 눈 속에 진흙길을 만들고 있었다. 그것은 그녀의 생각을 그대로 나타내는 물빛이었다. 옛날에도 흐르고 있었던 것이다. 연한 청색과 연한 장미빛의 아름다운 물이!

그리고 그녀는 어둠 속을 7층까지 올라가면서 웃지 않을 수 없었다. 자기가 들어도 기분 나쁜 불쾌한 웃음, 지난 날의 자기가 품었던 이상이 생각난 것이다. 그것은 마음 편히 일하고 날마다 빵을 먹으며 잠을 잘 조촐하고 깨끗한 방을 갖고, 아이를 충실하게 기르고 얻어맞는 일없이 자기 침대에서 죽는 것이었다. 『아니, 정말 우스운 얘기야. 완전히 거꾸로 됐잖아! 난 이제 일도 하지 않고 먹지도 못하고 먼지 위에서 잠잔다. 게다가 딸은 매춘부 노릇을 하고 남편은 사정 없이 두들겨 패고 이제 남은 것은 길거리에서 뻗는 것뿐. 하기야 방에 돌아가서 창문으로 몸을 던질 용기만 있다면 지금 당장이라도 할 수는 있지. 내가 언제 3만 프랑이나 되는 연금이 갖고 싶다든가, 남의 존경을 받는 사람이 되고 싶다든가, 하고 하나님께 부탁한 적이 있었던가? 아아! 실제로 이 세상에선 아무리 겸손하게 살아 봐야 헛일이야. 결국은 소용없는 짓이야! 빵도 없고 잘 자리도 없어졌잖아. 이게 인간 모두의 운명인 거야.』 여기서 한층 더 쓴웃음이 솟구쳐 올라왔다. 20년 동안 다리미질을 하면서 일을 하고 나서는 시골에서 은둔 생활을 하겠다던 옛날의 그 근사한 꿈이 생각난 것이다. 『그랬었지, 그러면 가자. 시골로 가자. 페르 라셰즈 공동 묘지의 푸른 한 모퉁이를 차지하도록 하자.』

복도에 이르렀을 때 그녀는 미친 듯이 되어 있었다. 가엾게도 머리가 자꾸만 빙빙 돌았다. 대장장이와 영원히 작별하고 온 것이 마음 속에서 그녀를 몹시 괴롭히고 있었다. 『우리 두 사람 사이도 이제 끝장이 난 거야. 두번 다시 만나는 일도 없을 게야.』 게다가 온갖 지긋지긋한 생각까지 떠올라와서 마침내 그녀의 머리를 부숴 버리고 말았다. 지나가다가 비자르 영감의 방을 들여다보니 라리는 죽어 있었다. 이제 겨우 누울 수 있게 되어 기쁘다는 표정으로 영원한 잠을 즐기고 있었다. 과연 그렇구나! 어린아이는 어른보다 재수가 좋은가 보다. 바주우주 영감의 방문 틈으로 한 가닥 불빛이 흘러나오고 있었다. 그 때문에 그녀는 별안간 라리가 떠나간 죽음의 나그네 길이 몹시 그리워져서 곧장 늙은이 방으로 들어갔다. 오늘밤 이 유쾌한 늙은이 바주우주 영감은 무척 흐뭇한 기분으로 돌아와 있었다. 술이 만취하여 이 추위도 아랑곳없이 방바닥에 뒹굴며 코를 골고 있었다. 그리고 꽤나 즐거운 꿈을 꾸고 있어서 추위쯤 아무렇지도 않은 것 같았다. 즐거운 꿈을 꾼다는 것은, 그가 자면서 속으로 웃음소리를 내고 있는 것 같았기 때문이다. 그냥 켜 둔 촛불이 헌 옷가지며, 한쪽에 던져 놓은 찌그러진 검은 모자며, 이불처럼 무릎을 덮은 검은 망토를 비치고 있었다.

제르베즈는 그의 모습을 보자마자 별안간 서럽게 통곡을 하기 시작했으므로 그가 눈을 떴다.

「제기랄 놈의 것! 문 닫아, 춥잖아! 아니, 난 또 누구라고! 왜 그러슈? 무슨 볼일이슈?」

그러자 제르베즈는 두 손을 내밀고 무슨 소리를 하는지 저도 깨닫지 못한 채 열심히 그에게 애원하기 시작했다.

「자! 나를 데려다 줘요. 이제 지긋지긋해요. 저 세상에 가 버리고 싶어요……. 지난 일은 조금도 언짢게 생각지 말고 다 잊어버려요. 그때는 아무것도 몰랐으니까, 정말이에요! 누구나 그 기분이 되지 않으면 좀처럼 알기는 어려울 거예요……. 그럼요! 누구나 언젠가는 거기 가는 것이 기뻐질 거예요! 자, 데려다 줘요, 데려다 줘, 고맙다는 인사할 테니까!」

이렇게 말하고는 무릎을 꿇고 염원으로 얼굴이 창백해져 온 몸을 떨었다. 그녀는 여태까지 남자의 다리에 매달려서 이렇게 심하게 몸부림친 적은 없었다. 바주우주 영감의 불그스레한 얼굴은 입이 일그러지고 피부도 무덤을 파는 흙먼지로 더러웠지만 그녀의 눈에는 태양처럼 아름답게 빛나 보였다. 그러자 잠이 덜 깬 늙은이는 무언가 장난을 하고 있는 줄 안 모양이다.

「자아, 놀리는 건 이제 내강 하슈!」 하고 중얼거렸다.

「데려다 줘요.」 하고 제르베즈는 다시 열심히 되풀이했다. 「기억하시죠, 언젠가의 밤. 내가 이 칸막이 벽을 두들긴 일을? 나중에는 안 두들겼다고 말했지만 그땐 아직 바보였던 거예요. 하지만, 이젠, 자아! 도와 줘요. 이제 무섭지 않아! 데려다 줘, 재워 줘. 몸부림치지 않을 테니까요……. 아아! 이것만이 내 희망이에요. 아아! 당신을 아주 좋아해 줄께!」

여전히 여자에게는, 상냥한 바주우주 영감은 보아하니 자기에게 무척 반한 듯한 이 여자를 무정하게 대해서는 안 된다고 생각했다.

그녀는 늙었지만 흥분하니 아직은 그래도 아름다움이 남아 있었다.

「당신 말씀은 다 지당해요.」 그는 자신 있는 듯이 말했다. 「나는 오늘도 여자를 셋이나 치우고 왔지. 만일 그 아주먼네들이 호주머니에 손을 넣을 수만 있었다면 사례금을 톡톡히 주었을 텐데……. 다만 말씀이야 아주머니, 이게 그리 간단히 되는 일이 아니란 말씀이야.」

「데려다 줘요, 데려다 줘.」 하고 제르베즈는 계속 소리쳤다. 「난, 저승에 가고 싶어 죽겠단 말이에요.」

「내 말 알아듣겠수! 그 전에 약간 절차가 필요하단 말씀이야……. 바로 이거요, 끽!」 하고 혀를 삼키듯이 목에 소리를 냈다. 자기가 생각해도 그럴싸한 농담 같아서 그는 빙그레 웃었다.

제르베즈는 슬그머니 일어났다. 그럼 이 사람도 역시 나한테는 아무것도 해주지 못한단 말인가? 그녀는 멍청하게 방으로 돌아가서는 음식을 먹은 것을 후회하면서 짚더미 위에 몸을 던졌다. 아아, 어쩌나! 가난도 그리 쉽게는 사람을 죽이지 못하는 모양이다.

13

그날 밤 쿠포는 어디에서 마시고 돌아다니는지 돌아오지 않았다. 이튿날 제르베즈는 철도 기관사가 되어 있는 아들 에티엔느한테서 10프랑을 받았다. 아들은 집의 살림살이가 아주 넉넉잖은 것을 알고 이따금 백 수 은화를 몇 장씩 어머니에게 부쳐 주었다. 그녀는 수프 냄비를 올려 놓고 혼자서 먹었다. 이튿날에도 놈팡이 쿠포는 돌아오지 않았기 때문이다. 월요일에도 돌아오지 않고 화요일이 되어도 돌아오지 않았다. 일주일이 지나갔다. 『아아! 이거 참 근사하잖아. 어느 여편네가 그 사낼 앗아가 버렸다면 이거야말로 천만 다행스러운 일인데!』 그러나 일요일에 제르베즈는 한 통의 인쇄 문서를 받았다. 경찰의 호출장 같아서 처음에는 움찔했다. 그러나 곧 안심했다. 그것은 다만 그 돼지 같은 남편이 생 트안느 병원에서 다 죽어 간다는 통지에 지나지 않았다. 편지는 그것을 좀더 정중한 말로 표현했을 뿐이지 결국은 그 말이 그 말이었다. 그렇다, 쿠포를 앗아간 것은 확실히 여자였다. 다만 그 여자는 주정뱅이 패거리들의 마지막 여자 친구인 그 〈죽음의 귀신 소피〉라는 여자였을 뿐이다.

제르베즈는 조금도 당황하지 않았다. 『그이는 길을 알고 있을 테니 혼자서도 어김없이 병원에서 돌아오겠지 뭐. 그 곳에서는 몇 번이나 쿠포를 고쳐 주었으니 한번쯤 더 장난삼아 그를 말짱하게 일으켜 세워줄 거야.』 그녀는 그날 마침 쿠포가 한 주일 동안이나 메보트와 어울려 다니면서 곤드레만드레가 되어 공처럼 건들건들 벨빌의 술집을 휩쓸고 다니며 술을 퍼마시고 있는 것을 보았다는 소문을 들은 참이었다. 술 값을 치른 것은 메보트가 틀림없다. 그 자는 여편네가 모은 돈을 마치 자기 것처럼 쓰고 다닌 모양이다. 『그것이 얼마나 근사한 짓을 해 모은 돈인가는 뻔히 알고 있을 텐데. 당연하지 뭐! 그런 더러운 돈으로 마셨으니. 두 사람이 무슨 고약한 병에 걸렸는지 알 게 뭐야. 쿠포가 그것으로 배앓이를 일으켰다면 깨소금이지.』 그녀는 두 귀신이 어째서 자기에겐 한잔 사 줄 생각이 나지 않았을까 하고 생각하니 더 괘씸했다. 『이런 인간들은 난생 처음 본단 말이야! 일주일이나 자기들끼리만 놀러 다니고 여자에게는 조금도 재미를 보여 주지 않았으니 그럴 수밖에! 혼자 마셨으니 혼자 죽으면 되는 거지. 그뿐이지 뭐!』

그러나 월요일이 되자 제르베즈는 저녁식사에 조그만 성찬을, 말하자면 강낭콩 남은 것과 포도주 반 리터 병을 마련해 놓고는, 산책이라도 하고 와서 먹으면 식욕이 날 것이라는 구실을 만들었다. 사실은 옷장 위에 있는 병원의 편지가 슬슬 마음에 걸리기 시작했던 것이다. 이제 눈은 녹아 있었다. 으슬으슬 춥기는 했지만 흐릿하고 바람도 없는 순한 날씨였으며 대지 속에 무언가 기분을 들뜨게 하는 것이 흐르고 있었다. 길이 멀어서 그녀는 정오에 떠났다.

파리를 가로질러 가야 했기에 그녀의 발걸음으론 언제나 늦어져 버리는 것이다. 게다가 한길에는 사람의 파도가 넘치고 있었다. 그러나 이 혼잡은 꽤 즐거웠으며 그녀는 유쾌한 기분으로 병원에 닿았다. 이름을 대니 믿을 수 없는 이야기를 들려 주었다. 봉 뇌프 다리에서 강에 빠져 있는 쿠포를 건져냈다는 것이었다. 그는 수염을 기른 사나이가 앞을 막는 줄 알고 난간을 넘어 물에 뛰어들었다는 것이었다. 멋있는 데를 다 뛰어들었군그래. 다만 쿠포가 어째서 봉 뇌프 다리에 있었는지 그것은 쿠포 자신도 설명하지 못했다.

그러는 동안에 한 간호원이 제르베즈를 안내해 주었다. 층계를 올라가니 뼛속까지 으스스 한기가 나는 고함소리가 들려 왔다.

「어떻습니까? 고래고래 소리를 지르고 있지요!」 하고 간호원이 말했다.

「누구죠?」 하고 그녀는 물었다.

「아주머니 남편입니다! 저렇게 그저께부터 쉬지 않고 소리를 지르고 있네요. 그리고 사납게 설쳐요. 이제 곧 아시게 될 겁니다만.」

아아, 이건 또 뭐지! 이게 무슨 광경이지! 그녀는 그 자리에 멍청하게 서 버렸다. 조그만 방 안은 위에서 아래까지 바닥과 벽을 온통 깔고 가리고 해 놓았다. 바닥에는 매트리스가 두 장 포개어져 있고 한쪽에 털이불과 긴 베개가 뒹굴고 있다. 그뿐이다. 그 속에서 쿠포가 혼자 미친 듯이 날뛰며 소리를 지르고 있는 것이다. 다 떨어진 작업복을 입고 손발을 허공에다 휘젓는 그 꼬락서니는 바로 그르티유 유원지의 어릿광대이다. 그러나 이건 우스운 어릿광대가 아니다. 그래! 이 광대의 미친 춤을 보고 있으면 온 몸에 소름이 끼친다. 어릿광대가 빈사의 사나이로 분장했다. 그리고 또 맙소사! 상대도 없는 춤을 혼자서 추고 있는 것이다! 그는 창에 가서 부딪치더니 다시 뒤로 물러섰다. 그리고 팔로 장단을 맞추면서 두 손을 흔들어 댔다. 마치 손을 꺾어 사람의 얼굴에라도 집어던지려고 하는 것 같다. 술집 무도장에서도 이런 짓을 하는 어릿광대는 흔히 보지만 그네들이 하는 짓은 아주 시시하다. 제대로 하는 것이 얼마나 근사한지 알고 싶으면, 이 주정뱅이가 하는 리고동 춤을 보아야 한다. 노래가 또한 색다르다. 사육제 날처럼 쉴새없이 소리를 지르고 커다랗게 입을 버리곤 몇 시간이나 목쉰 트롬본 소리를 외쳐 댄다. 그러더니 쿠포는 다리를 다친 개 같은 비명을 질렀다. 「자, 오케스트라 앞에 여자들의 다리를 높이 쳐들게 하라!」

「아이고! 대체 저이가 왜 저러지? 왜 저럴까?」 하고 제르베즈는 공포에 사로잡히면서 되풀이했다.

금발에 혈색이 좋은 뚱뚱한 청년으로 흰 옷을 걸친 한 의학생이 조용히 자리에 앉아서 노트에 기록하고 있었다. 보기 드문 증세였으므로 의학생은 환자 곁을 떠나려 하지 않았다.

「좋으시다면 잠시 여기 계셔도 상관 없습니다.」 하고 그는 세탁부에게 말했다.

「하지만 조용히 해 주셔야 합니다……. 무슨 말을 건네 봐도 아마 아주머닐 못 알아볼 거예요.」

과연 쿠포는 자기 아내도 알아보지 못하는 것 같았다. 처음 방 안에 들어섰을 때 그는 이제 아주 못 알아볼 만큼 인상이 바뀌어져 있었다. 가까이 가서 바라본 그녀는 정말 할 말이 없었다. 눈은 벌겋게 충혈되고 입술에는 더덕더덕 딱지가 앉아 있었다. 정말 얼굴이 이렇게도 변할 수 있을까. 일러 주지 않았더라면 그녀도 이 사람이 자기 남편인 줄 몰랐을 것이다. 첫째 그는 어찌된 셈인지 몹시 얼굴을 찌푸리고 별안간 입을 쑥 내밀었는데, 콧잔등에 주름을 짓고 두 볼이 움푹하게 파인 것을 보니 꼭 동물의 상판대기 같았다. 몸이 뜨거운지 김이 무럭무럭 나고 있다. 피부는 니스라도 칠한 것처럼 비지땀이 줄줄 흐른다. 그는 되는 대로 마구 미친 듯이 춤을 추었는데 기분은 그리 좋지 않은 것 같았다. 머리가 무겁고 팔다리도 아파 보였다.

제르베즈는 의자의 등을 손끝으로 딱딱 때리면서 가락을 맞추고 있는 의학생 곁으로 다가갔다.

「저어 선생님, 이번에는 몹시 나쁜가요?」 의학생은 대답을 하지 않고 고개를 저었다.

「지금, 뭔가 나직히 중얼거리고 있잖아요? 저것 보세요. 들리죠? 뭘까요?」

「뭣인가 보이나 봅니다.」 하고 청년은 중얼거렸다. 「잠자코 계십시오. 제가 물어볼 테니까.」

쿠포는 빠른 소리로 무언가 지껄이고 있었다. 그러나 그 눈은 뭔지 즐거운 빛을 띠고 있었다. 땅바닥을 이리저리 훑어보면서 벵센느의 숲이라도 산책하듯 빙빙 돌아다니며 혼잣말을 한다.

「야아! 이거 멋있는데, 이만하면 됐어……. 근사한 산장이 늘어서 있잖아. 마치 장이 선 것 같애. 그리고 음악 한번 멋있다! 아이고 굉장한 진수 성찬인 걸. 이건! 자식들, 저 속에서 재미를 보는구나……. 해 볼 만한 걸! 저것 봐, 불이 켜졌다. 붉은 풍선이 하늘로 올라갔다. 저것 봐, 날랐어, 저것 봐, 달아나잖아? 야아, 숲속에 굉장한 초롱불이다! 이거 기분 참 좋다! 도처에 물이야, 샘이야, 폭포야, 물이 노래 불러. 야아, 합창대 어린이 소리다……. 근사하군! 폭포다.」

그리고 무어라 말할 수 없는 그 물의 노래를 더 잘 들으려는 듯이 우뚝 섰다. 그리고 샘에서 튀는 상쾌한 물보라를 마실 참인지 가슴 가득히 공기를 들이마셨다. 그러나 얼굴은 차차 괴로운 표정으로 바뀌어 갔다. 갑자기 몸을 웅크리고 병실 벽을 따라 재빨리 걷기 시작했다. 나직히 협박조의 말을 중얼거리면서.

「또 뒤죽박죽이잖아, 모든 게! 그럴 줄 알았지……. 조용히 해, 이 불한당 놈아! 그래, 네놈들, 날 뭐로 아는 거야. 나 보라는 듯이 그럴 참이야, 술을 처먹고 오두막 안에서 갈보와 낑낑거리고 놀아나다니. 두고 봐라, 두들겨 부셔 놓을 테니까. 내가 오두막에 뛰어들어서 말이다! 쌍! 조용히 못해!」

그는 주먹을 불끈 쥐었다. 그리고 쉰 목소리로 고함을 지르면서 달리더니 쿵하고 쓰러졌다. 그리고 공포로 이를 갈며 중얼거렸다.

「나더러 죽으라는 말이지? 싫다, 강물에 뛰어들진 않아! 이 물, 나를 겁쟁이라고 그러는구나. 싫다, 나는 안 뛰어든다!」

폭포가 가까이 가면 달아나고 뒤로 물러서면 다시 다가오는 모양이었다. 그는 별안간 멍청해진 표정으로 주변을 두리번거리더니 거의 알아들을 수 없는 목소리로 중얼거렸다.

「이런 기가 차는 일 봤나, 모두 의사를 부추겨서 나를 못살게 군단 말이야!」

「선생님, 전 가겠어요. 안녕히 계세요!」 하고 제르베즈는 의학생에게 말했다. 「머리가 돌 것만 같아요. 또 오겠어요.」

그녀는 핏기가 가셨다. 쿠포는 창문에서 털이불로, 털이불에서 창문으로 온통 땀에 젖어 녹초가 되어서도 똑같은 춤을 되풀이하고 있었다. 그녀는 달아났다. 그러나 아무리 바쁘게 층계를 달려 내려가야 헛일이었다. 남편의 그 지긋지긋한 미친 춤의 소음이 복도까지 들려 왔다. 아아! 진절머리가 난다. 밖에 나오니 얼마나 상쾌한지 이제 간신히 몸을 추스를 수 있었다.

그날 밤 구트도르 거리의 아파트에선 온통 쿠포의 별난 병 이야기로 화제의 꽃이 피었다. 요즈음엔 절름발이를 시답잖게 보는 보슈 내외도 상세한 것을 알려고 문지기 방에 그녀를 불러들여서는 검은 구즈베리 술을 내어 놓았다. 로리외 부인과 프와송 부인도 찾아왔다. 잇따라 이야기에 주석을 붙였다. 보슈는 생 마르텡 거리에서 발가벗고 폴카를 추면서 죽어 간 압상트 중독자인 목공을 안다고 했다. 여자들은 배를 움켜잡고 웃었다. 가엾은 이야기임엔 틀림없지만 역시 우스웠던 것이다. 또 제르베즈는 사람들이 얘기를 잘 납득하지 못하는 것을 보고 그들을 밀어젖혀 공간을 좀 비우게 했다. 그리고는 문지기 방 한가운데 사람들이 보는 중에서 소리를 지르고 뛰어오르고 심하게 얼굴을 찌푸린 채 마구 설치곤 하여 실제로 쿠포의 흉내를 내보였다. 「그래요, 정말이야! 바로 이랬어!」 사람들은 은근히 놀랐다. 「설마! 그렇게 요란스레 떠들고 세 시간을 지탱할까?」

「그런데 말이야.」 하고 그녀는 신을 두고 맹세했다. 「쿠포는 어제부터 벌써 36시간이나 그러고 있는 거야. 그래도 못 믿겠거든 가 보라고요.」 로리외 부인은 고맙다는 인사를 하고 싶지만 자기는 생 트안느 같은 곳엔 가고 싶지 않고 우리 집 로리외 영감도 그런 데는 얼씬도 못하게 할 거라고 분명히 말했다. 비르지니는 가게의 경기도 차차 시원찮아서 무척 우울한 표정을 짓고는, 「세상이란 언제나 그리 즐겁기만 한 건 아냐, 정말이야! 분하지만 사실인 걸.」 하고 중얼거릴 뿐이다. 구즈베리 술은 다 마셔 버렸다. 제르베즈는 그들에게 잘 자라고 인사하고 일어섰다. 지껄이는 것을 그만두니 그녀는 둥그렇게 눈을 뜬 채 몹시 얼빠진 표정이 되었다. 아마 남편이 춤을 계속하고 있는 몰골을 눈에 그리고 있었던 모양이다. 이튿날 아침에 일어나서 그녀는 이제 거기는 가지 말아야겠다고 결심했다. 가서 뭘 한담? 나까지 미쳐 버리긴 싫다. 그러나 10분마다 생각에 잠겨, 그녀는 마치 정신나간 사람 같았다. 아무튼 남편이 계속 날뛰고 있다면 들여다보고 싶은 기분도 난다. 정오의 종이 울리자 그녀는 더 참을 수가 없어졌다. 먼 거리도 생각지 않았다. 무엇이 기다리고 있는지 그것이 무섭기도 하고, 보고 싶기도 하여 잠시도 가만히 있을 수 없게 된 것이다.

그런데 이일 좀 보라지! 그 후의 소식은 일부러 물어 볼 것까지도 없었다. 층계 밑에 이르니 벌써 쿠포의 노랫소리가 들려 왔다. 정말 똑같은 가락, 똑같은 춤이다. 이건 방금 내려와서 금방 올라간 것과 조금도 다름이 없다. 달인 약그릇을 들고 걸어온 어제의 그 간호원은 그녀를 보더니 인사로 눈을 깜박였다.

「저어, 그저 그래요?」 하고 그녀는 물었다.

「네, 그저 그렇습니다.」 그는 걸음도 멈추지 않고 대답하였다.

안에 들어갔다. 그러나 쿠포 곁에 사람이 있었으므로 문 한쪽에 가만히 서서 기다렸다. 혈색이 좋은 그 금발머리의 학생은 훈장을 단, 머리가 벗어지고 얼굴이 뾰족한 노신사에게 의자를 양보하고 서 있었다. 눈초리가 송곳처럼 가늘고 날카로운 것을 보면 원장인 듯했다. 위급 환자를 다루는 의사라는 상인들은 모두 이런 눈초리로 사람의 마음을 꿰뚫어 보는 것이다.

그러나 제르베즈는 이 신사를 만나러 온 것이 아니다. 그래서 그의 등뒤에서 목을 뽑아 쿠포를 들여다보았다. 이 미치광이는 어제보다 훨씬 더 심하게 춤을 추며 소리를 지르고 있었다. 옛날에 그녀는 사순절의 목요일 무도회에서 세탁소의 씩씩한 젊은이들이 밤새도록 미친 듯이 춤추는 것을 본 적이 있다. 『하지만 난 인간이 이렇게 오래 춤을 즐길 수 있을 줄은 꿈에도 몰랐어. 즐긴다고 했지만 이건 말의 유희에 지나지 않아. 뛰어오르고 싶지도 않은데, 화약고라도 삼킨 듯이 잉어처럼 펄쩍펄쩍 뛰어오른다는 것은 조금도 즐거울 리가 없을 테니까. 쿠포가 땀을 뻘뻘 흘리면서 더 한층 김을 무럭무럭 내고 있다는 것뿐이야.』 큰소리를 너무 질러서 입이 전보다 더 커진 것처럼 보였다. 그래! 여염집 여자는 이런 것을 보지 않는 편이 몸에 좋을 것이다. 그가 털이불과 창문 사이를 쉴새없이 왔다갔다하는 바람에 방바닥에 길이 났다. 매트는 헌 신발로 밟아 닳아 버렸다. 정말 서글픈 광경이다. 제르베즈는 떨면서 자기가 어째서 이런 곳에 다시 찾아왔을까 하고 분한 생각이 들었다. 『간밤에는 보슈 방에서 이야기를 너무 과장한다고 욕을 먹었지. 한데 이 꼴 좀 보라지! 광경을 절반도 전하지 못했잖아! 쿠포가 무슨 짓을 하는지 이번에는 똑똑히 보아 둬야지. 눈을 부릅뜨고 허공을 쳐다보고 있는 이이의 모습은 이제 무슨 일이 있어도 잊어버리지 못할 걸.』 의학생과 원장이 주고받는 말이 귀에 들려왔다. 그녀가 알아들을 수 없는 말로 의학생이 간밤의 일을 상세하게 보고하고 있었다. 환자는 밤새도록 지껄여 대면서 방 안을 빙빙 돌아다니고 있었다. 결국 이런 뜻을 말하고 있는 것 같았다. 그리고 머리 벗어진 그 노신사가, 하기야 그리 예의바른 사람은 아니었지만, 겨우 그녀의 존재를 깨달은 모양이었다. 의학생이 환자의 아내라고 말하자 원장은 심술궂은 태도로 그녀에게 질문하기 시작했다.

「이 사람 아버지도 술을 마셨나요?」

「네, 선생님, 조금은 그저 남 못잖게……. 취해 가지고 지붕에서 떨어져 죽었답니다.」

「어머니도 마셨나요?」

「그럼요, 선생님, 그저 남 못잖게. 예, 여기서 한잔, 저기서 한잔 하는 식이죠……. 가족들은 아주 건강해요! 남동생이 한 사람 있었는데 어릴 때 경기로 죽었죠.」

의사는 꿰뚫는 듯한 눈초리로 가만히 그녀를 응시하면서 사정 없는 목소리로 계속했다.

「당신도 마시나요, 당신도?」

제르베즈는 우물쭈물 변명을 하고는 그렇다는 표시로 손을 가슴에 갖다 댔다.

「당신도 마신다! 조심해요, 술을 마시면 끝에 가서 어떻게 되는지 봐 둬요……. 장차는 당신도 이렇게 죽어요.」

이런 말을 듣고 그녀는 벽에 찰싹 몸을 갖다 댔다. 의사는 등을 돌리더니 프록 코트에 매트리스의 먼지가 묻는 것도 아랑곳없이 웅크리고 앉았다. 그리고는 쿠포에게서 눈을 떼지 않고 그가 앞으로 걸어오는 것을 기다렸다가 그 떠는 모양을 오랫동안 관찰했다. 오늘은 다리까지 떨고 있었다. 떠는 것이 손에서 다리로 내려간 것이다. 꼭 꼭두각시 인형을 실로 움직이는 것과 같다. 몸뚱이는 나무처럼 꼿꼿이 굳었고 손발만 팔딱팔딱 뛰고 있었다. 병세가 점점 더 심해진 것이다. 피부 밑에서 음악이라도 울리고 있는 것 같다. 그것은 3초나 4초마다 시작하여 잠시 계속된다. 그리고 멎었다가 다시 시작한다. 꼭 겨울에 집 없는 개가 문간에서 추위에 떨고 있는 것처럼 가볍게 떨고 있다. 이제는 배와 어깨에도 물이 끓기 시작할 때처럼 가벼운 전율이 번지고 있었다.

아무튼 심하게 간지럼을 당한 소녀가 몸을 꼬듯이 비틀고 웃으며 죽어가다니, 별난 죽음도 다 있잖아!

쿠포는 알아듣기 어려운 목소리로 무언가 호소하고 있었다. 어제보다 훨씬 괴로워 보였다. 온갖 고통에 부대끼고 있는 모양이었다. 그 떠듬거리는 신음소리로 짐작이 갔다. 몇 천 개의 바늘이 살갗을 쿡쿡 찌르고, 피부의 여기저기에 무언가 무거운 것이 느껴지는가 하면, 축축하고 차가운 짐승이 허벅지를 기어다니면서 이빨로 살을 물어뜯는다. 그러면 또 다른 짐승이 어깨에 기어올라 등을 발톱으로 마구 할퀴는 것이다.

「아이고, 목말라라! 목말라 죽겠다.」 하고 그는 줄곧 신음했다.

의학생은 선반에서 레몬수가 든 병을 집어 그에게 주었다. 쿠포는 그것을 두 손에 움켜쥐고 정신없이 한 모금 마셨다. 그러나 절반은 몸에 흘렸다. 그리고 입에 든 것도 금방 퉤퉤퉤 뱉어 버리더니 심한 혐오의 표정을 얼굴에 드러내고 소리쳤다.

「제길! 이건 브랜디잖아!」

의학생은 의사의 지시로 주전자를 들어 그에게 물을 먹이려고 했다. 그러자 이번에는 한 모금 꿀꺽 마시더니 마치 진짜 화주(火酒)라도 마신 듯이 소리쳤다.

「이건 브랜디야. 제기랄! 브랜디란 말이야!」

어제부터 마시는 것은 모두 브랜디였다. 그 때문에 목은 점점 더 마르고 무엇을 마셔도 목이 타므로 이제 도저히 아무것도 마실 수가 없었다. 포타쥬를 갖다 주어도 이건 술 냄새가 나며 자기를 독살할 참이라고 말한다. 빵은 시어서 썩은 맛이 났다. 주변에 있는 것이 모두 독이었다. 병실은 유황 냄새로 가득 찼다. 나한테 이런 지독한 냄새를 맡게 하려고 일부러 바로 코에 대고 성냥을 긋는 것이라고 의사에게 덤벼드는 형편이었다.

의사는 다시 일어나서 쿠포가 지껄이는 말에 귀를 기울였다. 이번에는 이 대낮에 귀신이 보이기 시작하는 모양이다. 벽에 배의 돛만큼 큰 거미집이 보인단다! 그러자 거미집은 그물이 되고 그물코가 늘어났다 줄었다했다. 괴상한 장난감이야! 검은 구슬이 그물코 사이를 왔다갔다한다. 바로 그 요술쟁이의 구슬이다. 처음에는 당구공만하더니 이윽고 포탄처럼 커진다. 부풀어올랐다 줄어들었다한다. 이렇게 나를 못살게 굴겠단 말이지. 느닷없이 그는 외쳤다.

「저것 봐라, 쥐다. 이번에는 쥐다!」

구슬이 쥐가 되었다. 그 더러운 동물은 차차 커져서 그물코를 빠져 나가 털이불에 들러붙더니 사라져 버렸다. 또 원숭이가 한 마리 벽에서 나왔다 들어갔다한다. 그때마다 바싹 다가오므로 그는 코를 할퀴이지 않으려고 뒷걸음질쳤다. 갑자기 다시 바뀌었다. 벽이 춤을 추기 시작한 모양이다. 그 증거로 그는 무서움과 노여움에 목이 잠겨 되풀이했다.

「해 볼려면, 해 봐! 얼마든지 흔들란 말이야, 내가 꿈쩍이나 할 줄 알아! 해 보란 말이야! 다 찌그러진 이까짓 집, 자아! 무너져 버려! 그래, 종을 쳐라, 까마귀들아! 내가 문지기를 불러 오는 게 싫거든 오르간을 치란 말이야……. 이 쓰레기 같은 자식들아, 벽 뒤에 기계를 장치했지! 다 들린단 말이야, 소리가 나잖아. 우리를 흩날려 버릴 참이지……. 불이다! 불! 불이다. 불이라고 소리치잖아! 허어, 잘도 탄다. 야아! 굉장히 밝구나, 굉장히 밝다! 온 하늘이 가득 탄다. 붉은 불, 파란 불, 노란 불……. 사람 살려! 사람 살려! 불이야! 아!」

이 절규도 괴로운 헐떡임 속에 사라져 버렸다. 그리고는 입에 거품을 품고 턱을 침으로 적시면서 밑도 끝도 없는 말을 중얼거릴 뿐이다. 의사는 손끝으로 자기 코를 문질렀다. 아마 이것은 중환자를 관찰할 때 꼭 하는 그의 버릇인 모양이다. 의학생을 돌아보며 조그마한 소리로 물었다.

「열은 줄곧 사십 도인가?」

「네, 그렇습니다.」

의사는 얼굴을 찌푸렸다. 2분쯤 더 그 자리에 서서 쿠포를 가만히 지켜보았다. 그리고 어깨를 움찔거리고 덧붙였다.

「치료법은 같아, 수프에 우유, 레몬수, 키나의 묽은 엑스 물약……. 환자 곁에서 떠나지 않도록 하고 용태가 바뀌거든 나를 불러.」

그는 나갔다. 제르베즈는 이제 희망이 있는지 없는지 물어 보려고 뒤를 따라갔다. 그러나 의사가 너무 성큼성큼 복도를 걸어갔으므로 감히 말을 건넬 수가 없었다. 그렇다고 다시 남편을 보러 돌아갈 기분도 나지 않아 그녀는 잠시 그 자리에 우두커니 서 있었다. 병자 곁에 있는 것만도 이젠 더 견디어낼 것 같지 않다. 그래서 남편이 다시, 이 레몬수는 브랜디 냄새가 난다고 외치는 소리를 듣자, 그녀는 그만 그 따위 구경에 진력이 나서 달아나기 시작했다. 한길에 나오니 말이 달려가는 소리며 마차의 소음이 그녀에게 마치 생트안느 병원 전체가 뒤쫓아오는 것 같은 착각을 일으키게 했다. 게다가 그 원장은 나한테까지 공갈을 쳤잖아! 정말이지 뭔가 벌써 병이 들어 버린 것 같은 기분이 든다.

물론 구트도르 거리에서는 보슈 부부를 비롯한 사람들이 모두 학수 고대하고 있었다. 그녀가 입구에 모습을 나타내기가 무섭게 문지기 방에다 불러들였다. 「어때, 쿠포는 아직 살아 있었나?」

「놀랐어! 그대로야, 아직 살아 있어.」

보슈는 깜짝 놀란다. 그는 함석장이가 밤까지 살지 못할 줄로 알고 술 한 병 내기를 했는데. 「뭐라고! 아직 살아 있어!」 그래서 모두 허벅지를 두들기며 놀랐다. 정말 깨끗이 죽지 못하는 인간이군! 로리외 마누라는 시간을 계산했다. 36시간과 24시간 합치니 60시간이다. 「그렇다면, 벌써 60시간이나 뛰고 외치고 있는 셈이 아니야! 그런 힘드는 재주는 일찍이 본 적이 없는걸.」 그러나 보슈는 내기에 진 한 병 때문에 쓰게 웃으면서 의심쩍은 듯이 제르베즈에게 물었다. 「그 친구, 정말 당신이 나온 뒤에 금방 죽지는 않았을까?」

「걱정 말아요! 그런 일은 없을 테니까. 아주 힘차게 뛰고 있었고 죽을 듯한 기색은 조금도 없었는 걸.」

그러자 보슈는 다시 끈질기게 남편 흉내를 좀 내봐 달라고 부탁했다. 「그래 그래, 조금만 부탁해! 모두의 소원이야! 마침 어제 구경하지 못한 이웃 아낙네가 두 사람 일부러 보러 내려오기도 했으니 무리지만 좀 해 줬으면 좋겠어.」 하고 일동은 말했다. 문지기 여자가 사람들에게 자리를 비켜 주라고 소리쳤다. 그들은 서로 팔꿈치로 쿡쿡 찌르면서 호기심에 가슴을 설레며 방 한가운데를 비웠다. 그러나 제르베즈는 고개를 숙였다. 정말 나까지 병이 나 버리는 것이 아닐까? 그러나 그녀는 자기가 일부러 고개를 숙이고 있는 줄 아는 것이 싫어서 두세 번 나직히 뛰기 시작했다. 그러나 갑자기 어지러워져서 뒤로 물러섰다. 도저히 할 수 없다. 실망의 소곤거림이 일었다. 「그거 유감인 걸. 참 멋있게 했는데 말이야. 하지만 못 한다면 하는 수 없지!」 이윽고 비르지니가 가게로 돌아가 버리자 모두 쿠포 이야기를 제쳐 놓고 이제 엉망이 되어 가는 프와송네 집안 일을 넋을 잃고 지껄이기 시작했다. 어제는 집달리가 찾아왔느니, 순경은 곧 모가지가 달아나느니, 하고. 「랑티에는 랑티에대로 이웃 음식점 딸의 꽁무니를 따라다닌대. 그런데 그게 근사한 여자래, 내장가게를 차린다나. 정말이야!」 모두 웃었다. 웬지 벌써 그녀가 내장가게 안주인이 되어 가게를 차리고 앉아 있는 모습이 눈에 보인다. 과자를 다 먹었으니 이제는 뱃속에 좀 차는 것을 먹어야 되겠다는 것이다. 아내를 빼앗긴 프와송 녀석은 모든 일이 예까지 와 있는데도 도무지 태도가 명쾌하지 않았다. 직업으로 말하면 약게 굴어야 하는데 집안에서는 어쩌면 그렇게도 멍청할까. 그러다가 사람들은 모두 입을 다물었다. 이제 아무도 거들떠보지 않게 된 제르베즈가 방 한쪽 구석에서 팔다리를 떨며 열심히 쿠포의 흉내를 시작하고 있는 것을 깨달았기 때문이다. 옳아! 기다렸지, 바로 그걸 해 주기를 바란 것이다. 그녀는 꿈에서 깬 듯한 표정으로 멍청해졌다. 그리고는 허겁지겁 달아났다. 어떡하든 한잠 자려고 그녀는 방으로 올라갔다.

다음날도 보슈 내외는 지난 이틀 동안과 마찬가지로 그녀가 낮에 나가는 것을 보았다. 내외는 실컷 즐기고 오라고 그녀에게 말했다. 생 트안느 병원에 이르니 오늘은 쿠포의 고함소리가 뒤꿈치로 쾅쾅 울려대듯 온 복도에 진동하고 있었다. 층계의 난간을 잡는데 벌써 그의 짖어 대는 듯한 소리가 들려왔다.

「이 자식, 빈대구나! 이리 돌아와, 뼈다귀를 추려 놓을 테니까! 아니 이

새끼들, 나를 죽일 참이야, 뭐야! 이 빈대 새끼야……. 네놈들이 한꺼번에 덤벼도 내가 더 잘났단 말이야! 냉큼 꺼져라, 이 새끼들아!」

한순간 그녀는 문 앞에서 숨을 가다듬었다. 대군을 상대로 싸우고 있는 줄 아는 모양이다. 안에 들어가 보니 싸움은 장렬하기 짝이 없었다. 쿠포는 이제 손도 못댈 만큼 광포했으며 샤랑통의 정신 병원에서 도망온 환자 같았다! 병실이 좁아라고 펄펄 뛰고, 두 팔을 흔들어 대면서 자기 몸이고 벽이고 방바닥이고 가릴 것 없이 마구 두들겨 댔으며, 뒤로 벌렁 나자빠져서는 허공에 주먹질을 한다. 창문을 열려고 하기도 하고 숨기도 하고, 자기 몸을 지키는가 하면 부르고 대답하고, 마치 많은 사람들에게 포위당한 것처럼 신경을 곤두세우고 혼자 연극을 하느라고 소동을 벌이고 있었다. 이어 제르베즈는 그가 지붕에 올라가서 함석을 입히고 있는 줄 알고 있다는 것을 깨달았다. 그는 풀무 대신 입으로 후후 불고 인두를 곤로 속에서 휘젓더니 무릎을 꿇고 납땜을 하는 양, 매트리스 가장자리에 엄지손가락을 갖다 댔다. 그렇다, 죽어 가는 마당에서 제가 하던 일을 생각한 것이다. 그리고 그렇게 사납게 외치며 지붕 위에서 싸움을 하는 것도, 말끔하게 일을 하고 있는 자기를 악당들이 방해하기 때문인 것이다. 동네 지붕이라는 지붕에는 가득가득 악당들이 올라 앉아서 약을 올리고 있었다. 그뿐 아니라 장난을 좋아하는 이 인간들은 그의 발치에 일부러 쥐를 몰아넣었다. 아아, 더러운 짐승아! 언제까지 꺼지지 않을 참이지! 그것을 힘껏 짓밟으려 하지만 헛일이다. 다시 새 떼거리들이 몰려왔으며 덕분에 지붕은 쥐로 새까맣게 된다. 거기에다가 거미까지! 그는 호들갑스럽게 바지를 움켜쥐고 가랑이 사이에 들어간 큼직한 거미를 허벅지에서 죽이려고 한다. 얄미운 자식! 이래서야 일을 마치지 못하잖아. 아니, 이제 보니 모두들 나를 낭패시킬 작정이구나. 이러다가 주인이 나를 마자스 감옥에 집어넣을지도 모르겠는 걸. 초조해 하는 동안에 그는 증기 기관이 뱃속에 장치되어 있는 듯한 기분이 들었다. 입을 크게 벌리고 연기를 뿜어내니 연기가 뭉클뭉클 병실에 가득 차서 창문으로 넘쳐 나간다. 그는 몸을 내밀고 끊임없이 연기를 토하면서 밖을 내다보고 그 연기의 리본이 차차 길게 풀려 나가 하늘에 이르러서 이윽고 태양을 가리는 모양을 지켜보았다.

「아니!」 하고 그는 소리쳤다. 「곰으로 가장한 클리냥쿠르 거리의 패거리들이구나. 치장이 굉장한데…….」

그는 마치 지붕 위에서 길거리의 행렬을 내려다보는 듯이 창문 앞에 꼼짝 않고 쭈그리고 앉아 있었다.

「야아, 기마 행렬이다. 저 으스대는 사자와 표범 좀 봐……. 개와 고양이로 꾸민 애들도 있네. 저런, 키다리 클레망스가 쑥대머리를 해 가지고 대가리에 날개깃을 잔뜩 달았구나. 아이고 왜 저래! 물구나무서느라고 다 드러나 보이잖아! 이봐, 색시, 둘이서 달아나자고……. 야아! 이 불한당 놈들아, 그 여자에 손대지 마! 쏘지 마, 썅! 쏘지 마…….」

깁먹은 쉰 목소리가 높아졌다. 그는 앞으로 팍 엎어지더니 순경과 군대가 밑에 서서 놈들이 총으로 나를 노린다고 되풀이했다. 벽 속으로 내 가슴에 들이댄 권총의 총신이 보인다, 놈들이 여자를 빼앗으러 왔다.

「쏘지 마, 제기랄! 쏘지 말라니까…….」

이어 집들이 잇따라 쓰러지는 모양이다. 그는 시가가 무너지는 소리를 흉내 내 보였다. 모든 것이 흔적도 없이 날아가 버렸다. 그러나 숨 돌릴 겨를도 없이 또 다른 광경이 무서운 속도로 떠올라 온다. 그는 지껄이고 싶어 못 견디지만 말이 입 안에 가득 차 버렸다. 그는 우물거리며 밑도 끝도 없는 말을 토해낼 뿐이다. 목소리는 자꾸만 높아져 갔다.

「야아, 당신이군, 잘 있었어! 그러지 말라고! 당신 머리털을 어떻게 먹으라고 그래.」

이렇게 말하고 얼굴 앞에 손을 들어 머리칼을 밀어젖히듯이 입김을 확 불어 댔다. 의학생이 물었다.

「누가 보이나?」

「여편네지, 누구야!」

그는 제르베즈에게 등을 돌린 채 벽을 쳐다보고 있었다.

그녀는 몹시 무서워졌다. 그리고 자기 모습이 정말로 보이는 것일까 하고 벽을 바라보았다. 그는 계속 지껄여 댔다.

「이봐, 그렇게 어리광 부리지 마. 몸에 찰싹 달라붙는건 싫단 말이야……. 이거 어찌된 일이지! 임자, 예뻐졌는 걸. 아주 멋있는 옷을 입었군그래. 그게 어디서 났지, 이년아! 사내를 끌어들였구나, 이 갈보야! 거기 있어, 혼을 내줄 테다! 저런? 스커트 뒤에 네 서방을 숨겼구나. 저건 뭘 하는 놈이야? 인사나 한번 시켜 보란 말이야……. 썅! 또 그 자식이구나.」

그러고는 무서운 기세로 튀어 오르더니 벽에 가서 머리를 부딪쳤다. 그러나 벽은 속을 채운 천을 댔으므로 심한 충격은 없었다. 그의 몸이 반동으로 매트리스 위에 나가떨어지는 소리가 들렸을 뿐이다.

「누가 보이나?」 하고 의학생이 다시 물었다.

「모자장수야! 모자장수!」 하고 쿠포가 외쳤다.

그래서 의학생이 제르베즈에게 누구를 말하느냐고 물었으나 그녀는 대답을 못하고 우물거렸다. 이 자리의 광경은 그녀의 마음 속에 그녀의 평생에 일어난 서글픈 사건을 남김 없이 상기시켰기 때문이다. 함석장이는 주먹을 휘둘러 댔다.

「우리 두 사람은 말이다, 알겠나, 형제! 어차피 내가 네놈을 처치해야 돼! 이봐! 넌 뻔뻔스럽게도 이년을 껴안고 사람들 앞에서 톡톡히 나를 욕보였지. 좋아! 당장 목졸라 죽여 주마, 암, 목졸라 죽이고 말고, 바로 내가 말이다. 이 새끼야! 용서하지 않는다……. 잘난 체하지 마……. 이거나 처먹어라, 야. 이래도냐! 이래도야!」

그는 주먹으로 허공을 쳤다. 그러면서 더 격한 노여움에 사로잡혔다. 뒤로 물러서다가 벽에 부딪치고는 뒤에서 공격을 받는 줄 안 모양이다. 뒤돌아서더니 거센 기세로 벽에 가 부딪쳤다. 펄쩍펄쩍 뛰어오르면서 방 구석구석을 휩쓸며 배와 엉덩이와 어깨를 부딪치고는 뒹굴었다가 일어났다. 다시 나자빠져 뼈는 흐늘흐늘해지고 살은 젖은 마설(麻屑) 같은 소리를 냈다. 그리고 이 난투의 반주로 무서운 공갈과 협박을 외치면서 목에 걸리는 야만스러운 소리를 질렀다. 그러나 암만 해도 싸움의 형세는 불리해진 모양이다. 그 증거로 그의 숨은 다급해지고 눈이 툭 튀어나왔다. 차차 어린애처럼 겁에 사로잡힌다.

「사람 죽여! 사람 죽여! 둘 다 꺼져 버려. 쳇! 지독한 연놈들이다. 둘이서 희롱하고 있잖아. 저런, 계집 쪽에서 뒤로 벌렁 나자빠졌다. 몹쓸년! 이젠 어쩔 수도 없지, 뻔한 일이야……. 아이고! 도둑놈이다! 여자를 죽이네! 칼로 다리를 후려쳤어. 한쪽 다리가 땅바닥에 뒹군다, 배가 갈라졌다, 이거 온통 피바다야……. 아아! 어떡하나. 아! 어떡하나. 아! 어떡하나, 아…….」

땀에 흠뻑 젖어 머리칼을 이마에 곤두세우고 공포에 일그러진 형상이다. 그는 뒷걸음질치면서 보기에도 지긋지긋한 그 광경을 뿌리치기라도 하는 듯이 팔을 힘차게 흔들면서 달아나려고 한다. 그리고는 비통한 신음소리를 두어 번 내더니 털이불에 발이 걸려 벌렁 나자빠졌다.

「선생님, 선생님, 죽었어요!」 하고 제르베즈는 두 손을 모으고 말했다.

의학생은 앞으로 나가서 쿠포를 털이불 한가운데로 끌어냈다. 아직 죽지는 않았다. 신을 벗겼다. 양말도 신지 않은 발이 쑥 삐져 나왔다. 그 발 끝만이 의좋게 나란히 장단을 맞추면서 규칙바른 빠른 박자의 춤을 추고 있었다.

마침 그때 원장이 들어왔다. 그는 두 사람의 동료를 데리고 있었다. 한 사람은 여위고 한 사람은 뚱뚱했는데 두 사람이 다 그와 마찬가지로 훈장을 달고 있었다. 세 사람은 몸을 굽히고 말없이 환자의 몸을 이모저모로 훑어보았다. 그리고 나직하게 재빨리 말을 나누었다.

그들이 허벅지에서 어깨까지 환자의 옷을 벗겨 버렸으므로 제르베즈는 목을 뽑아 발가벗고 누운 쿠포의 상반신을 보았다. 자아, 이것으로 이제 끝장이 났다. 경련은 팔에서 내려오고 다리에서 올라가 이제는 몸뚱이까지 꿈틀꿈틀 춤을 추기 시작했다. 『정말, 이 어릿광대 좀 보라지, 배까지 웃고 있잖아. 옆구리에도 온통 웃음의 잔 파도가 일고. 배가 멋을 줄 모르고 웃어젖혀서 숨이 막혀 버릴 지경이 된 거야. 그리고 모든 것이 점점 심해져 가는 거야. 그래 틀림없어! 근육끼리 서로 마주 보고 춤을 추고 피부는 큰 북처럼 떨며, 털도 인사를 하며 왈츠를 추고 있는 거야.』 말하자면 그것은 새벽이 되어 춤추는 사람들이 한꺼번에 몰려나와 손에 손을 잡고 뒤꿈치를 울리면서 춤을 추는 피날레의 박자, 급한 대난무가 분명했다.

「자는군.」 하고 원장이 중얼거렸다.

그리고 두 동료에게 환자의 얼굴을 잘 보라고 주의시켰다. 쿠포는 눈을 감고 있었지만 가냘픈 신경성 경련이 얼굴 전체를 일그러지게 만들고 있었다. 이렇게까지 무참히 학대를 받고 턱을 쑥 내민 채 악몽에 시달린 송장처럼 일그러진 얼굴을 바라보니 더 한층 처참한 느낌이 들었다. 의사들은 그의 말을 깨닫고는 매우 흥미가 있는 모양으로 그 위에 얼굴을 가까이 가져갔다. 발은 춤을 계속하고 있었다. 쿠포가 아무리 잠들어도 발은 제멋대로 춤을 춘다! 정말이야, 주인이 아무리 코를 골건 발은 알 바 아니다. 발은 빠르지도 느리지도 않게 여느때처럼 어김없이 작동을 계속한다. 마치 발에다 기계 장치를 한 것 같았다. 즐거움을 발견한 장소에서 유쾌하게 놀고 있다.

제르베즈는 의사들이 남편의 상반신에 손을 갖다 대는 것을 보고 자기도 만져 보고 싶어졌다. 그래서 살며시 다가가 어깨에 손을 얹고 잠시 그대로 있었다. 어쩌면! 이 안에선 대체 무슨 일이 일어나고 있을까. 살 속 깊숙이에서까지 꿈틀꿈틀 춤을 추고 있으며 뼈까지도 뛰고 있는 모양이다. 떨림도 꿈틀거림도 멀리서 일어나 냇물처럼 피부 밑을 흘러가고 있다.

좀 강하게 누르니 골수에서 나오는 고통의 부르짖음이 느껴졌다. 육안엔 다만 소용돌이의 표면처럼 잔물결이 웅덩이를 만드는 것만 보일 뿐이지만 내부에서는 무시무시한 파괴가 일어나고 있는 모양이다. 이 무슨 작용인가! 두더지 같은 작업이 아닌가! 거기서 쾅쾅 곡괭이를 처박고 있는 것은 그 목로 주점의 화주(火酒)다. 그 때문에 온 몸이 술에 푹 잠겨 있다. 더욱이 이 얼마나 비참한 일인가! 이 작업은 쿠포의 온 몸을 쉴새없이 흔들어서 그를 박살내어 목숨까지 빼앗아 버릴 때까지는 그치지 않을 것 같다.

의사들은 나갔다. 그리고 한 시간쯤 지나서 의학생과 함께 남아 있던 제르베즈는 다시 나직히 말했다.

「선생님, 선생님, 죽었어요…….」

그러나 발을 가만히 들여다보고 있던 의학생은 죽지 않았다고 고개를 저었다. 침대에서 삐져 나온 맨발은 여전히 춤을 추고 있었다. 더러운 발이다. 발톱도 길다. 또 몇 시간인가가 흘렀다. 별안간 그 발이 굳어져 움직임이 멎었다. 의학생은 제르베즈를 돌아보고 말했다.

「마지막입니다.」

오직 죽음만이 그 발을 멈추게 할 수 있었던 것이다.

제르베즈가 구트도르 거리에 돌아와 보니 보슈 내외 방에 수다스러운 여자들이 잔뜩 모여 흥분된 목소리로 왁자하게 지껄이고 있었다. 제르베즈는 그들이 어제와 그저께와 마찬가지로 쿠포의 소식이 듣고 싶어서 자기를 기다리고 있는 것이라고 짐작했다.

「죽어 버렸어.」 하고 그녀는 문을 밀면서 자못 피로에 지쳐서 멍청해진 표정으로 조용히 말했다.

그러나 아무도 그녀의 말을 귀담아 듣지 않았다. 온 아파트가 들끓고 있었다. 그것 참! 어이없는 웃음거리야! 프와송이 아내와 랑티에의 현장을 잡았다는 것이다. 저마다 제멋대로 지껄이고 있어서 확실한 내막은 알 수 없었다. 그러나 말하자면 두 남녀가 생각지도 않고 있을 때 프와송이 불쑥 나타났다는 것이다. 거기에 다시 말의 꼬리가 붙여져서 아낙네들은 저마다 입을 삐죽거리며 신이 나서 그 이야기를 되풀이한다.

물론 그런 현장을 자기 눈으로 목격했으니 프와송은 격노했다. 꼭 호랑이였다! 평소에는 말이 없고 그저 엉덩이에 곤봉을 매달고 돌아다닐 줄만 아는 사나인 줄 알았는데 고래고래 소리를 지르면서 마구 설치기 시작한 모양이다. 그러나 잠시 후 아무 소리도 들리지 않게 되었다. 랑티에가 남편에게 사정을 설명한 모양이다. 아무튼 사건은 이 이상 커지지는 않을 것 같았다. 그리고 보슈의 말을 들으면 이웃 음식점의 젊은 딸은 아마 그 음식점을 물려받아 내장 가게를 시작할 것이라는 이야기였다. 그 약아빠진 모자장수는 내장도 굉장히 좋아하니까.

한편 제르베즈는 로리외 부인과 르라 부인이 나란히 나타난 것을 보고 힘없는 소리로 다시 말했다.

「죽어 버렸어……. 가엾게도! 나흘 동안이나 춤추고 소리지르고 하더니 그만 …….」

두 자매는 손수건을 꺼내는 수밖에 없었다. 그 애는 퍽 여러 가지 실수를 했지만 그래도 역시 동생은 동생이다. 보슈는 어깨를 우쭐해 보이더니 사람들이 들으라는 듯이 말했다.

「뭘, 주정뱅이가 하나 줄었을 뿐이야!」

그날부터 제르베즈는 간혹 머리가 이상해졌다. 그래서 그녀가 쿠포의 흉내를 내고 있는 것을 구경하는 것이 아파트 사람들의 낙이 되었다. 이제 일부러 부탁할 것도 없다. 그녀는 손발을 떨고 저도 모르게 나직히 외마디 소리를 지르면서 구경거리를 공짜로 제공해 준다. 아마도 생 트안느 병원에서 너무 오래 남편의 모습을 지켜보는 바람에 이런 버릇이 생긴 것이리라. 그러나 그녀는 재수가 나빴다. 남편처럼 죽지 못했다. 다만 달아나는 원숭이의 그 아첨하는 표정을 지을 뿐이다. 때문에 그녀는 길거리에서 개구쟁이들에게 호배추 속의 세례를 받곤 했다. 제르베즈는 이런 식으로 몇 달을 살았다. 형편없이 되어 아무리 심한 모욕도 이제 예사가 되고 굶어 죽기 일보 전의 나날을 보냈다. 4수짜리 동전만 생겨도 냉큼 술을 마셔 버렸다. 벽을 두들겨 댄다. 온 동네의 더러운 일만 부탁 받았다.

어느 날 밤 사람들은 이렇게 기분 나쁜 것은 아무리 그녀라도 먹을 수 없을 것이라고 내기를 했다. 그러나 그녀는 10수가 탐이 나서 그것을 홀딱 먹어치웠다. 마레스코 씨는 7층 방에서 그녀를 쫓아낼 결심을 했다. 그런데 마침 브뤼 영감이 층계 밑 그 골방에서 죽어 있는 것이 발견되었으므로 집주인은 이 골방을 그녀에게 주기로 했다. 그리하여 제르베즈는 브뤼´영감의 골방에서 살았다. 그 안의 묵은 짚 위에서 굶주림에 시달리며 주린 창자를 움켜쥐고 뼛속까지 언 듯이 되어 있었다. 아마 무덤의 흙도 그녀를 원치 않는 모양이었다. 이제는 완전히 바보가 되어 자신을 결말 짓기 위해 7층에서 돌을 깐 안마당에 뛰어내릴 생각도 하지 못했다. 죽음의 신은 그녀가 자기 손으로 빚어낸 이 처참한 생활의 막다른 지점까지 이렇게 질질 끌고 가면서 그녀를 조금씩조금씩 야금야금 처치하고 있었던 것이다. 그녀가 무슨 원인으로 죽었는지도 분명치 않았다.

사람들은 제멋대로 지껄였다. 그러나 사실은 가난으로 해서, 말하자면 그 썩을 대로 썩은 생활의 불결과 피로로 해서 죽은 것이다. 로리외 내외의 말을 들으면 게으름 때문에 죽었다는 것이다. 어느 날 아침, 복도에 썩는 냄새가 나므로 사람들은 이틀 전부터 그녀의 모습이 보이지 않는 것을 생각해 냈다. 그래서 골방에 들어가 보니 이미 흙빛으로 변한 그녀가 뒹굴고 있었다.

가난뱅이들을 위한 싸구려 관을 옆에 끼고 시체를 거두러 온 것은 두말할 것도 없이 바주우주 영감이었다. 이날도 꽤 취해 있었지만 매우 기분이 좋은 듯 검은 방울새처럼 명랑했다. 그러나 이번 손님이 누구라는 것을 알자 그녀를 위해 조촐한 집을 마련해 주면서 약간 철학적인 감상을 털어 놓는 것이다.

「누구나 한 번은 가는 거야. 하지만 옥신 각신 밀고 당기고 할 것까진 없지, 자리는 다 있으니까……. 괜히 서두는 것도 어이없는 짓이야, 빨리 가고 싶다고 갈 수 있는 곳도 아니거든……. 나야 모두 기뻐만 해 주면야 할 말이 없지. 가고 싶어하는 인간도 있고 안 가려고 버둥대는 인간도 있어. 그걸 잠깐 주선해 주는 거야, 그러면……. 이이도 처음엔 싫어하더니 나중엔 무척 가고 싶어하더군. 그래서 기다리라고 했지. 이제 겨우 그때가 온 거야. 정말이야, 이이는 그렇게 갖고 싶어한 것을 기어이 손에 넣은 셈이야. 자아, 기운을 내서 해 보자고!」

그리고 제르베즈를 그 검고 큰 손으로 움켜쥐더니 문득 애정을 느끼면서 그토록 오래 자기를 그리워하던 여자를 정답게 안아 들었다. 그리고는 아버지처럼 조심스럽게 그녀를 관 바닥에 뉘고는 딸꾹질을 하면서 중얼거렸다.

「이봐요, 잘 들으시우……. 나요, 아주먼네들을 위로해 드리는 〈명랑한 비비〉요……. 자아, 당신은 이제 행복하게 되셨수, 푹 주무슈, 예쁜 색시야!」

□ 감상과 해설

―――――――편 집 부

에밀 에두아르 샤를르 앙트와느 졸라는 1840년 4월 2일 파리의 몽마르트르 근처인 상 조제프 가에서 태어났다. 아버지는 프랑스와 졸라, 어머니는 에메리 오렐리 졸라. 아버지는 이탈리아 인으로서 베니스의 고급 군인과 선교사를 많이 배출한 가문의 출신이고 마르세이유와 에크스 앙 프로방스에서 일을 한 토목 기사이다. 어머니는 일 드 프랑스의 중심부 두르당의 서민 출신이다. 아버지가 호탕했던 데 비해 어머니는 아름답고 섬세했으며 무척이나 신경질적이었다.

이러한 양친의 특징을 그대로 이어받은 것이 장남으로 태어난 에밀 졸라이다. 인종상으로나 성격상으로나 또 체질상으로도 합쳐서 둘로 나누어 내공적(內攻的)으로 만든 혼혈아이다. 즉 외적으로는 끊임없는 위화와 격리, 내적으로는 끝없는 몽상과 초조. 주위와의 적응이 제대로 되지 않았다.

중학교, 고등학교, 사회, 그 어느 세계에서도 예민한 수재가 되지는 못했다. 시나 회화에서 그 배설구를 찾지 않을 수 없는 청년이 되었는데 그 시나 회화에서도, 나아가서는 그것들의 종합으로서의 연극에서도 좌절을 했다면 어떻게 되는 것일까?

남은 길은 소설뿐이다. 더욱이 시대는 19세기 후반. 이른바 소설의 흥융과 대중화가 한창인 때였다. 졸라는 소설을 쓰는 일에 자기의 모든 것을 걸기로 했다. 내공이 외공(外攻)으로 전환하려는 것이었다. 흔해빠진 평범한 소설로 남자는 일생의 작업으로 삼을 수가 없다…….

《루공 마카르 총서》의 장대한 꿈이 졸라에게 깃든 것은 1868년, 28살 때의 일이라고 한다. 「나폴레옹이 칼을 가지고 한 것을 나는 펜으로 하겠다」라고 호언하여 그것을 《인간희극 총서》로서 훌륭하고 장려하게 실현한 발자크에게 크게 영향을 받고 나서이다.

발자크 류이면서 발자크를 뛰어넘는 세계를 창조하고, 그것은 자기가 살고 있는 현대, 즉 제2 제정기의 온갖 사회면의 온갖 인간과 그 온갖 생활면을 깡그리 묘사하는데 그치지 않고 나아가서는 발자크가 행하지 못한 것을 이루는 것이 아니면 안 되는 것이다.

즉, 졸라는 시대의 과학이 가져다 주는 진실, 시대와 환경과 유전이라는 세 가지 인자를 인간 탐구의 방법과 무기로 삼고 경제적·정치적으로 인간을 파악할 뿐이 아니라, 생물학적·생리학적으로도 인간을 구명하려는 것이다.

하나의 가계를 중심으로 하여 그 강력한 유전적 인자를 짊어진 5대에 걸친 인물을 매개의 작품에 안배, 갖가지 환경에 놓여진 그러한 인물들이 어떻게 행동하는가를 실지로 밝힘으로써, 즉 실험함으로써, 현대의 인간과 그 사회라는 기괴하고 거대한 수수께끼의 진상을 폭로하려는 것이다.

여기에서 「제2의 제정하에 있어서의 한 가족의 자연적·사회적 역사」라는 부제를 가진 《루공 마카르 총서》가 탄생하는 것이다. 이 루공 마카르 가계의 제1대는 남프랑스의 프라상에 살며 18살에 고아가 된 시골 아가씨 아데라이드 후크이다. 아버지는 미쳐서 죽는다. 아데라이드도 그 피를 받아서 광인이 되는데 그 동안 루공과 결혼하여 아들 하나를 낳고 루공이 죽은 뒤 마카르와 정을 통하여 1남 1녀를 낳는다. 루공은 건강한 농부이지만 마카르는 모주꾼이고 알콜 중독자이다. 이러한 남성들과의 사이에서 아데라이드 후크가 낳은 세 아이의 자손들이 총서의 각 권에서 주인공 노릇을 하게 되는 것이다.

이 가계로부터는 대신, 관리, 대의사(국회의원), 의사, 신문기자, 대실업가, 목사, 화가, 기사, 탄광부, 철도원, 여배우, 매춘부, 세탁부, 푸줏간, 병사, 농부, 노동자 등등, 사회 온갖 계층의 온갖 지위와 직업, 온갖 영광과 온갖 오욕, 그것을 가진 자가 출현한다. 물론 나쁜 유전을 받은 알콜 중독환자, 결핵환자, 종교 미치광이, 방화광, 정신 박약자, 히스테리 등의 병자, 또는 그와 비슷한 사람들이 대부분을 차지하고 있다. 그러한 일가의 핏줄을 이어받지 않은 사람까지 합하면 이 총서에 등장하는 인물은 작으만치 1천2백명에 달하는 장관를 이루고 있다.

제1권 《루공 가의 운명》에서 마지막 권인 《의사 파스칼》에 이르기까지 실로 25년의 세월 동안 20권 9천 여 페이지의 방대한 작품군을 졸라는 신변이 정상인 한 거의 규칙적으로 1년에 1권의 페이스로 집필을 계속했다. 이 문자 그대로 라이프워크에 대한 각오와 결의와 노력 그리고 에너지야말로 장관이라고 할 것이다.

《목로 주점》은 이 총서의 제7권인데 처음 세상에 나온 것은 파리의 석간신문 《공공의 부(富)》 지상이며 1876년 4월 13일자부터 연재되기 시작한 신문소설이다. 부제가 달려 있었다 《파리 풍속소설》.

그러나 10여 일이 지나자, 비난의 소리가 높고 독자의 해약 신청이 쇄도했다. 때문에 동년 6월 6일, 《목로 주점》은 제6장이 끝남과 함께 게재 중지라는 쓰라림을 당해야 했다.

그런데 여기에 재미있는 문예 주간지가 있었으니 그 이름은 《문학 공화국》, 그 주간은 고답파의 시인 카튀르 방데스였다. 편집 방침이 그 이름처럼 공화국적이어서 고답파와 상징주의파 시인들이 현실주의적 또는 자연주의적 소설가들과 함께 지면에 요란하게 등장하고 있는 잡지였다. 즉 플로베르, 위스망스, 투르게니에프, 테오도르 드 방비르, 그리고 말라르메 등이 단골이었다. 이 잡지에 《목로 주점》은 1876년 7월 9일호부터 연재가 계속되어 다음해인 77년 1월 7일호까지 요란한 비난과 찬탄의 폭풍우 속에서 완결되었다.

단행본은 1877년 2월 24일 샤르팡체 사에서 간행되었는데 당시로서는 파격적이라고 할 만큼 잘 팔려서 77년 중에 3만 8천부, 78년 말에 5만부, 81년 말에 10만부, 요란한 기세로 팔려 나갔다.

「졸라를 자연주의 소설의 기수로 만든 것은 실로 《목로 주점》이었다.」 거의 모든 문학사가가 이구동성으로 그렇게 쓰고 있을 정도이다.

그렇다고는 하지만 요란한 비난도 찬양도 실은 같은 얘기를 하고 있는데 지나지 않았다. 비난은 「노동자 계급의 참상을 그려 노동자 계층을 비하하고 중상하는 것이다」 또는 「사회의 욕된 면과 저열한 면만을 극히 일방적 일반적으로 폭로하고 있는 비관적이고 무정부주의적인 작품이다」라는 취지였다.

반면에 찬양은 이것을 그대로 뒤집어서 표현한 것, 즉 「이것이야말로 힘이 있고 훌륭한 진보적 사회주의 소설!」이라는 것이었다.

그러나 어떻든 당시의 현실사회와 문예사회의 양쪽에서 《목로 주점》의 간행은 대단한 충격, 이를테면 시꺼먼 스캔들이었던 것은 사실이다. 1980년대인 오늘로서는 도저히 상상조차 할 수가 없다. 이 정도의 소설은 오히려 상식이다. 그러나 상식화하는데는 50년 이상의 세월이 필요했던 것이다. 상식화야말로 19세기부터 20세기에 걸친 문예사상의 중심 테마라고 해도 좋다. 그 상식화의 선구자가 바로 졸라였고 《목로 주점》이었던 것이다.

그러나 졸라 자신은 《목로 주점》에 어떤 소설 이념을 담았고 그 소설 이념의 어떤 발현과 전개를 뜻했는가. 《실험 소설론》에서 그 해답을 구할 수 있으리라고 생각해서는 안 된다. 졸라는 당시 35살이었고 《실험 소설론》을 세상에 내놓기 몇 년 전이었다. 게다가 미리 얘기를 한다면 졸라의 소설 이념의 의식화이며 이론화인 《실험 소설론》과 그 실지 작품 사이의 괴리와 모순, 바로 거기에 졸라의 소설가로서의 매력이 있는 것이다.

컴퓨터라면 모를까 인간은 이념에 의해 예술 작품을 만들 수는 없는 것이다. 그럼 무엇으로써 만드는가? 그것은 잠깐 접어 두고 여기에서는 알베르 미요라는 비평가의 연설에 대답한 졸라의 편지를 인용해 두는 쪽이 더 중요할 것 같다. 《목로 주점》에 대해서 가해진 위스망스, 모파상, 말라르메, 플로베르 등 프랑스 문학사상 드물게 보는 천재적인 작가이며 동시에 뛰어난 비평안을 가진 사람들의 말을 소개하는 것보다도, 나아가서는 《실험 소설론》보다도, 훨씬 더 날카롭게 졸라 자신의 작품 세계를 말해 주고 있다고 생각되기 때문이다. 조금 긴 것은 쓴 사람이 본래 장편작가인 이상 어쩔 수 없는 일인 것 같다.

「당신은 나를 민주주의적 작가, 약간은 사회주의적 작가, 그러한 것으로서 취급하고 계십니다. 그리고 내가 노동자 계급을 진실하고 감동적인 색채로 그리고 있는 데에 놀라고 계십니다.

그러나 우선 당신이 내 등에 붙여 주시는 레테르를 나는 승복할 수가 없습니다. 나는 레테르를 붙이지 않은 그냥 소설가이고 싶습니다. 만일 꼭 나를 어떤 부류에 집어넣고 싶다고 하신다면 자연주의 작가라고 불러주시기 바랍니다. 그것이라면 나도 슬퍼하지는 않을 것입니다. 내 정치적 견해 같은 것은 소설과 관계가 없습니다. 나는 어떤 의미에서는 저널리스트일지도 모르지만 나라는 저널리스트는 나라는 소설가와 일체화하고 있는 것입니다. 지금 한창 나라는 인간과 내 작품에 대해 세상에서 행해지고 있는 레디메이드적인 비뚤어진 비평 따위를 날조하기 전에 우선 내 작품들을 허심탄회하게 읽고 전체에 걸쳐서 똑바로 보고 이해해 주셨으면 합니다. 내 이름이 신문에 날 때마다 세상이 날조하여 독자를 기쁘게 해주고 있는 어처구니없는 전설을 보고 나를 알고 있는 친구들이 얼마나 껄껄대고 웃고 있는지 아십니까? 세상이 말하는 흡혈귀, 짐승 같은 작가가 실은 얼마나 성실한 시민에 지나지 않는가를, 얼마나 외곬으로 자기가 믿는 바를 지키며 세상의 한쪽 구석에서 조촐하게 살아가고 있는 연구하는 학도, 예술하는 학도에 지나지 않는가를 그들은 알고 있기 때문입니다.

나는 세상이 만들어 내는 어떤 전설에도 반박하지 않습니다. 나는 일을 합니다. 드높이 쌓여 있는 어리석은 헛소문이나 중상의 산더미 속에서 진실된 나를 발견하는 작업을 나는 시간과 그리고 공중의 선의에 맡길 뿐입니다.

노동자 계급을 그린 내 그림은 특별한 음영이나 바람도 시도하지 않고 그리고 싶은 대로 내가 그린 것입니다. 나는 내가 본 것을 입에 담고 본 것을 말로 표현할 뿐입니다. 거기에서 교훈을 끌어내는 일은 도학자 선생에게 맡길 뿐입니다. 나는 상층부의 상처를 발가벗겼습니다. 하층부의 상처도 결코 은폐하지는 않을 것입니다. 내 작품은 당파적인 것도 아니고 선전도 아닙니다. 진실된 작품인 것입니다.」

진실된 작품, 오늘날 허심탄회하게 졸라의 작품을 읽는 자는 누구나 이 졸라의 포부와 긍지를, 즉 소설 이념을, 나아가서는 그 이념으로 일관된 소설의 성공을 의심할 수는 없을 것이다. 훗날 졸라는 프랑스의 조야를 둘로 갈라 놓은 스파이 혐의의 드레퓌스 사건에 즈음하여 「프랑스 역사가 시작된 이래 가장 위대한 팜플렛」이라고 일컬어지는 《나는 고발한다》와 그 밖의 시사논문을 써서 「이제 바야흐로 진실이 걸음을 내디디기 시작한 것이다. 이제 누구도 그것을 멈추게 할 수는 없다」라고 절규했는데 이 절규는 실은 《루공 마카르 총서》를 기획하기 시작한 최초부터 글자로 옮겨지지 않은 채 졸라의 소설 모든 행간에 소리 높이 울려 퍼지고 있었던 것에 지나지 않는다.

졸라의 소설은 모두, 물론 이 《목로 주점》도, 읽기 쉽고 그 안에 몰입하기가 쉽다. 조금도 어려운 데가 없다. 관념적이 아니기 때문이다. 다만 그것을 읽는 세상이, 나아가서는 비평가가 너무나 관념적이었다. 그 때문에 졸라 전설의 산더미가 형성되었다. 나아가서는 그 전설 속을 캐나가서 진실의 단편을 끄집어 내려는 졸라 고고학자도 나타나는 형세이다. 즉, 1955년부터 약 10년간에 걸친 프랑스 문학계에서의 〈졸라 부활 현상〉이 그러한 표현의 하나이다. 갑자기 졸라의 작품들이 엄밀한 교정을 받고 2,3 종류의 전집이 되어 간행되기 시작했고 문고판도 여러 종류 간행되어 일제히 팔리기 시작했다.

「(프루스트의) 《꽃피는 아가씨들》에서 (졸라의) 《인수(人獸)》까지가 눈을 뜨고 뛰쳐 나왔다」라고들 떠들어댄 것이다. 전위적인 스타인 앙티 로망의 아랑 로브 그리에나 미셸 뷔토르 등도 인터뷰를 갖거나 논문을 쓰거나 하고 있다. 어지간한 졸라 붐이다. 거기에 대해서 언급하는 것은 이 한 세기의 소설관의 추이와 전개의 드라마를 소개하는 것이 되므로 결코 흥미가 없는 것은 아닐 것이다. 다만 소설관 유희의 위험이 없는 것은 아니다. 여기에서는 가장 새로운 졸라론인 사르트르의 잡지 《현대》 1969년 3월호에 실린 장 보리의 《루공 마카르 총서에 있어서의 숙명》이라는 논문에서 특히 《목로 주점》과 관계가 깊다고 생각되는 논지의 한둘을 전하는 데 그치려 한다.

그것은 바로 이러하다.

「19세기 말 부르주아지 사회의 인간관은 천사와 야수, 정신과 육체라는 이원론이었다. 물론 야수와 육체가 타락이고 오욕이고 악이었다. 천사와 정신이 이것을 정복하고 지배하고 억압하지 않으면 안 된다. 그것을 할 수 없을 때는 야수와 육체를 은폐하지 않으면 안 된다. 그렇게 하는 곳에 부르주아지 계급의 지배가 있고 체면이 있고 모랄이 있었다. 즉 부르주아지 계급이 천사이며 정신인 체하지 않으면 안 되는 위선적 허위성이 있었다.

그런데 지배 계급인 부르주아지와 피지배 계급인 프롤레타리아트는 실은 아주 흡사하다. J·P 사르트르가 그 《플로베르론》 속에서 말하고 있는 것도 바로 그 점이다. 『19세기의 부르주아지는 그 본성에 있어서, 즉 그 생성과 육체에 있어서 부르주아지가 착취하고 있는 노동자 계급과 비슷했다. 겨우 조금 그 육체를 은폐하고 그 욕구를 솎아내고 자기 자신 속의 자연을 부정하는 점에 있어서 노동자 계급과 상이할 뿐이었다.』 본성은 같다. 하지만 그렇다면 그 본성을 지배하는 원칙은 무엇인가? 자본주의의 논리와 섹스의 논리이다. 즉, 끝간데 없는 돈과 성(性)의 탐욕스러운 제국주의. 졸라 자신의 표현을 빌면 『부르주아지와 노동자는 자본주의와 섹스의 늑대 앞에 노출되어 있는 것이다.』

그러나 한편에서 부르주아지는 천사이고 정신이지 않으면 안 된다. 하지만 지금 본 것처럼 부르주아지는 육체의 강렬한 욕망, 금전욕과 섹스욕, 그것의 먹이인 것이다. 그런데 육체 그 자체로 환원된 육체, 그것은 사회적으로는 노동자 바로 그것이다. 따라서 사회의 카타스트로프(파국) 근원에 존재하는 것은 노동자이다. 노동자야말로 질병이 번져가는 근원인 육즙(肉汁) 배양기인 것이다. 이러한 졸라의 사고방식은 《목로 주점》과 《나나》라는 두 폭의 그림 속에, 구트도르 가의 빈민굴에서 낳고 자라 사회의 온갖 계급을 부패시키고 마는 창부 나나라는 등장인물을 통해 아주 명료하게 나타나게 된다.

그러나 졸라는 노동자를 고발함과 동시에 노동자의 죄를 용서하는 것이다. 《목로 주점》에서 매우 조촐한 욕망을 가진 제르베즈와 쿠포의 처음 만난 카페에서의 대화를 생각해 주기 바란다. 젊은 두 사람은 차분하고 아담한 살림을 꿈꾸는 것이다. 따라서 노동자가 육체로 환원되어 있다고 한다면 그것은 부르조아지가 노동자에게 어디까지나 분리되어서 노동자인 채로 내물러 있기를 강제하기 때문에 그렇게 되어 있는 것이다. 그리고 이 소외야말로 노동자의 축제를 언제나 『술취한 남녀들』의 축제로서 끝나게 하는 원인인 것이다. 즉, 이러한 자기모순이 생긴다. 악은 노동자에게서 발생한다. 그리고 더욱이 노동자를 대상으로 하여 맹위를 떨친다.」

장 보리는 이 밖에도 여러가지 탁견을 늘어놓고 있다. 그러나 여기에서는 제외한다. 그러한 탁견을 모르고서는 이해할 수 없는, 정당하게 받아들일 수 없는 작품을 졸라는 한 권도 쓰고 있지 않기 때문이다. 졸라의 작품 세계는 언제나 누구에게나 열려 있음을 특징으로 하고 있는 것이다.

작가란 이상한 데가 있어서 그 사후에도 행불행이 있다. 해외에서의 수용 태도에서도 그것을 볼 수가 있다. 예를 들면 우리 나라에서의 졸라의 운명이 그러하다. 프랑스 문학사나 19세기 문학, 또는 자연주의 문학에 대해서 논하는 어떤 문장에도 반드시 졸라의 이름은 크게 나온다. 신소설 이후의 우리 나라 문학, 특히 김동인(金東仁)과 나도향(羅稻香), 현진건(玄鎭建)의 문학에는 적잖은 영향을 미치고 있기도 하다. 그럼에도 불구하고 본격적인 졸라론은 우리 나라에서 아직 발표된 예가 없다. 뿐만 아니라 졸라는 이제 고전적인 대작가일 텐데도 이름만 유명했지 실제로 읽히는 일은 우리 나라에서는 비교적 적다. 이것은 책임의 태반이 졸라의 소개 방법에 있다고 생각되는 현상이다. 지금까지의 소개는 어떻게 된 까닭인지 몹시 공식적이고 관념적이었다. 졸라는 시대와 환경과 유전의 세 인자가 인간을 결정한다고 생각하는 결정론자이며 그 결정론의 문학적 실천이 소설이었다는 식의 도식이 지배적이었던 것이다. 아아, 그래, 알았어. 그럼 읽을 것까지도 없군. 그런 반응이 소설 애호가들 사이에 일어났다고 해도 어쩔 수 없는 일이었다.

그러나 졸라를 그러한 결정론자로 결정해 버리는 것은 예를 들면 화가인 로트렉의 작품을 꼽추가 그린 그림이라는 측면에서만 보려는 것과 마찬가지로 그야말로 결정적인 편향일 뿐만 아니라, 잘못된 견해인 것이다. 졸라가 좀더 실속 있는 작가라는 것은 한 번이라도 그 작품을 읽어본 사람이라면 곧 알 수 있을 것이다.

오늘날 중진국의 대열에서 선진국으로 발돋움하며 번영하고 있는 한국의 사회도 한 껍질 벗기면 《목로 주점》의 빈민과 마찬가지이다. 거기에서는 수없이 많은 나나라는 아름다운 쉬파리, 고급 매춘부가 날아오르지 않을 수가 없는 것이다. 오늘의 한국의 모습을 거기에서 읽는다는 생각이 없이는 사람들은 《목로 주점》을 제대로 읽을 수가 없을 것이다.

목 로 주 점

■ 저 자/에밀 졸라
■ 역 자/권 미 영
■ 발행자/남 용
■ 발행소/一信書籍出版社

주소 : 121-110 서울 마포구 신수동 177-3
등록 : 1969. 9. 12. NO. 10-70
전화 : 영업부 703-3001~6
편집부 703-3007~8
FAX 703-3009

값 10,000원